鄞州地方文献丛书

四明清诗略【中】

宁波市鄞州区政协文史资料委员会 整理

宁波出版社

本册目录

卷十三·················· 785

桂廷蒯　秦煐　薛志丙　周文会　郑辰　倪桂馨
史玉书　董朝仪　黄定文　汪国　潘健山　李显廷
张鲲　周世武　郑竺　郑甲　桂成章　童载赓
徐望　冯绍枢　袁玉麒　叶今　周思椿　余江
邵瑞年　沃昌淦　乐鸣谦　胡昌昺　舒宏就　盛超然
傅元棪　陈元杏　陈元林　陈元棣　王庆元　邱左思
王思庭　王乔龄　董步瀛　范用贤　虞汝辉　谢佑琦
史节粹　忻孝本　忻孝扬　董澄渊　周南　毛式金
石鲸　刘怀泮　赖鹏飞

卷十四·················· 839

倪象占　陈鸿侍　陈鸿渐　郭乾　殷权　李承运
李承道　徐兆昇　张文照　陈元械　沈琏　丁六鳌
魏成宪　范永禧　范永祺　张燮　黄定衡　何委
李承莲　胡子铉　林纲　钱嗣容　韩昆　沈谟
仇国垣　叶宗舒　孙蔚　邓嗣宗　曹伟岂　盛植才
盛本　任于宗　陈元枚　屠继岐　屠铉　屠继序
邵桓　范永嘉　范震莘　余檀　蔡调元　董有恒
严殿霖　谢佑份　谢佑滋　谢佑淮　张志羲　谢天枢
王学霄　葛权　顾祖训　俞珩　仇谦　孙金砺

1

| 魏三湘 | 郑从风 | 竺沅铃 | 陈 琦 | 王 锷 | 卢 址 |
| 卢 澧 | 韩世隆 | 㝼 英 | 毛 镗 | 江宏声 | |

卷十五 903

陈庆槐	陈之纲	冯全修	郭彦忠	谢聘贤	徐一鲸
陈绍周	㝼如椿	周 开	郑兆龙	朱 钢	叶 时
王 隽	姜人烈	鲍上观	董 璘	董 琅	周嘉棣
张校均	冯 炳	周 闵	董桂芳	李 均	宾丕基
王 畿	史在朝	史在稷	万学诗	俞 庚	秦锡礼
胡于锭	邬 霖	黄定丰	黄定杓	忻 琳	吴明诗
冯 钊	董振玉	董大章	徐汝标	李 坊	卢云灿
叶声闻	朱文炯	顾 镗	戴 璜	沈 飏	史敏行
范 鸿	范懋敏	盛炳烺	陆志道	谢辅丞	

卷十六 953

袁 钧	郑 勋	杨人枢	叶世雄	杨绍修	屠懿行
朱沧鳌	徐兆晃	俞挺芝	谢天桂	王励余	王熙余
陈鸿轩	吴存伦	陈 曙	董明伦	冯光域	孙孝渊
钱沃臣	袁大猷	盛植麒	虞祥霞	林秉璐	谢佑廷
黄式祐	黄式瓒	黄式谷	陈 濂	冯应翱	施抟九
张 烜	李忠鲤	董承濂	董 泗	张本均	毛振雍
竺美奂	李承烈	周夏劲	徐 畹	郑 筠	秦 炜
谢佑济	谢佑鸿	谢麓贤	谢琪贤	张用均	李光穆
阮 国	倪维昇	周岐峰	周 清		

卷十七 1011

叶 燕	张锡金	秦 镜	孙事伦	范源澄	乐 涵
陈熙台	张承炯	范震薇	何 乔	杨思绳	冯 璟
徐 渊	林大谔	周 涵	杨际和	王 堃	陈 蕙

吴桢	洪丙炎	戎文蔚	王铿	范懋裕	尹元炜	
叶焕	叶灿	叶炜	孙事立	谢炳贤	王堃	
张渭	曹伟皆	萧光第	董名问	董史	王镂	
林希周	张廷辉	袁奎	冯鉴	叶欣	冯增	
陈广霞	谢升贤	谢奎贤	范懋树	黄式金	黄式鳣	
董景濂	董肇铭	董肇登	董肇竞	谢宋贤	谢浙贤	
谢辅锦	谢辅诚	裘椿	俞宗翰			

卷十八 ·· 1074

童槐	李巽占	钱启吁	徐受荃	陈瑢	袁炳勋	
竺之侃	应又劭	黄煊	李震	陈修淦	何美浚	
马士龙	秦黄开	董澜	李德梓	陆景佑	陈一章	
何岱	翁星六	王德沛	潘晋三	董景沛	谢国贤	
谢佑镛	胡沅	胡澧	胡瀚	陈铭海	李为鹏	
胡植	王日章	王渭	王渥	罗有道	姚朝翔	
董景润	董熙	黄廷诰	黄廷议	陈沧龙	杨学泗	
姚占三	忻棣	郑启业	叶锡凤	孙翰	王麟	
张岳	袁启鹏	傅光炤	陈景沛	吕莺	吕鹄	
徐有庚	徐锦魁	王元圻	宓璟	董衡	秦士豪	
陈梦兰	蒋学朱	欧光忠	郑凌云	刘大铨	王序东	
黄定齐	余一清	施育芹	施育凤	郑湛	徐江	
陈澜	邵嗣昌	周匡	葛宗奎	虞廷宣		

卷十九 ·· 1141

　　陈仅　黄桐孙

卷二十 ·· 1184

陈景范	刘运坊	刘运垚	张嘉金	张广铨	葛朝	
郑际良	张震初	魏盈	张慧	吴尚知	徐锡垚	

3

蓝运森	李大封	李恭宣	虞廷寀	杨九畹	胡湜	
赵存洵	柯振岳	周宏嗣	戚炳儒	刘灿	胡鉴	
沈道宽	胡钧	王信	赵冲九	陈儒让	陈诗香	
陈诗裔	桂琳	秦章	金涛	董荣	张本	
张墀	任大蛟	章洪	邵树荃	周斗建	邱震翰	
吴循模	王曰珏	王曰升	吴硎	俞德纲	俞德顺	
陈祖确	董师香	曹剑云	童津	翁瑞	叶六鳌	
胡兴	秦曙	王者香	谢辅绅	白佩玉	顾德炘	
谢必成	韩廷戣	韩廷锡	周其英	徐为煦	徐汉章	
忻鉴	忻文郁	应宗锜	傅铭三	余希祖	费志刚	
童继善	冯元焘	董曾	董云	余璇	卢登焯	
郑熙	项舜年	陈谦	沈传洙	王飞冈	王兆雷	
王石渠	王恭恪	杨兆熊	郑乔迁	刘支周	黄乔年	

卷二十一 ······ 1253

刘梦兰	俞檀	黄维岳	贺王槐	陈福熙	夏寅	
孙家谷	包闻诗	赵芬	马涟	竺陈简	王莹	
郑芬	陈乔	刘朝沅	陈炳	赵九杠	叶联芬	
卢孝则	卢以玬	张锦旋	董灼	张纬	李淮	
叶愚	叶恕	邵锟	王德洽	王本梧	王梁闶	
方以觐	吴觐光	李维镛	卢登荣	吕衔	袁澍	
董承宽	董秉忠	裘曰和	胡溁	胡澍	孙尔昌	
钱元吉	金士奎	屠可标	阮训	李作宾	费志云	
周世绪	施英蘽	钟世俊	陈权	顾逸	胡滨	
张锡祉	陈英	董冈	董岵	董岭	董岱	
王贻棠	韩协用	李鸣臬	李鸣冈	李乔	王立诚	
张晟	张延荄	忻恕	范显麓	董文珪	张芳	
杨守正						

卷二十二 ················· 1319

张锡路	张广埏	张　恕	陈　奎	宋绍周	谢瀛贤
周　址	丁　湜	郑一夔	黄式三	张霖楫	卢以炳
洪起煮	洪璇枢	叶元墀	叶元垲	叶元堃	冯日彩
舒亨熙	邬畲经	裘兆云	王宗植	王宗耀	郑　诏
王理全	王方照	范　樾	叶金胪	冯云濠	冯　镕
张积梓	王梓材	陈　沅	王　焘	朱　钧	徐汝谐
范　檩	史义震	王大龄	忻梦贤	曹　暾	边　植
胡学龙	俞锡礽	任梦丹	张瀛均	夏　锦	毛玉佩
赵　胜	潘丹墀	谢开家	王庆年	孙继承	屠宗襄
林　坰	王德纪	李　铎	李恭宏	徐　炯	忻　瀛
秦　淦	翁利南	费金镕	葛培元	盛炳章	盛　采
张锡冕	张锡钟	江之济	朱大勋	吕光叶	李世沐
林启鸿	李　炯

卷二十三 ················· 1379

厉　志　叶元阶　姚　燮

卷二十四 ················· 1438

任　荃	张姚锡	潘丹一	屠继善	励　纲	范多铣
冯贞祐	李　笏	周步瀛	柴希成	施英楷	徐　琮
邵锦泉	应宗椒	陈　励	王引孙	周　程	徐　珝
卢以瑾	陈　茱	叶　基	余士熊	余　琴	董　鳞
王　瀚	冯鸣珂	石与杭	胡　棐	张锡申	李恭浚
杨　镇	董　斅	俞继选	汤　钺	范邦柱	范　樾
忻自机	黄维垣	徐时楷	王庸曜	时与兰	王　约
王　煦	胡　涵	孙　潜	周　璇	杨春如	傅以钰
胡有槎	石继川	庄　敬	厉得鹏	厉得鹏	徐仁恩

董　城　汤家衡　汤家彦　阮福瀚　董绣林　陈懋梓
陈懋含

卷二十五 1492

童华	张嶙	胡江	洪观	马廷槐	王曰钦
董道渊	马辰陜	卢杰	冯本怀	邵纶	汪祖经
范邦桢	汪忠纯	王启元	毛森	毛谅	虞振璜
陈定诰	张善元	卢派	范上第	黄溥	周绍濂
张庆璜	陈景崧	余勉翰	宋绍祖	冯茂椿	吴翰
张祚康	李丙照	郑圣飏	俞庸礼	王麟飞	蓝新余
郑继武	钟勋	余梅	卢椿	张培基	孙景烈
汤淮	王传兰	徐元第	尹嘉年	冯鼎勋	冯贞禄
王谔言	杨庆槐	陈桐年	胡迈	周镇南	裘凤
叶登魁	方崧岳	卢云飞	徐镇	徐钫	应宗镕
应宗钥	董仁澄	董正	陈若楠	虞棠	余道
冯本修	陈保定	胡斌	刘九诰	顾英其	项兆鹏
郭炳南	忻自超	李立群	虞光鉴	沈杞	秦丰岐
郑纯奎	王涛	王在田	邬杞	竺我殿	孙忠济

四明清诗略卷十三

鄞　董沛　孟如　辑

桂廷蒴

字海洲，号虚筠，慈溪人。潇子。乾隆甲午举人。著有《印月草堂诗集》。

《溪上诗辑》：先生禀承家学，大父燕山先生、尊人洁泉先生咸以诗名乡里。先生缉先世遗诗为《清芬集》，多至数十人。今溪上文献惟桂氏独全者，先生力也。先生嗜玉溪生诗，终日一编忘倦，尤工骈体文，对客立尽数纸。钱湘莼方伯、陈药洲中丞皆极引重。

寄二弟

春风生远道，殷勤接双鲤。云从临江头，北征抵燕市。忽忽今徂夏，泛迹仍江汜。空望恒山云，时时烦闾倚。行人无定所，白发愁未已。传语报故乡，塞鸿鲜一纸。家贫离思苦，伤哉远游子。相忆不能寐，徘徊揽衣起。灯前风雨声，梦隔西江水。

培荆图为尹鸿浦、镜湖两君题，时三舍弟重赴闽南，二舍弟客幕，触绪书怀，得二十二韵

嗟予弟行役，节序遇秋九。鸿雁方北来，饥驱客南走。江干望去帆，独立屏营久。谁家紫荆树，光彩溢庭庸。滋培沃寸心，花繁本益厚。披拂含春风，煜煜生画手。百卉

分荣枯，同怀无妍丑。金兰洽至性，天与平生友。感我别离人，披图气抖擞。不期金满籯，不羡印悬肘。但得安里居，骨肉长相守。灯前一束书，花前一樽酒。切切如婴孩，怡怡共白首。跗萼与连枝，此心庶不负。君家贤伯仲，佳气郁林皋。伦常树植深，万事得枢纽。作客亦偕游，对床风雨后。我梦隔西堂，昨宵闻折柳。红莲依沼中，芳草忆渡口。展此开心颜，乐事真罕有。天涯多兄弟，试问似君否。

偕顾鉴沙、陈静岩访缪冽泉留饮，凤仙盛放，用秦太虚和黄法曹忆建溪梅花诗韵，即寄周望云蜀中

良时莫惜双鬓槁，看花酌酒常倾倒。伤怀最是小桃红，触拨寒灰歌懊恼。锦瑟何堪一再弹，此情苦忆华年早。丁丑悼亡后，草堂并蒂凤仙盛开，周望云与同人赋诗唱和。从来薄命人如花，赢得呼名女儿好。仙袂飘飘态正妍，休遣封姨手轻扫。金钗十二列庭阶，槐夏留春春不老。忽念天西远行客，顾曲当年剩吟草。花开易落人易离，试向樽前问苍昊。

华严庵

幽绝招提境，泉声谷口闻。松飘千嶂雨，竹锁一楼云。听梵龙潭静，焚香花屿熏。浮杯如可渡，便入雁王群。

丈亭候潮

暮云横野岸，面面翠峰环。客路几人老，江亭尽日间。烟波迷远浦，帆影落前湾。舟子忽喧语，潮来月满山。

谢文节墓

叹息回天志未酬，间关南北怨迟留。空山薇蕨孤臣泪，穷海波涛破国愁。肝胆共埋燕市血，流离独上武夷舟。更怜却聘书谁省，野鹤松门唳暮秋。

九日登滕王阁

风清仙渚菊花妍，极目湖山霁后天。寒雁随阳书锦字，乱帆疑叶下秋烟。三王词赋真千古，九日登临又一年。阅尽凭栏多少客，落霞依旧照晴川。

瑞安陆放翁祠

鸾凤当年栖枳棘，甘棠千载系人思。风尘杜甫忠无补，骨相虞翻老自知。河朔难忘家祭日，剑南最忆苦吟时。只应庙食同云谷，朱子尝任同安簿。莫认东吴短簿祠。

伍相祠

缥缈灵旗浙水湾，银袍白马下尘寰。波涛冤血秋腾海，风雨惊魂夜渡关。愁忆箫声吴下月，怒看剑影越中山。子臣千古伤心泪，齐洒江天醇酒还。

陆宣公祠

萍藻千年荐水乡，勋名内相勒旗常。回天共泣军中诏，医国还余肘后方。玉局岩廊传奏议，昌黎衣钵有文章。最怜迁客忧谗甚，不赋江篱黯夕阳。

答郑书常赠行之作次韵

光范门无贡士书，饥驱未许恋蜗庐。方愁腊雪言归晚，又送春波赋别初。三月莺花前路赏，半生诗酒故乡疏。江鸿昨夜传音耗，诺责他山且詈余。纪杏园师与朱大翊庭相继札邀，翊庭以"凤引三山，虚无缥缈"诒书呵责，故云。

三峰山房

西风萧飒片云轻，满院商歌入座清。桂泄天香舍露气，桐留残叶听秋声。迷离翠影浮虚幌，重叠岚光绕画楹。细雨空蒙归路晚，千岩树里踏莎行。

北湖新筑亭桥

祠外湖亭揽胜过，清涵峰影浸烟螺。虹桥乍起天成渡，蟾镜重开月有波。扬子宅边春涧合，董公溪畔白云多。侬家遗泽江南重，秋水临风足啸歌。

拜先学士石坡公墓下敬赋

五峰峭拔树森森，马鬣封寒积翠深。满谷春风余草色，一编遗泽纪棠阴。东山遥接传经脉，相水长涵悟道心。拂藓摩挲碑碣古，谁将理学继清音。

清明日过亡妇周氏墓

当年独守闺中月，此日难招梦里魂。浊酒一杯寒食后，白杨磷火自黄昏。

墓草愁看雨后新，空山啼鸟又残春。泉台夜冷如相忆，犹是牛衣独卧人。

踏青词

斜躲林边日影迟，轻盈无力斗腰支。却因罗袖春寒重，杨柳风多不自持。

春色蒙蒙晴似雨，轻阴正值养花天。小楼寒食无人见，莫向东风怨旧年。

含情紫燕绕帘飞，犹带余香暮歆扉。倦倚黄昏轻笑语，春风徐送踏青归。

秦烶

字伟人，号兼湖，慈溪人。乾隆甲午举人。官武义教谕。

送弟屺陵入都

好去长安蹴软尘，风光正喜艳阳辰。杏花红压酒帘短，柳色绿迎征辔新。转悔鏖文销壮志，聊谋捧檄慰慈亲。年来计吏相偕处，店壁留题认取频。

薛志丙

字含章，镇海人。乾隆乙未岁贡。

己卯秋风雨暴发，家三层楼倾其东角，感咏四律寄族叔怀臣 录一

八月潮生海国秋，飓风吹折坏岑楼。当年醉眼看云过，此日惊心叹水流。片石犹传刺史迹，残碑况是祝融留。先太守宅尽被火灾，惟此楼独存。何堪绝壁今朝毁，遥对寒江起暮愁。

周文会

字甬厓，鄞人。兆云子。乾隆丙申岁贡。官乐清训导。

经蜀山渡

风静潮声急，天高夜气凉。扁舟经古渡，百里即他乡。雁宿芦花月，乌啼枫叶霜。不堪回首处，愁思转茫茫。

姑苏送友之楚

一曲骊歌不忍闻，抟沙小聚又离群。班荆知有前期在，折柳难禁客感纷。渺渺帆飞淮海月，迢迢梦绕楚江云。三千里外遥相望，何日重论别后文。

郑辰

字蒇衣，号三云，慈溪人。性孙。乾隆丁酉拔贡。历

署江苏阳湖知县，扬州同知，补徐州府经历。著有《十二古铜钩斋诗集》。

董沛曰：先生为寒村先生之曾孙，南溪先生之孙，原本家学，留意乡邦掌故，著有《句章摭逸》，详载邑中逸事。选宋元四明诗存，搜采颇富。所为诗，亦清雅可诵，惜全集已佚。惟护送安南陪臣梁廷校等眷口至广西，有《使粤草》一卷，尚存余家。

赭山寺幽篁

赭寺辟径幽，万个迷禅窟。扫石翠成云，捎岚青拥月。散发坐其下，凉风沁毛骨。时闻独鹤吟，仙音答清越。

自广济县至西河驿

西风动晨钟，檐溜截银竹。及晓戒舆台，趁晴急装束。湿雾散罗州，群峰乍梳沐。十里接引来，前招后相逐。俯首若揖人，一送掉头速。茅屋闻午鸡，寒林集鸲鹆。溪桥渡绿杨，又向西河宿。遥望蕲春山，烟云蔽重谷。

狮子岩观山下人家李花

有岩傍石湖，狰狞踞春壑。如狮状扬扬，不受人束缚。系缆寻幽崖，噉蔗恣探索。恍惚蚕凫丛，鸟道五丁凿。又疑刚斧修，私窃广寒格。乳窦流涓泉，石门失仙钥。罅通一线光，穿出境又拓。诸公跻层巅，<small>时永州司马秦敦承、汾湖巡检叶友同游。</small>我独步屡却。实苦病眼昏，非关腰力弱。坐看岩畔花，贫女餐东郭。虽少林下风，亦颇姿绰约。因思甘墩村，云海无垠㟏。二十五年前，胜游事如昨。<small>半山甘墩村，李花三十里，望如云海，余戊子曾游此。</small>何时赋遂初，重理半山屐。

雪中由梅心驿行三十里暮至北峡关

自过梅心驿，连岑积素横。车从银海渡，人向玉山行。

鸦散林霏雪，泉寒涧咽声。只愁天色暮，岚谷黯遥程。

三江口

侵晨催发棹，击楫溯寒流。矶转龙蟠寺，澜回鸭蛋洲。楚云天末散，荆树望中收。愿祝江神助，毋教阻石尤。

合肥金斗驿寄吴中诸寅好

征车万里溯榕关，屈指程期首夏还。风飂冻嘶金斗驿，雪花晴散合肥山。壮游正助诗胸阔，远道谁怜病骨孱。却忆围炉官阁里，玉梅三九正斓斑。

岳阳楼

岳阳楼迥倚城墉，四绝行探胜迹重。恍有青萍冲翼轸，不须铁笛动鱼龙。雁回衡岳声声远，黛拥君山点点浓。独立苍茫渺天末，神仙何处可相通。

望君山

十二峰谁主具区，神妃遗迹溯唐虞。烟云一片疑三岛，汤沫千秋奉两湖。草绿金沙朝染黛，月明水镜夜悬珠。灵旗缥缈湘天阔，花落年年唤鹧鸪。

阿城怀古

荆门旦发午阿城，此地曾传绣虎名。胶井寒波终古洌，吾山梵吹一天清。燃萁煮豆初离釜，翠羽明珠敢系情。从识骚人多寄托，行云诗意见蒲生。

祢衡墓

积雪被沙洲，一甓怜今古。铎毁终以声，何须怨黄祖。

郑辰

七星岩

天风吹下七星来，巀嶭奇岩接上台。从此游踪容艳说，皇华看到斗宫回。

倪桂馨

字又兰，号小山，象山人。乾隆丁酉拔贡。授广西州判，历署泗城经历，天河县丞。

《彭姥诗搜》：先生博学能文，以选贡入京，考充四库馆誊录，在都门以《秋海棠》诗得名。官粤西，历试赞政，所到处，日与邑士谈诗文，课后进，人称非赞府，实广文也。所著有《小山草堂文集》《海曲烟村诗稿》。

九月十七日晓行见雪

夜枕落疏声，细雨闻飘瞥。岂知众山巅，已得一寸雪。轻笼烟鬟秀，浅覆螺髻洁。依稀寿阳妆，点染梅花屑。素娥尚留辉，青女亦垂缬。相顾似嘲讥，相映自莹澈。由来北方寒，更值西风烈。况过白露秋，正及降霜节。客路偶凌晨，征鞭若持铁。抚景心自惊，睹色意转悦。积素知更奇，凝华若堪折。念此瑞先呈，喜听途人说。徘徊朝霁开，飞光散林樾。冷叶半丹黄，村径弥幽绝。

枫树坞

朝霞明东山，影落枫林侧。不须素女霜，便带秋消息。欲倩吾家迁，和丹写寒色。

陪陈旭峰师游昌平诸山

地偏心更远，清兴感人多。不负登临约，欣逢杖履过。尘消梅雨净，衣扇麦风和。次第穷丘壑，幽思寄薜萝。

少试登山屐，提携古巷边。城荒茅接径，屋小柳含烟。僻地开新馆，高风继昔贤。看碑怀谏议，题句欲同镌。

西去居庸道，群山向北回。青松千嶂合，白石一坊开。辇路趋樵牧，陵宫半草莱。荒凉前代迹，临眺易增哀。

气势黄山壮，<small>即天寿山</small>，危楼试一登。云霄开祖宅，星宿拱诸陵。数自归藩邸，功还比中兴。夺门何必论，帝事在灵承。

秋海棠和徐司马芷堂先生韵

一种幽姿腻粉光，秋来相对为相伤。含情似畏行多露，无语谁怜操比霜。旧恨难消千斛泪，低枝尚结九回肠。却思萱草能蠲忿，略遣轻盈近北堂。

绿肥红瘦不胜装，倦倚雕栏傍石床。萝径烟深秋帐静，桐阴雨过夜窗凉。月留清影微分翠，星贴朱颜细点黄。冷落空庭惟自媚，倩谁烧烛伴宵长。

残照西风客意当，闲思往事向回廊。对花真欲迷崔护，有子何堪赠谢娘。阶畔愁添虫唧唧，天边书动雁行行。试翻叶底朱丝看，犹是回文锦字芳。

曾闻春睡感明皇，未□余春傍禁墙。待与梅花同耐冷，何如桂子正飘香。金钱堪作三秋聘，玉镜还催八月妆。不嫁娉婷千古恨，钟情梦亦费思量。

登蓟丘

疏柳寒烟带夕曛，凭高暂此豁尘氛。南瞻宫阙千重树，北眺关山一片云。揽古又思陈正字，登台遥揖郭将军。不教骏骨同凡骨，须待谁空冀北群。

接韦山先生手示感赋即次重九夜即事原韵

望里京华隔塞烟，残秋风势促琴弦。可怜紫柏蟠孤石，巧值黄杨厄闰年。枕谷此时真似隐，拨云何日共随仙。书来只益穷途感，搔首凌寒倚暮天。

史玉书

字麟图，号璞山，象山人。乾隆丁酉举人。著有《天葩馆培香集》。

《象山县志》：玉书为节音族弟，与鄞县同岁生汪国为莫逆交，尝主讲丹山书院，造士甚众。钱嗣溶、马丙书皆其高第弟子也。

五狮山祷雨有应志谢

火龙晓夜作南闪，俗以南闪曰火龙。连旬无雨禾叶卷。民心急急宰公忙，祈神礼佛建坛墠。我邑西南有灵山，山名五狮见文典。上有龙井磨石封，神龙蟠匿无由辨。每逢暑旱拜井前，井泉瀁出不可掩。东流雨东西雨西，迸流雨亦遍四远。龙井上磨石封盖，未详其故。《旧志》：祷之，水从磨窍出，东流东雨，西流西雨，流溢则雨遍，甚验。仆也少小已闻之，未尝目击神灵显。兹从耆老上峰巅，旗鼓簇拥祷声喊。突见泉流磨穴中，中有神物如蝘蜓。净瓶锦幔载迎归，微雨随车洒如笕。未几大霂势倾盆，衣巾尽濯足并跣。亭亭飞瀑挂丹山，翻澜莫测浍与畎。槁苗遍野勃然兴，生民造化藉旋转。我朝鸿福荷苍天，山川效灵百神勉。牲牢酒醴杂前陈，婆娑蹈舞欢相演。髯幡夹道送神归，我为述德纪瑶简。

董朝仪

字凤来，号西冈，慈溪人。乾隆丁酉举人。官淳安教谕。有集。

《慈溪县志》：朝仪家贫，母孙婴疴疾，资馆谷供医药。

主讲德润书院十余年，多所裁成。以截取知县，改教职，选淳安教谕。用平时课弟子法课诸生，文风丕变。值岁旱，乡民千余拥县堂报荒，求免粮。令仓皇无策，朝仪谕之散去，卒由府详请缓征，县民德之。

春日游马鞍山绝顶

深谷盘珠宫，众峰错如舞。磬声振幽林，超然豁尘罟。雪霁薄云寒，欲雨欣未雨。山僧趣味佳，邀予观茶圃。忽焉闻溪泉，曲折岩中吐。万斛洒珠玑，陡下捷于弩。松风相与鸣，逸响清肺腑。沿流信步行，异景看无数。言寻祖庵游，化城余荒土。老树郁苍枝，骇绝树边虎。凝睇转怡颜，石态真奇古。好鸟向人呼，凉飔动翠羽。乃知万山中，静机之所聚。愿结是间庐，长与修篁伍。高峰势参天，恍惚云里睹。登此足大观，兴豪力自努。攀藤兼扪萝，路削气频煦。振衣于其巅，万象列眉宇。纵横开青黄，野田悉春煦。傍水亦依山，远近排村坞。南接天童山，极北推石柱。达蓬望神仙，金阙□可俯。带水各弯环，东至皆斥卤。大海回紫澜，隐见冲波舻。快哉骋远眸，郡邑同环堵。与僧订后期，还宜携嘉醑。兹行本无心，至理随时取。层累以为基，浅尝勿谩诩。缅惟古圣人，学者之真矩。泰山小天下，东山亦小鲁。

秋日怀二弟与明都中

辛苦怜吾弟，年年总远游。依人方弱冠，惜别又新秋。地冷霜花重，情遥月镜浮。客中宜自爱，早晚望添裘。

愧我为兄长，谋生任汝贫。久知京国梦，时向故园亲。夜雨青灯永，高堂白发新。尚无忧内顾，所望雁鸿频。

和胡艮斋广文资西寺看梅原韵

篮舆曲拆傍山涯，出郭新晴趁日华。廿里冻云浮雪海，十年清梦落梅花。相邀南国风流客，列坐西方般若家。醉后凭栏齐入画，古香疏影任横斜。

送从弟梦赉之蜀

旧来雅望重文坛，壮志宁辞蜀道难。壁峭峡中天一线，云横栈上路千盘。轻舟移处啼猿急，朔雪飞时匹马寒。此去不忘群从意，梅花好寄数枝看。

行经法华庵

微云欲散树冥冥，流水无声昼掩扃。半点俗尘飞不到，磬声敲出众山青。

黄定文

字仲友，号东井，鄞人。绳先子。乾隆丁酉举人。官江苏扬州同知。著有《东井诗文抄》。

《鄞县志》：定文从学于卢镐、蒋学镛，得全祖望之传，慨然有经世之志。历知广东清远、饶平、电白、归善、揭阳、海阳、德庆诸州县，所至清会匪，惩巨猾，平狱讼，禁械斗，奖贞节，兴文教，治行卓然。课最，升扬州府同知，将赴任，值博罗县民陈烂屐四反，总督吉庆留定文于粤，随营办事。定文谓总督曰："烂屐四不足忧，所虑者，博罗一县与归善、永安、陆丰、海丰、揭阳接壤，山箐深密，匪徒啸聚其中，恐因此相煽，愿公择守令廉明者，驰往安集，而以兵威摄群盗，庶可以绝乱源。"庆不听，令随前布政使瑺龄相机剿贼，不月余，烂屐四平永安，贼复揭竿起，庆即召定文，曰："不听君言，又起事矣。今以归善、海丰、陆丰、揭阳属君，并予檄得调兵为卫，至则分别镇抚，出手书谕以自新。"地方遂安。寻赴扬州任，历署徐州、松江、常州，江南饥，力请大府截留采买米四十万石平粜，米价顿减，民尤德之。未几乞病归，家居十余年卒。病中闻高阳堰决，淮阳大水，犹口占诗示同人，有"尚有忧天心未了，谁将运海策先陈"之句，其惓惓忠爱如此。

董沛曰："先生始令广东，以循吏著声，高年解组，筑息园以居，与二三老友晨夕觞咏，诸子弟俱负文誉，各有著述。百余年来，吾乡旧家惟黄氏称最盛焉。"

茌平道中风雪

朝雪良易盈，终朝满庭除。山门望长路，高下迷村墟。海若掀波涛，白浪吞江湖。天低入平野，万顷云模糊。岂知物态奇，变化争须臾。北风动地来，元气随呵嘘。江山失平远，千岩叠嶔岖。飞来万古石，突兀横交衢。何当踏层崖，赤脚凌荒墟。高咏《秋水篇》，浩荡供清娱。但恐行路难，冰天易摧车。愿言寻往辙，慎勿争前驱。

太康王烈女

阳夏古名区，风雅闻谢女。卓哉琅琊裔，贞烈迈前古。婉婉闺中秀，郁郁集荼苦。五岁失所恃，稚妹相噢咻。九岁结丝萝，二十叹修阻。良人病连年，遥望独凄楚。剪姜机上段，丝丝拆愁缕。缄姜箧中衣，斑斑泪成雨。妾今未呈身，端忧谁寄语。忽传丧所天，志决身早许。呼妹前致辞，含酸咽不吐。生少遭闵凶，提携共尔汝。穷阴瘁物命，终竟隔阳煦。大义我有宜，孝顺汝力努。托命朱丝绳，从容得归所。高风激颓靡，过涉易所取。儒生好持论，分别穷铢黍。岂知心自安，不为虚声鼓。伊余载辀轩，阐幽职宜举。歌诗勒贞珉，持作风声树。

阮三树南别二十三年矣，丙寅初夏再赴官粤西，过维扬留饮十日，黯然而别，赋此却寄

迢迢倦飞鸟，日暮返故山。故山无栖枝，回翔复云间。

云路杳难尽，况复羽翮残。中道逢故侣，相语徒间关。

间关复何为，垂老还别离。十日当百年，后会安可期。世味久已谙，且复啜其醨。楸枰待收局，辛苦支残棋。

残棋劫未了，有子如孙小。骨肉半凋零，相对成二老。食蔗晚境甜，有虫甘集蓼。集蓼岂所甘，志士苦一饱。

一饱万事足，营营良自苦。何当息余阴，息我以老圃。题名幸已就，此屋知何所。余拟于故居荒圃中作屋数椽，名之曰息圃，树南欣然为书榜，而屋故未就也。愿保黄发期，桑榆犹可补。

黄河

黄河下孟门，千里一喷薄。故道失北流，却行入徐宅叶。小山不相让，当流出垠堮。间以金堤扫，逼仄护墟落。譬如百夫雄，翻为群儿虐。跳走复前拥，捉肘压肩膊。遂令万里气，蓄缩就戎索。我闻搏猛虎，蕴怒在急缚。岂有河伯灵，终古守屈蠖。治水勿争地，古训宜可酌。安得遣庚辰，禹甸更荒度。

息县渡淮

昔岁涉江河，今年溯清济。更于长淮流，寻源得奇诡。光山之北息县南，西隔胎簪几日耳。并包纵复挟细流，不信奔腾已如此。我来三月春水急，元气漫空杂嘘吸。直疑锁脱无支祈，鞭起长鲸作人立。百川要归海，独者方为宗。奈何安东境，并与黄流东。邗沟倒入江，瑟缩如附庸。渎不为独同非同，岂知流弱源反雄。呜呼！流弱源反雄平陂，岂得长冲融不见。汝颍涡蔡百流集，浮图千尺洪涛中。

西山行 有序

余自辛丑出都，循太行，南至汴，已复往来，相卫河阳，循山而西者。再癸卯，寓山阳中道村，晨夕倚太行，草笠芒鞋，徘徊吟眺，见之者以为山中人也。白云时起，辄复引领南望，乃作此以寄故乡知旧。

朝行西山道，暮宿西山沟。马蹄一蹴燕赵魏，青毡忽落山尽头。饥餐山阳云，渴饮山阳水。光阴荏苒春复冬，回首燕山几千里。我闻此山天下脊，肩掎天坛夹碣石。鸿蒙荡汨元气屄，苍昊还教应龙躔。应龙盘盘千万丈，下与山村作屏障。烟树微茫山霭凝，羊肠有路疑天上。天上停云望有无，故乡南去接平芜。平生脚底山多少，一粟何时置海隅。

明月山寺怀古 寺有刘豫阜昌年碑

明月山阁千仞巅，横空兀立非人间。手扪月窟不盈咫，狂歌抱月眠苍烟。山荒地绝何年寺，坐阅中原几儿戏。残碑半折土华新，拂拭依稀大齐字。忆昔海上金风高，魔君试手苍生鏖。纲船错进南朝桧，宫锦旋装遍地桃。何来破镜私黄屋，桥断天津杜鹃哭。河阳直北走幽燕，祝圣平开化城国。金人以河南、陕西界豫，此地在河北，未必属豫，盖豫于界上筑寺，以祝谢金人。阜城逆竖阜昌年，恶札仍将乐石镌。可怜德士频搔首，金佛犹残玉叶冠。道君改僧为德士，赐道冠。怒虬忽掣宫门榜，《金史》：豫末年，龙起汴京，抓灭宣德门榜字。瞥眼青城一反掌。山头古佛本无情，岂有龙天护妖蟒。我来欲奋朱亥椎，碎敲顽石成寒灰。千古是非判一笑，当头有月且衔杯。

禅陵行

浊鹿城头北风起，夜闻山阳泣山鬼。曹家寒食汉家坟，翁仲无情堕铅水。当时神州悲陆沈，两京陵墓成荒岑。祠官旧事空投玉，校尉新衔有摸金。征西将军老不死，墓上曹侯竟谁是。虎皮羊质五官郎，抱颈轻狂作天子。岂知刚卯摧金刀，转眼又失当涂高。赤符未绝中兴汉，白石先闻

黄定文

大讨曹。至今日暮行山路,回首铜台复何处。春雨曾传卖履愁,秋声谁觅西陵树。君不见,长安石马嘶昭陵,会稽杜宇啼冬青。抔土山阳还好在,人间玉碗几漂零。

挂剑台

翻手为云覆手雨,世上交情贱如土。延陵公子轻王侯,死生不负心相许。我来洒酒荒台暮,猎猎悲风起陵树。剑光列缺走狐鼠,夜半青磷石人语。君不见,鱼肠一进专诸手,湛卢飞去金精朽。少年锦带佩吴钩,国老精魂怨属镂。安得太阿归季子,让王陵树叫鹎鹍。

冬初南郊僧寺寻菊期九山不至

萧萧枫叶落,尚有菊花期。选胜因初地,分香认酒旗。敝裘寒未典,孤棹雨偏宜。却问倪迂老,元关好自怡。

镇江

日暮团茅住,侵晨上栈车。江声横北固,山势入南徐。浊酒消寒节,春风接岁除。时平失天堑,万里一车书。

宿南顿

沙岸平如掌,驱车趁夕阳。名犹存顿子,人说祀萧王。风俗余淳古,川原接混茫。遥瞻项城道,怀古意彷徨。

中秋同人饮放鹤亭

兀兀秋将老,登临兴倍豪。水明残照远,山接暮云高。客意看归雁,狂吟付浊醪。多情故乡月,流影落亭皋。

方城道中望内乡诸山

得得征车往复还,方城西望郁孱颜。人行朔雪严风路,诗在秋林夏馆山。古木丛祠吟楚客，断云流水接秦关。稻粱忙尽孤飞雁，输与汀鸥自在闲。

山村杂兴 录二

缁尘浑欲忘天涯，风味山阳事事佳。帽侧乍穿藤刺径，屦香初过术花崖。幽兰三径空怀楚，黄橘千章早渡淮。<small>村人善接花，南方花果无不备。</small>学得接花春在手，满天膏雨试安排。

竹屋深深拥翠苔，琴尊稳置白云堆。怀人应向百泉去，有客近从盘谷来。千里青山围步障，百年乔木认遗台。平生赤水丹山住，拄杖还从福地回。

重游月山寺

回首云峰续胜游，百年踪迹一浮鸥。山灵不厌狂歌客，诗兴还寻抱月楼。万里关河接瀛海，四山风雨入清秋。重来莫笑苍颜皱，不碍恒河见性留。

雪后武陟道中

生涯驴背逐飘蓬，雪后征途罨画中。山约晴云头早白，水醺残照面能红。酒香南市三家店，人语西楼一笛风。遥认碧峰层叠处，候门应已走村童。

彭城

形势中原百战场，雷霆曾压旧徐方。夷庚古道横衰草，典午新州接大荒。<small>东晋以彭城为北，徐在边界。</small>平世间阎占豹变，古来豪杰半鹰扬。而今汴泗交流处，万里恩波下吕梁。

春日张古余太守招同苏常二郡守登平山堂

平山宴集追前辈，胜日登临五马齐。鸟破夕阳天远近，水分青草路东西。欲残楼阁犹金碧，过雨花枝半笑啼。问道斐春红芍药，几围金带出招提。

雄县

边声飒飒古雄州，十里平桥带冀幽。苦爱东南好塘泺，春风何处蓼花洲。

初至河内中道村 录一

舍北溪南曲径深，娟娟翠筱足幽寻。千秋一个嵇中散，占断山阳旧竹林。村去古山阳县甚迩，多竹林。

游水峪寺

暂拨红尘到上方，白云影里又斜阳。山僧头白不出寺，手种赤松今许长。

汪国

字器卜，号荚湖，鄞人。乾隆丁酉举人。官上虞教谕。著有《荚湖诗文集》。

《鄞县志》：国工诗、古文辞，才思敏捷，下笔立就。赴礼部试，或爱其才，欲为先容，国曰："为此则身败名裂矣，一第何为。"家贫，拮据奉母，而性疏旷，得钱辄尽，每引觞高吟，视世事漠如也。授上虞教谕，半月遽卒。

《碧溪诗话》：荚湖熟娴史事，诗中议论往往有裨史学，而五七古气力雄健，所咏金石诸篇，论古多前人所未发，不徒叙次摹拓之工而已。

四照楼追怀施愚山先生

学仕期俱优，行谊为之始。宣城古醇儒，终身饬伦纪。余力肆篇章，粹然抑奇诡。国风小雅音，茫昧谁寻企。公秉烛照心，契合古人轨。邈哉百世后，复睹温柔旨。山左齐鲁墟，辀轩来造士。颂磬暨雅歌，洋洋日盈耳。至今洙泗风，犹自被乡里。文章与治术，渊源皆有以。庶追圣贤徒，一雪虚声耻。高楼奉瓣香，敬为子施子。

与姚礼部佃芝梁观浯溪中兴碑

礼部远使西粤归，登堂示我浯溪碑。碑高数丈字如掌，是谁巨手能镌治。初从溪边弭棹入，荒藤老树相蔽亏。月明访胜偕佳客，摄衣直上攀厜㕒。是碑一见惊初遘，命吏摩拓存其规。装潢不敢凡手亵，什袭常恐神灵窥。忆昔天宝乱戎马，青骡蜀道几颠危。六军方食杨钊肉，佛堂生诀双泪垂。仓皇形势已若此，普天岂肯从戈麾。前星一夕践宸极，顾盼六合如指挥。忠勇更得李郭将，收复两京不逾时。荐功七庙刻贞石，中兴称号良自宜。次山文章推作手，嘘拂寒壑回春姿。鲁公书法迈虞褚，劲气盘郁生蛟螭。芒寒色正数百字，大文照耀天南陲。导扬盛烈臣子义，但有忠爱无微词。抚军监国太子事，事有权变宜熟思。假使仅守匹夫节，区区小孝能尔为。西内孝养诚未尽，胡乃先事与刺讥。吾观宣和避敌日，亦如天宝遭陵夷。力扶太子正大位，陇西丞相定群疑。当时夫岂昧大义，非此无以令藩维。涪翁诗句擅老硬，深文或者多阔违。读书论古吾岂敢，观碑有触聊及斯。

回风闸辛稼轩故居

一片青山气未埋，故居何处认荒斋。早年目已空全史，垂老心犹望两淮。只有布衣堪作伴，绝怜伪士苦相排。当时十论知谁省，健饭廉颇自怅怀。

虹桥修禊处追怀阮亭先生

不见渔洋老谪仙，虹桥禊事记当年。揭来六代消魂地，坐我二分明月天。小杜风流原绝世，大苏墨妙本无前。江南何限青山好,输与先生荷锸便。公《冶春诗》中有"江南无限青山好,便与诸君荷锸行"之句。

潘健山

号龙溪,象山人。乾隆丁酉副贡。著有《龙溪草堂集》《学古诗抄》。

春日冒雾上双峰斋

灵鹫郁峥嵘,春来拨雾行。举头迷去路,回首失归程。不雨沾衣湿,非云傍马生。斋门关不住,为有竹风清。

闲吟 录一

睡起柴门日已红,披衣闲步小堂东。阶前草碧含朝露,岩上云飞散晓风。事不干人居自静,心惟无我看成空。是周是蝶伊谁辨,觉后才知在梦中。

李显廷

字东邨,定海人。乾隆戊戌岁贡。官山阴训导。

股堰颂德诗

至人有精诚,庸庸笑其愚。用心至于极,其迹反类迂。不然投片肉,五尺知计疏。曾是救夫者,为此无济乎。堤坏人徒嚣,堤成人徒誉。不念寸心苦,远与庸流殊。从此识众理,小大同一趋。诚无不可格,勿视身区区。

送绍兴太守百至斋先生 善 遂初入都

典领名都已十年,行旌江上忽飘然。从无苛政为民累,兼有恩膏润物鲜。八邑颂如前日事,一钱清比古人贤。临歧欲挽难留辙，且向长亭试执鞭。

张鲲

字象厓，号斥薑，鄞人。乾隆己亥岁贡。著有《习静楼诗草》。

同友人看月

秋月多惨凄，不如春月色。爱此诗家语，散步邀丽泽。同至太平桥，同坐太湖石。俯视水中天，浪花翻皓魄。拾石下投之，割然碎员璧。流光复变幻，蜿蜒跃金鲫。笑语正喧阗，悲来增太息。公等明日归，我作江南客。可能长欢赏，夜夜如今夕。月色无春秋，悲欢随所适。

千尺雪

炎夏暑气微，飞泉皑如雪。谁假巨灵威，手劈苍崖裂。名山多瀑布，客游怅隔绝。何如千尺岩，消我三伏热。激石跳珠圆，溅波霏玉屑。赤地叹三农，泉声听呜咽。

虎丘看玉兰

虎阜山后迎春花，花开烂漫枝杈丫。平生吟赏非一处，睹此不禁增叹嗟。西邻有树亦相若，花枝低亚傍眉阁。岁岁逢春沽美酒，晏坐窗前对花酌。今春我向江南来，春花此际复正开。妻孥见花不见我，知应惆怅酌金罍。破云亭里更堪忆，老树着花千万亿。主人破悭宴诗侣，云峰《招赏诗》有"花破主人悭"句。开我吟口闭不得。云峰近日客江西，雪汀又闻栖会稽。记说园花莫辜负，云峰诗有"莫教辜负一园花"句。走看谁与伴云溪。鹿亭故宅寅清轩，绛纱帐设经三年。董崖刘夫子卜居于鹿亭胡先生宅中，延予馆于其家。闭户读书不寂寞，亦有花开二月天。可怜托足无定处，昔在其家今在署。刘夫子以州同知借补苏州府经历，复延予至署。正如花瓣落纷纷，飘荡无心逐风去。寻花欲为解旅愁，日望檐前雨脚收。一树好花来眼底，卅年往事到心头。故乡所见何足数，纵有此盛无此古。爱之不欲久留连，此间信美非吾土。

菊

秋花不世情，蓬户也丛生。黄重霜枝亚，青翻雨叶明。书披鸿烈解，人对伯夷清。吟罢惊回首，遥空雁一声。

游桃源乡二首

不见桃花面，春泉涨碧溪。人从樵径入，鸠上鹊巢栖。采石寻鹅卵，游鱼认马蹄。溪中小鱼名马蹄。夕阳偏败兴，山路白云迷。

山禽破晓啼，起步小园西。树穴蟠松鼠，篱根走竹鸡。涛声落翠岫，樵唱隔清溪。倏忆桃源记，重寻路恐迷。

祭灶日赴江南

人尽归家日，吾偏作客时。贫憎儿女累，别畏友朋知。江冻潮无力，林空雪满枝。孤舟惆怅甚，拥被漫吟诗。

别内

入春新月满，去路好风吹。别惯今还痛，愁多向自知。单衣怜弱女，失学念痴儿。定羡梁鸿妇，游吴许共随。

泊舟

轻舟系古岸，斜日步荒村。客聚喧成市，农归笑倚门。烟凝迷树色，潮落露沙痕。吟眺秋江上，幽怀孰与论。

夜坐

兀坐谁为伴,风灯花落时。一星垂竹叶,孤月挂桐枝。夜久绨衣觉,秋悲蟋蟀知。阶前声唧唧,肯助我吟诗。

重题剑池

重来更欲问吴王,殉葬如何用剑铓。三尺未能仇越国,一抔徒使破秦皇。春流阔处苔痕绿,秋水低时石发黄。转盼池头风景异,漫嗟陵寝半僧房。

秋兴

砌筠老去翻成紫,篱菊残时不改黄。拟共春花滋雨露,奈从秋圃傲风霜。负才未必天真忌,忤世还因我自狂。为赂画工金弗肯,至今青冢痛王嫱。

蝉

走食奔衣莫肯休,清高与世独无求。声声止了凭谁语,绿竹风前却点头。

食弹涂感赋小诗赠周六

调羹臭味最相宜,屈首泥涂世莫知。阅尽风波长努目,只将肝胆向君披。弹涂但有肝胆,一名肝胆鱼。

周世武

字定国,一字书巢,鄞人。世文弟。乾隆己亥举人。

和大兄秋怀诗

草根啼寒螀,细碎无端绪。岂尽怨秋风,时至各自语。骚人不堪闻,只恐增愁苦。空中有鸾凰,轩轩自霞举。长啸碧云间，清音谐律吕。俯视啾啾者，终不离泥土。

山瘦骨自出，野旷云相连。霁景出远岑，暮色浮村烟。书来归雁后，病起秋风前。之子有新诗，了不事雕镌。出语到平淡，如水清且涟。使我不能忘，远望将眼穿。

食蛎

嶐山峙海隅，什伯相黏结。蠢然一物微，亦解潜深窟。土人知隽味，缘崖日采撷。只应为酒徒，句引出岩穴。<small>杨廷秀食蛎诗也，被酒徒句引著，荐他樽俎解他颜。</small>譬如凿石䃥，中得青玉玦。矿壳虽外缄，眉目仍内缺。清不数玉珧，珍堪陋石蛣。年来饱忧虑，肝肠愁内热。冷然入齿牙，快如嚼冰雪。虽非合涧姿，品格总独绝。连倒昆仑觞，两不厌饕餮。他年忆此味，何由解消渴。作诗记余欢，芳鲜犹在舌。为语谢永嘉，可否匹海月。

冬日独游玉几

寒飙卷地岩泉冻，一鉴冰池凝不动。忽逢微暖出林梢，已有流澌生石缝。是谁导我山间行，两峰幽禽发新哢。苍髯老叟笑相迎，更吸清风作三弄。饥肠不饭香积厨，但嗅黄梅作清供。岁暮何人解往还，山僧留我容疏纵。覆鹿生涯乍有无，亡羊臧谷奚轻重。不如与之无町畦，仰视飞鸿天宇空。长歌脱口谢雕镌，山鸡登木牛鸣瓮。归时为记塔影斜，西峰落日红相送。

郑竺

字弗人，号晚桥，又号蕉雪，慈溪人。性孙。诸生。著有《野云居诗稿》。

《樗庵存稿·墓表略》：君为诎斋先生之子，少颖异，读书目数行下，未冠补诸生。酷好诗、古文词，与鄞张望槎、同邑顾鉴沙、桂虚筠为诗会，唱和无虚日。客游武林，杭之诗人鲍绿饮、魏柳洲复招入社，前辈杭堇浦、金寿门诸公亦器重之。未几，而君父诎斋之祸起，诎斋素任气，好急人之急，或以蜚语闻于有司，悍吏持符日夕叫嚣于门，君奔走营救，事不可猝解，乃先后避之吴中。君以父被诬未白，又心系念其母，悲愁侘傺，托之笔墨，率多酸楚之音。及事定，喀血不止，病中长歌短吟，一往凄绝，竟以此卒。其遗诗余为论定之。

雨中

春日苦连阴，一雨转明媚。近花雨多红，近竹雨多翠。默默替花愁，沉沉怜竹醉。怅然念离人，疏疏滴清泪。

题家藏陈章侯画石

先公寒村有石癖，薄宦归来无长物。室中岂乏书画陈，独爱老迟一拳石。我闻古之米襄阳，平生画石如画人。老迟不肯尚奇怪，淡沱云烟疑有神。腕下灵空无宿稿，不生秋苔与春草。悬对石叟静无言，新月半钩出树杪。

任三秋帆诵东坡改白香山寒食诗，闻之凄然，和其韵

败冢倾欹支槁木，黄狐夜抱骷髅宿。清明无物不凄凉，野草青青春水绿。纸钱作蝶飘远树，夕阳冷照牛眠处。故鬼莫与新鬼争，鸦衔麦饭高飞去。

吴江夜泊

渔灯远明灭，夜色近高城。抱被此同宿，停杯无限情。沤寒依苇立，山静见烟生。便识江湖味，扁舟风水声。

薄暮过大慈庵次雪峰韵

鸟啼春墅晚,一径野烟生。客至披襟入,樵归隔水行。思随官柳发,心共佛灯明。独念远游者,萧条江上情。谓桐墀夫子。

晚过余安民渡口寓舍

问字归来夜色新,渡头风景尽怡神。渔舟似鹜依清渚,灯影如虹射远津。几处好花双画桨,一天明月两闲人。回帆未用南风便,夕馆逍遥意转亲。

芳草和严二力阍韵 录一

青茸初褪紫抽芽,远带疏烟近隔花。谢氏池塘诗入梦,杜陵寒食客思家。落红是处铺华屩,碾碧无声走钿车。惟有东风知此恨,年年吹上玉钩斜。

有感

秋老天高四野明,湘兰澧沚不胜情。已辜九日看花约,空忆天涯走马声。风障寒山迷木影,月昏衰草断虫鸣。楼头对镜容颜改,清鹤从怜太瘦生。

过薛一瓢雪南郭草堂漫作 录一

浅浅围墙短短篱,门前鸥鸟许相窥。坐听庭树秋声起,又值先生扫叶时。

郑甲

字孚春,号雪桥,慈溪人。竺弟。著有《雪桥居士遗稿》《闲情草》。

《两浙輶轩录》:雪桥为寒村先生曾孙,弱冠有文名,善琴，工书画，尤精算学，以不得志抑郁成疾而卒，年二十四。病中尽焚其生平所作，存者其焚余耳。

吴兴道中

吴兴风景好，烟树望中微。荻岸青帘市，桑林白板扉。前途方漠漠，别绪尚依依。宿鸟归南浦，双翎带夕晖。

春归杂感

三径蓬蒿静掩扉，竹鸠啼雨送春归。秧针出水如罗染，柳絮黏天作雪飞。小饮不辞桑落酒，薄寒还试薜萝衣。闲来独自登楼眺，一缕云烟积翠微。

花落平芜点碧苔，茶铛药裹镇徘徊。稀疏朋侣残棋局，烂漫心情槁木灰。鹊尾重熏人独坐，虾须间卷燕双回。江南风景还堪忆，细雨山塘泛酒杯。

箫声无复卖饧过，红索秋千冷岸莎。三月莺花如客样，一春风雨奈愁何。翻阶历乱犹红药，挂壁萧疏但绿萝。最是鬓丝禅榻畔，支颐长著病维摩。

插架犹留蠹几编，买山未得杖头钱。一痕漏补相如壁，三尺潮通米芾船。愁里琴樽容小憩，客中樱笋记前缘。青袍白马兰成恨，感尽流年倍惘然。

春暮留别吴门诸公

门外东风扬曲尘，离怀渺渺一番新。鞭丝帽影皆愁绪，清酒明灯忆故人。短鬓白添今夜雪，空花红笑少年春。石湖烟月山桥柳，迢递乡园梦亦清。

桂成章

字焕文，号朗亭，慈溪人。潏子。著有《纪游集》《燕植堂诗稿》。

春日招友

春初天气和，闲居澹众有。眼昏犹喜书，量窄未恶酒。负暄弄稚孙，得句怀旧友。还能从我游，孤山探梅否。

东郊漫兴

乘兴步东郊，行行慰寂寥。异乡无故旧，春水尽江潮。偶失山前路，来寻溪口桥。问途归客馆，风柳晚萧萧。

永州道中

碧水澄鲜映野花，山云初敛日将斜。归鸦薄暮方投树，倦客逢秋正忆家。故国那堪违岁月，边城犹是隔烟霞。风尘日逐羊肠道，赖有溪山兴不赊。

童载赓

字鸣和，鄞人。监生。

偕友步弦溪

地静峰回处，悠悠伴客行。飞泉危石激，绝壁乱云横。竹密人无影，松敧山有声。与君拌一醉，名利两忘情。

徐望

字东圃，鄞人。监生。著有《望云集》《于斯堂稿》《东圃偶存》《飞暮集》。

过大皛岭

韭山不甚高，拾筇登其岭。险仄不能前，望之几缩颈。胡为山中人，披茸任驰骋。尚有负担徒，往来不俄顷。而我步实艰，行之心怲怲。岂其生长者，果能以巧逞。遥思蜀道难，即此当警省。行行不数步，气抑复引领。及上最高巅，依稀生暮景。危坐一平眺，恍然得异境。爱此不欲还，满袖秋云冷。

双玉瑴歌用汪菱湖韵

何年古璠玙，玲珑作双杯。方圆围径寸，劙刻疑云雷。洁过明月珠，净比青琉璃。罔识何代物，将毋周秦遗。炫市久不售，太息知音稀。自愧客囊空，欲头无余资。柯亭竹欲枯，爨底桐将灰。可怜世上儿，竟将砡砆持。看罢发长叹，怀宝空尔为。欲将千古泪，共洒荆山陲。

濠上吟

南华老仙去不回，我今观鱼临清涯。烟锁寒流郁未开，缅怀千古空徘徊。水乐鱼耶鱼乐水，孰是鯈鱼真知己。鱼知有乐即非乐，庄子拟议从何著。人鱼之乐原不同，悠悠乐意谁相通。若究个中真乐趣，人鱼之乐还无二。庄周观鱼羡其乐，鱼观庄周亦如是。鱼为庄周周为鱼，谁能观化齐空虚。试问真乐何处求，无鱼无水无庄周。

夜泊扬州

寒夜维舟稳，萧条忆别离。灯残花欲堕，衾冷足先知。越语惊乡梦，吴声变竹枝。计程原易到，风雨为愆期。

岁暮感怀

望断行云腊月天，残萝古木夕阳前。江山长泪英雄老，梅柳交催景物迁。冻雪后无新酒债，穷愁中有好诗篇。_{时遭火灾。}匡庐兀坐无聊甚，为读离骚一黯然。

冯绍枢

字宸紫，号虚斋，慈溪人。金澎子。诸生。著有《友古堂诗正续抄》。

《溪上诗辑》：先生少承其父屿斋先生家学，有经济才，成诸生即弃去，游蜀中三十年，制府开公延为上客，条陈利弊，多出先生手。金川军务告蒇，欲保荐之，力辞以归，逍遥里中，丰神散朗，望之者咸仰为神仙中人。尝手辑里中交游之作，多至百余家，林鹿园先生《溪上诗抄》多资以采录。

重阳登高用尤西堂先生韵

风雨连朝至，行游趁夕阳。野花三径烂，鬓雪一头苍。落木秋声劲，孤踪暮气凉。徘徊重跳望，何处是吾乡。

赠宛陵吴挹山

江左风流客，城南处士家。薄游逢远道，多病滞天涯。豪饮觞频促，闲吟手屡叉。他年相忆处，山色敬亭霞。

寄内

廿载离家两过门，西窗珍重话长存。抽残针线愁千绪，望断刀环月一痕。琴剑飘零余白发，米薪擘画阅黄昏。何时共隐东篱下，插竹浇花上午村。_{里居名上午。}

卧龙桥闻琵琶怅然而作叠前韵

冷落天涯倦倚门，秋风一曲我思存。卧龙王业终偏壤，司马青衫余旧痕。锦水无情归梦熟，碧山有路望眸昏。长桥迢递西川道，逸韵悠然江上村。

题钓台

名利关心未息机,频年仪棹此渔矶。何堪白发重流览,山色无言鸥鹭飞。

袁玉麒

字畴三,慈溪人。著有《畴三诗草》。按:《溪上诗辑》作玉麟,今从《县志·艺文》。

登吴山大观台

为爱吴山作客来,大观台上任徘徊。城边湖色连天入,江上潮声带雨回。百里楼台春似海,万家笑语昼成雷。何须谢朓惊人句,且坐云根醉酒杯。

叶今

字希古,慈溪人。诸生。

崇川馆中留别敬敷表侄

岁月何冉冉,屈指盘桓久。人生天地间,岂能长聚首。忝居一日长,已任五年咎。念尔性颇疏,衷言难固守。譬彼南山田,荒芜讵易亩。稍得栽禾黍,芟柞几胼手。野草时时生,保无稂与莠。努力事前蹊,莫寻歧路走。

古人亦有言,立身苦不早。我荷丈夫身,绵绵思远道。性躁发宜迟,迟耐省烦恼。事急处宜缓,仓卒惧颠倒。齿敝舌长存,刚柔分坏好。研全笔易秃,静躁关寿夭。况复邪正殊,成败遂各造。过而后知悔,何如豫为保。英年多意气,和平足珍宝。

周思椿

字景茂，号望云，慈溪人。诸生。著有《望云诗稿》。《溪上诗辑》：望云才藻轶群，早负时望，偕顾鉴沙、冯蔚堂诸人作诗课，望云年最少，词锋淬厉，老友皆让出一头地。后游蜀中，客制军幕府十年，卒于蜀，年四十八。

雨中游圣水寺

入门不见寺，僧舍隐松幢。有水皆当槛，无云不在窗。色空真性见，神定俗缘降。何事催人急，烟波欲渡江。

癸巳秋枊客夔州郡斋得桂海洲闽南书却寄

天涯踪迹阻西南，迢递双鱼意曲涵。秋老夔门初落木，春融闽海正传柑。书作于正月望日。依人况味君如此，作客心情我不堪。往事低徊成梦境，披缄无语对烟岚。

君道行踪是浪传，几回我欲问青天。薄游来去皆千里，小住寻常又六年。楼迥望云清泪湿，堂空印月劫灰然。君家印月草堂已毁于火。可堪载酒题襟处，断雨零风说凤仙。丁丑夏君家并蒂凤仙盛放，同人吟和极盛，未数月，君赋《悼亡》，而余亦有《蜀中之行》。

乐事怜余得未曾，每缘顾影恨相仍。天南雁阵联兄弟，南州、月洲两令弟同客闽南。海外莺求洽友朋。顾鉴沙客台湾。劳我梦魂千里月。照人心迹一窗灯，慈湖烟水新开镜，何日扁舟共采菱。

孤飞倦翮久思还，况复兵戈扰攘间。时大兵征剿金酋。岂有韬钤供挞伐，合将身世付窗间。满江春水生巫峡，一片云帆出捍关。寄语故人莫留滞，相期剪烛话巴山。

余江

字石台，慈溪人，诸生。著有《醉云楼诗草》。

柯讷斋先生《序醉云楼诗草略》：先生屡踬秋闱，无所发舒，浪游平湖乍浦者数年，继复挟医术客姑苏，往来淞江三泖间，所至不废吟咏。归里后，与大隐胡处士为石交，所作五古冲和古淡，于诗品尤高识者，谓其源出自陶公焉。

咏蚕

食君几片桑，即思为君死。报施认分明，居然一国士。只有经纶志，那辞鼎镬伤。绮罗多少客，谁不被君光。

饮酒

万物本非真，天地复何有。嗟彼纷纷者，何如杯在手。好鸟鸣檐楹，凉风来户牖。微酣卧北窗，幽趣独相受。新月忽临床，邀之以为友。吾时知有吾，亦且忘乎酒。

宿胡清溪山居四首 录二

涉溪复度岭，剥啄扣柴扉。主人跣足出，云是田间归。桃李垂窗前，桑麻绿四围。松际夕阳乱，竹外孤烟飞。把酒花树间，相对语依依。举首望明月，青山淡翠微。

但道山中事，而无世外情。悠悠林泉中，时闻渔樵声。万虑忽焉息，天真来相迎。微露竹梢堕，凉月潭上生。始知静者机，相感梦亦清。何当出尘缘，终老以耦耕。

晚晴

积雪散江皋，远近转明静。虚窗凝寒翠，墙角淡霞影。空林鸟声绝，落日孤村冷。

美人哀

重瞳泣,美人哀,江东霸业何危哉。汉军四面楚人歌,虞兮虞兮可奈何。王英雄,莫短气,妾弱质,何足贵,效死王前王勿苦,此身不与汉家房。倚声含泪歌一阕,壮士无色肝肠裂。沐猴一败虽无成,犹使千年传女烈。呜呼!睢水获,垓下死,虞兮虞兮足悲矣,吕后归来见天子。

春雁

嘹唳两三声,春深雁北征。一天风月字,万里弟兄情。冷暖知时地,关山孰送迎。稻粱谋愧尔,何处可飞鸣。

寄怀胡处士四律

江村长寂寞,寒夜别愁新。霜落悲孤雁,月明思故人。溪山千叠梦,诗酒半闲身。近有烟波癖,相期买钓艑。

世路羊肠险,君情近若何。浮名虮虱眇,白日虎狼多。钓月栖岩石,吟风种薜萝。清溪幽寂地,惜我未能过。

孤墅闲无赖,晴窗落日残。晚鸦喧古木,新月上回栏。愁为谋身集,诗缘俭腹寒。步兵胸垒块,薄酒岂能宽。

细雨孤村夜,挑灯忆旧时。醉吟烧短烛,清梦落残棋。瓮熟陶家秫,囊敲李贺诗。疏狂鹦鹉赋,吾辈总非宜。

村居遣怀

世事原多故,闲情得自怡。沙盆红石细,春雨绿苔滋。嫁女妻为主,课儿我作师。杜门随意好,与俗总非宜。

秋莫同陆珊佩边汀芝登西海塘

云海湖光西复东,振衣同上沆瀣空。天分斗女苍茫里,地限沧桑咫尺中。千树夕阳明雉堞，万山晴雪撼蛟宫。归来荡得尘胸净，磊块何须白堕攻。

吴门送春时张萼楼北上饯别虎阜

年年春到为情痴，风雨凄凉蓦地知。梦里关山行不得，闲中岁月逝如斯。何人载酒长洲苑，几日飞花短簿祠。偏有文通添别恨，销魂正在客征时。

寄李逊斋客云间 录二

经年弦管动离思，醉后萧条不自持。贫病交添头上雪，湖山争助客中诗。秋风院落虫吟夜，细雨江南梦到时。回首西窗同剪烛，满庭红叶乱书帏。

懒癖柴门独自居。荒村幸得故人书，已知世路羊肠险。谁想功名蚁梦虚，江上白萍愁客棹。树头红叶缀吾庐，近来若问关心事，整顿筹箵欲捕鱼。

学医

学书学剑两无关，要向龙宫见一斑。几个仙翁留旧迹，谁家宰相住深山。神明总为通元奥，肺腑何曾说痾瘵。肘后可能容我老，不辞辛苦救尘寰。

积雪四绝用祖咏韵 录二

曙色添窗纸，微冰碍笔端。风来孤墅霁，日暖万峰寒。

浓云封树杪，冻雀啄檐端。晓气侵入骨，梅花寒未寒。

七夕词

肃拜称臣笑柳州，累身只为巧添忧。不如我懒陈瓜果，一任天真拙到头。

邵瑞年

字信祚，镇海人。诸生。

怀家大人在宁河署中一律柬陈蓉川

春风杨柳秋风叶，屈指春秋思百侵。两地梦魂悲父子，半期家务逼身心。疏疏衰草经烧尽，淡淡微波敛水深。沙漠萧条谁是伴，几回翘首伫鸿音。

沃昌淦

字容舟，号筠斋，又号洪山，镇海人。由监生授州同知。著有《修竹轩倡和稿》。

感遇次胡镇东韵 录三

时物多变迁，山川无今古。彼苍默不言，造化周寰宇。攘攘竞营求，忽焉一抔土。吁嗟豪士流，前代存几户。

丹葵向日倾，犹能卫其足。卞和失所宝，涕泣荆山玉。沉醉卧北窗，羲皇制新曲。高歌动我怀，开尊竹叶绿。

驾言泛蛟门，扁舟微风飔。倏忽天地暝，弥望水潋滟。鲸鲵千里横，蛟龙两目闪。瞬息万里通，心平浪不险。

题万湫山庵

山门千古迹，苔藓满阶青。虫绣虚堂画，灯寒一点星。无端风刮垢，也算佛通灵。终岁僧谁伴，乌鸦噪旅亭。

春兴次胡镇东韵 录一

岩居朝夕卧云阴，漱玉鸣琴涧水音。清极方知鱼在藻，静来惟见鸟归林。天心霁月千家晓，谷口垂杨一径深。出处有时谁管得,君平何必问升沉。

乐鸣谦

字于九,号鹤汀,镇海人。著有《鹤汀诗草》。

独坐有感

幽斋独坐自踌躇,飘泊年年负此躯。三万场中人事改,二千里外客身孤。花飞愁看侵窗入,鸟语空闻隔槛呼。竹杖芒鞋都冷落,江头谁问酒家胡。

落梅

占尽春光好梦回,仙姿肯久驻尘埃。露黏飞瓣栖芳草,风卷残香掩碧苔。瘦骨空存虚月榭,冰魂已散冷花台。此时庭院殊寥寂,留待明年再把杯。

胡昌昺

字明廷,镇海人。官江西会昌典吏。

和净公芝山十景原韵 录二

灵芝佛刹

心与境俱悠,神芝映绿畴。灵光元圃积,瑞气梵宫稠。探秀应飞锡,搜奇讵泛舟。商山知未远,遗老已相求。

陈山狮石

陈山峙狮石,兀立最嶙岣。俯瞰形偏远,高居势绝伦。不须声作吼,能使兽皆驯。云雾须臾起,回看迹象泯。

舒宏就

字守愚,奉化人。

守愚轩自省

常持退后心,坐我幽轩久。非守孰非愚,愈愚当愈守。吹船怕黑风,乱性防红友。不知为不知,庶几鲜大咎。

盛超然

字在坡,奉化人。

题范莪亭瓮天居集禊帖字次倪韭山韵

揽古常怀静者流,云山寄迹趣斯幽。天临朗日林初茂,地带清阴竹已修。取次人文观盛会,相将觞咏集群游。暂时晤坐终无极,俯仰欣欣得自由。

流水崇兰契合间,春风管领以人贤。放怀大字情能畅,骋目虚亭兴每迁。悲乐不形同惠抱,短长随遇引彭年。虽然未列清娱室,也激生丝寄一弦。

傅元桪

字载苍,镇海人。官广东镇平典史。

自题珠江泛舟图 有序

予浙产也,宦于粤,粤之山水甲天下,在浙已耳其胜。乙未捧檄来粤,始知若者为海珠寺,若者为越王台,其间画船箫鼓,足供胜赏。今春莅东莞,偕内兄陈鄂楼绘为是图,系之以诗。

迂疏也作宦游人,须鬓相看画里身。百粤山川添酒券,五羊人物助诗神。竹枝谱就多惭谢,兰桨移来且附陈。幸藉郑虔传尺素,风流敢说写吾真。

陈元杏

字朱村,号东苑,镇海人。元松从弟。诸生。著有《东苑诗草》。

题金氏书楼

临波屹峙数间楼,暮霭朝霞一望收。入座涛声如雪卷,傍窗堞影带烟留。昔年客舍愁添雨,此日书斋爽入秋。夜静漫嫌情味索,凉风袅袅听渔讴。

游佛岩寺

羊肠曲径绕溪湾,天设名区第一山。行到林深流水尽,嵯峨古寺隔人间。阴浓路僻夹松杉,转过溪桥见佛岩。仿佛如来窥鹫岭,朝朝花雨洒尘凡。

未到庐山识远公,川流云净一天空。禅机了彻千峰上,世事匆忙在钵中。

陈元林

字西园,号墨溪,镇海人。锡蕃子。诸生。著有《西园稿》。《镇海县志》:元林善画、工诗词,以数奇不遇,自谱明张灵《乞食图》,曲以寓意。性好义友,李某家贫,亲柩停十余年,为敛资营葬。某卒复经纪其丧,恤其子,人以是高之。

拟题刘褒北风图

山崇杰兮川洄漩,长林老木皆森然。惊飙怒发叶声战,对此六月如寒天。中有危峰形陡绝,瀑帘千丈崖崩雪。噌吰落涧撒千珠,激以松涛声更烈。长空有鸟不敢飞,敛翼呀呀失所依。渔舟樵担尽深匿,六合颓阳暗不辉。客来披阅气生凛，浑浩疑非粉墨浑。应知人巧夺天工，画家有此真神品。

水车

伫望长堤试水车，赫曦却羡柳阴遮。轻轮踏尽三更月，香稻纷开万亩花。转轴乍闻声轫辘，田歌半杂语呀哑。村翁来课明朝雨，独立溪头看晚霞。

赋得蝉噪林愈静

夏木森森锁翠烟，墙枝高处有鸣蝉。曼声乍发因风远，别树将飞带韵迁。有客倚栏微雨后，何人拄杖夕阳天。蓬门差喜无车马，长伴诗魂午榻眠。

游天童寺

潺潺飞瀑落檐楹，激入松涛韵更清。一夜乍惊风雨骤，开窗依旧碧峰晴。

陈元棣

字鄂楼，号竹坡，镇海人。

题珠江泛舟图

生绡妆点蘋义之，姊妹相看棹各移。珠海碧涵新柳色，琼波晴映旧蛾眉。诗魔酒癖希朋辈，浪迹萍踪托女儿。我亦十年清梦负，阳春继韵复何辞。

王庆元

字小竹，鄞人，诸生。著有《小竹诗抄》。黄东井先生《序小竹诗抄》略：小竹少与余同事月船、小钝两先生为诸生五十年，屡列高等，卒不遇。及余归自江南，白首过从，久益相得。其为人胚笃，守古道，文若其人，诗亦如之。

隐潭

上山固不易，入谷更不测。洞口玉笋峰，羊肠薛半蚀。退步以为前，展足仍拱膝。丛似独茧蚕，房似酿蜂蜜。屈曲到涧底，危石罗敧侧。雨洒五月霉，光漏三秋日。壁挂瀑布泉，冲破潜蛟室。上有玉龙飞，下有□□出。刲然长啸声，倏忽厚地泐。沿壁溯寒流，中下潭可即。因知造化奇，深闭而固匿。我闻神君库，光怪腾书帙。又闻禹穴藏，雷电护碑刻。壁中苟置书，古香生古色。如何皮陆诗，不同石窗述。褰衣速攀登，漠漠晚烟织。披云出洞门，日轮犹未昃。

重游钱湖姜大雪篁索诗题壁

中流一幅画图开，小巧舟行日几回。屿外乱飞霞影去，波心清送月光来。钩輈鸟语林间渡，欸乃渔讴港口催。容我布帆留十日，此身翻厌住楼台。

端木孝廉_{国瑚}出长句见赠，依韵和之，即以送别

武林风景未全非，十四年来会面稀。可叹头衔同冷落，相看裘马不轻肥。破除磊块凭杯酒，消受才名合布衣。今日长安重握别，相思何以慰调饥。_{时下第，将返苕溪学舍。}

送孙许堂之金阊

留春无计不胜情，蓦地闻君戒远程。底事君身春一样，一年一度送君行。

邱左思

字杜园,鄞人。监生。有集。

闲兴

墨床书架净无尘,次第安排位置新。拂拂熏风频入座,依依嫩柳似招人。哦诗写出暄妍景,临帖摹来瘦硬神。闲里不教愁绪起,又斟浊酒对松筠。

接家书

为怕添愁未敢看,开缄却是问平安。侯门一笑空弹铗,抵得黄金强自宽。

王思庭

字序东,号莪村,慈溪人。诸生。

《溪上诗辑》:先生生平敦本力学,古貌古心,诗不多作,故传者极少。

万香庵步月口占

每叹浮云滓太清,无穷肝胆向谁倾。却因连日滂沱雨,洗得今宵分外明。

王乔龄

字维岳,号剑崖。慈溪人。

《溪上诗辑》:剑崖诗风格遒上,音节高亮,亦吾邑诗人之铮铮者。

古意

东风三月狂,飘我杨柳花。花飞东西去,荡漾到天涯。

天涯何所依，游子苦思家。思家伤迟暮，日落杨花渡。关塞与天连，何处江南路。

杨柳青歌送刘阶符翰林入关

东风三月杨柳青，春郊车马如云行。南驰北走剧纵横，我独携觞上离亭。上离亭，折杨柳，送君行，饮君酒，慷慨悲歌执君手。执君手，可奈何，荒荒落日下平皋，萧萧班马临黄河。黄河冰消春水流，游子归路正悠悠。欲行未行，为我少留。须臾相顾各挥手，扬鞭直入临榆口。风尘自此各天涯，春雁秋鸿但翘首。

归思

落落成何事，十年空远游。乡关频入梦，风雨独登楼。塞雁惊秋思，长江送客愁。目穷云影乱，洒泪湿征裘。

送友之燕

京国驰驱万里余，风尘南北意何如。冯生不待三弹铗，季子无妨再上书。泰岳云山朝立马，燕关风雪夜驱车。凭君慷慨同千古，洒酒荒原吊望诸。

董步瀛

字希一，号槐轩，慈溪人。诸生。

游资西寺

胜迹资西寺，探幽入境深。茑萝新石壁，阶砌老苔阴。修竹冲云汉，山僧淡古今。幸逢一夕话，参透利名心。

管山江渔艇

一声欸乃欲明天，辛苦渔人罢晓眠。却有清风生极浦，尚留残月挂斜川。小桥杨柳烟初散，曲港荷花露正妍。阿姥梳头聊缓楫，随波流到管山前。

悼亡

多病年来强自持，每思药石奏功奇。延医莫遇针茅术，谋鬼空书卜瓦词。衣线未酬游子愿，𥂁盐谁代丈夫司。最怜永诀伤心处，两泪盈眶瞩女儿。

范用贤

字佑忠，号晢衢，镇海人。贡生。

候涛山观旭

海门矗立海之东，崱嶪蟠空气象雄。波涛喷薄千万里，云雾叆叇生朦胧。长夜溟溟深窅筱，雄鸡一声天欲晓。海水荡潏急沸腾，披衣起看心悄悄。倏然羲御拥金盆，潮汐岛屿相吐吞。红光万道海底出，野马天吴海上奔。俨若骏马扬渴喙，欲飞未飞闪熠煜。又若神龙戏明珠，欲攫未攫相驰逐。疑是宝镜悬晶宫，龙女头盆洗玲珑。宁是玉壶开冰室，鲛手捋须手冬烘。火珠跳脱势如坠，金轮辗转扶桑辔。红霞童子新浴出，五采散作人间瑞。

虞汝辉

字章仁，镇海人。诸生。

与净公

我爱瑞岩胜，重峰抱寺门。僧能持戒律，佛早溯渊源。得句清钟叶，谈经白鹤翻。自惭平等性，瞻仰竟何言。

郑南溟明经属题卧闲轩

闻说斋居胜,欣叨畅叙情。三升花露好,一榻午风清。室静鸡啼晓,庭间鸟哢晴。浮舫真不厌,何处许尘撄。

谢佑琦

字昆晖,号憩真,镇海人。诸生。著有《候涛山房集》。
董沛曰:先生早弃举业,肆力于古,舅氏邱东河先生官粤东,侬之掌书记。东河工诗,得其传,遂以诗名噪岭外。客游四十三年,年七十卒于广州。其诗如商彝周鼎,盎然古色,非当时诸名家所及也。

见性吟 录二

垂垂一树,洒洒满舫。惟花与酒,两两相当。曳杖者叟,卧床者琴。白云清水,聊写我心。何物庚庚,月落参横。树头雀啄,空外鸡鸣。

夷犹我思,空山流水。古往今来,而何能已。孺子啼笑,常率其真。蠢蠢物类,有君有臣。邈然思之,聿有其神。

三云诗

黄云被陇坂,朔风吹白杨。萧萧愁人心,壮士郁中肠。弯弓左右射,意气何激昂。峨冠大羽箭,褒鄂参翱翔。名成藏太室,竹素流芬芳。愿为霍去病,不为张子房。

青云郁离离,下被青云客。中有云路通,奋不藉轨迹。谒帝承明庐,著作光载籍。及时宣忠贞,许身比稷益。献替既多裨,至尊屡前席。谁为一麾去,出守二千石。

白云何油油,空山人寂寥。中有采芝叟,居然避尘嚣。鹿豕相与游,猿鹤同逍遥。遗世讵忘世,乃心在唐尧。郁纤谁与语，览物起长谣。百年会有尽，得道翔神霄。

寄怀张雨亭

对人若口吃，怀人每长啸。于中有高情，执理观其妙。之子忽言归，笙磬失同调。云飞无留踪，晷移尚回照。凤凰哕鸣冈，肯复顾鹪鹩。音尘结余思，唧啾时一叫。往者酒肠宽，觅君举杯醮。微吟共清绝，醉眼呼谢朓。雄才信豪倜，崇山睨耸峭。余事及镌缋，邃古开奥窔。落落空人群，斐斐自炳耀。中情一飞越，恒在海东峤。

新篁

春深万绿齐，解箨龙孙努。小园十几竿，日夕弄妍妩。一雨滋众芳，纤稚轶部伍。高下如争长，先后莫可数。老者殊不意，少者接肩武。袅袅临风鼓，势弱难自主。但有凌霄志，而无狎昵虑。有节自然直，有头未肯俯。倏然新粉含，相看复栩栩。嫩绿三两梢，萧萧滴疏雨。不知岁寒心，已类独行踽。若遇王子猷，亦作婆娑舞。

东村 录二

浓绿桑柘阴，细风生平浦。津头水车翻，笠影聚亭午。荷拳坏污池，蕨芽日渐努。遥山起白云，叠叠如泼乳。蜂乱花气暄，槐黄糁如雨。书窗昼习静，炊烟喷一缕。游衍倦不支，煮茗啜其苦。

岁功忽将晏，人事了无算。孤另书灯红，寂寞雁声断。朋酒话斯馨，腊容梅破岸。我时服儒服，终军年弱冠。用力子史经，气志不可按。残芸出古香，辟蠹剔漫澷。书许秦汉前，诗取宋唐半。既欣青云繁，颇鄙白石烂。中年落落过，终喜弄柔翰。谁知今日耆，犹不白首叹。来兹谁能知，绦绳脱其绊。归欤为老农，磈磊兔忧瘝。

咏怀 录五

委曲复繁重,圣人有苦心。谁知后来者,变诈日骎骎。谈道及几希,昭昏别人禽。去莠去蟊贼,此理匪自今。如何纤小辈,厥用徒幽阴。贪功骛趋利,瓦鸣黄钟暗。安能范以正,一弹太始音。

何以舒子心,白玉与黄金。何以开我怀,相对酌金罍。长河有逝川,高山无颓颠。惟心不可概,惟情可与量。季子位已高,意气何扬扬。势利陷其中,亲戚难固防。不愿为川流,惟愿为山障。

鼓枻乘安流,风和日复美。张徽弹鸣琴,只在河之涘。左有青枫林,右有蟠根李。据石坐莓苔,言非商丘子。一弹清风生,再弹丹凤止。借问胡能尔,莫复知所以。难为不知言,先生有素履。

力大莫如风,道大莫如龙。日酌清沼水,濯肺开愚蒙。理境昭昭会,古昔一同。高者不肯下,西者亦可东。我窥万物源,性始以情终。

天地不生人,徒为一虚壳。万物汇为用,质文道以倬。先天与后天,圣人只奉若。无私即天道,其义昭然灼。芸生日以繁,愚智亦相薄。羲轩及黄农,稍稍垂大略。救彼赤子性,息息用良药。胡乃不可药,侵寻出万恶。遂令圣贤人,竟至不世作。高风渺何许,箕颍自为乐。骎骎岁云迈,遥遥踵相错。一二哲师君,悬仁标义郭。自上以下下,帱覆张其幕。

史节粹

字潜夫,一字伏昭,鄞人。著有《澄心堂遗稿》。

《鄞县志》：节粹能诗，有集。事亲以孝闻，母病请于神，愿减己年益之母，果愈。

雨夜

散帙闲中理，灯残漏已深。凉风吹古树，夜雨断疏砧。闷剧凭谁诉，诗成好独吟。秋蛩鸣四壁，应识此时心。

忻孝本

字立先，号烈仙，又号学渠，鄞人。

游上林寺

弥望树葱龙，精庐积翠封。深林来舞鹤，古涧欲蟠龙。水曲横开路，云间浅露峰。玩游人未倦，夕照落疏钟。

忻孝扬

字亦舜，鄞人。

守岁

酬世原无术，生涯只自惊。百年三纪去，两岁一宵争。京洛游方倦，江湖隐未成。且斟元日酒，不待晓钟鸣。

董澄渊

字石泉，一字水英，鄞人。监生。

分咏汉先征君遗事得汲水疗疾_{征君母疾，思饮大隐溪水，往汲奉之，疾乃瘳}

筑室隐溪畔，溪清可奉亲。孝宁辞竭力，病窃喜回春。曲涧慈云合，空山爱日深。此中无限意，菽水愿终身。

范莪亭瓮天居落成集禊帖字次倪韭山韵 录一

文人随地自风流，因信当时兴会幽。列坐畅言稽古迹，系情托足事清修。俯怀水曲今犹在，仰感山崇昔已游。每及九春欣有致，慨然觞咏岂无由。

周南

字性和，一字约斋，奉化人。诸生。

慕陶

丈夫有傲骨，入世无诡随。夙操见几哲，高蹈歌采芝。卓哉陶彭泽，生不逢清时。耻为米折腰，乃赋归来辞。解组还南亩，种菊盈东篱。花前一樽酒，独酌良自怡。信口得佳句，味淡声音希。此身白云伴，此意明月知。愿言乐天命，悠悠太古思。千载景华岳，伊人安可期。

咏旧庐

旧是先人业，今成兄弟家。山云含古意，庭树发新花。秋月陶潜酒，春风陆羽茶。回头城市路，真觉太繁华。

春游

寻芳随意艳阳天，春在花香鸟语边。为爱前溪新水绿，芒鞋踏遍草芊芊。

毛式金

号鹤汀，奉化人。

雷峰登眺

喧嚣匪所思，天光极清昶。幸当足力健，登高频俯仰。

雷峰何峥嵘，山空绝尘想。瞬目穷千里，远近契真赏。芰湖落星斗，潭龙驱魍魉。繁花斗夕曛，春茶凝朝沆。清风飒然来，顿忘身肮脏。不尽瞻眺情，沧海在指掌。烟雨半濛濛，帆樯争来往。川原何联络，森罗呈万象。轻飙洒尘襟，白云生短杖。卧枕山头石，不知林月上。

石鲸

字鲲池，镇海人。诸生。

山居

胜地当岩壑，精庐夹水山。石床和月宿，云牖听风关。未会经三昧，旋窥豹一斑。此中无甚益，但觉俗尘删。

述梦

路转峰回处，天空月朗时。移琴招羽客，把酒折花枝。剧饮清流渚，高歌白雪词。此中多雅趣，不许外人知。

刘怀泮

一名堃，字采芹，号芹香，晚号研山，镇海人。著有《菊寿居诗稿》。

赠地师尹先生

灞桥折柳唱阳关，古道今人不可攀。我但粗陈巴里曲，送君西指向三山。

种花

谋生疏懒喜栽花，玉树芝兰漫自夸。小径未堪容驷马，姑听蜂蝶抱香赊。

赖鹏飞

字程九,号豫仙,象山人。诸生。著有《留溪吟草》《听澥吟草》。

《蓬山清话》:程九入庠未几,意不自得,遂弃馆而逸其家,踪迹得之,凡数四,卒逸去,死于金山县之客馆。尝为人题帧轴,自署豫仙,回环读之,盖曰"予象山人"云。按:阮氏《辋轩录补遗》引余习语"程九卒于武原法喜寺",与此异。

题张七虚谷临流赋诗图

我家玉几朱岩区,西望天台百里余。少时摄衣入山去,石桥流水寻仙姝。下有奔波阴壑千仞之飞瀑,上有干霄蔽日磊砢偃仰松。百株桃花洞口春寂历,仙凡相隔使我心踌躇。赤城霞起万山暮,黄精作饭就僧厨。清溪故里青田宅,雁宕石门取次遵。海隅江东洞天凡四五,石笋崚嶒金华敷盘空。鸟道不得跻,幽探未致笑。非夫后来一游动千里,南入武夷掬水弄苍蒲。浔阳一叶渡彭蠡,舍舟蹴跷登匡庐。白鹿洞边松十里,一坐不知日已晡。芙蓉秀削三十六,九华太乙连天都。东南固称山水窟,十年孟浪何为乎?楚江迢递九嶷远,关河日暮猿鹤呼。山精含盼顾余语,踪迹于子夫何如。迩来禄米到短褐,曷不昂首遵天衢。软尘十丈燕山道,汗漫征衫策蹇驴。六街征逐坠人海,华屋侯门徒曳裾。早知穷达自有命,何不一丘一壑早著十年书。踉跄归来无长物,白云空倚深山间。飘零藜藿岁云暮,吴江落木仍饥驱。友声诗派谁复续,感叹霞绮园荒芜。元时家良大筑室吴门,结纳海内诗人,有《霞绮园友声集》。美人持赠惜香草,气类感召芳心俱。张子虚谷予旧好,八年前已心倾输。忆昔溪头初把袂,蕉衫栩栩神清癯。商量好景托豪素,纷华靡丽都捐除。云根磅礴气含蓄,松欲摩空泉跳珠。拭目大叫此境良不恶,足令心迹还元虚。我闻诗之为道贵真宰,匆匆弁语无乃太粗疏。萍蓬转徙不得住,小别多伤岁月徂。去年寒雨逼岁暮,登君之榻不复冲。泥涂寒暄隔岁击,吟钵春雷殷殷群。蛰苏畴曩心情殊,历历雨窗吮墨聊。复题此图眼底春光过半矣,太息流年去如水。至竟青云平地起,直上昂霄待吾子。

和武原顾翼塘咏菊四首

摇落心情酒数巡,与谁迟暮订芳邻。十年臭味怜同调,一卷离骚悟夙因。北郭荒园开满径,南窗积雨冷宜人。他时检点修花史,高节尤堪表素臣。

野寺秋深展印廊,偶从兜率结香光。小参白业成诗社,时倩黄花作道场。不藉虚声求处士,独饶真色对空王。拈来幽意含微笑,共证三生到上方。

太息柴桑心事违,终南捷径见蓬飞,卖花声已通朱户。送酒人谁认白衣,清影与君寻旧约。落英任我慰斯饥,何时计返衡茅下,珍重风霜早掩扉。

小桥流水向山村,隐约篱根数瓦盆。松竹尚图娱老计,芄兰曾在绝交论。布袍未典寒无碍,石气方清诗有魂。花事一番评月旦,春秋笔削露华繁。

岁朝八咏和盛丈寻云作 录六

瓶松
贞心长结古空青,本性高寒称胆瓶。老去曾栖辽海鹤,折来共戴草堂星。应知十友推前席,未必三公定姓丁。春入天门风雨近,不关久滞蛰龙形。

梅花
廿四番风一度新,板桥流水问诗人。原无热客过三径,尽有寒香结比邻。晴日扶藜看隐约,当檐索笑步逡巡。江乡耆旧遗民传,高致犹存鹤氅巾。

水仙
点尘不染净仙根,淘洗元沙供养尊。小试凌波生步袜,似临洛水动吟魂。希声曾促瑶琴柱,轻障真如玉女盆。一卷南华相对处,清微香意两无痕。

迎春
草本南荣表众芳,纤秾着意迓东皇。问花既已腰金带,得句先应贮锦囊。寒瘦漫寻郊岛迹,阳和初试冶春光。殷勤点缀逢时样,元吉相宜色正黄。

素心蜡梅
蜜蜂聚吸百花精,蜡积寒岩化九英。冻蕾原非轻萼绿,素心殊不愧梅兄。先春与客开香径,作俑何人溷婢名。肯践东君椒酒约,寿阳半额韵俱清。

长春菊
嘉会恒愆九九期,寒暄笑口庆新禧。从知杖履生春处,还是柴桑采菊时。三秀灵苗同献瑞,五辛风味共含饴。不须枸杞流溪曲,长引年光上枳篱。

赖鹏飞

对梅杂忆

旗亭驿馆醉如泥,一任东风着意吹。远别故人千万里,月明江上酒醒时。

昨宵清梦到罗浮,洞府凌云访道流。一路香风吹上去,遍游三百好峰头。

四明清诗略十三卷终

四明清诗略卷十四

鄞董沛孟如　辑

倪象占

字九三，号韭山，象山人。嘉平子。乾隆庚子优贡。官嘉善训导。著有《韭山诗文集》《兰因集》《青棍馆集》。

《象山县志》：象占尝受业于姜炳璋之门，与陈之纲、邵洪、阮增荣、蒋学镛交，以诗文相引重。充优贡入都，考补镶黄旗官学教习。会修《一统志》，奉调入局，分纂期满，回籍与修《鄞县志》。司训嘉善，勤于督课，兼恤贫士，任内纂《周易索诂》，于注家外别备一解，积八岁而成。暇则拈韵或写兰竹以遣兴。其所著《蓬山清话》《象山杂咏》，皆有关掌故之作。

阮一怀庆荣招集佑圣观看荷花，同董抑儒秉纯、顾嵩乔㭿、范钟石镗、邱至山学敏、万近蓬福、蒋声始学镛分赋得五古限仙字

朝凉生绤绤，爱此新秋前。冒雨城北来，琳观荷花鲜。故人具壶酌，临水开骈筵。辞尘既成契，相赏俱飘然。清风吹四座，颇感吟诗肩。御寒无半臂，羽衣方蹁跹。芰制岂不美，胡为物外迁。将毋黄冠客，众妙归元元。我来不解饮，喜执行觞权。尝以碧筒例，致罚壶中仙。莲须已禁谢，藕丝已禁牵。所循虽故辙，所得或忘筌。况乃日之夕，

亦复情堪怜。披云舒醉眼，碧入苍苍天。

寄又兰弟

秋日渐已短，秋夜渐已长。我来几何时，怀古空茫茫。忆得别家日，共谓聚一方。岂知旅食艰，相见皆匆忙。金台一片月，皎皎升穹苍。既临我家庭，亦照君家堂。人生有离合，各各牵中肠。徒羡及时雁，矫翼东西翔。

九月二十九日拟登象山绝顶，姜夏夫_{人烈}携樽邀周百川、倪巨源，遂至望台，小酌同赋，分得五古

狂飙荡凉节，霜气销晴空。篱花尚靳黄，林叶何当红。重阳试再展，不在俗例中。有山聊复登，意欲扣苍穹。夙惭振衣志，忽此负郭崇。岁晚始一来，泉石哀飘蓬。缘崖获遗碣，倚厂窥仙宫。坐计千载人，旷怀谁可同。远游杳虚托，徒缅华与嵩。近顾亦茫茫，惝恍扶桑东。仰头希壁立，偿以半日功。怅自来者稀，非无樵径通。羊肠导险折，虎脊攀危丛。去去谢艰辛，行且齐宾鸿。奇胜少坦途，踬绝乃发蒙。请看烟海帆，犹挂天冥蒙。荒台送残照，往事如捕风。徘徊醉言归，结念翻无穷。

放歌行赠陈敦三

三语作掾阮千里，一言拜相田千秋。丈夫遇合自有命，时来不在徒多求。贱子何为动稽古，吟声夜夺秋虫苦。天公未使瘦颜春，上万言书亦无补。我生今已四十年，转蓬只在鄞江边。浪游如此已可笑，前行那识非同然。滔滔去日空义手，但向花时酌杯酒。忽怀同学半青云，始叹穷途是株守。白首如新何足论，借栖我亦全吾真。潇潇风雨长还往，尚有城西范与陈。陈君较我少一岁，与我奔波却同例。论君磨砚厉长才，思赴功名一心锐。君不见，马相如，

茂陵献赋终闲居。又不见，李太白，锦袍归作东游客。人生投契不可常，抛弃青云尚不惜。我思古人岂妄哉，为君一豁愁眉开。深山闭户且有待，计决乘风归去来。

紫云石歌呈魏塘书院山长沈带湖_{叔埏}

千花万卉中不妍，千风万波中不颠。我家鸿宝有此题石之奇句，落笔直撼五色神娲天。何家紫云凝作团，飞飞乃落书窗前。书窗高拓东海曲，从来望气如窭圆。纷纷非雾，郁郁非烟，乃复相与成此峭拔孤耸之一卷。镇武堂之逦迤，映文水之沦涟，沦涟上下去不息，磅礴郁积常高骞。未容寻丈更比并，但幸咫尺堪攀缘。囊云岂无技，搴云亦有篇，不知云根卓地之贞坚。举首矫顾反茫然，君不见五岳顶直通阊阖，朝真元又不见西极表，旁罗壶峤栖神仙。名山三百，支山三千，崔嵬一一竦奇状，莫不森如威凤各各巢其巅。云乎云乎，如何守此忘岁年，敛却光彩长林偏，将毋此中蕴有石渠石室石仓石库之瑶编。相逢何人启管钥，相对有客穷抽研。下拜者谁，休浪传题名，亦岂徒雕镌，扶风帐，繁露园，函丈群从方联翩，摩挲请叩沈夫子，听说夜来紫气弈弈冲星躔。

奉次史笠亭夫子重葺三友堂原韵呈复 录二

潇洒坐鸣琴，风流复在今。傍山延古意，随地补芳阴。移种皆提手，成功亦匠心。自来清韵在，西谷有前林。

借得金坡雨，因时润一轩。绿筠亭午坼，红药殿春翻。偶涉还成趣，深居有晤言。他年传吏隐，讵数洛阳园。

高二树庭_槐小度在峷山道中，是日立夏

盥漱凌晨罢，焚香见客心。怀家仍菽水，回首一登临。山近孤桐秀，风催苦楝深。同为远游子，言咏怅题襟。

倪象占

五月初八日送李星船承道至山右

人海栖迟意，而今遂不留。御风辞北枕，计日问西邮。胜可探盘谷，欢知倚石楼。谓范君半村。侧身从极望，翠叠晓山稠。

去岁逢兹日，嗤余乍入关。三旬离易水，千里访嵩山。浪迹空金柅，愁心叩玉环。壮游谁与托，为尔羡追攀。

观太学石鼓二首

落落星精聚璧宫，戟门分镇各西东。器矜禹鼎汤盘外，典重金声玉振中。鸟迹变余存篆史，鱼丽歌处合车攻。亮因迥异临平出，不遣张华问蜀桐。

古桧阴深五月凉，观光窃近帝车旁。钦闻击抚同夔足，例与摩挲逐雁行。乙聱丁瓿完位置，别风淮雨费推详。来游可但逢辛丑，得地还应胜凤翔。

中秋夜

流光溯此待年年，海涌冰轮一镜圆。幽砌聚吟蛩咽露，静林惊梦鹊翻烟。筹分小槛临觞客，曲引长桥倚笛仙。秋气晚开澄色霁，楼高最爱坐凉天。

陈鸿俦

字秋宾，号凫岩，鄞人。诸生。著有《聂许斋诗抄》。

汪荻湖先生撰《哀词略》：凫岩与慈溪周铁山善，皆高材卓荦，能以古人为师。铁山矜洁自持，凫岩则宽中泛爱。其诗上规魏晋，下亦泛滥宋元诸家，五言古律体尤善。

感事二首

　　自古制田赋，厥法不用银。官以粟为俸，使念民苦辛。市以粟为易，无能获奇赢。因是有定节，征敛必秋成。凶荒亦有备，无容更经营。如何坏此法，吾恨作俑人。私家粟可种，桑地银不生。贱卖所入粟，持以赴公程。岁暮衣食尽，饥寒苦相并。一时之便计，万世安可因。末俗更难言，弊政遂横行。谓赋既非粟，何必及时征。旧赋既以毕，新赋可迭兴。官仓非不足，民间欲取盈。卖粟充国赋，更欲供积屯。青黄未接时，令人取官缗。轻价刻富户，高价欺茧民。又恐患红腐，旧谷换新粳。燥湿与斛斗，锱铢利必争。古来钱荒患，谓恐粟价轻。今耗民间粟，更使粟价腾。粟轻钱自重，粟重钱不胜。同是钱荒害，而今更纵横。轻重既失调，贵贱亦不均。长官取民脂，每食列羞珍。那知民间苦，不得获所耕。商贾与大族，豪富日以增。嗟彼田垄人，终日不得宁。是关世运然，积久亦难更。所贵当道者，稍存哀矜情。如何竟图利，苦与民相撄。吾辈若得志，岂苟飞长缨。

　　昔者煮盐地，青齐为最宜。盐荚亦止此，他国未尝施。自汉宏羊辈，搜利极细微。两淮与吴越，一一无有遗。其利日以倍，其权益难移。宁持三代意，刻责后世为。善哉昔人言，就场定其规。官家但一税，不复相羁縻。又或设钞法，余盐归有司。灶丁有所售，亦得衣食赀。近来何悖谬，空使狱讼滋。盐课既干没，场荡归总催。分业既已定，盐积长苦饥。于此更设禁，能无生乱乎。又况私鬻者，悉是沿海夫。穷极无由生，聊以此为资。法令苟太急，固皆无赖徒。吾闻广南地，私贩满道途。十百以成群，白日公为非。官军欲纵击，山林深逃逋。固自有厉禁，私盐害若斯。此辈何地无，近事颇似兹。究治知不可，巡捕亦自诬。

倪象占　陈鸿俦

忽与民为仇，无端起狐疑。拘挛相追问，一一遭鞭笞。吏胥如狼虎，饱食民膏脂。一时如罢市，日间竟掩扉。吏胥既已饱，民间亦已疲。县令终无奈，始放良民归。闻之殊不平，聊用登歌诗。良法既已坏，此事又谁尸。

谒陈止斋先生祠

东瓯盛儒林，夙称小邹鲁。先生更卓绝，理学传千古。仙岩供啸歌，梅潭历寒暑。茅屋新竹围，阶除凉月吐。上发孔孟书，远接河汾绪。鲁史刮金箆，周官立砥柱。英俊集蓺村，声教播南浦。文风旋丕变，末学亦鼓舞。一麾出守还，岁月遽如许。帝亦慰劳之，曰卿在何所。白发老郎中，煌煌陈太祖。周政列圣承，衮职山甫补。不谓点青蝇，无人撷芳杜。王道自空言，旧章不复举。恸哭闻殿庭，两宫竟疑阻。至今入奏书，三复泪如雨。遗迹存石盂，空祠邻伏虎。清泉绕四壁，春鸟鸣林坞。特建仰止亭，罗山深延伫。我来欣谒拜，聊用荐樽俎。

长安镇遇雨

入晓乡梦醒，知在舟中住。但闻淅沥声，满江飞寒雨。湛湛西流水，漠漠岸傍树。风景自不殊，举目觉非故。鸡声乱茅屋，人语杂野渡。停舟坐酒家，依依不忍去。

早发太平庵，度册墟岭望海

钟动仆夫起，相戒治行装。纤月犹映户，空山满风霜。红日出东岭，群鸟乱晨光。亭亭山色秀，活活溪流长。修竹千万株，兹焉聊徜徉。岂知歇岭底，大海横相望。潮声振林木，水色连朝阳。登台发清旷，何为怀故乡。

舟行竹园一日始尽

山曲路屡尽，舟转溪又前。游目时愉悦，幽兴亦递迁。芳草况未歇，时际四月天。造物工澹秀，人意入清鲜。新篁二十里，和风舞蹁跹。翠影交渌水，两物自怡然。而我坐舟中，永日与周旋。听鸟鸣叶底，看猿上竹巅。

停舟饭山家作

系舟清溪侧，山脚有草庐。一翁曳杖出，年约六十余。邀我屋里坐，徒步与之俱。闲谈日已夕，儿童列阶除。深山无近市，问客何所须。我亦无所须，室有斗酒储。白白罗汉葱，青青观音蔬。昨夜凉雨过，溪上石斑鱼。不用一钱买，聊以明区区。残杯与冷炙，杜老常欷歔。何如此老翁，貌合情不疏。倘然诉怀抱，定肯怜穷途。

将还浙东述怀五十韵呈王蓼庵先生

忆昔秋闱后，扁舟至吴中。吴中无相识，来依玉山峰。登临隘三江，云海开心胸。赋诗拟张孟，豪兴谁与同。拾芥亦偶尔，跂脚青云踪。回棹武林城，再睹西子容。霜蹄乃一蹶，万事集寸衷。归心转浩漫，故乡如樊笼。尔时多感慨，怀古情弥浓。龙洲大布衣，一棺埋偃松。_{墓在山东偃松冈。}城南太仆墓，十亩荒草丛。鳞鳞吴淞水，古迹余清风。萧条金粟堆，斜阳映丹枫。文章千古事，零落忧心忡。身后殊寂寂，生前况梦梦。岂知老涪翁，寄居城之东。高歌激清夜，四壁啼寒蛩。时时念同志，凭吊传诗筒。驻足木方落，返旆花又红。讵无黎人感，狐裘伤蒙茸。空来纵饮徒，百榼更千钟。酒阑了无味，今古情难通。公系乌衣巷，风流夙所宗。乃复持麈尾，诗场别雌雄。唐风方不竞，时世争鲜秾。力追杜韩窟，足振聱与聋。倡和经两月，顽矿费

陈鸿俦

磨砻。王志真长者，偏师肯见攻。可怜帖括学，宁见波涛洪。赋命倘偃蹇，于此叹遭逢。我雪秋风泪，未如刘蕡工。谓才堪解头，标也认鲁公。壬午科房官乔公力荐解头，主司欲列第二，乔不可，榜后持卷示蓼翁，道其故。行吟憔悴客，错莫连钱骢。著书穷巷士，箧剑藏芙蓉。闲居竟未达，飘宕非从戎。公当怜伍胥，我得交孔融。惜哉今日会，分手太匆匆。公又感存殁，周旋少欢惊。诗人如龙虎，风云相追从。预约丁酉春，共听寒山钟。明岁公迁居枫桥。支硎及穹窿，一一扶短筇。酒浇要离墓，诗吊馆娃宫。美人与侠士，黄土悲无穷。公若到钱塘，帆破越山重。搜奇渡莲花，赏丽登天童。故人周虞中与汪器卜，笔力等貔熊。雕盘会众客，用李句。古生方三。礼独隆。我来辽豕白，君过冀马空。时命与诗书，折除听苍穹。天涯联知己，文酒相始终。

赠周铁山

风雨感鱼龙，仁义动君子。男儿守穷巷，结交亦如此。功业不能建，欢乐亦云已。唯应二三友，高歌激清征。志意存天地，百年终可恃。努力惜日月，艳艳春方始。

冬青树

九溟竭，天柱折，黄山北，收白骨。白骨何人收，诡为采药者。葬之越山头，当时但知佛经瘗荒丘。更有头颅沉水底，以金私购渔人求。心迹不可明，为作冬青行。可怜冬青花开时，杜宇哀哀绕树枝。珠凫玉雁飞何处，天上人间不胜悲。复黄绢兮斫文木，犹似生存在华屋。裹以皂囊埋黄土，草色当春不忍绿。慷慨悲歌集少年，浇酒得向兰陵哭。霁山但识冬青树，饮泣吞声梦金粟。

九日登郭公山二首

清绝龙山宴，高歌戏马台。古人已远矣，秋色尚佳哉。寒雨樽前至，孤鸿海上来。郭公山顶望，莫动少陵哀。

九日东瓯过，高临山上楼。大江遥对酒，孤屿独横秋。脱帽丹萸插，传杯白菊浮。胜游自可记，暂遣客中愁。

黄岩四首

日落黄岩县，遨游两度经。江连临海壮，山入永嘉青。霞映遥峰丽，风来积水腥。何当乘叠浪，浩荡一扬舲。

极目东南望，苍茫万里收。地形临海国，城势截江流。要害熊罴守，波涛今古愁。圣朝皆内附，兵革不防秋。

妖氛昔煽乱，倭寇此猖狂。骨肉成忠义，悲歌死战场。停车问父老，洒泪数干杨。遗庙至今在，农夫血食长。明时倭寇深入磐石，黄岩之战干氏兄弟、仙居之战杨氏父子，皆农夫也，率壮士数十人，力战身死，倭遂稍遁。

风物邻山海，殷繁跨浙东。黄鱼饶暮节，丹橘满林中。桥断溪流接，山遥野景通。西风吹穮稏，漠漠万家红。

秋日永嘉寄怀汪荄湖 录一

露冷风高九月清，东嘉留滞倍伤情。怀人海畔枫初落，去国江边雁又鸣。王粲登楼思故土，相如病渴掩柴荆。一般萧瑟悲秋意，何日归来酒共倾。

雨中感兴 录一

久客随人不自由，阑风伏雨几时休。胸中突兀千间屋，眼底飘摇一叶舟。名士豪华传雅集，词人流落叹龙洲。可

陈鸿俦

堪今古无穷恨，孤坐萧萧江上楼。

陈鸿渐

字梅岑，鄞人。鸿俦弟。乾隆庚子进士。官广东肇庆知府。著有《古欢斋诗抄》。

《鄞县志》：鸿渐由兵马司副指挥迁汀州同知，擢肇庆知府，与其兄鸿俦并能诗，有集行世。

题王羼提小照

四大体假合，共尽谁少延。惟兹精进力，能破世网牵。出世亦入世，逃禅非坐禅。观空得自在，顿令五浊蠲。知君擅慧业，道法参人天。庵罗结智果，醍醐发林泉。朱门恣游傲，丈堂常晏眠。津梁虽久疲，义虎力尚坚。只应桑下恋，颇为浮屠怜。更闻广长舌，已落文字缘。结习未忘除，如茧身自缠。茫茫学道心，但感东逝川。即景足证明，何须事言诠。传神得西意，双鬓仍旧玄。缮性方自今，君应一怃然。

落叶八首用道古堂集原韵

刁骚风过尚依稀，瞥见萧萧打竹扉。荒径定添凉露重，空亭先逗夕阳微。偶连萍梗东西泛，不逐杨花上下飞。一路芒鞋声扑簌，隔林遥指暮樵归。

数点枯丛剩可怜，亭皋跳尽迥无烟。目空岭树真千里，波冷吴江又一年。天际游踪和断雁，曲中清怨寄哀蝉。无端忽带芭蕉雨，并作秋声到耳边。

飞絮飞花总寄愁，萧条况对楚天秋。寒飘北渚迷青眼，人坐西风感白头。堕影无缘依绮席，舞空有意傍朱楼。湿红几处沾行屐，可爱瀼瀼露影浮。

渺渺平芜一望遥,羌无消息任斜飘。细黏残雨飞难起,怨入西风韵未消。几点沉浮随野艇,一时收拾付山樵。江关是处添憔悴,秋色何须问灞桥。

密荫曾留十字街,啼烟泣露怅秋怀。青葱肯斗春三月,飘泊何妨天一涯。敲枕乍惊风过竹,卷帘正好月当阶。吴霜点鬓归来晚,为尔凄然独掩斋。

清商瑟瑟入瑶琴,想象凉飔起暮林。绿褪桐阴蜩影散,红添苔砌屐痕深。呼童却扫延行客,点笔留题费苦吟。桂苑吴宫零落尽,不堪载酒更登临。

庭空老干任横斜,恰称萧疏处士家。不尽寒烟连白草,几多瘦影伴黄花。惊飙忽送千林雨,返照全明一树鸦。回首西陵松柏古,浓阴犹记驻香车。

好景潜移梦亦惊,几番花柳忆春城。晴飞大漠秋无迹,冷逼幽窗夜有声。一桁山光增惨淡,半江枫影入空明。衰荣瞥眼同驹隙,独立苍茫感物情。

郭乾

字研渔,鄞人。乾隆庚子进士。官杭州府教授。

红叶

绿暗红生样又新,飞霜点染树梢匀。乌篷返照秋江晚,白屋初阳野陌春。林下文章偏绚烂,老来颜色倍精神。桃源宛在云深处,多事渔郎更问津。

片片低飞次若鳞,秋风又踏软红尘。纷披菊埂金逾灿,撩乱芦塘雪未匀。野店山桥都入画,竹篱茅舍自成春。相逢便是烟霞侣,扫径何须累主人。

春柳八咏 录二

蔫如可近渺难攀,画里春光镜里颜。濯濯乍舒芳草岸,依依微晕小桥湾。一钩蘸水初生月,千里怀人远叠山。拟向东君问深浅,斜风细雨梦刀环。 柳眉

将飞仍绾复低垂,一任东风宛转吹。造化有机抽轧轧,春光相引故迟迟。乍牵潋滟流波影,不尽绸缪阴雨思。多事莺梭忙未了,织成锦段欲遗谁。 柳丝

冰花 录二

水痕浅处影横斜,妒杀孤山岭上葩。素彩远连天浩荡,黄昏长共月清华。怜无根蒂同飘梗,妙有文章胜落花。渺渺渔舟刚一叶,歌声欲断鼓频挝。

花信风前报一枝,冒寒开正喜春迟。鹭应爱洁拳孤立,狐为怜芳听半疑。组织定烦泉客手,色香唯有水仙知。回头冻解澌流活,縠皱沄沄似旧时。

殷权

字大中,号代钟,鄞人。乾隆庚子恩贡。著有《诗草》一卷。

杖锡山

奔牛惊浪势蜿蜒,斜落山南别有天。四字摩崖留汉隶,一僧飞锡记唐年。鹤归巢静云生树,龙去潭空月照泉。入寺且观诸佛相,好从瓶钵悟因缘。

李承运

字丹丘，郾人。恭宽子。

董沛曰：丹丘幼负异禀，下笔惊人。年甫弱冠，随父恭宽连山任所，遭丧，以毁卒，咸称其孝。诗具逸致，惜传者不多，采录数首以当片羽。

桐江道中杂咏

行经七里滩，过尽万重山。石溜生微浪，沙痕泻浅湾。人归青霭里，云出翠微间。此地披裘客，浮名羡尔闲。

凉雨萧萧过，苹风袅袅生。行人乘月色，相向数江程。石古犹含态，山多不记名。空蒙云水外，时有棹歌声。

野色寒弥旷，林光远自微。潭烟回处合，江荚住人稀。返景连波翠，来帆带雨飞。沙禽知客意，相对亦忘机。

题海珠寺

水中楼阁出虚无，两岸烟波入画图。来往帆樯归客少，兴亡亭榭夕阳孤。鲛人听法秋挥泪，龙女栖禅夜献珠。物外莫论尘世事，越王台上有啼乌。

李承道

字薪传，郾人。恭宽子。乾隆庚子举人。官陕西陇州知州。著有《星船诗抄》。

《郾县志》：承道初知陇州，值川陕教匪方讧，乃修缮城垣，令各乡筑寨练勇，互相联络，贼不敢至，上官才之。移治宝鸡，其堵贼一如陇州法。宝鸡为入栈首冲，供亿浩繁，严禁吏胥苛派，民困以苏。一日贼至，亲率丁壮御渭河北岸，百姓裹粮荷戈，从者万人。贼惧窜去，承道令善泅者尾击之，斩获甚多。大吏交荐于朝，晋直隶州知州。去之日，民扶老携幼，攀舆泣留，适犒师，使者衮行简目击其事，致书巡抚，遂得再留。县民王延、杨居等以邪教结联，会匪谋乱，承道乘夜捣其巢，歼其巨魁，事旋定，引见以知府用，移署留坝厅同知。留坝地瘠民悍，奸宄时发，承道谕以法令，籍其户口，使相觉察，民惧且感，无犯者。宁陕兵变，诸州县散勇响应，留坝与接壤，独安靖。旋回陇州任，卒于官。

题汪龙庄秋灯校字图

檐角月初堕，桐阴户半开。人凭秋气坐，书有雪光来。香简频弹蠹，红桊灿落煤。岂知古井叶，纷积满平台。

和明府钱竹初腊月八日汶上旅次见寄韵

日月湖边水拍琴，芙蓉峰外玉排簪。诗情都入湘灵句，别绪偏萦叔度心。驿路晴熏花缬放，村桥烟湿柳丝沉。遥知到处阳春脚，竹马重听绕郭音。

徐兆昇

字曙浦，鄞人。乾隆庚子举人。官会稽教谕。

秋夜读亡友黄和石石轩诗稿感赋

银河静不流，疏星耿初夜。渐觉炎威除，端居自多暇。一卷对故人，怛焉悲鹤化。若人冰雪姿，直与孟王亚。江山助吟怀，性情无假借。读罢重伤心，别久还如乍。恍疑琼琚声，珊珊从天下。明月正当空，泠然清露泻。

我读故人诗，能识故人意。庚戌滞京华，骨肉抛两地。思家远伤怀，旋归岂云易。有兄客他乡，儿辈倩谁庇。抑郁共忧愁，都向诗中寄。何图兰蕙凋，壮心终莫遂。迄今对遗编，点点思家泪。重展旧手书，抚衷增悲悸。

张文照

字秋辉，一字蔗圃，鄞人。乾隆庚子举人。

丙午正月十八日同倪九山、周竹厓、阮宝岩、郑三云游陶然亭，以西北有高楼为韵，拈得西字七绝二首

春烟欲冒草凄迷，仄径寻春近郭西。五夜九门灯似海，别参清净叩招提。

芦根残雪糁平畦，瘦马来冲策策泥。未上长堤绾杨柳，恍疑人在灞桥西。

陈元械

字北云，号惺斋，镇海人。锡蕃子。乾隆庚子举人。著有《惺斋诗文集》。

《镇海县志》：元械少好学，博览群籍，尤喜读《庄子》《东坡集》，尝曰："昔人庄苏并称，信不诬也。"其为古文，汪洋恣肆，酷似二家诗，亦善抒性灵。屡应礼部试不售，客居京邸，日以吟咏自娱，绝不干谒朝贵。为人和平宽厚，能守其家风。晚以大挑得教谕，未补官，遽卒。

董沛曰：姚复庄先生编《蛟川诗系》，录先生诗多至百五十余首。又为之序曰"先生集中未有与人唱酬之作，人亦未一言及先生。读其诗，穷极窅眇，出之以空灵，五色成章，经纬就理，譬诸司马氏之撰史，以卓识调剂乎才学之间，议论必适乎至中，而道理必要乎至当。铮铮戛戛，自辟一奥窔，仍不失为明堂之坦杰，清庙之魁闳。藉非用心之苦，屏俗自潜，亦乌能臻斯境也"。其倾倒如此。

读剑南诗

一饭不忘君，子美拜杜宇。太白吊英皇，别恨寄千古。渭南何堂堂，此意犹踵武。横槊剑门关，雄心思进取。白头梦镜湖，南山还射虎。我今读遗编，慷慨见肺腑。王师定中原，家祭嘱告父。平生忠孝心，风雅此其祖。

龙明山斋即景 录一

小雨入初秋，小山已明靓。窈窕两三峰，洗出螺痕净。翠竹环幽斋，亭亭相辉映。古松独支离，偃仰任天性。与山共低昂，卓然余苍劲。信此虬髯姿，受命得其正。白云自卷舒，情态迭变更。凝望聊支颐，终日足涵咏。

洋子江

天地分两戒，江河为之纪。长江发岷山，下流实洋子。三山如鼎足，卓立波涛里。苍茫瓜步闲，缥缈寒烟起。西南望群峰，金陵实秀峙。龙虎气郁盘，岚光蒸霞绮。六代递兴亡，滔滔付逝水。江声万古喧，销沉几青史。俯仰吊前朝，天堑安足恃。

泰山麓

晨起问仆夫，云过泰山麓。行行十余里，陡然骇心目。廉石如剑戟，拔地纷矗矗。乃从锋芒上，倾侧过车轴。南人惯舟行，掀簸随起伏。波起舟亦起，高低势相逐。如何石如浪，层叠击双毂。忽如升高崖，倏如堕深谷。緰后复缢前，马行蹄亦蹙。历险昔何曾，偶尔未倾覆。古人戒垂堂，胡我此鞿辘。今朝倚枕眠，回思颈犹缩。

夜坐

我生一何幸，尘事无束缚。纵心观古人，俯仰供笑乐。灵机忽然动，天趣相凑拍。当其鼓动间，电光偶一灼。转眼任之去，无须更执着。不执又重来，波静见鱼跃。引派或纷争，交支复联络。默坐淡无思，众流赴大壑。太极本然初，不言心自获。动静两循环，主静源不涸。

华岳

地轴回昆仑，逶迤入中国。太华当其冲，特立似屏塞。扶舆万派来，逆受尤有力。朱围同鸟鼠，渐次宛张翼。造化流峙机，拟诸运笔墨。扼要势暂停，猛拓愈无极。西岳镇梁州，一柱万仞植。颇如泰岱雄，作障沧海侧。

读钱镠世家

纥干鹊，空依依，罗平鸟，忽飞飞。临安博徒起负贩，大树亭亭挂锦衣。名马几驷，玉带重围。斗牛无孛人无欺，歌声慷慨驾言归。自古术者好奇中，豫章相士非知几。剽剥弗堪此其尤，动而为孽名论希。五代纷纷皆余闰，钱塘一隅何足讥。

箕山操

人性皆有适，愿言各不违。飞者有时而下走，走者未尝弗愿飞。箕山聊抒啸，颍水可乐饥。中有太古云，吾与兹同归。

紫芝曲

言登高山上采采，白云陵峰回路转。中有太古之灵芝，黄农虞夏气尚存。薄言撷之可忘饥，礼乐百年而后兴。鲁

陈元栻

两生兮谁等夷，马上得之，马上治之，彼何人斯。

咏竹

不蔓不支，非草非木，植物之中，自为一族。厥惟伊何，亭亭修竹，湘云斑斑，湘水深翠。袖徙倚当，遥岑想见，千载幽人心。

送孙守荃回南

东金西金山嵯峨，络绎纷流珠子河。天藏奥区辟未久，萃于圣世开咸和。东北成终更成始，斗杓高揭为天纪。丑艮之间精气涵，燕畿自足称攸止。古来帝都拟北辰，天象昭垂定推此。山海雄关一线通，沙漠茫茫开万里。特控华夏为咽喉，更似建旗耸高峙。万古王正重在寅，燕属寅方夏正拟。熙朝运会正昭融，台阁揖让韩魏公。君如子由暂至此，大观早已拓心胸。尔复作判在何方，襟期千顷出汪洋。知君原非俗吏比，都将政绩为文章。钱昆作州忧监州，君作监州气相求。分符定得山水窟，手持螃蟹抒清讴。功名发轫从此始，更极万里供遨游。

许剑亭歌 谢皋羽以朋友道丧，作《许剑录》未就，方凤、吴思齐因作许剑亭于皋羽墓右

登高晞发凌扶桑，海天万里云茫茫。飞腾一气参翱翔，飘风相离嗟仓皇。子陵台前歌清商，凭吊志士酹酒浆。手持如意舞踉跄，浩气直欲排天阊。二三同心吴与方，君父大义何堂堂。邓林逐日不自量，延陵挂剑胡可忘。友朋相处关伦常，讵独人生重三纲。文山天半朱霞张，邀之云路杂佩将。碧血一点濡中肠，千秋照耀耿有光。

霉雨

天风占姤遇，造化气之淫。不正而相合，群邪遂以侵。火时偶寓水，风卦却多阴。何若见来复，因知生物心。

一阴居在上，兑象觉沾濡。本是阳为动，而今泽遍孚。如膏滋血肉，似汗达肌肤。欲识行生意，悠然会在吾。

偶吟

突起心千丈，云端指顾间。放怀思吸海，驭气欲排山。金跃空惊冶，丹成且闭关。神光余返照，会有夜珠还。

秋夜

夜色凉于水，秋声起树柯。风吹星带角，云泛汉生波。未有千秋恨，聊为一夕歌。此心澄片刻，所得已云多。

一庭聊俯仰，天地信悠悠。月色依然古，吾生漫感秋。树阴增惨淡，虫语助清幽。远道劳清梦，深情托蹇修。

旅夜

庭前双树耸，容易作秋声。寥落天涯意，凄凉旅梦惊。只身家万里，半夜月孤明。何必多愁绪，难堪此际情。

秋日登候涛山，与武陵凌先生同用杨中丞韵 录一

一色青苍与目谋，风恬浪静若平畴。犹余太古洪荒气，不尽遥天浑灏流。圣世声灵通远舶，仙家岛屿渺瀛洲。与君凭眺怀佳句，李白云生结海楼。

倚枕

最欣一枕倦眠时，适与皇初皞皞期。天外飞鸿谁弋获，隙中野马任奔驰。千条理抉逢原水，五色心蒸得气芝。便是梦魂犹不俗，定无尘事累幽思。

陈元棫

题赵子昂兰

未有幽兰操,吴兴愧此馨。何如挥醉墨,和泪写冬青。

塞上曲 录二

霜落寒威肃,悬空剑自鸣。梦中家未到,夜半起边声。

披甲寒凌雪,弯弓射入云。请缨原有志,那肯逊终军。

南宋宫词

江北江南羽檄驰,干戈满地怨流离。哀鸿夜月鸣声苦,正是宫中放鸽时。

沈琏

字宗模,号凌标,慈溪人。乾隆癸卯举人。

和心竹感怀

当年旗鼓欲争雄,此日天山未定功。三径我怜荒草绿,一衾君梦软尘红。难抛案有磨人墨,颇笑身如缘壁虫。且喜素怀堪共托,好将裘马让群公。

小楼倦听隔邻春,不厌相看湖上峰。风雨吟成残夜烛,衣裳卧冷晓天钟。骥驰曲坂神多瘁,鹤爱芝田性本慵。情味个中闲领得,海云随处荡吾胸。

丁六鳌

字雯北,镇海人。乾隆癸卯举人。有集。

枣林庄

野色开晨瘴,驱车过枣林。雁飞随客远,草色入春深。

残梦犹堪续,沾帘不可寻。初阳高挂树,尚觉薄寒侵。

宿迁道中

弯环河影接平皋,杨柳连堤控势高。北去单车行得得,西来线水下滔滔。拍沙断雁如寻侣,唤渡征人未息劳。落日蒙蒙风气劲,乱吹黄沫溅青袍。

泊扬州

风色动关旗,连樯住夕晖。莫吹楼上笛,恐有客思归。何处访隋宫,芜城晚气蒙。玉钩斜畔路,谁扫落花红。

魏成宪

慈溪人,仁和籍。乾隆甲辰进士。

谒文贞公庙

丞相祠堂古,清芬诵不刊。君惟三鉴保,国以十思安。宝笏诒孙子,嘉谟付史官。夏臣遭际日,房杜比肩难。

范永禧

字蓼亭,鄞人。炜曾孙。

莪亭弟构瓮天居落成集禊帖字次倪韦山韵 录一

每欣在此竹林间,云日尝临异昔贤。杜诗"忆弟看云白日眠"。岂是大山期暮遇,何允晚年与兄点同隐若耶,世称点为大山,允为小山。不于后会慨时迁。用二苏会于彭城,追感前约事,盖吾两人自幼至老未曾相离。流形引趣娱终古,叙致言情及少年。兴倦犹怀丝管地,或将一足托清弦。用夔一足,事予艰于步履,故云。

范永祺

字凤颉,号莪亭,鄞人。永禧弟。乾隆丙午举人。著有《朝爽楼稿》。

《鄞县志》:永祺少英敏,笃志学问,性乐夷澹,以图籍为生活,好收藏名人尺牍,考其时代爵里行谊,别为《序录》,以寓论世尚友之旨,其宦达而为清议所摈者,翰墨虽佳,弗录也。工篆隶,尤精摹印,得者什袭珍之。又熟于乡邦掌故,钱大昕纂县志,数就咨访焉。年六十举于乡,引疾不赴,计偕,遂以孝廉终生平,言动必以规矩。事亲孝,与兄永禧白首无间。有姑老而窘,迎养于家。父执陈翁无依,岁供其衣食,死且葬之,其笃行如此。

赠别张大芑堂、董五均叔次陆朴园韵

仲夏苦炎郁,索居寡所为。欻来素心人,联袂践凤期。赠余金石契,芑堂以所刻《金石契》见贻。历兹山水奇。时偕游天童方归。蹑屐必跻顶,临流或赋诗。胡当聚首日,旋成分手时。之子交磋切,两美各得师。我独歧路侧,悢悢怅旧知。夷犹辍君棹,何以慰相思。

赋赠曹大种梅移居南湖用东坡和子由所居六咏韵

世称仙客丹,我独咏考盘。诞语数宫阙,几人游广寒。在涧慰永矢,啸歌夜未阑。君真乐天者,陋彼黄居难。

由拳多词客,如君谁与京。三绝故应擅,小隐聊复名。避喧远城市,湖光云英英。层轩领其妙,烟雨生空明。新居与烟雨楼遥对。

紫菱浮绿叶,掩映薜荔墙。幽人制为衣,夏月含初凉。

斗捷推刘邑，得句兴披猖。何如坐水榭，寻味深且长。有水榭为渔人种菱所。

茅斋小于瓮，余新筑小斋名曰瓮天。屋梁容画义。百钱何所须，种竹兼栽花。隙地聊尔尔，不及近水家。煮茶追苏子，香满南湖涯。

咄哉种梅叟，墨梅尤擅长。赠我古寒玉，什袭曾珍藏。旧岁仿天香庵宋梅见贻。移居植几树，雪冻花不僵。新诗未一及，请为君补亡。

素心与晨夕，洵足销百忧。正如出谷鸟，嘤嘤友声求。况乃得修绠，汲古穷源流。书仓理散帙，非以夸汗牛。

题印七绀园松林静憩图照兼颂画师闵孝子

生平愿交天下士，况是翩翩佳公子。奇才磊落英妙年，剑未出匣玉韫美。光芒早射斗牛墟，精神已见山川里。豹斑偶尔获一窥，顿觉巴人惭下里。下里属和曲徒多，阳春白雪留岩阿，冬岭长松色不改。高下数株空际摩，古干劲挺作偃盖。皴皮剥落余藤萝，此中真趣人罕识，君独视同安乐窝。安乐窝，太虚室，孝哉闵子传神笔。图系汉阳闵孝子贞写，孝子求父母遗影，因专学写真，久之恍有所遇，遂图之，见者惊为如生；又作《奉馈图》，事如生存。叔则之毫频上添，恕先如在呼时出。人生忠孝非两事，小道还期名副实。画竹争如画节难，千载王孙讥回遹。我读闵子奉馈图，如闻反哺啼慈乌。故应技也进乎道，灵台一片能传摹。披君之照见君心，凝神静憩思何深。清风到耳故谡谡，朗月入怀同森森。我思晋人和长舆，磊砢多节延名誉。天生君才必有用，施之大厦作梁栋。

范永祺

癸卯岁董三小钝自粤西寄示十忆诗，其忆余一首，未之答也。兹闻其之任秦安，次韵叠和得二首却寄

董公真健者，耿耿贯元精。论古澜翻舌，观书电闪睛。公余耽素业，王事促严程。自那地径由江西入京之甘肃，不得请假归里。鞅掌忘周甲，耆英定抗衡。客岁六十，闻其矍铄之至。

十忆追摹处，遥传寸楮精。关山成白发，风雨倦青睛。许我中流柱，期君万里程。岂惟循吏传，政绩媲罗衡。

怀月湖院长许穆堂侍御却寄 录一

鹿洞鹅湖莫漫论，风流儒雅赖君存。只今楷法推钟傅，当代诗豪过许浑。深院诙谐迟昼漏，画船歌吹忆吴门。穆堂工音律，拟中秋节仿虎丘歌船泛月湖，适因归里，未果。乡邦名迹劳评跋，文字从瞻古义敦。余家藏沈文恪书，系先生乡前辈，因题其后，且述其生平盛德云。

郑研香寄诗招过书带草堂赏玉兰，余以小恙不果，次韵答之

书带长垂倒薤书，春来虚白满精庐。花逢词客刊脂粉，谓顾小痴、桂虚筼诸君在坐。树植名家见古初，玉兰已百余年物。倔强尚传诗句好，研香和余《上巳观梅诗》有"倔强曾经战雪回"句。衰佣却笑酒杯疏。年年折柬辜良会，击钵声中肯忆余。

哭李丈汇川用东坡挽孔长源二首韵 录一

兰署金梯佐盛时，虞衡十载擅瑰奇。公余雅有吟诗癖，出守还留纪德碑。莫讶奋髯惊滑吏，须知驻脚喜童儿。归来琴鹤萧条甚，古道于今令我悲。

钱竹初先生见赠诗画合册，口占四绝句谢之

三绝元推老郑虔，毫端璧合又珠联。素心忝我叨持赠，晨夕相亲意邈然。签题"持赠素心"四字。

虚传海外有沧洲，未遂平生汗漫游。自得庐山真面目，公画多倩捉刀，此出己手。眼前尺幅足寻幽。

夜来读画为挑灯，兰臭潜通露未凝。却忆吴门徐处士，几人百尺近寒冰。十年前购得徐昭法画册，尔时罕有识者，魏叔子常称"昭法如寒冰，百尺不可近"。

天真烂漫画中诗，白傅才高妪解时。若论杜陵诗律细，暮年佳句系人思。公画宗元韵，此参用北宋法，盖极经意之作也。

题李长蘅采莼图卷

一带湖光照眼空，柳条黯淡小桥东。轻舠似叶人相语，尽是萧山卖菜翁。

张燮

字鲁宗，一字曙村，鄞人。乾隆丙午举人。官於潜训导。《鄞县志》：燮司训於潜，勤于课士，在任十年，以忧去，诸生挽留，设教焉。

天目名胜诗

寻芳初过半山桥，桥外奇峰特建标。界彻冰壶烟嶂迥，图呈螺髻墨痕消。人从树杪飞双屐，僧向溪头挂一瓢。极目尘寰成异境，褰裳何处觅松乔。 一峰云外庵

西来狮座蹑山棱，卓锡先超最上乘。骨立半天真屹屹，眼穷下界转兢兢。岩下即千丈崖。攀跻无路焉能到，摹想于今得未曾。撞倒须弥何所证，释高峰于此勘道洞，有重云塔。万

缘坐断一高僧。　狮子岩

　　亭亭玉立四围空,斫削难名咄化工。高抑飞云犹突兀,斜撑旭照倍玲珑。纹沿蜗薛谁人剔,顶冠虬松待鹤冲。欲瞰钱江环似带,亦名望江石。编梯莫及意恍恍。　玉柱峰

　　不信西方别有天,斗庵影卓夕阳巅。阑回绝壑千寻逼,松荫孤崖四壁悬。此外苍茫唯鸟道,个中青霭即星躔。真如妙悟从空得,直向华严法界传。　西方庵

黄定衡

　　字和石,号意竹,又号石轩,鄞人。绳先子。乾隆丙午举人。著有《石轩诗文集》。

　　《鄞县志》:定衡少侍其父,受诗、古文法,长从董秉纯、卢镐游,沉潜锐进,露抄雪纂,无间寒暑。善吟咏,古体最为深厚。兼工书画,以劬学病卒。参《东井文抄·家传》。

万松岭步月次霍尊彝韵与倪九山、张景辉暨家仲兄同作,时仲兄自都中归

　　山亭俯乔林,夜色隐孤峭。追携得良朋,徐步久乃到。况我念同气,幸兹共瞻眺。翻思昨夜梦,月隔千里照。因之慰离合,欢言叶歌啸。

留别同学诸子分韵得道字

　　美人一相遇,落落开怀抱。泊如春风轻,生意发枯槁。流光弹指顷,相识苦不早。春归我亦归,含情寄芳草。所贵君子心,荣名以为宝。他日论人风,谁为郭有道。

上隐潭潭极深隐,自东谷俯瞰之,唯见平地有坑缺耳,石磴险仄,数百级而下,中竦一峰,两崖夹峙,右崖斗入,瀑布悬注,汇为深潭,周囊云《游记》云"不意天下奇山水,不在地上,乃在地下"

隐潭十里间,三处同一名。上潭隐龙宫,邃谷天所营。割为无底窟,夹以双石屏。硕洞奏金石,掩抑储精英。我行亦已崇,忽欲俯杳冥。初若穿罅缝,渐如堕瓶罂。螺旋自回转,蚁磨随敧倾。深疑地维绝,百级犹未平。我以尻为舆,一坐双足撑。俨然百缣车,下转鲛人肱。渐睹乱石蛙,喷漱余流清。中峰直而锐,夹石缭以萦。澄泓拭玉镜,高派撞洪钲。潭光与瀑势,有隐无不呈。壁面龟兆坼,石理横庚庚。积阴入穷泉,草木寒不生。讶此十亩宫,环彼百仞城。下想潭中龙,睡味幽且贞。逢时久枯旱,百里供牢牲。谁言地势隐,屡集村中氓。而我亦何为,毋使潜鳞惊。洒面飞雨急,塞耳雷车轰。神物一腾攫,性命鸿毛轻。缘崖觅归路,勇退乃先登。中天见白日,旷然变阴晴。一笑记所历,奇绝无与京。虽闻下潭胜,量力不敢争。姑听山中人,甲乙相题评。

挽月船夫子六十韵

吾乡学统尊,溯自炎宋始。深宁及东发,两大谁与拟。山川蕴灵淑,先后踵相企。怀哉双韭翁,岳渎俨流峙。近接姚江黄,远承戢山子。间气之所钟,文采足衣被。及门四五公,小大各具体。夫子荷薪传,早岁历阶陛。唯翁曰精悍,见《鲒埼亭集》。咄咄欲摩垒。譬彼韩子门,何啻张与李。书城洞垣墉,百氏瞻刿巇。一目常十行,万言不乙止。学成弃凡庸,扬芳袭兰芷。文章耻逢世,先生《秋郊观获诗》"文章但逢世,不若弈与丸"。嗜古得其髓。诗坛况高驰,天马绝尘轨。宣城及眉山,不徒论形似。以兹主风雅,文献接原委。

王黄继踵生，双韭如未死。世论重科目，得失竞摹揣。夫子与计偕，十上终见襬。长途惯风波，吊古或嘘唏。京师才彦薮，投刺均倒屣。置酒上危亭，_{先生有《陶然亭宴集》诗。}看花到槐市，_{先生诗"草桥种尔想经年，槐市风尘亦可怜"，自注云"市师种花者多在草桥，而卖花则于槐市"。}学士西庄王，同心蹬然喜。_{学士题先生行卷有"且喜同心颇不孤"之句。}金闱既未践，陶淑遍桑梓。讲坐拥皋比，诸生互津逮。若金受镕范，若木树根柢。四部各搜罗，三冬足文史。虚往实而归，所得良已侈。二邑初秉铎，_{初任金华浦江县，再任温州平阳县。}怡情在山水。八咏拟隐侯，铿锵发宫徵。_{金华有沈约八咏楼，先生咏《浦阳十景》和《元柳待制韵》。}天台两雁宕，胜迹古无比。独于南宕游，纪述尤卓诡。裹粮或兼旬，策杖亦移晷。修干列仙臞，独往高人跻。坐添杯斝豪，更益书翰绮。余情付绘事，远势排尺纸。乃知万卷胸，别具丘壑美。一从泣皋鱼，息辙依故里。胜赏虽自稠，宿疢渐成痕，犹为枌社谋。誓愿毕余齿，双湖泄水喉。湮淤六百祀，一朝议兴复。舆论所訾毁，定议谁与让。兀若中流砥，邑乘失搜讨。亦以百年纪，载笔敛虚怀。任事戒委靡，惜哉二竖侵。丧此灵光岿。岁行在龙蛇，梦奠空簠簋。斯文纵有托，盛业失因倚。先公昔缔交，怀抱通彼此。阿兄既坦腹，蒙也惭萼韡。不弃狂简姿，颇许成章斐。春风到根荄。萌芽发枯卉，问学二十年，有志终未已。于今失仪型，谁与订顽鄙。故书犹满床，遗文尚盈几。流风及余韵，哲嗣方继起。周南太史志，历历犹在耳。勖哉念前徽，请歌丰有芑。

瓶梅盛开卢大凤池约为灵岩之游

梅花如好友，夜梦见颜色。晨光一相照，宛然在我室。幽闲出奇芬，清瘦断玉骨。可与诉怀抱，因之写湮郁。故人本疏狂，妙处入胶漆。亦有灵岩游，相携访冰雪。

春风动帏帐，高卧方一醒。故人起我惰，欢然两忘形。倾壶酌醽醁，无言对楸枰，却顾瓶中梅，照我肝胆清。梅花如有语，曷不山中行。一睹香雪海，永谢尘虑并。

观天一阁新编碑目

书城面湖阴，乔木含苍烟。灵光兀遗构，令绪天所延。九重诞敷文，云汉回星躔。霞标俨高揭，津逮争后先。书富如入海，波澜谁讨沿。但看金石文，已备仓雅编。乃知赵欧阳，未胜司马贤。耳孙亦好古，佳客来骈阗。上舍识奇字，张君芑堂。太史兼纪年钱竹汀学士。摩挲太古篆，首自石鼓篇。泰山廿九字，遗碣重摹镌。下逮汉魏后，一一玑在璇。因之溯颠末，甲乙书牵连。回看近代碑，尚遗十百千。阁中十日饮，文采何翩翩。从游皆磊落，各各携丹铅。伊余旧所历，窥豹惭勿全。黄尘压席帽，未许同周旋。归来阅编目，惜此良会愆。缅维三百载，故事枌社传。南雷初作记，大书笔如椽。遍数海内藏，莫此与比肩。当时序书目，碑碣姑舍旃。梨洲先生《天一阁记》称，藏书者当并捐法书名画之好。后来鲒埼翁，万卷恣渔畋。碑目亦倡始，似非意所专。请观遗集中，评跋余精研。岂伊得鱼兔，脱手忘蹄筌。谢山先生尽观阁中藏书，遍阅藏碑，命侍者书其目，粗加诠次而已。今观《鲒埼亭集》中题跋，则考索之精，亦无逾先生者。及兹一排纂，功逾勒燕然。欲令千载后，好古心益虔。我诗不足陈，请歌瓜瓞绵

送张二寄筌入蜀

去岁寻君迫残腊，斗室风寒拥裘褐。今岁逢君春始回，豪门歌舞灯烛辉。春来春去动胸臆，三十功名犹未立。留君且钓东海鳌，送君竟作西州客。西州远道何漫漫，长江万里风浩然。瞿塘舟楫天下险，褒斜行路今古难。丈夫自

有四方志，风云未解萦愁思。已从烟水涤吟怀，更欲摩崖
著题字。成都自昔推繁华，峨眉山月锦里花。贾客停舟问
邛杖，美人濯锦羞吴娃。令君高会需君久，入座鸣琴居客
右。翠釜烹来丙穴鱼，玉瓯满泻郫筒酒。酒酣击钵诗辄成，
明珠落纸书纵横。瀼西故宅犹在否，剑阁何人重勒铭。此
时休读剑南集，错莫归期又相忆。西窗今夜剪烛时，巴山
秋雨含愁日。好□双湖第一流，他年清誉满西州。令君况
是同袍者，定为文翁借一筹。

寄怀董小钝先生

宦迹仍边徼，天涯念典型。名期千载后，官岂一身荣。
陇驿烽烟静，琴堂简牍清。他时怀献老，遗集续镌成。小
钝先生前刻《鲒埼亭集》四卷，余尚未尽付梓。

西兴驿舍次姜西溟壁间韵呈倪韭山

何事西陵道，停装又一年。灯花谁为喜，酒味仅能贤。
风露舟中客，篝车江上田。青山阅人世，终古说萧然。萧
山本名萧然山，乃昔人栖隐处。

范莪亭倡和诗册甚夥，独上巳观梅一帙，尤所属意，因破体为之，以备一格

一番两番风递催，三月三日花争魁。抽青已踏河畔草，
破白忽见山中梅。兰亭修竹得老伴，曲江姹杏窥琼腮。风
流领接前后辈，肯忘策杖光溪回。

秋夕忆家仲兄粤东

濒淮山色古彭城，客舍东头住士衡。四海论交终落落，
一行作吏定铮铮。都门斜日三年别，粤峤秋风万里情。忽
听南飞双雁去，裁书自对短灯檠。

何委

定海人。乾隆丙午恩贡。

普陀永寿桥

寿必期乎永,桥何命此名。境为天所设,水与地俱宁。觉岸同登彼,僧伽得度生。濠梁能自乐,世路任陂平。

李承莲

字宗白,鄞人。恭宽子。乾隆丙午副贡。官广东罗定州州判,改景宁训导。

《鄞县志》:承莲任罗定州州判,尝尽释州狱中无故滥押者。调省鞫疑狱,不以刑讯,终日与囚相对,饥则呼饭,与囚对啖,有迟至一二日,始得真供者。每语人曰:"天下极无理、极不法事,皆有情节。真者,断不能假;假者,断不能真,唯在细心紬绎之耳。若以刑求,多有误承,是我杀之也,岂可哉!"历权数邑,所至有声。丁内艰归,服阕,改授景宁训导。

舟过弋阳为风雨所阻兼闻盗警

年来游楚粤,几度弋阳过。路恶风偏阻,春深雨更多。颓崖萦野蔓,小艇荡寒波。此际凄凉客,归心问若何。

夜过佛山

正值晚潮生,江流急未平。佛山游已旧,客思夜同清。十里樯浮影,千家犬吠声。举头明月上,遥共故乡明。

苍梧江晚眺

旅泊苍梧宿酒醒,行来渐及夕阳暝。流波洗尽江云碧,宿鸟啼残岭树青，洲近系龙疑带瘴，池临豢鳄似无腥。惟余铁柱荒烟里，几忆当年漾月亭。

胡于鈜

字启名，号绮茗，镇海人。乾隆丙午武举人。官至南澳镇总兵。

《镇海县志》：于鈜幼颖敏，能诗文，兼好韬略。初任镇海营千总，兼摄定海千总事。总兵李长庚见而奇之，教以筹海事宜，积功累擢至南澳总兵。南澳与铜山对峙，为闽粤咽喉，时海氛方炽，大洋绵亘数千里，缩海而县者所在鼎沸，于鈜亲蹈洋险，士卒用命，先后歼毙洋匪数百，获盗艘无算。总督百龄知其才，与商招抚之策。未几，盗魁张保率众降，余亦以次投诚。尝上书制府，请撤长山尾炮台，移兵隆澳，并议以师船监护商渔，当事者皆嘉叹之。军政之暇，好延接名流，以谈艺为乐，旋中蜚语被劾，解职归。

苦疮

年来多住海，海气与人竞。流散为毒风，往往中者病。我疮去夏痊，今秋乃复更。拘挛及百骸，痛楚俨在钉。所为多掣肘，欲坐如叩胫。苍蝇去复来，疑我有膻行。

病中秋思二首

日落众山合，苍然生暝烟。秋声高树外，初月断云边。瘦骨妨宵坐，凉风怯昼眠。迩来诗思减，萧索听鸣蝉。

无限秋云碧，萧然似闭关。愿从何日尽，病觉此身闲。对酒虚长夜，钩帘得远山。鲸消多胜事，相际一开颜。

中秋

海外逢佳节，联杯不尽欢。可怜今夜月，偏在异乡看。榠树秋风静，蟾宫夜气寒。遥知攀桂者，一样倚阑干。

题望海台

高台缥缈欲连天，乘兴登临意豁然。来自竹边风更好，照从波底月增鲜。楼船周匝抛瀛海，山树空蒙作晚烟。最是一番行乐处，安澜共享太平年。

寄怀谢仲谐学博 录二

花满红尘水绿波，故人踪迹近如何。五湖舟楫师范蠡，十里楼台吊尉陀。春色浓斟椰叶酒，诗情遍付木鱼歌。独怜芳草天涯客，几度风前想玉珂。

珠江去岁寄双凫，香到梅花把袂初。为索诗篇惭竞病，每谈乡土忆莼鲈。云林宝鼎新分篆，泽国楼船旧绾符。一自别来烟岛外，苍波如镜水平铺。

薄宦

薄宦天涯久，他乡作梓桑。知心唯有月，夜夜照家乡。

林纲

字秉三，号心竹，慈溪人。乾隆戊申岁贡。官西安训导。著有《心竹诗文稿》。

《溪上诗辑》：林氏世以诗名，而先生尤工时艺，门下士从之者恒数十人。性伉爽，廉正不阿，风操卓然。弱冠即受知于窦东皋、李鹤峰两先生，而卒以明经终。官西安，年余遽殁，士林惜之。

孤山放鹤歌 录一

鹤飞去兮，翩跹远林；先生归来兮，欸乃湖心。引松籁兮，延嘉宾；烹春茗兮，发清吟。呼石为丈竹为君，风流好事亦云云。先生仰看青天云，七十二代封禅诏。遗稿难浼西湖坟，西湖不逐江河下。孤山冷绝梅花夜，仙灵跨鹤时往来。清风明月真无价。

阚傅旧居

江东人物劫灰余，太息先生此旧庐。姓氏已闻题夜月，英雄犹自困佣书。高墉他日纷廛市，芳草千年护梵居。湖水淙淙遗泽在，寒烟落日渺愁予。

初夏感怀呈冯以斋先生

斑驳头颅意气雄，三钻脉望百无功。难将南烛医衰白，尚盼东华梦软红。下士腐唇谈绣虎，壮夫哆口笑雕虫。狂来朗诵渔洋句，拂拭当年荷巨公。<small>谓窦东皋、李鹤峰两先生。</small>

偶然庑下息喧春，拄颊楼头三两峰。梅雨麦风催薄暑，湿云凉月递疏钟。壮怀鹏翻今犹健，细字蝇头老渐慵。白首冯公招未起，休将云梦芥吾胸。

新昌道中

石城山似赤城移，雷鼓阴阴入剡溪。蓦地野亭银竹里，夕阳红烧万峰西。

钱嗣容

字思白，号复三，象山人。乾隆戊申举人。著有《一房山馆诗稿》。

和金匮宗人梅溪参军石屋八咏原韵

雨香庵
霏霏蔷卜香,隐隐高峰侧。靄靄白云家,深深梵王国。乍雨疑乍晴,即空悟即色。

听秋室
万籁寂无声,萧萧鸣不已。景忽自情生,感亦因心起。起坐时静听,凉月明荒扆。

眠云坞
平石列如床,深林布若幄。漫漫多白云,山静午不觉。呼之阒无人,芳草自绿缛。

招鹤峰
山人爱养鹤,结茅西山凹。晓来放之去,暮来还相招。下视沧海阔,一峰凌晴霄。

洗心池
我心若止水,止水清澈底。谁使浊自渚,对此不一洗。静坐池上观,心镜觉弥弥。

指迷石
人心欲上天,恒苦乏佳遇。勿自阻临崖,绝处必得路。粼粼一片石,侧侧向予顾。

流华涧
花开满山谷,花落随水行。古今一瞬息,自苦营虚声。吾乐自吾乐,动静毋婴情。

移情台
蓬岛在瀛海,何必求其真。高山与流水,无意写斯神。一曲水仙操,吾师方子春。

林纲　钱嗣容

韩昆

字朗山，鄞人。乾隆戊申副贡。

题徐秋生诗集

南州大雅才，藉甚词场久。披图昔见之，落落真吾友。敝庐一以晤，十载重回首。风人气谊深，老矣称秋叟。袖中出新本，欲佐盈樽酒。诗堪名一家，居然成作手。蕴借点溪山，芬芳挨花柳。要其植根处，大指归敦厚。界宋与分唐，何必师谁某。追逐已尽前，卓立足传后。君歌金石声，我言徒扣缶。持此质吟坛，谬许知音否。

和袁陶轩观稼楼原韵 录二

高楼百尺枕西城，小筑重烦匠石营。粉壁诗添新醮墨，画梁书重旧题名。绿云荏苒千村稼，白发萧骚一客卿。却笑有田皆是石，年年丰歉也关情。

岁月堂堂闭户中，矮笺匀碧管裁红。柳阴浓护春长好，花样新翻老更工。世事浮沉杯里问，故人消息枕边通。词场跌宕推袁久，为我重弯百石弓。

沈谟

字禹功，一字崙山，镇海人。乾隆戊申副贡。官汤溪教谕。著有《自玉斋诗草》。

《镇海县志》：谟积学能文，受知于学使朱珪，充选拔生，旋中副贡入都，考取正白旗教习，诸名士如卢坤、史评等，咸从之游，后皆为显宦有声。教习期满，授汤溪教谕，在任十八年，尝训诸生曰："读书人不可不知造命，又不可不知安命。知安命则有守，知造命则有为。"识者叹为名言。

登妙高台次苏子瞻原韵

缥缈独登台，天空眼顿开。问从苏子去，又得几人来。玉带无新旧，江涛自往回。地因名迹显，仙到即蓬莱。

渡黄河

长堤不见花，茅屋两三家。岸阔风声急，天低云影斜。黄河东到海，白日暗飞沙。莫问前程路，飘流任斗槎。

游倚虹园

西湖天巧自玲珑，输却扬州点缀工。水石盘涡仙岛路，楼台隐约隋炀宫。玉兰香细春常雪，杨柳阴稠午欲风。分付梅花休落尽，一枝留取待何公。

过漂母祠

一饭几千秋，淮南古渡头。谁将漂母意，怜取未封侯。

仇国垣

字星门，一字竹窗，鄞人。乾隆己酉岁贡。

大隐溪寓亭 汉董孝子养母处

大隐溪边路，篮舆昔暂经。山栖一水碧，云卧万峰青。求鲤烟笼钓，迎流月在瓶。小人有老母，何以慰星星。

叶宗舒

字冠恺，号鹤渚，慈溪人。乾隆己酉拔贡。著有《四明诗存》。

题邱司马百二十家墨录

梁苑风流数漫堂,湘帘卷处麝煤香。而今韵事凭谁继,载石东偏启墨庄。

潇洒高怀谢俗尘,燕台相见两情亲。箧中不换绫纹刺,百种隃糜最可人。

艺苑群推墨妙宗,黑云落纸走蛟龙。我今欲乞淋漓笔,好试松烟一斗浓。

典午声华满粤东,新开铃阁递诗筒。还应妙选端溪石,凤咮龙宾一一工。

孙蔚

字守荃,号逸云,鄞人。乾隆己酉拔贡。著有《逸云居士诗文编》。

谒大禹陵

禹昔葬会稽,留传万古穴。谷林既荒凉,苍梧亦湮没。一抔独岿然,令人叹明德。翠华旧南巡,渡江亲展谒。至今坛宇新,祭告犹未歇。庙制非卑宫,梅梁莫剿说。庭树鸟迹碑,岣嵝字堪埒。登堂拜遗像,飞鼠声唧唧。半山有高亭,中藏一窆石。衣冠埋是处,昔言未可必。数武得石坛,秋草凝烟碧。松枫十余株,高干风飒飒。应敛古帝魂,难验形家诀。禹之穴究不知所在。守陵三两家,自扫荒林叶。缅想治水功,宜荐苹蘩洁。夕阳下西冈,打桨波光黑。湖市灯荧荧,如星远明灭。

桃花行

小舟暖泛琉璃波,夹岸掩映桃花多。桃花照水生锦浪,隔浦隐隐闻渔歌。风光疑入武陵路,淡淡着烟浓带露。人家鸡犬出林中，短篷斜向横塘渡。渡头几树迎风开，妖韶倩女临水隈。花光人面不相亚，竹篱茅舍尝低徊。回头夕阳下西岭，轻霞艳入桃花影。桃花四照更增妍，春山一幅仙源景。

泊舟方桥

日斜潮已落，停棹且闲游。野店春巢燕，江船晚渡牛。酒帘题竹叶，樵斧凿槐瘤。桥断千人筑，何年跨碧流。时修方桥。

闲行

晓饭无他事，闲行破石苔。霜寒木叶落，天远雁声来。古塔高难隐，新祠静不开。邻园饶野意，墙角一枝梅。

邓嗣宗

字慈钟，号礼堂，象山人。乾隆己酉拔贡。著有《晚翠轩诗文集》。按：《彭姥诗搜》传云，先生本姓史，名敬行，出继从邓姓，改今名。

《象山县志》：嗣宗性嗜学，精覃史汉，长于古文，与从弟亢宗同居石屋庵读书，友爱甚挚。

题心溪十兄蓬莱山图，用乡先辈俞栎庵侍郎炼丹山夜雨诗韵

家住蓬莱清景迟，仙音断续绕松扉。晨听樵牧穿云去，暮接耕渔带月归。旅客应怀红树晚，居人还忆绿纯肥。知君负米江天远，不尽吟情寄翠微。

曹伟时

字雨亭，定海人。乾隆己酉拔贡。

奉题范莪亭瓮天居集禊帖字次倪韭山韵

清风自昔异时流,得地言情室又幽。日少尝知天气朗,亭虚每带竹阴修。感生以是为娱老,兴至于斯岂倦游。托迹云山湍激外,也随坐次领因由。

骋目虽然尽此闲,相将列引后人贤。放怀与物和犹惠,取抱临文畅若迁。盛集同群崇禊会,静观大化乐长年。妄期俯视欣兰契,觞咏能无寄一弦。

盛植才

字含瑛,号墨峰,又号韦庐,慈溪人。乾隆己酉举人。历官广东雷州府同知。著有《学吟草》。

《慈溪县志》:植才始署电白县,革除积弊,严治奸宄。值洋匪猖獗,亲临海滨巡守,与博茂场大使杨星曜捐俸设水栅望楼,洋匪屡犯不得登岸,邑赖以完。平反前令判定富室夺婚案,与颂载道。寻补阳春县,以获洋匪功,擢知州,借补雷州同知。病卒,贫无以归榇,电白士民集金赒之,其遗爱在民如此。

《溪上诗辑》:墨峰诗才明敏,书受业甬上蒋樗庵之门,极为樗庵称赏。筮仕岭南,檄勘蕉门黄团、潭州诸台,泛历南沙、金洲诸岛屿,扬帆鼓棹。与邵广文芝房击楫赋诗,每拈一韵,更唱迭和至数十首,合抄所作曰《蓬窗集》,盖其才华丰赡,非枯窘拙涩者所能及也。

珠江即事

一棹归来晚,清游兴未慵。严关深夜柝,古寺隔江钟。近水楼偏好,寻花客乍逢。迷离鸿爪影,何处认前踪。

于役梅洲道过雷乡，李小云明府出示鞠䩄集，读汤坑旅馆述怀八首，次韵却寄 录四

萑苻传未靖，守御近如何。水栅重关险，车薪烈焰多。军威扬海国，野色绽秋禾。自笑书生见，凭谁假斧柯。

袖手何劳计，初心与事违。一官空有檄，九月尚无衣。家累南天系，君恩北斗依。涓埃惭未报，远宦敢言归。

神电环仙海，当年放胆行。狂飙吹水立，蔓草逼崖生。御寇朝驰马，谈兵夜泛舣。摩挲三尺剑，回首不胜情。

西河同抱痛，语及倍酸辛。骨肉中宵泪，风霜半老身。极知泡影幻，无奈客愁新。牢落凭谁诉，茫茫瘴海滨。

答柳孝廉元传用元韵

南越重来四度春，须眉揽镜渐惊新。折腰敢道书生懒，捧檄偏嗟游子贫。幸有新诗砭俗骨，真同宝筏渡迷津。扫门未遂先投句，如此神交得几人。

盛本

字伦先，号小垞，慈溪人。乾隆己酉拔贡。官福建南安知县。

《慈溪县志》：本性警敏，工隶草，尤善擘窠书，由八旗官学教习补闽县令，摄福清。大吏召书堂额，本恶其召，不应。其人必欲得之，至以兼金馈其子，使力请，卒不与。任宁德，捕豪强欺压平民者痛惩之，日坐堂皇理狱，摘发无遁情。任南安，以千金恤许贞女，为里妇劝。丁忧归，县人祀之丰州书院。

钱武肃王铁券歌

渭滨夜半流光瞥，渔人举网得古铁。细寻铭字瘦蛟蟠，净剔苔痕锈纹揭。乾宁岁月弁券端，拉董摧杨褒大烈。誓言郑重恕九死，带砺山河永不绝。是谁勒此旌殊功，钱王当日称英杰。鞭梢指定十四州，石镜冕旒非草窃。叠雪楼前骇浪回，功臣堂上丰碑兀。三节还乡挂锦衣，丰沛大风歌未歇。已看玉册锡三王，更羡金瓯完两浙。摩挲往迹四百年，故物流传未啮缺。丹书金字逮云礽，犹识王家旧阀阅。君不见，蛇乡虎落几称尊，东府柘袍终覆没。江南眼见死牵机，楚汉同时亦灰灭。太师尚父称勋臣，始信保世在忠节。试将此券阅兴亡，从古降王谁与匹。

任于宗

字鹭川，号茗香，镇海人。乾隆己酉举人。官福建建宁知县。

《镇海县志》：于宗少好学，立品端方，为学使窦光鼐所器重。由拔贡举于乡，充觉罗官学教习，期满，授建宁知县，操守廉洁，为治宽厚，有古良吏风。分校乡闱以得士称。丁父艰归，不复出，家居读书如其为诸生时。主讲鲲池书院，日以经史课士，出其门者为文咸有根柢。卒年七十余。

和陈旭峰拟马周次新丰逆旅独酌有感

四十空云膂力刚，昂藏七尺渐披猖。休论相法鸢肩贵，常叹生涯马齿长。邸舍谁怜翁子困，酒徒自许郦生狂。唾壶击缺无人问，跣足科头入醉乡。

贞观皇风被九州，凌烟阁上集群谋。诸公腾达扶唐室，贱子羁栖学楚囚。失未为忧同塞马，怪因少见喘吴牛。酣歌笑指当垆女，错认成都卖酒楼。

陈元枚

字卜庭，号著亭，镇海人。乾隆己酉举人。

风雨过鄱阳湖

白日忽变风怒号，冯夷击鼓飞惊涛。篷上雨点乱如石，恶浪翻空天半高。舵工舟子惊相呼，仓卒收得十幅蒲。为语舟中莫轻动，扁舟已入鄱阳湖。鄱阳湖水最汹涌，汗漫黏天若山耸。蛟龙贔屃飞欲舞，寒潮冲击天吴怒。安得夫差水犀手，万弩齐张射潮口。倚篷怒叱阳侯惊，鼍鼍敛迹风𫘥平。忽闻大声来水上，噌吰澎湃如钟鸣。徘徊四顾皆绝壁，石钟山下波相激。为问坡公旧游处，满岫苍苔浓欲滴。

屠继歧

字柱峰，号懒云，又号栎园，鄞人。可堂从子。监生。《屠氏家集》：公幼颖悟，善吟咏，精书法，试辄高等。后随仲父雁湖公之滇南，遂废举子业，入太学。晚年以诗酒自娱，与周苏园、仇竹窗、周雁水、孙受荃、邵英斋及其从弟凫园、蓉洲结同心吟社，推为祭酒。年八十余，灯下尚能书蝇头细字。逢佳节，携杖探胜，邀朋集宴，颇有风人之致。

过来谁园故址感赋

散步经城北，空园忆故人。地荒三径草，水浸一池萍。修竹归僧院，乔松入比邻。吾家多别业，回首共伤神。

七夕偶怀时在新兴署中

忆昔分襟作远游，迢迢此夕妒牵牛。支机石渍经年泪，乌鹊桥添隔岁愁。蟋蟀沉吟孤烛夜，梧桐摇落半床秋。最怜客况南天外，何处箫声独倚楼。

寄安徽周眉亭方伯

屈指论交几卅年，滇南秋色点苍巅。蛟川治绩通鸳水，甬国芳声著竹编。嗟我樗材空白发，羡君雅抱挹澄渊。鱼书重感南金贶，几度相思忆暮烟。

早起

朝暾渐已生，残月尚争明。何处分昏晓，萧然旦气清。

东湖舟次

湖上青山照影明，扁舟一叶镜中行。湖光山色朝昏变，小李将军画不成。

屠鋐

初名继长，字增高，号雪岭，鄞人。监生。

雨后城楼晚眺 录一

雉堞参差驻薄云，江南江北此中分。渔歌远岸闻清唱，柳影空堤漾细纹。寂寂岩花深绕翠，悠悠牧马屡嘶群。凭栏瞻眺无人共，移屐归来日已曛。

留别王藻川

士龙声价有谁伦，交识多年结契真。风雨挑灯浓吐艳，晦明谈艺暗生春。临风玉树清于水，掷地金声妙入神。聊把一樽含泪别，楚天鸿影逐征尘。

优钵昙花

异域波斯别有花，娑罗色样漫争夸。好看玉钵非凡种，洵是青莲出佛家。佳客希踪情自远，明廷征梦感空赊。谈禅丈室时曾现，莫被横波顾影斜。

曹溪一树白云封，二十年来好事重。《滇志》：安宁州曹溪寺有优钵昙花，昔遭兵燹，今重生一枝。不让灵蓂成岁纪，定随古佛露前踪。飘香气胜临风桂，鸣佩声希隔浦钟。旧曲昙花传妙绝，祇园可得几回逢。

出滇南胜境

碧鸡金马快言旋，渺渺行人去瘴天。白水津边斜度鸟，点苍山外晚含烟。地连黔北关山险，风过滇南气候偏。几次欲归今始得，蛮歌一曲折杨篇。

屠继序

字其皇，一字淇篁，号凫园，鄞人。可堂子。诸生。

《东井文抄·墓铭略》：先生幼沉静，锐于学，从卢月船先生游，得其指授。父提举公官滇南，先生家居侍祖，能先意承志。既屡试不售，乃弃举子业，专意古今典籍，有所得，辄蝇头细书，岁久积数巨簏。尝为《困学纪闻》补注，世称其淹博。晚年辑家谱，手抄数过，尤详于故乡旧家掌故，非独一家之书也。卒年七十四。

先世故迹诗 录六

江畔结幽斋，清空气自佳。无言窥道妙，不贰矢襟怀。皓月中宵皎，浮云晓岫排。一经供研蒎，伊洛作生涯。

静斋书屋

纲常留正气，经术自光昌。堪作中流柱，能回既倒狂。
沿庭桃李茂，绕砌桂兰芳。今日空堂过，犹怀教育长。

秉彝堂

铨衡名位重，孺慕性情真。文字堪酬主，园亭足养亲。
高怀宽假子，余泽及西邻。爱日真能爱，千秋有几人。

爱日堂

五子才华贵，一官敝屣轻。归来鸥作伴，养到木为名。
祇树皈依切，诗牌信口成。膝前盈俊杰，倡和更多情。

娑罗馆

炙手势堪热，贞心节不移。余生逃虎口，垂白隐江陬。
慷慨情何壮，神仙遇恰奇。晚怀黄老学，清净在无为。

遂初堂

有心穷载籍，无意学戎韬。激烈儒冠壮，凄凉战略高。
燕巢非所恋，鹃血独含号。景略平生志，悲来托彩毫。

扪虱瓢

戊申五月七日为先烈愍公悬"旌忠"二字额于堂上，以志恩荣，敬赋 录一

圣恩浩荡大如春，锡典遥颁泉下人。碧血久埋苍藓古，
绿邙重树白碑新。褚渊抱愧齐朝禄，袁粲流芳宋室臣。麦
秀黍离成往事，遥怜洛邑有顽民。

有感

蚓吟蛙响不堪闻，何日幽居息俗纷。自昔竖儒几败事，
而今驵侩亦论文，是非总付烟云外。嘈杂看他鼠雀群，不
受人怜原志士，深藏韫椟圣贤云。

邵桓

字仲虎，号种琥，鄞人。基曾孙。官户部员外郎。著有《涤砚居诗抄》二卷、《杂著》二卷。

拟康乐泛江

澄江净秋霭，空山多夕阳。帆迟出岚影，桨急乱波光。碧流渐东暖，灵景欻西藏。清风扫峨眉，丹霞霏绣裳。中流更凌泛，奋袂与低昂。抗志拟鹏翻，垂云九天翔。

藤花坞寓斋

一丘一壑小蓬莱，雨霁烟消画本开。忘却珠藤花欲放，迎风频讶妙香来。

范永嘉

字一亭，鄞人。诸生。著有《寸碧山窗诗草》。

入山寺赠某师

踏遍青莲宇，欣兹得赞公。一言千偈破，三宿万缘空。禅窟留烟护，香泉续笕通。最当清绝处，心与白云同。

拟游西湖不果

爱尔湖山好，何时一揽游。旷观清廓廓，平挹碧油油。去或双舁轿，归将小刺舟。此怀犹未遂，惆怅久淹留。

西安梁鹤泉见和再叠前韵

才华惊美备，领略愿从游。云树开鲜锦，风漪漾碧油。漫怀徐稚榻，欲附李膺舟。一自酬吟后，佳名借此留。

出西郭

梅雨初晴涨绿陂,诗情画意两相宜。冲萍一棹渔村近,笑指纤鳞上钓丝。

范震莘

字耕野,鄞人。著有《留香阁诗稿》六卷。

七松园掘笋歌

名园寂寞春何如,松风入坐侵琴书。园中森森万竿竹,含烟笼月何萧疏。阿香推车赤蛇掣,龙孙渐渐出龙穴。新粉初香白未飘,绿苞渐破芳心折。长镵才入篍笒时,玉钗一断燕差池。小雨乍收麋角解,清涟相媚愁无期。佐以菜根酒满瓮,俗人安得生佳梦。渭滨千亩在胸中,鹅溪好绢无人送。

秋夜独坐 时客山东

庭院无声夜寂寥,听残更鼓恨难消。病深求艾原非策,事急随人未敢骄。千里音书何日至,一窗灯火不时挑。饥寒儿女谁青眼,念到家山泪似潮。

感成

故交落落怅群离,一老犹存世所遗。梁月帘风成梦想,箧中留得旧时诗。

余檀

字载黄,号松石,慈溪人。著有《闻见》前后集。
董沛曰:松石十四服贾,四十始学诗,自云"客中无事,辄诵唐人诗"。久之,觉若可能者,遂欣然效之其格调,才华总不落大历以下,亦奇士也。

谢嘲

饥寒尚难保,焉用妻妾随。祖宗不麦饭,子孙空嗟悲。弟以病久殁,母当衰暮时。我年过四十,育子亦迟迟。时乎不再来,为谢嘲者知。

乌生八九子

有乌有乌,欢呼哀呼。欢呼集于菀,哀呼集于枯。尔何遭剪屠,尔亦有蓄租。岂远举之,无志嗟毛羽之未敷。彼荫郁兮为途,彼离离兮不孤。乌乎乌乎,天道人心无时无。

长别离

长别离,长相思,一日肠回十二时。君非弃妾妾自知,松柏许我附兔丝。不见亭亭松柏姿,岁寒纵有守,封侯及壮时。

归雁

一夜东风发,乡关望欲迷。按云皆北向,呼阵尽南栖。翼翼联行正,于于结序齐。衡阳春日暖,从此不须啼。

桃花

岸柳摇风对艳阳,小桃如火锦云张。春深帝苑花含笑,浪暖龙门水带香。一片流霞惊宿鸟,半帘红雨点新妆。武陵溪畔开多少,莫怪渔人忘故乡。

舟行安溪逢朝雾口占

大雾忽迷天,溪桥抹眼前。橹声摇曳处,舟子问来船。

蔡调元

字对时，号过云，慈溪人。诸生。著有《萍游诗草》。

和桑工部立夏雨宴集原韵

溯洄浪迹似浮鸥，佳节频催到白头。蟪蛄一声春又去，樱桃初熟雨偏稠。筵前磊落千樽酒，座上声华百尺楼。自是麦秋寒未了，依稀六月尚披裘。

七月寓邸病中闻内讣

昔闻地腊生多恶，那料天中死不经。以重午日卒。怜我多愁终蹭蹬，痛君含泪入幽冥。魂招楚水成遗恨，家近曹江合有灵。屈子、曹娥俱是日卒。世上应抛长命缕，榴花萱草尽凋零。

月白灯青强欲眠，长宵争奈旅情牵。漫劳家梦三千里，独数更筹四十年。络秀生存徒有志，孟光死后更谁贤。稚儿弱女情何寄，每忆团栾一黯然。

松滋署中偶题

斜栏曲槛护琴台，零落丝桐莫浪猜。历碌不知春事尽，梅花看到楝花开。

董有恒

字上盈，号金川，慈溪人。诸生。著有《逊敏斋诗文集》。

小园

鸟鸣空翠落，虚堂秋雨余。茅屋昔所构，幽意环庭除。几榻尘土净，可以读吾书。燃竹煮春茗，微风入林疏。小园光景好，吾怀适旷如。朝夕一披对，澹若游太初。

闲居漫兴

不须对镜问妍媸,坦率襟怀只自怡。出郭船当新霁后,倚楼山爱夕阳时。淡中得味闲方觉,冷处关情老渐知。机事已忘心不竞,眼前云物本无私。

严殿霖

字臣雨,号剩愚,镇海人。诸生。著有《鸿爪集》《梅花百咏》。

《蛟川诗系》:先生气骨兀奡,而动止兢兢中规。家贫,吟啸自若,有所作,随意写残简中,不自爱惜,其门下为检录之,故所传不多。

愤词 录四

元气弥大寰,万物托生始。果木犹有仁,人心虑先死。羲皇一画开,秘泄造化旨。芸芸六合氓,乃为吉凶使。燎火可燎原,奔流在防止。我忧剥复关,轮转方未已。

六经为之柱,构屋乃立基。诸史作甍桷,藻饰随离奇。卮言尚周孔,余者皆妄欺。下及庄老文,开卷令人疑。元韬蚀将尽,寸心与谁期。不如缄默老,撒手虚空嬉。

泰山拔地起,黄河从天来。坎艮互流峙,耆然乾坤开。纷纷相接续,匪乐何有哀。扰扰相竞争,匪福何有灾。身前富与贵,身后蒿与莱。不如刘伯伦,埋魄糟丘台。

策马升太行,意气何其豪。手拂珊瑚鞭,腰悬鹧鸪刀。苍鹰偶一击,插翅千里逃。有愿不能慰,置身空尔高。四极窅无涘,奔云如狂涛。黄鹤倘许骑,行与仙人遭。

遣怀

饥来驱不去,去去去何之。久历风波险,谁怜冰雪姿。心遐思避地,神倦懒题诗。笔砚余年乐,抛荒更与谁。

杂感 录六

略解河西妇孺讴,莫疑皮里有阳秋。康庄不骋昂头虎,渤海难容掉尾鳅。陶侃甓多忘自运,张良箸少借谁筹。灶隅留得匡床地,便是元龙百尺楼。

方壶员峤海中岑,飘忽霞虹感陆沉。况复巉牙多瘦犬,且随反舌作喑禽。渐离到此应投筑,安道如何再鼓琴。挡得奇肱车子住,螳螂除有臂三寻。

燕石羞言韫椟藏,眼看白日去堂堂。半吞半吐山云赭,随扫随多径叶黄。不饮已同沉醉苦,有怀多为啸歌伤。让伊鸿鹄无机械,插翅空天自在翔。

无限莺花借点装,几多风月待平章。明还有隙谁防暗,拙已难医敢效狂。箧策空陈苏季子,爨材略辨蔡中郎。漫云辜负春三月,傲有新诗积满囊。

心如一片玉壶冰,荦确能教澈底澄。不尽搜惟裈内虱,最难驱是拂边蝇。频看江水情何限,待负崇冈力未胜。白粥黄齑供大饱,随缘我让闭关僧。

朝从竹径负晴曦,晚向柴门看落晖。水抱岩回林画界,天空地阔鸟思归。驼肩雨课痴童锸,龟手霜怜病妇机。破格大开邻叟宴,芋头烂熟蛤蜊肥。

谢佑份

字文川,镇海人。闇祚子。诸生。

《蛟川诗系》：先生守清白之风，善承家学，士林中之以纯谨著者。诗不多作，工书法，运腕秀劲，远宗思白，近祖湛园，得其片楮，咸珍如卞璧。

次徐赓扬姻丈园居韵

蓬莱咫尺是仙家，底事难忘水一涯。日月自饶新世界，行藏不碍好风花。清分赞谷千竿竹，韵胜卢家七碗茶。载酒有怀多病日，可能容我避喧哗。

折肱几度始名家，利济如君未有涯。君善岐黄。寄傲不贪五亩秫，好生还护一庭花。冰弦冷彻乌啼月，活火春深客试茶。容膝但知蜗舍稳，那如栗里寂无哗。

谢佑滋

字毓川，镇海人。诸生。

喜佩宝侄入泮赋赠

作诗非其人，熟视如无睹。诵诗非其人，空言亦何补。为君陈一辞，不必深义取。只如家常话，或者差近古。嗟予九岁孤，君亦幼丧父。哀哉鲜民生，读诗悲何怙。先后十年间，伶仃共孤苦。予今三十余，一衿徒愧腐。羡君弱冠年，英声蜚艺圃。当此发轫初，已卜能绳武。扶摇还直上，前程须自努。报亲会有时，良玉岂类砆。学必溯渊源，文勿拘训诂。吾家涛山师，斯文之宗主。东郊才力横，超群而独竖。更有陈筑岩，学识端门户。名理得真诠，鼎峙文中虎。邑社亦多人，孰是夸侪伍。自顾樗栎材，碌碌无足数。见猎起雄心，不觉向君吐。文字非立名，何必工媚妩。剿窃前人余，学语羞鹦鹉。独步适康衢，弗叹行踽踽。仰彼冥冥鸿，高飞矜肃羽。券本自我操，帜亦自我树。但期共相勖，豪情一倍鼓。得慰泉下魂，属望庶无迕。相顾为加餐，北堂膺多祜。

谢佑淮

字桐山，镇海人，诸生。著有《桐山集》。
《蛟川诗系》：先生所居曰齐云楼，卷轴充牣，日游演于其中，遂以诗古文辞著声于世。

癸丑长至前兀坐愁城赋以遣闷

驹光如过隙，愁肠似尘积。朔风冽冽鸣，千林陨黄叶。鸿雁从南来，于飞附双翼。几为弋人弦，空中射其一。丈夫无雌雄，时运殊穷通。义命参根柢，宁弗容我躬。君子处险巇，坦然顺受之。天心剥而复，愿为松柏姿。

读渊明归去来辞，因集字为诗

涉世倦人事，委心独有常。乐天轻富贵，安命傲壶觞。童子入云壑，征夫去帝乡。田园松菊老，乘化自相将。

去去独吾乐，行行无复留。风前时鸟入，云内远泉流。载酒寻三径，携琴归几丘。世情知已绝，孤棹驾言游。

门前成趣日，宇内寓形时。云岫安容膝，松窗可赋诗。息交舒啸傲，植杖事耘耔。遗策人虽远，临风独自悲。

息役休惆怅，清心悟是非。临流引觞酌，携幼命车归。柯扬农人壑，风飘游子衣。琴书乐无倦，矫首盼云飞。

秋日登梓山谒起臣公遗像

为忆星椒社，登山空自悲。山阁为武弁所据，公诉诸当道以复之。文垂酸枣法，制仿邰阳碑。英气千秋鉴，儒风百世师。读时应堕泪，江上过云迟。

和范莪亭先生上巳观梅韵

孤山欲把好春催,蓓蕾凝香却是魁。上巳正逢三月节,惠风犹绽数枝梅。冰姿瘦挺高人格,酒晕红争丽女腮。诗句拟从林下续,折花须趁月明回。

张志莪

字械奇,镇每人。懋锦子。诸生。

感怀

松柏有心竹有筠,不知秋尽不知春。桃花才借东风力,便倚高枝笑向人。

谢天枢

字邦璨,象山人。诸生。著有《森玉堂诗稿》。

汤莩堂先生撰《传略》:邦璨博学高才,尤工于诗,余友姜君白岩之高弟也。白岩官石泉,寄书邦璨,有三年之别,造诣迥异,信山川足助学问之语,年二十四卒。

春夜

四时春最好,更到夜沉沉。朗月出松径,清风穿竹林。山云悬远画,天籁谱新琴。不是幽闲客,安知造物心。

病中

白驹过隙颜难驻,好似江流去不回。试看眼前春几许,堕红落紫满山隈。

王学霄

字汉中,号筠坡,象山人。诸生。著有《卧月楼诗文稿》。

过钱司寇祠

慷慨殉名教,全躯报国恩。勋猷光史册,俎豆亘乾坤。一德君臣合,千秋谏议存。余荣岂所望,弈祀鉴心源。

夏夜偕从弟至石屋访友

熏风飘拂步舒徐,联袂城皋薄暮初。清景直教天地旷,愁怀愧与水云疏。苍苔古道寄吟兴,乱竹空山闻读书。不为访君寻石磴,肯乘片月过幽居。

望城西桃林 录一

数椽茅屋傍桃花,远对西窗望眼斜。春色迷离看不尽,武陵深处有人家。

葛权

字行方,一字瀛舫,象山人。诸生。著有《瀛舫诗草》。《象山县志》:权家仅中赀,邻里有匮乏者,不待其告,即施之,尤友爱诸弟。受业教谕孙鲲化之门最久,诗古文词多所指授,鲲化尝曰:"从游诸子,葛权其尤得力者。"命其季子师事之。嘉庆纪元,邑令举贤良方正,不赴。

四友居晚春有感

时来无计挽芳华,怕见朝阳透碧纱。蝴蝶不知春欲去,一齐飞上木兰花。

悲秋

月华皎洁露华清，飒飒西风老客情。欲拨朱弦三五阕，又愁徵角杂虫声。

顾祖训

字仲扬，号蓉洲，鄞人。著有《诗抄》一卷。

由乌石岭过桐州渡越桑州麻岙娄坑宿朱岙

松阴一夜宿，曙色正蒙蒙。流水溪云外，平蹊野树中。人家山上下，烟火岭西东。晌午桐州渡，犹余两袖风。

俞珩

字玉鸣，号荆山，鄞人。监生。有集。

夜坐

月色惨淡侵书檐，拥炉寂寂人垂帘。一灯明灭棐几冷，得句未稳思重拈。香吐寒梅隙中逗，沁入肺腑如针砭。奚童僵卧鼾声健，瓦上霜白铺吴盐。

仇谦

字牧园，鄞人。

和袁陶轩观稼楼原韵

树绕平芜水绕城，草堂自昔费经营。稻花篱落今无恙，杨柳村庄旧有名。鹤放孤山怀处士，人来三径忆元卿。小楼寂寞重门闭，风雨年年最怅情。

重茸郊居二月中，疏棂纱绿曲栏红。开轩客记当年盛，题壁诗看别样工。贳酒人归江店远，寻梅路接石桥通。由来名士传家旧，老屋三间地数弓。

幽栖地僻隔尘喧，僵卧风流今尚存。家计却无田负郭，交游偏有客盈门。轻烟绕舍炊云子，小石堆墙护竹孙。闭户漫言消岁月，题名何必不慈恩。

茅屋萧萧起暮寒，伐檀空自赋河干。四时风月贫中好，半世乾坤醉里宽。无地可栽陶径菊，谁人更拟谢庭兰。羡君堂构承先业，还过西窗话旧欢。

和澹吾林先生瓶菊供佛诗

曾咏秋江载菊诗，画图争羡旧丰姿。风风雨雨重阳候，同醉花前酒一卮。

参禅老去望长生，漫说怜香总有情。色即是空空是色，白莲黄菊悟分明。

孙金砺

字介夫，慈溪人。

同吴薗次太守游归云庵

挂瓢人归何处，循崖欲问僧家。谷口白云深锁，荒斋老树开花。

策杖陪游五马，风流自觉官闲。山水琴书诗酒，颜苏伯仲之间。

槛外绿阴半亩，林端秋色三分。徙倚藤萝石上，闲看风度溪云。

突兀行踪莫定，不臣不友高风。长伴松青月白，往来只在山中。

魏三湘

字得吾,号栖霞,慈溪人。

喜归云山故居

云山西麓是吾庐,竹屋三间称隐居。历历九峰深坐见,一庭槐影更清疏。

郑从风

字多平,慈溪人。著有《蟾斋吟稿》。

春雪

阳和二月未全回,可奈凄风落尽梅。想是东君嫌寂寞,一宵万树六花开。

晓渡扬子江

潮回京口夜停舟,候晓风恬渡急流。努力金焦山下过,篙师欢说到瓜洲。

竺沅鍃

字莳砚,号芳舟,鄞人。诸生。著有《芳舟诗抄》。

将应省试感兴

山势到穷尽,豁然云水清。人事历坎轲,帖然径路平。笑予拥书史,未足抵百城。发言破常谈,或可折老生。埋头困三载,延颈思一鸣。五上临安道,茫然迷云程。湖山得熟游,所隔惟蓬瀛。槐花忙未了,孩儿又倒绷。蹭蹬返旧庐,氅毳解宿酲。揶揄小江里,诟易口舌争。自顾无长技，又苦贫病并。因念同学辈，翩翩游燕京。温饱非吾愿，显扬亦人情。毛义捧檄喜，岂必公与卿。时哉弗再失，堂上白发生。

陈琦

字亦韩，鄞人。诸生。

古意

步出西门行，旷望多阡陌。桑柘自成村，中有幽人宅。黄鸟鸣交交，好风逗檐隙。室中何所有，太元与周易。博炉火犹红，瑶琴挂东壁。殷勤叩童子，知是烟霞客。

王锷

字吴冶，一字渔村，鄞人。诸生。

送半村范丈谒选北上

方欣问字得扬雄，忽听征驹嘶远风。欲伴秋江鸥鹭宿，黑头未许作渔翁。

卢址

字丹陛，一字青崖，鄞人。诸生。著有《和陶诗》四卷、《杂诗》一卷。

《鄞县志》：址博览嗜古，尤喜聚书，建抱经楼，藏书数万卷，邑令钱维乔纂县志，多采择焉。址又以志乘未能遍及，日搜录邑中文献，都为一集。晚年病目，令人诵书于侧，而己听之。工诗词，质实中不失家数。

次和袁陶轩重修观稼楼诗

奉常第宅著西城，数百年来无改营。太守悬车新卜筑，高楼观稼旧题名。一麾久矣歌廉叔，四壁依然类长卿。有子肯堂兼肯构，仰瞻榱桷不胜情。

昔年曾忆此楼中，绿野青畴日照红。阿父微吟心自得，乃郎响答语偏工。鸣蝉解赋天机妙，奇字能探藻思通。家学谈迁传弈世，如君真不愧良弓。

贺成燕雀漫纷喧，空洞襟怀自默存。种竹栽花开蒋径，插樊筑圃护衡门。但余书卷为师友，岂有籯金遗子孙。只恐未能容闭户，长杨献赋拜君恩。

嗟余老去怯春寒，只幸纷挐总不干。任运去留无意著，随时俯仰觉心宽。羡君素抱清于水，示我新诗臭若兰。便约同人来共赋，十千沽酒尽余欢。

卢沣

字芑塘，一字姬永，鄞人。镐子。诸生。著有《芑塘诗草》《疏樾精庐偶吟编》。

《鄞县志》：沣工诗善画，并得家学之传。

憩云山寺小饮

出郭才数里，摄衣凌峭磴。山石荦确间，依微辨行径。疏樾拥精蓝，秋堂冷佛磬。村墟收返瞩，风泉惬清听。凭阑发长啸，传杯飞逸兴。拓此眼界宽，还我心迹定。

清明后一日偶成

小斋位置似山家，雾叶烟梢四面遮。十日萧条鸠妇雨，三年寂寞鼠姑花。青山隐几春生笔，弱柳侵窗绿上纱。正是兰亭修禊岁，水边携手待晴霞。

和袁陶轩观稼楼原韵 录二

湖东放棹出西城，老友精庐一再营。卧榻白头谁问字，登坛绿鬓早知名。云山供养倪高士，文酒逍遥马客卿。此日一椽聊自蔽，追思先泽倍关情。

万稼如云一望中，秫田几亩刈秋红。人归栗里身犹健，赋续兰成句自工。帘卷春山千嶂晓，波连细雨八窗通。岩峦位置天然得，槛外还留地半弓。

癸亥除夕和袁陶轩作

梅花如豆缀枝圆，暗暗春光递一年。酿熟并陈新酒脯，稿残尚忆旧诗篇。隔扉近唤牵衣女，卒岁频叉挂壁钱。未悉明年在何处，可能高卧月湖边。

题鹿门归隐图

双湖一曲水潆洄，小阁初成日闭关。到底不如牛背稳，有人指点鹿门山。

题廖生香近稿 录二

西昆句法剧清新，无奈愁生黯淡春。好是竹西亭畔月，客中偏喜照离人。

归期未唱大刀头，千里江山助胜游。怎耐三生狂杜牧，芜城如画独登楼。

韩世隆

字闳文，慈溪人。诸生。

题文长洲春溪渔艇册子

小艇归何处，山重水复中。傍溪花竞发，度彴路皆通。树色参差合，波光远近同。夕阳村外淡，影里一渔翁。

烹雪

客来掬庭雪，活火沸茶铛。珍重岁寒味，萧闲物外情。洁逾古井水，香杂落梅英。与我共斯乐，茅堂风自清。

宓英

字济清，一字再山，慈溪人。诸生。

《两浙輶轩录》：英年少有志学问，负笈武林，所交皆名士，意气傲岸，不屑屑章句，年仅二十九卒。

寄寓吴山，郑简香亦来下榻喜赋

寂静江楼月色侵，几回路杳梦中寻。惠来不避倾盆雨，剪烛西窗庆盍簪。

毛铠

字月舫，奉化人。诸生。著有《彝鼎楼诗文稿》。

花影

小院春花绝点埃，满阶清影覆苍苔。露微曲径朝曦暖，雨过芳丛皓月来。十二阑干围寂静，一双蝴蝶误徘徊。荼蘼架上风初定，无数浓阴扫不开。

月影

罗帐新延斗室幽，玲珑却趁月光浮。云疏玉宇初开霁，帘卷纱窗半上钩。芦叶风翻微白夜,蓼花霜落淡红秋。有人对酒饶仙趣,应许相邀共此楼。

听琴庄杂咏 录二

青山如画水如琴,绕屋扶疏树有阴。最是闲居寂无事,晓窗时共鸟谈心。

萧萧暮雨透疏棂,碧锁烟痕入画屏。竹里流萤飞不住,随风送过绿杨汀。

江宏声

字祖侯,奉化人。诸生。

洋釜九曲

洋釜夸九曲,邑里绕清流。南北疑分派,东西共此洲。转旋堤柳暗,层折浪花幽。可与仙源接,乘槎访斗牛。

四明清诗略卷十四终

四明清诗略卷十五

鄞　董沛　孟如　辑

陈庆槐

字应三，号荫山，定海人。乾隆庚戌进士。官内阁侍读。著有《借树山房诗抄》八卷、《遗稿》二卷。

董沛曰：先生诗清超隽永，扑去俗尘，同时名家若张船山、赵味辛、洪稚存、朱少仙、桂未谷诸君，咸相推重，亦一时之杰也。《光绪定海志》未为先生立传，殊不可解。

夏孝女 吾邑紫微庄人

南山下，夏氏女，年十八，以孝著。父礼和，老无子叶，与人讼，事涉赌。词多诬，县官怒，官如狼，吏如虎。索千缗，父不与，与五百，吏不许。死于吏，死于官，死于卤。女哭之，摧肺腑。女有母，有庶母叶，有从兄，兄也鲁。父尸寒，父尸腐，官来验，吏作仵。来来来，视妾父，父何辜，妾何怙！婿范生，来焚楮，女伏苫，泪如雨，不报仇，忍归汝。身未入，范家户，足未踏，范家土，生死别，此一举。朝出门，暮击鼓，讼诸道，讼诸府，讼弗克。讼巡抚，抚饬道，道饬府。讼弗克，女发竖，妾入都。控刑部，母曰"嘻！女太苦"。谓庶母，母不语，谓从兄，兄色沮。女曰："嘻！天与祖，父何辜？妾何怙"？是月也，天大暑，女往返，郡城七，省城五，至是病，力犹努。重束装，具舟橹，日风餐，夜露处。次西兴，病不愈，赍志殁，于逆旅。殁之夕，目瞠视，口血吐。吁嗟乎，女谁伍，西兴潮，南山石，共千古。

感怀

朝为人扫门，暮为人执鞭。事事得人力，富贵仍由天。人生但富贵，碌碌亦可怜。晋有蛙给廪，卫有鹤乘轩。

紫薇虽着花，红药不结果。官本冷于冰，人偏热如火。熏心道甚危，炙手计终左。徒言求美官，官外岂无我。

鼠乃以名璞，粟宁不如秕。凭君呼马牛，我自具人理。廷尉跽结袜，留侯下取履。其事本寻常，能忍而已矣。

宝剑直百金，不屠街中狗。丈夫志四方，不学闺中妇。与童子角力，与醉人角口。是非徒纷纭，胜败亦何有。

朱少仙移竹见赠作短歌谢之

山房借邻树，得树又思竹。连日萌贪心，如望陇头蜀。乌舅穿我篱，苍官绕我屋。青士岂无情，空山寄高躅。故人入都久，不食花猪肉。朝向竹林游，暮投竹溪宿。手携此君来，笑谓能医俗。春风渭水滨，夜雨湘江曲。万亩青琅玕，蜗牛塞一角。君家兰蕙江，遍地箦筜谷。少仙所居曰绕竹山房。食邑千户侯，来此营汤沐。愿分仲蔚庐，一羁子猷足。帘外秋风多，琤琮听寒玉。

暮春杂感 录一

章缝作儒服，淳朴追古初。佻达满城阙，却笑青衿迂。时俗有好尚，效颦到吾徒。堂堂衣冠客，优孟同步趋。颓风力难挽，独行成真儒。往者天津桥，杜鹃声喧呼。别有鸤鸠鸟，济水终不渝。

寄题陶篁村诗冢

诗星大如月,岁久忽堕地。流光照九泉,才鬼踉跄避。青林黑石间,时吐白虹气。迹之不可得,孤坟没草际。谁筑此一抔,知为陶令裔。天遣葬花骨,马鬣手题识。要使千载下,人琴长附丽。每叹长爪郎,不幸呕心毙。心血化为磷,锦囊投溷厕。韦氏《浣花集》,半遭兵火炽。工诗乃益穷,残稿亦为累。我辈尺璧珍,世人刍狗弃。何如付一丘,入土百无忌。地下多修文,或知甘苦味。昌歜与羊枣,有口冀同嗜。曹瞒一世雄,疑冢七十二。横槊富新篇,反令无位置。从知旷达人,胸次迥然异。昨闻生圹成,远枉邮筒寄。君对西湖吟,我望东郭祭。将以诗殉诗,本无谀墓意。郢斤尚难施,可作退笔瘗。

张子白大令春明录别图

与君为同年,别我已十载。见面何匆匆,去作神明宰。宰官只一身,民物环相待。宰官无十目,案牍浩如海。发乱独受栉,路歧要循轨。醇儒自有心,俗吏安能解。近人知避俗,变而为脱洒。不问积年狱,不顾四郊垒。入幕盛宾僚,鸣驺贲山水。种树兼著书,谈禅更说鬼。爬罗汉碑碣,拂拭周鼎鼐。种种不急务,沾沾自矜美。君看《循吏传》,若辈几人在。晓色开行旌,西山郁岿靠。送君出都门,此别情怀倍。曾作饥驱人,面目勿变改。曾为名下士,结习须忏悔。我诗如民谣,旦夕望君采。

慈溪郑节妇诗

相夫五年苦无子,生子七日夫不起。夫不起兮妾不知,及妾知时盖棺矣。此时妾生不如死,回顾堂上亲,白发垂两耳;俯视怀中儿,呱呱泣不止。何况小姑小郎,踵接肩比,

陈庆槐

逋负如山，家业如水，此时妾却无死理。妾不死，将何如？典我黄金钗，鬻我红罗襦，有冰可饮檗可茹。先毕婚嫁偿诸逋，望子成立亲欢娱。亲欢娱，子克肖，姑谓吾妇贤且孝。族党闻之无闲言，良人地下应含笑。乾隆五十一年岁丙午，妇殁已阅六寒暑。有司具状申大府，获邀旌典光门户。妇氏张家在鄞，其母氏施父曰斌，其夫郑姓竺名，慈溪人，子勋今以孝廉闻，是为秦川先生五世孙。

钱忠懿王金涂塔歌为中丞朱南厓夫子作

柴周毁佛铜禁行，吴越王俶宝塔成。塔文自纪岁乙卯，八万四千一时造。赤铜版合黄金涂，上缀四角凸八觚。浅雕深镂细若织，极顶浮图现佛国。厥制略仿阿育王，森立罗汉环金刚。救鸽饲鹰状奇险，诸天历历看来俨。伊昔保障十四州，钱江大业光婆留。开国五世受多祉，纳土朝天表忠峙。表忠碑圮塔不磨，神光散落湖渍多。方泉诗句憨山笔，宋周文璞《方泉集》有姜尧章《金铜佛塔歌》，又明憨山僧德清有《金涂塔记》。历劫终随铁券出。即今五寸高峻嶒，王朱臆断安足凭。塔文刻"吴越国王钱宏俶敬造八万四千宝塔。乙卯岁记"十九字，而王渔洋、朱竹垞俱断为钱武肃事，盖未见其物也。中丞嗜古嗤耳食，夏鼎商彝手拂拭。一塔八百卅九春，佛力呵护传其真。塔造于乙卯，为周显德二年，实忠懿嗣爵之第八年也，距今乾隆癸丑则八百三十九年。

雨后偕朱少仙、陆平泉、吴子华、胡白水、吕屐山游陶然亭分得陶字

黄尘蔽眼风怒号，爽气空对西山招。摩挲蜡屐愁无聊，宰相坐让山中陶。天公怜我心如苗，十日不雨形枯焦。夜半直泻银河涛，洗出万朵芙蓉娇。我目未骋神先飘，茶铛酒榼随诗瓢。东邻西舍相招邀，把臂要与山灵交。城南隙

地临荒郊，彳亍渐远尘市嚣。出笼俊鹘投林鹗，盘盘路转浅水坳。危台陡落长虹桥，一车如泛沿溪舠。两岸瑟瑟菰蒲高，菰蒲比作桃源桃。谁知中有仙人巢，登亭一览风萧萧。乱山突出万树梢，如龙如马如连鳌。又如八月钱塘潮，孤鸟影没天光遥。贴天无数青岩峣。落日一片红霞标，歌声隐隐闻归樵。我亦散步下林皋，故乡丘壑终年抛。梅岑葛岭摩空霄，顾此蚁垤夸游邀。饥餐脱粟渴哺糟，安得大嚼快老饕，吁嗟归梦空迢迢。

喀喇河屯大雨后作

嘉庆二年岁丁巳，季夏六月哉生明。我时扈从出塞外，喀喇河上同列营。暮烟散尽见新月，苍苍六幕浮云轻。农田忧旱客忧雨，今日预卜来朝晴。解鞍倚枕夜将半，乱山云起天无星。怒雷劈树雨压幄，绕床杂沓波涛声。一鞭电火四围掣，万马蹀躞喑不鸣。童仆相看秉烛立，布被贴水浮青萍。须臾雨止出巡视，几家行帐东西倾。遥天墨黑不辨色，隔岸灯火光荧荧。短车辚辘半濡轨。策骑如跨乌犍行，茫茫一片接河口，荻苇汩没菰芦平。不识河身若干丈，舻联筏系浮桥撑。长鲸截水水倒立，万夫挽索力不胜。肝胆槎丫仗忠信，纵马一跃龙门登。回头却视马行处，土囊拆裂洪流经。我思銮舆岁庨止，兴桓大道无榛荆。宿卫千官若星拱，跸途六日随云征。何期遇雨水暴涨，几人涉险心不惊。沙场百倍此艰阻，况复锋镝身为撄。毒雾霾霖那顾忌，悬崖峭壁争攀腾。英雄且勿论成败，壮士独能轻死生。吁嗟楚蜀方用兵，我歌行路心怦怦。

题李西岩总戎大雪寻梅图

黑风吹面面如割，硬雨着须须欲折。关心一树两树梅，照眼千山万山雪。雪中诗境绝纤埃，好索梅花笑口开。如

陈庆槐

此严寒塞天地，荒村能有几人来。李侯家世居闽海，七尺珊瑚作樵采。珠树凭教绕屋看，琪花不用倾囊买。迩日建牙甬水东，迸力一扫烟尘空。斩蛟剑抉波心险，祭鳄文开笔阵雄。偶然兴到还忘我，心与梅花相许可。不信凌烟阁上身，周遭却被彤云裹。山前山后雪纷纷，江岸溪桥路不分。是处轻裘逢叔子，公然大树属将军。将军颇耐寒酸气，短童随身亦清异。不骑战马只骑驴，想见升平真乐事。我昔燕郊踏雪行，十年不见一枝春。借君此幅溪山胜，画个同游人姓陈。

蒯通墓在都城广渠门外八里庄

汉王嗜杀功高臣，萧相那解哀王孙。通也旁观明若鉴，毅然独相韩侯面。韩侯之面只寻常，反面看之匹汉王。重瞳一刎楚已矣，隆准居然作天子。不知隆准有何贵，可怜绝好韩侯背。时乎时乎不再来，弓藏鸟尽空悲哀。吕雉杀人称老手，不杀焉知通苦口。于通何事抵死争，此身竟为韩侯生。汉不烹通偶然耳，此心早为韩侯死。韩侯韩侯死有知，不朽感同漂母慈。君不见，八里山庄一抔土，夜深鬼聚沙中语。

陆贾

祖龙焚书随火灭，火灭烟消楚汉出。学书只解记姓名，羽也重瞳丁不识。沛公驱马关中来，帝业安用诗书为。溲溺儒冠厌儒服，大风煽动秦坑灰。秦坑灰死不敢动，陆生一言九鼎重。马上原非南面才，眼前谁识东山孔。刀笔之吏不读书，高阳酒徒深讳儒。毅然独请法先圣，一身肝胆惊庸愚。残编断简出煨烬，能使遗文复彪炳。当年不上十二篇，败也忽焉秦楚等。楚骓已逝秦鹿烹，汉家宏我东西京。石渠虎观谈经日，一瓣香应祠陆生。

陶然亭晚眺

宦情如水淡，诗境得秋开。树断孤亭出，天空一雁来。看山尘外眼，邀月手中杯。话到莼鲈美，思乡客未回。

黄新庄

看饱芦沟月，行旌驻远郊。日高烘湿瓦，风急堕危巢。官柳绿无缝，野花红到梢。层城屹如画，一抹翠烟交。

青石梁

一关才出险，陡觉万峰回。马截溪流度，车轰石壁开。磴危人迹少，山缺雁声来。搔首从天问，谁怀谢朓才。

寄怀周萼堂兼柬李星船指挥 萼堂下第后，假馆星船署中

芙蓉花信杳，独客滞春明。小别过重午，相思隔一城。夜寒风作恶，人去月无情。半榻高悬处，连宵梦不成。

我爱龙眠李，星船工画。衙斋带远村。芝兰春雨化，桑梓土风存。东道曾为主，西园好共论。遥怜明月夜，挥麈对清樽。

典籍厅夜直作 录一

吏闲公牍少，闭户一官尊。身外浮名寄，诗中结习存。檐虚风落瓦，树秃月临门。入世供游戏，羞将壮志论。

出城

春色已如许，乍来疑梦中。翠沾桃竹雨，香入菜花风。一鹭偶飞白，四山多落红。燕台旧游满，何日酒樽同。

陈庆槐

赠王璋溪学博璋溪，名鸣珂，司铎吾邑，自岁乙卯迄丙辰戊午，凡三遇海寇薄境，皆号召衿士，选择壮佼，登陴守不懈，寇始退。己未冬，艇匪为患，璋溪陈方略十二，浙抚阮公嘉纳之，飞檄趣赴省垣参谋议，既而调往黄岩编保甲。时匪船遭风沉没，盗或亡匿岛屿间，璋溪率民勇搜捕，获数十人，并擒巨寇伦贵利

抵掌谈兵事，因君重广文。遇奇儒亦将，才大笔能军。昌国严城守，丹崖靖海氛。冷官肠自热，所到立殊勋。

春日家园杂兴 录二

山绕村墟水绕城，野人家住小蓬瀛。便从海外留文字，更向田间课雨晴。带犊佩牛非得计，枕流漱石亦狂名。不如安我居乡业，乙夜观书卯出耕。

海岛孤擎旭日边，结庐早断俗缘牵。坐穿一榻心如佛，吟到三山句欲仙。茶灶水烹梅井月，药炉丹爇葛峰烟。缁尘濯尽沧波阔，回首燕云路几千。

晚出西直门赴香山马上成句

不是寻常秉烛游，睡乡无计觅封侯。一官况味同鸡肋，五夜风霜到马头。远树瞥惊山屹立，飞沙直与水争流。奚童知我无聊甚，遥指灯光说酒楼。

雨中次桃花寺

新泥滑滑路盘盘，古刹连云欲上难。春雨偶从行帐听，好山却当故人看。灯明如海摇群宿，旗湿因风卷暮寒。苦忆小园深巷里，落红堆满石栏干。

稻黄庄旅店题壁 距南天门五里 录一

短垣矮屋隐溪隈，暂卸征鞍亦快哉。仆懒倩人携襆被，

马饥随路龁蒿莱。荐声卷地风吹满，山影横窗月上来。重忆洛迦仙境好，南天门是望乡台。洛迦山在吾邑南天门，古刹有"洛迦仙境"匾额。

家树斋先生招同莫见山、朱少仙、周萼堂三孝廉集借树山房有作

送春几日鬓成丝，又值清阴入夏时。真率会多消客气，艳阳花落见松枝。刘蕡失意名增重，时礼闱方报罢。阮籍浇胸酒不辞。却笑身闲如野鹤，大家叉手赋新诗。

读秦纪 录二

称帝称皇一世雄，自君称始自君终。至尊徽号空悬着，亭长公然也热中。

六骥匆匆过隙频，大权付与赵高身。分明是马休言鹿，鹿走中原不在秦。

与同学诸子论诗作

吟窗信手学涂鸦，谁解评诗似品茶。茉莉香多茶夺味，有人还拾唾中花。

隋宫树树彩为花，绚烂春风整复斜。毕竟象生生趣少，输他芳草满天涯。

楚咻齐语土音哗，桃李松篁杂苎麻。为报诗人须识别，灵心好结自然花。

陈之纲

字旭峰，鄞人。乾隆庚戌进士。官国子监助教。著有《焚余草》《烬后吟》《杏本堂诗》《古文学制》。

《鄞县志》：之纲尝馆于卢氏抱经楼，读其藏书，学问

日富。既释褐，官国子助教，士之游京师者多请业其门。后以目疾乞休归，主讲月湖书院，凤善诗古文词，稿毁于火。晚年著《焚余草》《烬后吟》其诗直抒性真，法式善、陈庆槐诸人皆推重之。

同张云友、柯东平游西湖

十年梦西湖，惝恍得其意。携友出郭门，晴空豁秀异。秋水弥澄清，秋柳亦妍媚。行行恣冥搜，苍茫见古寺。寺后倚名园，飞阁山巅置。微风动桂林，别院闻香气。徘徊兴未阑，暮色自远至。绿烟聚作云，细雨湿空翠。隔堤呼小舟，舟驶湖光碎。

法梧门先生袖诗过访，赋此志谢

落日挂檐楹，闭关恣幽讨。僻巷车辚辚，欢迎屣忘倒。袖诗出相见，慷慨哀吾老。巍然人伦师，忘形敦夙好。汪汪千顷波，豁尔廓怀抱。菊篱酒已阑，松阁饭尚早。来诗有"不饮菊篱酒，要餐松阁饭"之句。清谈良多时，毋乃愁腹槁。先生笑谓余，茗饮吾既饱。车驱车驱之，及此斜阳道。

黄金台

萧萧易水上，遗迹昭王台。请自郭隗始，脱颖夸奇才。所嗟天下士，徒为黄金来。

宿小溪陆氏山庄

夕阳下乔木，客至启柴扃。携仆寻山果，呼儿戏草亭。人无食肉相，家有种鱼经。待月楼头望，峰回在涧青。

大风有怀李石农廉使

风声何太厉，昼夜怒号频。旧雨离群日，新疆遣戍人。

沙飞眯马目，雪冻绊车轮。陡觉围炉坐，寒窗盎若春。

南归留别

东南西北路茫茫，从此离群各一方。作嫁衣裳人说好，最闲官职我嫌忙。天涯瞻望云山杳，日下交游气谊长。留得美庄三十六，那愁陆氏便成荒。

冯全修

字敬安，号以斋，慈溪人。乾隆庚戌进士。钦赐检讨。著有《木屑集》《寄寄斋集》《文济堂集》。

暮春同郑大浚、陈五廷璋陪郑朴园先生游龙山

暮春天气佳，卜游良可喜。缓步出东郊，百草斗青紫。景物岂所怡，兴来聊复尔。行行上高冈，万山在顾指。道院何纡回，陂陀任迤逦。话言各率真，奚论经与史。无言亦悠然，浮文失其旨。旁午进一觞，数行辄停止。非关酒气酣，东风醇似醴。

夫子春秋高，遐心怀故里。故里远有涯，教思长无已。忆昔来慈时，登堂亲杖履。文章法先民，道德仪多士。历今逾三秋，同人咸仰企。胡以赋归来，解官如脱屣。珍重事春游，骊歌旦暮起。离别亦何妨，所惜同心理。心理不相同，貌合失神髓。勖哉古处敦，高风推蘧子。

和燕山侄杨柳棚 祖峰庵，俗称杨柳棚

峻岭藏秦呑，幽居结柳棚。山深人不见，石古路难行。问笋都成竹，尝瓜竟未烹。倘逢邢道士，愿与证前生。

赠宝庆寺住僧

宋代招提古渡湄，收帆来趁暮潮时。碧流环绕昙华室，

青藓全侵东发碑。一盏禅灯传宝月，满厨香钵供长眉。只今现有生公在，说法常将如意麈。

郭彦忠

字正夫，鄞人。景行子。乾隆庚戌恩贡。著有《肃存堂诗草》。

问燕

平分节序岂相忘，燕子无端旅食忙。春半来时秋半去，问君何处是他乡？

谢聘贤

字觊卿，号笏田，镇海人。乾隆庚戌岁贡。

赋赠心超和尚

措大冠儒冠，抛却疏爬事。禅和净四空，尽耐寒酸意。两两不相符，毋乃非位置。昔有苏髯翁，好托佛门契。予愧非公俦，为有超尘志。一笑三昧门，一入三摩地。何来唐突郎，强欲立文字。云归海气生，海纳云旋吹。茫茫大地闲，闭息莲关睡。安得破新奇，为予开一智。

徐一鲸

字镜川，鄞人。乾隆辛亥岁贡。官湖州训导。

周剩圃重听、汪茭湖短视，各赋一诗赠之

剩圃好清言，相对忘尔我。每苦耳失司，拉余促席坐。再四首始肯，疑是诺未果。时或率尔答，乃与问相左。世人腾口说，纷纷徒幺么。小言固詹詹，大言只颇颇。如君

但自得，无闻意亦可。

汪君人中豪，碌碌轻余子。天胡益其智，而使歉于视。相遇在目前，茫然失彼此。左顾而右盼，不越尺与咫。我谓具眼人，所察非形似。其外虽懵如，其内固炯尔。如彼心盲者，乌足以语是。

中秋

穆穆金波露作团，美人遥隔碧云端。可怜一片中秋月，偏照琼楼玉宇寒。

金山晚渡

金山秋冷落丹枫，月映波心水映空。柔橹一声乡梦断，不知身在浪花中。

陈绍周

字霁林，定海人。乾隆壬子岁贡。官诸暨训导。

赠黄屏山

年来薄宦皖江滨，旧雨关情契阔频。闻道福星明晚景，好延爱日驻芳春。石渠淹雅行文健，风度汪洋养气醇。索句传笺多韵事，何时尊酒得相亲。

宓如椿

字启东，号燕山，慈溪人。乾隆壬子举人。官武康教谕。著有《所见集》。

《慈溪县志》：如椿祖有临，为孟县典史，廉而好施，罢归，《留别邑士诗》有"归心一片孤桐月，病骨经年两鬓霜"之句，为时传诵。父淦，精医学，为郡名诸生。如椿少承家学，陈同文见其文，惊为名山之器。父殁，再遭回禄，著书课徒晏如也。乡举后北上，受业者接踵，名公卿多出其门。应礼部试，六荐不售，归而教学，门徒益盛。授武康教谕，未赴任，卒。

题盛竹艻长江濯足图

谢迹风尘已十年，江干小住乐陶然。放怀聊寄沧浪兴，妙悟应参秋水篇。只为素心轻仕宦，但容赤脚即神仙。试看石上双凫在，不似王乔近日边。

七夕欢词限双字 录一

红蓝丝系小银釭，见说天孙夜合双。此夕星河光灿烂，有人环佩响玎玱。九华灯里红牙管，七宝床前翠羽幢。却喜蜘蛛能解事，早成卍字罥纱窗。

七夕愁词限怀字 录一

结发恩情处处皆，仙家眷属亦相偕。如何天上双星偶，只许秋初一夕谐。浩渺烟波银汉路，凄凉月露玉京街。不如此会俱删却，省得离愁揽满怀。

周开

字虞中，一字丙中，号铁山，慈溪人。应垣子。乾隆甲寅岁贡。著有《容瓠集》。

《溪上诗辑》：铁山抱才倜傥，涉历湖湘，所至皆倒屣。其诗如"香人魂梦梅花帐，绿我须眉竹叶窗"；"三千丈发因愁白，九十日春如梦过"；"病际春暄得少健，老逢花闹转多情"；《钓台云》"黄昏不避先生面，我亦渔樵队里人"，皆饶性灵，语不仅以风格见长也。

董沛曰：铁山为青峒老人之子，源本家学，兄弟俱有盛名。阮录采青峒与石农诗而未及先生，岂当时未见其集或其人尚存耶？兹亟录之。

游西岩赠沈隐君

搜奇遍灵谷，独爱西岩幽。仰梯千仞冈，俯瞰万壑流。老屋巢其巅，危荡如虚舟。道人苍玉骨，貌古神清遒。面窗两石榻，寂坐忘对酬。岚光洁于水，可以涤双眸。泉声清于玉，可以答鸣球。南华手一编，琅琅诵数周。矫首思真人，邈然天际游。愧我堕世网，欲脱苦无由。何时翻然来，与尔同林丘。此愿惧勿遂，相对空悠悠。

古塞下曲奉和严将军

惊飙动地起，飒沓摧枯桑。城头嗥野狐，月白天荒荒。将军集万骑，夜驻黄河旁。饥马龁残荁，铁衣懔严霜。鼓鼙暗不鸣，灯烛惨无光。中夜坐按剑，四顾心旁皇。白登围未解，青羌方披猖。羽书日驰逐，焦劳何敢忘。功名远难期，坐令须鬓苍。仰面视太白，烁烁生寒芒。

黑狗滩

黄头忽戒严，黑狗滩势恶。怒湍砺石齿，巉巉吐廉锷。有瓮畜人鲊，馋口恣吞嚼。我时驾轻舠，勇进不敢泊。差喜帆力健，旋怪橹声弱。俄顷落深堑，目眩昏旦错。狞石疑老魅，白昼向我搏。巨鼋起舟尾，昂首来霍霍。日色低惨凄，天光远冥漠。前进已魄夺，后却亦胆落。吁嗟陟畏途，谁复黑狗若。整冠起危坐，平生仗忠恪。

黄婆峡

黑狗险才离，黄婆险复接。滩声战怒雷，崖倾石崩裂。幽壑蟠老蛟，垂涎思吞啮。腥风刮面吹，毛发皆悚立。危舢如断梗，飘忽随流撇。愧我顽劣躯，征途屡屯蹶。犯危志虽坚，阅险气欲夺。徒切垂堂戒，苟且幸存活。回飙忽振荡。前舟遽漂没，同侣顾余言，殆哉慎毋忽。变故讵能料，祸端起仓猝。善持临履心，前途方岌岌。

饷钱竹初明府菌作诗见酬次韵奉答

圣文嗜昌歜，贤点嗜羊枣。鄙人复何嗜，灵芝乃仙宝。火食逾廿载，齿发惧日槁。何缘入蓬壶，采嚼恣一饱。唯菌亦芝类，不根殊凡茅。偶因臭腐余，化此神奇好。戢戢松桂根，鲜鲜手自拗。蒸土出轮囷，渥雨见青缥。臛仙茹之遍，种种谱可讨。陋哉侯门鲭，邈矣成都鲈。掇此饷仙吏，鄙意盖了了。嗟我随世网，将衰未闻道。处先寡远志，出定讥小草。拾橡秋径荒，斸苓暮林小。长镵可托命，栖身恨未早。每念庄叟言，形渫光难葆。因思柳州愚，避菫宁食蓼。生理苦辗转，心情日悼怅。臭味谁与亲，如公实稀少。天随赋杞菊，故乡思归老。肯携鹿门生，共觅商山皓。

志感呈华司马秋槎兼柬钱明府竹初，用东坡岐亭诗韵

青衿伴此身，苦未弹柳汁。袖中刺徒毛，襟前泪还湿。竹初昔怜我，握手欢相得。比复遇秋槎，怜我意尤急。我如折翅鸿，卑栖等鹅鸭。又如既罄尊，尘满不加幂。秋槎向我语，披豁心胆赤。力为蒙垢人，渝雪使之白。入谒反倒屣，坐谈容岸帻。归来兀灯下，思之感欲泣。回忆平昔交，如月满复缺。投分有宿缘，独于晋陵客。愁心寄湖海，何时复萍集。

顾孟士席上观郁老人舞刀作歌赠之

元和老人八十余，铁为筋骨银为须。自矜膂力虎不如，酒酣对我气更豪。挥杯起舞双宝刀，刀锋上指苍天高。忽

然腾身向前搏，健如白牛怒奋角。角裁奋时刀倐落，忽然翻身向后掎。矫若白龙惊摆尾，尾裁摆时刀倐起。前刀未回后刀接，两手盘旋势转急。飒如身裹一团雪，尔时观者胆欲破，回身转面忽对我。收刀复向樽前坐，嗟此绝技世罕有。八十余年无敌手，惜哉不遇今皓首。三吴古多奇杰士，有才不试徒老死。生死难凭类如此，我今慷慨为作歌。老人老人如刀何，且酌樽前金叵罗。

雨中游天童寺叠卢姬水韵

春山着眼宜清空，逼仄不耐坐短篷。手一枝藤入山去，好山无数云蒙蒙。山灵有意工点缀，以雨遍洒岩花红。浓岚欲滴竹有翠，惊涛未鼓松无风。山腰云薄遮不尽，时露巧石争玲珑。支公马癖老犹韵，迓客坐以喷玉骢。亦贪山好骄不进，钝劣反觉行步工。入门软语各相媚，竹垆茶熟香云烘。翠微亭子尤奇绝，烟光树色交笼苁。乃知山灵借雨意殊厚，置我米颠泼墨图画中。

春别用萨廉访韵

垂杨小苑重门闭，香沟水暖流渐腻。春阶绿涨旧苔痕，伤心一步门前地。花雾蒙蒙日就午，落红起作回风舞。重寻香梦蝶魂痴，解结同心栀子苦。带围渐减腰围瘦，相思和泪抛红豆。凭栏听尽杜鹃啼，梨花月冷黄昏后。

仲氏归自粤，询其自号，与予所自号者相合，因作歌勖仲氏，且亦以自勖也

我为铁山樵，尔为石田农。铁山石田皆不毛，樵乎农乎何懵懵。或云铁山不产木产金，金为铁之精；石田不产谷产玉，玉为石之英。此言推奖或过实，拟之尔我非其情。我闻地不毛者人共弃，樵焉农焉聊自寄。人不我竞天我畀，

金玉非有余，铁石非不足。即使为铁石，中还含金玉。我但守其矿，尔但守其璞。我不向大冶跃，尔不向楚庭哭。我闻善自宝者不会鬻，慎勿炫人以可欲。勖哉尔我毋自辱。

题苇舟科头箕踞图

万折千磨总不死，铁樵亦是奇男子。懒将白眼看世人，剩有青灯读古史。古人掩卷不可再，吊古空余满纸泪。平生倾倒一苇舟，青眼高歌坐相对。苇舟古之嵇阮徒，眼中肯着纤尘无。琐琐余子皆庸奴，当青眼者其谁乎。铁生会意作此图，苇舟箕踞长松孤。形骸脱略不巾帻，意气傲岸非豪粗。狂歌续卷尾，此事属铁樵，铁樵披图首频摇。诗喉亟索斗酒浇，抽毫发声歌且谣。苇舟苇舟，我更折磨刚变柔，肯与流俗同沉浮。佣夫贩竖胥吾俦，底须谁某分劣优。眼青眼白亦多事，徒尔忤俗招怨尤。君不见，嵇康懒犹遭杀戮，阮籍狂岂免仇雠。不如瞪，不省事，嗜酒刘幕地席天。一醉休铁樵，歌罢辄自笑，蛮髑同病相劝酬。

归自宁海作长歌寄赠陈东生

溪上耆旧响已寂，同辈落落星复晨。诵帚鹤渚死蹭蹬，我家石农尤遭迍。独存三云老且瞀，对之黯然凄我神。近交白湖差快意，相见各斗昂藏身。酒酣放歌两生行，意气颇觉旁无人。岂知东生奋同里，足与诵帚配二陈。我客宁海得握手，豁如金篦刮眼尘。陔南新句出光焰，灿然云表垂天绅。急欲袖归质白湖，要令披读忘欠伸。东生饥驱入莲幕，惧为案牍汨性真。而其天趣自洋溢，偶一落笔辄不群。临别酬我三截句，字字触手生鲜新。过引坡老相拟议，使我惭走足逡巡。平生爱才发热肠，勖之精进每周谆。何况东生尤奇逸，羁束不住生麒麟。眼前敖饭虽大难，节缩岁入足疗贫。还当料理切身事，日与典籍相陶钧。我乡迩来盛英俊，天挺头角皆嶙峋。三云犹子最卓荦，妙年已充观国宾。鹤渚乃郎复不恶，能读父书今恂恂。而我每见折行辈，对坐剧谈意颇亲。我老行当还溪上，已约北湖结比邻。买屋三楹书万卷，终老寝食忘冬春。东生过我作宾馆，招集诸子盟齐秦。同辈唱和追耆旧，重扶大雅之颓轮。

白岩访沈隐君题壁

白岩幽绝处，茅屋结层巅。雨瀑一帘雪，风篁万寻烟。心空尘外地，春永静中天。偕住能容我，书还读十年。

大梅岩石库葛洪贮仙经处

铁杖健于仆，扶余登大梅。欲搜金钥秘，试撼石扉开。往事空尘土，浮生几劫灰。山灵弗呵我，曾晤葛仙来。

登临湘城楼

巴陵桥下水平堤，水上城临古堞齐。远树绿围江店小，乱山青压郡城低。路分野庙黄陵北，帆渡空江赤壁西。正是客怀消未得，竹枝声里鹧鸪啼。

舟次秣陵寄怀吴大翰之王二维岳

征鸿无复向南飞，望断吴天消息稀。归去未收薏苡橐，别来犹着芰荷衣。轻帆细雨杨花渡，高阁熏风燕子矶。为问故人相忆否，楚云千里正依依。

荌湖过谈感成

白日堂堂去奈何，卌年回首叹蹉跎。马增老态愁重驾，剑退寒铓懒更磨。病困须医无大药，悲深当泣有长歌。名山空抱千秋业，感愤诗成只自哦。

周开

坐如此江山亭次息园韵

江山如此几曾经,问渡今还到此亭。雨屐沙头来策策,风帆天际去冥冥。日腾海气潮生白,春转滩痕草见青。津吏相迎应我笑,容颜依旧发星星。

林和靖墓

花月繁华旧帝京,西湖往迹费闲评。偏留一席孤山地,独表千秋处士名。老鹤在天亦羽化,古梅何夜不魂清。高踪但说无妻子,未尽先生出世情。

登穹隆山绝顶

一湖水浸万芙蓉,立我芙蓉第一峰。泼眼波光千里阔,濯人露气九霄浓。探奇直欲穷仙窟,扶老何须藉短筇。笑指湖心雷雨作,颓云一线挂苍龙。

饮邻村夜归

岸阔沙明初上潮,芦花弄水白飘飘。过桥背月人归去,影在人前先过桥。

江路无人月送回,一湾过处一徘徊。凉宵不怕风吹面,带得三分酒气来。

郑兆龙

字偕亮,一字二泉,又号秋槎,镇海人。乾隆甲寅岁贡。著有《仅存草》。

《镇海县志》:兆龙生有异禀,博览群籍,每阅一书,评注悉中窾要,为制举义亦原本经史。尝以诗就正于沈侍郎德潜,极为许可。晚益治古文,有欧曾遗型,人多传诵之。所著有《离骚本义》《秋槎政本》各一卷。

拟回车驾言迈

春风动嘉卉，秋霜杀繁草。人在二气中，安得长美好。耿耿愁夜长，百年翻易老。蟪蛄笑朝菌，相与争迟早。彭殇同归尽，颜子乃寿考。夕死吾不忧，但恨未闻道。

拟行行重行行

离离复离离，三年空忆君。昔别期终合，今成永乖分。相隔四千里，音耗旷不闻。鹓鸰展南翼，骐骥嘶北群。故乡谁不恋，故人谁不眷。苍蝇乱鸡鸣，客子情中变。安得忘忧草，树之北堂遍。长保微贱躯，与君重相见。

山中春暮感怀

岂为谋嘉遁，翻同郑子真。鸟喧深谷暮，花暝乱山春。佩服嗟珧草，榛苓思美人。浩歌吾有托，千古与谁陈。

同诸公登皋兰城晚眺兼怀秦州幕中

何处凭高望，相将上戍楼。黄河流入暮，紫塞障横秋。风劲边笳急，烟深野烧稠。西来数过雁，历历下秦州。

冬夜有怀陈大卜麟林大雪岩

寥寂空山夜，愁心不可降。怀人看短剑，卧病对残釭。晴雪明孤垒，寒星落远江。素心如我忆，好寄鲤鱼双。

西湖

湖光终古郡城西，二月风吹绿满堤。花屿夕阳三殿迥，柳塘春雨六桥低。曾闻南渡欢游宴，谁使中原动鼓鼙。阅尽繁华潭底月，苍茫还照乱莺啼。

周开 郑兆龙

送人之关西幕中

征途万里指平陵,此去应将壮气凭。古驿冲寒惊宿雁,荒原入暮看呼鹰。车随赤鼻千崖雪,马踏黄河十月冰。到日筹边知有待,关西岂少汉中丞。

吊于忠肃墓

居庸关外正尘氛,羯虏惊心国有君。回辇不闻褒定策,夺门只见戮殊勋。灵旗缥缈悬秋月,石马超腾踏暮云。犹喜七年终复辟,含冤差胜岳将军。

登候涛山望海 录一

磬欤居然最上头,茫茫海色望中收。乾坤此处还容我,今古何人更上楼。浪静鱼龙时隐见,天低日月自沉浮。一声铁笛风前落,吹彻晴空万里秋。

钱唐怀古

宋家遗址倚崔嵬,当日偏安事可哀。徒博金缯谋社稷,谁怜钟虡没蒿莱。官军不向黄龙去,敌帅旋惊白雁来。惆怅六陵风雨遍,冬青寂寞自花开。

兰州晚眺

陇云断处是兰州,西望黄河日夜流。一带斜阳依旧垒,数声寒角动边愁。地连沙漠狼烟静,天展燕支雁阵浮。惆怅嫖姚无限事,健儿竞说五泉楼。

月夜泊姚江闻笛

潮落风前水急流,一声肠断木兰舟。不知今夜沧江外,明月怀人何处楼。

送友入蜀

故乡回首海云低，剑阁重关夕照西。行到锦城花似锦，就中无数子规啼。

朱钢

字青镕，一字梦洲，鄞人。乾隆甲寅举人。官庆元教谕。

和袁陶轩观稼楼诗原韵 录二

谢朓风流在眼中，阑干亚字尚余红。标题不改经畬旧，葺治唯凭意匠工。高下竹篱三径曲，东西河水两桥通。问谁善述先人事，博学江南駉子弓。

地违尘市绝尘喧，俗美风醇古道存。陇畔老翁春饷㸑，村边稚子晚迎门。君耽野趣农为侣，我学林栖竹有孙。余斋居曰小竹林。记得石碑亭尚在，书田应志旧时恩。宅畔有圣旨亭。

北屏山亭

锦山环作锦屏观，亭前有锦山。图画层层地势宽。雨落松杉窗挂瀑，晴烘云日户流丹。行穿竹底通人路，倦倚花前近水栏。借此偷闲娱晚景，胜他江上老渔竿。

却喜前贤置此亭，亭开面北俨如屏。镜潭映月浮光碧，龙石排云荡影青。峰戴巾冠依树立，泉鸣丝竹隔墙听。对北有巾子峰，旁有镜潭。山灵容我盘桓处，为写吟笺当勒铭。

叶时

字辰之，一字爱堂，慈溪人。乾隆甲寅举人。官平阳教谕。

郑君雪舫以槐阴论古歌见怀次韵奉酬

句章之水北长溪,溪流不断烟光齐。顾予束发居此土,时时好作春禽啼。长隶学官补弟子,问途已经求合轨。六籍纷纶许乞灵,通经未诣愧为士。出外论交气挹兰,后先角逐共词坛。公车三上滞京邑,枵腹谁与赋授餐。老矣风尘无一得,只自寻行与数墨。前年谒选喜横阳,横阳多士工锦织。老儒好古后进新,诗人雪舫品超伦。作谈竟日光风满,邹鲁雅化藉陶甄。奈予守白未知黑,抛却全豹窥间隙。多君风雅获起予,对之绝胜亲射策。佳章示我仰词宗,备古今体卷帙重。会须携到高峰读,一首一朵青芙蓉。

题沈忠节公宸荃遗像

天心知已去,人力竟难支。只为君臣义,相从患难时。崖山遗恨在,信国大名垂。千载有生气,须眉更属谁。

王隽

字世培,号星槎,慈溪人。乾隆甲寅举人。官严州训导。《溪上诗辑》:先生工制举艺,同学中几无与为敌。为人淳古淡泊,造次不苟,诗不多作,故所存甚鲜。

挽沈介庵夫子

灯火寒窗话旧缘,敢将伉直拟前贤。轻舟一叶时相访,弹指光阴已十年。

声价龙门十倍增,论文析理训亲承。烟云缥缈神仙渡,空使高风慕李膺。

姜人烈

字夏夫，号南林，象山人。炳璋孙。乾隆甲寅举人。官直隶武清知县。

《象山县志》：人烈倜傥有干材，由廪贡肄业国子监，考取教习，未补，中式北闱，以例授知县，补肥乡，调任武清。上官称其练达，邻邑重案多委之，署曲周最久。淦水绕县城，夏秋暴涨，堤埝皆危，民议坏堤令水他徙，以救一时之急，人烈不可，亲诣堵筑，使水顺轨而行，并申详上司禁毁堤埝，立碑其上。邑有毓英书院久圮，捐俸兴修，延名师掌教，文风大振。在直隶二十余年，兴利革弊，所至皆有惠政。

孝廉胡五先生赴令兄获鹿任所，道过衡水，惠锡嘉章，率步元韵二首

七年需次走尘沙，摄篆桃城倦报衙。下榻欣来蓬岛客，开轩愧乏洛阳花。接谈馥似风前桂，挥别香留舌本茶。赠我砚田深有意，薪传幸勿托虚车。

翩翩雅度见王恭，鹤立稠人未许同。宰蜀当年怀大父，媲君先世有文翁。予祖白岩公与尊甫双桥先生均仕蜀，有治政。词源夙擅江西派，史笔还推柱下宗。他日楼成参五凤，记曾把晤每临风。

曲周留别士民诗 录一

一车又去渡滹沱，红叶黄花起棹歌。尔尚轸怀何况我，意唯负疚不知他。漫疑鹿影留深坞，忍使琴心委逝波。忆昔青天争共戴，只应周子此情多。会稽周应中任邑三月升任去，民呼青天，涕泣攀留。

鲍上观

初名照,字棣庵,鄞人。乾隆乙卯举人。官石门教谕。

星桥客舍晓起

晨熹鸟声新,微光漏疏竹。东林气清畅,爽然若可掬。群鸭戏流水,沉浮闲且淑。老翁坐树根,呼鸭饲以谷。桥西稼登场,瓦雀赴朝啄。鹘影水面来,一一飞入屋。我怀本孤清,对此愈静肃。厨人犹未起,且餐篱上菊。

夜泊

夜泊荒堤下,河流静不哗。孤灯明矮屋,残月卜平沙。我欲钱唐去,东浮八月槎。邻舟一声笛,乡梦落芦花。

董璘

字炳斋,号图壁,鄞人。诸生。

《鄞县志》:璘少任侠,精剑术,好纵横家言,尝绘《直省郡县图》数百幅,《兵阵图》数十卷。壮而出游,足迹半天下。川督和琳尝聘之,不肯就。洋盗蔡牵扰浙,总统李长庚延之问计,赞稗良多,将荐为冲要守令,亡何,长庚殁,后无复知之者。

金莪山

高峰插天青突兀,梵寺森森坐古佛。琉璃弹指金碧光,素鹤银鸾炯毫发。此是州城南案山,山花不老山鸟闲。欲采灵芝更须上,下视一例齐州烟。

元日

际此三元日,衣冠礼事隆。一杯醽酒绿,几处火城红。

上寿椒花旧,迎春玉辂东。有谁能献直,会使兽樽空。

怀顾殿撰兼示邬二

射策魁群彦,陈情达圣聪。一夜蓉镜晓,十里杏花红。昼锦群情羡,名笺旧制工。崇班夸上界,细意话南宫。净拭途人目,争传国士风。路从淮水上,声到浙江东。欧九噙门外,张三自个中。数行如可借,愿与碧纱笼。

由灵隐至韬光

韬光何处漫追寻,北顶峰高曲径深。风弄竹梢时漏日,泉流石涧自鸣琴。却将放眼观沧海,早得清心见紫林。笑道行行三四里,回头灵隐隔云岑。

董琅

字纯斋,号屺厓,鄞人。璘弟。乾隆乙卯举人。官新昌训导。著有《爱吾庐诗文稿》。

《鄞县志》:琅与兄璘齐名。嘉庆初,川湖流寇未靖,诏自庶人以上皆许上书。琅拜疏,历诋诸帅,浙抚以其语太直格之。然其后诸帅俱得罪,人服其识。生平内行完备,所学长于礼。选新昌训导,未任,卒。

董沛曰:先祖少负文誉,与本生祖图璧公齐名,夙受窭东皋先生知,以盘洲、厚斋兄弟相期许。嘉庆己未应诏上书,历诋川、湖诸将帅,格于浙抚,不得上。家居授徒,著录数百辈,最精周官之学。所著《辑说》十二卷,不亚惠半农《周礼说》也。

拟古

江河日趋海,孔跖随飞尘。蓬蒿汩深轵,歧路无征轮。而我一寸心,独具青阳春。中天有明月,皎然完其真。宝镜生寒光，上无纤白云。下映十丈溪，吾亦同鱼驯。

松柏在山古，芙渠出水妍。物各有所托，吾人谁见怜。翘首天门高，章绶洵连翩。处士困名山，志在情已捐。黄鹄游洿池，奋翼薄九天．白日去莽莽，且饮菩提泉。

安昌营大风

蓬车送我安昌营，狂风吹水如立城。黄埃涨地不见人，古树但闻啼鸦声。啼鸦在树客在路，落叶重重碍行步。黑云直下千丈高，飞入深山作霖去。乖龙不到清虚天，病马不饮长流川。行天行地何日止，东方皎皎月轮起。

壮烈伯李忠毅公挽诗

海外亡屏翰，天南堕将星。大功君指掌，旧事我关情。河岳英灵降，孙吴议论精。十年开幕府，万里送行旌。地镇东西浙，人推右北平。潢池穿故垒，属国请长缨。潮起江鼍吼，霜高塞雁鸣。纪勋碑借石，当道布为营。老树虫先啮，深宫狗未烹。谤来风不测，诏下日还明。众口闻雷息，微躬被泽荣。戴恩纶迭锡，授命节孤撑。雨泣三边泪，峰回一柱倾。盛名方在世，圣意尚怜卿。崇祀留遗庙，雄藩列附城。山川余落照，部曲领残兵。此日民思召，当年我识荆。无才甘让白，有眼竟垂青。夜剪芸窗烛，春横竹案经。瞻依严仆射，宏奖郑康成。大梦终飞蝶，横波未斩鲸。独留鳞阁在，褒鄂共驰名。

上都宪窦东皋先生

铃阁风严御史台，群官让道避骢来。九重近倚三台座，二老平分八斗才。谓公与齐次风侍郎。大集等身追马郑，荩臣谋国重伊莱。鲰生旧识黄河大，回首龙门诀荡开。

赠玉峰

梦到华胥天地空,几家茅屋老英雄。独肩伟绩三吴外,立解群纷一笑中。短鬓何愁添白雪,壮心无改任秋风。试看渭水征庸日,恰向前溪下钓筒。

东平驿晓发

城角曙天冥,秋杨一抹青。征鞍带霜色,残梦马头醒。

赠李夔石

一灯犹记小楼西,花萼联翩伴玉溪。瞬息头颅华发在,夜窗风雨话重提。

周嘉棣

字萼堂,定海人。乾隆乙卯举人。大挑授知县,改就教职,官永康教谕。著有《集杜诗抄》。

送龚秋舫总戎归田 集杜 录三

今代麒麟阁,如公有几人。蛟龙得云雨,鹰隼出风尘。帝念深分阃,苍生倚大臣。几时回节钺,何处且依仁。

将军不好武,直取性情真。唱和将雏曲,逢迎念席珍。义声纷感激,风俗尽还淳。政化平如水,余波德照邻。

苦被微官缚,将军有报书。整衣还命驾,骑马到阶除。醉客沾鹦鹉,催莼煮白鱼。别来频甲子,岁晚莫情疏。

张校均

字敬亭,号圜桥,镇海人。志莪子。乾隆乙卯举人。

官义乌训导。

《镇海县志》：校均少颖悟，读书十行俱下，督学窦光鼐深器之，乡荐后寓京师，久以经学教授生徒。六经中尤深于礼，博观约取，著为成说。

道光初授义乌训导。先是，义乌诸生有涉讼者，先投牒，学官理其曲直而排解之，情重者移县，久之视为利薮。校均见投牒者，诚之曰："身列胶庠而辄兴讼，何也？且某为司训，岂受牒之官乎？"闻者悚然。义乌饥，县未及报，民聚而噪于堂，校均谕以利害，众乃散。复劝富室输粟设厂赈济，民以存活，邑人咸德之。

生平著述有《仪礼禘祫》《井田车制》《乐律》《舆地句股诸图说》，藏于家。

董沛曰：《蛟川耆旧续集》《蛟川诗系》选先生诗八首，今阅其子半江大令《霞泉吟稿》抄本，皆半江诗也，未审何以致误，兹不录，别录其家谱所存二首。

和章惺园鹾使_{道基}喜雨二十韵

命世文章重，调元政绩成。盐鹾推学士，霖雨惠苍生。摄篆功旁午，迎年岁在庚。牢盆开旧灶，蓑笠课春耕。讵意骄阳亢，旋教累月晴。地嗟千里赤，天特四围清。涸辙鱼龙困，燎原草木平。无田非野烧，有水只沧瀛。爰祷陈山窟，言苏浃水氓。登高亲蜡屐，觅路共披荆。云汉殷勤意，虹霓慰望情。旱非真有魃，神自感于诚。大泽三朝降，恩膏四野盈。国唯郇伯劳，楼合稻孙名。椽笔雷霆走，鸿词渤澥倾。记传苏内翰，诗咏柳耆卿。愧我才偏尽，如公德莫京。巴人惭和曲，傅说总调羹。图画邠风意，_{鹾使有《喜雨图》见示。}笙歌雅颂声。溟池九万里，指点赴鹏程。

赠金藏无量寺觉性上人无量寺新建，上人始居此

海外琳宫叠嶂遮，高人飞锡傍烟霞。聚沙自辟精严舍，量地重添宝相花。妙性常圆超迹象，真传独得永跌跏。幽居不着尘埃染，落日招提数暮鸦。

冯炳

字蔚堂，号复斋，慈溪人。金澎孙。诸生。官江西安义典史。著有《爱日楼散余诗稿》。

题时氏别业

小筑溪流上，悠然远市城。水平涵月皎，树老纳风清。玉砌繁花妥，银塘细草横。绿杨红翠鸟名。舞，临去两三声。

九日雨窗独坐

忽觉重阳到，如何菊未开。疏风愁对酒，细雨罢登台。秋老丹枫出，天寒白雁来。一樽放饮后，佳节苦徘徊。

渔沟道中口占

渐逐风尘老，何时息马蹄。生涯吾辈拙，客路暮年非。地接黄河迥，天垂绿野低。邮亭容小憩，日色已沉西。

晚次万县

小山断续小楼围，百雉江城照夕晖。奔枥蹇驴随客止，投林倦鸟作群归。浪花白隐滩声转，野树红残秋意违。松菊故园空结想，夜来唯有梦魂飞。

蔡氏庵访秦复湖

芳草纤纤缓步寻,断湾低处露松林。钟鸣篱落惊溪午,鸟过帘栊破竹阴。载酒不辞名刹远,论文为爱雨花深。是秦是叶原非蔡,不信游人说到今。秦继叶后,取叶氏之头,秦氏之脚因名蔡。

晚登方家山吊刘海日墓

半山松竹半山枫,淡淡疏烟古墓中。前后江分秋水白,东西舍瑛暮灯红。野狐月落攒荒窟,石马苔斑没乱丛。若教当时防宦党,至今犹是想英雄。

通陵晓望

疏烟碧草护沙洲,晓月流残古渡头。昨夜衾寒更漏永,峡猿啼罢杜鹃愁。

周闳

字大中,号石农,慈溪人。应垣子。诸生。著有《粤游诗文集》。

《碧溪诗话》:石农为青峒先生次子。青峒诗以七古胜,而石农以五古胜,皆卓然成家。石农与吕石帆交厚,石帆官粤中,尝往依焉,故生平所作诗文,以游粤时为多。

上赣江遇水暴涨,舟人牵挽甚劳,诗以慰之

崇山翼两涯,中汇万壑流。其势已荡滴,况当霖雨收。我舟争逆势,欲进苦逗遛。舟人牵修绠,攀崖走猿猱。上穿嵚谽云,下绁黯黫湫。忽落恐已堕,旋出惊复留。稍觉筋力疲,犹幸身手优。并心与水争,肯使水胜舟。劳苦迫日暮,哀歌当棹讴。恻然感我心,慰喻使勿偷。兹役虽汝劳,

兹劳还汝休。未若世途险，一步怀百忧。所争起微细，得失无两谋。群争未必得，独得翻为雠。今汝与水争，水于汝何尤。矧在平陂理，逆固顺所由。汝行当返棹，汝舟自夷犹。怀哉行路难，邈焉江湖愁。努力追前途，夷险两悠悠。

珠江同吕石帆、黎二樵、闻人鉴浦饯别王月浦

珠江流恨远，去去几时还。送别客中客，离愁山外山。诗文交独厚，衣食命同悭。行矣须珍重，天涯鬓易斑。

董桂芳

字萼丹，号静斋，慈溪人。诸生。著有《醉兰草堂诗稿》。

夏日过竺峰寺小憩

偷闲入野寺，心境片时凉。翠竹围幽径，风幡静法堂。绿深墙畔草，清爱佛前香。不负今朝兴，归途指夕阳。

秋晚城中回棹

逸兴愁中减，今宵意颇清。岸虫随橹急，渔火贴波平。堞远残阳落，江寒夜气生。莫从芦畔过，恐碍宿鸥惊。

书怀

蒲柳西风老渐催，壮心虽冷未全灰。秋来携酒频邀月，春到骑驴也探梅。随遇闲情忙里得，无营乐意苦中来。半生我外谁知我，清浊凭人月旦猜。

李均

字平生，一字半农，鄞人。诸生。著有《焚余草》。

题范莪亭瓮天居集禊帖字次倪韦山韵

长生_{晋范长生居西山求道}。少岁不随流，虚室观天乐事幽。山列亭阴群岭合，竹当水曲一林修。放怀每契春风坐，托兴尝期永日游。若与同人修盛会，临觞为述向时由。

岂为湍流寄此闲，欣然集古录诸贤。人当老至清犹峻，_刘。文极天然大是迁。_{司马}。畅咏可无娱乐地，感怀况在叙悲年。后生亦有言情作，修管相将和一弦。_{时余亦有悼亡之感}。

宋丕基

字葵芬，鄞人。

题范莪亭瓮天居集禊帖字次倪韦山韵

咏怀引领古之流，_{谓君所藏家仲温书老杜《咏怀古迹诗》墨迹}。作者于今托兴幽。室契兰言风致朗，林生云通云气竹阴修。能文老矣终期遇，观化时哉合倦游。暂至虚亭陈叙录，_{谓所著尺牍序录}。情娱一揽每由由。

盛事相于品目间，能形天趣足齐贤。岂无异曲随人听，也为清觞合坐迁。水激俯临尝永日，山崇静悟可长年。不因左集同兴慨，岁暮犹欣和九弦。_{左太冲诗"岁暮尝慷慨"}。

王畿

字禹州，号朴存，鄞人。诸生。

宿龙住寺赠雍见上人

望望山气昏，人家堕烟树。沿溪寻石桥，荦确碍行路。偶焉得栖息，远公复兹遇。世上竞谈禅，生天畴觉悟。听鸟感清风，拈花立香雾。作用各自然，一切性所赋。慧业付高人，潇洒出尘素。招我登寺楼，把酒读新句。夜深山正幽，猿鸟绝喧呼。落落溪流声，终宵听奔赴。发人清妙机，酬唱无朝暮。

史在朝

鄞人。诸生。

登严子陵钓台

大泽寒深尚着裘，垂纶真足傲王侯。山撑石骨台俱峙，月照潭心水自流。气节不随炎汉烬，声名长共富春留。客星若问今何在，指点桐江旧钓洲。

史在稷

鄞人。

霞屿山洞

孤屿横波凿洞宽，娱亲有意壮游观。遗踪未改山如旧，古额犹留字半残。岩挂枯藤石骨隐，月穿高窦夜光寒。渺茫四面皆流水，莫作风涛险处看。

天童道上

云飞何处是玲珑，小白山连太白峰。两月春花香野岸，一弯溪水绕寒松。烟迷隔岭疑无路，树密前村听有钟。行到清关桥半里，老僧石磴坐从容。

万学诗

字冠南，号素蒃，鄞人。敷前孙。监生。著有《卧钟斋诗文集》。

《万氏诗传》：公笃守家法，岁时祭祀必躬亲。先人祠墓圮者，修之；远失所在者，往访之。居恒衣大布之衣，跬步必正，笑言不苟。取先代遗集往复循诵。尤喜博涉经史，所作诗古文词为一时推服。嘉庆元年诏举孝廉方正，府教授归安丁公欲以公应，力辞乃止。

游丰乐亭感赋

滁山尽逶迤，戴石觉奇峭。循径陟彼砠，佳处领其要。遥见山凹中，松篁罗众妙。寒烟溘然合，□喜一长啸。高下置亭台，登降穷游眺。碑志郁如林，岩谷殊增耀。缅维庐陵公，高风仰孤峤。守郡惠爱深，尸祝此其效。何人祠九贤，位置费参较。亭后拾级数十步为保丰楼，楼下即九贤祠，祀唐本州刺史五人，宋知州事四人。遗泽在斯民，畏垒亦同调。丰岑隔数峰，矗立云霞标。去声。两翼森怒张，山势绝排奡。枯涧尚潺潺，幽禽相与叫。当日饮泉甘，千古成奥窔。年丰乐始真，世远迹弥劭。依依那忍别，丛薄含残照。一步一回首，山风嘘万窍。路过阳明祠，危石周垣缭。肃拜涕沾襟，徒御戒毋噪。嗟予最谫劣，老矣复何道。斯游谒两贤，痴怀犹未掉。异景夸心得，芳踪思远绍。

问春行三首

出门问春色，春色在红楼。红楼非吾慕，迤逦作野游。野游澹无豫，行行见古丘。梨花香漠漠，麦穗风悠悠。当年丘中人，几度春光流。一梦不复醒，杜鹃啼髑髅。男儿不竖立，生死等浮沤。怅焉伤春返，田家正放牛。

出门问春色，春色在长安。长安渺何处，迤逦游青山。山容何秀丽，我容何阑珊。阳春一般景，荣枯两般颜。路入众香国，临流赋秉蕳。雨酿茗叶熟，风落松花寒。归逢山寺僧，劝我逃禅关。怅焉伤春返，春云片片残。

出门问春色，春色在梁园。梁园千古邈，迤逦游芳原。芳原多茂桑，鸣鸠引队喧。祁祁采桑女，桑下话寒暄。细雨云鬟湿，轻风缟带翻。举头捋桑叶，低头掩泪痕。三眠蚕食足，谁怜黄陨繁。怅焉伤春返，桃李本无言。

题吴山雅集图应郑子简香嘱 图凡七人，皆丙辰制科荐
举孝廉方正者

结契天涯合，吴山屡过从。七贤蓝谷迹，六逸竹溪踪。爽溢须眉表，名传俊及宗。林中高会古，物外赏心逢。磊落真儒气，淳庞有道容。独怜分手后，离绪耿重重。

秋日游净慈寺十韵

信美湖南寺，云深别有天。碧峰环护法，黄叶莽参禅。僻占荒原远，平收积翠偏。苍松随佛古，啼鸟话僧癫。浩劫留山国，传讹问井泉。慈容殊五百，净德覆三千。花落斑秋藓，钟残闻暮蝉。到来心廓落，坐久气庄严。波影空林外，山光小市边。殷勤向晚别，回首已寒烟。

秋晚过墟墓间有感

晚风丘垄下牛羊，斜照前村堕渺茫。古墓无名樵不识，残碑有字藓仍荒。天怜白骨秋阴速，世恋黄金春梦长。两两归禽解人意，低飞导我度回塘。

和蓉洲光溪玩红叶韵

薄游雅爱是丹枫，涧道萦纡小径通。露重难留千树绿，霜清乍染几分红。喧妍篱落回春色，点缀山村有化工。我欲缚茅溪畔住，迎寒日日玩芳丛。

陪曾叔祖近蓬先生游吴山诸道观

好山苦被市廛遮，山径弯环兴转赊。步屐欣然随长者，岩扉率尔叩仙家。云迷古洞苍苔涩，竹锁危楼白日斜。万瓦鱼鳞俯瞰尽，谁知微尚厌繁华。

俞庚

字介白，鄞人。

范莪亭瓮天居落成集禊帖字次倪韭山韵

静向亭阴听水流，一林情致若兰幽。放怀不信人将老，得趣相于竹已修。室以清虚同宙合，事因今昔契天游。可知寄兴随时地，取次临觞足自由。

列揽群生托此间，每当兴会集诸贤。坐观大化春初暮，俯视流湍事又迁。自有情怀随朗日。欣将形气乐齐年。风生竹外犹丝管，感激清于悟短弦。

秦锡礼

字野堂，鄞人。

范莪亭瓮天居落成集禊帖字次倪韭山韵

每怀品目异时流，静寄天然室亦幽。兰气向春欣畅茂，竹阴临水快清修。尝于坐次观群化，不与人间托浪游。也有能文相得者，会将觞咏叙其由。

列揽当初崇古迹，咸云此事信能贤。有怀在昔虚斯集，既遇于今老不迁。乐取清言娱永日，暂因悲感悟流年。谓悼亡之痛。自知丝管终无趣，情至犹期带一弦。

胡于锭

字汉传,号屏山,镇海人。维炳孙。贡生。官诸暨训导。著有《屏山诗文草》。

《镇海县志》:于锭善诗文,以廪贡肄业国子监,期满,补长兴训导。丁外艰,起补萧山,又丁内艰。诸生怀之,延主笔花书院凡六年,再补诸暨。年已老而课士甚勤,有无行者,申戒勿悛,或施夏楚;甚者,褫其衿。县令欲以私黜诸生,于锭輙持不可,是以士皆畏而爱之。引疾归,日唯危坐观书,年八十八卒。

戊午任吴兴司训雨后游碧岩,用东坡清空世界字韵

吴兴富丘壑,碧岩最擅名。幽讨约正践,夜忽悬雨声。已蜡阮生屐,且作看花行。孥舟泛新涨,夹岸桃花迎。看花复命酌,飞瓣黏瑶觥。薄暮抵弁麓,天意悭老晴。何时扫积翳,顿洗峰峦清。前一日雨中泛舟看桃花。

诘朝雨声断,日射篷窗红。浮岚澹方霁,山色转青葱。遂果入山诺,健扶两腋风。石磴历百折,松桧葤深丛。不知芒屦湿,但觉云气蒙。少焉坐龙口,树里湖光通。直上肆遐眺,豁然啸长空。

精庐倚峭壁,选胜扼全势。中有洗钵僧,曾否毒龙制。迤右耸孤崖,鹦鹉俨下睇。何来万斛珠,泻作瀑布曳。雨后愈奔腾,终古乃溶滴。遥指一点青,出没波涛厉。俯仰惬奇观,众象罗巨细。缅彼玉局翁,摩崖字深契。而我愧尘襟,来游感旷世。

予家东海滨,潮汐日澎湃。遍访台宕间,洞壑悉诡怪。今兹览幽胜,亦足寄余快。纵有最高层,无劳登陟惫。山僧瀹新茗,春醪佐葱薤。小憩赞公房,心清闻梵呗。雨意云忽催,归路急言迈。遥遥望林峦,尽成泼墨画。安得丹

青手，置予空蒙界。

普静寺访沈休文展墓处

马鬣今何在，千秋诵孝思。白云深怆望，青盖共追随。_{昭明尝相随读书，今遗迹犹在。}断碣文难辨，荒厨鸟自窥。游人称最盛，携伴踏春时。

重阳前三日，武昌太守徐来章招饮黄鹤楼即席赋

黄鹤楼高俯大江，烟波万里接轩窗。山衔落日青相对，鸟度长空白作双。此地正宜吹玉笛，诸公频劝倒花缸。生平几许登临会，最觉风流是楚邦。

邬霖

字次岩，镇海人。诸生。

和净公芝山十景原韵 录二

灵芝佛刹
曲径层层转，晴光扑野畴。天高云气薄，山老竹林稠。禅隐千花阁，杯浮一叶舟。灵芝终古在，岂必倩人求。

蓬莱山色
别开三岛境，隐隐结芦庵。泉冷当崖落，云低带树含。鸟啼明月瘦，露滴绿蕉甘。风景殊尘俗，谁人载酒探。

黄定丰

字聿新，号月心，鄞人。定文从弟。贡生。

黄东井先生撰《传略》：月心性端悫，寡言笑，从蒋樗庵先生游，读书之外无他嗜好。家颇饶，布衣蔬食，而好周人之急。体弱善病，屡试不获售，绝意进取。以例贡

成均，应得教职，不赴选，日以诗文自娱。

送星圃回闽

行装此去渺难攀，相对无言泪暗潸。今夜灯前须细语，二千里外雁书艰。

黄定构

字仰辰，号湘莼，鄞人。绳先子。诸生。

和姚惺斋游温泉寺韵呈黎晓村

空山萧寺迹双清，坐挹温泉散午晴。三沐三熏还故我，一瓶一钵话无生。就中冷暖谁参得，世外炎凉本自轻。唯有知音联榻在，六千里外盖初倾。

忻琳

字华褒，一字碧筠，号筠轩，鄞人。监生。著有《筠轩诗稿》。

夏旱过湖有作

旱魃方为虐，劳人盍少休。残阳明侧笠，浅水碍行舟。鱼饱擎拳鹭，汀依戢翼鸥。七乡民瘼系，望雨炯双眸。

陪释守道泛东钱湖赏莲玩月而归

一瓢一笠一诗筒，同泛晴湖浩渺中。高下波光衔落照，往来帆影御轻风。莲花似座依清渚，玉镜无台挂碧空。漫道回头便是岸，溯洄转觉路难穷。

吴明诗

字起南，号九峰，鄞人。监生。

题画

松下清斋不见天，雨余云薄露山巅。一声短笛江船晓，载出秋林白浪前。

冯钊

字周绪，号勖斋，慈溪人。诸生。

乙丑岁余就西省汪抚军聘，舟次梧江，即事口占

垂老奔驰东复西，劳劳难借一枝栖。自缘儿女身多累，不计桑榆日渐低。欹枕乍回蝴蝶梦，惊心又听鹧鸪啼。谋身毕竟无良策，博得盈头白发齐。

董振玉

字金声，号璞斋，慈溪人。

题画

层峦耸翠与天齐，瀑布悬岩下碧溪。山客有情扶杖出，邀看幽景到亭西。

董大章

字浚川，慈溪人。

天晓

微露湿庭花，更阑月半斜。隔墙鸡唱早，曙色上窗纱。

徐汝标

字霞庭，号少章，鄞人。诸生。

旧剑用元人韵

宝剑乍飞出，匣中虚夜鸣。秋风愁短铗，老马病孤征。击柱心犹壮，封侯意未平。干将如可作，长啸暮云横。

李坊

字幼度，号蕙圃，鄞人。

苏台怀古

争齐伐越笑夫差，盛满因思筑馆娃。红粉不来应亦沼，黄池归去已无家。采香径废余秋草，响屧廊空有暮鸦。今日苏台麋鹿散，洞庭西望夕阳斜。

卢云灿

原名云鹜，字凤侣，一字蓬庐，鄞人。诸生。著有《蓬庐居士诗稿》。

二簋初集效少陵饮中八仙歌体咏诸友

东井太守山谷贤，经纶罢手诗草妍。书带满阶森玉树，花香客集开绮筵。万竹后人有小竹，双凤高栖白云宿。一时俊英共翱翔，蜗居便是丹穴筑。邓太守赠联有"蜗壳卜居，玉堂挥翰"句。荆南远派溯戎子，出语天葩纷可喜。春风桃李半门墙，为客光阴诗卷里。君处馆逸云书舍几四十年。城北美髯推徐公，新词笑煞杨柳风。说经早已联家学，令兄著有《毛诗翼序》。游屐时应出剡中。雪窦九曲小溪，大雷游迹最多。我欲左拍洪崖肩,风流文采久翩翩。架上奇书随意读,得句还同玉蕊篇。君架上书多经手批,诗不落窠臼。东阁高才重水部,胸罗星宿文如虎。得官莫道广文闲,雁宕山前沾化雨。君署瑞安,学篆有声。兴公雅意轶风尘,座有才人兴倍神。买得阿娇贮金屋,弄璋频出弄机人。君有《姬人织锦图》,后连举二子。敢许生平继玉川,洛阳书载满归船。愿居竹林七子后,茶烟禅榻也诗仙。

游天童寺

路绝危峰转,林林宝石华。攀藤记秋月,策杖又春花。小径松阴改,清溪水脉斜。茗香僧话旧,拟赏火前芽。

叶声闻

初名书,字镜炎,号艾庵,慈溪人。贡生。著有《守瓶斋诗稿》《吾山集》。

《溪上诗辑》:先生兄弟六人,皆能诗。先生最长,其诗以真意出之,深得温柔敦厚之旨,善于步韵,和东坡雪诗尖叉韵至三十首,其才力之大可想见矣。

长溪岭

鸟道羊肠素未经,长溪遥望意先惊。路从箐莽丛中出,人在松杉顶上行。一水奔腾谁设险,万山罗列总无名。岭头幸有孤亭憩,快挹天风两袖轻。

大雪和东坡北台诗韵 录二

鹤氅飘飘被服纤,横来战气十分严。将军铁甲宜装絮,壮士金戈漫洗盐。陆龟蒙诗"朝炼洗金盐"。积厚势将填硐户,增高时见堕崖檐。试看洞曲功成后,霁色还开松顶尖。

移棹溪头响轧鸦，回看山径断樵车。猿啼旧岭应迷穴，雀集空林但啄花。是处方圆随物象，好将清白遍人家。辋川早入宣和谱，摹取群峰壁上叉。宣和御府所藏有王右丞《群峰飞雪图》，颍川赵雪江尝仿之。

人影四首和柯二讷斋韵 录二

随人俯仰似憨憨，约略须眉亦伟男。坐对寒檠常守一，醉邀明月恰成三。支颐看画非非想，点首论文默默谙。冷暖不离洵我爱，可能诗酒债分担。

形自儚憕意自憨，人生犹乐我为男。用荣启期语。何来幻术分身二，疑是慎言缄口三。试问欢愁都不省，若教舞蹈却相谙。晦明自合行藏义，吾辈仔肩隐隐担。

白湖竹枝词 录六

侬家旧住白湖涯，湖水东流斜复斜。记得静观楼夜月，樽前一曲浪淘沙。

挂雾峰头昼欲昏，众山罗列是儿孙。但看一夜廉纤雨，百道飞泉天际奔。挂雾山即东姥山，常有云雾，出其上，故名。湖水发源于此。

三更姑恶苇边啼，两岸茅居竹作篱。梅子熟时看播谷，楝花开后听缲丝。

锦色围屏四面装，青余一扇水中央。晚来树杪白于雪，无限鹭鸶下夕阳。湖中有小屿，名浮碧山。

焜煌玉树照华筵，幻尽鱼龙沸管弦。怪道游人如蚁集，今年社火胜前年。

垂杨踠地翠成帏，画桨晴流漾落晖。一簇红妆闻笑语，

卢云灿 叶声闻

花园山下踏青归。

朱文炯

字奎垣,号酉山,慈溪人。诸生。

闷坐

凉风日夜起,作客不胜情。黄叶雨中落,断鸿云外鸣。梦归千里远,愁对一灯明。兀坐谁为伴,风声和水声。

顾锽

字心斋,镇海人。诸生。

和净公芝山十景原韵 录二

乌石朝霞

山色晴光照,朝霞满石峰。彩明初日丽,绮散曙光重。云外飞孤鹜,天边隐玉龙。□来楼十二,恍向赤城逢。

蓬莱山色

天外三山秀,移来聚此庵。神光遥可接,灵气近如含。望里尘缘定,闲中至味甘。乘槎今可到,漫向海中探。

戴璜

镇海人。

壬戌六月望海楼纳凉

清时海波靖,夏日山雾开。谢公鼓游兴,携酒联仙才。出郭行一里,峰势如螺堆。逡巡摄衣上,绝顶临崇台。四望浩无际,云汉瞻昭回。足蹑鳌柱上,目穷蛟门隈。凭高寄兴趣,旷览恣徘徊。雅集竹林比,入座清风来。嘉肴与旨酒，盛宴叨追陪。人生鲜得意，所乐唯衔杯。青云有伴侣，玉树还滋培。鲲鹏倏变化，咫尺登蓬莱。

沈飑

号溪璜，镇海人。诸生。

游天童寺

丹嶂天开护佛头，闲寻古刹到林丘。松风廿里云中寺，溪水千年石上流。伏虎亭边深起雾，毒龙潜处碧潭幽。僧房梵宇层层见，引得高人伴鹤游。

水仙花

好花妙不染尘埃，一度春风一度开。竟日长邀仙子伴，凌波疑是玉人来。横排短短青蒲剑，暗孕重重白玉胎。若使此花能解语，眼前身已到天台。

史敏行

字颖民，号椒园，象山人，节音子。诸生。著有《解愁诗草》。

《彭姥诗搜》：先生诗文尚清真，天性孝友，事祖母能先意承旨。

山寺

野寺深山里，清幽绝世缘。楼迎岚气爽，塔对夕阳偏。卧草碑无字，凌霄树有烟。俗尘飞不到，啼鸟亦悠然。

中秋对月

月满秋光半，清辉落广寒。河山浑一照，今古不同看。

爽气飘丹桂,浮波漾玉盘。幽人思独悄,中夜尚凭栏。

秋虫

客斋四壁景萧萧,穴户蛩声倍寂寥。促织无人虚永漏,苦吟伴我耐凉宵。秋灯共语情偏急,更鼓他乡夜最遥。月冷风酸人不寐,纵然有梦也无聊。

落花

片片飞花逐水流,东君不管有人愁。繁华一去春如梦,零落残香陌上浮。

范鸿

字荻汀,鄞人。

莪亭兄瓮天居落成集禊帖字次倪韭山韵

斯人固是乐天流,一室相于托兴幽。竹以虚能生静趣,兰因契可合清修。朗怀初日齐临映,和气春风与畅游。骋足文林形未倦,欣然稽古得其由。

管领人文在此间,或觞或咏尽今贤。次山。元。迹岂嗟终浪,若水倪。情尝峻不迁。老大言怀犹少岁,陈因故事述当年。也期取次临流坐,一曲悲娱引短弦。

范懋敏

字苇舟,鄞人。

莪亭叔瓮天居落成集禊帖字次倪韭山韵

竹阴静舍俯清流,觞咏相将托兴幽。天趣引人诸事乐,兰言娱老一生修。当时盛会今犹在,斯室崇文昔已游。契仰虚怀期永日，每观述作悟因由。

领取春风一坐闲，情怀畅极有时贤。化齐九宇春无既，揽尽群山感亦迁。放诞与咸谓阮咸。同寄迹，坐观若惠不知年。惠云"春吾不知其茂，秋吾不知其枯"。见《吕氏春秋》。管夫人后生悲感，犹向林亭悼故弦。偶阅赵临兰亭帖，因引及之。

盛炳烺

字餐霞，慈溪人。诸生。

《溪上诗辑》：餐霞年十五补诸生，未数年卒。尝咏《牡丹二十四绝句》，一时争相传诵。

题郑蘭香征士二砚窝

六丁下取万缣缃，劫后谁寻旧草堂。两砚天容三笔守，千金人说一壶偿。墨花褪绣朝呈彩，藜照涵青夜有光。廉石高风终不泐，客寮端合付珍藏。

春柳用渔洋山人秋柳诗韵

几番花事怅吟魂，又见垂杨绿映门。一剪晓风催舞态，三分春色学眉痕。旗亭高扬烟千里，古渡低迷水一村。如此风流谁得似，阳关哀怨且休论。

摇落无须感肃霜，鹅黄转眼贴芳塘。伫移汉殿眠依槛，未许沧洲织作箱。《唐书地理志》：沧洲景城郡贡柳箱。飞絮犹能冲燕子，折腰只合拜花王。新词敢拟长杨赋，更补梢青付教坊。

东风袅袅解青衣，唤作杨枝是也非。紫陌迎人垂掩冉，翠楼绾恨入依稀。有时得得花骢系，何处声声玉笛飞。千万情条牵绊着，几回攀折寸心违。

叛儿唱断绝堪怜，时到清明树树烟。正拟绸缪为绾结，可堪轻薄乍飘绵。传来芳信成残梦，牵住春愁是少年。羡煞绿阴笼水处，双鸳深护曲栏边。

陆志道

镇海人。诸生。

《镇海县志》：志道幼失怙，事母及叔父皆能尽欢。族党以陆绩称之。沉静不苟言笑，举止异常。儿姿禀颖敏，工属对，不假思索，有《踏青诗》，传诵一时。年十二补诸生，未几卒。

踏青

春深捧杖出郊畿，绿树阴浓露翠微。山柳迎风留客帽，野花含露湿人衣。柴扉半掩无桥隔，茅屋重阴有竹围。鸟倦初还山径寂，相将风浴咏而归。

谢辅丞

字燮元，号理堂，又号借轩，镇海人。聘贤子。诸生。

谢笏田先生撰《墓志略》：儿颖悟，淬志于学。六岁失母，事继母费极孝。好考核经义，于王深宁、阎百诗、毛西河、戴东原、万充宗、全谢山诸家之说尤肆力焉。又欲取《戴氏割圜五十九图》与《朱子启蒙》，汇为一编，而以江梅各家之说附之。积劳成疾而卒。

赠薛子夙

素性从刚简，行生更拙谋。仄途那可问，微尚自难酬。世或争奇饰，君犹念敝裘。最怜知己意，高咏且忘忧。

四明清诗略卷十五终

四明清诗略卷十六

鄞 董沛 孟如 辑

袁钧

字秉国,一字陶轩,号西庐,鄞人。德达子。诸生。嘉庆丙辰征举孝廉方正。著有《薛琉璃居稿》六卷,《瞻衮堂集》十一卷。

《鄞县志》:钧颖悟绝人,九岁,父官京师,寄诗曰:"远思不能寐,默坐观书笥。书中有所得,如父亲指示。指示若眼前,关河隔数千。安能双飞翼,飞飞到日边。"父友郑赞善虎文见而深器之。明年,父卒,执经于虎文,五载学成,补诸生。学使阮元拔置第一,比抚浙,召置幕中,才誉日著。钧工诗古文词,且精康成一家之学,搜其逸书二十三种,重为编订。尤留意四明掌故,每日携小囊出,有所得即投囊中,夜就灯下录之,数十年如一日。有《四明文征》《献征》《书画记》《近体乐府》诸书,而诗汇百卷,搜采尤博,自汉至国朝雍乾间凡千余人,足补《四明雅集》及《甬上耆旧集》所未备。邑令钱维乔聘修《鄞志》,钧以所见诸家诗文增入《艺文志》,余亦多所订正。

董沛曰:阮文达选《輶轩录》,四明一郡之诗全出先生搜辑,其底本曰《四明诗萃》,余尝借阅一过,较《輶轩录》所载为详。

严州道中

两山束驶水，四人共扁舟。舟从山中行，水向山中流。水流无时歇，山连无断绝。山水莽青苍，舟行多险厄。夜寂枕孤欹，天高云不飞。俯首视流泉，明星满我衣。明星繁耿耿，猿啼山谷静。石声咽危泉，山静春江冷。

南城观荷

幽意每不惬，独行谢朋俦。今朝暑未甚，且作城南游。城南古胜地，漫漫隐林丘。下有采莲人，莲花过人头。水涨一痕碧，香浮数顷秋。参差互相望，衍漾纷平畴。好风穆然至，解袂临清流。即此得闲旷，终日忘淹留。高兴会有尽，飞光忽我遒。暝色送归棹，明月非所求。

游龙井观董文敏临米书龙井记石刻呈小岘先生

湖山绝幽处，一水汇为井。天风吹我来，小立招提境。龙泓彻底清，万虑欲俱屏。为访南宫书，敲砺同石笋。别有龙井文，临摹出文敏。世近得完好，笔力殊劲挺。摩挲好古心，摹拓亦佳品。缅想参寥僧，当年此息影。淮海昔题名，风流未衰尽。旧石不可睹，结念时耿耿。我公淮海后，仕学两相准。手写勒贞石，笔与香光并。从游记清暇，汲水试新茗。日暮拂衣归，斜阳乱山影。

江贞女诗

杨家孝妇江贞女，生年十九心自许。忆初未昏丧所天，养姑嗣夫誓独肩。麻衣如雪为位哭，上堂拜姑泪盈掬。阿母痛儿病且狂，笞痕满背勤扶将。吁天起姑背痕在，恐伤姑心掩其背。冢嗣遗雏甫襁褓，字而翼之常在抱。伯曰嗣汝礼则宜，夺兄公子辞不为。强而后可夫续祀，焚香告夫今有子。

黄仲则景仁自太平来新安留院中月余，将有武陵之行，诗以赠别

忆昔相逢岁在丑，五载天涯惜分手。如何复此客中别，小住匆匆未为久。君家旧在东海东，君才矫矫如游龙。独怜孤贫亦如我，打包行脚身飘蓬。飘蓬一去知何处，风雨西泠梦中路。锦囊收尽好山川，邮筒定有惊人句。少陵已往谪仙死，后之作者竟谁是？韩门张李苏秦黄，同学故人望吾子。我辈行藏不可常，侧身东望海天长。那堪去住同为客，辜负桑榆爱日光。

浩歌行

侧身天地今古同，高台瑟瑟来悲风。阮子白眼聊玩世，襧生雄辨能兴戎。太行孟门未云险，啸堂阒室多奇踪。青蝇生蛆蛆化蝇，变乱白黑何终穷。彼以变乱为性命，人禽互讥将安庸。浮云暗山泥出海，造化乃以我为铜。顽谗于我亦师保，士憎多口古所崇。仰天大笑白日逝，记忆细故真儿童。

岳氏铜爵诗柬金刑部少权德舆并序

爵高五寸六分，深二寸七分，口径六寸八分，腹容四合，重五百十四铢，中镌"精忠报国"字。三足二柱两翅，左侧竖耳有"岳珂建造"字，刑部得此，将访其后人而归之。

铜爵斓斑倦翁制，武穆祠堂旧彝器。二柱三足两翅横，摩挲未漫"精忠"字。宋屋金蹶随飘烟，此爵于今八百年。白日青天与终古，水侵土蚀犹流传。辨诬录上将军死，从此宋家限淮水。黄龙饮恨老荒坟，碧血沉冤照青史。灵旗

袁钧

闪闪阴云屯，胏蠠曾经渍酒痕。暨阳会有山君护，家庙荒凉尚里门。《精忠类编》：珂于嘉泰四年铸奉祀忠武祭器。宋亡，悉埋土中。明万历间始得自诸暨山中，归奉金陀坊第之家庙。金君好古写以识，庙土同存问苗裔。两浙应添吉金志，子乙父丁传世世。学使阮公方修《两浙金石志》。

尊闻堂诗

尊闻堂乃是南湖范氏之宗祠。范氏有节妇，尊其所闻于舅者而为之，范氏之祠曷为成于妇人手。范氏未有祠，族人未有资，节妇舅曰章玉，夫曰云涛，将事斯役所不辞。云涛夭折，章玉哭之继亡。妇余出腹呱呱儿，含泪视儿。汝祖汝父未成事，他日儿长还当语。儿知天不佑之。儿忽殇，节妇前顾后望，涕泗涟洏，未亡人忍死至今者，上则舅姑下则此茕茕。三岁之中哭三世，我辰安在命奚为？况复老姑益衰病，我今死去有阿谁，节哀奉姑，日夕不遑逸，姑病姑殁一一身支持。代终子职此妇事，频年危苦甘如饴。免丧而后一切了，念未了者心伤悲。我祠今未作，我心无已时。削衣贬食久久得余羡，宅旁买地，伐石以为基。壬寅二月月初吉，众工集事土木治。收泪会族人，我舅之志成有期，两载落成堂庑，具奉先祖合食，爰衬我舅我夫佥曰礼则宜，白岩老人作堂记，吾乡人士多歌诗。节妇之父金君要我亦同作，我诗虽不工，庶几无侈词。

题华秋槎司马_{瑞璜}石门观瀑图

秋槎司马天下才，辞家十载官蓬莱。海水清浅看未足，更拟飞瀑穷天台。永嘉之瀑更奇绝，万斛水从天上来。欲以无尽灌江海，亦为不平鸣风雷。石门铁纽纽不住，一落万丈无纡回。归来写向雪色纸，纸上犹觉争喧豗。我亦抑塞磊落者，置想往往高崔巍。天风似吹衣袂冷，层云欲荡心胸开。搔首未题谢朓句,对此绝叫胡为哉。愿得从公乞余润,遍令俗客驱氛埃。

施我真太守诚招饮集杜句奉谢二首

一酌散千忧,邀人晚兴留。高斋常见野,风幔不依楼。香稻炊能白,江鱼美可求。自今幽兴熟,容易往来游。

羁旅知交态,如公复几人。虽云隔礼数,足以动风尘。盛业今如此,流传必绝伦。太守席间赠余所修《河南府志》,并略谈治绩。客愁全为减,相见几回新。

闻从子泉从戎关中诗以讯之

万里戎机赴,三秦羽檄飞。壮游真浩荡,前路有光辉。汝好依军幕,吾将老钓矶。长缨贼颈系,伫看锦衣归。

题碧山吟社图为秦小岘先生 并序

吟社十人,首修敬秦公旭小岘先生之祖,次则陆勉懋成、高直维清、陈履天泽、王禄公禄、杨理叔理、李庶舜明、陈行之公懋、施廉彦清、潘绪继芳,皆以布衣工诗,所谓碧山十老者也。图为沈启南作,失而复得,先生有文记之,属钧题。

一卷石田画,流传三百年。溪山犹映带,杖履即神仙。剑讶龙津跃,珠看合浦圆。九峰征故事,风景尚依然。

地近春申涧,渊源此滥觞。风流能史阁,先生高祖谕德公集名。文采赐泉堂,先生集名。世业青缃古,吟坛展齿香。披图思旧德,幽兴寄沧桑。先生近作《春溪垂钓图》,故云。

蕺山谒刘子祠

抠衣拾级步逡巡,古殿巍然展谒新。讲学百年传正脉,致身一代作完人。后凋节已垂青简,慎独功谁续火薪。祠下低回心向往，愿从遗集问迷津。

同金明府啸竹仁之象山中夜渡海

昨过家园听夜雨，今来客路破朝烟。乱山盘折出海口，斜月昏黄照渡船。自信澄心空障碍，却怀宿梦认中边。此时意象真元箸，回视奚奴但稳眠。

忆旧有作

王粲归来兴已阑，几回追忆剧辛酸。病方求艾三年易，贫到依人一饭难。客路苍凉书断绝，春波荡漾鬓衰残。此情始信今非昔，莫漫相逢旧眼看。

葛岭怀古

独寻瑶草叩岩扉，曾有仙翁此息机。丹井半泓秋影澹，灵泉一匊水香肥。紫阳花发人谁识，寒碧轩空鹤未归。更上宝云山顶望，滿天鱼尾断霞飞。

居然福地白云乡，锦坞楼台草树荒。何处园林寻后乐，尚余废址照初阳。凄凉蟋蟀吟秋雨，多少烟花送晚香。南渡衣冠劫灰冷，游人犹怨贾平章。

月湖泛舟图二首

年来双鬓乱婆娑，不尽雄心委逝波。城市山林何处好，月湖湖上月光多。

苹白藻红分外闲，幽人近住水西湾。他时乘兴来相访，准拟扁舟载月还。

郑勋

字书常，号简香，慈溪人。竺子。诸生。嘉庆丙辰征举孝廉方正。著有《二砚窝诗存》《左传乐府》。

《慈溪县志》：勋少孤，母张氏授以先世遗书，壮学于鄞蒋学镛。余姚黄宗羲讲学，四明多入室弟子，勋高祖梁与焉。其后鄞全祖望私淑之，学镛得其宗。勋从受《毛诗》《春秋》，由《师说》追溯家学与闻证人之传。生平所严事者，县人则桂廷嗣、顾梱，郡中则董秉纯、卢镐、范永祺、黄定文，省中则梁同书、余集、何琪诸前辈，并能以古学奖励后进。会阮元视学两浙，藩使谢启昆、臬使秦瀛交罗才俊，一时名士先后集省垣。启昆召诸征士作《史籍考》，尽辇文澜阁书资博览，勋得与其盛。郑氏十世有专集藏弆刻播，宝若睛髓。全祖望无后，集同人岁祭其墓。主镇海蛟川书院，祀沈焕、黄震两先生，并为之记。所居有高阜，曰小花屿，自号小花屿农。性好游，所至穷揽名胜，皆有诗。卒年六十四。

游吼山水石洞次云台夫子韵

取道出山阴，歌声发清越。沿流溯吼山，一棹水云窟。危崖闭幽景，怪石指天阙。薄暮阴风起，凛然动毛骨。不信天生成，岂假人工伐。澄潭扬明镜，奇峰倒列笏。山僧留春茗，夕阳悬崒崒。小坐惬素怀，古磴土花滑。嚣氛顿扫尽，清响未消歇。何当订再来，遐想穷飘忽。归途更怅望，扁舟载明月。

徐雪庐属题洞庭夜泊图

西风吹折荒洲芦，扁舟夜宿如鸥凫。对岸极望青模糊，君山数峰疑有无。画手岂是倪家迂，远景缩入半幅图。徐君爱此笔意殊，索我题句悬座隅。请君援琴我操觚，约略幽意歌巴歈。欸乃声中客思纡，芦根寒浸波平铺。茫茫千顷一叶孤。

访孙双溪徐雪香，晚过新渡口占

访旧归来趁晚晴，招招舟子掉波轻。江潮平岸月初上，夕照悬林烟半横。几处寒沙喧宿鸟，一声长笛动离情。隔年幸有梅花约，细嚼还期透骨清。

杨人枢

字冠斗，号醒石，镇海人。嘉庆丙辰恩贡。著有《丽泽轩诗集》。

新晴有寄

平畴新雨霁，添得好春光。草偃东风绿，云拖夕照黄。晴芳招蝶翅，暖气入莺吭。猛拟同携酒，前村醉一场。

奈何

不解胸中事，无端唤奈何。灰心兄病拙，霜鬓母年多。花泣含春泪，莺愁咽晓歌。兹怀凭孰诉，永夜手频摩。

独望

余霞散尽远山明，树外炊烟袅晚晴。无事陌头成独望，一痕新月向愁生。

叶世雄

字士迈，号仰峰，镇海人。嘉庆丙辰恩贡。

王芋畕先生撰《传略》：先生少随宦粤东，所与游皆一时之秀，文品高逸，尤能通知时务。余垂髫时，执经门下，课读之暇杂及说部、掌故，诙谐闲作，娓娓无倦容。作诗善于言情，其深挚处不减王次回，惜不自收拾，仅于身后从故纸堆中搜录得若干首，然吐弃糟粕，哺啜精华，已足餍心矣。

初秋

凉风吹几度，梧叶落寒塘。玉漏宵添滴，金炉昼减香。月明怜蟋蟀，露重湿鸳鸯。冷到渔阳否，征衣欲寄忙。

楼头夜坐

画角吹残夜景幽，江边烟树尽含秋。几家灯火林间出，数拍渔歌水面浮。紫气半销雷焕剑，离思闲寄仲宣楼。伊人远在蒹葭外，一片迷茫何处洲。

忆江西旧游

高阁临江对锦沙，少年曾此作浮家。长天秋水一帆鸟，古道春霜满目花。路近衡阳关雁少，船经鄂渚楚云赊。菰蒲断岸荒滩外，夜夜渔舟唱晚霞。

楚中怀古

洞庭南望拥波澜，鹦鹉西飞汉树残。暮雨梦酣三峡壮，细腰人饿六宫寒。潭空日影天难问，竹抱湘灵泪不干。每念水仙祠畔路，欲弹锦瑟吊江干。

秋怀

雁声呖呖几时休，旅馆寒灯触处愁。十载飘零湖海客，半生辛苦稻粱谋。

杨绍修

字损斋，鄞人。嘉庆丙辰恩贡。著有《伴梅轩诗草》。

宋徽宗画鹰歌

画堂飒飒凉飔动，欻见苍鹰双翩耸。缟素漠漠风沙开，燕雀潜逃狐兔悚。披图问此传何年，来自宣和御座前。素练分明题岁月，臣京小篆印犹妍。吁嗟宣和宋末造，元佑贻谋尽如扫。祸胎始自熙宁中，遗孽纷纷尚颠倒。妖人童贯与蔡京，书画玩好争逢迎。天不祚宋社将覆，君臣犹谓安无倾。应奉局，花石纲，搜岩剔薮遍四方。画师好手一小技，九重与之争低昂。燕山冬冬鸣战鼓，万乘仓黄避江浦。画花欲语鸟欲飞，笔精墨妙竟何补。可怜易服金营里，文采风流少知己。从亡无复旧谐臣，死义惟传李若水。父子流离五国城，苍鹰天半犹飞鸣。鹰乎，鹰乎！安得如尔腾霄汉，解绦片刻还神京。千年恨事今如在，墨迹流传几桑海。披图想见丹青人，半臂亲书定追悔。图画相看虽有神，亡国之物奚足珍。从来藻火山龙服，岂是含毫吮墨人。

题杨氏一门忠节录

镜川森森挺乔木，四海衣冠推盛族。蒋山王气黯然消，犹为王家撑残局。残局难撑唤奈何，一门同殉鲁阳戈。焦原碧血有时尽，正气千秋终不磨。君不见，霜皋古榭寒烟里，恤典煌煌邀命祀。何人北面贪天功，毕竟到头欠一死。男儿何必恋身家，拂水山庄长已矣。我闻李少卿，生降之后颓家声；又闻赵子固，承旨去时涤坐具。人生读书岂求荣，要为先世笃忠贞。生不五鼎养，死即五鼎烹，安能屈身忍辱羞宗祊！君家侍御好昆季，大节焜煌照天地。十年荟萃成一编，至今凛凛有生气。幸蒙优诏如春和，九原白骨沐恩波。圣朝恤典厚若此，贤孙图报当如何。高门慎勿堕先训，柳玭之言良不诬。我愿君勿伤鬓幡，镜川郁郁佳气多。

屠懿行

字加民,号兰江,鄞人。嘉庆丙辰岁贡。

登阿育王山绝顶

夕阳半山横,塔影一枝小。矗立踞峰巅,湿云相环绕。擝身上复上,不策松枝杖。绝顶耸吟肩,旷观结遐想。左顾新雨田,右指沧海边。至此豁双眸,行行得悟禅。人倦归情急,催我鸟争集。下山闻山歌,樵担深林入。

清明日游山 录一

野祭担红餐,家家谒墓坛。花多山踯躅,人爱古衣冠。微雨酿寒薄,晓风吹袖单。适逢双燕子,与我等闲看。

天童丈室题壁

烂漫天花地,萋菲瑞草堂。窗开三面阔,月落四檐方。斋鼓猿吟答,僧厨鹤料藏。清声常在耳,一带涧流长。

白云寺题壁兼赠水帘上人 录一

山外云流白,溪头水泼蓝。大罗千叠嶂,小住一茅庵。笛料量秋竹,诗情得午岚。土花春已长,定是发优昙。

送雁湖从孙重赴滇南任

白云望断不胜嗟,无奈江头放客槎。再试弦歌春有脚,将离樽酒月生华。须知孤鸟归无侣,早寄征鸿信到家。为政如君能化俗,滇池遥接楚天霞。

读水帘上人诗

隔断红尘托碧岑,闭门无事短长吟。溪山以外皆凡响,竹木之间出好音。得句推敲青嶂月，行歌欢喜白云阴。顾余亦有灵缘在，一读诗篇一洗心。

朱沧鳌

字甬川，号莲沟，晚号澹香，镇海人。嘉庆丙辰岁贡。著有《伴云吟稿》。

《蛟川诗系》：先生家故贫，授徒以食。每过坊间，遇有前人未见诗集，辄百计营购之。宿釜不继，未尝有忧色，年八十余犹朝夕吟咏以为娱。积诗数千篇，皆手自编录。卢枫伯明经曾从其后人得全稿六巨册，携以见示，拟选录一帙，而索还甚急，不可少留。兹从零编断楮中搜辑登之，聊存豹斑于一管耳。

酬梅萼上人

芝山数往还，慈光跂以接。竹阴环璇宫，层崖窘高蹑。窅旷灵区开，畸人聚筇屟。绵羽鸣好春，湿痕惊细霎。曲巘回修林，长溪抱清霅。风卷天云驰，万象落吾睫。既得心空明，灵爽亦周协。入座偕陶然，煮茗幽赏惬。谈元通秘缄，伊谁参诡挟。如坐木樨林，香风满襟褋。猛涤尘事烦，佩闻一理摄。叵测皆扫除，欸言归熨帖。夫唯振孤标，诗肩叩云笈。含咀得至腴，储蕴谢涉猎。意度何闲闲，天怀并怗怗。

哀友吟

秋风飒飒乌鸦啼，日昏无色寒云栖。卬须我友永兹别，禅关抱影增郁淒。明月渐上天容低，乱叶凋落埋荒蹊。黯然篝火欲青烛，三更霜重闻邻鸡。鸡声未断雁声续，魂来或恐关山迷。关山迢迢月复落，更听凉蛩语烟箨。延陵季子今无人，掩泪琴边坐萧索。

拟游洪峪庵与林生宏斋话旧 录一

一庵巢峪底，黄叶满秋林。烟短煮晨粥，窗虚幂薄阴。石梁澌澌缩，云磴雨交侵。信宿于兹好，同禅释躁心。

简曹二锡九 录二

江城闲放日，独影散凫盟。澹意倪迂画，春愁杜老情。不眠花倚榻，有恨鸟吞声。风雨孤檠夜，沉沉泪欲倾。

小隐邻南阁，门无杂客投。春深花坠露，霄迥月当楼。睡起萦残梦，诗成感百忧。老交暮星散，余照盼林丘。

张郢荃五十感怀依韵答之 录一

忆昔英年对榻论，评量诗史共匏尊。不堪老至云回辙，且喜高情月到门。狼籍砚田皆墨宝，咄嗟华发半银痕。遇奇赖有安身法，培植灵苗护好根。

过灵鹫庵

篮舆得得称幽探，溪午云开到鹫庵。老屋藏村通窄径，孤僧延客寄清谈。西风堕叶烧茶灶，疏雨闲花点竹潭。遥指林端三五翮，横拖斜日截飞岚。

徐兆昺

字绮城，鄞人。嘉庆戊午岁贡。官诸暨训导。

董沛曰：绮城先生著《四明谈助》四十六卷，仿高礼部疏寮所著《剡录》，以地志而随纪人物，经纬分明，辞义赅博，于郡县之沿革、山溪之夷险、旧迹之源委、门阀之盛衰，皆可考见。书成于道光癸未，比司训诸暨，始以俸入刊行之，洵有裨文献之作。

城南泛舟 录二

山椒藏古刹，门对野塘秋。树底斜通径，桥边暂系舟。人同竹林数，茶进玉川瓯。杂坐谈遗迹，丰楼仅隔洲。指丰氏藏书楼。

素爱石湖老，谓范笠庵。豪情不类秋。生涯长是馆，浪迹本同舟。鸭绿看新涨，鹅黄引满瓯。酒家春酿足，帘影认芦洲。

黄司马东井集同人饮息圃，次主人原韵分赠诸友 录四

鹤鸣振九皋，群和兴俱豪。爱菊追元亮，吟梅等法曹。息园梅花甲于郡城，篱菊将残，梅枝已有消息。宦游成宿梦，归泊系轻舠。归泊舫为息圃八景之一。官阁动诗兴，东篱格并高。右赠黄东井。

令祖竹林会，风流二百年。君家襄惠公有《竹林雅集图》。只今篱下饮，重见地行仙。春圃烟霞里，秋潭水石前。兴来携杖出，朱履踏花妍。右赠屠嬾云。

本是旧居宅，今来转作邻。君赁居翰林第，系戎吏部售与他人。眼空能却老，舌在不嫌贫。檐曝莱妻乐，庭趋骥子驯。黄金莫虚掷，无补费精神。艾庵懒作诗用昌黎句调之。右赠戎艾庵。

斑白推宗长，居然杖履尊。时风千种异，古道一心存。花月扬州丽，君久客吴门，每岁买棹游扬州。云烟瘴海昏。少年为客处，樽酒好重论。右赠孙对涧。

题徐秋生诗集

忆从萧寺访君日，床灶琴书寄一巢。三载云烟频聚散，半生风月想推敲。性灵赖有名山养，游历偏多古衲交。东

野看花年亦老，扣门砖在莫轻抛。

天象岩

天象岩头水蔚蓝，珍禽嘉树俯澄潭。橹声呀轧上滩去，岚翠还从橹后看。

登徐凫岩

悬崖错立水争门，万马奔腾虎豹蹲。果是鞠侯形独壮，群山下拜若儿孙。

俞挺芝

字茂阶，号郯街，又号商田，慈溪人。嘉庆戊午岁贡。著有《守约轩诗稿》。

《慈溪县志》：挺芝为人谨厚，遇事有识。性耽书，富藏籍，至老手不释卷，好为诗古文词。著《社仓议》，为自来论者所不及。

黄墓怀古

覆舟山外云郁葱，岸然遗墓传黄公。建储事业诚伟矣，采芝曾忆商山中。避秦曷不并避汉，武陵风味将毋同。君不见，韩彭就戮怨藏弓，留侯亦自随赤松。后有起者谁闻风，桐江羡煞羊裘翁。

题陈文定公像并公自赞手卷后

胜国师臣重辟雍，永兴五绝足追踪。最怜北李辉相映，可叹东杨量莫容。中贵何能移直节，陪京长此滞儒宗。拜瞻遗像神犹穆，闲气句山又一钟。

登天封浮图望海

天封古塔耸崔嵬,兴至登临亦快哉。六合微茫收指掌,十洲咫尺见楼台。风高浪卷群山去,潮涌舟凌诸岛来。我自置身向绝顶,顿令积懑一时开。

莫愁湖

底事江潮郁不流,楚山送别独登舟。愁心直似波千叠,不信名偏是莫愁。

谢天桂

字永芳,号秋圃,又号木斋,象山人。嘉庆戊午岁贡。著有《自镜斋诗集》。

感旧

岩岩不可扳,蔼蔼似可即。寸心当千古,岂仅图颜色。颜色美且郁,中怪少白黑。临歧话犹新,情怀难反侧。

送张司铎截取公车北上

嘉禾先生文章伯,渊源上接横渠席。十年坐我春风中,斗绝山城沾化泽。方今有鸮集泮林,如何怀我无好音。藉有中流砥狂倒,师模独重双南金。天子惠民选循吏,珍爱经生敦文治。庞公原非百里才,盘错从兹别利器。琴鹤相随资老练,出为苍生膺帝眷。有脚到处是阳春,丹城花移栽他县。我欲留之不可止,仁风应遍桑中雉。况复清心似玉壶,得毋喜饮丹山水。

夏日登灵隐后峰

岂不畏炎热,为寻山水佳。扪萝行屈曲,傍竹憩阴崖。

空旷起凉飔，清虚破闷怀。老僧游物外，静宇愿同偕。

烟雨楼怀古

胜事消沉属眺同，古今烟雨此楼中。朱栏远接吴山丽，绿野长怀越垒雄。谷水潆洄春接岸，峡山掩映月当空。游人到此欣题咏，都付斜阳一笛风。

奉次倪韭山夫子原韵

闻道由拳事事幽，竹枝唱和棹歌柔。宦情近似吴江冷，葭水苍苍白露秋。

王劢余

字存古，号小痴，镇海人。世勋子。诸生。

上观音岩次家大人韵

突兀奇峰映巨川，禅灯隐现洛迦前。洞中木石真登岸，槛外鸢鱼别有天。灵爽自招南下客，迁延频问北来船。遥知重访名岩日，定有山僧话旧缘。

王熙余

字敬堂，镇海人。诸生。

九月望日宿天童寺望月

九秋望日次天童，皓月流辉万里同。古刹鸣钟闻帝乐，高僧款客遇仙风。北辰位列情非隔，南极星躔路可通。今夕羁身霄汉上，桂飘香处广寒宫。

陈鸿轩

字梦回,鄞人。监生。著有《梦回诗草》《友白斋存稿》。《鄞县志》:鸿轩有《梦回诗草》,孙廷镐为之序,谓其诗取径于青邱而上溯三唐,非学步宋元者所能及。又有《达意录》,凡为诗二百八十二首、杂文二十四首,附词二阕,其僧字韵诗三十首,另为一编,徐锡尧有题词。又锡尧寿其六十文云,有《友白斋稿》行世。

游雪窦寺宿娑罗院

篮舆发溪口,入岭路纡徐。碑古留宸翰,山多列志书。半生劳梦想,一榻借僧居。徙倚娑罗树,兹游乐有余。

初秋书怀

一叶下庭除,秋风到敝庐。有怀空对酒,无事且摊书。才尽新诗少,家贫旧雨疏。谋生吾未惯,只合老樵渔。

天童寺

翘瞻太白慕禅宗,春日来游兴转浓。四面有山皆拱寺,两行无树不栽松。花飞幽径闻啼鸟,云起寒潭想伏龙。更欲探奇寻塔院,任他疏雨过前峰。

吴存伦

字心常,鄞人。诸生。著有《鄞江诗草》。

来青阁登眺

烟霁舒清眺,登临向晚天。山遥青入户,春暖绿生田。古木人家住,轻帆野渡前。何须名胜地,即此亦陶然。

陈曙

字赤霞，号东生，慈溪人。诸生。著有《陔南草堂学吟草》一卷。

《溪上诗辑》：东生与王愚溪同时游幕浙东西，并好为诗，东生风骨尤高。

息园访郑简香兼示叶爱三

缓棹泊城东，裴裹旧游地。最忆辟疆园，叩门随月至。未面先闻声，惊喜各把臂。良晤惬所怀，往事重省记。雅集续题襟，尊酒劳招致。一阕赏花歌，花酣人亦醉。谋乐且未央，踪迹忽迁异。飘风逐停云，会晤安可冀。珍兹半夕谈，不尽两年思。纷披图史香，峭茜竹柏翠。服古待用身，是焉足栖寄。晨夕互讨论，渺余时悠企。月落挂帆行，低枕不成寐。

八仙岩

我昔舟行庐山前，雪中五老形皤然。船窗招手遥拱揖，呼余好结烟霞缘。冥冥忽复堕尘网，空思采药挹瑶泉。台州地僻岛屿秀，马前朵朵开青莲。卸装急跻北固顶，八仙石古位置便。松篁遇风发清籁，琅琅笙鹤迎遥天。云烟过眼真渺幻，鉴池照影清且涟。岩下有潭名鉴池。高冠峨峨切云表，铁衣斑驳编苔钱。神仙中人吾未见，想象与俗殊媸妍。牵率招要玉京会，阊风吹落知何年，木公金母招不去。苍颜终古凝岚烟，忆从临安城外别。杭州清泰门外有八仙石。形影复此相周旋，低头辄作米老拜。痴心欲拍洪崖肩，借问淮南特爱道。八公之去胡为如蜕蝉，化作数峰青历历极望上与神霄连。今我忽不乐，弱水思乘船。三山五岳游期愆，且礼此石参真诠。

吴箬村石门听瀑图

括苍山水天下无,石门瀑布尤奇矫。谢公精舍莽榛芜,此后游踪继者少。先生曷来作寓公,山灵识面苦未早。芒鞋踏遍万峰青,一道银潢注云表。但觉天风与耳谋,开襟坐对空山杳。谁挽蛟宫万斛涛,毂转轮翻落深窅。潭底蛰龙瘖不骄,仙人拍手歌浩浩。歌酣泚笔作此图,雷声云气犹飞绕。大笑下士营苍蝇,尘海纷营几时了。匡庐峰,石梁道,雁荡龙湫积水饱。长愿相随赋壮游,洒落飞腾荡胸抱。

涂菊人明府徐氏姊苦节抚孤,孤病危,母欲先儿死,炽铜箸吞之。有顷,儿忽喀出血块,寸余铜箸在其中也,儿瘳母亦无恙。远近异其事,明府作传示予,乃歌以系之

苦节奇闻那有此,母吞铜箸儿病起。铜箸乃在儿腹中,呕血出之锈花紫。儿之不起夫终死,刺心吁天冥相矢。天为雨泣绵厥祀,鬼神变化若或使。精孚诚格固其理,帝与我龄我与尔。稽之于古可无訾,六溪水清石齿齿。六溪,徐所居村名。妾无夫兮夫有子,或悲垂涕或歌喜。传观铜箸径寸耳,其重陈宝赤刀比。劝贞教孝树风纪,咄哉吞炭称国士。事竟何成愧知己。

蕙江晓泛寄怀叶易庵

侵晓出城闉,江光一棹新。淡烟村外树,残月镜中人。之子邈秋水,相思满白苹。微波如可托,远水碧粼粼。

自南屏暮归,过一小篱落,野梅已花,山月初上,徘徊久之

归路南屏幽涧滨,香风徐引亚枝新。幺禽寂寂时窥梦,

古雪离离乍放春。淡月寒烟全入画,空山流水不逢人。翛然清冷相看处,欲唤冰魂问夙因。

蓬莱阁夜坐 阁后有续兰亭遗址

修梧笼荫石栏齐,选坐烹茶唤小奚。银烛影阑花气静,玉箫声淡月痕低。兰亭谁嗣风流会,记室休将姓氏题。遥夜吟成秋似水,美人凝望碧云西。

洞山寺

古寺云深石径通,泉声送到梵王宫。老僧问我游山句,只在寒林落叶中。

董明伦

字敬敷,号镜湖,慈溪人。贡生。著有《留香斋诗稿》四卷。

怀沈六炎峰客常山

落月故人远,相思寄定阳。余愁家计拙,君动客情伤。雁断书难到,风清夜更凉。从来多险阻,游子备亲尝。闻炎峰过常山,乘舆倾跌,故云。

留别通州钱司马朝东

紫琅烟树挂斜晖,底事春风送客归。梅放江边红欲绽,柳垂堤畔绿初肥。羡君琴鹤官声好,愧我文章花样非。此去故乡回首望,深情犹托暮云飞。

送汪以田森祖归休宁 录一

骊歌唱罢两情分,握手犹怜鸥鹭群。无奈送人都在客,可堪知己少论文。开襟昨对南屏月,鼓棹今看东海云。且嘱扁舟迟解缆,堤边疏柳系斜曛。

冯光域

字新原,号抑斋,慈溪人。监生。著有《画舫阁诗草》。

鹧鸪词

鹧鸪飞,残花落尽送春归。啼声不到征人耳,久客河阳音信稀。

登石鱼巅

寻幽探古迹,欣上石鱼巅。错落人家少,参差竹树连。江流千里外,日落一拳前。坐久归来晚,鸦飞带夕烟。

石柱寺

古寺空山里,重重萝径穿。幽林鸣好鸟,深涧响清泉。人少苔侵室,窗虚云入眠。萧然尘世外,静坐好谈禅。

经花屿湖

秋屿青青入望中,山光想象旧时同。鹭飞不到横塘上,为少清波映碧空。

孙孝渊

字昆池,奉化人。诸生。

咏书斋白菊

几丛素艳澹无言,移近窗前趁日暄。不向群芳争丽景,要从一本养真源。霜侵斑鬓羞看镜,月冷瑶阶静掩门。老圃岂惟观晚节,愿留清白到儿孙。

钱沃臣

字心启,一字心溪,象山人。诸生。著有《乐妙山居诗文集》《蓬岛樵歌》。

《象山县志》:沃臣有记室才,浙东西争延之。所著诗古文词,皆可诵。考证《安南正威炮图》,为巡抚阮元所赏,刊入《太平县志》。

石屋八景和家梅溪原韵

雨香庵
傍花入深山,小筑依岩侧。如坐旃檀林,何求华光国。静参无隐禅,斯不碍香色。

听秋室
虚室夜生凉,感慨无穷已。胡为肃肃声,听从西方起。落叶不堪看,呼童扫阶圮。

眠云坞
我从山坞来,白云深如幄。山僧枕白云,云静午未觉。坞草绿成茵,何事趋繁缛。

招鹤峰
鹤去东海渚,鹤来西山凹。拱手望遥天,山人久相招。欲追王子晋,一举凌九霄。

洗心池
人心初如水,湛然清见底。一经嗜欲生,尘垢不可洗。何自涤其源,灵渊常弥弥。

指迷石
穷谷非无人,云深不相遇。晓来逐云行,盘桓云中路。幸逢生公徒,点头一指顾。

流华涧
群花绕深涧,踏花涧边行。花落水流急,水香花有声。忽惊春已减,自顾殊伤情。

移情台
我本蓬山客,援琴以养真。泠泠水仙操,忽忽遇我神。只可自怡悦,不堪和阳春。

丹桂用宋胡制使原韵 并序

宋淳熙间,胡制使榘尝以监比较务摄象山令,有赋史氏《丹桂诗》,忠定史越王见而次韵,且往来再叠,详《宝庆四明志》。甲戌中秋,余寓蓬莱宗祠,邀同志倪二劢对月小饮,想慕先哲风流,即制使原韵赋之,有不自知其鄙俚也。

绿玉作叶铁作骨,史韵作碧。碎剪珊瑚点赤色。闻月宫中有此花,忽生海上谁得识。金丹九转岁几千,一丸失落蓬山前。真汞不掩发丹萼,凡葩难与争鲜妍。当年史翁何蒨蒨,瓷斗接献黄金殿。御制诗画赐从臣,荣公荣蘷何荣宝纨扇。好事纷纷来江乡,千金万金争相偿。盛道移根自蟾窟,还夸发蕊分天香。蓬山本是神仙地,天籁时闻落清吹。我爱花开趁月明,坐对花月久忘睡。天倍青青月倍明,碧玻璃净无纤氛。红雨时看飞渐沥,香风每觉来氤氲。婆娑树影丛无数,缥缈霓裳舞天女。纵身忽向月宫游,初到琼台转玉宇。酌以大斗波如金,行行碧落称余心。君莫余醉笑不住,我欲醉歌簪花去。

东谷图为温春湄学师即次原韵

东归落落似蓬飘,题破邱山想峻标。忠节空怀端树驿,芳踪犹见铁溪桥。贤王念切存桑梓,义士情高薄汉霄。斯是乾符初建邑,李唐旧典未全消。

蓬岛樵歌

起春亭上翠旗翻，鼓吹山前彩仗攒。戏事服图黄雅菜，儿童欢逐打春官。

海东道院旧相夸，二月山城春正赊。顿顿烹鲜雷霍笋，村村唤卖雨前茶。

玉兰襜子懒梳妆，秋禊庭前未列香。苏叶冷翻花水赤，金刀甘破密瓜黄。

于绾山前舣钓槎，东山原上踏橇划。开田港口栽蚶子，插竹潮头结鲎笆。

连理枝横海扇开，石梅树映绿云堆。龙君尽是许多宝，算袋还随佩印来。

没骨镫悬花满林，一时纸价重南金。顾郎输与张郎巧，不借吴绒引绣针。

袁大猷

字无矜，号半篱，慈溪人。著有《覆瓴诗草》四卷。

乌夜啼

昨夜城头乌夜啼，老乌飞鸣小乌栖。老乌日夜无休息，哺得小乌毛羽齐。霜寒力竭老乌死，小乌哀哀无定止。可怜明月照空巢，反哺无由悲没齿。

盛植麒

字天石，号藕塘，慈溪人。贡生。官安徽颍州府同知。《慈溪县志》：植麒以例贡生，挑取顺天乡试誊录，由实录馆议叙授同知，官颍州。时值灵宿泗凤饥，当事不为意，植麒捐俸请振于省，委赴凤阳履勘，分别编册支放，无侵冒之弊，民受实惠。以积劳致疾，告归。时宁波亦大祲，发家财偕其兄麒振济之。性孝友，在成均时极为祭酒法式善所赏。归里后，日与朋辈唱和，兼工歌词。所著有《藕塘诗稿》一卷。

题章四端夫相马图

我闻地用莫如马，蹀躞风云争控驾。世乏孙阳相马经，骡骀骅骝减声价。章君端夫骨相奇，倜傥不受尘俗羁。少年读书壮学剑，北走蓟北西陇西。陇水潺潺陇塞遥，一鞭官驲快扬镳。雪消峻阪晴游猎，草浅平原晓射雕。羽书忽报烽烟急，男儿到此争奇节。选将叱拨出龙堆，冲突群惊汗流血。鼓角声寒怒马鸣，军前慷慨请长缨。共夸壮士团云队，不让将军细柳营。时清身退甘幽寂，髀肉生兮马伏枥。绘得丹青一卷存，据鞍意气今犹昔。我昨乘骖莅颍封，邀君顾盼日追从。检图出示有深意，相马相士将毋同。吁嗟乎！泥涂未拔盐车困，皮相纷纷胡足论。不逢人世九方皋，谁识马中千里骏。

自楚入都道中成此柬寄留京诸友

此身果否合时宜，情状年来略自知。病患热肠非中酒，事争先手只围棋。经过骇浪浑无意，除却香奁竟少诗。种种荒唐殊可笑，诸公胡不一箴规。

颍州驿口桥署中感怀 录二

托身何处是吾庐，百里迢迢宦迹孤。两地奔驰劳仆隶，一椽偪仄寄妻孥。_{眷口寄寓郡城}分符自觉肩难卸，支俸谁言口易糊。多谢关情贤太守，殷勤垂盼及葭莩。

无须身世叹悠悠，乌帽黄尘偶逗留。术不能工唯守拙，学多未信敢云优。楚江风浪惊前梦，越国莺花忆故邱。一卷南华参妙旨,漆园仙吏羡庄周。

屋东新辟小园

占云课日任匆匆,屋外还开地数弓。身已投闲聊养拙,诗唯即景不求工。鬓丝改旧星星白,花事翻新月月红。知否陶潜归去后,荣枯随分住篱东。

虞祥霞

字梦蟾,号鸟章,镇海人。诸生。

新筑小圃

辟地新成圃,编篱面面遮。未栽陶令菊,先种召平瓜。雅有山林趣,喜无市井哗。超然尘世外,不羡五侯家。

与徐君顾君重游集福庵

幽兴真无极,几番到草堂。犬迎曾宿客,佛换旧时装。瓜蔓晴生绿,松棚夕起凉。寺僧能会意,晚饭满壶觞

清和月

座右安茶鼎,花边设竹床。昼长唯有睡,人老不须忙。纨扇轻遮日,罗衣午试凉。隔窗儿报道,梅子变青黄。

空屋

空屋唯看燕子来,青青庭草映阶苔。桃花不省凄凉事,依旧窗前带雨开。

林秉璐

字献瑶,镇海人。诸生。

《蛟川耆旧诗》：先生自少蜚声庠序，与陈秋岩进士称莫逆交，随任岭南，垂二十年，晚年归。复客翁洲。诗皆散佚。

赠张东贤先生

清秋高宴集新歌，五十征诗转眼过。前去光阴原未远，近来心事为谁多。书藏二酉深研阅，赋就三都善揣摩。正是翁身强健日，吮毫写性复如何。

谢佑廷

字再桐，镇海人。诸生。著有《耐轩诗文抄》。

《蛟川诗系》：先生抱朴涵素，悒愊自潜。中年后长斋绣佛，以梵夹自娱。贯通四大部妙义，而发挥其蕴于《心经》一篇。所著有《心经》《心解》五千余言，诗以隽淡超妙为主，如空际游丝，荡漾自如，盖深得乎禅悦者。

丁巳端午前二日登候涛山

青峦如髻拥城边，砥柱狂澜此折旋。日出有声疑浴浪，地圜无际但浮天。划疆岛屿参差列，守隘渔舲次第联。回望江山归一掌，几闻沧海变桑田。

科头坐踞梵王宫，咫尺烟波万里通。雁隼连翩云影外，帆樯出没浪花中。欣看秔稻荣江浒，不信蓬瀛在海东。大似此心无障碍，已除色相得真空。

伏龙灵脉与绵延，特起雄关镇大千。落日蒸霞穿阁上，奔潮挟雪卷江边。几人到此忘名利，此石何从问岁年。梅福安期今在否，焉知故我未曾儇。

住小白资福庵月余即景赋十绝 录二

水程迢递向东南，极目遥林几叠岚。小白山头相对坐，舟人指说义山庵。

穿桥一水绿回环，中有幽蹊曲复湾。清磬一声穿树出，老僧携杖鹤同闲。

春夜偶得时与同人筹义冢事

潇潇春雨近黄昏，松柏凄凉满墓门。一片迷离无主骨，巫阳何处与招魂。

黄式佑

初名式岜，字尔卣，号菁山，鄞人。定文子。诸生。著有《菁山诗抄》一卷。

黄支山先生撰《行述略》：伯兄少颖悟，善属对。稍长，师事外祖月船卢先生、叔父石轩先生、樗庵蒋先生，尽窥为学之要。尤喜读苏氏《策略》《奏议》，日尽数纸，下笔滔滔，曲肖情事。所为诗，冲淡得自然之趣。与同志何美枋、宋商英、董名问、郭传心，为敦行之友。返躬克己，以孝悌廉信厉俗型坊。教授后进子弟，多所成就。道光元年征举孝廉方正，邑人欲以吾兄应，力辞而止。卒年六十一。

清明后二日偕黎晓村先生图南二兄及季弟同游庄山寺

春意正容与，春光更妍媚。联袂春山隈，言入春山寺。略彴深溪横，晴空滴青翠。修竹闲疏林，绿云透香穗。入门参古佛，精舍妙位置。小阁俯平原，旷观惬清意。瀛海环其南，茫茫极天地。帆樯细于芥，倏忽千里至。鱼龙金甲浮，扶桑方敛辔。霍霼微云开，烟波绕幽致。日暮行复归，剔藓书游记。

竹蕉山房

结构小精舍，日夕山窗绿。岂其畏相弹，便分蕉与竹。三叶博一醺，醉时杯屡覆。新梢乍出墙，梳雨拟幽瀑。翛然静校书，欲悟机已触。爱此萧疏趣，好句芟繁缛。

登观音山玩月

招提精且洁，结构禹山巅。朱楹俯江海，丹甍临星躔。日暮净无云，皓月空中悬。登之豁双目，独立心茫然。苍苍千山树，渺渺万井烟。一洗碧落尘，此中得真诠。万象既云空，月却印万川。幻化固应尔，莫解亏与圆。盈虚理则然，大造自转圜。惜哉月留影，与物相周旋。明月本无影，遇物影乃传。始知造化机，上乘岂易宣。我来参菩提，妙谛费钻研。轻袖挹清辉，便是人中仙。

来青楼

层峦环碧槛，凭眺似仙寰。雾卷疏帘雨，青围薄暮山。春云低翠黛，秋意点烟鬟。此日登临客，飘然诗思闲。

琴峰晚眺和舅氏饮湖先生韵

日夕相随大雅群，山如恋客借余曛。千峰古色横秋霭，万井寒烟杂暮云。散犊近从蹊径入，归人遥向岭头分。何当大白挥余沥，坐挹清晖快薄醺。

合江楼初成登眺偶题一律

遗迹重新胜事留，两江依旧拥朱楼。沙明北岸千樯动，桥锁东流百雉浮。终古诗人恋魏阙，百年杰构壮雄州。当时叔党追随处，我亦趋庭得此游。

黄式瓒

字受馨，鄞人。式佑弟。诸生。

潮声

海潮流古今，夜静斯荡滪。天涯梦不成，闻声转萧瑟。水性本云动，猛风更回飔。汹汹空际来，兀兀到幽室。虽无枚叔观，沉疴忽若失。犹有伯牙琴，弄弦写滵汩。披衣一长啸，清听还抱膝。朝来骤雨翻，犹似余音溢。

过惠州登合江楼

罗浮掉龙尾，余势分鹤岭。兹楼亦雄杰，山川供游骋。秋风脱然至，岩峦抚烟景。碧空淡无际，万象回杳静。窗虚风雨声，栋泻鱼龙影。云树燕程遥，芦苇雁栖冷。闲凭十二栏，澄怀波万顷。缅念南迁客，蛮雨埋忠骾。岂无迁谪思，此心乐清境。斯人不可期，徜徉付酩酊。诗罢一长啸，遥天自虚回。

花田

珠娘送客珠江去，空翠横波一叶渡。笑指花田劝客游，南汉当时葬花处。汉主葬花欲千年，至今花发余芳妍。一枝招得美人魂，月明风软来娟娟。忆昔狨童弃边圉，遍筑名园几处所。买珠远走媚川都，贮娇乍得波斯女。芳华小苑春风香，暖玉生烟秘戏长。清宵翠羽翩跹舞，丽日红绵宛转扬。款款南风度清汴，中原圣人怒传箭。一片降帆不可留，零落珠江拾花钿。蕙心兰质委轻尘，回首羊城一怆神。此间净土埋花骨，犹是深宫窈窕人。我来盈掬素馨花，采采芳襟散绮霞。且与流觞共一醉，不须更赋玉钩斜。

小窗

小窗幽自启，萧洒碧天凉。蝶影分花韵，云阴落砚光。笔头胶宿墨，书背曝朝阳。领得悠然趣，闲轩意尽长。

山居杂诗 录二

佛龛偶借作书龛，棐几萧然静自耽。窗外不知双蝶舞，春风草色遍天南。

城阴偶踏晚凉归，一路桑麻拂客衣。回首峰峦随曲折，与人摇曳入岩扉。

黄式谷

字似孙，号莳苏，鄞人。定衡子。诸生。著有《细湖学诗偶存稿》。

陈子相先生跋略：君早岁而孤，其于行文作诗之法，多得诸世父东井先生指授，故虽存者寥寥，皆绰有先正风格。

王至斋以先君所书晚晴赋赠还诗以志感

病起怀百忧，鹿鹿叹吾老。连岁失佳儿，先业复谁绍。良朋幸见问，慰我颜色好。持赠一小帧，云是君家宝。长跪始展视，溅泪湿装缥。磊落三百字，墨渖如未燥。前题樊川名，赋乃晚晴草。后书甲辰岁，朔日临秋杪。时自武林归，幽思方窈窕。似赏赋中意，慷慨出人表。松竹森气象，花草工媚姣。寄托园沼间，今古同怀抱。书成竟付谁，小子年犹少。流转入君手，相知恨不早。尚记卅载前，酸辛集余藻。积抄西汉文，楷法兼欧赵。阁帖尝考证，精核有遗稿。祝融忽肆虐，大半遭原燎。独留石轩抄，笔势窥天矫。君今惠此卷，感激岂胜道。非徒手迹存，赍志略可晓。传以示子孙，世世永相保。

李丹山以佳醖见遗戏作长歌

榭山突兀沧溟中，浪花高捧千芙蓉。根不着地巅摩空，径路远绝风云通。蓬莱大国兹附庸，苦县老子神仙宗。耳孙绰有鼻祖风，粃糠浊世希芳踪。置家缥缈之高峰，面势正对扶桑东。踆乌跃起天曈昽，翠楼初曙流霞红。_{君家有楼名霞曙。}举瓢挹注光彩融，和以沆瀣甘浓浓。玉女覆醖金童封，越宿酿比琼酥醲。冰桃火枣华筵充，酌斝只许云英同。_{用蓝桥事戏谓尊夫人也。}忽忆故人困章缝，鹤使下赉琉璃筒。倾杯一吸如晴虹，颓然欲倒倚长松。栩栩梦与若士逢，耸身已过山万重。俯视碧海磨青铜，会须引我朝帝宫。琼琚玉佩声玑瑢，厥词大放文藻雄。逡巡唯嫌骨相穷，先为浩荡涤心胸。

题陶陶室次主人孙兰皋原韵

廿年甘闭户，事事适闲心。香搅花间酒，风调壁上琴。墨池看月小，拳石指云深。时和渊明句，醇如太古音。

登浮碧山

鄞山千叠走峥嵘，一岫飞来占地平。岚气长如春雨过，冈头遥对海云横。东南二岭宫岩邑，内外重江锁石城。亭榭昔年遗础在，几人丝竹奏风清。

慈湖

长堤纡郁短亭空，敲笠人来趁好风。一片夕阳秋影外，四围山色水光中。杨祠草绿门闲闭，阚宅云深磬暗通。却恨不逢三五夜，更看明月堕珠宫。

陈濂

字廉水,号稻村,慈溪人。诸生。著有《耕雪堂遗稿》。

裘雨槐先生序耕雪堂遗稿略:先生精制举业,间作古文辞,一脱稿纸辄为贵,执经请业者户外屦恒满,而先生所好独在诗,日与诸名士酬和,寻以家贫客乍浦,历十余年归,而馆于族叔笋峰家课诸弟读,未几卒。所存遗稿凡为诗二百八十九章,从弟济生为校刻之。

北湖

东风吹暮春,湖波泛新绿。蒲柳拂长条,亭空花影宿。四围列烟鬟,笑容如可掬。山禽与水鸟,上下相争逐。到此别有天,何必寻深谷。坐我翠屏中,不知有城郭。

独居忆箬亭弟

来牟翻熏风,幽琴响林樾。夕阳下西溪,流光淡将灭。徙倚庭除闲,独影照明月。长叹怀惠连,惠连千里隔。古调聊自弹,芳心谁与惬。苦无忘忧草,种我方寸窟。

汤山晓眺 山在乍浦南门外

万壑此朝宗,山川尽禹封。登临观海峤,浩荡起鱼龙。绝域通番舶,边疆靖战烽。平倭前代迹,故垒卧苍松。

初夏与陆晚圃、唐藕畦过花屿湖白龙寺

湖上招提好,寻芳入翠微。鸟啼苍柏路,人扣白云扉。涧水通僧灶,岩光上佛衣。洞天知不远,是处足忘机。

过赭山渡登眺

江上草萋萋,烟光望处迷。波翻寒日淡,云压乱山低。

古渡帆相逐，空林鸟自啼。浑疑游赤壁，勾漏记前题。元曹汉炎赭山诗"山色丹于勾漏砂"。

少伯祠

烧台曾记旧时功，醉里丛祠在望中。青雀斜阳翻浦树，绿螺春水涨湖风。千金尝铸鸱夷像，数亩空传苦竹宫。不是扁舟移棹去，至今谁羡善藏弓。

宿资西禅院

红尘飞不到僧家，为有青山面面遮。鹤带晚霞归竹径，钟催明月上梅花。深杯得款诗喉润，对榻谈空道味赊。社拟东林如可结，好移几杖伴袈裟。

漫兴

不堪人事日蹉跎，卌载光阴感逝波。风月有情来北户，功名无梦到南柯。槐窗避暑帘初下，竹阁吟秋砚屡磨。岭上白云溪上客，去来只在旧山阿。

晚过姜湖庵口占

佛屋三间傍岭幽，往来行脚此淹留。僧归未晚门先闭，推出湖山一片秋。

冯应翱

字翼仙，号白於，慈溪人。彦斑子。诸生。著有《竹所轩诗抄》。

《慈溪县志》：《竹所诗文抄》四卷，冯清榕跋曰：族祖白於先生为学尚根柢，不屑屑于举业之文。四部之书经，其点勘者无虑千余卷，门下著籍几数百人，时县人周海柱匡、顾鉴沙樎、桂古香琳文名噪一时，见先生皆倾心焉。

乃年未五十，未竟所学以殁，士论惜之。

经郡城北郭访箪溪侍郎墓不得

马公桥畔路，茫茫不可见。远树夕阳中，隐隐荒坟遍。太息古忠魂，麦饭无人荐。不住杜鹃啼，血泪犹应溅。公乞师日本泪尽，继之以血。

望太白绝顶

危峰切天浮，可望不可即。登楼一纵观，两股犹为慄。初疑万壑中，孤云独秀出。化为百叠屏，高撑入天极。凭栏豁远眄，四顾无其匹。一座奠中宫，万山皆拱北。譬之三霄间，巍巍尊太乙。帝谓遥应通，长庚定效职。我来登此楼，恨不假羽翼。何当乘长风，一举凌崒嵂。振衣于其巅，长啸万峰碧。

宿超然上人寄幻庐

似践三生约，来投薄暮时。移灯和客话，题壁尽僧诗。戍角催更早，绳床就梦迟。蓬莱应咫尺，竟夕起相思。

梅墟江中即事

秋风一棹入苍茫，画景分明接石塘。野屋几村围绿树，渔舟无数泊斜阳。白沙西指波摇镜，青嶂东悬影落樯。此去海门知不远，朗吟整顿付奚囊。

晚登招宝山

直到云梯最上头，一声长啸豁双眸。烟横远树山城晚，潮落寒沙水国秋。万里从来谁破浪，百年几度此登楼。随缘且借招提榻，明日重当续胜游。

葛易初朝邀赏轩桂赋酬两绝句

古香深处读书轩，种得双株树荫繁。惠我一枝金错落，梦回犹似对兰言。

广寒料得满宫香，欲问仙槎几断肠。多谢君家勤爱护，而今早共领秋光。

施抟九

字图远，号补传，鄞人。监生。著有《止止轩集》。

《鄞县志》：抟九自少敦行，至老不息，尝立功过格以自程。邑人戴某家贫负欠，鬻女以偿，为赎归，嫁士族。里有孤寡失依者六家，咸使得所。土盗徐景范等扰境，官捕之未获，率乡人缚以献邑令，称为仁勇云。

春日喜晴

霏微连日雨，几阵野风清。檐溜余残滴，村烟逗晚晴。落花香馥馥，好鸟啭嘤嘤。极目凭栏处，前溪听水声。

过崔氏园亭

青松白石水潺潺，寻壑经溪到此间。蹊径有花风自扫，洞门无锁昼常关。闲评药价留僧坐，醉拥琴囊伴鹤闲。借问东君何处去，满园啼鸟噪寒山。

张烜

字熙春，号双湖，鄞人。鲲子。大兴籍。诸生。官云南会泽知县。著有《眉阁诗草》五卷。

《鄞县志》：烜少游京师，以《永乐大典》誊录议叙得桐城县丞，屡摄县事。调阜阳丞，丁内艰，服阕，赴都，发云南以原官，历署各州县，所至多惠政，升补会泽知县，抵任值大饥，不及详请，立开仓减价平粜，饥者以苏。距县城四十里地日则补，有山绵亘百余里，西则萦带金沙江支流，东则陆地弥望，布种杂粮，收获歉薄，烜相视形势，召业户，语以开山灌田之利，乃就山凿穴，引江流入，就穴之东西建石门，度水涨落，以时启闭，成良田万余亩。民立生祠祀之。

谷林寺

山外忽闻钟，山中知有寺。禅扉扃不开，春从何处至。松亭日色寒，竹径泉声碎。恋花双蝶迷，抱香一蜂醉。胡芦本自缠，解脱力须锐。羡彼老衲闲，看山石上睡。

寿樟歌为绿野张明府作在江西泰和县东郊

君不见，寿阳宫里一树梅，荣华转瞬不复开。又不见，玉华园中千株杏，香埒人去春光冷。唯有此樟寿绵延，风霜阅历千余年。大可十围高百丈，晴空霭霭浮云烟。宛若苍龙飞天际，鳞甲触动声铿然。我来午夏日似火，绿阴浓郁覆道左。清气逼人凉风生，行者不行坐者坐。一树之荫人依庇，何况百里宰县事。愿君爱民如爱树，栽之培之兴其利。愿君惜树如惜民，芟之剔之去其弊。利弊分明为政心，及物功深非小惠。古来誉树多虚词，真意无若甘棠诗。寿樟之寿不可量，寿樟之歌意在斯。

登小孤山遇雨

阴云垂野岸，古佛压峰头。海气春蒸雨，江声夜入楼。鼋鼍时出没，岛屿递沉浮。俯视苍茫外，乾坤一钓舟。

浔江晚眺

晚泊浔江口，苍茫日影斜。五峰空翠合，双阙暮云遮。红柏霜中叶，黄芦水面花。年来羁客惯，无泪洒琵琶。

入滇南境

万里行将尽，萧萧木叶秋。黔山回首别，昆海入天流。地轴开金马，邮亭老石虬。据鞍先问俗，今岁喜丰收。

登鸡足山 录二

华岩入梦已多年，此日登临信有缘。曾说南天开净土，谁从西域见真传。一条洱海长如线，数点苍山小似拳。呼吸想应通上界，雨花飞舞听谈禅。

石门万丈压天低，举首苍茫路欲迷。百座楼台山上下，双悬日月海东西。禅房春暖花争发，松径烟深鸟乱啼。我欲洗心兼洗耳，真源一滴问曹溪。

过杨磨岭口占

上山脚踏云，下山云压顶。不知云在身，只觉一身冷。

李忠鲠

字懒仙，鄞人。著有《八砖吟馆诗存》一卷。

雨夜有怀

三径云俱黑，高斋灯自青。江湖牵远梦，风雨到空庭。如此凄清夜，何堪阔别经。孤眠不成寐，望断子云亭。

登天封塔

欲尽登高兴，因临最上头。从知天地旷，一散古今愁。

山色凭城望，江声绕郭流。断碑苔半蚀，摹搨忆前修。

秋草

几日蘼芜径尽荒，萧条画出野人庄。绿波空想江南影，青冢先迎塞外凉。千里相思愁细雨，六朝遗恨付斜阳。篱边水曲都如此，何况西风木叶狂。

秋郊暮望

萧萧黄叶落渔篷，小立官桥怅晚风。堤蓼也知秋寂寞，一枝留向水边红。

董承濂

字茝淑，号睫巢，慈溪人。诸生。著有《柔泉诗草》《剪烛诗话》。

晓渡钱塘江

细雨西陵道，登舟趁晓行。潮平千浪静，风顺一帆轻。宿雾迷江树，残星落石城。苍茫烟水阔，无限故乡情。

再登狼山

孤峰高镇古崇川，策马重登意洒然。海日半轮消蜃气，松岩千尺耸龟田。云开塔影来天外，风送潮声到寺前。南望虞山波静处，中流隐隐有归船。

慈湖怀古

湖光绕郭树参差，妙涧谈元得所师。四面好山开卷后，一溪流水抚琴时。无边风月情兼景，不尽烟云画有诗。想象石坡心契古，咏春坊外夕阳迟。

董泗

字浩川，号澹斋，慈溪人。著有《韬香集》。

秋日杂咏

晨起坐明轩，呆呆开晴旭。会得淡中机，赏心在典录。日吟几首诗，岂复受羁束。金风疏以清，蕉影堕窗绿。庭树互参差，幽景堪驱俗。闲云共徘徊，遐观适所欲。

梅花 录一

巡檐浮影淡传神，一段清香自有真。碧蕊迎风斜向座，琼枝流韵暗窥人。半窗明月萧萧影，满树寒花漠漠尘。邻远不须张幕索，用桂林志袁丰事。芳菲占尽故园春。

张本均

字静泉，号郢荃，镇海人。懋建孙，诸生。著有《郢荃诗草》。

《蛟川诗系》：予幼时数过先生讲室，见先生危坐窗几间，丹铅群籍而尤留心于先进文献，凡足备乡邦掌故者，露抄雪纂，积卷尺余。尝谓予曰："吾乡自瞻在先生诗文草创一刻后，先王父石痴府君暨从祖双山先生，始有《耆旧诗》之辑，惜其稿已佚，不亟搜罗，后将无稽矣。"时先生年近耄，神采耀逸，须鬓萧疏，望而知为有道者。

董沛曰：郢荃先生重辑《蛟川耆旧诗》，未竟而卒，其子岳生文学为编校补辑而刊之，虽不及后来诗系之详，然亦留心文献者也。

襄阳别任四海槎

樊城街上月正圆，樊城酒肆花如烟。美人对座弹鹍弦，声声为述平生缘。夜久酒阑思悄然,闻鸡起舞临风前。上有明月之便娟,下有繁花之鲜妍。良宵不住春可怜,明朝相忆白云边。

晓发丈亭

丈亭江渚泊,夜半落潮痕。棹响惊残梦,帆驰失远村。乾坤容傲骨,风雨荡吟魂。赢得兰交在,开尊与细论。

秋深即景

寒汀沙鹭白,孤屿夕阳红。野色平分竹,秋声尽入枫。茶烹千涧雨,纶卷一丝风。唯有来宾雁,斜飞向海东。

杂咏 录一

今古纷纷任所营,几人温饱谢萦情。贫如原宪知非病,懒到嵇康反得名。多怒未应随酒发,不平聊复借诗鸣。试看世事浮云似,愧我疏慵过此生。

过陈友韩斋中赋赠

略似闲鸥暂结盟,一番聚首笑言倾。恰怜霜鬓都非旧,同对风帘觉有情。花径追随皆后辈,骚坛管领仗先生。蒹葭差喜时相倚,他日还当载酒行。

乙丑五十自述 录一

今日霜华点鬓丝,未忘襆被浪游时。飘蓬偶插缁尘脚,<small>都中访旧。</small>剔藓曾披岘首碑。<small>游幕襄阳。</small>客路逢秋惊短笛,好山过眼入新诗。归来结习都抛得,种竹莳花对酒卮。

毛振雍

一名茂津,号兰畹,奉化人。阶六子。诸生。

吊陈烈妇

呜呼！妇人之难莫如节，尤其难者节而烈。吾兄曰茂康，陈氏同心结伉俪。几何年，夫也遂永诀。身单家又贫，似卧寒天雪。痛念泉下人，泪尽继以血。上无姑舅下无儿，一女虽生已如灭。天竟不欲存吾家，我在人间同赘疣。倘惜蚁命恋孤帏，朝朝暮暮肠空裂。何如地下从郎去，了却吾生完吾洁。寸心铁石坚，人或笑吾拙。梁间一霎甘如饴，泰山鸿毛顿区别。君不见，列女传中巾帼贤，芳名耿耿堪指屈。惨死善死同一死，死得其宜闺中杰。皮金剪字谁家女，阖户自缢香且冽。短见之见见甚长，一死血成千古碧。黄泉下有鸿案在，生固同室死同穴。纷纷谁似烈妇烈，皎然秋月圆无缺。

竺美夗

字黎舫，奉化人。有集。

柳絮

野岸白蒙蒙，青溪幂䍥中。枝垂春有雪，叶定昼无风。薄糁栖鸦背，轻黏系马鬃。不随流水去，身世异飘蓬。

普济寺晓起

古寺一声钟，千山晓景融。鸟喧深竹雨，花落过墙风。春意看将老，禅机悟未通。茹峰亭子上，微见日华红。

前浦晓烟

溪风漾空翠，野树浓欲无。不见下春雨，但闻啼鹧鸪。

李承烈

字启周，一字芑洧，鄞人。诸生。官嘉善训导，升江苏松江府经历。著有《修齐堂诗抄》五卷《吟花小草》一卷。

首逆龙登连就缚，驰解京师。昙绣观察作诗志喜，次韵奉和

泗城西复西，跬步逼山谷。智高遗逆种，窟宅于兹卜。登连为智高苗裔，改姓龙，世为亚稿保正。岩壑压部娄，豺狼餍豕鹿。保正视所辖猓㺠如奴隶，凡有征求，无不立应。嘉庆二年春，黔苗啸聚族。趋跄日以众，负嵎抗不服。龙氏窃伪封，子姓莽同伏。黔苗自称光仙，伪封登连为将军，给以札其子弟，俱以次受伪官。芸生等蜷蚁，触处死蛇蝮。但闻火炮声，屠戮尽六畜。大将挽天河，一洗刀兵毒。自首免诛夷，充役给廪谷。悯此蚩蚩氓，仳离几晦朒。渠魁罪勿赦，俘献明廷鞫，剿抚宜兼施。王言敬百读，传檄黔以南。牵羊遍江隩，制军遵旨出示招徕黔苗，降者数十寨。石关破须臾，鸿名武襄续。

赴徐州过圮桥感赋

甬东千里归无力，又从吴淞走西北。孤蓬寂寂江天苍，羸马迟迟沙路黑。纳履圮桥当道旁，大书碑石标桥侧。我尝读史心怀疑，黄石之书必虚饰。怪哉博浪沙中椎，秦王大怒索不得。若非留侯通鬼神，焉能下邳终亡匿。日后游仙亦有因，功成速退非无识。老父已去不复至，赤松何处空长忆。世间辟谷如有方，底用劳劳为谋食。过桥立马重回首，桥上行人多菜色。

毗陵道中

天假长风便，轻帆尽日张。旗亭杨柳岸，僧舍薜萝墙。

刈麦农归晚,扬鞭使去忙。毗陵今夜月,百里到丹阳。

固镇驿次壁上韵

鸡唱邮亭午,蓬门为客开。旌旗千里去,李制军自西川调任金陵,于前二日过此。书剑一肩来。瘦马嘶风柳,闲花落雨苔。五言吟未了,童仆漫相催。

黔苗不轨,窜入西隆。随吉大司马督师赴泗城剿御,舟晚即事步张邹谷茂才韵

将军擐甲指边庭,楼橹从无一息停。灯火倒涵春水碧,旌旗斜卷暮山青。力驱巨鳄涛初靖,粤东海盗渐次剪除。欲斩修蛇剑已腥。他日仑山下路,题名应建四公亭。宋狄青、孙沔、余靖破侬智高,后人建三公亭于其地,题曰"异日谁相继,来书第四名"。

凯旋渡红水江呈有斋宫保

万马长嘶骤晓风,铙歌高唱越枭雄。山光不改来时绿,江色犹余战血红。夹道壶箪迎绛节,九天雨露锡彤弓。渡头回首和平路,故垒苍茫夕照中。

周良劢

字友高,号抑斋,鄞人。诸生。著有《新雨山庄诗草》《浮石山房诗存》,存各一卷。

董沛曰:先生最长词曲,悲歌慷慨,有不可一世之概。所著有《无可奈何词》一卷、《葆真轩词余》一卷、《磊块杯杂剧》一卷,诗亦伉爽,惜所存不多。

秋风词

秋风起兮波回澜,采芙蓉兮涉江干。秋气肃兮衣裳单,归来归来兮愁薄寒。水冥冥兮日将暮,走江声兮杂风雨。

望江南兮隔云树，舟人告余兮公无渡。驾楼船兮送棹歌，思公子兮艳绮罗。明月去兮浮云多，归来归来兮如此秋风何！

读史

中夜剑鸣铗，读书无限情。江山几豪杰，今古一楸枰。成败不容计，忧伤非近名。悠悠此身世，何以慰吾生。

历历兴亡事，英雄恨有余。人心长不死，天道竟何如。快意频浇酒，狂歌欲废书。挑灯不成寐，风叶战庭除。

雨后度白塔岭望钱江

落日秋无际，晚潮山有声。眼穷千里暮，风送一江晴。烟水界吴越，干戈洗太平。茫茫吊今古，杯酒为谁倾。

亦有英雄泪，风前洒寂寥。十年君国事，一夜浙江潮。水阔魂何寄，波深骨未销。临行重回首，吾亦欲吹箫。

过宋故宫

故国魂何在，秋坟叶半干。不嫌人事改，留得夕阳看。云气一峰雨，江声八月寒。登高怅陈迹，犹自恨偏安。

嫠妇吟

凄凄复凄凄，罗帏秋尘飞。小姑不谅人，着侬嫁时衣。

明妃怨

一抔青冢恨长埋，芳草随人出塞来。犹有深恩到枯骨，春风不上李陵台。

乞食

乞食王孙富贵迟，茫茫歧路欲何之。游仙一枕桃花梦，又是人间饭熟时。

徐睕

字秋生，鄞人。诸生。著有《秋生诗文稿》八卷。

征戍吟

黄尘埋白骨，玉门不可入。深闺啼红颜，乡关不可出。关山千万重，隔此存与没。漫漫长夜间，皎皎一轮月。半照闺中颜，半照塞上骨。

由择阳桥之青莲庵

西山遍笻屐，欲陟东山崇。修途凭两竹，舁我重岭穹。村远鸡犬寂，林荒樵采穷。却见一僧在，伫立青芙蓉。住持名普耀。选僧胜选佛，礼亦忘疏傭。辄教舆人去，执劳授以笻。涧草随意绿，野烧沿山红。寻春纵太早，聊拓衰年胸。剧怪布衣赖，谓苏竹屿。地脉寻真龙。彳亍乱山走，三两相与从。遗我弱足□，孤庙披寒风。老鸦啼古木，饥鼠穿坏墉。相对颇无赖，行行认来踪。差池未向夕，顿喜绀宇逢。纵谈杂儒释，夜阑倦机锋。床前和月睡，犹凝宿波中。荡涤好诗怀，啐呓亦自工。晨起不记忆，但余游兴浓。

泰清寺赠瑞上人

白日翳浮云，路缭蒙南北。呀然山忽开，千亩环平绿。蹀躞度陌阡，西崖夹径曲，寒泉瀺灂鸣。板桥架岩麓，世界本大千。小小亦成局，长松吼晴涛。层岚护仓玉，红墙隐约中。谁欤专清福，携队入双林。暂尔息游躅，缁衫碧眼人。已断尘根六，禅寂心不烦。秋容淡可掬。如在篱落间，相对一丛菊。留餐后午钟，供以山厨蔌。揖别古先生，仿佛舍西竺。

送郎曲

雪花片片大于席，一宵飞压征人宅。送郎出门天一方，郎迹在雪妾断肠。妾心欲随郎迹去，明日雪消郎何处？

文坛老将行赠高阳孙莲峰先生

先生束发能谈兵，英姿飒爽长老惊。指江右布衣李青旸、阳湖秀才孔眠霞两先生。依人白首抱雄略，空于幕下留文名。先生尝居窦东皋、朱南厓两学使幕。揭来落魄客东海，卖瓜种菜疗饥馁。轩车不来门巷寂，老骥伏枥壮心在。虬髯毵毛双鬓皤，春秋六十如梦过。倘令受诏握兵柄，风云龙鸟烦摅诃。炼兵纪効凤宗戚，悬知飞动摧霹雳。佩身时看吕虔刀，习勤夜运陶公甓。时清不着铁裲裆，五云大甲徒光芒。长篇短什服李杜，高文典册师班扬。迩者参禅外生死，觑破功名一霎耳。然犹说有不说空，储以他生报天子。两间老屋乐暮年，飘飘逸气凌云烟。子身侧立发长啸，仰视明月悬中天。欷歔哉！庄生不用逃空旷，鹏翮逍遥轻将相。

过野人宅

历乱夹蓬麻，门纡一径斜。积阴苺蚀砌，淫雨竹支花。情话尽亲切，幽谈沁齿牙。偶闲自吹火，双屐蜡频加。野人方治游屐。

病余

病余殊不恶，岑寂隐疏棂。呼仆煎茶荈，焚香读道经。霜林发与脱，风竹眼输青。随意恣闲散，衰年胜妙龄。

游龙住寺海云上人留宿

截径卧枯藤，披寻初地登。近山先落照，伫月未燃灯。

竹啸闻冤鸟，梅残梦病僧。明朝参佛法，还欲乞余乘。法华经如来说，法无有余乘。

越江即景

才历邱山出绕门，茫茫一棹度黄昏。萍开秋水天低浸，云掣东风月倒奔。短调数声闻远艇，寒灯几点识孤村。最憎白鸟飞鸣恶，扰断吟诗好梦魂。

卧病浃月，枕上得诗有怀半士

道山谁卜后先登，病里降魔力不胜。仲举榻如辞儒子，杜陵集且仗阳冰。低吟枕上成寒蟀，强步床前类冻蝇。还报星星头欲秃，坐禅近有在家僧。

吴山绝顶望潮

卓立峰尖心胆孤，荡摇我亦类乘桴。风驱海岳全遮越，雪战貔貅欲沼吴。铁镞奇勋那复在，革囊遗恨未应无。潮平浦口初移日，梯下胥山唱鹧鸪。东坡观潮有《瑞鹧鸪词》。

自叹 录一

任呼牛马总何伤，意气消除旧日狂。书目几签标腹笥，雄心一线缚名缰。画将招隐终无地，醉可封侯未有乡。溷迹少年丛里过，且凭傲作夜郎王。

寒食郊行

寒烟芳草遍天涯，肠断荒郊日欲斜。古冢纸钱飞不起，杜鹃啼上石楠花。

徐畹

郑筠

郑筠

原名嵘，字竹初，慈溪人。羽逵曾孙。仁和籍。诸生。

题族兄简香云湖观梅小影,即次原韵

古杭自昔推逋仙,莳梅三百孤山巅。东风飘忽破冰萼,空蒙香霭腾云烟。明州天辟灵奇格,西子云湖擅双绝。冷岚吹散午曦和,千株万株浑一色。岭之南北次第开,此地花光一例回。绛蓓破腊隐幺凤,疏枝掠月横青苔。深藏缟袂关常掩,香雪茫茫云冉冉。只恐春归兴易阑,前身却借生绡染。灞桥不用挈奚童,只此披图记旧踪。梦回纸帐诗初就,韵落江城月正中。柔情燕昵林君癖,元方豪宕逾千亿。我当相从驻甬东,冰霜细味寻诗脉。

吴江道中

篷窗寂历万缘空,琴韵清泠剑气雄。落日彩霞波似练,天风吹我过垂虹。

秦炜

字蒙初,号醒园,慈溪人。诸生。

归途有作

客路江村晚,西风独夜舟。遥天连水阔,野火隔林浮。梅柳迎春发,年华逐鬓愁。一帆归去好,莫怨敝貂裘。

得冯啬庵消息却寄

闻道西秦去,翻为建德游。美人千里隔,何处不离忧。浙水惊涛壮,桐江落木秋。知君潇洒甚,此日足淹留。

秋兴 丁巳九月作 录二

荆襄上游地,群盗猰狼奔。星感妖氛动,云连杀气屯。征输诸道急,将略几人存。辛苦三秋戍,谁招战士魂。

蜀道通秦栈，岷江万里流。夔巫方失险，襄汉并烦忧。敌忾资群力，匡时赖壮猷。庙堂宵旰切，前席早应筹。

谢佑济

字宜舟，镇海人。诸生。

入秋苦热

四时莫凭陵，各踞九十日。春日不妨多，夏或可缺一。古人多悲秋，我谓未旷逸。坐待凉风生，去暑如去疾。缘何入秋来，炎气更横溢。寒燠易其时，问为谁之失？

望秋如望岁，谓可驱虐暑。日午蒸火云，使我鲜宁处。欲倩白帝权，暂与赤帝语。睡龙鞭使醒，急唤阿香女。淋漓遍四郊，不独膏禾黍。

谢佑鸿

字志翔，号琴楼，镇海人。诸生。

题唐企园碧梧清暑图小照

百尺苍梧傍小楼，问谁幽似此间幽。不风院落凉生腋，长日阴浓暑亦秋。花鸟有情皆入梦，琴书无伴也消忧。羡君混俗超尘相，底事乘槎霄汉游。

谢箎贤

字仲谐，号小崧，镇海人。绪恒曾孙。贡生。候选训导。著有《秋鸣集》《瞥观集》。

《浃口诗存》：先生性孝友，喜购书，善诗古文辞。时乌程陈焯为邑学师，先生与之唱酬，故诗艺日进，声调格律动合古人，梁山舟学士深赏之。

送女侄于归卢氏

昨犹吾家女，今作卢家妇。泣别两茫茫，往矣莫回首。汝归吾何伤，伤汝无父母。荆钗与裙布，草草经我手。或者汝父存，奁具视余厚。薄固吾寡恩，俭乃予素守。汝观世上人，纨绮无不有。每日理新妆，未及事姑舅。汝幼娴内训，妇德能知否。勉旃奉高堂，勿贻父母咎。

同陈无轩先生游阿育王寺观晋松歌

癸亥仲春丙寅闰，有客邀我招提游。阴雨浃旬云脚暗，是日天朗鸣晴鸠。兜率首指育王寺，义熙敕建名山陬。阅今千有百数载，庄严色相皆雕锼。维予已受孔子戒，岂屑顶礼随比丘。不观舍利不拜佛，读碑之后抚翠虬。僧言此松称放光，夜夜闪闪明禅床。金身丈六耀祇树，异说蛊惑诚荒唐。根历六朝自华茂，兔丝色紫琥珀黄。究之物理乃如此，何假菩萨为主张。本大二围枝荫亩，小枝无数大枝九。三枝偃卧不着土，伏龙跃入东海走。立地两枝作虎踞，眈眈南望怒哆口。北行西折又三枝，俯而复仰鲸昂首。一枝逐北奋翅飞，矫若鹰隼投岩薮。曲干离奇风雪多，描摹那肖丹青手。然圃先生好古深，盘桓移晷闻呗音。欲别未别石栏上，松花满径斜阳侵。吁嗟乎！绀宇曾值屠维劫，沙弥中断清净业。晋松二十余癸亥，柯叶青青常不改。

黄梨洲征君名印歌为王云阶作

吾家旧传南雷集，董狐载笔阐潜光。集中有箴高叔祖时裎、时符两先生墓志。蕺山都讲忠端裔，文章风节两擅长。揭来忽觏碧玉印，名镌宗羲其姓黄。周三寸弱高一寸，辟邪之钮朱文章。君不闻，胜朝思陵即祚日，恤忠诛逆开明堂。又不闻，同难诸嗣讼帝阙，十三鲠臣赐谥详。梨洲先生年最少,揕胸拔须告墓旁。草茅孤子动天听,勇哉复仇谁颉颃。当时岂为姓名记,至今纸尾留芬芳。王子嗜古真殊俗,惯搜金石追欧阳。构一印如获古鼎,神奸匿影龙腾骧。遍示同人索歌咏,蛟螭凛凛生寒芒。昔诵遗集今玩印,针顽砭懦扶纪纲。摩挲令我三叹息,为告王子什袭藏。

题郑书常吴山雅集图

有美堂中客,风流剧可怜。筲斟初伏酒,人到大罗天。文献江南北,荀奋郑后先。西泠饶韵事,此会定无前。

次陈无轩先生灵岩杂咏韵

晓雨横江水接天,一篙寒趁渡头船。山围四面青无路,麦长平芜绿有田。客好烟霞留白石,茶因供奉煮春泉。寻幽惜被廉纤阻,把酒论文夜不眠。

谢琪贤

字锦林,号硕轩,镇海人。佑份子。诸生。

《蛟川耆旧诗》:先生为涛山进士之冢孙,胚胎家学,绰有风规,早岁忾厍,中年弃世,兰摧玉折,良可惜也。

梓山远眺 录一

一峰突兀插城东,万壑群归指顾中。午向县崖摹古字,旋从杰阁睇长空。云横石虎翻春浪,潮动金鸡吼暮风。亭外秀迎千嶂色,不知咫尺是蓬宫。

大榭竹枝词

山势如城列海湄,带江围抱当深池。候潮涨落帆来往,北抵蛟关南出歧。

北南两渡曲江湾,小艇横流日往还。定海人因邻镇海,亲知多半在穿山。

悬山远隔北东厢,多少居民未一航。人本无争官亦缺,仅分营弁管盐仓。

农民即便是渔家,虌蛤鱼盐色色夸。算去五山都不让,只除土铁逊桃花。

张用均

字辅霖,号起岩,镇海人。诸生。

《蛟川诗系》:先生作文力摹金陈,尝见赏于鄞之石杏圃、竺甓斋两先生,屡荐不售,专心医学。著有《本草》四十卷。

赠石杏圃先生再试北闱

花满皇州看不嫌,先生微笑向重拈。片帆挂日龙津近,征马停云凤阙尖。会许校书征郝腹,行当作赋美苏髯。佳音嘱付频频寄,驿路梅花瘦影占。

李光穆

字友陵,一字半士,奉化人。诸生。著有《诗草》四卷。

横里十咏 有序 录三

吾家世居陡亹西,曰横里,以陡江之潮由铜山后硤入者,分二条,横夹吾里居,名之也。东界茅山,西接鄞塘南,有莲花古刹,又南凡二里许,有小山联络如棋布,而铜山特耸为诸山之望,其麓则舒懒堂所称尚书祠在焉。西北隅有祖祠,祠前古樟荟郁,下荫深潭,凡兹皆先人钓游之所。予因撮其古迹得十题,各缀以诗。

尚书祠 即铜山庙，祀明州刺史傅公

生莅我以英，死护我以灵。仿佛桐乡吏，为乐铜山茔。民情未相远，事死如事生。

樟潭

古木何阴翳，潭水何澄清。弈弈寝庙前，掩映泂有情。顾兹水与木，孝思油然生。

莲华石座 《三茅志》载：石座系掘地所得，因建庵名莲华

石莲昔日埋，何年始出胎？石莲今日出，保无埋将来。为问座下石，现身曾几回？

游剡溪九曲诗 有序

剡溪为吾邑名胜之最，少拟游览，因循至今年，且五十矣。正月廿又八日为余初度辰，先期招同徐三秋生、阮二方谷为九曲之游，三寿作朋，极一时乐。致途次忽忆家太白句，引吾吟兴成诗九首，用当前马之导焉。秋生长予，生二十七日，方谷少予一龄。

自爱名山入剡中，招携仙侣赏心同。为寻逸少幽栖处，款我游人有惠风。

自爱名山入剡中，钱忠懿庙拜遗风。催诗雨到云阴幂，恍睹旌旗影蔽空。

自爱名山入剡中，盘回几与太行同。我来不信花朝节，便见夭桃落瓣红。

自爱名山入剡中，寓公曾此寄高风。数声清磬知何处，莲叶峰头有梵宫。

自爱名山入剡中，争传三石有仙宫。丹霞洞窅迷无路，合问冈头放鹤童。

谢琪贤　张用均　李光穆

自爱名山入刹中，茫茫茅渚绕芳丛。上乘古刹荒烟杳，何处寻僧隔涧东。

自爱名山入刹中，晴余日影落溪红。延清堂外饶清气，古桧如秋飒飒风。

自爱名山入刹中，迂回云北路潜通。惊闻雷吼雪深处，知是飞流挂玉虹。

自爱名山入刹中，栽棠事漫辨兴公。沿堤请看泉流急，要作惊涛赴海东。

阮国

字方谷，奉化人。

游剡溪九曲同李友陵作

山游寻逸少，恍值惠风天。砚古蜗书字，沙平石露拳。群鹅随羽化，孤鹤伴云眠。结屋容栖隐，邻兹墨沼边。 六诏

循溪行十里，驻跸想钱王。霞彩朱旗飐，林葳翠盖张。层峦围黛色，幽涧递兰香。彼美遗音在，跫然水一方。 驻跸

谁云盘谷小？百折走逶迤。涧卧粼粼石，松挐郁郁枝。隐谁招李愿，画欲重徐熙。尤爱深坑里，桃花灿四时。 两湖

古庙摩名迹，庙额书法极佳，惜其名不传。相延初地登。有声听好鸟，无语对山僧。蜂隐莲常薑，溪春白可凭。此中两流寓，风骨缅棱棱。 白溪

洞天三十六，此地一来过。白石缘谁证，丹霞篆可摩。云深隔犬吠，风定送樵歌。何处仙人宅，春深锁薜萝。 三石

谁累沙间石，清泉浅可行。闻龙怀旧雨 指故友樊服言，

对鸟爱新晴。香杜沿溪拾,仙茅隔坞生。人家举厨火,几抹午烟横。 茅渚

老桧前朝物,灵根孰剪除?游人寻旧第,白日澹幽墟。径市萋萋藓,溪看尾尾鱼。翘然向云北,鸦轧倦篮舆。
斑溪

探奇曾到此,忽忽十经秋。谁挽银河水,终归珠海流。瘦僧逢古院, 通州半隐驻锡山中。清梦纪前游。独惜危台上,陵虚未少留。 高峊

几树花才放,寻香过碧堤。试看新蛱蝶,不到旧棠棃。盘折瑶溪尽,玪琮玉雪齐。沿途频得句,聊付典囊奚。
公塘

友陵冬夜戏笔题词 录一

青灯寂寂排愁绪,黄绢丝丝绣锦囊。旧调翻新能样巧,前身定是蔡中郎。

倪维升

字旭初,象山人。

咏老少年叠仙字韵 录二

春风夏雨到秋天,长倚栏干笑纪年。皓首真堪同话旧,红颜犹许共争妍。也知岁月原非昔,喜有精神却倍前。参得园林栽种法,炼形便是紫霞仙。

雁来正值菊花天,惆怅西风又一年。霜蕊染余皆灿烂,秋容淡处最鲜妍。偏饶晚景枫林下,留得韶华夕照前。我欲倾樽夸渥赭,扶鸠强学酒中仙。

周歧峰

字默斋，定海人。

送龚秋舫总戎归松江

海角翘瞻棨戟临，东南名将一时钦。八年运策妖氛靖，两度趋朝湛露深。祛恶斯能敷善政，从公兼复肃家箴。更难慷慨常分俸，都是慈祥子惠心。

忝居戎幕几经秋，气谊殷勤水乳投。行部风清明赏罚，筹防事重屡巡游。乞骸疏广心常足，投笔班超愿早酬。我为苍生祈再起，东山养望迓天庥。

周清

字缉斋，定海人。

题刘孝子传后 孝子名炳灿，邑之白泉人

忠臣义不全躯保妻子，孝子秉心亦如此。仓猝高楼负父出诸烈焰中，纵使焦头烂额縻体捐躯奚悝矣。父免于厄欣然喜，遑计妻子当时同夕死。妻亡子亡岂不哀，余力胡能兼及哉。与父俱死心亦休，与父俱免他何求。菽水自堪承色笑，没身贫贱无怨尤。嗟嗟！人生咸受罔极恩，人生庸行谁克敦。官上其事旌其门，千秋万古大义存。

四明清诗略卷十六终

四明清诗略卷十七

鄞　董沛　孟如　辑

叶燕

字载之，又字再紫，号次庵，又号白湖，慈溪人。声闻弟。嘉庆戊午举人。著有《白湖诗文集》《林湖草》。

《慈溪县志》：燕少负异秉，为文千言立就。从鄞蒋学镛游，务为根柢之学。余姚邵晋涵闻其名，时相过从，称为万充宗、全谢山一辈人。四年十余始举于乡。生平读书不守章句，必求心得。尝谓"汉儒训诂，宋儒义理，二而一者也，会通之，皆可成一家言"。其议论平易如此。

《慈北遗文注》：先生嗜古如命，肆力于诗古文大要，以不同俗为主。尝谓"古文之衰，衰于不讲才气。庐陵风调正为絮弱渊薮，学古者宜先戒之"。

秦小岘序其文，以豪横称之，推为湛园后一人。老而屡困公车，订正《太乙山房文集》，有"科举力能成白首，儒冠误正在多闻"句，自慨也。

古意

秋风飒然来，高阁枕遥想。美人在何许，颜色难仿像。揽衣起徘徊，虫声杂松响。栖禽静不翻，残月寒初上。坏壁挂枯桐，不为无人赏。

读书杂述 录二

大道悬日月,六经人共见。何有不传秘,千载始发现。宋史立道学,儒林不同传。初笑史家陋,继乃叹其善。君看诸语录,大半杂谣谚。君子言有则,述作谊典赡。况此大名目,端为风会变。三唐词赋工,两晋清谈擅。南渡之道学,居然开门面。不管小朝廷,自造大成殿。事功尽扫除,文学亦诃谴。似正而似奇,非狂复非狷。可怜陈永康,只轮遭坑陷。至今负粗豪,不入醇儒选。

论诗以神韵,未必皆正声。论文以情味,乃始无遁形。我观著述家,好摹碑版文。谓同纪传例,上与班马群。班马绝千载,其情一往深。至今读亹亹,齿颊欲流津。今者何所道,转喉我已惊。子虚诧乌有,毅魄换凡魂。既难记谁某,尚欲繁云曾。韩已讥谀墓,欧已苦多铭。寄言学古者,乞死宁乞生。

对月有怀菊荫兼寄陈葆荷贻

枕轩惊瘦影,开轩面山月。客愁无端来,怀人转凄恻。平生飞动意,对月常相发。自笑曹景宗,年来豪气窄。譬如东家女,两足新缠帛。唯期同心子,谈笑破拘迫。奈何万里辉,遗此径寸隔。可怜雌黄口,时受风火厄。余近日病齿。褰裳岂无心,支颐谁能适。君看此明月,圆景欲就缺。欢会本无多,良辰尤宜惜。还偕湖海士,一慰相思夕。

章龆尹秋濛出示怀弟诗,自伤憔悴,乃以敝乡荒陋比之东坡儋耳,岂所谓诗必穷而后工乎?然诗工矣,敝乡之冤,嘻其甚也。因戏拈此赠之

我乡枕山海,物产非一族。其民事耕耘,鸡豚亦家畜。以故莅兹土,往往餍口腹。使君江南来,牛女纪同宿。纵

少异语言，宁忧隔嗜欲。胡为怀惠连，俨似堕荒服。当年两苏公，万里遭斥逐。密蝍朝畏餐，鹈鹕夜闻哭。此乡岂云然，诙嘲太脱俗。从来名士瘦，有竹可无肉。不然钱神悭，终朝煮茗粥。先生自清癯，何可罪邦域。诗人好言穷，土风宜实录。佳句定流传，敝邑受诟辱。为君参转语，官瘠民乃沃。

贞女王淑姑，天台临海人也。字金陵李氏子。李时官浙之象山，其家不知，复聘同郡吉氏女，两家争焉。议两娶作姊妹呼，而贞女之母不从，掷还其聘物，内缺金约指二，冀索得之。贞女尝诵"我生不怨妾薄命，我生不合赋至性"二语，家人疑焉，乘间果投井死，金约指两手灿然。于是李氏以彩舆鼓吹迎其主归，而征诗于世，以永其传，乃作歌以张之

海鸟啼酸风，声满霜天里。所啼何所苦，孤琴声应起。木以女贞斫，丝以寡女理。一弹回浦王，再弹白下李。
一解
女萝既以施，兔丝亦以结。掷卜试金钱，占象睽火泽。变之革言就，井渫我心恻。泠泠十丈清，皎皎一身洁。
二解
金约束纤指，妾意分明剖。妾身不分明，何以慰我母。劳苦母氏心，为儿长负负。负母无母懼，少释儿之咎。
三解
南风散秋声，晴阳蔼平梵。彩舆远来迎，鼓吹导前舞。儿犹王家女，何颜李家处。李氏愿有妇，王氏乃有女。
四解
圣哲超常伦，从容合至性。弱龄能不失，闺阃岂非圣。冥合礼有无，腐生任驰骋。排云叫阊阖，奖扶乾坤正。
五解

叶燕

钱王铁券歌

唐家奄儿佚群鹿，杀气森森翻地轴。南风一夜作秋声，苍然异人出天目。是时诸藩各献捷，独眼龙斗猪婆急。纷然猰㺄昼攫人，鲸吸洪波海起立。大江以南谁倔强，后有刘贼前董昌。罗平恶鸟夜夜啼，天狗堕地摇欃枪。钱王奋臂起击逐，电扫妖氛返旧服。八都兵力健于潮，不数杨家三十六。归来酾酒燕邻里，铸山煮海贡天子。长安本色更无多，特赐铁券誓终始。泰山如砺河如带，恩波弈弈春风蔼。屈指从头异姓王，受赐累朝此为最。当时不少狐鼠窃，血溅飞花空饮泣。乃知造物报忠良，正在此心长似铁。我今作歌已千载，玉带裘马真英伟。妙因遗址阜如烟，流传万古苏碑在。

打尖行

早名打尖晚宿店，头站门前旗插箭。入门下马声嘈嘈，马饭刍豆客饭面。上房下房分主仆，只有土墙隔对面。得意新年大喜欢，红绿春联门贴遍。饭罢舆夫促上车，居然前日别离家。

宿店行

雨过泥深涩征轴，今晚未定何方宿。夕阳欲下柳梢头，人不摇鞭马停足。黄尘扑去红尘来，琵琶羯鼓喧如雷。客心正是难料理，何有春风能博笑。上床且放梦还乡，望见乡关鸡忽叫。

次韵答黄东井定文

我衰无技能逢时，不是牙琴悲子期。陶情却赖丝与竹，梆子新腔真竹枝。绝艳从来惊月下，清词刚好付歌者。旗亭乐府按云鬟，江上琵琶泣司马。可怜明月照离舟，浩荡谁能驯白鸥。故人诗来招我饮，知我失意宜遨游。黄公垆畔未濡首，曲业诗书酿我久。怕君还倾文字饮，老我如今一字难换酒！

过泰山

动魄森然下，驱车岱近瞻。更无奇色相，独具大庄严。日观双丸跃，云封百代添。不须凌绝顶，影落万峰尖。

倦夜

阁阁蛙号野，萧萧雨过庭。乱云吞月黑，孤影逼灯青。花向檐前落，人从梦里经。隔墙闻鼓瑟，空尔泣湘灵。

晚过绕竹山房

驿下雨初霁，城东花乱香。大江动春色，鱼纲挂残阳。好共寻诗友，来登绕竹房。绿阴深处坐，疑是泛潇湘。

登东渡门楼

鄮城突兀枕飞流，铁锁长虹日夜浮。山影远牵残照落，涛声高接海门秋。殊方舰舶争宽禁，旧日风烟入倚楼。罢作鲸吞无复见，东南形胜控明州。

前寓林湖赋秋兴五首，颇为逝者寄慨，铁山近见余集，依韵和之，末章即赠余北上，仍叠前韵奉酬 录一

叶燕

茭湖宿草几黄昏，高卧袁安又闭门。谓汪茭湖、袁陶轩。存没人难愁里见，凄凉客断雨中魂。赖君拔舍重提鼓，君近移居五台寺前。恨我离城僻住村。连日夜光开病眼，君近以全稿示余。不堪检点旧啼痕。集中多茭湖唱和句。

吴门即事

尽日东风欲卸棉，金阊门外雪漫天。谁倾白堕花飞琖，人指红楼玉吐烟。檀板银筝邀夜半，炉熏茶具话灯前。游丝卷却春寒重，依旧晴光送客船。

蒙阴道中

山行竟日响雷车，齐鲁苍苍入望赊。岱色卷来成白雾，马蹄蹴处尽黄沙。兼程难作终朝想，二月都无一树花。且莫回头思故国，此游原不为春华。

杂兴 录二

此身久已托烟萝，万壑千岩镜里过。风雨尽教迷白昼，鬼神端合付高歌。抢来卑贱真无奈，做到平常可若何？试一回头还自笑，安流原不逐颓波。

鸦停鹊聚苦喧嘈，百尺楼头首重搔。偏是青衿解佻达，可怜黄口也牢骚。中唐只说卢仝怪，南渡翻嫌陈亮豪。冷落枚乘一支笔，曲江八月起风涛。

用旧韵寄艾庵二兄

萧然十笏掩孤檠，短笛横吹忆旧声。忧最损人难解我，酒能作病甚怀兄。眼前况复山溪险，别后应多感慨情。犹有读书清净业，名山缓辔得同行。

张锡金

字在镕，鄞人。嘉庆戊午举人。官分水教谕。

看山

乘兴偶游山，曰山我所好。未久居山中，焉识山之妙。

荒斋面面山，窗前供瞻眺。晤对两载余，略得窥其奥。莫恨山不言，其意山能告。变幻呈万状，岂仅睡与笑。结体本安敦，作态何颠倒。时而起碧烟，炊腾千万灶。时而吐奇光，台恍金银耀。时而秀可餐，尹邢斗妍少。时而气不平，秦项逞强暴。忽值风雨来，乘势相舞蹈。少间风雨歇，水银出众窍。不闻喷瀑声，白练空中绕。雨后更谛观，断续云微冒。新沐倍精神，得意心相照。所恨腰脚微，屐齿不能到。意欲赠以诗，何处著诗料。拟议想已穷，刻划性未肖。山乎予何言，一付苏门啸。

秦镜

字心台，号芙人，鄞人。嘉庆戊午举人。官汤溪训导。著有《赏雨集》《铎余吟稿》。

《鄞县志》：镜幼解字音，善属对，塾师课诸生经义，辄代答，师奇之。失怙，家中落，将业贾，告季父曰："愿士而贫，不愿贾而富也。"历从名师游，学日进，既官训导，始至，见祭器残缺，捐廉倡为铏登、簠簋、豆笾、爵盘三百二十事，复铸释奠坐爵百六十，劝邑人重修节孝忠义诸祠。家居孝友，侄客死江右，归其榇。抚次侄之子成人。师殁，赡其家，并为其子纳妇。工诗文，善隶事，其排律骈俪若不经意，而实有过人者。

读魏孝子茅檐集 魏学洢著，采入《四库全书》

人生堕地不忌死，吊忠跋语有如此。公身果克践斯言，父为忠臣子孝子。明季貂珰祸九阍，日闻缇骑出都门。覆巢岂复有完卵，救父常衔血泪痕。诬赃惊说三千两，五毒惨遭群阉党。匍匐亲朋乞贷来，神魂渺渺飞东厂。不知毕命是何辰，骨肉摧残血满茵。收拾残骸归故里，一声长恸殉吾亲。谓公宜雪子胥愤，借吴伐楚心何忍？欲清君侧岂无人？矫诏毋许辇毂近。谓公谊上缇萦书，天帝梦梦闾阖居。纵教挝碎登闻鼓，火迫难生釜内鱼。裔孙示我《茅檐集》，笔底锋芒如铁立。读到里中父老书，凄风苦雨鬼神泣。乃知血性本天然，髫龄负痛身可捐。公家更有难兄弟，刺血陈书力挽天。<u>裔孙行淏摄汤溪教谕。</u>

高湾望海

行到千山欲尽头，惊看巨浪拍天浮。翠螺远点群峰晓，铁马喧腾万里秋。亭古三间依峭壁，堤长一带束横流。始知叠巘重重处，锁钥东南第一州。

孙事伦

字彝堂，一字竹湾，奉化人。嘉庆戊午举人。著有《镇亭樵唱》一卷。

《奉化县志》：事伦幼沉静博览，善属文，尤深于经学，师事蒋学镛，得闻谢山绪论。韩城王文端、大兴朱文正皆称其湛深经术，学有渊源。仪征阮文达知之尤深，以"娱亲只读书"五字为赠。征使校雠经义，又见知于吴稷堂。吴氏藏书最富，命事伦读所未见书，皆以亲老辞。掌教锦溪书院，执贽者席恒满。喜著书，露抄雪纂，至老益勤。尤留心枌社掌故。著有经解如干卷，《四书笔记》如干卷，《竹湾未定稿》八卷，《诗集》二卷，《镇亭樵唱》一卷，余多散佚矣。

读陈寿三国志

吾怀隐君子，朱虚管幼安。蹈海至辽东，意欲待清澜。魏文岂西伯，还郡何蹒跚。既受太中号，不出亦两端。遑问华子鱼，身作二朝官。

邹峄山

石戴土崖巍,土戴石为砠。兹唯石戴石,秀削神有余。层崖崒崎巇,绝顶嵚龃龉。矫若鹰隼起,忽散千芙蕖。途中肃瞻望,且还停我车。徒步山之麓,四顾与踌躇。如何行迟迟,只怀大贤居。

宫商井

星月街畔井,旧以宫商名。图经沿俗说,谓因投石鸣。投石千百载,两井遂俱盈。我读地员篇,物理阐齐卿。三仞宫音出,四仞商音生。音皆以呼应,非缘搏激成。沧桑自变易,陵谷互废兴。昔时黄白水,今无一勺清。事势不足怪,古义嗟未明。管子《地员篇》云:"四七二十八尺而至于泉,呼音中商,其水白而甘;三七二十一尺而至于泉,呼音中宫,其泉黄而糗。"井名宫商,取义当由于此,旧说恐非是。

黎洲洞天

四明有洞天,黎洲居其一。真人魏道微,治之为丹室。漠漠溪沙中,仙物时曾出。铿然响石坪,隐自谐钟律。遗韵旷千载,谁继游踪逸。移署黄黎洲,仙术成儒术。

赤堇

曰堇维草蔬,曰堇维黏土。土自多赤色,有目所共睹。土破而出锡,其事为已古。彼云乌头者,图经盖聋瞽。即谓养老资,亦且非确诂。袁清容辨赤堇为堇葵之堇,非芨堇之堇。然堇葵、芨堇字皆从草,赤堇之堇从革从土,《说文》谓黏土是也。

龙津馆二首

在昔吕霍邱讳伦,胸有山水癖。选胜至剡川,尤爱龙津驿。峰攒四围青，溪流千顷碧。中峙琅玕亭，凉风来肘腋。于是谋处处，唯南有故宅。池沼亦不污，园林亦不窄。息影在此间，馆舍近咫尺。

堂堂朱徽公，浙东为提举。岁时勤巡行，泊舟龙津渚。长吏率群儒，延留于是处。说经辟荒芜，讲学溯端绪。猗欤宾客馆，俨然为庠序。追维名贤踪，千载矢寤语。

广平书院

淳熙四君子，粹然舒广平。槐堂兀高坐，张朱互权衡。所至非一蹴，乃言底可行。讲学日娓娓，说经复铿铿。大儒流泽远，家塾荐茅菁。慈湖与正献，鼎足擅光荣。美哉深宁叟，作记比琼莹。迄今吊遗址，曷不高其闳。

寓夫人

吾乡多寓公，亦有寓夫人。居士李易安，才名耀千春。有宋建中时，宗室骈宝珍。卓卓赵明诚，嗜古有夙因。夫人称嘉偶，与赵为婚姻。每获一种书，互以慧眼甄。画图暨彝鼎，摩挲日夜亲。洞房尽一烛，考论工引伸。聪明而强记，夫人更绝伦。燕坐归来堂，烹茶燃桑薪。缥缃纷插架，抽翻意欣欣。某事在某卷，屡中夸如神。一笑得先饮，佳话亦复新。无何老此乡，旋托剡水滨。右军禊事帖，携来碧璘珣。后归有力者，光芒射古鄞。近今潜邱翁，景仰愿溯津。不知吾乡内，古迹尚可询。夫人寓奉化，见《鲒埼亭外集》。其博闻强识，潜邱诗极称之。

临川郡主项荣贵，尚荣王女，临川郡主，主素工文翰，通古今。荣贵亦文章甲南服。理宗三帅北伐，荣贵料其必败。后贾似道称臣蒙古，荣贵知之以告王，似道遂逐。主与荣贵归乡，夫妇并游雪窦、福泉诸胜以自遣。主卒，殡报国寺。荣贵佯狂丧志，崖山之败，一恸而逝。葬坊门凤凰山。叠山谢氏传其事

荣藩育闺英，图史寄幽兴。夫婿非凡才，雄文相和应。三帅俱醉狂，二人独清醒。殷勤白官家，官家苦不听。奸邪忌日深，急急走车乘。剡川山水奇，连袂穷其胜。非以逞燕游，聊以慰蹭蹬。悲哉鸾影逝，梵宇凄钟磬。孤凤泣徨徨，鲜羽嗟晦暝。国亡与俱亡，遗命为定论。

晚过日岭

我行自西归，回首岭西日。烟光薄暮凝，风来颇萧瑟。乌桕叶皆红，离离白成实。安步下层梯，好景唯恐失。路旁矗石屏，意欲假椽笔。镌刻表山灵，非徒当醉述。

锦溪书院中和杨侯春声韵

天下山水难拘墟，岂唯胜地名才储。滇南蔚起三杨氏，同到浙河分简书。丹山杨侯号能吏，龙池杨侯尤纯儒。去年下车古鄞邑，依然合浦还明珠。座有春风如竹阁，眼看花县如梅庐。治谱文章得闲暇，锦溪膏火询有无。我忝讲席老失学，语言拙涩贻轩渠。樗散何堪荫桃李，井枯那得化龙鱼。我侯善化久于道，庶几人才追厥初。无那官居若传舍，赋诗留别怅吾徒。仁看碧落云旗动，适遇寒郊木叶疏。傫瞀迂愚何以赠，拟将祖道携一壶。牧民总以爱为本，通都大邑随所徂。循良古称佛弟子，高位还同座莲趺。

孙事伦

金峨山杨梅名韩家晚者尤美

鱼有字,兰有氏,洞箫有谥更奇矣。吾乡金峨产异种,不但杨家旧号挂人齿。邵家、许家次第生,韩家最晚味更旨。漫山桃李愿为奴,闽蜀荔支许作姊。本来繁衍可庆幸,大小后先以续亦以似。岂似红密丁?百千万觔走飞使。岂似江瑶柱?腥臊犹被东坡毁。相如作赋叶宫商,太白颂音流清徵。遥遥华胄且莫攀,风流特在舒公子。一筐敬劝大儒餐,叚勉丁宁出妙理。可惜图经脱落人不知,徒见火齐累累满城市。袁正献公尝因广平舒公子之馈爱,其名引陈文节公诗"叚公子以晚成之"说。

净慧寺

拾遗风节最嶙峋,净慧孤芳孰与邻。故识春秋无贤者,安能吴越有斯人。瑞峰云重时寻药,古埭流清坐挽纶。唐史不知高格在,忍令千载怅沉沦。

范源澄

字秋渌,鄞人。嘉庆戊午举人。官山阴教谕。

烈女行吊张烈女

谁谓妾当嫁,纳采已定终身期。谁谓妾当守,家无担石中心悲。中心悲,终不已,良人死,妾无子,空梁燕泥何为尔。妾身愿作山头石,妾心愿作井中水。水干石烂会有时,妾心终古常如此。

题学舍壁

署冷无人到,斋空径草幽。山光当牖列,泉响隔墙流。红日渐排闼,白云低护楼。兴来思独往,远棹剡溪舟。

夜坐书怀

秋色无端到眼前，一灯遥夜不成眠。竹梢露重还疑雨，树杪云深欲化烟。落拓尚能容我拙，饥寒未敢受人怜。年来壮志消磨尽，兀坐空斋理旧编。

乐涵

字澄澜，一字晴岚，号海门，镇海人。嘉庆戊午举人。官景宁教谕。著有《临江楼稿》《鸦峰诗草》。

《镇海县志》：涵刻苦好学，熟习诸经，长工举业，后进多从之游。家居时，凡筑塘建闸诸义举，多为之倡云。

读储太祝诗

余读太祝诗，情淡而语真。喜咏田家事，口不齿搢绅。使人一展卷，如晤物外人。胡为历官久，复为胡虏臣。虏官固为伪，储诗更为嚚。高士与逸老，北岳笑滥巾。寄语风雅客，所贵心问身。作诗重品格，一洗浮嚣尘。与其风骨假，毋宁浮艳新。彭泽遗编在，慎勿轻效颦。

早读

山广不栽引风竹，溪深不结住僧屋。冈峦层复杳然空，夜夜云归独自宿。云亦苦寂苦无情，时逐溪流出幽谷。溪旁新启讲书堂，主人方起理卷轴。云乃散作天花飞，飞绕庭阶香郁郁。天香一炷主人探，寂寂晓窗伴云读。

听溪声

桃花岭西水北走，桃花岭南水东流。西赴钱江南赴瓯，屈曲汇交东海头。顾此溪流渺乎小，日夜耳边聒不休。我欲赴东复走北，溪流汩汩心悠悠。何时挽取东海水，一洗古今天地愁。

晚眺

偶出门前望，村容乍豁眸。夕阳红叶岸，茅屋碧溪头。耡板暮声急，稻粱终岁谋。家乡风景在，忘却住荒陬。

雨中

小楼西畔长芳丛，草木均沾造化功。红术雨蒸三径仄，绿杨风渡一溪通。禽声琐碎宫商乱，山色空蒙图画工。莫谓光阴多寂寞，卖花采药伴村童。

秋晓即事

鹊噪檐前三两声，睡余催我日斯征。远山展縠烘朝景，乳燕翻衣晒晓晴。天乍秋来和气爽，官因冷处喜神清。浇书不惯茶长代，风味何尝减曲生。

秋词

冷月筛花细影浮，无边烟景锁朱楼。倩风吹得金钱尽，莫买秋光使再留。

陈熙台

字纫佩，号蕙圃。镇海人。嘉庆庚申恩贡。有集。

感遇

汉世重赋才，司马富词藻。游历咸阳城，未得展怀抱。返辔归成都，沽酒甘潦倒。车骑货已尽，涤器容枯槁。天子读上林，啧啧屡称道。恨不睹斯人，怼焉心如捣。时维狗监侍，言是相如草。一纸征书来，烜赫建旗旐。身后犹见思，封禅求遗稿。设无荐剡人，临邛市上老。

渺渺太白才，庾鲍合一体。少陵尚心折，后尘谁能企。雅调寄清平，天颜睹之喜。自是诗人雄，谪仙岂虚拟？草莽识英雄，殿廷藐力士。斗酒乐天怀，洒落长安市。功名不可期，富贵等敝屣。乃以陷永王，因之流落死。至今采石矶，悲风拂寒水。

七夕

从古相传七月七，牛女渡河会此夕。天上人间相隔绝，此事茫茫总臆说。钟情果在碧云天，织女天孙岂等闲？琼宫尊贵九霄仙，金枝玉叶同人间。俗情遥忆天宫偶，光耀应当出奎斗。牵牛贱役一黔首，天帝如何为其舅。岂乏鸾舆可渡河？岂无凤驾可凌波？桥成野鹊却如何？一年此夜来相过。天上星辰行有度，玑衡窥测得其数。牛女七夕如相遇，错躔失次毋乃误。年年列宿受人诬，银汉昭昭长被污。君看嫦娥奔月甘暌孤，要知织女原无夫。

夜泊潊浦

乡国今初别，遥遥客路迂。水翻山雾白，舟泊海云孤。渔火看明灭，潮声听有无。故园人未寐，屈指计程途。

饯春

省识东君返旆期，登山临水意何之。鼠姑花外三巡酒，燕子楼头一阕词。懊恨无情村树碧，句留片响夕阳迟。沉沉且任侬先醉，图得不知春去时。

张承炯

字蘅皋，鄞人。嘉庆庚申岁贡。著有《回云山房集》《蘅皋诗草》。

趵突泉

水无有不下,其性使之然。岂知性有异,出地欲上天。若非神物助,定有蛟龙眠。咄哉此三穴,凿之自何年？名泉七十二,唯此独居先。散作万派流,明湖会其全。云是济水脉,束伏便高骞。斯言良可信,未免拘于偏。唯泽上于地,易象垂真诠。造物者好奇,因之一泄宣。不然海水胡为立,弱水亦西旋。

湖口夜泊

向晚浔阳道,停桡唤奈何。驿程春树迥,客梦暮云多。自笑疏狂甚,空惊岁月过。沙鸥莫浪避,羡尔宅沧波。

浔阳琵琶亭

客舟渺渺怅孤征,司马当年此送行。白发几人悲老大,青衫曾与泣生平。天涯有恨亭空在,江水无波月自清。一曲数峰今寂寞,荻花枫叶总秋声。

汉州金雁桥

暑云作雨雨旋收,倏尔新凉到汉州。两岸菰蒲风飒飒,不逢寒雁已惊秋。

范震薇

字紫垣,以字行,鄞人。永澄子。嘉庆庚申岁贡。著有《巢云轩诗草》二卷。

《鄞县志》：震薇自幼力学,能文章。父卒于官,奉母尽孝。家贫,授徒自给。屡主镇海蛟川书院、浦城南浦书院,于后进多所成就。

题南湖宗丈小照

盘桓挺孤松，屈曲挂长剑。下有澹荡人，踞石坐忘倦。剑气八方合，松心四时贯。幽怀一片同，写影故非幻。先生少壮时，翩翩书记选。京华及燕洛，才名到辄擅。秋风一拂衣，寂寞鸥鹭伴。坐使湖海豪，闭门老铅椠。年来策短筇，啸吟山与涧。披图出示予，余生谓此遣。予笑语先生：英雄虽老心未冰，松风谡谡剑有声，似为先生鸣不平！

送别蒋桴庵先生计偕北上

计吏频催檄，离亭欲倒罇。升贤名久重，汲古道斯存。公昔耽文史，心常事讨论。槐阴承旧荫，眉白冠诸昆。座夺通经戴，锋倾善辩髡。校雠三豕误，排纂百城尊。锦制怜时样，蝇头写细痕。近来新注礼，立说耻无根。疑谳千秋定，遗编独力敦。人依杨子宅，望著谢公墩。贱子空撼实，粗材陋戴盆。河源趋宿学，兰谱记同门。梧叶题诗盛，湖波洗砚浑。倚床参世执，开鉴破尘昏。青眼时邀阮，微名屡落孙。归惭辽左豕，放比芝中豚。问字心重切，披帷色倍温。正随东郭履，旋舞北溟鲲。远道增私忆，长才定首抡。衰凭韩愈起，气任杜陵吞。虎观行题柱，彤辉望纪坤。时以家慈六十帨旦乞序于先生。百年垂信笔，弈叶感湛恩。文字留行辙，盘蔬荐薄飧。临歧无限意，老骥看雄奔。

送俞琴谱读书南平县署 录二

何事萧萧风笛声，故人别我到南平。自怜齐客留无术，空学汪伦送有情。把手杯从今日劝，举头月傍异乡明。扁舟便拟从君去，桂玉生涯累未清。

名山眺罢问遗民，先世甘棠在剑津。先元辰、笔山两公皆守延平。叔度当年来已暮，桐乡今日祀犹新。两公皆有专祠在将乐。都缘一叶推循吏,遂有三槐荫后人。寄语吾家贤令尹,流风好为续阳春。谓族子南平宰星野,盖元辰公孙也。

赠宾王 录二

酒杯诗卷屋三间,回首前踪鬓发斑。莫诧仙人柯易烂,读书何处问匡山。向与宾王读书耕云草堂,今堂已为他人所有。

宗衮能文惨不禁,人琴、子敬亦伤心。族兄恩壮、友人王吴冶皆相继下世。而今硕果唯君健,缟纻交情老更深。

何乔

字于迁,鄞人。嘉庆庚申举人。官瑞安教谕。

赠卢蓬庐茂才

真率难谐俗,飘蓬寄此身。能容方外士,除是个中人。齐瑟夔应赏,越吟□莫频。江湖今在望,濡沫愧谁亲。

辕驹局促甚,自问愧生平。降意谐新俗,知心念旧盟。金兰原结契,车笠未忘情。淮海多鸣雁,还看尺素并。

杨思绳

字亦纠,号镜山,定海人。嘉庆庚申举人。官开化教谕。《定海厅志》:思绳家贫,以教授自给。精研古籍,所为文纯粹明了,而折衷于道。性友爱,有从父女兄无子,生则衣食之,死则敛葬之。历任分水、开化教职,有以事求解于县官者,啗以重赂。时夜飧,适不继,力拒之,无他顾。卒于开化,士民立祠以祀。

赠黄屏山七十

幽栖旧托水云乡,家政勤修道自彰。树帜文坛推老辈,垦田海岸接新塘。编成宗谱维桑敬，课到儿书带草香。从此经畲增秀发，愿公天锡寿而康。

冯璟

字玉章，号小宋，又号药生，慈溪人。嘉庆辛酉进士。官盛京安东知县。

《慈溪县志》：璟授安东令，赴任济河，誓不妄取一钱。邑多水灾，河决大通口，灾民半栖堤上，会天寒冰合，履冰亲核户口，冰裂堕水者再，夜共灾民露宿堤上。尤尽心决狱，俗多以细故轻生，或借以诬陷平人，璟痛绳之，俗为之改。前任云南王瑞与璟同岁进士，亏库银数千两，璟以其万里远宦贫不能缴，请归己任，分年摊赔。寻坐瞻徇，被劾去官，民爇香号泣，送之归。主德润书院，值岁饥，佐邑令散振，躬自操量，胥吏莫能为弊，人咸德之。

官安东 录四

出宰雷封拜命初，圣恩未谓吏才疏。移将百粤烟岚地，来此三江水泽居。谒选得博白引见，奉旨调安东。海气茫茫空向若，河流滚滚渺愁予。吴门已报查灾亟，捧檄心惊未下车。

沿河一带倚砖城，河岸高同雉堞横。近望邑居尚寥落，悬知乡井更凄清。衙斋半是营茅屋，退食只宜餍菜羹。独有小轩名米石，米公知涟水军，即此地有玲珑二大石在轩南。摩挲皱透旧题评。

决口年来竟大通，上年六月间，大通口决，至今未堵。不堪举目遍哀鸿。颠连老稚栖堤畔，远近田庐尽水中。可信逃亡皆失所，空嗟堵御未兴工。河防自有长筹在，相度机宜达圣聪。

海岳清风说到今,讼庭怀古思遥深。一官未得栽培术,半载空劳抚字心。尚有鸠形生莫保,奚堪雀角害相寻。刁顽半是饥寒子,终望翩鸮亦好音。

徐渊

字伊东,号竹虚,慈溪人。嘉庆辛酉进士。官内阁中书。《慈溪县志》:渊少颖悟,年十二成诸生,受业于丁杰,以经术称。与伯兄澍、仲兄瀚并负文名,兄弟相友爱,时有三徐之目。释褐,授内阁中书,病假归家居,不与外事。卒年三十九。

病中偶成

浩气消磨尽,艰难剩此身。四穷鳏与独,六极疾兼贫。形影风前烛,浮生陌上尘。逋仙如可访,梅鹤自相亲。

林大谔

字茧斋,鄞人。嘉庆辛酉举人。

题徐秋生诗集

大雅分明在,评量敢失真。只愁无目者,难作有心人。妙句君亲诵,余盲不能视,诗皆君自诵。新思我代伸。鸳鸯针已度,勿谓效其颦。郢中歌未出,巴里曲先传。拙稿先二年付梓。纵使砖能引,其如瓦不全。余所刻皆近体。朝阳有鸣凤,暮雨无寒蝉。兀自忘形秽,留题珠玉前。

周涵

字养源,号蕴斋,又号养园,慈溪人。嘉庆辛酉举人。

候选教谕。

梅源即事次陆洁庵韵

为订梅源约，停车缓步寻。林封不见影，花在白云深。醉语思前令，清茶话素心。相看归路曲，一转一披襟。

杨际和

字感庭，定海人。嘉庆辛酉举人。

《定海厅志》：际和夙承家学，说经论文具有师法，为制举文奇正杂出，古文亦斐然可观。兄弟五人相友爱，伯兄病笃，命家人斋戒三日，独身出祷于神，病旋愈，其诚挚感动如此。

题刘孝子事 孝子名炳灿，邑之白泉人

嘻嘻鸣鸟起村湾，老父楼居尚闭关。跃火救亲梯已断，慈乌飞出赤乌闲。

回首烟尘失画楼，妻儿焦骨葬荒陬。可怜无限伤心事，恐若亲悲泪不流。

南陔无句仅吹笙，五十年来孝未旌。彰善恰逢贤令尹，淋漓墨宝树风声。

王堃

字董北，鄞人。嘉庆辛酉拔贡。官直隶固安知县。著有《辰中吟稿》《车中吟剩草》。

准提镜歌 甬上施公子仲吴物，圆二寸，背有准提像，旁镌梵字三十六，不可识。今藏鹳浦郑三云家

嗜古近推郑使君，家藏青铜多灿纹。带钩十二足珍贵，

复储宝镜开晴云。奇芒映射兼细巨，影夺蟾光失兔杵。背阴有像镌准提，谛视旁文皆梵语。我闻此物留草堂，忠英耿耿发灵光。施家公子丧先职，仅遗小鉴余星霜。缅昔甬上多耆旧，管江人集如车辏。漏师中道即被擒，泗鼎沈渊乐停奏。华公于难中作《泗水鼎》乐府，今失传。寒宗评事共军屯，五君子中华、王为首，王固与施同主瓯东者也。迄今往事难具论，屈指同时五君子。或受表式昭忠魂，华、屠、董三公已蒙恤典，王、施二公不与焉。石雁山房久焦土，图书彝鼎空邨坞。余家旧宅石雁山房故址。纵教遗址等清风，未及芳踪留鹳浦。故家乔木多霜凋，难得百年如一朝。渭阳五世保先泽，主人五世祖宪副公实施出也。何论投报及琼瑶？我为摩挲更拂拭，想见当时照颜色。物以人重故流连，不为铭书来异域。况乎历劫超尘已，百秋未随灰烬同。悠悠为语主人善珍护，好与秦龙汉凤并长留。秦龙、汉凤，十二钩名。

谒陈恭洁公像讳良谟，崇祯甲申尽节，国朝赐谥恭洁

武陵奖疏漫深论，日月光悬正气存。子职未供难两尽，天潢且绝尚何言。临终时作两手书，一上太夫人，一以与承祧子。从容笔墨酬宾幕，李芳泰。慷慨衣冠拜帝阍。从识濒行留画影，已拚一死报君恩。

陈蕙

字东芝，号啸庐，镇海人。嘉庆辛酉拔贡。官景宁教谕。

甬上杂诗 录一

甬东胜境古明州，山水曾闻足快游。雪窦金峨分绝境，兰江蕙浦见同流。三秋蜃气迷蟜镇，午夜潮声入郡楼。威远城头时一眺，岛间形势已全收。

西湖

三面青山一面城，山城环绕两湖平。朱楼俯瞰天垂碧，绿树中分镜夹明。随处花林堪驻马，坐来酒市共闻莺。烟波自昔推图画，多恐王倪画不成。

吴桢

字薪之，号云仙，象山人。嘉庆辛酉拔贡。著有《抒怀集》。

新柳四首用王渔洋秋柳韵

何处春归月下魂，数行新柳绿侵门。晓风十里撩歌眼，暮雨千家挹泪痕。绰有丰姿桃叶渡，最无聊赖杏花村。小蛮嫁后香山老，愁绝纤腰忍更论。

弱质还经饱雪霜，春来绿渐遍回塘。江头送客维烟舫，陌上迎人拂露箱。飞絮东风曾咏谢，柔姿春月每思王。城南多少花骢过，寒食都来碎锦坊。

潦倒何曾汁染衣，金城回首事全非。少年灞岸春游早，旧路章台梦到稀。水殿时延浮翠入，岚亭长惹落红飞。何如彭泽门前好，一种清幽与俗违。

无限风尘绝可怜，晓笼浅雨暮笼烟。才看嫩叶青于黛，未见飞花白似绵。万里关山怀故国，六朝池馆忆当年。只今最是伤情处，无数啼鸦落照边。

菊影 录二

珍重寒花绽几丛，低枝圆朵悟空空。重阳风雨诗情在，三径壶觞逸兴同。映彻翠屏逾冷淡，扫将黄叶更玲珑。水边倘与梅枝伴，未识横斜态孰工。

秋影空蒙绕一篱，白衣人去夕阳迟。风疏偏得敧斜致，霜重多添掩冉姿。写照清怜诗格瘦，寻香寒讶蝶情痴。青青揽鬓看如昨，对镜还宜插几枝。

洪丙炎

字汝舟，镇海人。嘉庆辛酉副贡。

颂戴松门大令德政

国本唯农农唯水，稻人潴蓄周官纪。吾乡地夹江海间，引盐酾淡烟波里。反流□堨载方言，东西两管劳输委。三十六两偶愆期，原田龟坼苗槁矣。前代颜公事浚渠，仆夫况瘁农夫喜。立功不朽待后人，赖有周公能继起。盈庭聚讼任纷纷，执两用中皆由己。给谷役身苦乐均，公私两便善经理。百余年来水渐湮，河流如带屋如坻。使君制锦成功多，满县花香开桃李。剧知水利重农民，民可图终难图始。始终一一旧章遵，撤从单车河之浽。率作无烦欙鼓催，慰劳岂忍鞭棰使。父老扶筇叹息言，县官几人身到此。荷锸如云不日成，恺泽旁流清且沘。厥功克媲颜与周，载笔循良垂青史。

戎文蔚

字艾庵，鄞人。嘉庆甲子岁贡。

和澹吾林先生瓶菊供佛诗

空王隐士两忘机，交契何论色相非。半偈常思摩顶授，一丛尽插满头归。拈花正好参黄面，送酒欣逢到白衣。堪笑攒眉莲社客，醉多何日早皈依。

王铿

字韵扬,号愚溪,慈溪人。嘉庆甲子岁贡。

早行

更尽睡初成,童仆呼起起。明月在窗前,鸡声啼未已。蓐食不下咽,匆匆催行李。出门满地霜,一片白如水。风飕频拂面,气寒懔入齿。曲径绕村行,吠犬随人履。忽见前峰赤,旭日升何驶。平林开晓烟,角角鸣雄雉。为问舆夫程,已行三十里。

秋日闲行至永宁寺晚归三首

天气阴复晴,清秋好风景。意行无所期,荦确石路梗。村树抱山斜,黄叶迎面打。下有青青溪,白鹭拳立静。沙出落水痕,桥行堕人影。巘崿列连嶂,逦迤越平岭。竹篱犬吠声,知入招提境。

南山当门径,北山压屋梁。深院静无人,乌犍卧斜阳。白云入禅榻,松风扫石床。老僧颇爱客,留饮般若汤。同人各陶然,一醉归路忘。

沙弥刚十三,见客解酬应。送我上高坡,导我行捷径。平生性迂缓,乃慈急前进。薄云曳长素,林壑忽已暝。梧桐声淅沥,疏雨三两阵。反疑路逾远,犹喜泥未泞。朦胧月色微,照见欹石磴。归来倦欲寝,梦中有清兴。

雨后忆外孙吴玉墀

雨歇深院凉,草绿重门闭。森森夏木阴,独听蝉声曳。林霭淡欲无,山云流复滞。亲爱不得见,落日空遥睇。

二月二日春分

去年破腊开山梅,雪风和雨吹春来。春来一月晴五日,桃花李花愁未开。百花生日谁记忆,雨中似闻花叹息。春来几时春去半,纵使芬芳有几日。我亦飘泊起春愁,檐雨日注凉如秋。燕子飞飞无定所,雕梁绣幔谁家楼。春晚寻芳岂不好,只恐白头人更老。痴情说与东风知,愿扫寒烟放花早。

遣意 录一

白头孤客在,风冷日西驰。山县关门早,村桥聚市迟。兴衰慵贳酒,病小懒求医。强把愁情遣,沉吟数首诗。

过桃花岭

桃花开未开,踏破岭云来。春色杳然去,涧泉流不回。人烟出林远,日影落山颓。村店招人歇,停舆且举杯。

书所见

日色荒荒野,云容澹澹天。人行红树外,秋在白鸥边。水落滩多石,村贫突少烟。衣单寒牧竖,驱犊为谁怜。

过桐江

画眉声里橹声过,上濑迟回似镜磨。舟子欲眠先系缆,水禽飞起更翻波。青山村落耕田少,白板门扉晒网多。恸哭西台击如意,松风犹自起悲歌。

惜李花 良家李氏女有才色,未嫁而死。予闻而惜之,亦犹阮嗣宗之往哭兵家女也

桃杏嫣红傅粉新,李花淡艳压浓春。如何忽堕溪边雨,竟作长埋地下人。草长荒园虚白日,香消绮阁暗黄尘。韩

公应下风前泪，绕树空怀百匝频。

梅花已嫁林和靖，独处无言憔悴中。忽断香魂招不返，空余春恨抱长终。飞来明月三生梦，葬送青山一夜风。如此玉颜偏薄命，倚栏惆怅水流东。

寄冯啬庵

春光逝水欲如何，羡子还山衣薜萝。万事枯荣云扫荡，半生心力墨消磨。事经阅世艰难尽，人到衰年感慨多。七十杖乡从古少，只应对酒且高歌。

客夜

一溪流水枕边声，宿燕栖乌夜共惊。风撼树枝连石动，月移竹影上窗明。离愁有绪抽难尽，乱梦无因记不清。山驿露凉芳草滑，有人骑马走残更。

愁思

欲定归期不自由，岁华入暮客心愁。玄蝉去尽飘黄叶，独树无人满院秋。

范懋裕

字式昆，号耐轩，鄞人。嘉庆甲子举人。官仁和教谕。《鄞县志》：懋裕善属文，尤工制艺。以拔贡选授於潜教谕，乡荐后调仁和。为人和易，与诸生讨论文字，随其才质高下而教育之。仁和邹志鲁兄弟，同邑陈仅、张积梓、王启元，慈溪葛朝，皆其高弟。既老归里，与二三知旧相倡酬，绝不干预外事。

题洗砚图

巧匠斫山骨，割取一片阴。玲珑殊结构，声价逾南金。

临风时拂拭，洗砚如洗心。夙负云烟质，敢受尘埃侵。物每聚所好，弃置还堪钦。不见米颠石，流传至于今。闲来无一事，流水桥边深。黄庭初写罢，天末斜阳沉。心正笔乃正，昔贤有良箴。愿君涤烦虑，庶亲风雅音。

故衣吟为象山吴佛洲学博纪其封公峙庭先生事

峙庭先生早丧偶，佛洲甫三岁，不再娶。时太孺人方在堂，善病，先生亲侍汤药，衣不解带，平时侍同卧起，扫室布席，子代妇职，中裙厕牏必亲浣涤以为常。后佛洲稍长，病喀血，几剧，太孺人为嗣续计，谕令续弦，先生权词慰藉，入空房检箧中遗衣出，以示佛洲曰："此汝母所服，败絮残绨，冬夏此一称。汝母病，予贫不能具医药，致永诀，今汝奈何复病剧乎？"言讫，歔欷不已，挂衣壁间，晨夕对之陨涕，若为佛洲祈病者。然未几，佛洲病愈，乃贮衣箧中，终不娶，孝事太孺人，终身如一日。课佛洲读书有成，学使诸城记公、观察使桐城左公并以孝义旌之。今先生捐馆舍，佛洲痛念先德，属纪其事，作《故衣吟》。

西风萧萧霜雪寒，短布一称单复单。三伏炎炎气如灼，袗绤虽粗未云恶。当时并卧牛衣中，缟綦白首期与同。风林忽摧翻，双栖一朝只。上有老鹤瘦骨癯，下有新雏泣呱呱。鸾胶待续问何如，幼安之节高不渝。慈帏善侍佐欢娱，疾痛痾痒勤持扶。一身子妇两职俱，浣涤直欲亲厕牏。养成骥子号名驹，含饴笑弄珍掌珠。天心杳莫测，苗秀困螟螣。通眉长爪郎，呕肝喘残息。母曰嗟儿来，前先人嗣续。一线延断琴，尚其重谱弦，毋使伯道长痛瘏。儿闻是言心恻恻，忍泪吞声慰颜色。回头却入空房中，箧笥尘封涕沾臆。殷勤持取旧时衣，折叠依然怜比翼。唯将故剑求，那问新缣织。持衣泣语病儿知，汝母当年死最悲。败絮破真愁冻裂，残春饥复缺晨炊。伤心一病囊无药，执手三生路竟歧。见汝身长如见母，呻吟胡更病难支。语罢声嘶绪千亿，含凄顾衣神默默。为挈遗衣挂壁间，昕昏对之愁无极。儿病愁复愁，时时见衣泪暗流。关心最是无言处，乞护吾儿病早瘳。吁嗟似此情于邑，真宰上诉天应泣。诚心金石为之开，春回黍谷阳和入。病儿霍然起，弗药占有喜。老母解欢颜，子心方斯已。贮衣遗箧中，守义誓终始。高节传闻遍海陬，使车到此每停驺。片言褒予荣华衮，孝义于今二字留。况复课儿名早立，斋盘恩露新沾浥。彩衣亲见鲤庭趋，手捧黄麻锦什袭。惜昔回文织锦机，苏家兰蕙惜芳菲。生存尚尔轻抛却，死别何人感故衣。即今手口悲遗泽，墓碑待表泷阡石。沉吟为作故衣词，名教纲常此其则。

为孙二蛟门题施孺人遗照

孺人，后斋先生原配也，通释典，临殁有偈语云："泰岱峰巅，玉女池边，前身今世，此日昔年。"时先生方客青齐纂《泰山志》，旅中入梦，遂肖像于玉女祠旁，并编入山志。

岱岳峰头路，留真旧有祠。当年风貌在，此日女宗垂。悟彻禅心定，恩周佛旨慈。要知家法近，圣学是前师。孺人为孔门先贤施之常后裔。

展卷怀畴昔，师门教泽亲。论文推老宿，佐读想前因。妆阁余铅椠，绳床谢劫尘。剩编彤史在，偈语最凄神。

展重阳日偕朱友鹤丈少仙同年泛湖分韵得方字

移棹南屏下，言寻到上方。蒲团容少坐，茗饮极清凉。禅版规何肃，儒生业苦荒。归途谈正剧，暮色起苍茫。

袁大陶轩重葺观稼楼以诗见示次韵四首 录二

瞻衮堂开日再中，前年陶轩修先世瞻衮堂曾作碑记。重刊碑记朵云红。三袁派别源流远,_{吾鄞袁氏凡三派。}五凤添修笔札工。瓠史连编删复订,竺书分部博能通。_{陶轩近编《四明人诗文词》,各系以小传,并注释佛经。}数椽述作今愈富,应仿曹仓拓半弓。

定巢语燕傍檐喧,个里天教乐趣存。屋后来禽青著子,庄前疏柳绿遮门。敲林剥啄随鸠妇,刺水芊绵茁稻孙。今古此楼同眺望,桑麻雨露总深恩。

秋日湖上送友人之吴门

苏堤衰柳不成丝,又向楼头赋折枝。西子湖边动秋兴,阖庐城畔系春思。月明常绕闺人梦,风冷新添游子悲。此去离情须自爱,归途莫负友朋期。

湖楼晚眺

云容淡荡薄于鳞,秋水秋山晚更新。忆得佛头僧眼句,倚阑重见苦吟人。

尹元炜

字青父,号方桥,慈溪人。嘉庆甲子举人。著有《清风轩诗文稿》十四卷。

《慈溪县志》:元炜性淡定,不思仕进,主讲德润书院凡四十余年,其教人必以敦品行、惜名节。穷究经史,务为有用之学。尝创建先觉堂于书院讲堂后,祀虞阇、杨杜诸贤,春秋率邑士致奠。平居不妄交游,事有关于邑中利病者,持论斷斷不休。尤工诗古文词,同县叶燕、柯振岳等咸推许之。

董沛曰:先生留意乡国,著《溪上遗闻录》《溪上诗辑》二书,搜采颇富,文献赖以有征。其诗亦清矫拔俗,雅近中唐。

初秋夜坐

东南三日风，吹尽一天暑。夜来络纬声，疑是潇潇雨。幽人耿不寐，起看月亭午。凉飕扬碧，轻云曳如缕。坐觉秋气生，萧条满庭庑。对此心茫茫，欲眠更延伫。

露下不可见，只觉冠屦凉。月移不复觉，但见树影长。此时百虑寂，仰视天宇苍。林深响坠叶，花暗闻幽香。荧荧草间萤，飞飞入我堂。明朝有客至，戒旦具壶觞。俗言萤入室有客至。

叶琴楼元垲光禄以明倪文贞公草石画箑、张忠烈公江上闻笛诗箑合卷见示，此卷为鄞江范莪亭孝廉所装，诸名人题咏殆遍。莪亭殁，几毁于火，琴楼以重赀购得之，为赋七言古体诗一章以志感

鼎湖龙去颓阳灭，沧海横流大地裂。谁欤慷慨誓捐躯，前有文贞后忠烈。两公劲节世罕有，一死长安一浙右。只今遗墨留人间，尚觉英光射牛斗。祝融回禄不敢篡，转辗今落琴楼手。琴楼嗜古好弄藏，闲来示我千缥缃。况复忠魂墨气所凝聚，尺素烈烈含秋霜。我观倪公画，巉巉一卷岫。疾风劲草知勿渝，石可朽烂心不死。我读张公诗，江声笛鸣呃。舵楼焚香发长啸，老鱼出听潜虬泣。珠联璧合聚光怪，倐忽风雷起，暗噫君不见。衣云阁下竹萧萧，落日翁洲响暮潮。万事回头如转烛，百年劫火已全销。此卷流传至今独不灭，以手摩挲三叹息。请君珍重慎勿亵，此中恐有千载未化苌宏血。

范懋裕　尹元炜

偪阳城砖歌

有姻家子自山左携归示余因作此诗

偪阳城，如斗大，三旬攻之不能破。偃句仓皇知伯怒，

城上主人还县布。一朝城毁门大开，妫性之国成尘埃。楼橹雉堞今安在，剩得此砖几千载。砖长三尺博尺半，四角模糊无缺断。年深岂免泥沙蚀，质古犹看光彩焕。君不见，京百雉，巍十仞，寸砖片石俱灰烬。偪阳蕞尔小而固，一砖百世还如故。不然萧鱼霸业已歇绝，何以此砖阅世尚不灭。偪阳虽亡迹未息，赖此犹壮故国色，始信物理真难测。

山阴道中

一叶山阴棹，波光镜面澄。风回几行雁，秋老半湖菱。树远瞻秦望，云深护禹陵。舵楼催晚饭，重与问渔罾。

洪侍读观出守永平作此以寄

莽莽卢龙塞，由来古战场。轮蹄今孔道，戈甲旧岩疆。落日关门紫，春流碣石黄。圣心方简在，何以奏安康。

威名飞将李，勋业绛侯周。望古多殊绩，看君奏远猷。旗旓连左辅，黍稷报新秋。却忆当年事，寒灯共小楼。

读三藩纪事

国变仓皇痛未消，中原战斗势还嚣。江山惨淡悲南渡，燕雀纷纭贺小朝。风急严关喧鼓角，月明别殿奏笙箫。可怜六代繁华梦，一载销沉付暮潮。

江头烽燧彻天明，水火朝端正苦争。只有汪黄能擅国，何曾江孔解谈兵。将军卷甲徒寻衅，丞相捐躯自出征。从此钟山王气尽，杜鹃啼过秣陵城。

闽江百道锁重关，极目旌旗黯澹间。羽檄早传过荔浦，牙幢依旧驻蓉山。中宫决策成何事，上将专征已不还。毕竟岩疆谁失守，仙霞岭外暮云间。

转徙梧州更广州，流离处处怨旄丘。风烟百粤虫沙散，旌旆三湘蕙茝愁。终使劫迁归李郭，可怜恢复失张刘。槟椰江外朱波国，叹息孱王竟楚囚。

又见烽烟照越溪，山阴道上响征鼙。戈鋋久已消淮甸，甲楯仍看保会稽。征调连村催正急，艅艎跨海望先迷。湖东早报降王走，莫倚鸿沟画浙西。

电扫风驰尽八区，中原极望莽榛芜。已闻虣虎逾江表，<small>虣虎本常武诗</small>还见长鲸出海隅。白面无谋空殉国，赤眉有意更弯弧。至今青史依然在，一话沧桑一叹吁。

送胡诗丞比部赴官北上

江南草长乱啼莺，杨柳垂垂拂凤城。远道风烟千里梦，寒窗灯火十年情。原知分手难为别，要识当官自有程。见说西曹居不易，故人盼尔柱题名。

嘉禾道中 录一

西风吹我上孤舻，水驿迢遥接远汀。一夜橹声鸣不断，晓帆已过语儿泾。

叶焕

字春阳，号谱山，慈溪人。燕弟。官刑部员外郎。著有《水石居遗稿》二卷。

吴仲伦先生撰《墓志略》：君少工古今体诗，兼通历算之术。性伉爽，与人交以直谅自许，远近义举咸为之倡。官刑部，谳狱持平，八阅月告归。殁后，古诗尽佚，仅存今体一册，其诗绪密词赡，颇似许丁卯，洒脱处又近香山。

有感 录二

雁自去兮燕自来，百花亭上响春雷。当风柳重新沾雨，到晓炉温尚有灰。鼠本恼人还忌器，酒因困我早辞杯。羊肠仄径休云险，世路艰难出异材。

十载流离马首东，看山多在夕阳中。心应似镜长磨洗，事莫如棋苦战攻。诗社待开春酒绿，儿书勤课夜灯红。如何此境轻抛弃，独上危楼怨雨风。

题陈巾山万里归葬记后

巾山，名景沛，字雨亭，镇海诸生。父客死灵山，弟往扶榇，亦卒。奉母越二十年，弃养后始匍匐东粤，遍觅北门义冢，见碑涂灰，记者多不可辨。阅三日，有颜君某素所未识，哀其至孝，同为寻访，仍得于灰碑中，殆神助也

怅望南交历岁时，亲丧未返杖为儿。高堂有母难轻去，予季无年益远悲。今日孤零空洒涕，乱坟凄怆一寻碑。艰难毕竟能归骨，孝友从来天地知。

和任鹭川壁上吟却寄

蛮笺新样绿如苔，壁上吟看老眼开。廿载逢君诗一律，终朝畅我酒千杯。丰神绰似花依草，气味醇于菊酿醅。寄语碧纱笼得好，衔泥巢燕入春来。

题汤三邪溪怅别图

杏子衫轻怯早秋，乌蓬满载别离愁。西风肯为吹愁去，吹到维扬第几楼。

叶灿

字星若，号星五，慈溪人。燦弟。监生。著有《星五诗草》一卷。

《溪上诗辑》：星五诗饶有生新之致，在诸昆季中能独开生面者。早卒。遗诗无几，时皆惜之。

题吕成宅小轩

竹栏细密横遮拥,青萝萦绕藤穿孔。高低碧树四五株,中有屹石立不动。花藏叶罅暗飞香,鸟啄枝头时落蕊。细路蛇盘石子净,小轩绿暗檐阴重。怪君杂居尘市中,眉宇轩轩神骨耸。独乐于斯消郁蒸,朝夕自足洗烦冗。我来携席坐其间,青天无云日射棋。清凉顿觉入毛骨,苍苔露滴如流汞。淅淅反愁风入衣,泠泠只少泉飞涌。洞天深入第几重,花落鸟啼懒曳踵。

过长溪岭和意亭六弟韵

抱病怀归别甬东,山形愁倚剑函空。平肩舆湿蒙蒙雾,大布衣飘剪剪风。泐石飞泉垂练白,枯桑野火落霞红。抑洪亭下蜗庐小,低锁岚烟望欲穷。

舟行闲咏 录二

何处鸦翻枫叶红,飞虹桥外野塘东。冷云浓淡常遮树,秋水空明不隔篷。

短棹归来兴未穷,夹衣露坐翠微中。野人家在湖山畔,不用蒲帆挂远风。

青林渡

野渡青林一叶危,中流坐拥浪掀豗。舟人忽唱秋风曲,无数飞帆横截来。

叶炜

字允光,号意亭,慈溪人。燕弟。官刑主事。著有《鹤麓山房诗稿》六卷。

《慈溪县志》:炜生有至性,父本患心疾,吁天求代,病转剧,皇急祷里庙,叩头流血。诸兄给以病愈,掖之归,果霍然,咸以为孝感所致。荐举孝廉方正,辞不就。由监生官刑部安徽司主事,以母老归养不复出。

父本尝捐千余金建白、杜两湖闸堰。炜志恢先绪,集乡人筑石堤为久远计,独任白湖堤及杜湖西碶一闸,用白金四千有奇。喜聚图籍、古书、秘本,不惜重价购之,藏弆至数万卷。少与兄燕焕并负诗名,论者谓其诗"清真潇洒,颇近白傅"云。

古别离

送前溪,别前溪,前溪花落香入泥,罗衣别泪风凄凄。风凄凄,路东西,白沙认取郎马蹄。

独不见

别郎去,郎去到何处?鸿雁哀鸣朝复暮,一水盈盈那可渡。郎如水上萍,妾守机中素。妾意郎心两不知,庭前种尽相思树。

侠客行

天马来,东郊道,西风起,动秋草。秋草正黄马正肥,匣中宝刀双龙飞。拔刀跃马出门去,他日相逢知何处。

秋初寄怀施丈慎斋浩

秋意集中庭,搴帏试闲步。微云澹孤月,疏竹滴清露。溶溶碧汉流,杳杳飞鸿度。感此怀故人,相思渺烟树。

鹤山麓有古银杏一株,白昼自焚,诗以志异

岁在丙子春正月,山前白昼惊呼绝。千年银杏生黑烟,大枝小枝火光凸。火光迸散红满村,树神奔走足流血。岂

知文梓化青牛，雷火下烧老怪穴。远近迷蒙霞气蒸，外视青苍内已爇。咫尺相连洪家祠，不独人惊鬼呜咽。大斧斫树树不倒，余烬堕地势飘忽。登墙上屋空纷纭，水龙水箭都虚设。黄云暗惨夜初静，西风不动火旋歇。居人稍舒烂额忧，毕竟自生还自灭。吁嗟此树历岁年，老干参天立如铁。枝柯倔强松柏坚，寻常不畏风雷烈。此日无端忽自焚，难逃劫数招人说。所幸托根大且深，枝叶虽残犹突兀，如人蒙难志不移，傲骨铮铮肯磨折。不见烟云转眼生，百丈浓阴覆山阙。

武陵山桃花歌

武陵之山东湖东，鸾飞鹤舞神仙宫。神仙一去杳难接，至今唯见桃花红。桃花万树谁为主，司马荒庄叫杜宇。张东沙公坟庄。一片朝霞出月波，月波寺系余阁部坟庄。飞落山头作红雨。昔读渊明桃源记，每谓世间无其地。春风吹我过陶公，山名。翻笑无缘刘子骥。或言移根自緱山，丹砂满地长斑斑。桃花酿成五斗酒，饮之令人生朱颜。秦人避地在何处，洞口白云轻如絮。愿掉扁舟伴老渔，来往山前不归去。

游平山堂

莲子街头春雨晴，小秦淮上春水生。粉蝶黄蜂都得意，白苹芳草亦多情。酒场刚散日刚午，春游漫向淮河补。两岸人家翡翠帘，扁舟孤客琵琶橹。琵琶宛转近邗沟，十二屏开金屈膝。三千镜照玉搔头。绿屏双鬟唱莫愁。深拥蛮靴花锦帽。三叠亲传折柳词，五陵子弟年正少，杜鹃啼老几曾归，门外骅骝月渐肥。千金争买倾城笑，留住鸳鸯不放飞。亚字栏边行复住，深闺比是韩凭木，斑管题成客路诗。紫箫吹起晴空絮，丁家门巷知何处，歌声送我出秦淮，香山听曲情何欲费缠头计未谐，

叶炜

有。杜牧寻春兴欲乖，哀丝豪竹迷前路。三月东风春水暮，红雨家家夜合花。绿阴处处相思树，树头一角酒旗高。间买梨花破寂寥，孤负溶溶新渌水。闲随人影过红桥，红桥雁齿遮难断。一幅蒲帆歌缓缓，金碧山川画不成，香风欲共斜阳满。顿觉乡心一半无，锦帆却笑梦江都。愿将周昉丹青笔，写就江湖载酒图。笙歌一路声相续，十里亭台红间绿。商女独居旧日楼，龙船不唱当年曲。船头一抹露平山，想见将军破房还。虎战龙争成底事，莺啼燕语不胜闲。今来古往都如此，翠馆红楼何足恃。六代繁华几处存，举杯欲问临淮水。

读戚学博鹤泉先生_{学标}诗集

戚家军，谁敢侮，人中之龙诗中虎。先时将略雄南塘，今日骚坛占回浦。胸中无数甲与兵，不吹喇叭椎鼙鼓。手持三寸中山毫，一下如雷震聋瞽。海水倒立蛟螭横，宝剑出匣光芒吐。秦系不敢夸偏师，半段之枪笑毅父。_{先生善集句。}南塘回浦同一谱，余子纷纷何足数。戚家军，谁敢侮！

次黄澹园孝廉_煊云湖看梅元韵

云湖梅万树，十里隔尘寰。清影长留月，高人合住山。吟来香有韵，春到客难闲。为订明年约，同寻水竹间。

浮碧山晚眺

小屿浮湖面，登临惬素衷。水分秋色白，霞借夕阳红。疏竹容栖鸟，归牛负牧童。回环看不厌，身在画图中。

送别洪雨村

且尽杯中酒，休辞相劝勤。此时折堤柳，犹胜梦江云。小病应怜我，多才却负君。临歧各珍重，暮雨正纷纷。

邸寓漫成

北极清宵迥，西曹客思深。才疏愁起草，亲老拟抽簪。事业苍生命，关河白发心。鹤皋山下路，魂梦几相寻。

留别秦平山茂才 直方

闲共萧斋细论文，盘桓三月见殷勤。时平山游幕钱塘。书来雁足频催我，香到梅花独滞君。话别尊前愁黯黯，束装灯下雨纷纷。明朝知有相思恨，望断钱唐日暮云。

都门留别同人

非关鲈鲙与莼丝，多事秋风惹客思。已愧圣朝收弃物，敢将薄宦负清时。关心白社贪酬唱，握手青门奈别离。莫笑林泉归去早，疏庸原未合时宜。

回首句东路几千，漫携桃叶上归船。功名粗了今生愿，山水重寻旧日缘。此去五湖欣有伴，相逢一笑定何年。塞鸿本是江南客，好写新诗寄木川。

泛上林湖，法舟上人止宿普济寺

篷小船轻橹漫摇，上林湖上尽逍遥。间盟鸥鸟机全息，久别芒鞋足渐骄。幽径碧苔留屐印，小窗红烛检诗瓢。休言方外无供给，明月还来伴寂寥。

渭滩 蓄水处也，又名海眼

怀德桥南古渭滩，名传海眼岂无端。乱翻日脚波争射，活有源头水不干。入夏闻声常潆潆，谚云渭滩叫雨即到。经秋非雨亦漫漫。天留此迹关民命，莫作官荒洼处看。前有人以官荒升田。

叶炜

中秋寓城中憩余轩病起口占

一阵香风桂影浮，肯缘小病负中秋。短童扶我还携榼，明月怜人已上楼。倚笛谁家歌水调，卷帘有客动乡愁，闺中此夜应遥忆，露立阶前看女牛。

和白湖三兄游清道观元韵

去年我亦到龙山，游遍三清水石寰。四面楼台出天半，六朝图画落人间。白云堆里钟声静，红雨香中花事闲。今日追思如梦寐，输君独趁夕阳还。

示姬人

乡村哪得比京华，好卖香车买纺车。非借尔曹为活计，消闲好是木棉花。

感旧

长空独雁冒南飞，望断霜林夕照微。太息故人似黄叶，一回相对一回稀。

孙事立

字挺如，一字西涯，奉化人。事伦弟。诸生。

读选诗

自经屈宋变风诗，气运迁流各异词。诵到行行十九首，摅怀绵缈古人思。十九首或疑枚乘所作，昭明以失其姓氏，编在李陵之上。

苏李情长语自深，孤臣共此报君心。看他赠答河梁上，相对欷歔泪满襟。

建安七子共趋跄，孰与陈思较短长。谒帝承明推绝作，情词愤惋韵铿锵。子建《赠白马王》，诗意多愤恨而词气缠绵，论诗者俱推为绝作。

文学刘公不及曹，七子以公干为殿称名者，每谓曹刘实不及子建也。讵如嵇阮并诗豪。咏怀错落凤何古，幽愤苍凉格自高。步兵《咏怀十七首》中散《幽愤》一篇，俱不失风雅遗意。风雅沦亡孰继声，诗专言志独渊明。淡中有味堪寻绎，和者应多不尽情。东坡有和陶诗。

好结江山未了缘，探奇揽胜数临川。庐陵墓下工摹写，三谢应教独占先。时惠连、兀晖与灵运有三谢之名，而灵运为最也。

擅长江左鲍参军，拟古渊怀自出群。天使雄姿开俊逸，几曾声病自纷纭。明远无休文声病之说。

好古延之学力道，五君著咏寄情幽。非如记室徒增感，冽冽秋风岁暮愁。

江郎杂体费精神，规仿前贤意取醇。淹作杂体三十首，具有品藻源流之意。岂果弘农曾借笔，写来五色最轻匀。

心声心画是诗歌，潘陆以还琢饰多。谁与熟精文选理，何妨去取效东坡。子美教子以《文选》，子瞻则讥《文选》去取之未当。

谢炳贤

字季文，号虎三，镇海人。箎贤弟。诸生。

《蛟川诗系》：先生内行甚修，动履谨饬，无疾言遽色，终日抱一卷坐问渠楼中。教授子弟不预外事，其诗志和音雅，读之可想见其人。

甲子除夕前十日冒寒，至元旦尚未霍然，感而赋此

不到呻吟候，安知健是仙。倚床才数日，染病已经年。顾影人依旧，伤心岁屡迁。影堂晨献馈，强起拜阶前。

雨止用王渔洋韵

槛外千峰秀色侵，尚余滴沥响空林。窗横月影三分白，泉溜苔痕一径深。剧爱花前来鸟语，伫看天上敛云阴。好将新筱扶篱菊，苦雨连番恐不禁。

和侍讲梁山舟先生即事书怀韵即寄贺重宴鹿鸣

忆昔曾经秘阁回，西湖湖畔久低徊。词章旧日红题药，宫锦今朝绿映槐。姓氏尚烦天子记，桂花重为故人开。此间即是元都观，惹得天香去复来。

簇簇旌车一队迎，仙班争说早知名。米家翰墨推门第，苏氏文章擅弟兄。绿蚁重斟传盛事，袭衣再赐荷殊荣。从今屈指青云辈，几个蓬莱白发生。

王堃

字孟简，号芋畕，镇海人。世勋从子。诸生。著有《状元山人诗稿》《半农诗抄》。

《镇海县志》：堃工诗词，善书法，状貌古朴，训徒必勉以"熟读经史，毋沾沾于举业"。学规极严，乡里皆称道之。教谕张振夔尝作《蛟川三老咏》，谓王曰升、刘灿及堃也。

山居杂咏 录四

夙爱青莲诗，两水夹明镜。交池今适然，圆澄互相映。涵濡八功德，兴除万利病。云影与天光，徘徊常见性。
<small>交池明镜</small>

枕溪有故家，乔木如画图。蛟虬作鳞甲，玃猱张髯胡。铜皮铁骨干，风烟长模糊。春来喜迁莺，求友声不孤。
<small>枕溪乔木</small>

千岩包众壑，不息争群流。飞激溅珠玑，喧豗鸣琅球。渠清竟如许，令我思源头。活泼即天机，舍此将焉求。

川流漱玉

隆冬阴冱凝，寒气入山骨。几曲翠微隈，皓洁明余雪。诗思与梅魂，得此益清绝。驴背漫商量，归共围炉说。

寒隈积雪

和韩昌黎石鼓诗

宣王在周号中兴，车攻吉日存诗歌。独于十碣未编入，诗人遗意将云何。当时南征复北伐，内修外攘勤干戈。东都会毕大畋猎，纪功伐石相砻磨。唯鲔唯鲤贯以柳，或群或罹于罗。流汧汧也水浮涌，岐之阳矣山巍峨。左右燕乐文武备，实维吉甫为保阿。王曰咨汝记其事，落笔严毅神鬼呵。篇终穆如清风发，陈之肆好词无讹。更命史籀书上石，篆画生动皆蚪蝌。藏置泮水辟雍内，规制奂数逢逢鼍。珍重不啻苔华璧，宝贵直似珊瑚柯。秦人蔑古弗爱惜，瓦砾弃掷同敝梭。典坟竹帛几烟销，独与漆经留委蛇。蔓埜荒凉夜将半，往往涕泣闻羲娥。皇天加意为被濯，风露雨雪俾滂沱。倘经宣圣亲笔削，声登明堂当更和。岂特钟卫羲献辈，李斯程邈均殊科。崆峒光碑赝刻耳，三代法物宜无多。忍心金石鞠茂草，秋风一例伤铜驼。迩来理没已千载，纷纷肉眼谁相过。土花斑藓久剥蚀，粗砂大石尝砥磋。何当剡剔表而出，皜皜洗濯江汉波。况今天子重儒术，咸遵王路无偏颇。辇来嵌置石经侧，铸金填刻遑愁他。苍崖博雅且莫辨，僵走俗学徒婹阿。隐摸响搨巷填塞。不辞一日三摩娑，回忆偃卧陈仓野。无人吊古为吟哦，一字宁止值一缣。安肯区区换笼鹅，外孙蘁臼固其分。加杵于腹剀则那，吁嗟物知希方贵。亦与人事同辙轲。大美时久有

谢炳贤　王堃

必合，从此不废流江河。所虑世远浸漫漶，恐令好古之士心蹉跎。

张渭

字载璜，镇海人。诸生。著有《钓溪吟》。

登候涛山观海

独上丹梯壮志存，秋深海阔接蛟门。风悲铁笛银涛起，地涌金鳌雪浪奔。势激千军沉日月，声驱万马撼乾坤。楼头极目茫无际，相对何人不断魂。

论国朝人诗仿遗山体

百年鸣盛共争奇，端借渔洋作总持。谁道风华空格调，红楼唱遍冶春词。

长庆风流自古传，梅村才调掩前贤。永和词与青门曲，一代沧桑感逝川。

南施北宋世称双，俯首词坛气尽降。我爱愚山词委婉，一舟摇梦过春江。

考研经义力穷经，博雅文章出性灵。浙派何人称嗣响，怀清堂与曝书亭。

迦陵骈俪羡多才，水绘园中首席推。不是千金怜敝帚，铜弦余响盛唐来。

放怀诗酒最清狂，秋谷谈龙句有芒。底事皈心诗弟子，渔洋不服服莲洋。

雄才十字著娄东，岂借推敲字句工。不道崔王两名士，苦吟黄叶数声中。

无穷才思出清新，诗到他山信绝伦。苏陆瓣香竞尸祝，如公方是嗣音人。

曹伟皆

字莪屺,号澹斋,定海人。官陕西盩厔典史。著有《三瓮老人诗集》。

《定海厅志》:伟皆刻志于学,博涉文史,蹭蹬场屋几三十年,援例入仕。任陕西盩厔县尉,居官廿余载,廉隅自饬。喜吟咏,所交皆名士。唐白居易尝尉其地,伟皆访其遗迹,得双松别墅故址,重新之,盖以自况也。尝捧檄至嘉峪关外。有《西行杂诗》,于边疆风土人情历历如绘以。道光十一年卒于官。囊橐萧然,诸交友厚赙之,始得归榇。

张忠烈公遗砚

忆过瓮天居,读公闻笛诗。同乡范莪亭孝廉藏有公《闻笛诗》扇。秋江寒月落,慷慨扰忧思。宫井水已湮,雪交亭久敧。宫井,鲁王陈妃殉难处;雪交亭,明大学士张肯堂先生殉难处,俱在吾邑。唯公激豪帅,海上犹连师。溯江越金陵,传檄到彭蠡。一旦失所援,倾厦无人支。国步已云蹙,臣节无可辞。当时事戎旅,何暇文字为。被逮系钱唐,挥濡几忘疲。聊以寄素志,非欲求人知。要其独到处,神采纷腾飞。布囊富篇什,一炬稀留遗。公在钱塘狱时,有求诗者,大吏不禁,稿贮布囊中,为狱座所焚,同乡万充宗诸前辈拾其余烬,钮玉樵《觚賸》中录五首。后辈得遗迹,一字犹钟彝。讵意一片石,流传天之涯。旧纹逾拆裂,磊落存铭词。购求竟入手,如接公光仪。惭予愚且贱,何足付畀之。顾惟景仰心,忠魂或凭依。遂令扇与砚,均为同里私。珍藏返句甬,璧合光交辉。

读借树山房诗题辞

人生得好诗,亦关命宫福。踞蹐辕下驹,敢同骐骥逐。忆昔垂髫初,与君共研读。盛气互摩垒,词坛各树纛。别来十余载，深愧荒于学。吹竽多涩声，抽丝不满幅。豢牢杂鱼虾，群盲指马鹿。一笑瓮中闻，轻看瓴头覆。维时君在都，诗卷早盈簏。朝与骚人游，暮偕词客宿。饮醇骨已醉，何止丰肌肉。北风吹麻衣，游子还乡速。示我古锦囊，光怪纷眩目。如采珠林珠，如探玉海玉。振以彩凤彩，照以烛龙烛。翁山一代诗，竟为君所独。因思旷古才，亦须良友告。未闻竹箭美，可不羽而镞。君看蝇头评，历历写心曲。各下脑后针，岂谋道旁筑。想见退朝时，群贤集金谷。论文尊酒间，精严如折狱。嗟我甬句东，众响竞繁缛。杲堂没已久，大雅谁嗣续。老死海岛中，骨朽犹应俗。何时识张邵，_{谓船山检讨、寿民舍人。}执鞭愿为仆。

夏孝女歌

乌鲗乘风翻浊浪，墨花喷起漫天障。精卫衔石填沧海，冤魂化厉都人骇。夏家孝女弱如柳，生长深闺保母手。一旦惨遭杀父仇，满腔热血冲牛斗。仇者何人邑明府，深文罗织囚其父。千金营脱冤难直，仰药绝吭死独苦。孝女投颡诉上台，上台感动缇骑来。斡旋虽具回天力，釜底薪然终不灰。疟鬼频侵孝女疴，参苓助虐不容痊。可怜赍恨悠悠没，官厚酬医吏役欢。缇萦获免曹娥逝，生死俱能遂素志。孝女之仇斯已矣，夜台空咽凄惶泪。横逆无端外海民，武臣波及逮文臣。_{外洋渔户争夺网地，营员得贿，以兵助之，杀多人，令未具报，严旨逮问。}自知对簿轻疑罪，岂意贞魂目怒瞋。窗影憧憧鬼聚哭，阴风淅淅灯光绿。田蚡被击伏床头，子玉虽骄缢荒谷。吁嗟乎，披伤犬据祟为虐，豕立人啼履被攫。青史垂言昭炯戒，黄金何日餍贪壑。

登双髻尖山

两峰突兀东海东，拔地千丈青芙蓉。远望穹窿不可即，四时云雾长蒙蒙。无端樵子神其说，上有棋枰苍藓封。同人鼓兴决疑信，结束芒屦扶修筇。后先络绎踵相接，松针刺面云摩胸。攀藤扪石造其顶，众山蜿蜒如游龙。一峰特立一峰偶，石梁高架横长虹。细草茸茸塞石罅，搜寻何处留仙踪。呜呼！秦皇汉帝迷不悟，求方采药波涛中。金塘即是蓬莱岛，桃花谁见安斯翁。唯有居民各食力，耕田渔海安愚蠢。此峰葱郁映窗户，甘将诳语欺双瞳。无怪文成与五利，神奇炫惑甘泉宫。耳食不如眼亲见，大千世界多梦梦。振衣长啸落林木，鬓丝拂拂吹大风。耳目清空万虑寂，仙人或与吾辈同。

龙堂岭

倚闾知望切，久雨卜晴难。云没高低岫，泉鸣上下滩。马蹄惊藓滑，人语隔溪残。六月生秋意，迎风细葛单。

黄杨尖山

黄杨尖山白云浓，谷雨茶芽细似松。村女蹋歌莲步稳，负筐直到最高峰。

海艳

波平风静火光明，海艳齐来傍火行。若共冬瓜同煮食，清于坡老鳖裙羹。

蟳蚌

孤岛危峰瘦有棱，巨蟳餐石穴崚嶒。夜深双炬明岩下，道是浮波蟹眼灯。

萧光第

字振声，号东圃，鄞人。诸生。著有《东圃诗抄》九卷。

徐悔庐先生序东圃诗抄略：东圃与余为总角交，至老相从不厌。殁后，其子启绪编所遗诗稿，余为厘正其前后，而删定之为九卷，得诗二百数十篇，君之神情意态可于是见，即余与君往复频仍之迹，亦略具其中云。

山海歌

山苍苍，海茫茫，山海一气流青光。山外孤根远奇绝，双峰屹立天中央。望海楼远视有两峰相峙，相传谓霍山。长空飞鸟万里没，坐见波浪恣汪洋。尝闻怒涛千丈高，怪蛟骇犀纷腾逃。群灵时吐万蜃气，一痕未没三山椒。是时欲问神仙事，富贵于我如鸿毛。适来晴霁潮初止，波淡天青如罗绮。甬江遥遥入海流，云水相映清且美。人生苦局束，曷不快心长到此。击我剑，听君歌，有酒不饮当奈何。望海楼中人嘈杂，仙人台上云嵯峨。秦皇汉武伤怀抱，徐市卢生尽荒草。只今徒为后人嗤，贪心空笑彭祖夭。人生适意无多时，朱颜能得几时好。欲弃妻子问丹砂，何处枕中有鸿宝。

萤火用杜少陵韵

吾惜此虫小，秋来东圃飞。临窗初见焰，近客不烧衣。月隐光偏露，风来影渐微。飘飘无定处，仍向短篱归。

光溪怀古

句章故邑本山居，岩叠村庄水映虚。前代衣冠成废冢，旧家烟灶此遗墟。大音别有端公业，徐侍御大音庵。高尚仍传秘监庐。贺公高尚宅。十里溪光明一鉴，扁舟舍此更焉如。

董名问

字于菀，号迁樵，鄞人。澄川子。诸生。

《鄞县志》：名问少孤事母，性狷介，侍郎邵洪重其学，延课子弟，卒以避色辞去。尝曰："士必砥砺名节，而后文章，乃可观，教后进，先以持身。"其于经学不为空谈，所校古籍尤精审。遭官府罗织系狱，日穷《周易》，与同系徐锡尧在隶舍唱和赋诗，为《一笑集》。

咏史

我怀汉张俭，名列钩党中。厨及相先后，天下想英风。所过竞荫覆，株连遂无穷。何不挺身出，慷慨膺滂同。脱逃固失计，索获竟何功。士气一以屈，人亡国亦空。

次韵悔庐凌水轩

人生磊落天地轩，兹独胡为罹奇冤。凌水卑栖臭秽繁，扰扰隶卒同朝昏。高低只看手覆翻，狂噬不异犬狺奔。扃鐍深严牢闭门，使我颓翻如鸥蹲。相对幸有同道存，袭芳慰藉贻荃荪。顾唯夕膳与晨餐，泪涔何处招乡魂。倦极倚倒鼻息喧，攒肌苦遭虮虱屯。我思此厄声暗吞，嗟哉祸始蝇集樊。终不肯将逝舌扪，东林党锢且勿论。仰视白日光浑浑，孑身妄希薄俗敦。精诚何由感九阍，徒令望天先戴盆。

愁中读悔庐山中元日谷日雨二作因次其韵

高山余响在，绝世叹知音。元日诗空好，幽人志独深。醇风追自昔，薄俗甚于今。只有梅堪对，悠悠天地心。

山居一夕雨，残梦断疏钟。瑟瑟寒生竹，萧萧响入松。投林惊宿鸟，聚笠见春农。但得追幽趣，何嫌世莫容。

董史

字明镜，号渐斋，鄞人。著有《渐斋诗抄》三卷。

《鄞县志》：史少孤，好读书，见有善本，必购蓄之，构一斗室昕夕坐拥，邻里罕见其面。与徐锡尧、范渠友善，有月湖三子之目。

秋声篇

怒风卷地百兽窜,翕张怪变沙石乱。咄哉此声人悲惋,唯我堆阜峥嵘之抑塞,借作万里震惊之长叹,气焰腾腾热可炙。我一见之猛辟易,门外凄清人迹扫,啸傲徒有孤寒客。如荼如火千万篇,开卷未了辄思眠。苦心唯诵悲凉词,风霜飒飒入心脾。清夜歌啸彻荒遐,哀音激越鸣悲笳。岂其独得天地之金气,直使扫灭人间炎热沸。不然天公何必虚生肮脏骨,空令商声耿耿长歔欷。

秋园

摇落小园晚,频来亦解忧。入门藤挂屋,过雨水鸣秋。池畔蓼花映,墙阴竹树稠。白云无定迹,物外自悠悠。

遣怀

斜倚不成眠,凝情自黯然。故人梁上月,来日雾中天。徒抱荆山石,谁听海水弦。只应随野老,杖策寄林泉。

即事

天晴秋色高,风叶萧萧落。闲来扫竹径,露出小山脚。

王鎤

字笠浦,鄞人。

和袁陶轩观稼楼原韵 录二

读书楼上忆声喧,为觅鸿泥可尚存。搦管曾涂鸦在壁,开窗仍指塔当门。<small>南窗遥对城中天封塔。</small>莲抽旧盎宁无蒂,<small>昔盆莲有华萼之瑞。</small>竹傍新墙且见孙。三世过从吾艾矣,北堂俱有未酬恩。

喜君不似孟郊寒，清丽文章近若干。艺苑能穷千里远，蜗庐已拥百城宽。平添古巷深深柳，胜坐萧斋馥馥兰。寄语奉高才倚马，栖迟宁竟永言欢。

题范莪亭瓮天居集禊帖字次倪韭山韵

浪迹随群喻水流，倦哉怀感日清幽。予因客游别瓮天居忽四易寒暑矣。室因觞咏欣今抱，乐在山林契昔修。自少能文况至老，当春集类每同游。静言斯盛时形月，骋足长天岂有由。

放观尝极古今间，情托无怀向所贤。悼内之文相次作，临觞有感暂为迁。亭阴茂竹娱清听，坐曲崇兰引大年。化宇一齐寄管揽，和风终日趣丝弦。

林希周

字绎濂，号亦莲，慈溪人。汝霖子。候选按察使经历。著有《小憩轩诗文残稿》二卷。

林颐山撰《行述略》：大父性冲淡，以贫窭自安，喜作诗，兼工骈俪文。

自题江村长夏图

天涯萍梗意何如，忆得江乡可结庐。画纸几曾邀橘叟，敲针未解羡渊鱼。成亏有数聊随分，物我忘怀愿卜居。一卷黄庭何处写，桑榆岁月黑甜余。

张廷辉

字丹华，号萼楼，慈溪人。诸生。有集。

《慈溪县志》：廷辉有《萼楼诗文集》，又有《骈文抄》

《生日倡和诗》各一卷,柯振岳称其人倜傥负奇气。肄业成均,与福松岩将军以诗相契合,文集中有《侠和尚》《张笑》二传超拔善,《自状诗》则松岩将军为序之。

柯讷斋过访偶成

今日相逢又一年,何妨杯酒话从前。西窗有烛频频剪,东阁题诗字字妍。白首几人留我辈,青云无路望群仙。旷怀莫计穷通事,愿与先生高枕眠。

题徐秋生诗稿

珊珊仙骨尽崚嶒,快读新诗字有棱。题史常怀千古恨,言情可惬百千朋。剧怜山水呼知己,尤爱支那伴老僧。我愿吟坛依顿教,禅宗君可是南能。

袁奎

字炯章,又字星五,号茗庄,慈溪人。诸生。著有《东湖草》二卷、《续草》一卷、《是亦诗稿》二卷。

《溪上诗辑》:茗庄天性笃厚,尝重葺远祖正献公墓,又修《家乘》,诚于事亲,生平孝思惓惓,屡见于诗。

牡丹歌

诗老春来诗兴多,花前不醉奈花何。我今不作清平调,醉为名葩发浩歌。姚魏本是唐虞裔,易黄配紫非无例。可享荣华万八千,皇王贵胄诚勿替。用夏英公"牡丹传意"。位置应在天阶布,何年谪下瑶台路。桃李争欲斗芬芳,独立亭亭殿春暮。芍药只堪为近侍,芙蕖未荷东皇意。千红万紫笑春风,让此宁止一头地。忆昔武后诏游苑,群卉齐放君独缓。抗节从兹贬洛阳,洛阳声价增无算。劲骨刚心人不识,议者纷纷不一说。桑叶柔作丝,枣花小成实。谁知品格本天成,世俗由他磨而折。此花余事数色香,富贵二字安足偿。春芳岂曰少绚烂,千载独号百花王。

万缘庵 有序

查《新桥谱·正献公墓碑》杨慈湖撰。载,有离坟若干步坟庄一所,曰种德庵,今四处皆荒芜,唯旁岭有万缘庵,尚存败瓦数椽,即庵之旧址,然其名不知何时易也。

荒庄无处觅,庵有万缘称。按谱名虽异,题碑记可凭。败垣留有竹,冷院欲无僧。坐听山人语,沧桑感不胜。

车厩寨基坪怀古时 三月十五日观社会

着意寻春到上层,厩山顶上数弓平。进香士女今成市,尝胆英雄昔驻营。金鼓临江声震荡,旌旗蔽野势纵横。依然君子六千在,结社年年戏甲兵。

冯鉴

字秋辉,号半塘,慈溪人。官山西介休知县。著有《雪香园诗稿》。

偕友人有访不遇

曲曲阑干傍水边,葡萄一架绿珠悬。苍苔满地无人迹,月照花墙影可怜。

鸜鹆秋树图

金眸铁帻慧心多,日暖梳翎老树柯。百啭黄鹂难效汝,呼名还自叫哥哥。

题白梅 录一

小窗乘兴画槎丫,不点胭脂点雪葩。莫道情偏怜朴素,怕人误认作桃花。

叶欣

字晴圃,慈溪人。官湖北崇阳县丞。著有《晚香堂诗集》。

苏壶轩以七日后一日诗见寄勉步原韵

残梦依稀十二楼,归途泪洒浪花浮。昨宵缱绻情何限,今夜凄清恨转悠。分手自兹歌别鹤,痴心竟欲诉眠鸥。微云淡淡新凉夜,回首银河水自流。

自题松菊图小照

忆别乡关已十年,故园松菊尚依然。生平游历半天下,卅载心期向日边。作吏只余风满袖,吟诗多趁月当筵。庐山我自存真面,谱入渊明归隐篇。

九日旅怀

秋雨蒙蒙夜复晨,西风送雁楚江滨。清衙坐对浑无事,欲采茱萸赠故人。

冯增

字映川,号啬庵,慈溪人。炳子。诸生。著有《煮梦轩诗草》一卷。

《溪上诗辑》:啬庵先生治古文辞,尤工时艺,其诗则练格练词,清深隽永。貌甚寝,性孤峭,故人无知之者。

寻黄香墓

冬来风日佳,聊可闲余步。缅怀古贤哲,无双幼驰誉。宅里不可问,流传有遗墓。言寻峒山下,封域俨如故。迢迢二千载,精灵自呵护。虽微禁樵采,终不穴狐兔。异花发文英,墓上时生异花。乔木存雅度。如何汤司马,勒碑献疑句。碑文有墓非一处语。古庙今有无,更访城南去。《广舆记》:"黄香庙在德安府城南"。

题吴五思嗜图兼以留别自叙云:"予三岁怙恃并失,闻先君最嗜鳜鱼"

吴君示我图一幅,手挈长鱼望茅屋。似从市买不论钱,归付中厨作鲙斫。心得所好口常笑,胡为其容乃有戚。见说先公嗜此鱼,阿母亲为调盐豉。三岁孤儿在抱中,当时想亦曾沾味。祭墓椎牛事总违,鸡豚逮存况更非。奉尝而进遵先好,樽俎空陈泪满衣。聊为此图以志痛,名为思嗜烦留题。我时欲行归敝庐,家祭不亲十载余。感君孝思急首路,卷还作别城南隅。经过西塞山前泊,还为殷勤寄鳜鱼。

何瑞庭焕绪**招集赏菊,次汪耕绿**高传**韵兼呈姚秋泚**承宪**、赵秋舲**庆禧

酒杯吸尽霜月白,醉卧不识谁家宅。荒鸡一鸣众皆应,吴歈越吟杂楚客。余先成诗,诸君皆和予诗。汪家公子正年少,闭门墨坐秋堂夕。独弦高张弹古调,要使筝琶尽回席。诗成示我愧穅前,舞罢向人嫌袖窄。敢轻姚泜上水船,还爱光逢玉界尺。人生会合苦难得,况复风流更增剧。西斋晚菊正烂漫,花影人影相凌籍。我衰只合赋老饕,苦忆草泥行郭索,明当相期挈一樽。笑向何郎申诺责。瑞庭曾许惠蟹。

钓台

光武方龙战,先生独退耕。自无经世意,岂有市高情。盘石偶垂钓,高台空复名。谁知谢皋羽,曾此泪纵横。

冯鉴 叶欣 冯增

闻王赞堂之严州却寄

潇洒名城古睦州，风光宜夏亦宜秋。千家画阁依山静，百丈清溪绕郭流。野色渐浓乌桕树，靓妆多在木兰舟。知君兄弟同吟赏，好寄新诗慰别愁。

次韵秦蒙初同登管山亭

凭栏极望酒初消，近郭风光晚沉寥。落日寒潮孤艇急，断云归鸟片时遥。芳洲杜若含烟长，古庙魑魅啸月骄。与尔悲歌重徙倚，松林一路响萧萧

秋夜有怀

经案绳床四壁空，井梧飘尽夜堂风。愁生蟋蟀青灯里，梦远蒹葭白露中。脂粉习消诗有力，烟霞趣少酒无功。我怀何处堪陶写，寂寞羊求不可同。

九日同刘竹泉怀谷登鸡鸣山罗昭谏读书处

兴剧登高爱客俱，出城三里纵眸初。云山修态宜佳节，文藻关心吊旧庐。远树乱红霜信早，遥天一白雁行疏。从知自古悲秋意，会有新诗独起予。

陈广霞

字星蔚，号绮亭，镇海人。贡生。

题唐企园碧梧消暑图

桐荫纳秋霭，花茜驻春姿。琼阑缭而曲，石筑山之坻。中有幽人居，趺坐当萝帷。齐纨静不御，一任熏风披。更有文坛老将发墨匣，濡染淋漓辉照册。喷味斫玉光莹莹，仿佛照见君颜色。愧余梦里身，百年半讲席。劳劳无遁踪，

常似夏云热。企园主人何仙仙，尘氛不滓意翛然。尺幅世界藏洞天，绿阴绕室红压肩。花花叶叶罗清妍，幽香馥郁开心田。

谢升贤

字重光，镇海人。诸生。

九日

斗室风过得异香，卷帘贪看菊花黄。登高懒作悲秋赋，望远时吟陟屺章。为插茱萸怡令节，独怜鱼雁滞家乡。几时遂我闲闲志，免却穷途效阮狂。

谢奎贤

字南宫，镇海人。贡生。

《蛟川诗系》：先生诗宗三十六体，间或得孟韦冲澹之旨，如"水榭风凉翻菡萏，云屏春暖护鸳鸯。蛟门两辟通帆路，笋阁孤悬对蝶楼"，皆隽句也。

自定海归舟中偶得

南风送我来，北风催我去。津鼓三五声，轻帆逐鸿鹜。捩舵夺隘行，风势助潮势。回看一角锁山城，夕气蒙蒙罩烟树。

蛟门作南屏，螺门为北障。南北两重门，遥遥势相抗。中流划以横水洋，遂使镇定分殊疆。鲸鲵余孽荡除尽，丽日浮澜发镜光。

范懋树

字玉阶，号人圃，鄞人。懋裕弟。诸生。

赠耐轩兄

大器成原晚，何须计早迟。枌榆先秀日，松柏后凋期。敢恃文心细，还求诗病医。瑶篇惭报答，且劝饮清卮。

和袁陶轩观稼楼原韵

十丈红尘隔一城，故庐重葺费经营。和陶轩小新题句，观稼楼高旧署名。载石归来传陆绩，著书老去忆虞卿。稻香取义应同此，<small>小斋名稻香书屋</small>。怅触无端动远情。

春风邀我坐其中，闲看花开浅淡红。拈韵推敲尊畏友，论文笔削仗良工。一湾之水居相隔，如罫方田路恰通。堂构当年心事在，至今无异楚归弓。

地居爽垲绝尘喧，况是诗书世泽存。瓮有一天容我宅，<small>家书室近颜"瓮天"二字</small>。庄遗五柳傍公门，<small>谓柳庄先生</small>。听莺迁树频求友，种竹过墙可抱孙。更羡从来多傲骨，客游不受信陵恩。

愧我偏同范叔寒，岂因不稼置河干。推袁故以文名重，学杜还期广厦宽。客结羊求须辟径，性耽风雅且纫兰。落成却值春将暮，曲水流觞合共欢。

黄式金

字在镕，鄞人。诸生。

冬雪十二咏 <small>录三</small>

待雪

漠漠寒阴遍九陔，枝头会见玉花开。安排樽酒须斟酌，搜索诗题付剪裁。闲倚石栏频眺望，独拈梅蕊更低回。浑忘彻骨寒威重，拟学东坡咏北台。

听雪

黄昏万籁倏无声,淅淅窗前堕玉轻。掩卷寂如僧已定,拥衾寒觉梦难成。冰生残漏旋停响,风紧荒鸡噤不鸣。待晓试从帘外看,可曾堆积到轩楹。

积雪

撩乱空花眼际明,不忘色相独关情。糁成玉树惊梅放,飞到珠帘认蝶轻。谁解登高穷远目,自知久立仗余醒。撒盐飘絮因陈语,捻断吟须已几茎。

黄式鳣

字兆三,号樵山,鄞人。定杓子。诸生。

借菊泉叔园地种蔬

借得门前地数弓,编篱学圃兴匆匆。分秧辨种资邻叟,锄雨犁云愧野翁。一片化机朝雾里,满畦生意夕阳中。闲来日涉真成趣,绿嫩香清点缀工。

董景濂

字希周,号镜溪,慈溪人。诸生。

冯乘六师远宦初归,谒见志喜

一官远别十年心,相见终逾慰好音。白发故园欣侍杖,青灯小阁忆高吟。归来皓月盈双袖,老去新篇伴素琴。我亦久辞湖上棹,家山长此乐花阴。

董肇铭

字殷盘,号洁斋,慈溪人。诸生。

秋日喜友人见访

秋色在谁家，萧斋日未斜。断垣侵柿叶，幽径落藤花。何处愁堪寄，逢君兴独赊。佳篇吟未了，江上散晴霞。

闲居

寂寞萧斋春昼长，奇书读罢倒壶觞。瓶花偶为敲棋落，池水常因洗砚香。兴至闭门摹定武，倦来高枕傲羲皇。优游谢绝人间事，朝戏文园暮醉乡。

董肇登

字岸临，号愚溪，慈溪人。诸生。

竺峰寺

古寺竹林深，幽栖负碧岑。云开孤磬寂，花落半窗阴。有客离尘鞅，忘机惬道心。一闻流水调，情寄伯牙琴。

白燕

旧家门巷属乌衣，换却新妆是也非。为见梨花藏不见，因贪明月逐忘归。题笺只合随元社，顾影翻疑落素晖。不信年年风雨节，春深犹带雪痕飞。

董肇竞

字绍丰，号苄庵，慈溪人。诸生。著有《睡余诗抄》。

夏日晚霁

蛛网含残雨，虹桥对落晖。烟从平野起，鸟逐乱云归。暑退闲葵扇，凉生透葛衣。渐闻村树里，断续暮蝉稀。

秋夜

风度流萤点点轻,碧天如洗夜空明。窗纱影透金波丽,庭树光浮玉露清。病久无方驱竖子,悲来有句赋秋声。检书漏尽浑忘倦,销得寒斋二尺檠。

谢宋贤

字懋濂,镇海人。诸生。

题唐企园碧梧消暑图小照 录二

荷芰亭开小院东,何如秋色老梧桐。科头抱膝斜阳外,疏影还看挂碧栊。

井梧高耸倚危楼,长日风清暑亦秋。静对绿阴歌白雪,凉生庭院自夷犹。

谢浙贤

字屋舟,一字宗海,镇海人。诸生。

题郑小樵梅花册子 录二

罗浮仙子是前身,世与梅花缔好姻。犹恐春归暂离别,寒香影里且传真。

一树梅花一样姿,瘠肥繁简总相宜。画家门户从兹别,妙手偏能各擅奇。

谢辅锦

字昼堂,镇海人。箎贤从子。诸生。
《蛟川诗系》:先生树品纯洁,动不越闲,侪辈交重之。

余六岁入塾,从先生授《孝经》《论语》,督课之暇,即教之周旋应对之法,或敲立斜坐辄正,厉切责之。近日蒙师,鲜有讲求及此者矣。

九日梓山小集和姚松生韵

如犟山阁出城高,猎猎西风振我袍。人比仙游骖鹤鹿,眼看世事幻云涛。星椒昔社联群骥,霜菊今时斗巨螯。弓冶未能绵旧业,敢将酒户竞雄豪。

读书偶感 录一

养性先求理障开,此中游刃自恢恢。好风良月随时有,谁肯潜心领略来。

谢辅诚

字蒓斋,镇海人。诸生。
《蛟川诗系》:先生弱冠后即刻意为诗,业未垂成,遽遭病折,故传什无多。

拟班婕妤怨歌行

兰生幽谷中,独立无相亲。晞阳分余辉,芳菲袭路人。清芬常可得,希光非一身。曦轮易故辙,忽与萧艾邻。蕙纕既余替,揽茝愿复申。

月湖十洲 录五

烟雨一天绿,春归第几桥。渔翁贯鱼卖,折尽最长条。
柳汀

此中有高人,僵卧不知处。若作访戴游,乘兴自来去。
雪汀

陶令不可作,黄花千古愁。孤芳自欣赏,合处水中流。

菊花洲

结庐居其间,饱看翠如滴。五更风雨来,涛声起相觅。

松岛

偶从屿上行,莫辨屿边路。翻疑双鹭栖,晴雪点春树。

烟屿

裘椿

字大年,号晚园,慈溪人。著有《北游草》《南橚草》。

清明过荪湖

火禁新开候,蒙蒙细雨天。菜花黄接壤,芳草绿连阡。地僻松围塔,山寒柳锁烟。行逢湖近处,遥见墓㿄偻。

俞宗翰

字鄂青,奉化人。诸生。

题戴毅直公显忠祠

国步艰难天降诛,生平志学见须臾。殿前效死完簪笏,海内冤声泣鼎炉。慷慨成仁儒者事,凄凉遗恨貎诸孤。我今何处瞻华表,月冷高青树色枯。

五十自叹

青灯黄卷拥愁城,伏处三橼了半生。望子台空时饮恨,吹埙人去杳无声。百年绰楔怀先德,万里轻装怯远行。时拟赴北闱。五十时光如是易,欲从翁子问前程。

四明清诗略卷十七终

四明清诗略卷十八

鄞 董沛 孟如 辑

童槐

字晋三,一字树眉,号萼君,鄞人。嘉庆乙丑进士。官至通政司副使。著有《今白华堂集》六十卷。

《鄞县志》:槐生而岐嶷,及长,名誉日噪。学使阮元重其才招入幕中,以优行贡成均,既释褐,授主事,分工部。寻考取军机章京第一,入直枢垣内廷供奉,文字多出其手。

改户部主事,由员外郎升郎中。嘉庆十八年,天理教匪起,逮捕者众,槐日赴刑部,会鞫独得要领。及贼犯禁城,调兵入卫,内外隔绝,糇粮莫供,槐请于兼顺天府尹刘镮之具熟食,呼门馈饷,军心大欢。时留京大臣勒保病不能入朝,要槐至私邸问计,并属疏陈五事,得旨俞允,皆槐策也。寻授陕西道监察御史,出为甘肃兰州道。丁内艰,服阕,授山东兖沂曹济道,之官二年,险工平稳,报销银减于旧五十万。升江西按察使。调山东,东臬称剧,任积牒如山,复以京控者多特旨专交审讯,槐设局清厘,寝食俱废,在任一年结旧案千余件,释无辜千三百余人,结新案千八百件。调湖北,未履任,改通政司副使,因事左迁捐郎中。引疾归里,卒年八十五。

槐早官秘省,熟谙典章,工书善射,能画山水人物,先后掌教月湖、慈湖书院及陕西之关中、江西之鹅湖、广东之学海堂,与生徒讲解无倦。家居三十年,地方吏遇大事，必以相谘云。

董沛曰：先生久官都下，为诸公卿作进呈文字，沉博绝丽，足与邵南江抗行，视彭纪诸公以宋四六为根柢者，殆有过之，诗亦大处落墨，不涉庸音。

秋夜感怀

江湖秋已深，河汉浩无畔。愁来似水流，抽刀不可断。中庭萤火繁，推枕起夜半。去日良苦多，披书再三叹。

书生玩中岁，慕荣妨诵读。霜声一夕起，凋尽鬓痕绿。穷达有定分，何劳问隍鹿。浩浩越海风，荡我愁万斛。

瀛台晓直观冰嬉

橐笔趋金鳌，寒空引遐瞩。华岛影削琼，仙壶光莹玉。明镜俯玻璃，阴羽辨林麓。至人方披章，行殿犹秉烛。冰上渐有人，堤外已立鹄。半晌开神山，万景荡晴旭。剑佩各在腰，旌旆纷满目。选军伴凌波，凌波军于五日竞渡夺标，见《南唐书》。打标仿拍鞠。任不失履綦，气先劲装束。脂辖豨膏分，蹈铁马踠蹙。队着冰鞋，木底如高屐，无齿，似曾加膏油者。星津动华舣，月地转黄屋。腾空下彩球，导前扬大纛。放溜百道冲，夺锦一心欲。踵合黏脂胶。人各并两足，不开步。胫挺植竿木。怂势掤弓危，高居运轮速。横着韩果翅，直奋楼季足。影瞥下濑帆，机迅离弦镞。奔星带响流，长风恣意扑。吉莫靴竞移，贵由赤快行也，见《辍耕录》相续。当先一鸟过，尾后六马逐。后者忽见逾，先者反为蹜。一丸跟肘交，两贤性命搏。势迫或失持，影乱或误捉。迷离董偃盘，脱落巢王槊。疴瘵蜩独承，象罔珠竟握。赍邀饼金颁，迹余花缬簇。法驾回蒿宫，侍臣缅兰澳。清光江海凝，材勇禁厢蓄。昆池习战烦，凌桥渡兵促。何如际承平，讲武武不黩。归去吟兴赊，天花散滕六。

董槐

金烈妇诗

烈妇所适非人,遭诬,自沉以明志,乡人哀之。

薄命妾,不足与同室。薄幸郎,不足与同穴。毁郎身家不足毁妾名与节。妾年待字动邻里,阿爷选婿得荡子。媒来通词,谓婿悦女美,女颜秾华心白水。入门充君房,劝作妖冶妆。房中何所有,七宝象牙床。床上何所设,罗帐垂香囊。狎客醉逐春风狂,女颜怒发赤,纷纷客走匿。客贷缗,无已时,郎爱狎,愿倾赀,但言莫教新妇知。新妇知,戒勿为,郎家门户阿谁守?外宿亲串内新妇。瓜田李下,狎客借口。郎归夜半,门外聚狗,屠刀光如雪,只待郎一呼。郎不得闲空嗟吁。女家有髯奴,少小被提抱。披衣晓起郎一笑,决计诬奴出奇巧。妾身误聪明,识字十二三。手钳纸尾试妾书,不知郎心,有若虿尾,毒意潜包含。间日一两字,丛残那相属。郎本信口授,妾本信手录。逾时展纸竟可读。上云"髯奴无礼卑乱尊",下云"甘作弃妇还家门"。肩舆门前来,郎词何宛转。爷娘在床褥,急去且缓返。爷娘喜女归,唤妹具餐饭。姊妹七八人,谁道是相遭。誓书仓猝童仆投,举家失色,女如鲠在喉。女戞申申詈,狎客闻之笑不休。女谓阿父,岂无官府?两造具备,维婿与女。官府神明知妾心,手提判笔何沉吟。官府知郎能挥金,千金为寿恣尔婿。此时家赀狎客睨,既速我讼穿我墉。翻云覆雨安可穷,闺房又见新人充。旧人飘瞥同飞蓬,阿父再诉官诘窘。大言满堂阿兄愤,官羞变怒相嘲哂。妾家姊妹节凛凛,为妾何堪扫地尽。候涛山,插惊涛,登山一跃,爷娘兄弟姊妹俱号咷,官府狎客舌为挢。郎亦颈缩,亟携新人逃。嗟哉精卫讵尔若,抱恨身填海一勺。沉冤洗尽海应涸,留妾香尸镇蛟鳄。香坟无尸魂所托,日走诗人荐清酌。倾城妇女泪珠落,此恨无可雪,此烈可无纪。烈妇繄何人，玉容姓金氏，明经之女父曰渭。

题经义考后

国朝经学汇渊海，四大布衣称儒宗。竹垞著录八万卷，石室金柜资旁通。侍从归来迪后学，潞河南下书连艘。传志存亡了枚数，秋林散帙翻金风。晚年稽粹成此册，义例特创辞牢笼。曰阙曰佚曰未见，书名挂眼皆发蒙。存者讨源必竟委，时或考异毋从同。爵里姓氏篇目后，附案间出偏师攻。卷逾二百信钜典，经定十四尤奇功。惜哉三编仅有录，得非撰述功未终。或云隋书志经籍，各就专说无相蒙。五行时令以类属，经流既导余波通。是书编次极参互，骤觉水乳难交融。序跋备登亦稍冗，鼓臂恨乏裁剪工。从来著述易遭议，此论虽核殊未公。先生意在备文献，不恃老笔凭虚衷。完缺与古更异趣，何由强躐前人踪。垞南垞北吾旧历，一亭想见群书丛。定知后学赖修绠，陈经欲拜梅里翁。

王彦章铁篙歌

豹死留皮，人死留名。名动后世人，往往诬生平。琉璃河，清弥弥。十二连桥映秋水。红栏尽处一柱撑，腾掷黑蛟突青兕。王子明，起寿昌，纵横夹寨谁能当。浮河一日数十战，想舞铁篙如铁枪。虽然公之战功在德胜，赵北燕南相径庭。斗鸡小儿拥此州，谁能超越如虚舟。况度巨铤十围计，植立入云不可企。若非躯干侔防风，纵有傲力难鼓臂。尚勇徒逞荒唐词，公名到今为忠义。何不毁此更铸赵岩辈，跪向郑州铁枪寺。

童槐

芸台师毁海寇兵器，铸岳墓前佞人，诗以志事

我闻贼臣腹剑致人死，今兹潢池盗弄毋乃是。伏莽难

稽草窃诛，铄金那遣奸谀罪。精忠祠墓栖霞山，墓门累累囚群奸。白铁无辜成铸错，还应泪落松楸间。开府旌旗荡鳅穴，爟燧无声白虹灭。残骸已散鳖令魂，断铁犹腥人鲊血。洪炉一气如转轮，凶器入冶成凶人。庸知若辈逞荼毒，不为贼刃之化身。岳家当日军难撼，江淮转战愁云黪。麻扎方挥酋卤头，戈船早落崔苻胆。鲸鲵剪尽风波平，风波转向亭中生。三字狱成工锻炼，一家奚啻死寇兵。金陀遗恨凭谁补，横海班师酹抔土。银铛跪地空仇人，猛士风云慨今古。呜呼！钱江江底遗镞三千弩，安得更铸此金事忠武。

明天启三年戗金小铁斧歌

斧扆明廷久虚位，熹庙童騃玩神器。九重法物此幺麽，斫罢月宫铿坠地。金花惨淡银花寒，神州寸铁形模残。威械无威大枋小，鼀蜓漫认双龙蟠。款志年庚重回首，阉奴秉笔从辛酉。三年更铸一错成，仗钺刺边任群丑。是时内操方弄兵，气连闽蜀戈铤横。厂卫银铛复肆焰，当空太白摇金精。顽铁无知供操作，满几零星锯椎凿。章奏何来朕已省，宵衣忙煞莲花锷。古来元化穷雕镂，共工以下梧齐侯。岂知巧匠作天子，还令庙社成荒丘。茄花恸哭出宫去，齿发龙函奉神御。运斤妙手一朝空，此时此斧归何处。貂珰伏锧鼎随沦，妖物清时委路尘。从来殷鉴须留取，训著风愆古大臣。

由古北口至两间房途中口占

万峰隐天日已晡，关门匹马争先驱。俦从远隔林峦纡，熊罴虎豹卧塞途。巉岩中辟开奥区，四天暝色低穹庐。烟中草树青模胡，平沙作海涵空虚。灵潮暗挟万怪趋，水光荡白天东隅。群山如龙月如珠，左挈右攫争须臾。一丸倏忽跳云衢，明崖暗谷皆冰壶。寒凄万景砭粟肤，露光和月毛发濡。仰面数星堕白榆，诸籁幽阒石窍嘘。偶落咳唾千声俱，山山对面相叫呼。精灵游戏来清都，道旁老魅如揶揄。青林狐火出朽株，马蹄踯躅不敢逾。清景怖人怪且呼，驿程旌旆纷火荼。前后万骑中忽孤，愈孤愈胜凭谁摹。大荒山经柏翳图，燕云回首一梦蘧，此身尚在人境无。

宿临潼驿

新丰酒市黄昏散，少华送人青不断。深更筘鼓动骊山，谁道华清成候馆。是时月黑风骚骚，鼪鼯惊窜荒鸡号。东西绣岭总如墨，但见悬崖树接明星高。移灯廊庑背林樾，折过虚堂掩云幕。似闻池水喷莲花，犹觉衣香袭兰薄。吁嗟乎！马嵬驿与临潼驿，一样教人感哀乐。仆本恨人那遣此，敧枕中宵睡难着。却思全盛开元时，梦魂飞上朝元阁。

秋怀

江湖秋水阔，鸿雁殊未来。帛书何时系，尺素亦悠哉。西风着意凋华发，鸣鴂声催众芳歇。天涯只是梦觚棱，当头夜夜长安月。

九月初一日晚直有纪

清时捍海资鹰扬，孙恩何物能披猖。曾闻养寇掣人肘，一朝投窜天威彰。异哉承恩新节督，冥然不儆前车覆。下手纵横急递章，甘心摧折元戎纛。元戎勇斗常轻生，鲸波万里方孤征。尔曹赪颜避剧贼，转凭赤舌烧长城。一疏两疏足疑怪，帝知尔心有纤芥。三疏四疏恣击搰，帝鉴尔愚被指嗾。捕风捉影四字恭本谕旨。来猜猜，耳闻岂若目见真。按实应须任疆吏，浙抚。赞谟初不烦枢臣。矫矫中丞矢特立，奉诏东驰星火急。直从海上寻元戎，戈船一见相持泣。可怜元戎面如腊，牙门家门久不入。萑苻未靖罪当诛，虮虱丛生体逭恤。中丞拊背为易衣,飞炮开洋旗一挥。节楼遥望不相见,归来拜表还歔欷。今朝烟雾风吹去,秋霁刚回六龙御。四百里驿递日行四百里到中丞函,第五番来节督疏。疏中诬构尤多端,逗挠恇怯兼偷安。彼此匪唯相径庭,情伪那复逃参观。传宣乙夜金莲炬,亲御丹毫示天怒。直教延颈需欧刀,朱批云:若再挟私逗忿遇事掣肘,朕必取汝首级。已见诛心有萧斧。森严比例出丝纶,照灼神奸禹鼎陈。逸予良将精忠岳,嗟尔元凶长脚秦。朱批云:朕岂受汝蛊惑,以"莫须有"三字,自失良将耶。元凶自古遂专擅,良将于今荷宠眷。再造东南保障身,朝班浙士皆雷忭。感颂恩威岂有私,算来铸错太昏迷。蠲除孽障亦何幸,猛省应知赖圣慈。君不见,三字狱成沦万劫,还由贼桧不逢时。

自象山归抵潭下作

去年此日归装发,征车晓碾关山月。今年刺篙海上行,月波万顷寒无声。南舟北马一宵梦,梦破沙头寺钟动。披衣忽讶云里身,海气湿人衣袂重。笋舆十里频回头,要志平生汗漫游。彭姥岭遮山辣阛,黄溪渡唤鸟钩辀。草草兹游吾愿足,全郡烟霞都寓目。宁波六邑今始历遍。不然浪迹空天涯,讵免家山笑人俗。归帆风急尤称心,蛟龙窃听吾低吟。寒宵一宿最堪恋,潭下月明松竹深。

扈从天津起程 录一

春树津门转,遥天淀影来。沙头千帐歇,镜面一帆开。虾菜蠡吾道,莺花燕友台。离宫翘望处,佳气接蓬莱。

由开山至晏城驴背口占 录一

晓月醒残梦,驴鞍睡味添。作波沟水小,着色野花廉。云物供诗版,林阴阁帽檐。征人与村父,入画一身兼。

假归程次有作

名氏中朝籍，舟车故国程。主恩终不薄，吾道竟何成。揽镜头将白，还家梦亦清。渔竿江海上，从此悟浮生。

喀尔喀贡白海青，同赵谦士太仆_{秉冲}作

天产呈东海，皇灵被北埏。狼荒冬献贽，凤阙远通虔。名属调鹰使，形参振鹭篇。滦河盘雪月，辽塞阅山川。影淡悬空碛，声高接素烟。羽中曾号虎，巢卜肯同鸢。金距双绦艳，瑶光一颗圆。气凌青汉路，瑞应紫微天。自昔珍群富，诸藩物贡先。元都华屋建，上陌锦韝挦。何意铁骊种，翻偕菌鹤传。黄眸青翅外，花袖彩笺边。温室栖鸾日，炎方狃雉年。棱棱毛角异，肃肃羽仪鲜。伏莽余狐兔，驱丛混爵鹯。雄才资搏击，藻质振联翩。白鸟侪文囿，苍鹅落楚川。时闻湖北大捷。飞应占集泮，供及肄搜田。燕候来何畏，海东青畏燕子，见欧阳原功词。鸿胪序不愆。春朝闻阊阖启，王享遍瀛堧。

题陆祁生上舍_{继辂}扫花图 _{录一}

如何仙子不长生，了我情缘送尔行。尘世可怜菌涸劫，昨宵无那雨风声。曾惊绝艳低头惯，防损余香下手轻。认取空烟归去路，蝶魂依草尚分明。

兰亭怀王内史

觞咏无由到洛滨，新亭雪涕更何人。清谈一辈虚生死，时殷浩北伐，右军知其无成，禊序中死生云云，盖为此辈寄慨也。恨笔千秋有鬼神，用羲之鬼语。流水去如前代客，茂林藏得晋时春。鹃花当日应曾见，裙屐归来誓墓身。

童槐

即事 录五

升平潜遗去声。至尊忧，肉食无心预国谋。当道豺狼偏踯躅，处堂燕雀故啁啾。兵萌紫闼长星夜，妖谶黄花大地秋。漫作禁中颇牧想，一麾且自戴吾头。

迁延一役捷书闻，烈火昆冈玉已焚。累卵城中纷士女，殃鱼池上惨风云。秽墟天厚苍生毒，奇计人邀白战勋。时方大雪。帐下正酣歌舞伎，捧觞还贺大将军。

千里齐州一面当，敦煌差幸返陈汤指刘松斋都转。青天原不容狂贼，赤地何堪更战场。从古诗书通将略，有人巾帼冒戎装。同袍合奋熊罴气，画角风前翠珥扬。熊梦庵观察方荷花翎之赏。

孤虚形势是通津，一旅凭谁画地垠。邠北河声吞野哭，萧南山色黯营屯。漫嗤郑五曾元宰，枢相已被严旨斥退，而阃帅之附新枢密者，犹訾及前人以为口实。试想朱三本小民。偷赍盗粮忧更切，周防蚩挽合先春。

孽兆中涓溯有明，漳川署号并芦城。虞初一种盲词演，般若三阳劫运成。邪教以"真空家乡,无生父母"八字为口诀，并有青阳、红阳、白阳名目，与禁中查出《漳川居士》《芦城赤隐》等书相符，书词甚俚，近小说，皆明季内监所编造也。物到冥顽原可杀，民忧荼炭愿无生。始知文字多流毒，愚鬼新添夜哭声。

散署归寓

一道轮尘散午衙，隐囊小倚瀹新茶。平津车库无人到，满院斜阳冷豆花。

楼桑村

织履英雄羽葆车,楼桑五丈拂云衢。曹家蚕食应难尽,还有成都八百株。

龙气才腾虎气扬,桓侯故里近相望。君臣崛起同桑梓,一例高皇任舞阳。

李巽占

字申三,号絜斋,又号星垣,定海人。嘉庆乙丑征举孝廉方正。

《定海厅志》:巽占家贫,有孝行,尝授徒于某姓,不食其晚餐而归,盖其母食番薯,不忍独御稻肉也。有富家延之课读,已受聘,嗣知友人谋夺之,乃固辞,而受其馆谷之俭者,其立行率类此。学官上其优行,督学阮元询得,实予以金,曰:"归买珍物以博尔母欢。"江都焦循尝作《番薯吟》一章,纪其事。越数年,阮巡抚浙江,以孝廉方正荐。

题刘孝子行状

人生发肤皆亲遗,临难岂容私所私。半由妻孥多系恋,遂致至性亏民彝。卓哉吾乡刘孝子,事亲能得亲欢喜。五鼎三牲未取邀,惟愿终身供菽水。那知昏夜西邻灾,饕风挟火排闼来。老父楼居睡正熟,欲往从之烟眯目。力排祝融达寝所,负以两肩裹以褥。仓皇就梯梯已毁,如鱼游釜出无计。计穷顿足哀呼天,透窗一跃落平地。此时天幸全吾亲,可怜妻子同灰尘。掘得残骸不敢哭,奉亲还复营新屋。生平长物无一存,自卖文章具酒肉。斯事于今五十年,奇迹犹凭父老传。使君下车振风教,大笔题旌到九泉。吁嗟乎!世间岂有人无父,我独思君泪如雨。

钱启吁

字桂岩,定海人。嘉庆丙寅岁贡。官嘉善训导。

送龚秋舫总戎予告归田

太平良将有儒风,奉命绥安浙海东。德泽广施周八载,胪陈政迹纪丰功。

南有宝陀称佛国,北为蓬岛号仙乡。元戎加意修文庙,頖璧重新圣教昌。

海东新建育婴堂,万物由来出震方。震是长男生育盛,情深保赤惠无疆。

状元桥北浚河源,源汇东西解会元。皆桥名。自此三元泉脉盛,水门澜涌似龙门。

竟与吾民痛痒关,埋胔掩骼恤时艰。盛朝泽被同归域,元老恩垂义冢山。

散给丹丸更好施,居然名将作名医。域开仁寿民无恙,断疟桓虔未足奇。

徐受荃

字楚香,鄞人。嘉庆丁卯举人。官直隶永定河道。

童萼君先生撰《传略》:楚香任兖沂曹济道,所属两厅河工,岁需白金二十余万,裁节浮费,历八年,省官帑无算。曹州人甄恒升以教匪被诬,巡抚欲置之重辟,楚香再四研讯,得不死,人皆称之。

任烈妇诗

烈妇周氏,奉化人,年十七归鄞任嘉湖为室。嘉湖病目,几失明,烈妇谨事之,朝夕祈祷,目遂复明。居岁余,夫及舅姑相继殁,族人欲夺其志,阴通媒氏,将遣之。烈妇从容服卤死，年仅十九。诗以纪之。

有儿守志安，无儿夺志苦。谁知寸莛力，能死即千古。烈哉任家妇，十七拜姑舅。姑曰新妇来，尔婿丧明久。吾病何能为，中外汝担负。妇听恬不惊，新妆换布荆。倚之若儿女，郎恃如弟兄。蒙蒙双瞳子，一旦还光明。奈何天不闵，风雪成奇窘。姑死翁继逝，所天悲又殒。妇乃忍死言，两载嫔任门。曾未延一线，何以奠先魂。愿借期功力，为妾补儿息。薄田生守兹，身后儿终得。彼妇为枭鸱，狺狺别有思。妾在儿嗣耳，妾去母据之。诱我以鸩媒，妾心死如灰。灰死不复暖，鸱意安肯回。潜闻嫁有日，机事藏犹密。变幻恐须臾，垂泪别寝室。妾啼郎可听，呼郎杳不应。抱此坚贞志，一死力能胜。晶盐白如霜，挹其卤而尝。卓哉节与烈，今古留芬芳。

陈瑢

字淮映，号月洲，鄞人。嘉庆丁卯举人。官江苏新阳知县。

秋海棠

疏雨空山万木摧，新凉一夜长秋苔。可怜长信阶前草，犹带春光数点来。

袁炳勋

字济清，号笏庵，慈溪人。嘉庆丁卯举人。

题举杯邀明月图

但令举杯天有月，何妨白眼酒无徒。升沉不尽怀千古，块垒难浇罄百壶。金井凉生桐影静，玉山颓去桂轮孤。更残屡促纤阿驭，卜夜还期后莫辜。

竺之侃

字可陶，号甓斋，鄞人。嘉庆戊辰进士。官金华教授。《鄞县志》：之侃年十二即能文，既长，一日可毕六、七艺。以优贡领乡荐，释褐，授知县。改金华教授，与诸生论文讲学，士风一变。束脩外不名一钱，节缩所入以周亲族之孤寡。卒之日，遗命不用僧道，可以想见其为人矣。

所著古今体诗，曰《海外诗抄》，曰《戊辰过夏吟》，曰《己巳稿》，曰《丙辰以后诗》，凡一百六十余首，又有《历代名臣咏》一卷。

明代名臣咏 录八

勇哉常十万，功为诸将先。彭蠡纵火击，采石挥戈前。用兵与古合，智足勇亦全。观其罪邵荣，大义何凛然。
常遇春

草堂筑东山，屡用屡引疾。兵民疏困穷，权佞恨裁抑。抗疏三朝臣，白头万里役。贡使问安否，声名重外国。
刘大夏

理学传河津，讲官阐至义。受知孝宗朝，谢李同辅治。顾命帝榻前，累章格君志。八觉未能除，老臣愿避位。
刘健

文学负盛名，四朝著伟业。入阁赞谢刘，去留各异迹。逆瑾方作威，保全有权术。极谏终乞休，何曾惭气节。
李东阳

阳明一代豪，天授非人力。逋寇为肃清，孽藩即破灭。前受忠泰诬，后遭桂萼嫉。良知非异言，崇祀昭明德。

王守仁

　　经济归介夫,知言善东阳。天子好游幸,相臣镇庙堂。定策革弊政,旋转扶朝纲。大功著社稷,不独在太仓。

杨廷和

　　文士善治兵,言战不言守。三赐尚方剑,奸臣苦掣肘。残卒当大兵,只臂无援手。麻衣白网巾,死状犹待剖。

卢象升

　　抗疏讼东林,群贤稍登进。力请毁要典,三案公议定。见用已太迟,支绌理朝政。南都尚可为,一死乃吾分。

倪元璐

应又劭

　　字轶群,号卓亭,鄞人。嘉庆戊辰岁贡。著有《卓亭诗稿》。

访灵隐寺

　　岩岫郁青葱,僧房石路通。鸟啼孤嶂外,人在乱云中。沽酒呼童子,簪花笑老翁。洞门幽寂处,知是梵王宫。

董煊

　　字灿章,号澹园,鄞人。嘉庆戊辰举人。著有《寓湖楼诗草》《鹤皋行馆正续草》《寄吾庐草》。

　　王春桥先生撰《传略》:澹园以双韭山民再传之学为里中大师,读书务约,不欲夸多斗靡。处世沉默寡言,而与物无忤。公车再上,以善病归。病中,余访之,出示近作,大抵和平之音多,噍杀之音少。闻其少时,馆城北某家,有拒奔女事,非仅仅文学中人也。

同姚大东溪过古窑谒黄文洁公像 录二

灌注半天下，兀然东海儒。政传江左右，学振宋程朱。采蕨歌何有，瓣香今在无。公以宋亡，不食而死。影堂瞻拜处，道貌挹清腴。

故宅犹遗址，门前足杖藜。石奇摩米老，井冽认梅溪。藤绕连枝树，波环偃月堤。宗风如许仰，我欲结幽栖。

白湖先生招赏老少年

石林精舍鹤皋宽，芦渚波明雁影团。大好风怀忘老至，间将露叶作花看。美人香草千秋业，银烛清尊一座欢。笑指春常留讲席，烟霞红透碧阑干。

童颜久驻仰丰姿，妙品仙家种几枝。恰趁闲云开曲径，也呼旧雨过东篱。霜华借得宜春叶，秋兴吟成本色诗。容我疏狂陪杖履，西风十样锦翻时。

读奇零草即集句题后

投来铁匣尚留诗，九鼎如何系一丝。葭管正开周甲子，孤军犹是汉威仪。义熙何用陶潜载，慷慨如歌易水词。岁岁芳洲腥草绿，公正命于西子湖上。江花岛树影参差，挽华吉甫，得故人书，行长至礼，甲辰元旦。和黄虎痴挽华吉甫，挽刘允之，甲辰元旦。

题徐秋生风木图

尺幅云天写寸心，孤儿对影泪涔涔。分明五十年前树，一任悲风撼到今。秋生生周岁而孤，今五旬矣。

灵椿摧后寿萱枯，秋老谁怜返哺乌。读画有人同太息，诗葩旧谱匪莪图。余曾作《匪莪图》。

题林澹吾秋江泛菊图

秋波一棹寄遥天，高士胸襟剧洒然。画里有诗吟不尽，陶家花事米家船。

李震

字秀夫，号锄余，鄞人。嘉庆戊辰顺天举人。官江苏荆溪知县。著有《自适斋诗抄》二卷。

过佘将军庙 祠在县城东关铺。志载：佘为武穆裨将，守泰兴，与金兵战，没，里人祀之

延令城东秋草碧，荒凉祠宇留遗迹。额悬古字佘将军，青史无传谁表白。幸有居人说姓名，当年曾领岳家兵。国仇未复身先丧，旧恨年年鹧鸪鸣。鹧鸪声中泪落多，莫须三字起风波。牛皋王贵一时死，宋代英雄活几何。英雄何必呼无奈，千载青山天有籁。一宵忠魂化罡风，十围落尽江头桧。

武侯庙古柏

亘古柏盘囷，南阳庙貌新。不知丞相死，犹见汉家春。劲节经兵燹，贞心托鬼神。归鸦啼日暮，谁惜栋梁臣。

苎萝村

苎萝村下女，不负五湖身。频笑逢迎假，肝肠寄托真。浮云吴富贵，皎日越君臣。牧马羁栖地，功成一妇人。

泊舟仙女庙

万丈横流卷白波，迷茫无际等长河。好将铁索连如股，莫放兰桡疾似梭。老树半堤风力紧，短篷一夜雨声多。那

堪芦荻萧条处，更听嗷嗷旅雁过。

红莲

方塘占尽蓼花天，露缀红衣万颗圆。肯向世途争物色，落霞溪上枕流眠。

陈修淦

字金水，号补衙，镇海人。嘉庆戊辰举人。

题唐企园碧梧消暑图

修竹横数竿，疏桐挺百尺。花木错杂处，本是幽人宅。君身位置之，风流高品格。迎凉抛小扇，乘闲倚片石。奚有俗虑侵，神淡情弥适。余于去岁间，曾结庞眉客。和靖齿最长，谓林淡宁表伯。君亦头颅白。时为杯酒游，相视俱莫逆。君虽不嗜饮，笑谈胜欢伯。新秋七月初，招饮设肴席。为君祝寿竿，酣畅倾清醳。座友素相投，并接东山屐。舅氏谢志翔，表弟虎山在座。剧谈忘昼永，杯盘多狼籍。出示此图看，属题补其隙。羡君兀然坐，丰神更弈弈。岑寂无一言，浓染衣衫碧。

何美浚

字次封，鄞人。乔从弟。嘉庆戊辰举人。官秀水教谕。

题陈越舟明府月湖秋泛图　录二

不见南湖胜，秋风又二年。贺公祠畔月，史相宅中莲。桥想幢幢过，湖心两桥，古名"东幢幢"、"西幢幢"。灯应节节鲜。吾乡秋社最胜。君家擅清福，占得不波船。陆春明先生读书处，名不波航。

分明洲岛在，太史费评研。全谢山先生有《十洲三岛考》。古瓦余台榭，渔舟杂井廛。远怀罂脰废，城西广德湖，一名罂脰，曾子固有记，宋废。新见水喉穿。月湖以城东三喉为宣泄，久湮，钱邑侯竹初寻得二喉。岁甲子，予同乡前辈访得水喉，在东渡门之内。太息吾乡事，伊谁共仔肩。

重九日得梅斋弟书并近诗拈此代札 录一

孤鸿五载住京华，暂合成欢别又嗟。近日江南疏驿使，天涯犹喜寄梅花。同日得董丈源钟书。

马士龙

字阶陆，号铭轩，鄞人。嘉庆己巳进士。官广东德庆知州。著有《青梗山馆诗抄》十一卷。

《鄞县志》：士龙令广宁，缉捕严密，获巨盗，置之法。旋丁内艰，服阕，入都，以获盗功擢知州，署嘉应，调从化，寻补德庆州，城久圮，捐俸修复之，劝富民买补仓谷，增书院膏火。

时粤西有京控劫掠巨案，制府稔士龙才，令与同知易中孚前往缉访，历桂林、浔梧各郡密察之，凡五阅月，获巨盗七十余人。

摄罗定州，州属西宁县，有谋杀重狱，原谳以陈姓为起意，士龙疑之，平反其狱，大吏以碍于前问官，难之，士龙申覆再三，并请无录平反状为前官地，陈姓竟得释。

寻引疾归里，卒年七十五。

旧从古康官舍移青莲两瓮于澳门厅事之东斋，今年春分复添植两瓮以供消夏，缀之以句

亭亭解语花，濯濯液池种。忆自山州栽，一根分两瓮。移置此官舍，冰姿无伯仲。及兹春分候，藕节蕃育众。玲

珑葩中薏，生意嫩如蕻。呼童为添植，炎夏借缾㰖。此花号青莲，本是如来供。花种分于康州香山寺中。我爱尺水间，雅与君子共。官居寂无事，高枕少尘梦。想到花开时，自有清风送。

距百色二百里余重山江路即景

一行一重山，山径随水曲。烟雨溟蒙中，岩穴如有屋。窄讶无路通，忽到山之麓。转身水为开，侧面峰又矗。江中小石丸，粼粼手可掬。是时柔橹摇，咿哑响满谷。波影拥岚光，照我须眉绿。明发百色程，梦与飞鸟速。

于役佛冈登峡山寺度岁

江云漠漠江树阴，行舟直到峡山岑。峡山有寺藏何处，凝碧湾前烟雾深。天开双峡滇水曲，两条白龙江为束。何年此寺却飞来，碧树丛深遗碧玉。二禺对峙郁穹窿，帝子高踪仿佛中。苍雪崖间云缭绕，金芝岩外月玲珑。试话当年啸云侣，山僧扫地寂不语。白猿一啼已千春，游人犹指猿啼处。葛坛阮径枕江潭，洞草岩花影倒涵。福地从推第十九，何必海上神山三。山巅树杪悬飞瀑，抛出珍珠十万斛。洗将尘籁净筝琶，夏得清音空琴筑。笑我岭南两度游，此山虽到未探幽。尘海光阴将十载，烟霞怀想几经秋。重来此寺蹑芒屩，小汲山泉分一勺。苔碑藓石细摩挲，鸟语经声同咀嚼。忽地松风万顷涛，满身岚翠湿沾袍。但觉露台鱼呗答，似闻云壑夜猿号。吁嗟此境真清绝，况是今宵肯遽别。山僧向我说新年，怕听鸡催人拜节。

谒汉大中祠

片语臣佗后，诗书重陆生。衣冠今海国，俎豆古康城。锦石漫山丽，江流万古平。当年高策画，望着汉公卿。

归德峡 _{界上林县境}

峭壁耸巑岏，岩泉滴滴寒。天开仙洞穴，渌浸古林峦。路转江心窄，山回地肺宽。平蛮经略地，奇境耐人看。

赴从阳任舟中即事作

才脱征衫着敝裘，簿书驰骤促官邮。余自龙和二邑差，旋即檄委斯土。弹丸恰合粗才任，斗粟难教戚党周。小试割鸡庖代事，未除害马牧民忧。此行漫说敷施易，恐有茅檐望莫酬。

片帆遥指古山城，问讯民居瘠土成。获稻经秋传岁稔，趁墟浃日盼朝晴。市荒莫办鱼虾馔，地僻应无雀鼠争。暂挈妻孥共粗饭，家风俭朴本儒生。

谒柳文惠祠

柳江日夜水汤汤，想见先生流泽长。吾道几人推羽翼，崇祠千古有馨香。合题丹荔黄蕉颂，争访蛮烟瘴雨乡。读罢残碑谒遗像，罗池亭外半斜阳。

舟过羚羊峡

今朝江上好扬舻，隔浦潮声晓枕听。五月山迎千树绿，一帆风送两崖青。邮程此去延三日，岩窦重来探七星。为指罗阳迢递路，征桡怕逐水云停。

江上即景

江雾江云幂钓矶，天寒未便试春衣。晚来薄有晴暄景，燕子双双掠水飞。

马士龙

秦黄开

字莱峰，慈溪人。嘉庆己巳进士。官国子监学正。

绿雨斋

轩开春雨绿，林密竹阴攒。泛影临疏槛，流芬上曲栏。空青千嶂合，虚翠一湾寒。感旧延幽赏，吟余仔细看。

董澜

字文涛，号小韭，鄞人。嘉庆己巳进士。官直隶宁津知具。具志作临津，误。按：宁津县，唐本为临津，金改宁津，后因之，应从今名。

《鄞县志》：澜始任江西余干，历政积亏帑金至五万多，被揭，羁縻不得归，澜倾家赀为偿之，而清苦刻厉，丝毫不以取于民。

东山书院，朱子注《离骚》地也，弦诵久辍，延师课士，给以膏火，并立碑记之。旋以忧去，服阕，补直隶宁津。民健讼，京省控者道相望，澜至，治官书至五夜，每谳狱，委曲开导强悍者，始裁以法，积牍为之一空。邑与山左接壤，盗贼充斥，乃行保甲法，躬督夫役时巡之，民得安堵。以年乞休，留主安次书院一年，归，士民送者万人。

初，澜年四十丧偶，不再娶，服官十余年，未尝畜姬妾，世居罂脰湖滨。既归，足不入城市，以诗酒自娱，约父老为一簋之集，建宗祠，增祭田，恤宗族孤寡，故人死，经纪其丧葬。及殁，家无余财。

题郑小樵画梅册

冰玉丰姿迥绝尘，要将清气见精神。山农妙笔传君手，还为癯仙一写真。

暗香疏影逋翁句，寂寞孤山处士家。想见竹波轩梦醒，满腔诗思出杈丫。

李德梓

字瑞林，镇海人。嘉庆庚午举人。

菜花

十里芊绵放菜花，春光递送野人家。香翻绣陌迷黄蝶，影逗残阳杂绛霞。莺羽移时交簇锦，鹅儿舞处共疑葩。试看杏雨初沾后，添得几分媚致斜。

陆景佑

字海瞻，定海人。嘉庆庚午举人。

题刘孝子事_{孝子名炳灿，邑之白泉人}

年来邑乘未成书，里有王褒也阙如。不是贤侯旌厥宅，一同埋没烬灰余。

嘻嘻出出大书灾，一念思亲百念灰。纵使祝融烧欲尽，何曾烧得孝心来。

陈一章

字绘山，号葵畦，慈溪人。嘉庆辛未岁贡。官嘉兴训导。著有《居后轩诗稿》。

题姚雪埜小影_{图作东坡《行香子》词意}

岷峨万里遥，丘壑一卷足。谁与妙笔倩龙眠，位置须眉苏玉局。当时玉局无停趾，朝住黄州暮儋耳。天涯迁客思故乡，瑞草桥边剥瓜子。何似先生图画中，一琴一鹤任从容。园林坐啸倦游后，满眼青青梦墨峰。

秋夜庭中独坐

夜久维摩更莫归，银筝弄罢怯空帏。一钩凉月曾双照，千里哀鸿竟独飞。破镜影虚新凤髻，寒窗声断旧鸳机。感今怀昔愁何似，不觉瀼瀼露满衣。

何岱

字青距，一字梅斋，鄞人。乔从弟。嘉庆癸酉举人。官龙泉教谕。著有《梅斋诗稿》。

愁中遣怀

夙闻大造仁，于物靡弗厚。人非嗜欲戕，鲜不至老叟。兹余癖性偏，天俾痼疾守。气乏举步艰，无时释重负。酷慕山水奇，安得擅疾走。术业坐卧多，遇友笑谈久。虽逊古锦囊，蝇书录所有。爽类卢仝茶，甘若毕卓酒。晦明风雨交，一编常在手。忆昔少年时，庇荫赖慈母。忽忽四十余，形容成皓首。歉岁桂玉珍，庸鄙爱升斗。名幸列贤书，禄未绾印绶。闷至强吟哦，诗为扫愁帚。涂鸦满纸来，时复忘其丑。不获鸣镛钟，宁禁叩土缶。人皆怜余衰，余独曰否否。惩创兼玉成，兹病信匪偶。赋命难自为，身但顺以受。庶几耄耋臻，期颐始耆耇。

题郑小樵画梅册

我闻作画贵得画中意，惟梅品格臻其至。或拟高士或美人，山林台阁随所寄，小樵四兄工写生。嗜梅常得性之清，冰姿玉骨多寄托。兴至挥洒一纸成，兹观此图审向背。屈曲槎丫多意态，老干柔枝趣横溢。渊源师法空流辈，忆昔髯苏论画诀。得酒顿教芒角出，急起直追所见豪。恍惚唯胸有成竹，君今巧技夺天工。拂拂入座披和风。有时提笔纵横随意写，顷刻枝头积雪将毋同。

挽胡庶常峭水 名混，镇海人

阊门舟小荡兰桡，七里山塘讵是遥。闻说地留临别泪，至今春雪未全消。

翁星六

字楞仙，慈溪人。嘉庆癸酉举人，官兰溪教谕。

紫珊书来缕述香雪馆事感成一律，示诸同人

未有珍珠一斛投，梅魂扶不到罗浮。青青客鬓愁潘岳，草草春风老杜秋。倚壁描成灯影淡，绕阶蹋损月光幽。那堪夜夜添诗料，苦我吟肩耸玉楼。

王德沛

字市水，鄞人。嘉庆癸酉拔贡。官翰林院待诏。有集。

待雪

欲雨不成雨，上天云已同。发发飘风来，自北旋复东。窗补室无缝，酒赊尊不空。准拟赋三白，莫教红日红。

饥鹰集木杪，冻雀窥檐牙。日光淡以薄，巷静人不哗。庭前有梅树，老干撑槎丫。呼梅与之语，明朝应着花。

南来霜下风，谚云"霜下南风便成雪"。打窗声瑟瑟。须臾云阴中，开眼复见日。俗云"开雪眼"。斯时素心人，相招共晨夕。安排炉火红，夜深添楄柮。

虹桥观竞渡

龙舟飞渡康将军，九月竞入南水门。水门内是十洲地，

万顷玻璃恣游戏。合城士女欢若狂，隔堤不管黄花黄。虹桥桥上一回视，太息将军真不死。

江城步月

东津城上夜光浮，滚滚江流十六舟。两岸橹声齐到耳，一天月色正当头。登陴自幸升平福，出塞谁怜雨雪愁。笑我儒冠成底事，老思投笔着兜鍪。

潘晋三

象山人。嘉庆癸酉拔贡。官龙泉教谕。著有《海外嫁衣裳集》。

藤鼓歌 有序

藤为明韩襄毅平大藤峡贼时所断，制为鼓，长五尺，围一丈五尺。鼓三：一置梧州参将营，一置广州都司堂，一即在肇庆府谯楼也，至今以为守更之用。道光癸未重九，宫保阮公视师浔南，驻节端州，访是鼓，有诗，余谨继之。

南溟昏昏地维缺，盘古子孙此巢穴。诸猺率盘姓，以盘古为始祖，盘瓠为大宗，见屈大均《广东新语》。穷奇罔象鼎莫图，唐虞以求未益烈。百千万年取精多，深山大泽斯化孽。化为诸虑几由旬，《尔雅》：诸虑，山櫐。郭注：今江东呼为藤。然后一千二百余里猺黎杂沓延瓜瓞。诸黎岐置圊，凡一千二百余里，绝长补短，可四百里有奇。韩公真神人，勇略足盖世。钲鼓下罗旁，从猺气益锐。猺人旧居文昌东北百里东猺山，形如猿，见《新语》。又屈翁山谓，《齐风》"遭我乎猺之间"，注：猺山，名非也，云云。按：毛氏此注与《说文》同，且山南曰阳。诗固云猺之道、猺之间、猺之阳矣，或彼自山名，而此则猺人也。又《新语》云：猺，犬类也，一作狙状，若猩狒，散居林莽拾橡栗，故庄生有"赋芧，朝三暮四"之言，皆所谓生蛮也。楷翁楷马筊杯忙，德庆有楷猺山、楷翁山，皆熟猺所居，中曰楷猺。猺之长，曰替翁也。又有替马，射猺马之所生，故曰替马，盖猺人皆以其人为马，马多力善走，故羡之而以为名，见翁山《新语》。粤中盗，以筊杯卜行止。**云榄云洋茶路翳**，罗旁之东西山，有云榄、云洋诸种人，率短小蹻捷，上下如猿玃。带三短刀，持铁刀木弩，弩长二尺，重百斤，头作双槽，钉以燋铜锴，铁箭长尺许。无事山猎为生，有事则鸣小铛，举众蜂起，以杀人为戏乐云。又粤中山盗之渠曰都，行劫时，惟都及公王。所指公王者，范铜为之，长二寸许。使一妖人为神总，朝夕虔祝，且咒骂以激公王之怒昧。日以浓茶为献，视茶路以知吉凶。吉者茶在碗中其气散为波纹，凝为物象。有兵至，则茶中分裂，珠花沸起。若出劫卤获众多，无患则茶气为刀枪形向外，否则向内。**连山八排冚耸平，五花单竹三竿弊**。连山有八排猺，性最犷悍。猺所止曰峒，曰冚，亦曰耸。万历初，两广寇之剧者，曰罗旁猺。猺每出劫人，挟单竹三竿，炙以桐油，涉江则编合为筏，所向轻疾，号曰五花贼。公曰滋蔓恐难图，妖有由兴我则谛。**倚天长剑亟乃砺，斩此联崖横绁之大藤，无使炰岐黎里阶之厉**。小五指山之生岐，隋所谓炰也。黎，即汉所谓俚，俚亦曰里，《汉书》九真蛮里。**藤之色黝而古，藤之围丈有五。公曰噫，吾有取昔也，黎恶实怙，藤之弓兮铁刀弩，藤之弦兮弸有彄**。《新语》：黎人，男子弓不离手，以藤为之。藤生成如弓，两端有弰，可挂弦，亦以藤为之。**都贝大王撞石钟**，赤雅猺人以十月祭都大王，男女连裙而舞，谓之踏猺。《新语》：罗旁又有石，其底空洞，撞之渊，渊作鼓声，猺亦以为号。其谣曰："撞石鼓，万家为我房；吹石角，我兵齐剥割。"**尔藤起伏为吞吐**。宫保诗所谓"昼沉夜浮"也。**今见高楼舞干羽，以为鼙形俣俣**。鼙，《周礼》所谓夜戒守鼓也，于更鼓义为近。**置之谯坎，坎鼓用与龙山之木**。汉顺帝时，周敞为交趾刺史。尝至龙川，闻山木响，因伐取为鼓。以下分鼓给桂林，以上分鼓给交趾。每击一鼓，则二鼓皆鸣，俚獠惊动，谓有龙潜，而相应畏之。名其山曰龙山。**伏波之铜镇此土**，南海庙所藏铜鼓有镌云"汉伏波将军置"，乃是阳识。凡三代铜器用阴识，其字凹；秦汉用阳识，其字凸。阳识易成，阴识难铸。《赤雅》：粤处处有铜鼓，皆从掘地而得。其状各异，皆伏波所瘗以镇蛮者。每遇风雨辄有声，诸蛮于深溪邃峒之间，

王德沛　潘晋三

循其声之所自，往往求得铜鼓。盖物之神灵者，岁久辄思自见也。维阮宫保来维扬。昔之召伯今汾阳，简军实兮临城隍。抚兹土兮摘瑶章，媲猎碣兮齐将将。我怀襄毅勋猷壮，复诵公诗益神王。勒诸贞砥斯为当，千秋辉映何多让。昔闻尧年击壤耕，蕢桴土鼓皆韶韺。即今光被南交地，一气鸿钧鼓太平。杨维交州箴曰：交州荒裔水与天际，举交州可以赅粤矣。而其名首见于《尧典》，故居是邦者，方地名以南交为古，言事以宅南交为古。又闻河鼓中星回，韩公而后甘泉来，宫伯文章曜上台。吾为粤人喜喜闻，一鼓紫水黄云开。《后汉书》：粤地牵牛婺女之分野。昌黎云："百粤之地，其次星纪，其分牵牛。"《尔雅》：牵牛谓之河鼓。郭注：荆楚呼谓担鼓。担，荷也。按：洪武永乐间，五星两聚，牛斗占者，以白沙当之。所谓黄云紫水间，有异人出也。又成化丙戌中，星明于越之分野，而甘泉以是岁生，适在韩襄毅公平蛮后也，故云。

董景沛

字汝霖，号雨香，慈溪人。嘉庆甲戌岁贡。著有《春辉堂诗稿》。

夏日偕应四避暑金山庵赠巨林上人

溽暑不可耐，侧身将焉投。信步得兰若，风景居然秋。疏桐荫碧瓦，飞泉澄石湫。褰裳觅河朔，消夏此孰优。上人识我意，下榻遽相留。栖迟累旬日，科跣长自由。门无褦襶客，案有素瓷瓯。镇日淡相对，神与清旷谋。印心到水月，忘形同蜉蝣。何处着烦恼，炎凉付东流。我思山塘路，云鬟荡轻舟。烈日竞箫管，暑风调歌喉。欲凉反就热，营营不少休。人情每颠倒，物理将安求。要知离垢地，钱辛楣宫詹所题轩额。林鸟皆悠悠。造物不轻畀，留以报清修。吾徒暂假憩，长享人知不。

小筑落成

一椽新结构，容膝胜盘蜗。径绣苔为石，窗糊纸作纱。琴书欣有托，风雨幸无嗟。坐老非长策，前途属骏駬。

谢国贤

字观光，号栗轩，镇海人。佑廷子。嘉庆甲戌岁贡。《蛟川诗系》：先生生平好宏奖后进，见有一长，辄誉，不置口燮。六岁时作《灯花诗》，蒙大加赞赏，稍长留心先正文献，先生举所藏先人诗文集尽授之，恒谆谆以阐扬相属。先生貌丰硕，修髯拂拂，耄岁匡居，犹好学不倦云。

石墨

墨妙陈元怪陆离，黟山美石更相宜。烟云幻迹徐陵管，玳瑁英光逸少池。泼墨漫矜真汁好，挥毫如裹篆香奇。雌黄三百皆无用，唯有张华品近时。

谢佑镛

字东序，号云溪，镇海人。洎祚子。嘉庆乙亥岁贡。

望岭上松云

峻岭独岩峣，一峰插林表。秋翠如晴涛，孤云逐飞鸟。渡涧还无心，映窗异昏晓。纵览开吾襟，旷然青未了。

雉带箭

平原草浅雪乍消，兽肥春暖狐兔骄。将军驱马渭城出，银鞍锦带扬金镳。火烈鹰飞雉惊起，引弓持满神志飘。弦鸣手柔声去疾，一发正中双文鷮。将军目送心共远，军吏进贺声纷嚣。漫夸饮羽技独绝,昔时李广今嫖姚。马不复驰矢不发,鸣鸾按辔瞻风标。暮云千里试回首,夕阳犹挂春山椒。

甬东怀古

欲逞雄心起霸图,空辞故国向东隅。黄池会里轻强晋,蛟海洲中忆旧吴。寂历昔悲栖泽国,繁华今却类姑苏。浃江莫漫留余恨,于越山高苑囿芜。

采菱歌

波开妆镜鉴湖平,船在琉璃界上行。一曲菱歌归别浦,满江风露月初明。

胡沅

字芷塘,号小白,镇海人。于锭子。诸生。
《蛟川诗系》:先生一志味道,以陶淑子弟为事,其诗清道雅洁,绰有父风,间好为南北宋填词之学,苍凉激烈,上逼稼轩、龙洲两家,惜所存不多耳。

戒色辞示诸同学

害田之稚,螟螣蟊贼。伐性之斧,娇姿艳色。哀今之人,胡多回惑。桑中幸期,城隅追忆。肠断魂消,帘中道侧。滞我灵台,添我茅塞。色即是空,鲁男可则。回此诚意,道思恭默。

送簠庄表兄之东粤

十载京华客,因官暂过乡。未来先入梦,一见便如常。喜极言偏短,缘悭意转忙。早知重别恨,徒此挹芬芳。

拟题净岩寺即赠诗僧大乘 录三

祇园结宇倚云根，地僻江南自一村。绿雨苍烟看不了，好山为壁竹为门。

北宋留题七百年，琪花瑶草各依然。老僧风味洵超俗，日日谈诗古佛前。

我今芸馆接烟霞，咫尺丛林路未赊。准拟凉风秋七月，携尊来看碧莲花。

胡澧

字兰皋，号雅西，镇海人。沅弟。嘉庆乙亥岁贡。

《蛟川诗系》：先生为屏山先生次子，才思骏发，而能刻苦自潜。为里中名师，教人一轨于正，故出其门者，多魁杰之士。

题陈巾山粤东归葬记后

出门不得已，况复天南游。崎岖千万里，寒士犹夷犹。骨肉死亡及姻娅，蛮烟瘴雨埋荒丘。我生若不负且归，此身尚得为人不。只念高堂有老母，欲行不行二十秋。丧除侘傺出门去，旅囊羞涩知者忧。忧君此去乏资斧，忧君行处三丧求。当年耳第闻凶耗，未闻墟墓碑碣留。北关城外冢累累，东山寺侧声啾啾。石火电光几岁月，风流云散无朋俦。双眼泪枯觅不得，他乡滞留先生休。那知事与神鬼谋，灵山少住复廉州。老仆多情深契密，一穴二穴遗骸收。重茧扶归斩板封，幽明志愿如相酬。如相酬，孰与侔？读君记，为君讴。天下至性人，胶漆异域投。薄俗砥此行，孝弟心油油。为数程途一万里，犹觉重冈复岭，一肩行李风飕飕。

胡瀚

字苏楼，镇海人。沅弟。诸生。

题郑小樵梅花册子

腕底烟云触纸生，胸中冰雪着花成。不同桃李争颜色，意与孤山一样清。

偶然一笔两笔落，忽觉十枝五枝开。着墨不多芳意在，知锄明月种将来。

由来三绝世称神，前辈风流迥异人。漫说几生修得到，却疑仙骨在君身。

陈铭海

字星涯，号铁槎，鄞人。诸生。著有《鸥雨山庄诗草》一卷。

《鄞县志》：铭海性嗜书，手抄乡先辈诗文集盈箱箧。卒年七十七。所著有《真率会续稿》二卷，《句余土音注》。

阿育王寺晋松

昔我游育王，尝憩兹松下。偃蹇如卧龙，摩挲不忍舍。敧枕忆旧游，支离恍迎迓。迢迢卌里间，何时再命驾。典午久消沉，不随世运化。兰亭成荒丛，桃源亦沦谢。唯兹千年松，神物长凭藉。古干光熊熊，寒芒烛午夜。长风天半来，怒吼崩涛泻。檐铎语丁东，游人共惊咤。赤日丽中天，到此忘炎夏。倘或较资格，智果非其亚。试读谢山诗，品题无虚假。欲共素心人，倚松结芳榭。

逸老堂怀古

逸老堂前秋水碧，一片茫茫波浸月。南临众乐北红莲，长与斯堂双突兀。斯堂作者是何人，莫公创之吴鼎新。残碑尚有樗寮名，仙笔飘飘鉴水滨。闻昔湖心足容与，游人多在花深处。过客联镳到此间，往往瞻拜不能去。双桥影落镜湖中，芙蓉遥映菊花红。黄冠有意衡门老，白鹤孤飞双岛空。紫极宫前曾有遇，金龟换酒多佳趣。先生原是饮中仙，心醉太白惊人句。巨眼还能识邺侯，不愧汉阳司马流。唐室中兴端赖此，当时诗人孰与俦。可仕则仕止则止，飘然引去敝屣耳。挥毫落纸自雍雍，诗侣酒徒聊尔尔。堂前古柏发秋香，先生御云入帝乡。狂客之狂不可及，鉴湖一曲容徜徉。仰瞻遗像真潇洒，风流千古依然在。十洲三岛杳难寻，唯有清风长不改。先生家住响岩东，神气往来遥相通。东望明山西稽山，俯仰今古心忡忡。

李为鹏

字若山，鄞人。贡生。官富阳训导。

长步

送客出门去，石桥长步过。墙高残雪久，树大夕阳多。归鸟聚还散，老渔讴且歌。手炉余宿火，风到一摩挲。

胡植

字槐堂，号古愚。鄞人。诸生。

怀古

我怀牧伯良，所务风教首。礼让变法律，能使俗尚厚。圣像石室镌，孔道灿星斗。汉兴百年间，治术得未有。吏治判盛衰，关系视鲁叟。斯文苟欲丧，学校陈械杻。遐哉汉文翁，卓立谁与偶。

和徐悔庐遣怀诗

少阳曾献阙下书，负山填海事已疏。我视陈君竟何如，乡校殊异太学居。平生雅好耽浮蛆，巡花索句唯庭除。飞天法网来忽诸，坐以妄言罪有余。谁知此语亦子虚，酒后骂坐则有之。一任风云自卷舒。悠悠施予与舍予，吾又何能违吾初。

王日章

字絅斋，鄞人。诸生。著有《醉六山房诗文集》。
《鄞县志》：日章少学于检讨潘世清，质甚嶷异。父修敬病革，以母老为念。母陈适多病，不能事姑，日章时年十四，奉养大母，家贫无童仆，百事皆躬亲之，里人咸称其孝。既而大母卒，母及其兄又先后死，一弟二女、弟与兄子三人皆幼，日章奔走四方，以馆谷所入养之。

及补诸生，益励志于学。置二编几上，凡修身、齐家、择交、处世以至饮食、言语之微，曰《致曲编》；自经传子史以至百家小说之属，曰《思问编》。遇长老交友，出示之，往复辨难，考镜得失，学遂由博而精。年四十二卒。同治十一年，以顺孙旌。

宝严寺

行尽梅花径，微茫露梵宫。三千开世界，十五列山峰。迹欲寻寒碧，尘还隔软红。高僧去何处，多在白云中。

游响岩

故人具舸动相邀，佛影岩前趣自饶。岩解绘声江绘影，更留明月落诗瓢。

王渭

号渔庄,慈溪人。著有《秋梦斋吟草》二卷。

葛易初先生序秋梦斋吟草略:渔庄少读书颖悟过人,稍长,弃儒而贾,之吴、之楚、之辽东,历三十余年。出则游览形胜,归则敦行于家。其诗以气骨为主,辞华次之,雕琢又次之,是所谓得性情之真者。

雨后晚游

向晚天初霁,桃鲜柳眼开。鸟归林挂日,溪涨岸生苔。细草含滋秀,飞云带湿回。遥知汉阳郡,几处隐楼台。

山东道上

黄土随风起,征途一望惊。人家蜗角小,客路马蹄争。山谷荒何极,民心险不平。旧传东鲁地,入境最关情。

夜过雄县赵北口偕友南归

边境官堤两界分,南行渐近客欣欣。风摇疏柳筛明月,水卷长芦扫碧云。树隐遥村千户寂,天空孤雁一声闻。停鞭湖上鸡筹早,十二桥头车马纷。

春游郭公堤

天连大别望中横,渺渺平湖一镜明。吹到春风人欲醉,柳阴深处听莺声。

蕲峡夜泊

十亩池塘万顷田,扁舟停泊水中天。乱山锁断乡关梦,明月无情过客船。

诗稿汇集偶成七绝二首

曾登崧岳曾观海,万里行踪识见奇。写入诗篇劳梦寐,个中意趣少人知。

傲骨生成只本色,不加文彩自疏粗。吟成合似风前雪,飞入梅花淡欲无。

王湜

字沾田,号亚伶,慈溪人。诸生。著有《巢枝草》二卷。《溪上诗辑》:亚伶居相山,性耽禅悦,其于世事若漠然无与者,而无不通晓。好饮酒,饮必尽醉。年仅三十二而卒。无子。有僧梅岩为立祠于洞山寺中,意其人固从禅窟中来也。所著有《梦梦录》《詹言》《楞严亿》《读史测蠡》等书。

忏悔四偈

茫茫苦海中,文字堕恶道。忆昔宿业深,慧根殊了了。生未证涅槃,远离复颠倒。从今悟迷途,戒定以终老。唯谤起于嗔,口孽知多少。贝叶惜如金,腔壳甘枯槁。

大千皆乐国,两脚凭行动。意界惑之根,贪嗔互相贡。而我似狝猴,每受人愚弄。从今悟迷途,慧剑断前梦。一钵尽随缘,沙弥未许共。无住即生心,六尘究何用。

南望化人城,天魔目如电。幻作白莲躯,顷刻慈云现。自分挂碍多,负气常憎怨。从今悟迷途,诸相随时变。翠竹郁葱葱,便是如来面。无我亦无人,祥光任周遍。

东林有频伽,其角黝以折。获之与谈空,乃入菩提列。自知遇慈航,登岸苦不决。从今悟迷途,因果倏焉彻。诸天宝炬悬,琉璃当空碧。放开五色光,依稀瞻目眹。

天童道中

千竿修竹环流水,乱山稠叠间青紫。耸然一岭分绿阴,脚下恍疑白云起。上有宝坊高插天,下有荒墟废冢累累相牵连。负者贩者趾相错,松涛怒吼来山巅。数里隐约村市见,山势萦回水飞练。楼殿苍茫指顾间,行人笑说天童院。石径松门生面开,一池秋水净无埃。法堂直与碧天接,云板一声衲子来。老僧质朴兼风雅,为我殷勤进杯斝。策杖行吟入翠微,满空木叶纷纷下。石壁峻嶒愈出奇,不拘洼突总相宜。玲珑岩底穴如牖,洞口风声耳畔嘶。披荆斩棘乃得入,一岩屈曲一岩直。老树郁蟠不计年,松苍柏翠枫林赤。此间家法开曹溪,马祖黄檗破厥迷。密云重阐无上谛,宗风大畅留标题。我来演说精进义,要求佛祖西来意。曳转牛颔即真如,三千法界藐然寄。但令根灭尘不生,山光自淡水自清。所以者何浑不识,且向善财洞里卧听萧萧声。

近岁

近岁慕元虚,雄谭抗古初。人闲家计拙,欲淡世情疏。醉甚还倾酒,愁多且读书。平生何草草,空自耗居诸。

竹江舟中

风急蒲帆疾,江潮去复还。波轻霞缀水,轮大日衔山。樵担争归路,渔篙出断湾。前村烟忽起,茅屋渺茫间。

山阴道上

逭暑人来鉴水边,越王城外柳含烟。两三牧竖随鸥浴,四五渔翁枕桨眠。田畔有车牛灌水,江村无树鸟依船。经时不泛山阴棹,草色青青分外妍。

王渭

王渥

闻子规

空斋寂寂破帘开,夜半鹃声听倍哀。我有性情偏异汝,出门何必赋归来。

罗有道

字适斋,慈溪人。著有《松影楼诗抄》二卷。

徐熊飞序松影楼诗抄略:慈溪罗适斋行贾湘溪市中,缙算之余,手一编不辍,里中能文之士多乐就之。

适斋天性孝友,博精艺事,而尤喜为诗。其诗清新戍削,一字未安,或至寝食俱废,及其成章,则渊湛高妙,绎之弥永。

湖实浦庙

登堂何寂寂,蜘网络神前。翠竹遮篱落,红萝补屋边。湖山凭作镇,碑碣不书年。乐岁人还赛,鸡豚列瓦笾。

姚朝翙

字于冈,号立庵,慈溪人。诸生。著有《立庵诗草》。

阚湖晚眺

阚相门前暮雨收,夕阳斜挂古林幽。湖边翠绕群峰净,山外波涵两镜浮。翻影探巢归宿鸟,招群炊火集渔舟。偶来凭眺清幽客,拟谱新图志雅游。

北湖春游杂咏 录四

绿杨芳草冶春天,湖畔游人正少年。逐队寻春春烂漫,野花开满北山巅。

一叶孤舟荡绿苹,轻轻才受两三人。风和日暖湖波细,倚棹中流下钓缗。

寂寞文元旧讲台,春风四座长苍苔。只今湖水年年涨,更有何人讲学来。

莲花刹拥阙峰云,宝篆香浮映夕曛。日暮游人共归去,疏钟清梵隔湖闻。

董景润

字数亭,慈溪人。由监生授州同知。

登凤凰山

振策上危峰,平临万象空。有山皆拱揖,无水不流通。雪意芦全白,霜花叶半红。海邦佳丽景,历历画图中。

客中书怀

寄迹金闾近十年,旅怀时值落花天。勋名空仰灵胥业,水月长涵少伯船。随地啸歌原自得,因人酬酢亦前缘。故乡已种千竿竹,老我琴书有渭川。

董熙

字春坞,慈溪人。

和王东崖新燕

画堂犹是去年人,今日重来结契真。廿四番中刚值社,三千里外乍分春。双栖梦向卢家续,一缕情因卫妇伸。若使丹书能献瑞,文章不羡凤毛新。

黄廷诰

字鸿远,号拙斋,镇海人。监生。著有《悟闲吟草》。

游候涛山

极目望江山,茫茫知何处。云影海天空,清旷得神悟。游览倦忘归,欲去身犹住。樵子束薪回,始觉天将暮。缓步下层峦,苍翠迷来路。更坐片时还,看月上松树。

东城散步

徙倚寒城上,横塘数里通。山遮天一半,江入地当中。雪点沙鸥白,星飞霜叶红。我来闲散步,极目送轻鸿。

野望

散步斜阳外,寒鸦绕树飞。牧童吹笛返,野老荷锄归。霜冷催黄叶,云深隐翠微。会心应不远,山月照窗西。

黄廷议

字秉高,一字澹轩,镇海人。廷诰从弟。监生。著有《月楼吟草》二卷。

黄薇香先生撰《传略》:嘉庆乙亥,镇海赈饥,有死于践踏者,君创立条例,著有成效,后屡宗其法。及庚辰饥,民或与司事为难,闻于官,欲寘之法。君曰:"愚民何知困于岁,复困于法耶。"越数日,其魁焚香谢罪,人由是益称君为忠厚长者。

邑之岩乡金泉里，土人辟山地，见有后梁乾化年号，守臣王君之墓碑铭，乃罗浮山人蒋鉴元所作，内序王君官衔、家世甚详，而战功政绩则寥寥数语而已。考是时，明州乃钱武肃王所据，王君乃其臣属，奉梁之正朔耳，自无功业可载。但是墓已经千载，虽遭开掘，而二君名姓始彰，亦不幸中之幸也。王君名彦回，其先乃琅琊人也，衔列管明州军事兼太子洗马侍御史之职，无史策可考。呜呼！代移世殊，重为追扬，吊古伤今，不胜感慨，故为诗以志之。

唐季干戈起中土，世乱轻文而重武。朝士清流委浊流，是时当道如狼虎。迨及朱梁事更非，宫闱朝政尽遗讥。沙场白骨如山积，椒殿红妆血染衣。铜驼荆棘多荒草，玉座斜阳飞野鸟。五代英雄俄顷间，历朝兴废循环巧。军守明州王府君，衔兼侍御武能文。死而归葬金泉里，遗得残碑后世闻。墓志罗浮布衣作，不叙忠勋与战略。但言佐绩惠人深，家世详明著丘壑。想见古人无谀词，颂生吊死各无私。不假名公钜卿手，留得山人名姓知。世乱高人俱隐逸，定是当时大手笔。生不能显死不传，谁知千载荣光出。文章功业不须论，抚古伤今欲断魂。只今唯有长江水，滚滚东流到海门。

候涛山登眺

海阔疑无地，山高似接天。浪花飞乱雪，云叶散轻烟。僧课空中梵，渔歌水际船。登临无限兴，欲返尚流连。

初秋有感

园林萧飒散清幽，爽气频来暑气收。梧叶惊残高枕梦，荷花零落一池秋。阶前草色经时变，江上潮声向晚愁。最是年年当此际，斜风细雨满江楼。

陈沧龙

字讷莽,镇海人。著有《群芳谷吟草》。

同黄澹轩登候涛山再游潮音洞二首 录一

三十年来此地游,浪花淘尽几春秋。洞中仙客终何往,石壁诗题今尚留。日暖烟波开远岛,天阴蜃气现琼州。与君相约重阳日,杯酒高歌望海楼。

游天童山

梦想名山数十年,于今始得到林泉。乔松移影来云外,涧水分流下树巅。佛殿香烟连永夜,禅房花柳拂晴天。一回未尽观山兴,又被同人唤上船。

惜花和黄澹轩韵

莳花时节正逢春,细雨微风态更新。他日芳菲应似锦,可能记取灌园人。

杨学泗

字鲁川,鄞人。

嘉庆丙辰,先从祖一家奉乾隆四十一年正月七日上谕,并入忠节祠,恭赋七古一章

乾隆丙申之正月,降诏褒忠兼励节。赐以美谥予入祠,帝曰咨哉嘉乃烈。吾家四忠双烈妇,九原同拜推恩厚。阅年二十值丙辰,奉主入祠分左右。家庙烝尝有兴替,今列祀典著为例。圣朝大度浩如天,俎豆不祧传万世。

清明谒从祖四忠墓道

墓去祠堂数十弓,春来祭扫有余恫。丹心殉国埋黄土,碧血冲天贯白虹。杏酪浇时花泣雨,纸钱挂处鸟啼风。而今碑石须重立,圣代旌忠典独隆。

姚占三

鄞人。

奉和杨氏四忠双烈入祠诗

尝考胜朝殉节录所记,表彰忠烈恩典备。录内三千六百人,非特入祠兼予谥。乃知昭代大度同天地,迥非汉魏唐宋可得企。吾乡族望首推杨,一门抗节死无嗣。天子闻之心恻然,不以为顽称为义。诏书五色凤衔来,优恤孤忠传盛事。宗支奉诏主入祠,男左女右分位次。忠臣四,烈妇二,千秋俎豆荐馨香,九原含笑偕拜赐。

忻棣

字及鱼,号萼圃,又号霞屿,鄞人。监生。

禽言四首

春去也,春去也,白发人,昔壮者。春去也,春去也,老伤悲,年谁假。

提胡卢,提胡卢,邻家春酒熟,招饮隔村呼。提胡卢,提胡卢,囊中钱羞涩,有酒难为沽。

得过且过,得过且过,行险侥幸,其如命何。得过且过,得过且过,修身以俟,之死靡他。

凤凰不如我，凤凰不如我，彼虽五采全，我羽岂相下。凤凰不如我，凤凰不如我，彼特以御冬，我偏耀朱夏。

秋夜舟中

载得一秋风，舟行镜水中。芦花欺月白，渔火乱星红。岛屿移来小，烟云望处空。到家人定后，沙岸落征鸿。

垂钓有感

风起浪花生，持竿对碧泓。浮沉看世事，吞吐识人情。物好无非饵，心贪必就烹。行藏从可卜，漫去倩君乎。

郑启业

字恢绪，鄞人。著有《肄堂诗集》。

独坐

深山何待入，独坐即幽居。昼永鸟声里，春酣花气初。帐穿聊补纸，枕失偶凭书。浩浩胸中境，微云灭太虚。

田家

数家烟火住，一径入孤村。河浊还开沼，田高便作园。跳波鱼放子，穿土竹添孙。牧竖归来未，斜阳妇倚门。

游天童寺

行尽苍松廿里关，始知禅界异尘寰。僧房邃密云中窦。佛座崇高寺里山。药采空青逢虎伏，茶拈太白遇龙还。小天童更开奇胜，欲着袈裟住此间。

秋望

林间偶倚夕阳筇，装点缘知造化工。一树春秋兼两景，半留苍翠半殷红。

叶锡凤

字珠渊,慈溪人。著有《瓯游草》四卷、《珠渊诗稿》十卷。

鸥飞阁雨望

偶来小阁倚窗疏,遥对寒山近对湖。碧水渐随轻雾远,层岚淡与白云俱。苍茫独立谁相问,风雨孤吟我自娱。为忆潇湘清夜景,何如身在辋川图。

黄叶

一度西风一夜霜,树头树底变微黄。薄云半掩浑无影,落照斜穿乍有光。羞与木樨同琐碎,俯看篱菊自昂藏。回思柳色如金嫩,何似清秋引兴长。

春日杜湖信步

揭来乘兴步芳滨,短草茸茸软作茵。远岫雨余山染黛,平湖风起水翻银。野花冷淡都如我,小燕呢喃似骂人。惭愧年年堤上过,良苗是处正怀新。

夜坐静观楼有感

潇潇疏雨遍山窗,兀坐萧斋影作双。水涨渠塘喧野蛤,风敲院落吠群龙。最堪误我书千卷,何以酬人血一腔。惆怅半生成底事,孤灯明灭听钟撞。

孙翰

字西林,慈溪人。

和社友董雨香种竹 录二

潋芳园里日徘徊,寒碧萧萧取次栽。抱瓮浇时青袖湿,带经锄处绿云开。抽芽犹待雷惊后,扶干欣逢雨洗来。着手成春差自喜,凭栏相对笑衔杯。

尽教凡卉斗春妍,雅爱淇园托兴偏。点缀筠丛成画幅,横斜藻影媚清涟。芳情不改分枝后,生意原从得气先。把臂林中同一醉,未将乐事让坡仙。

王麟

字绂山,慈溪人。

咏诗囊

诗人才岂斗升量,为爱寻诗系锦囊。花鸟闲情忙里课,江山好景个中藏。纵横驴骨蛮笺满,映带蕉窗翰墨香。古往今来吟不尽,凭他有底贮何妨。

秋柳

水国微茫雁影稠,数枝汉苑不胜秋。月明羌笛来何处,一曲西风一曲愁。

一夜霜刀剪碧丝,夕阳疏影半陂池。剧怜愁鬓逢秋色,不为离亭绾别离。

张岳

字镇西,号寄山,慈溪人。贡生。著有《考槃居诗》一卷。

己卯腊月入闽

登高复涉水,残腊到南闽。发白行囊旧,山青世界新。

圆洲桥作渡，鴃舌鸟为邻。回忆江南路，迢遥隔几旬。

袁启鹏

字程观，号懒云，慈溪人。

和柯讷斋人影韵

任呼牛马任呼憨，冠履分明挺挺男。流水舟移滩一一，斜阳客度径三三。寒灯书味寒帷共，朗月心情对酒谙。我愧无才艰禄养，却教薪米尔同担。

傅光炤

字远辉，一字亦岩，镇海人，元枞子。贡生。著有《问梅堂诗草》。

《蛟川诗系》：先生质鲁而好学，二十岁尚不识字，勤学至二十五，始成诸生。游学京师，屡试不售。幕游历十数省，以议叙训导候选。余姚翁元圻尝称其品端度雅，孝友性成。所著有《四书表题集注》《九经精考类读》《诗韵异同表》诸书。

和江逸翁九日登龙山原韵

登临直上最高峦，仄径苔花惹客观。携酒且消桑落尽，佩萸聊解彩囊宽。踏穿几片岩云薄，行过一潭秋水寒。不觉风前延伫久，几回欲下又凭阑。

烟积疏林翠积峦，龙山风景足遨观。幽岩吐菊霜球小，古木缠萝紫带宽。塔影倒涵秋水碧，禅关深锁白云寒。寺中且作曲江会，黄竹歌声绕画阑。

陈景沛

字雨亭,号巾山,镇海人。诸生。

《镇海县志》:景沛间关万里,舁其父及弟偕姊婿杨觉贤之丧以归,人皆称为孝子。后屡试于乡不售,弃去举业。以邑志久未修葺,深惧文献无征,适授经郡中,卢氏其家抱经楼藏书甲浙东,课徒之余披阅群籍,凡涉于邑之掌故及乡先辈诗文,随得随录,历十余年,排次先后,手自抄写,合为巨编,曰《蛟川备志》五十卷,嗣删节为举要先梓之,最有功于桑梓;又著有《四明纪异》四卷、《招宝山志》二卷。

董沛曰:孝子父元模、姊婿杨觉贤客游灵山,先后殁,家贫拮据,措资令弟景漪赴粤迎柩,而弟又客死。孝子以母老不敢行,既失恃,间关万里,辗转寻觅,始得其葬所,亟负三骨以归。咸丰初,以孝子旌乡里,诸公并赋诗纪其事。

题唐企园小照

人生百年皆过客,眼前指数谁满百。只有林下爱闲适,日月缓驻流光掷。企园先生好风格,陆地行仙称夙昔。学成不设马融席,名淡厌射刘蕡策。隐居城市如泉石,杖履逍遥乐晨夕。今春示我写真册,使我披图增叹息。忆自七闽恣游屐,历尽危峰去天尺。建溪滩恶列剑戟,穿针走马飞魂魄。客岁迹近安南僻,蛮雨蛮风冒巾帻。剩得残生归里陌,五十年华驹过隙。何似先生真高迹,科头兀坐梧影碧。好书一架图四壁,凉风习习生两腋。吾乡不少诗文伯,闲散于君推巨擘。还闻养菊如彭泽,暇日来款陶家宅。

吕莺

字春谷,号柳洴,鄞人。著有《古香楼诗草》。

入云隐寺

云头露屋脊,云是古招提。破云入其处,屈曲盘幽蹊。门前草没迹,树上鸟乱啼。有僧衣破衲,手携筇竹枝。入门适来迎,与语颇清奇。自云幼托此,头白今如斯。日日一瓢饮,问年吾不知。手指结坐处,年来空穴藜。举头月在天,低头月印池。

游西山

万壑护苍烟,千峰插碧天。泉声春雨后,山色夕阳边。亭有三叉路,村无数亩田。樵歌何处起,高唱出云巅。

钱塘观涛

海门一钱白,瞥眼到江边。陡觉雷轰地,旋看雪卷天。乾坤双影动,南北两堤迁。漫说吴山峻,飞来欲并肩。

古木

百尺卧高冈,虬株老更苍。乾坤参剥复,今古阅兴亡。干拂烟霄迥,根盘冻壑长。昔年黄叶在,犹忆饱风霜。

登半空洞

峭壁根埋水底幽,半窗一款更谁留。松盘窄径难容足,藤挂低崖欲碍头。好向三霄招夜月,敢从百丈瞰溪流。乍疑采石矶相似,为忆诗人太白楼。

武林寓中

江馆萧条百感生,他乡空作故乡情。可堪梦断灯花落,秋雨梧桐夜夜声。

陈景沛 吕莺

秋夜独坐

一炷香残一炷添,薜萝窗外月纤纤。只因人似黄花瘦,怕向西风不卷帘。

吕鹄

字幼海,号蒹洧,鄞人。

赠友

韵事花前梦,人踪浪里萍。西风吹我袂,孤月照君庭。樽酒谁相伴,篝灯空自青。谈心知有日,花发满旗亭。

徐有庚

字远濠,鄞人。诸生。著有《困勉斋学吟》。

和幼竹弟鉴汀十景诗次韵 录二

昨宵微雨过,春色几分添。水涨鸭头绿,苔粘屐齿纤。轻烟笼客路,落月挂疏帘。便作苏堤看,提壶永日淹。

暮村人寂寂,聒耳有钟鸣。碑藓前朝寺,鲸铿半夜声。上方香乍积,孤枕梦初惊。启户寻兰若,藤萝片月明。

徐锦魁

字梅墅,鄞人。平湖籍诸生。著有《青藤书屋诗文稿》。

嘉禾杂咏 录六

九穗连茎湛露滋,得禾名郡正相宜。至今田舍秋成后,犹话黄龙献瑞时。

马肠湖水涨春波,到眼莺花两岸多。间向乐郊亭上望,画船几处载笙歌。

淡烟疏雨影霏微,花落孤村燕子飞。白苎歌残春已去,阴阴桑柘掩柴扉。

几处琼瑶压画檐,清辉堂畔晓寒添。爱他残雪空林外,露出真如塔影尖。

苹洲蓼渚散清芬,长水遥流淡夕曛。恰喜舟行风力健,轻帆片片逐飞云。

轻舟小泊柳阴凉,溪水遥连汉魏塘。日暮桥头刚市散,有人唤渡立斜阳。

王元圻

字广千,号芹香,慈溪人。有集。

弹子矶

万山青四围,挺出弹子矶。矶高貌苍秀,独立无因依。侧看撑两角,横如斧劈壁。黄巢一盗耳,尚留弹子迹。芰荷作衣笋作笠,飘然天地我过客。可能十二万年后,扁舟重历凤田驿。

过昭林

不受峭寒侵,桃花已满林。楚山经道远,湘水入春深。故国三更梦,孤舟万里心。长途何所适,日日短长吟。

羊城秋日有怀张湘楂

惆怅三年别,迢遥岭外躯。盟心有松柏,留迹在江湖。落日鹃声切,秋云雁影孤。归帆几时买,生计悔吹竽。

度庾岭

春风乍晴日,万里有人还。车马阗官道,村烟簇远山。听泉危岭上,穿石乱松间。欲访梅无处,含情过此关。

小孤山

何缘依傍竟全无,拔地撑天水一区。势拓空蒙翻若小,生原突兀不嫌孤。江潮上下过僧寺,岩树高低拥画图。几度寻诗思蜡屐,扁舟如叶浪花粗。

洞庭舟中作

瞻云那得不悲凄,江水东流我向西。落日满川帆□叶,黄陵庙外鹧鸪啼。

宓璟

字式如,一字仲姚,号秋航,慈溪人。诸生。著有《味义根斋诗文稿》。

《家传略》:先生幼失怙恃,依兼祧母贞孝姜孺人,贞孝家法严肃,先生奉事唯谨,无稍拂意。少年劬学,以舌耕给事畜之资。晚岁精岐黄术。生平谨言慎行,为乡党推重。

效元人十台怀古得凌歊台一律

宋主南游警跸还,高台缥缈孰登攀。三千歌舞埋中土,六代烟霞剩此山。猿鹤悲啼红树暮,神仙啸傲白云间。剧怜绝顶凭窗望,罗列儿孙几席间。

僧鞋菊

开到黄花花事残,花容幻出一枝单。瘦从惠远吟边认,香引瞿昙悟后看。踏月惯留三径晓,履霜欲傲五更寒。尘缘已了禅心净，却笑人间绣合欢。

陪罗丈耔墨游西川岙晚归

山灵招我雨初晴，望望西川信步行。茅屋几家深树里，斜阳明灭曝烟横。

溪桥好与两山接，溪石能分一水流。行到溪边桥上坐，溪声喧石涤人愁。

自笑年来类系匏，闲身端合住云坳。那堪啼鸟催归去，前路垂杨月上梢。

新晴即事

布谷原头宿雨晴，采桑墙畔夕阳明。田家只解辛勤惯，枷板喧闻打麦声。

一池新涨碧于油，无数杨花点点浮。引得锦鳞齐上水，儿童争下钓鱼钩。

董衡

字岳南，号午山，慈溪人。诸生。

寻先征君故宅

慈湖北去阚峰西，踯躅斜阳问旧蹊。芳草莫留高士屐，飞泉犹涌汉时溪。一庭聚顺春常在，两诏旌贤地不迷。记取碧山樵汲处，夜深还有乳乌啼。

七夕喜晴

槛外潇潇滴雨声，银河黯淡暮云横。须臾风送黄昏月，远照湖山一片清。

秦士豪

字屺陵，慈溪人。官广东盐大使。著有《凝神草堂诗存》二卷。

题六如亭

耳食非真见始真，佛仙果是有情人。难忘红袖添香日，坡公有"红袖添香夜读书"之句。最怅青山瘗玉辰。春睡五更千里客，芳阡三尺百年身。定评两字题忠敬，碑版流传弈世新。

过土夹道

剑峰罗列两山巅，陡绝中萦鸟道穿。曲折远通千里使，往来别有一重天。危崖骇马轮声疾，午日当头盖影圆。狭路逢车无处避，预教健仆莫争先。

陈梦兰

字展青，号秋皋，慈溪人。贡生。著有《平鸣集》。
《溪上诗辑》：秋皋诗不矜才，不使气，深醇婉挚，风藻翩翩，王亚伶极称之。

久雨次族叔卧云韵

到苏已匝月，春暮尚惊寒。吴越天疑漏，关山雪未残。吴门清明日犹雨雪。酒肠羞冷涩，花事惜阑珊。莫问园中景，愁人怕倚栏。

游保国寺

买得江滨一叶舟，招朋欲作道场游。朔风猎猎吹残苇，落木萧萧荒古丘。石磴高盘松顶出，用丁鹤年句。梵宫深锁竹林幽。停桡莫问桃源路，胜境应从此处求。

登高回望隔尘寰，自是东来第一山。_{五字系前明颜襄毅公题额。}叠锦亭前清涧转，放生池畔翠屏环。钟鸣午后僧归寺，犬吠云中客叩关。多少繁华新世界，独余萝葛几人攀。

跃龙山望雪口占_{山在宁海县南城外}

来续当年玉宇游，_{丙寅中秋尝登兹山。}天开粉本绘龙浮。风光着意催人老，旧日青山尽白头。

蒋学朱

字蓉峰，奉化人。诸生。

放言

脱帽抽身问渺茫，年来橘叟隐沧桑。学如鸟数何非福，事待龟知己不祥。阅世事忘今古变，顾妻子乐室家昌。谁人领略闲中味，休怪痴生笑老庄。

春日即事

翠竹亭亭亚碧墙，梅花冷艳斗新妆。个中别有芬芳气，疑是诗书发古香。

欧光忠

字赤棐，象山人。诸生。

赠夏梧冈读书归云洞

吾闻归云洞里悬峭壁，古柏苍松横百尺。两道清泉夹岸驰，中央耸峙千人石。咄咄造物位置奇，不教白鹿独开辟。埋没荒烟人不知，数椽茅舍与世隔。梧冈习静得此居，宛然闯入神仙宅。岩畔倏遇长房杖，林端时有王乔舄。掩帷执笔效吟哦，油然蔚然伴朝夕。五朵云应为君书，五色云还为君籍。嗟予虽未叩岩扃，目想山中云紫碧。指日芒鞋洞里来，云屏之旁分一席。

秋色落晖步陈清源先生原韵

长天舒景色，林木挂斜晖。积翠平坡淡，残红远岸微。云中征雁入，村上晚鸦归。倘遇王摩诘，应教举笔挥。

省试归经道存岭得二弟凶问

来此道存岭，惊闻折雁行。恨无缩地术，悔到夺标场。犹想人传谬，从知梦不祥。省寓梦见弟病容。中途心绪乱，流泪已沾裳。

咏白莲

露裹清芬破晓开，遥疑罗袜踏波来。生成不用重装粉，洗净原无一点埃。秋水白鸥同皎洁，凉池素月共徘徊。采莲异日翻新调，听取吴娃荡桨回。

郑凌云

字大中；象山人。诸生。

次倪二云莱咏敝裘韵

天心寒彻底，吾道耐青毡。东郭穿跤日，相如卖酒年。秋皆云落实。岁每在良田。指顾三英粲，无忘采木棉。

游护境寺赠若愚上人

出门指点赴林西，一路沙堤绕曲蹊。岭上白云侵兽吻，阶前紫竹拂璇题。怜君麈尘儒兼释，为我添骰毱共鸡。坐过蒲团真了事，空山还要树菩提。速之招徒。

次倪二中秋月韵

饭罢披衣上石栏,一轮明月出重峦。荻芦岸畔怜孤赏,鹳雀楼头想共看。露坐浑忘长袖湿,高吟那顾小星阑。来年此夕西湖里,好把霓裳奏广寒。

刘大铨

字啸渔,定海人。诸生。著有《小畬山房诗稿》。

秋夜

骤雨来无定,悲风吹不休。十分花意瘦,一夜树声愁。得气蛩争语,归林雁倦游。宵深听刀尺,已是授衣秋。

渡钱唐江

一自鸥夷裹谏臣,江流万古怵行人。岳家亦有兴亡恨,安称西湖卅里春。

王序东

字静山,定海人。

秋初普陀朝阳洞观日出

万派洪涛撼弹丸,霎时朝旭透云端。阳光乍吐心神爽,曙色初开眼界宽。四序不嫌秋气老,几回又见晓星残。人生行处皆堪乐,玉宇无尘最耐看。

黄定齐

初名定亢,字克家,号蒙庄,鄞人。监生。著有《垂老读书芦诗抄》二卷。

赵粹甫先生序略：先生幼贫，随族兄东井江南任所，书律并读，出其所学。游历吴、楚、燕、豫、皖、粤，名公钜卿争相延致。及归老江乡，一层楼上坐拥百城，终日读书，老而弥笃。观稿中《读律诗》及《垂老读书图记》，可以知先生之所造矣。

读律

书剑学不成，去而更读律。岂必致尧舜，用以佐黼黻。厥义严若霜，厥旨细于发。自非会其通，曷克副慎罚。咿唔非所需，研求不容忽。勖哉经世编，勿视游说术。

汉魏远莫溯，律传开皇余。自唐迄有明，各成一代书。皇朝重弼教，首纂定鼎初。弈弈则例馆，盘盘鸿博儒。五载一删辑，精意纤毫区。草野任力学，所贵挹其腴。经义此中尽，勿更事牵拘。

刑唯无刑期，名实法先务。为幻格诪张，作伪惩奸蠹。出入生死悬，辨尤严故误。见律未见囚，律见囚已付。不先律此心，何以论法度。律不外持平，凛凛求其故。

律载偶未该，上下穷附比。不于律中求，终难协成轨。律在通其变，疑先析其似。律意全在胸，律文皆渣滓。纲举目自张，体失用何恃。泛言疑从轻，畸轻岂云是。

义正本仁育，信立智不违。上下亲疏间，尤指礼为归。咄哉申不害，但矜恣睢威。何者为孤愤，说更陋韩非。律学包五德，出彼乃入兹。堂堂复正正，谁似当代规。第云民可由，安得民共知。

读书不读律，无术嗤迂拘。读律不读书，有术成空疏。峨峨座上客，倒屣重公孤。句读纵不爽，寸抱终殊途。况复事剽窃，尘牍积抄胥。律犹未卒读，万卷安问书。读自儒冠来，存液削其肤。

过十八滩

舟行未入滩,已怯滩声恶。入滩齐戒严,石齿砺霜锷。急溜瀑布冲,危崖剑门错。港讶断复连,岩惊坠欲落。潭深蛟潜蟠,径窄魈争攫。昂首来巨鼋,尾追声霍霍。山根雷劈余,饿虎伺吞嚼。纤挽众不胜,凛凛驭朽索。犹谓上滩难,终胜下滩虐。滩数罗汉符,慈悲呼不诺。俄闻惶恐名,同舟共增怍。我谓世路艰,何处不滩若。滩行戒覆舟,陆行戒失脚。

促织吟

促织复促织,夜长几得息。织缓促不休,促急织加逼。我织尔苦寻,尔促我心恻。尔何不高飞,飞向玳筵侧。笙歌宴楼台,尔亦鼓尔翼。又何不远去,天涯去觅食。为告我故人,灯寒惨无色。断机非所安,回文不可得。感尔萧萧声,愧我手生棘。

观范氏天一阁藏书

海邦杰阁奎光垂,声明文物邹鲁追。万轴萃积古今妙,四库分锡云霞奇。中垒七略未为富,内史千卷知有遗。孙曾食德凛世守,异本曾奉丹宸披。居邻咫尺我何幸,半豹全豹任力窥。忆昔藏书盛前代,插架不独丰陆推。序班太守有同好,搜括罗拥俱忘疲。珍奇有时炫大阮,佳话至今传酒卮。序班、太守皆司马姓,各以异本相炫尚,或罗列招饮,司马拂然而去。或云多藏要能读,儒生每负便便腹。穷乡又苦读无书,安得村村足签轴。三百年来一阁存,当时夸耀徒纷纷。澹生箓竹更安在,遗书转眼成浮云。编区类别目分部,金石镌拓尤奇古。上溯秦汉迄晋唐,谁家得比图书府。君不见,蓬蓬宝气腾句章,何时鲁殿移灵光。

黄定齐

大风过黄天荡

滔滔万里流趋东，扬江直上岷江通。放船京口逞豪快，金焦转眼移巃嵷。黄天之荡险独绝，无风浪亦三尺冲。封姨怒吼云变色，山摇钟阜虬拔松。泼天狂卷六月雪，涌浪屹立千仞峰。扁舟一叶曷足数，驶如箭脱百石弓。壮哉斯游坐怀古，截江师惜无全功。孤军深入失归路，魂游釜底穷寇穷。大船风阻小船接，天堑孰更撄其锋。计不出此隙先授，虚矫漫说还两宫。腐儒迂论付一笑，管见何足窥英雄。

解网曲呈康兰皋中丞

粤东械斗恶习诚宜痛惩，而势难追论已往。盖近年斗案约，伤火器居多，枪炮齐放，虽起死者而问，亦不知死于何手，矧事隔年久，乌从得其确实，顷潮属报获积年，逸犯不下数千，恐难免买凶顶认诸弊。赋此，以请网开一面。

网太疏，封豕窜逸巨鳄徂。网太密，桃僵李代冤沉结。网开一面密复疏，解祝安得汤仁如。蚕毒知谁刺，狞恶知谁残。纷纷确指当日难，岁久宁复识其端。恢恢不漏天网宽，法网莫作尘网观。谋羞岂无鸟，食饵亦有鱼。区区得食生死俱，网如不解麛子遗。吁嗟乎，网如不解麛子遗！

秋录叹呈裕余山中丞

寒凝秋萧风泠泠，漏滴凄绝灯不明。争光岂必来老魅，但觉千钧笔重霜气横。鉅典重秋录，法别实缓矜。全神不注义不精，出入疑似毫发争，救生救死之说何足凭。杀非我杀，救非我救，惟良折狱期砥平，不独议严司院无重轻。噫嘘唏，兽堕坎穿鱼投罾，悠悠顷刻别死生，人间亦有森罗城，此牍茫茫神鬼惊。

丈亭夜泊

扁舟泊今夕，老尉隔前朝。_{地以老尉方筑丈室得名。亭纪}仍名丈，江连不属姚。乡心贪再宿，客路说明朝。山月浑无赖，来催夜半潮。

泊燕子矶

绝壁认依稀，烟澄燕子飞。六朝留胜迹，千里泊斜晖。风定石亦舞，春来秋不归。巷邻王谢近，今古两乌衣。

哭袁若夫

十载东西浙，红莲拥上宾。岂云知己少，偏耐故乡贫。爨乏来朝粟，杯留隔岁春。也知同物化，天太屈才人。
弈叶标清望，西袁重一时。季方曾问字，邱嫂况能诗。高士而今尽，痴才举世悲。交游怀总角，衰老我何为。

登大观台谒余忠宣公墓

矢亡援绝大江滨，肯负孤城惜此身。台迥曾挥沿岸寨，井荒长溯一家仁。_{眷属俱殉井中，今存"一家仁"额。}诗传戴叔留清派，_{婺州戴叔能学诗于公。}庙守危翁愧老臣。奇节不殊王保保，存元赖有两完人。

登浦口敌台

埋金已压钟山气，叠石长留北浦台。万里涛声连海卷，六朝山色越江来。霸图不尽兴亡感，大敌几经壁垒开。此日渔樵歌四起，苍茫雉堞积荒苔。

一簋二集和王春桥韵

拟傍湖滨把钓竿，回头差幸布帆安。人归万里霜侵鬓，

黄定齐

楼倚一层花绕栏。弓乘谁教招叔度，莼鲈可许恋张翰。重阳未会行将别，忍折茱萸更细看。余适有中州之招。

由郎步赴皖途中杂咏 录二

只雁迟归旧侣稀，解维郎步雨霏霏。多情鸥鹭曾相识，拥住轻舠不肯飞。

小南湖接大南湖，烟水苍茫入画图。飞絮漫天工点缀，一篙风雪住菰蒲。

度梅岭

香逗东风拟遍栽，冰姿漫羡此先开。故园也有花千树，杯酒曾浇作别来。

雁飞不到客偏过，岭树江云隔别多。古调欲弹愁未稳，蛮乡遍地木鱼歌。

余一清

鄞人。

和袁陶轩观稼楼原韵 录二

寻君路过柳阴中，新葺楼居夕照红。彭泽桑麻诗可拟，辋川烟月画难工。孤村负郭人家少，画舫穿桥野水通。畎亩漫言甘小隐，还期招我有车弓。

坐守青毡颇耐寒，漫嗟名士老江干。田堪种秫还嫌少，地为栽花特放宽。漂泊我同风里絮，清幽君似谷中兰。结邻倘得茅栖稳，日日开尊尽客欢。

施育芹

字启芳，号蠡池，鄞人。诸生。

月湖春泛

我来月湖上,云树生残晖。轻舟渡芳沚,逸兴空中飞。俯羡游鱼乐,仰看高鸟归。春风时款款,夕烟野霏霏。冲襟涤凡想,恍与仙人期。方壶杳难见,员峤归无时。十洲与三岛,顾瞻足自怡。徙倚不忍去,一任斜阳低。停桡上花坞,片月生光辉。

施育凤

字竹庭,鄞人。监生。

过田家

一望千林散曙烟,苍茫红日上山巅。泉声汩汩来空谷,风景依依似去年。指点村庄深树里,相寻门巷小桥边。最怜篱犬如相识,为报居停导我先。

郑湛

字澹园,慈溪人。

和袁陶轩观稼楼原韵

故人住近鄮西城,客久家园懒自营。曲径草深稀履迹,小楼岁久失题名。每思乐道同颜子,欲笑佣书类马卿。今日居然光旧业,我来杯酒叙幽情。

楼外郊原一望中,三春花草杂嫣红。水田霢霂耕耘盛,烟树迷离点缀工。地近新河流曲汇,人行古巷径斜通。柳庄两岸植柳,今呼柳巷。仰瞻无逸楹间句,"人求多闻,所其无逸。农殖嘉谷,乃亦有秋",外舅近斋先生《题观稼楼》句也。始识为箕善学弓。

地僻曾无车马喧，栽花种竹道心存。未须学稼亲农事，且自眈书守荜门。继序不忘推孝子，止基乃理付贤孙。年年秋到庭芳发，此是先人手植恩。

清毡故物耐清寒，学未逢时禄耻干。到眼风光随处好，得闲岁月自来宽。无多家具惟图史，不断生香有蕙兰。寂寂门庭真似水，高堂宴坐有余欢。

徐江

字俊涛，号琴川，慈溪人。诸生。著有《灵芳小草》。《溪上诗辑》：琴川《灵芳小草》多至百二十首，缘情绮靡，体物浏亮，状写之工，备极天趣。

珠兰

嫩绿枝头点点匀，香分楚畹别精神。等闲莫与轻为佩，留赠轻躯细骨人。

牵牛花

袅袅柔条匝短篱，秋容点缀绝清奇。天孙夜夜相思泪，洒向花房作露垂。

剪春罗

片片红罗取次开，凭谁纤指试轻裁。玉清宫锦翻新制，分付司花剪样来。

白芍药

冰雪凝肤暖未消，亲从姑射挹丰标。小栏月色清如水，梦到扬州第几桥。

陈澜

字观澜,号卧云,慈溪人。诸生。著有《听雪轩诗集》。

次姚立庵游天童寺题壁原韵

步入松岩路,临风忆远公。亭虚传虎迹,_{寺前有伏虎亭。}地偪徙龙宫。_{寺旁有龙潭,晋永康间迁潭山后。}楼结青峰下,僧归绿树中。瑶台听梵呗,法雨洒遥空。

太白临窗迥,书楼御碣封。_{雍正间建有御书楼。}山高常碍月,室邃不闻钟。飞瀑千岩雪,惊涛十里松。还骑驴背去,薪水觅仙踪。_{晋义兴禅师结庐此山,有童子来,给薪水,久而自去,盖太白星也。}

邵嗣昌

字辉林,号洒园,慈溪人。诸生。

《溪上诗辑》:洒园丰姿飘洒,文词尔雅,尝受知于南汇吴稷堂侍郎,后以误充社长,困迫憔悴以死,可惜也。

同叶松崖、冯雨航秋槎及门杨秋江游资西遇羽止宿梅源

万山昼欲暝,失却青芙蓉。老树喧急雨,飞流落远峰。欲觅前行路,阻此三尺笻。云过雨亦止,翠霭滴长松。相偕抵上方,曲径绿苔封。归路堕渺茫,深林递晚钟。扶携到梅源,山僧幸见容。力疲兴自豪,对酒开心胸。扫却尘俗气,仿佛神仙踪。因怀嵇阮辈,旷达千古宗。洗足临危溪,泉声欲吼龙。本是陆行客,挂帆趁小艭。_{归至浮上桥,两岸没水三尺,适得小船渡至童古庙而回。}意想所不到,绝处得奇逢。踏尽绿阴凉,煮茗资谈锋。

移居城北奉酬以斋夫子

卜居城北避喧哗，一径清幽意兴嘉。栽菊不妨新筑圃，种瓜原是旧传家。门因地僻长留草，巷为宾稀未扫花。老去闲身容小隐，休将逝水叹年华。

放鹤亭

群山合沓拥西湖，卷石中浮岛屿孤。处士风流千古在，春来还有鹤飞无。

周匡

字一匡，号海柱，慈溪人。著有《是吾庐诗文草》。《溪上诗辑》：海柱与唐松筠、陈卧云、孙鹤楼、姚立庵、俞漱泉、桂古香齐名，有桥南七子之目。其诗天才雄放，虽不免廓落而无实，然豪情胜概凌轹一切，亦自有不可磨灭处。

漫兴

东海有高人，不食嗟来食。东郭有贱夫，不恤祭余乞。两人不相谋，一饿与一乞。饿者竟死矣，乞者骄妻妾。

山居夜起

辗转不成寐，披衣夜更凄。空山一片月，茅屋数声鸡。竹籁鸣窗牖，松涛落涧溪。吟残时复倦，梦入水云西。

谒吴越王像

铁马金戈运，龙争虎战场。华夷谁是主，吴越暂称王。本欲安天下，宁徒霸一方。只今遗像在，高拱肃冠裳。

葛宗奎

字在畦，慈溪人。

叠韵示胡生宗周

白日全欺雪，黄云半坠沙。客情江上路，春意岭头花。远忆陈蕃榻，频经董黯家。高堂迟暮景，舞彩最风华。

虞廷宣

字渔苇，慈溪人。诸生。著有《缄石斋诗存》四卷。

晓过兖州

侵晓趋东鲁，夜气接洪蒙。初阳忽晃漾，天际生微红。须臾升朝霞，皎若凌太空。曦光散平野，宿麦披和风。露柳湿未干，山翠曳融融。遥瞻泰岱峰，日观飞高穹。何日蹑层峻，极目东海东。

邳州道中作

天光幕四野，灏气弥空隙。树杪阁夕阳，界画出遥白。远疑春水明，近复烟芜接。驱车沿大堤，泼眼湖光溢。隔岸微山青，明媚舒笑靥。风帆荡轻舟，劳此尘中辙。乃悟真实境，迥殊幻象灭。缅怀赤松子，可望不可即。

宿东阿次幼连壬午题壁韵

车如鸡栖马如狗，又向天涯逐尘走。西风迎面谷城山，刮地黄沙迷谷口。车行辘辘，怕车折毂。白石齿齿，龁我马足，一鞭投向孤村宿。旅梦迢迢梁未熟，一日愁回肠九曲。肠九曲，来日难阪九曲太行山。故乡无计留人住，却伴王尊叱驭去。

广信府

　　风景犹邻浙，危城面水开。江声激沙石，树色隐楼台。夜火浮桥渡，春帆狎浪来。商人歌利涉，德政足徘徊。吾乡邵双桥先生为太守时，令往来行船抵浮桥即开放，至今赖之。

秋日登小五台高阁

　　林皋露下气初凉，杰阁凭临接大荒。刮地塞风吹面老，护巢霜隼急天长。关山望里成怀远，蟋蟀吟中易夕阳。太息年华重回首，匆匆强半是他乡。

重过洪氏园有感

　　名园花事屡招寻，惆怅春光日又沉。为问岩前几株树，种时谁抱十年心。

四明清诗略卷十八终

四明清诗略卷十九

鄞 董沛 孟如 辑

陈仅

字余山,号渔珊,鄞人。鸿渐子。嘉庆癸酉举人。历官陕西宁陕厅同知。著有《继雅堂诗集》三十四卷。

《鄞县志》:仅幼颖悟,尝夜读《尔雅》,无灯,以香炷逐字默记,辄能成诵。乡荐后,以国史馆誊录议叙知县,始任咸长,摄定边,均有惠政。

旋调紫阳,南山大蝗,教民以捕蝗法,一盂易百钱,复祷于城隍三日,有鸲无数,啄蝗立尽。是岁山南郡县皆报歉,独紫阳无恙。县治俯临汉江,江流之险莫甚于炉子滩,仅鸠工修治,行者颂之。

调安康,弛粮禁以便民,筑堤堰以兴水利,行保甲以清盗源,擒白莲教余孽以靖群回,在任十二年,讼庭闲寂,民吏相安。

调咸宁,升宁陕同知,以足疾致仕。咸长、紫阳、安康诸邑皆立生祠祀之。卒年八十二。

仅性好读书,经史、小学皆有撰著,最长于诗,论者谓得少陵正传云。

来日大难

来日大难,当食不餐。出户抚心,明星阑干。太行虽高,高不至天。下床逢人,荆棘在前。松乔千年,寿尽亦死。丹竭芝枯，鬼伯欢喜。仲尼救世，周流栖皇。迷阳曲局，取笑楚狂。隋珠和璧，万祸所兆。投之浊流，以全吾宝。左有燕姬，右有越娥。今日不乐，来日奈何。

逼侧行

逼逼侧侧，各自努力。出门寻人，归来叹息。野鹿得草，鸣声呦呦。哀彼幽兰，弃之道周。昔年与君，相期千载。一夕参商，过不在大。片叶秋坠，回风吹之。仰瞻高林，谁念同枝。尝荼知甘，尝蜜思苦。志士皇皇。一食三吐。

尾毕逋

尾毕逋，城上乌，哑哑绕树求其徒。白翎长，距何处，鹊得树连，群飞霍霍。嗟尔乌，尔勿悲，南枝正暖朝日熙。尔能入鹊群，鹊亦不尔辞。新交乐莫乐，安用恋恋旧侣为。老乌向鹊三叹息，庶类相从有俦匹。绿差差，女萝丝，生不同根能几时。

骡车谣

纲者骖，辕者服，行者轮，附者辐。车迟迟，骡苦饥，泥独漉，骡踯躅。锉汝刍，饭汝豆，车不前，职汝咎。山何高，泽何深，骡骨出，愁人心。路迢迢，行且止，往复还，几千里。来者今，去者昔，税汝骡，崦嵫夕。

宿佛迹寺

山行无远近，偶此桑下宿。阳光阕层崖，阴籁转虚谷。淡淡烟归松，微微月生竹。山高夜气永，僧古冬心独。香积有余味，蔬果矧已熟。斋磬一饱分，跏蒲万缘足。劳生鼠穷五，寂境龟藏六。睡醒佛灯孤，空堂掠蝙蝠。

首夏雨霁与黄支山_{桐孙}薄游郊野

檐滴不闻响，启户见众绿。云意淡远山，晴光泛乔木。同心不期至，遐讨及晨旭。兰衣称体轻，苔屐随坐足。群鸟纷媚耳，万汇森在目。赏逐跬步移，思与风烟属。君意方流泉。余怀已空谷。

暮秋出右安门访菊，返游法源寺即事

经旬坐空斋，兀兀困笔砚。但觉秋气悲，莫问秋色绚。旧约每蹉跎，新交得游衍。联车水争流，命屐地先选。十里出城闉，四望骋郊甸。寒泉碎落唾，遥峰淡回盼。芦根轧硬黄，枫叶媚深茜。查卧万蚁屋，果熟群鸟馔。老圃桔槔忙，荒村禾黍遍。搜风灌木麈，傲霜晚花殿。瓦盆破未补，篱蝶冻仍恋。寥寥芳事阑，鼎鼎岁华倦。如饥得圭撮，未足快咀咽。欲去终怅惘，言归复辗转。鲸钟远忽闻，鹿野近始见。七宝启化城，三成笀香殿。月砌金绳交，霓梁绣䌽缠。微妙波律诵，庄严法喜膳。庭树溜白皮，龛灯照黄面。抚磬驯雀应，寻碑老僧倩。探奇坐易迁，吊古话屡变。尚忆贞观初，四海罢争战。晚节稍矜侉，良药息瞑眩。松江夕渡跸，安市晓传箭。銮舆驻荒服，骑士竭京县。冤魂塞雾蒸，朽骨土花罥。徒令悔轮台，亦已劳湟鄯。往事虫与沙，前闻泡兼电。褒讥付史评，俯仰入吟卷。静域惬酬唱，劳生谢鞅鞲。苍黄暝烟沉，紫翠暮霞炫。求巢鹊尾掇，合队鸦阵旋。风尘辙复回，山林梦徒羡。剪烛报诗成，聊附俚人谚。

短歌行

陈仪

女娲能补天，不能补不平。遂令圆穹体，万古西北倾。人道始一哭，物自憎其形。血肉方有权，天地遂无情。首祸实俎豆，大生在兵刑。六合久必敝，杀气为斡撑。瞿昙不得已，一无泯众生。老子不得已，一虚受众名。讵知虚无中，万机藏其精。二氏不忘我，何以平世争。空堂攫神鬼，跬步超蓬瀛。已矣勿复歌，短歌皆哭声。

感物二十七首 录七

日月如有情，东西迭相照。如何自玩愒，俯仰目如眊。寸阴积有余，但以供啸傲。坐废百年期，容光讵非盗。华发自不留，安得怼两曜。君看寸草心，尚拟春晖报。

沧瀛纳污流，乔木受恶蔓。至人量兼容，独异府众怨。贤愚品万殊，好名有同愿。自新俾无门，何以为激劝。绝物忌太甚，好讦徒自困。驭恶如鬼神，道在敬而远。

蓼虫不辞苦，桂蠹常守辛。饥寒士之常，胡为日哀呻。汲汲觅名利，终年走缁尘。缁尘能染素，所虑亡其身。裋褐得羊裘，闭目笑悬鹑。蔬藿偶一肉，更复望兼珍。富贵易故步，不如长贱贫。

蹄涔映天光，空深傲江海。薋葹寄乔木，下视兰与茝。种梓磐石中，百岁终魁瘣。藻火而处暗，熟视谓无采。三代盛英俊，视后当十倍。六经所未称，姓氏几人在。庸流阽青云，荣名亦千载。附托理则然，吾将问真宰。

华钟列东序，厥声何喤喤。一奏凤皇仪，再奏神人康。不击或自鸣，群噪为不祥。寸心秘瑰宝，万物交寇攘。言出患则入，谁为撤其防。所以古君子，守口如墉墙。

撼坷起道心，淡泊得生趣。日坐幻妄中，积久如有悟。渴饮蝮涧水，行冲虎崖雾。肮脏绝俗心，无益反增忤。君子处忧患，慎用其喜怒。

东门集元鹤，云是丁令威。俯颈一再唳，似叹人世非。湛湛叶间露，日出倏已晞。流波入东海，几时复西归。蜉蝣语木槿，子落吾安依。何当驾鹤去，冥冥云中飞。九州一丘垤，遑问冢累累。

舟次南昌同支山游东湖百花洲

风波息戒心，水木果游诺。蕉衫午阴和，石路秋影薄。湖波正迢递，洲趣何寂寞。高苔静映树，平泉淡浮箨。方寻竹外桥，复倚鸟边阁。西风揭万象，炊烟满城郭。山川阴忽霁，原野旷仍错。差差近沙回，裔裔远帆落。天光云气中，一镜端可约。倒影波上衣，遥语飚振铎。浮生随白鸥，浩荡靡所托。可怜旷达士，坐受百忧烁。定知来日难，莫羡游子乐。迟回返扁舟，清梦在芳若。

江上晚兴

凉风送江霭，微波减空绿。夕阳澹无影，秋色在水木。青山对吾庐，鸟语隔深竹。时见渡头人，远入烟际宿。萋萋暑草变，黯黯晚花馥。氛雨飒遽暝，时序去何速。天地有息机，吾将返吾朴。

晓出齐化门留别藕湾编修

凉风西北来，客思东南飞。驱车出国门，我马行骓骓。寨帷悦新爽，砥路遵长堤。枣榆入秋气，菰荻明朝晖。轻沙不登毂，随轮散珠玑。弥弥大通流，浣我归人衣。同行二三子，笑语情不违。所嗟素心人，一旦成别离。别离亦何有，白首终交期。

夜泊余姚

雨篷坐经旬，兹夕及新霁。虽嫌浮云重，稍喜圆月丽。江流去不息，渔箔星火细。双城夹空蒙，孤钟送迢递。邻舟四五辈，乡语杂刚脆。去家百里近，相思转无寐。家贫赖游人，垂橐难为计。仰望天镜斜，俯听暮潮沸。物理悟消长，劳生敢求憩。

陈仪

舟中晓起望田家如画

川行爱朝霏，睡起坐初旭。虚岫近始青，长波远弥绿。乌啼竹中寺，犬吠花外屋。露气覆禾陇，余润及草木。农夫启户出，乘晨饭黄犊。敢夸良苗新，所恃人力足。南风散余熏，众卉纷在目。地僻物虑澹，时和景光缛。胜迹不可留，空嗟片帆速。

同人游同谷山谒王深宁先生墓道

闭门百忧积，坐叹霜鬓侵。偶随故人步，得畅芳郊寻。隔宿理轻楫，清晨度幽林。沿溪乍殊岭，入谷仍同岑。春萝被萋葏，晓木开阴森。去鸟无迹玩，归云有遐心。俯窥层渊暝，仰跂崇崖嶔。缅维大贤墓，稽首松桂阴。古人不朽业，俎豆齐高深。同人方鸠工创先生祠堂于西郊瀛奎阁畔。委蜕六百载，魂魄犹式临。山灵守抔土，静夜闻鸣琴。向往惬初愿，馨香达今忱。低回难久留，高风起萧椮。方寸莽回薄，弹指流光骎。归欤庶勉旃，山川无古今。

偕华海珊游丁氏五花阁

市行厌一哄，间道走而骋。佳友作导师，置我寂寥境。入院阒无人，俗物忻悉屏。园丁工艺植，行列颇疏整。清霜涤众翳，目觑得遐景。落木散定香，虚堂贮寒影。门外沙湖流，澄碧不盈顷。濠濮兴匪远，松石意弥静。虽无茗具供，幽情坐来并。人生行乐地，深浅在自领。兹园亦区区，未足老饕逞。自非嚣尘撄，讵见涉趣永。归矣难久留，斜阳在等箐。

与耐生铁峰郊游

江南三月时，莺飞芳草长。偶步成迩游，联吟得遐赏。

茶烟若招客，随风竹间上。林深翳花榭，水僻稀画桨。何年女郎坟，窈窕被宿莽。生存千金体，零落归槁壤。落日散歌禽，莫和鲍家唱。春风感迟暮，对此增怛怏。却望开士宫，戒幢寺。钟磬发清响。定佛意云何，庶几息尘鞅。

雨后饯饮东山草堂，醉后书怀奉别松泉山长、槐林补堂两明经

骊歌起山郭，瓜代行已及。岂知风雨中，复此朋簪集。讲堂对东山，秀色日可挹。同云挟岚气，蒸阴润衣褶。虚庭灯烛张，良夜合车笠。入门不问主，松泉以忧服不与坐。繁礼谢拱揖。清尊百回送，江醅恣鲸吸。谈次念别离，兴尽转为邑。题襟四载余，顾影常汲汲。愆尤赖绳尺，六艺暇同习。结交为兄弟，所求在原隰。终恐鄙吝生，暴一寒以十。野苹鸣鹿呦，谷芩皎驹絷。古人重饮食，相期永谐翕。宵长欢苦短，城鼓促归急。梧竹响潇潇，知我青衫湿。

韩信陵怀古 上有淮阴侯祠墓

君臣不可疑，一疑杀机伏。吁嗟韩淮阴，兆祸始蹑足。留侯师黄石，大致能忍辱。惟忍成大谋，惟忍腊深毒。谁言汉恩厚，豢作几上肉。虽无告变人，讵免菹醢酷。英彭同一体，不反固应族。翻思哙等伍，可信在碌碌。良也善自谋，全身托辟谷。可惜龙准主，干城斮心腹。遂令钟室计，宫闱专诛戮。当疑乃不疑，天意留产禄。

终南

终南塞西陲，天亦苦其大。修饰只一隅，余者任草昧。群峰几千万，错杂迷向背。森森巨石立，一石一水界。水亦无恬波，雷霆聚砰湃。草草位置间，颇似不甚爱。中藏或灵异，外视但肿疥。良材产其上，自生终自坏。人工日

陈仪

开辟，穿凿弥破碎。岂徒行役苦，耳目不一快。形势纵沉雄，有类武夫介。垢污矧藏纳，历世民滋害。何不命夸娥，移置大荒外。千里画井田，免使胸芥蒂。

过杀熊岭宋将种师中死事处

倾崖后格肩，巨石前滑足。左睋悷立壁，右睨眩深谷。老熊不敢嗥，延颈受飞镞。翔鸟匿高景，恐畏日车覆。缅思宋金交，百里国日蹙。盈廷怯鸡匜，城下盟已速。不战遽请和，青城自求辱。桓桓种将军，奋袂起边族。太原吾北捍，趋援不遑宿。五战三得胜，赤手扼修蝮。岂知地理失，到此嗟败衄。列城已解瓦，义士空碎玉。至今岭头云，仿佛戈甲簇。殷红坡堑土，战血所渗瀔。怀古望苍茫，抚景行踯躅。英魂若可招，灵旗午风肃。

壮士行

要离本细人，迎风身则僵。一朝自奋发，乾坤为低昂。小忍成大勇，一断起众怯。蛟龙当其疑，赤手亦可狎。人生有意气，勿为黄金使。留待仓猝时，去作报恩子。

砀山怀古

汉高起徒步，内助惟吕后。阴谋出帷薄，史册十讳九。芒砀五色云，真龙事当有。自非望气士，安能识谁某。篝火及斩蛇，疑似孰为剖。将毋计素定，权宜一时口。夸辞激初气，神道亦有取。糟糠决大策，讵曰非佳偶。后来宣室谋，厥意实潜受。梦梦九原魂，哀哉彼功狗。

安边城

斜日忽无色，飞雪纷有声。龙沙朔风起，萧梢卷前旌。重城沸笳吹，言入安边营。安边夙雄镇，列壁如罗星。马蹄踏黄沙，残骸相支撑。竭来二百年，中外通夷庚。当时征战地，鸡犬今不惊。岂徒大一统，怀远惟德馨。定边指西北，永夕仍孤征。摄符岂虚畀，所用苏我氓。去去敢告劳，王事有期程。

吴山施将军庙歌

格天高阁极天起，三字狱兴国亡矣。将军手提三尺铁，誓杀权奸雪国耻。雪国耻，报天子，天子无言将军死。将军死，相公生，小朝廷上和议成。和议虽成相公死，将军赫赫仍如生。吁嗟乎！博浪椎，中副车，将军·剑遂徇躯。太祖太宗实使我，苍天佑贼何为者。君不见，阿合马。阿合马，回回人，元世祖忽必烈时近臣之一。

我生行

我生少小心嗜奇，一身负谤常累累。不仕不农不工贾，百年视此亦可知。有时得意发高唱，乾坤为我呈端倪。天风卷河汉，片月临虚危。秋声夜半出茅屋，灯光上与明星齐。胸中突兀广厦千万间，置之方寸无畛畦。安得日日读书于其内，不与外物相委蛇。困骥絷皂，役人鞭之。仰秣一鸣，浮云西驰。世无伯乐，生汝何为。君不见，东方生，执戟汉殿时，奉粟一囊臣苦饥。不如去作侏儒儿，登场抵掌骄风姿。一朝岁星返天阙，人间汉武空尔思。

小车行

小车班班何颠连，妻在后，夫在前。儿女五六人，饥不得食，夜不得眠，啼声哑哑大道边。峨峨高车来，江南大贾颜于思，襜褕织锦无尘埃，狐裘如雪光皑皑。道旁拜且跪，愿得一钱救一死，死亦寻常耳，视此呱呱褓中子。车历鹿，轮转毂，马鸣萧萧去何速，隐隐黄埃但闻哭。

陈仪

同人集陶然亭分韵得玉字

人生胜游那可数，入。皂马求刍苦蜷局。浃旬三度到郊亭，天遣诗囚脱缧梏。岂知羁客百不可，哀乐无端自相续。得朋差免影复复，入世终悲神逯逯。足蹑倒景出尘滓，浪浪天风起肤粟。东行咫尺睨神宅，是日游黑龙潭。水气作云宁敢触。今年畿辅鱼大上，吞吐田园夺耕犊。嗷嗷泽畔万鸿雁，扰扰泥中午畚挶。河堤使者驰马来，太府祠官走相属。乖龙得意归古潭，间泼惊波泛晴绿。未能草檄讨顽鳞，且共凭栏倒芳醁。芦花如雪不肯飞，一任樵夫刈成束。薄材得用亦已幸，帘箔何荣爨何辱。老鸦警晚赴烟际，阴火窥人闪林曲。欲明不明月出东，千尺云罗研寒玉。嫦娥意似送归骑，一路修蛾展遥瞩。溪山有约当不渝，梦里呼来两黄鹄。

贾似道玉枕兰亭歌

兰亭一百十七刻，天府装褫分十册。深宫捧出赍师臣，见《辍耕录》。玉躞金题光万尺。师臣退食何从容，堂前含笑催玉工。循州已去吴丞相，狎客初来廖莹中。真帖摩挲全五字，临池巧仿巾箱制。点磔戈挑具体微，大小虽殊态无异。摹镌几度费平章，福华编畔墨花香。虹气定浮多宝阁，军书不到半闲堂。贾似道有别墅曰半闲堂。降表陪臣方屈膝，佛狸又草临江檄。习家亭础砚山碑，尽作襄阳炮中石。此日师臣披绣裹，岩峣葛岭高眠称。官礼钞完蟋蟀经，东南缩尽山河本。明湖灯火似星浮，春日居然曲水游。半壁苍黎空涕泪，中朝宰相太风流。吁嗟乎！太清楼，蔡氏灭。群玉堂，韩氏蹶。翰墨千秋自有情，误人家国尔何物。南风吹散木棉花，副本流传讵足夸。湖山一觉游仙枕，何似偏安司马家。

和支山韵

长桥斩蛟山射虎,半夜闻鸡起而舞。平生豪气狎波涛,倚榜临风作蛮语。水驿谁知成滞淫,三日扁舟守沙坞。怪犀出江飓母怒,眼看长年色如土。前湾咫尺不可说,旧月茶商覆舟处。乘风破浪侥幸耳,卧听渔樵话烟浦。小山丛桂方见招,君倘欲归吾其与。

放歌行答支山

独坐独吟白日闲,旁观大笑嗤我顽。乾坤灏气几人得,眼前突兀黄支山。词笔江东矜独步,早岁骅骝首长路。蜑女争传荔子歌,吴儿解诵垂杨句。万里衙斋几宾友,官鼓沉沉一杯酒。胸中奇气郁青蛟,天际浮云幻苍狗。十年小住东海陬,蹇驴却作长安游。樗蒲一掷聊快意,饥来直走天南州。孤舟挟风帆正开,歌声激浪争喧豗。赤鲤落网作人立,血鳍奋舂如告哀。云雷变化已无分,泥沙只合随龟鼋。兴酣片月下杯杓,途穷平地生蒿莱。君不见,寂寞草元扬子云,君不见,杖藜乞食杜陵老。儒生坎壈诚可憎,白眼庸流任颠倒。滩石凿凿波粼粼,多君与我长相亲。肝胆披豁光怪出,险语破空天亦嚬。读君放歌行,为君赓一曲,同是东西南北人,愿作云龙永相逐。

鲁连台

战国策士皆卧狗,先生矫矫人中龙。围城谈笑却强敌,力挽王气归之东。存六亡国黜一帝,事成高蹈如无功。平原公子细人耳,敢以不义污乃翁。颇疑当年射书事,或近游说苏张风。要知出身为桑梓,举动未愧端木公。荒台百尺溯遗迹,过客仰止生敬恭。鸿飞冥冥去东海,先生往矣吾谁从。

陈仪

官窑口纪所见闻

东南风急打船首,舳橹连帮泊前后。凄凉古道塞荆棘,云是官窑旧村口。回堤沙凸如断垣,枯木根凹成破臼。枫人突兀鸦对语,猫鬼趑趄鼠同走。三间败屋傍荒垄,五夜明星入虚牖。老翁拥絮噤且僵,瘦妇提筐褊而负。饥馑频嗟骨肉散,追呼更苦吏胥蹂。乡关决弃情未忍,沟壑同填身讵久。已无脱粟哺儿饭,那有茅柴沽客酒。旅途对此难久立,仰视苍天见箕斗。

铁峰以所藏文三桥印章见赠,作歌答之

秦汉刻印但名爵,殳书缪篆文异同。以石代铜始王冕,青田花乳纷取供。后来铁笔列专艺,文家父子推最工。张君好古坐成癖,搜罗累累书囊充。求观十或八九吝,珍袭不啻绨三重。朝来健步忽递到,侑以径尺裁诗筒。开椷动色被嘉宠,祥光四壁蟠晴虹。湖山风月入掌握,镌镂欲与诗争功。印文云"日日湖山日日春"。赤文丹篆隐方寸,小用母乃嗤雕虫。君家去湖厪力寻眈,三间眉阁何玲珑。玉兰一树照湖白,香风远合桥西东。铁峰家有玉兰一树,数百年物也,花开时满湖皆见。此居此景君自称,茅庐非分惭冬烘。书生暴贵君勿笑,署尾亦足矜三公。慢藏所虑获无妄,湖心月黑来蛟龙。

今夕行

甲申除夕,宿南留智庙,忆嘉庆元年冬先君子升任汀州府同知,挈眷出都,亦以除夕宿此。抚今追昔,怆然于怀,因成长句寄家兄。

今夕何夕岁云徂,德州城头乌毕逋。乌惊飞去求其雏,黄沙如山不敢逾。赤狐啾啾追白狐,家家送穷烧鬼车。故

鬼新鬼饥相扶，桃符寂寞村店孤。入门拂衣童仆痛，此地此夕堪叹吁。二十九载真须臾，旧时八口今何如。伤心忍说垂髫初，衰兄抱病卧穷庐。弟也伶仃走长途，羸马日暮行辙纡。故乡回首忧心愈，悲歌又恐旁人狙。当时行乐未觉殊，中年岂料饥来驱。寒日欲落天模糊，白云惨淡哀雁呼。我行对此还踌躇，阿兄念我寄我书。嘱我慎保途中躯，我知兄意实警余。兄南弟北形影疏，家贫岁晚归来乎。

孟庙观亚圣手植柏

元气不死亦不生，中有至道藏其精。万物受之乃永贞，此柏亦一植物耳。亚圣当年手植此，高山岩岩同仰止。颇疑峄山之古龙，天遣六甲驱雷风。敛形兀立呵祠宫，百炼孤根淬红铁。雨露所濡见萌蘖，绕宇参天子孙列。嗟兹手泽犹敬虔，何况大义昭七篇，见知闻知五百年。

罗刹矶吊明黄忠节公

罗刹当头鬼伯怒，血色蒸涛作红雾。舟人叉手指江干，云是前朝状元墓。侍中当日逢时艰，上书恸哭陈忧患。乾坤意外局一创，革命乃在家庭间。仓猝沿江募兵亟，泽畔呼天神惨恻。东市终虚鼌令谋，南州孰应王琳檄。金川门启迎周公，九原被发追潜龙。大义感发及童婢，一十三口同死忠。藩封不削燕亦反，沦鼎难将赤手挽。成败观人论太苛，谁向始基探祸本。至今毅骨久消沉，荒冢衣冠过客寻。矶头日日风雨恶，难雪孤臣一寸心。

寿昌寺观李麟画十八尊者像歌画为国初谢氏所施

李家佛画称最工，前有伯时后次公。山僧拂拭展光彩，万怪惨淡号虚空。丹青一幅一尊者，梦里古容醒能写。诸天变相不可测，但觉禅心总萧洒。或语或默或怒嗔，是观

陈仪

非观闻非闻。所防入世无定力,生灭易逐秋天云。当时作画谁与属,嘉定邑宰谢太仆。方期佛荫在皈依,岂料皇舆顿翻覆。沧桑弹指过寒烟,老翁无恙霜毛颠。始知佞佛有天幸,甲子亲署升平年。谢氏自题云康熙丙午。郑重携图施梵寺,莫作山河等闲视。庋箧如深豪夺忧,敢拟玉带山门留。上有嘉定娄坚书《东坡十八应真赞》,亦当时谢氏所乞书也。九原朽骨已灰冷,龙象神通讵堪拯。卷画着壁丈室暝,夜半鸱枭栖佛顶。

新莽铜权歌

莽居摄,大诰颁,莽建国,法周官。周官所谨在权量,镕铜作器纷草创。国师秀,大夫雄,手挈炎鼎身巾佣。朝为汉室暮新室,元年正月月朔日。律石之制成第一,铭曰:"律石展始建国元年正月癸酉朔日制第一通。""第"字下左畔别有一二字。井田国服从此出。君不见,天权斗柄高嵯峨,真人白水扬天戈,权乎权乎奈若何。

信陵君祠

战国几人豪,命世公子独。一出有邯郸,再出无函谷。求贤能下交,仗义决西向。当年国几霸,得士亦可王。平原小丈夫,何足抗颜行。逸言高张宗国沦,妇人淳酒徒戕身。鲁连蹈海信陵死,从此中原属吕秦。

过古战场

阴云屑空天雨泣,古血镕沙作盐汁。黄昏何处起悲笳,十万残骸雾中立。秦时筑城截卤臂,前人为怨后人利。岂知复自弃长城,内作边墙图控蔽。黄沙撼城城欲平,鬼马踏烟行有声。冤魂夜夜望乡里,墙头磷火时一明。人生有身不厌老,谁遣沙场殉肝脑。古来苦说争战多,今日方知太平好。

杨菱浦瑾怀赠定军山铜蒺藜两枚，因赋长歌

杨子遗我一双铜蒺藜，四角鬐鬐森棘枝。殷红螫手不敢触，满堂杀气风凄凄。古物苔埋千百载，樵童掘得街头卖。秋田土锦蠢枯菱，夜雨金精化狞蚩。二八纵横鼠虎逢，阿瞒折股军催锋。三分大业一战定，纶巾羽扇神雍容。吊伐王师艰六出，刁斗宵严鹿角密。十万骷髅泣古烟，铁蹄横溅桃花血。五丈原头星落芒，祁连高冢倚平冈。纸钱野庙黎甿祭，锈镞沙场部曲伤。萧条旧垒群灵护，桂实凋残汉家树。并饷诸葛墓前桂实一器。匹马斜阳暗不嘶，铜鼓声声殷余怒。

井陉怀古

两崖迫压寒色聚，石气蒸阴作飞雨。斜阳睨烟不敢下，天半砰訇走雷鼓。太行北来此一门，老云十丈埋古魂。岂徒全赵作屏蔽，万马直下中原奔。军行自古无全策，成败在人不在力。书生可惜成安君，智士终为韩信客。壁帜尽赤泜水红，后来覆辙仍重重。始知两鼠穴中斗，地险一失难为雄。岩疆此日销烽久，断堞颓墉无卒守。夜来风雨战空山，阴磷飞出枯骸口。

得黄壶舟塞外书却寄 壶舟谪戍乌鲁木齐五年矣，镇迪道云兰舫观察延入幕中，乃得通消息

暝山合阴岚气入，急雨潇潇打窗湿。灯前尺素落我手，老眼摩挲忽垂泣。思君不见二十年，万事反复纷云烟。干将莫邪势必折，神锋击断前无坚。畀尔声名作身害，真宰茫茫意安在。青蝇白璧那可洗，匹马弓衣愁出塞。边风碛日羁怀恶，赖有连枝相倚着。三令弟今樵由京赴难,相伴戍所。生

陈仪

涯故里虚梦寐，意气通侯避谐谑。千首诗成谁庋取，<small>来书云：自谪戍以来，已得诗千五百首矣。</small>二八如花掌笺女，<small>塞外纳一丽姬。</small>塞上争传勒勒歌。幕中颇笑陬隅语，<small>壶舟颇操南音。</small>黄云塞天迷远鸿。祁连山与终南通，故人万里各白发。吟声苦隔关西东，薄宦十年不得调。自喜新诗穷更妙，多君相忆不道远。明月屋梁颜色照。君不见，潮阳韩子儋川苏，忧患玉汝磨淬须，彼龊龊者宁非愚。鸡竿转瞬行赦书，春风习习吹归途。悬思夜雨连床夜，犹是狂奴故态无。

子午谷怀古

万峰壁立森重堑，鸟道线径凌虚空。陡然阱落一千丈，身入鬼窟揕鬼胸。危崖逼侧度猿狖，幽谷黯淡埋沙虫。一夫当关万人避，天险之势难仰攻。魏延当日出奇策，孤军侥幸求成功。裹毡直下快孤注，阴平之计将毋同。将略尚有生仲达，庸才讵比安乐公。长安南顾咫尺近，门庭设守殊从容。悬车束马成坐缚，智勇到此应俱穷。此策果行延反矣，五千民命投凶锋。不然行师奇正两不悖，事机一失宁再逢。呜呼！三分鼎足天意定，勿以区区谨慎窥深衷。

车覆积潦中

覆舟之下无伯夷，偾车之上无仲尼。人生取舍在自信，祸福安得窥端倪。出门跬步凛倾踬，保身日慎千金赍。飞腾意气入暮景，垂堂之戒宁遽迷。竭来捧檄走秦塞，百里一舍遑暂稽。驽马觳觫怯昏黑，饥肠望枥时悲嘶。车前泪洳杳重险，侧足下慑千仞溪。仆夫卤莽试一掷，如杵投臼非人挤。一覆不戒防再误，进退将等赢角羝。入坎出坎偶然耳，敢望神力阴提携。须臾惊定还自笑，莲性肯受污池泥。却思江北鱼大上，男号女哭惊魂凄。片帆所指失南北，但有波浪无畛畦。民居十户九流徙，况乃岁岁遭颠隮。一身区区何足道，哀哉满目沟中黎。

丁未八月纪事

太岁丁未月建酉，商羊起舞豕涉波。越朔三日澍雨作，浃旬檐溜声滂沱。江流两度涨还落，城隅比屋如泛鹅。一鼓作气三必竭，世事往复理则那。夜半仿佛咎征示，水声汩汩鸣天河。十七日雨止，浓阴夜中闻天河水鸣，考占书为大水之兆。翌日甲子雨复集，禾头生耳占不讹。地中砰訇响鼓角，云外惨淡扬矛戈。再接再厉鼍甲怒，十荡十决鲸牙瑳。城腰吞吐三版没，楼脊隐现千艘过。得路势欲凌万仞，遑问埼岸兼高坡。此时有备且无恐，一夫直许当关诃。北城临江三门，惟小北门最低下，先期预置沙囊百余，以备堵塞。衣冠彻夜立水次，北门锁钥躬匪他。距堙尺咫涨忽定，似有神力交叱呵。十九日江水骤涨数丈，势极汹涌，余彻夜立小北门口，以身御水，借安民心。至子刻，水距门堙二尺许，雨势方甚，涨痕忽平，以至于晓，如有神助。澎湃正肆屏翳虐，逡巡顿伏阳侯魔。敢云人定天可胜，勇气下压千鼋鼍。颇闻父老手加额，壬辰异变谈缕覼。十五年来绘心目，旧痕新涨惊同科。倘非绸缪未阴雨，民命那不随漩涡。金椎隐堤土刚卤，缩版削墉形嵂峨。水犀十万突坚阵，靡旗卷甲空垒摩。新修东西两堤及龙窝，北城颇坚厚，赖以无虞。北城方于五月竣工，殊为邀天之幸矣。呜呼万姓赖神佑，劫运俄顷回阳和。天心地力大覆载，贪功窃誉惭颜酡。何况恒雨已告歉，拭泪愁看秋郊禾。所愿创定勿忘痛，百年思患毋蹉跎。

黑窑厂登高

返照开层嶂，清霜出远皋。屐声和叶碎，人影比秋高。绿酒何须买，黄花也自豪。朔风送宾雁，南望首频搔。

陈仪

金山

万里长江落,朝宗此作门。水灵环塔拜,山势挟潮奔。元气诸天揭,中流一柱尊。鱼龙夜深语,苍莽见朝暾。

江水

江水明奁镜,烟村出画图。涨消沙路正,墟散驿亭孤。舟饭邀三老,祠歌赛七姑,清时羞旅食,且欲著潜夫。

春步

垂杨三十里,一树一人家。烟暝有时雨,林香何处花。夕岚峰向背,春岸水横斜。独有攀条客,依依惜岁华。

蛮郡

蛮郡愁多暑,山楼喜乍晴。断虹穿雨暗,渴日睨江明。蔗圃峒僧劚,荞田濑女耕。殊风堪入览,永日且忘情。

舟发邗沟

急雪夜潇潇,淮流黯不骄。芜城寒上日,瓜步曲通潮。世事貂裘敝,乡心雁路遥。浊醪应买得,洗眼待金焦。

泊丹徒

莽莽长江水,西风欲渡难。凄凄孤艇客,北雁与同寒。斜日群龙卧,平沙万木干。舟人闲笑语,犹道慎波澜。

江夜

横风战归浪,飞雨截孤舻。旅梦寒难稳,愁人夜独醒。烟痕排岸阔,水气压蓬腥。苍莽趋时意,春潮响不停。

官湖桥题壁

莽莽徐州道，寒天一雁飞。断云低下相，残雪带清沂。渡古行人熟，村荒候卒稀。长征怜老马，且复耐朝饥。

陕州

剧邑雄当隘，平冈快倚辀。山分崤塞赤，路辟陕原青。曲坂交驼铎，高风坠雁翎。似闻周召治，歌诵尚堪听。

小憩琉璃庙野店

寥落三家店，归鞍憩午晴。千峰犹雪色，一涧自春声。瓦剩前朝寺，垣颓旧将营。野人劳献暴，淳朴见真情。野人以鸡子数枚献，不能拂其意，因以百钱酬之。

病骨

二月貂裘冷，商声鼓角中。愁心悬戍月，病骨入边风。地脉三秦尽，天光九塞通。干将今已缺，无事倚崆峒。

恒口送巡道使节因行千工堰

桃李香边骑，桑麻影里人。腰箧山店月，手版驿亭尘。官事烦迎送，农功阅苦辛。村民惭慰问，不是为行春。

山中早行

夜短鸡先觉，装轻马不劳。宿云依石冷，孤月出林高。涧暗修蛇伏，崖明怪鹏号。忍饥怜仆隶，笑语尚争豪。

蒲州

百战蒲关地，雄都控带遥。河山连砥柱，雷雨起中条。大野征尘黯，西风浊酒消。不须寻古迹，芦荻晚萧萧。

陈仪

寄孙幼连十六韵

贤宰归来后，萧然一砚清。定应惭巧宦，差足慰平生。破屋愁听两，扁舟懒近城。门惟故人叩，席已老农争。有水堪供钓，无田且阅耕。吟诗怜稚子，幼连次子才八岁，作诗有老成风。对酒忆衰兄，尊兄景峤客苏州。居以闲成赋，身从漫得名。公卿求卓茂，松菊恋泉明。君岂容高卧，吾方厌远征。凉风吹苎葛，落日满柴荆。鬓发随年换，文章入世轻。孤踪神惝怳，四望意纵横。未必行藏异，终期笑语并。空庭苔黯黯，疏树鸟嘤嘤。不见疑天末，相思属晚晴。何因致凫舄，扫径为逢迎。

晓镜二十四韵

晓镜芙蓉槛，春帘翡翠钩。柳低初覆额，花浅暂回眸。芳序冰弦数，华年粟柱搊。矜庄疑敛怨，娇细不禁羞。密下葳蕤锁，深居宛转帱。无聊成小极，得意定微瘳。想象针思倦，懵腾簟影收。佥调蝴蝶粉，篆拨鹧鸪球。月晕眉心约，风斜鬓脚浮。晨妆珠作裹，午局象为筹。绮树红衫倚，琼筵碧盏酬。鼓声当酒急，钏响隔花流。半晌曾相见，三年得小留。未嫌才地薄，只觉礼文稠。地欲称闻喜，人应号解愁。微词通脉脉，芳信去悠悠。券字消凭鲫，盟言拙倩鸠。路迷金钉袅，梦冷钿筌篌。浪说丝成匹，虚传玉待售。香尘看化雾，银汉苦经秋。蚌老胎终剖，蚕枯茧独抽。几生圆絮果，无地证兰修。劳燕悲新别，阑干记昔游。如闻锦瑟语，肠断一重楼。

楼夜十二韵

归梦艰通夕，危栏倚四更。天低群嶂暝，川迥一楼明。野气都沉雾，江光欲上城。芒星争月大，远树与沙平。鬼火丛祠聚，渔篷断岸横。无边唯夜色，不定是秋声。寂寂微吟罢，寥寥百感并。关山足寒信，风雨助离情。斗柄回长铗，霜华逼短檠。乡心波浩荡，客路岁峥嵘。倦鸟虚三币，荒鸡误一鸣。宵阑愁独立，谁与惜浮生。

玉山道中

又作西江客，殊方此首程。丛山插群玉，薄日趁微晶。笠色松千岭，衫痕草一坪。废关摧屈戍，交道达夷庚。烟迱村居近，沙坚驿路平。新黄熟禾穄，老碧陨棕柽。苇折波无影，荷残雨有声。微吟寻竹院，小憩得茶棚。出釜乌镒软，当垆翠黛狞。荒唐愁暮雨，寥廓爱秋晴。画帧重重展，篮舆缓缓征。暝沾层霭重，凉抱片云轻。悬磴鸡山仄，<small>金鸡塘为最险处</small>，斜阳梓巷明，<small>桐梓巷去玉山二十里。</small>应怜仆夫瘁，弥觉客魂惊。恻恻当年事，皇皇远道情。池台思谢傅，<small>汪竹素师。</small>宾客剩枚生。正抱州门恸，重为赣水行。孤憎形踽躅，遥忆泪纵横。景色三秋暮，存亡百感并。昏黄催旅梦，愁绝见寒城。

苦雨四十韵

叵奈梅霖滞，劳生异地淹。雨声春倦榻，云气接虚檐。惨淡三辰暝，憎腾五月炎。雷砰金兽怒，电掣火龙馦。白浪浑潮汐，青山失皖灊。无端长霡霂，小住总廉纤。珠点穿窗纸，钗痕透屋苫。朝昏难破睡，寒燠易成痁。篆碧萦箫局，油红沁印奁。苔污新试屐，霉罨旧藏缣。蛙部遥传警，蚊围近戒严。井智人问曲，壤舄土生盐。竹菌儿拳滑，松滕鬼发鬖。失晨鸡口噤，横夜鼠牙铦。蕉短缄书密，莲敧蘸笔尖。藏身看蚁堼，得意听鱼噞。觅食蛇师跃，求安蟢子黏。门防蠊蛉寇，墙避蜥蚓箝。不出愁泥泞，无聊展轴签。寻常观化育，次第供揉掭。劫运丁壬迕，民情甲子占。

陈仪

安危千里共，饥溺一身兼。圩破流谁遏，江喧涨可嫌。波澜扬祸水，耕凿窘荒阎。坏堵全家泣，洼田聚族殀。拊膺悲颍洞，疾首痛苍黔。如我穷原惯，于天望亦廉。剧知狂态减，未遣梦魂恬。暮志抢枋鸴，浮踪上竹鲇。酒衫尘晕互，泪枕漏痕添。弦缓琴从挂，棋低子罢拈。瞑阴窥薜荔，薜荔饿鬼也，见《内典》。秋水阻葭蒹。欲之芜湖访张杏村、龙子方不克行。偶剪官斋烛，长垂卜肆帘。空闻候乾鹊，何计晤明蟾。乡信沉鱼雁，归心托釜鬵。不成行趑趄，只是卧厌厌。吾自怜羁拙，人应恕醉谵。转蓬随处泊，食蓼几时甜。杜老诗排闷，王符论著潜。篇终望寥阔，凄绝对氍毹。

渡江

安稳春波快放舠，长风吹雪满征袍。江流健挟全淮下，山色青连建业高。三楚极天迷积气，双峰终古压寒涛。从来守国凭天险，裙屐清谈笑若曹。

送杨八愚坤之沁州

米薪珠桂旅怀艰，长铗高歌出九关。作客他乡各异县，送君临水更登山。河流挟雪来天外，岳色撑寒落掌间。吊古筹边儒者事，壮游莫遣鬓丝斑。

吉江口 是日重九

蒲帆力倦客程赊，系缆空江爱浅沙。野水暝光摇去鹭，夕阳人影带归鸦。鱼荒南国愁无铗，酒熟东篱定有花。一笑长年方稳睡，劳生愧汝亦天涯。

吕城

晓烟欲散吕城树，春水斜通孟渎河。两岸云山成旧识，十年尘土怕重过。心随越鸟差池影，耳熟吴娘婉转歌。且拨闲愁付高枕，故园花事梦中多。

舟泊京口

浮云尽日自孤征，心数邗沟半日程。望外帆樯连月暗，梦中灯火隔江明。六朝山色南徐酒，五夜潮声北府兵。见说寒流只衣带，扁舟愁绝傍孤城。

房山吊贾浪仙

独持尊酒觅荒丛，生小黄金铸此翁。墓道几经埋落叶，天涯随处足西风。诗能成佛何嫌瘦，才不如君敢道穷。同是长安驴背客，瓣香我更哭韩公。

晚泊

岸沙潊碧浪争淘，凹凸危堤板屋牢。归鸟沉烟村树暝，远钟渡水寺楼高。秋光送客催蓬鬓，暮气生寒恋缊袍。百里西山空眷顾，年来词赋不能豪。

夜泊润州

孤城横截大江流，绝顶微茫北固楼。山外潮声浮铁瓮，雾中灯火见瓜洲。星辰入夜临青雀，风水经年侣白鸥。前路金焦应笑我，客途值得几凝眸。

秦淮二首 录一

金粉何须吊秣陵，旧时花月已难凭。桃根迎楫人南渡，燕子衔笺帝中兴。梦醒有春都寂历，愁来无酒亦懵腾。怪他多少河山恨，消得秦淮一夜灯。

清明后一日偕铁峰、芙卿作东郊之行

清明才过禁烟斜，半护垂杨半护花。古寺有门皆系马，

陈仪

芳原无树不藏鸦。旧游兴借新朋续，后约期同夙梦赊。莫怪诗成忽垂泪，十年前已倦天涯。

板子矶

晋阳兴甲太无名，跋扈将军意气横。殿上春灯方奏曲，涧中夜火竟移营。匆匆洒泪东宫诏，草草分防列镇兵。半壁荒朝真自灭，江波为洗劫灰清。

徐州怀古

面面峰峦势郁岧，霸图旧迹未全销。上游风雨襟三楚，半壁河山限六朝。大泽有灵龙气匿，荒台无恙马蹄骄。唯怜汴泗交流地，夜夜鼍鼍瞰丽谯。

晓发郿州

肩舆载梦尚懵腾，十里经涂直似绳。敷陆北来通古驿，洛波南去拥层冰。霜痕压草寒嘶马，雪意沉沙晓下鹰。自叹调饥谁与释，一盂穄粥未应憎。

边城春望

无分城南载酒游，寒烟二月古边州。花门山色胭脂冷，榆塞春声觱篥愁。但觉惊沙迷雉堞，苦嫌急雪洒貂裘。男儿五十封侯晚，独倚东风感白头。

登兴安城楼和王少尉槐韵

层山夹水路无穷，设险依然万堞雄。寒雁声回秦岭北，夕阳影送汉流东。民生井经号呼后，劫运沧桑感慨中。教诲安全两无术，不堪愁倚满楼风。

与杨松泉署斋夜话

潇潇风雨听鸡鸣,樽酒良宵得细倾。短别已难禁半载,深谈遮莫度三更。衫痕烛泪天涯感,羽檄边烽海上情。白发萧疏共衰老,不堪忧乐为苍生。

感事五首

华夷玉帛万方遥,沐浴仁恩已六朝。岛上游魂容乞命,波中纤鳞敢称骄。由来猃狁思周策,漫说苗民格舜韶。为问登坛诸将相,只今谁是霍嫖姚。

供亿仓皇物力穷,羽书征调正匆匆。将多客气防中馁,士有嚣心恐内讧。下国星辰筹杼柚,连营风雨卧刀弓。帝心尚念征夫瘁,文绮金钱出紫宫。

安危一体誓山河,阃外师干秉玉戈。少府缗泉朝转饷,平江花月夜征歌。空传握节何无忌,未见铭勋马伏波。可待元戎亲督战,腰间长剑日摩挲。

坏云压阵鬼声酸,列阃遥遥壁上观。闻敌兵逃先弃将,守城民尽独留官。通侯阀阅全身易,下士诗书报国难。誓化冤魂作精卫,填平碧海泪方干。

东南民气固金汤,敌忾居然大义彰。弱饵有心搜海蜃,威弧无意射天狼。春田牛尽耕犁失,秋泽凫空水草荒。休笑罪言狂杜牧,几人深计复河湟。

甬江行 录四

乐府有《长干行》《邯郸行》诸曲,大抵述儿女离别之辞为多,盖国风之遗则也。刘梦得尝拟之为《淮阴行》,余生长甬江,因窃取其意为《甬江行》十章,以备采风之选。

陈仪

杨柳道头风,桃花渡口红。柳条攀不尽,憔悴是花容。

<small>杨柳道头、桃花渡,皆江津地名。</small>

生小甬江居,不识江头路。今日送郎行,始见潮来处。

江上月初生,江头潮已平。懊恼铁沙汇,迟郎十里程。

天意可怜侬,不遣郎作客。好是倒撑船,江头北风逆。

<small>倒撑船首尾相似,状如倒撑,因名。</small>

吴江

远烟浮绿过汀洲,细雨春帆不肯收。一夜吴江三尺水,载人离梦到苏州。

天章寺访六陵遗迹

寺门落日卧归樵,破屋残僧话寂寥。石马不嘶香火绝,只余山色似前朝。

年年山鬼泣兰亭,玉匣空悲帝子灵。尚有多情枝上鸟,飞来依旧宿冬青。

灞桥

憔悴当风柳几条,不须离别已魂销。我来恰趁憎腾醉,残梦和烟过灞桥。

讼庭

讼庭斜日悄无人,霁雨垂帘草色新。农事正忙官事寂,冷吟闲醉称吾身。

黄桐孙

字稚木,号支山,鄞人。定文子。嘉庆己卯举人。官广东盐大使。著有《古干亭诗文集》。

董沛曰：黄氏一门，父子祖孙人各有集。文以东井先生为最，诗则以先生为最，同时名家自余山棃门外，皆不足与先生抗也。

何烈妇

烈妇，山阴平溥之妻也。溥兄弟客岭外，各娶妻，已而相继没，嫂挈赀以遁，烈妇方娠，誓死守。洎分娩，烈妇晕眩中问曰："男乎？"曰："女也，且死矣。"烈妇叫然以首击床棱，血漰溢，遂卒。

兄弟客南洲，结褵各求偶。欢娱能几时，旅殡委郊薮。长妇去，叔姒守，所望腹中儿，生为平氏后。岂知一索女且殇，首击床棱血盈斗。呜呼，烈妇虽死视不瞑，去妇手携纸钱来送灵。

飞来寺

六鳌驻蓬莱，不系浮山浮。海门削半壁，突兀凌炎洲。兹山亦飞来，来自鹫岭头。如来袒右肩，撑出南天秋。仙佛留幻迹，恍惚谁能求。阳侯与巨灵，搏攫争飘流。我坐古寺巅，万古苍烟收。只恐风雨中，飞去揽九州。高鞬躐之行，上朝昆仑丘。流峙得道妙，寂灭随天游。流泉聒人耳，梦醒空山幽。

饶平咏古

百里度高碑，青山开旧县。南距涨海深，鲸波漱岩甸。民居杂鱼鳖，遗事荒史传。登临俯混茫，访古乏英彦。我闻南宋末，国祚沉溟淀。桓桓张太保，爝火尚能煽。毅骨付鲸吞，贞魂激龙战。其时许夫人，横流拯一线。鸣鼍振鼓鼙，斫蛟分组练。阴繣万灵走，阳赩百阵变。砯砉扫烟雾，雷硠烁虹电。东会陈君师，_{陈名吊眼。}散发舐血面。鲲封翻海乾，鳌掣蹴山扞。威将宏范葴，魄夺伯颜谴。庶几报夫君，天地斡回旋。残日流仓黄，愁云掠眩转。未挂玉女弓，先折东屯箭。_{东洋屯夫人师出黄冈与元人战败于此。}迄今浮山墟，_{县东南三十里。}中有碧血溅。接邻丞相家，遗址共淤淀。_{陆丞相留家岛中，后俱殉。}厦倾运莫支，陆沉势绝援。孤忠有同尽，高蹈无后恋。宜筑夫人城，苹蘩百世荐。舆图此足征，余烈光象瑱。诗罢悲风来，虹气尚流绚。

适高要过羚羊峡

岷江如翔龙，三峡亘其脊。金焦出两角，掉头奋一掷。_{语本明人邵半江。}牂江如奔鲸，抵海乃白折。蜿起复回格，鬐鬣怒而植。君看端峡高，不比蒜山坼。横战春湍豪，中劈粤天窄。谁夸万里来，东溟钓鳌客。

白鹤峰山居杂诗 _{录四}

余在归善家，君命读书于坡公祠左佛室三年，偶有所得，辄书之。词无伦次，聊以寄兴云尔。

人间有灵窟，天上无痴仙。独坐碧峰顶，衣袂风飘然。一念求长生，堕落辞云烟。何来青精君，罗缕道妙宣。赠之铅汞鼎，授以云笈篇。谷神自不死，守默宁多言。挥手谢之去，吾欲还吾天。

高卧风露寒，牵藤补吾屋。藤花一以繁，流风转清馥。盈盈入怀抱，芳思不可触。前峰送月来，离离伴幽独。闭户寂无人，松声写空谷。

梯空驾层云，有此十仞山。自有兹山来，贤达相往还。至竟谁复在，碧嶂空屋颜。哀哉远游子，世路多间关。而我驻芒屩，偶得千日闲。闲中忘古今，曲肱卧烟鬟。修名亦何有，心非木石顽。

天下无是非，达人解其会。世欲杀子瞻，投之穷海外。千秋一片心，恨不赋章蔡。彼求富贵耳，操刀出无奈。琐悉分恩仇，反复亦已太。鹤峰一卷石，歌声答空籁。放眼临九垓，落落天宇大。兀坐澹忘归，遥山入云霭。

冬日出游上方寺有感偶得

晓出北郭门，饥乌满平田。迎眸旷无际，树色寒苍然。宝城余旧址，深芜埋遗砖。寥落卖花户，梅竹罗便娟。古来繁华地，慨焉陵谷迁。东上黄金埭，连樯吴楚船。此邦五达区，百丈来喧阗。岂复忆锦缆，衰杨卧荒堧。河淮互灌输，邗沟不成川。水道异今昔，人事阅后先。行行入山寺，欲叩上方禅。天竺珊瑚林，子似相思圆。歌吹古竹西，但闻啼鸟喧。老僧默不语，一榻余茶烟。门外山光青，空水曳澄鲜。缥缈披落霞，淡荡凌遥天。莫作雷塘游，悲风生回阡。越陌赋归欤，凉月长空悬。

赠姚春木征君椿

生少为词人，垂老窥绝学。商量千载儒，汉宋互相角。要知绪不坠，乃与道大觳。譬如千万山，所宗唯岱岳。云亭一以登，岂足穷缅邈。南雷有学案，谢山递扬榷。惜余抚遗编，故纸伤残剥。君当振颓风，高步追卓荦。盛时谢华藻，复古返诸朴。_{全谢山先生所续南雷黄氏《宋元学案》残稿藏余外大父卢月船先生家，卷帙凌乱，君尝劝余整理，欲寿诸梓，而余南北奔驰，未遑也。}

明山昔树帜，松江桴鼓通。胜国盛才彦，几社风流同。联镳蹈桑海，歌啸鲸背中。迄今过柴楼，落日荒烟重。君来一吊古，海气青蒙蒙。手抄余生录，念彼鲵渊翁。余亦慨遗老，灭没凌长风。一一罗旧迹，俎豆随诸忠。浩气所磅礴，磊落天之东。与君一瓣香，无忘先贤踪。明末松江几社之盛，吾乡万、陆诸子皆与焉。徐公孚远倡义于定海之柴楼，盖因同袍之谊。君来鄞，就余家录阇公遗册并张茂滋《余生录》以去，时家君与郡人筑旌忠庙，命余编考吾乡遗老事迹，衬祀庙中。

过卢沟桥

揽辔拱极城，驱车卢沟桥。呜咽桥下水，浊浪行滔滔。莫问结客场，哀歌失荆高。却望茂先墓，孤魂孰与招。东南有剑气，郁郁干青霄。谁为拂廉锷，万古埋蓬蒿。先生如可作，脱颖吹毫毛。化作两白龙，江海共翱翔。

涿州杂怀

易水过梁门，东绕华阳台。燕丹此置酒，慷慨生悲哀。韩赵前已灭，燕亡不旋踵。报秦甘丧元，天地为震动。翻令儒者讥，谋国苦无术。不献督亢图，山河终一掷。

汉武学黄帝，十得其八九。万乘来涿鹿，桥山重回首。维时太史公，百家皆扫除。作纪首轩辕，微旨迈董狐。乃知古简册，雅驯良独难。彼哉汉天子，千载为欺谩。

昭烈起衰微，受经事卢植。可知关张徒，大义炳星日。群雄如早驾，当有光武风。惜哉值板荡，竟以偏安终。童童楼桑村，落日相照耀。中有正统存，下马谒原庙。

郦通生兵间，著书号隽永。郦元著水经，山川擢奇颖。郦为游说者，郦亦酷吏传。立言以人废，所见等刻舟。诗礼致发冢，庄周成叹息。茫茫六合间，好古勿泥迹。

清华镇北郭观荷，邀方大彦闻履籛同作

田田出湖派，采采梦江渚。身在镜中行，玉容共媚妩。羁栖眼倍明，闲愁入南浦。日暮望情人，素心凤相许。留连河朔饮，磊落山阳侣。共解芙蓉裳，擢根笑尘土。飒然

清风来，生香袅如缕。四座默无言，青山满烟坞。

感兴 录四

荃蕙生南国，猗靡擅众芳。申椒托末契，菲菲情弥章。一为君子佩，乘时爱景光。中洲有卷施，偃薄凌风霜。所愿及朝华，余芬结青阳。芙蓉许为媒，薜荔同飘扬。微波欲通辞，宛转遥相望。独留不死心，岁暮中自伤。

朝阳欲出时，余光度蒙汜。乍被风雨侵，鸡鸣终不已。岂无凫与雁，联翩宿中沚。沉云梦正酣，欲飞还敛趾。闾阖开九关，觅食从此始。

公孙为汉相，寝息安布被。杨绾在中书，公侯减车骑。国奢示以俭，矫矫非立异。未闻拜轩墀，藻火光弗贲。平生仰徐邈，通介无二致。毁誉安足辞，澹泊本初志。所愿结绸缪，我绂为子佩。

振振麟趾仁，狻麑容击搏。凤凰育万雏，终不废雕鹗。从来不凡才，得气翔寥廓。身随霜风来，万里度沙漠。矫性或未驯，岂能傍篱落。愿依灵囿居，旷荡弃绳约。

题蒋氏贞孝姑事实册后

女子许嫁缨，此身凛所属。春秋书伯姬，义得系夫族。夫死志守贞，情至礼亦足。老生剧辞费，古今多往复。震川及鹤滩，守经议茕独。缘情到问名，论嫁溯吉卜。鹤滩据《昏礼》自纳采、请期之说，震川据《曾子问》"昏礼有吉期，而婿遭丧"之词。孤行本创见，群言竞喧逐。吾乡蒋与姜，高议发其覆。余从叔母金氏未成婚，奔丧守节，樗庵、白岩两先生作《贞女议说》以表之，兼排归钱二子之说。或据庙见仪，盥馈重嗣续。或征髧髦诗，柏舟冠淇澳。衷圣有绪言，大旨始炳煜。岂知守孤闱，只自葆幽淑。经义谢诗书，正论听耆宿。卓哉贞孝姑，所见

黄桐孙

更越俗。礼方纳采币，身已辞膏沐。夫死欲奔丧，几回暗颦蹙。寸心金石坚，何必往成服。姜家有衰亲，晨昏掖床褥。姜家有弱侄，兄嫂代鞠育。九原谢夫子，昕夕吞声哭。茹荼经百年，归贞返其璞。我援伯姬例，大书征简牍。一洗众论空，倍觉孤踪馥。圣朝恩独深，苦志许登录。旌典即礼经，千秋纪芳躅。

谢皋羽西台

一发中原换人世，侧足横流更无地。狂歌击节泣山灵，石火惊飞竹如意。寄愤东海潮流恨，南洋水素车白马。何处归水弱，舟沉鼓声死。呜呼丞相今已矣，残日难扶竟如此。矫首望会稽，冬青树色空。凄迷回头见吴会，松关战垒飞烟墢。天留此台一恸哭，万里招魂返深谷。严滩呜咽涩不流，朱鸟长鸣痛沈陆。先生歌罢归去来，栖鹘惊起啼鹃哀。君不见，风流王孙首燕路，驱车独上黄金台。

彭蠡湖口阻风偶作

挥戈不见常开平，康郎战垒空峥嵘。黑风一夜浪轩簸，如闻万马西南征。执笔不慕王子安，轻帆猎猎生羽翰。明朝弄笔赋秋水，六朝旧语翻余澜。此身只作随阳雁，寒暖心知去来惯。高抟也欲驾飞鹏，低泊何妨随斥鷃。郁孤台前一樽酒，落落长风更回首。破浪何当驾海游，万里烟云入吾手。

珠江月夜泛舟

珠江如镜围十里，拂镜苍烟收不起。烟痕淡入空明天，天外锦云作流水。中流一道烟水空，彩鹢驾出蓬莱宫。绕宫屈曲有九市，绮苏珠络环相通。南朝邀笛步，东州响屧廊。盈盈歌舞水中央，一船载花一船酒。红墙咫尺邻扶桑，我乘青翰舟，鄂君翠被香温柔。水晶楼阁忽飞入，千门万户争句留。广寒玉女顾我笑，弹得霓裳六幺调。生来不必羡李謩，夜夜吹箫度炎徽。

游七星岩

天公摘星布岩薮，后身是石前身斗。一石阴令一鬼守，夜半何人力趋负。道逢祖龙鞭之东，南走海上神人掷。不受涛驱浪啮石乱吼，长风吹落西江口。不然何以突兀绝泥垢，下无根柢旁无偶。七峰离立自为友，中与尘世通枢纽。雕刻烟云开户牖，路接青空逼屼陡。我造其巅屡回肘，失势一落危崖后。峭绝阴宫见深黝，寻光蹑影得援手，复跃天关俯培塿，东岩石鼓容击扣，雷动云奔坤轴厚。西峰题名字如蚪，扣窾摩峻认岣嵝。扶啸台前一翘首，身似猿猴捷攀扭。我闻少阳数七老阳九，离君搜抉获其丑。只恨尘嚣不隔伤蹒跦，更告天公掷置此岩付何有。

自德庆放船，一食顷抵高要

八尺舵，十尺蒲，长蛟夹舟高鹏扶。天吴作右卫，海童为前驱。从以金支翠，羽素车白马。江妃趋大山，小山腾踔欲相赴，失势一落千岩岨。龙门凿断浊河沸，瞿塘斗辟滟滪输。广陵飞涛走万骑，吕梁跳沫惊双凫。风驰电激有此无，一息百里长年呼。过眼掠耳三百里，嵩台系缆方朝餔。事殊兴剧莫快意，向来性命争须臾。

南海尉

考史记，任嚣欲为一州主，乃不闻私于子，而以与赵佗，其知人有足尚者。驱中国数万人生养于粤土，与死长城下者，亦为有间，嚣亦人杰也哉。

选徒筑长城，陇水流血寒。无声谪戍投杨越，万家骨肉能相活。南北生死遥相望,任嚣乃与赤子相扶将,况复脱屣南越王。呜呼蒙恬为亲臣,手握百万虎狼不叛秦。堑山堙谷死为罪,当时何不择人让以位。君不见,南海尉!

锦伞曲

高凉冼氏为冯宝妻、盎祖母。再平岭南之乱,女中英杰也。

炎洲蓬蓬春风香,石龙夫人锦伞张。绣幰翠旗行有光,宝刀如雪结佩珰。南国河山一手障,剪除荆棘归陈王。陈王翻飞陟帝乡,六朝金粉遥相望。岂知临春□,疑缺一字。结绮,琼枝璧月歌仓皇。扶南犀杖谁携将,后代更给开府章。夫人高坐白玉堂,百蛮厥角圣母旁。他年有孙终归唐,中原易世如风狂。不如锦伞遗泽长,至今汤沐留高凉。

贡荔支

张九章为岭南节度使贡荔支,以媚贵妃,而坡公诗归狱于林甫,余两存之。

赪虬高挂青珊瑚,珠胎万斛鲛人输。青精之君手扶植,餐霞咽雪嘘灵株。炎风勤护惜,朱旛招封姨。霁月共留连,绛节朝玉妃。十里一置五里堠,黄封忽逐红尘走。伯游上疏太真笑,云实琼枝忍蒙诟。天生尤物老瘴乡,贡篚何必登明堂。谁与媚者李林甫,谁与进者张九章。

过洋乐

东莞李竹隐先生命其婿熊飞起兵拒元,而身则教授于日本,盖将以有为也,竟卒于海外,番人以鼓吹送丧归,粤人谓之过洋乐。

榴花塔,罴虎战;甲子门,芜蒌饭。黑飓罗洲翻,碧血梅关溅。骑鲸谁奏凄凉曲,竹隐先生过洋乐。一代君臣伤局促,日本好乞师。中原消息终莫知,白鹇黄鹄沉万舰。秋乡秋雨垂涟洏,锦衣花帽喧鼓吹。藤阴且送先生睡,海外天公正沉醉。榴花塔,熊飞与元兵战于此;甲子门,张良臣进食处;罗洲梅关,张太保与诸忠义战没地也。

玉台巾

白沙先生谓:学必有源,静而反观此心之体,得其自然,以为至乐,于世之荣名,若遗焉。

君恩碧玉楼,先生藏聘珪处。天游青玉杖。逍遥更戴玉台巾,溪月松风影十丈。静中养端倪,乐处一俯仰,偶然挥茅龙,鼓舞天吴驱罔象,归坐春阳台。默揽风烟不盈掌,高处谁参太古心。江门云水自沉沉,更听先生鼓石琴。先生所用笔谓之茅龙,石琴亦江门故事。

门外谣

永明王立国肇庆,金堡辈犹挟门户之见,哄于朝,可叹也。

钩党立,疆土坏,家国破,门户在。诸臣立桂王,和衷宜十倍。争封争票争垂帘,五虎跳踉势不改。遂令崎岖落日中,蒙汜余阴失光彩。吁嗟西疆瞿与何,犹望区区捍桑海。

盐田行

海人课晴不课雨,海人耕水不耕土。潮来分汊行,潮回穿浍贮,高筑方田低积卤。一日晴,而坚而燥捵土平。二日晴,而输而灌聚水盈。三日晴,而扫而获盐功成,但见雪山突兀空中横。城边磈磊东风吼,只恐雨来坏畎亩。女子畚挶男筒斗,行盐使者田间走。引觥刮鳞烈日中,

黄桐孙

辛苦亦与农夫同。所喜四时有秋贪天功,征三剩一更望官府公。

大风渡扬子江

海日欲出云气黄,金鳞睒闪腾扶桑。黑风怒卷碧峰暗,龙拏鲸涨天混茫。江潮晃漾开水府,兀兀金焦亦掀舞。书生好奇独放舟,白浪如山等闲渡。壮志平生轻万里,劈箭风帆一瞬耳。中流濆洞一叶颠,色骇魂飞忽如此。君不见,古来天堑战尘飞,六代苍茫未息机。铁舰曾闻挥白羽,水犀几见卷红旗。龙潭近接新河口,瓜州北望惊涛吼。旧事沧桑几变更,狂飙起灭付何有。只今四海久澄清,浩浩长江载酒行。游人莫道风波恶,京口名山一笑迎。

赠周铁山先生开

月以空集明,涵此大地山河影,镜以虚受鉴,纤缕毫发无遁境。纷纷浪自夸智慧,滓渣未彻愧清警。铁山先生善名理,谁识天怀本渊静。雄辞辟谬论,雅什抒新颖。皓如天河倒泻银,雪浪流空清耿耿。矗如群山奔腾来,金鞭玉镫顿中岭。每于应物发妙悟,乾端坤倪露俄顷。昨来授我一卷诗。铁骨森森光炯炯。后尘属我善驰骋。只恐胸怀尘土颊舌不敢逞。熟读公诗中自省,作诗呈公勿齿冷。

魏郎说书歌

康兰皋先生言:"乾隆间,西蜀魏三儿色艺冠一时,及嘉庆四五年,都城禁歌舞,三儿色亦衰,坐顺城门外,说书度日,其盛衰之际有足感者。"余壬午入都,戏场寂然,名优无见者,追忆赋此。

溪浣花光江濯锦,家家睡暖芙蓉枕。占断风流薛校书,千秋绝艳空题品。魏郎生少锦城边,花枝袅袅行欲前。半梳翠鬓随云椭，一曲珠喉共月圆。小车薄薄行栈道，料得山灵与洒扫。不教云傍马头生，细路逶迤护芳草。初来领略帝城春，物色迷离认未真。掷眼平康先买笑，钩心阿堵为传神。三儿以千金留连妓馆，术益工。丰乐园开珠市内，前驱五色鸳鸯队。月宫缥缈下飞仙，妙舞清歌世无对。三面雕阑簇绮楼，当年列坐醉公侯。停鞭愿为罗敷死，折柳偏从小玉留。使星昨夜来天上，争就魏郎参近状。万里桥边一纸书，试官黄气眉间王。西蜀两试官以得三儿家书为荣。缠头莫与斗喧阗，红纸招邀翰墨缘。欲向城南征色艺，要从砚北乞名笺。顿收曼衍鱼龙戏，广场寂寂歌台闭。冷落平时旧舞腰，不独廉公嗟失势。顺城门外老春光，拍板轻敲早断肠。子弟三班风雨散，绮罗一折梦魂忙。人生何处深情系，鄂君不复揄纤袂。镜中鬓影认前尘，襟上酒痕雪残涕。记得公车蜀道难，万金持赠尽胪欢。而今索寞春衫冷，流水游龙道上看。三儿盛时赠蜀中应试者人百金。盲词小说谈遗事，盛衰不尽穷途泪。侬身本是海棠花，一片飞红任风坠。休从曲谱恋淫哇，多少钟鸣鼎食家。君不见，夜半火城威焰烬，永丰门第满尘沙。即用嘉庆四年间事。

西山行

客行何漫漫，称自西山始。西山盘盘数千里，北戒关河奠于此。三面抱燕都，一角截辽海。中间环控齐赵魏，棋置星罗倚岌嵬。山头浩荡通百川，横流倒海来自天。东滦北涞不可数，古为呜咽惟桑干。我过桑干复西去，眼前历历中亭路。复岭回环万马屯，那得高驰躐烟雾。朝逐西山横，暮逐西山纵。回首望故乡，故乡东复东。谁言滹沱深，仅足及马腹。澄源幸绕五台峰，何事出山走平陆。更渡漳滏流，邢赵相卫皆雄州。八陉欲遍益嶙峋，突兀忽到山尽头。山阳竹林在何许，闲身且作行山主。指点晴峦入

黄桐孙

画图,白云况是孤飞处。丈夫生不用提十万兵,三关险隘今已平。亦不用随王烈饮石髓,通元长春皆无名。愿与南雁归,栖宿芦花并。回翔忽不见,苍苍翠微影。西山行,行辗辘,征途去来无定踪,明年又过西山麓。

富春道中

浮舟天宇旷,千里倚蓬窗。水阔吴兼越,涛回海避江。移云开鹤渚,分月截鱼矼。更上严陵濑,轻桡战怒泷。

钓台

白水符方握,青山兴独长。故人今作帝,游子自思乡。磴道凌嶕崒,川流接混茫。不知磐石外,尘世几兴亡。

佛山镇

未识姑苏寺,繁华似此不。珠灯悬十里,银甲响千舟。丝客兼茶客,吴讴间越讴。宝山空手过,篷底独吟秋。

花田

曲里今犹盛,迷人百种花。柳怀疑约雨,桃意欲生霞。旧事红云宴,新园碧玉家。但教歌舞在,莫问内人斜。

登肇庆阅江楼 录二

峡转一楼出,江吞万壑回。残疆余胜国,明末桂王据此。落日傍嵩台。即定山在楼外。地距南陲僻,山凭半壁开。当年谁作记,可有宋濂才。金华太史有《金陵阅江楼记》,兹楼窃取其名耳。

西接苍梧野,东趋黄木湾。鱼龙看出没,山海此回环。七点星垣外,在七星岩之南。三霄阁道间。古来谁不朽,巨刻记平蛮。

电白秋晚即事

塞鸿飞不到，万里接蓬瀛。秋日断云气，晚风行浪声。盐田耕活水，莲岛镇孤城。回首瞻东海，归帆几月程。

余初至金陵江桥，月夜每往，闻笛及复至而歌吹，寂然感而有作

不向金陵去，谁知万古秋。江山空旧梦，儿女带新愁。露白花逾冷，溪青月倍幽。严城歌舞散，无地觅风流。

漫说前朝寺，名存十二楼。淡余青嶂月，冷送白门秋。韶铎严功令，笙歌谢狎游。承平真气象，漠漠古扬州。

绿野堂

结宇青山外，幡然谢节旄。一身关鼎社，万卷压靴刀。心事园林淡，篇章幕府豪。幅巾萧散地，麟阁梦曾劳。

奉寄黎晓村先生三十韵

先生名启曙，世居电白之北郭。学无所不窥，尤长于史，博综众艺。诗以东坡为宗，书擅诸家之长，不名一体。从学者甚众，家君延之课余，口不道邑中事。妻弟以微罪系其子衍迁，偶言于余，告家君，谳而出之。先生闻，大怒，抶衍迁，仆地不能起，余为跪谢乃已。数踏省门无所遇，以优贡当得官。

中年后，绝意仕进，筑室艺花药将终焉。乙卯，家君劝之应试，意甚殷，先生感之。至会城，竟不入棘闱，浮海归道，其鱼龙出没烟涛变幻甚乐也，其标趣如此。

余之稍有知识，赖先生诱其端也。偶录旧稿，不胜海天迢递之感，因志其大略于诗首。

珠海琼山会，黄云紫水遗。讲堂千载盛，典策一方垂。

黄桐孙

公甫东南望，甘泉儒雅师。疾风忠介节，芳草曲江诗。绝峤还敦艮，炎洲尚照离。峨峨怀道范，卓卓古型仪。旧学探深窅，遗经校舛疑。冰霜觇操履，烟月话襟期。家是莲须旧，乡同儋耳陲。深园蟠海蜃，乔木走云螭。笔落天吴啸，诗成魍魉窥。木华惊浪走，枚乘怒涛驰。浩荡归高咏，牢笼吐伟词。品真抱纯粹，道不域藩篱。余艺占垂象，闲情寄素丝。凤耽金匮籍，更起鹿门思。秋雨黄金菊，春田白玉芝。幽清缘水竹，淡泊荫茅茨。世业兰荪秀，门墙雨露滋。自惭真陋质，幸得奉前规。疑义澄波皎，陈编宿雾披。剡劓搜巨璞，驱策比乘骊。怀古心逾壮，探奇日屡移。登临欣接武，赓韵喜追随。两载跻攀日，三年忆别时。羊城看放棹，鹤岭独键帷。云影清江路，波光碧海湄。何当奉模楷，未敢溺荒嬉。守学期黄干，旁通慕贾逵。尺书长可寄，迢递慰天涯。

登滕王阁

百尺岩峣接紫雯，凭高独立揽斜曛。江吞章贡双流水，天倚衡庐一抹云。南去帆随鸦背远，北来车傍马头分。行藏不尽登临兴，会驾长风溯八垠。

曲江谒张相国祠

谁佐开元第一流，先生橐笔起炎州。三唐风雅归君相，百粤河山拟鲁邹。官罢心将高鸟谢，诗成梦与大江浮。荒祠日暮瞻遗像，犹有奎光烛斗牛。

过残明故宫遗址

波荡南天又一家，挥戈谁挽日方斜。君身几度骑龙背，_{李成栋辈皆不可制。}国是惟闻斗虎牙。_{金堡辈为五虎。}太后垂帘深指摘，_{堡等指斥宫闱挟制桂王。}真王赐印竟喧哗。_{孙可望事}

始知张陆丹心苦，半壁崖门万古嗟。

南郑成功西孙可望各统军，瞿何亡后尽埃氛。空将国脉依群盗，久卜天心弃旧君。古市鱼虾纷扰扰，空江烟浪逝沄沄。纪年谁为征遗史，片土苍凉吊夕曛。

石龙夫人庙

生来身世接梁陈，手执干戈逐叛臣。锦伞不因夫婿贵，花封留与子孙春。九州前后三亡国，并隋而三。百粤安危一妇人。可惜唐家开国日，不随娘子扫烟尘。

惠州 录四

五管名州此最雄，烟霞宜筑紫霄宫。山于南岳为宗子，罗浮为祝融香火地，昔人拟之宗子，主鬯者也。人是东坡作寓公。跨口铁桥仙世界，卧澜玉塔佛流风。我来记得三生梦，合解骖騑住水东。

天与南州洗瘴痕，惠州风土最清温。双桥荔子熏风市，十里梅花落月村。水到鹅城三面合，山凭鹤观一峰尊。读书要得山居好，紫翠中间静掩门。

碧鸡金马最多才，天遣南州辟草莱。学士新居空翠合，舍人旧巷画图开。穷鱼世界无余地，翘鹭心情说党魁。此是眉山汤沐邑，子瞻来后子西来。

底须梦寐记曾经，亲泛烟霞杜若汀。两道澄江分鸭绿，四围叠岭扫鸦青。长天薄雾低随鸟，秋浦轻风冷送萍。城下钓矶今好在，寒鱼泼刺有谁听。金华胡筠竹香爱此诗，因和韵赠余，有"剑气十年吹水白，潮声八月射天青"句，甚伟。

谒明阁部史道邻先生墓 录二

握管风檐墨未干，便知社稷侍公安。黄图异日横身挂，黑狱当年抉眼看。零雨残疆荒草木，斜阳片土葬衣冠。可怜未了师门意，冷落秋风大将坛。公出左忠毅之门，狱中犹属以大事。

碑碣摩挲意有余，当年遗墨重璠玙。留言合使夫人殉，筹笔犹通上国书。淮水北来芳草暮，江流南去白云虚。独留千古梅花岭，几度苹蘩谒墓庐。

邹县道中作

旅柝中宵响未停，轮蹄又过短长亭。沙痕细簇霜花白，日晕低环野气青。孟里独留邹国社，残碑谁问峄山灵。驱车坐揽齐燕胜，东道年来记数经。

正定怀古 录二

九门西压万山重，险绝东垣几战锋。赤帜奇兵通抱犊，黑衣小队镇飞龙。时来铜马开新帝，事过皋狼失故封。独上野台翘首望，井陉落日锁云峰。

从来燕赵足悲歌，风烈无如此地多。颜氏弟昆连草檄，田家父子泣横戈。百年竟失卢龙道，万骑横奔曳洛河。只有箕山千古在，战尘飞不到岩阿。

邢州怀古

孟孙落拓更谁容，肯为将军杖策从。史册纵横谈世事，关河跋扈启雄封。开墓直欲嗤司马，托国无端又季龙。墓上右侯悲宿草，可堪回首百花峰。

邺中怀古 录二

百尺苕亭倚邺台，古今莽莽眼中来。周家水土开循吏，魏国山川集霸才。末世强藩频拥钺，清时上相乐衔杯。凭临险阻中原地，青史兴亡阅几回。

一从横槊建安来，公子西园尽上才。草浅兽肥摇辔去，尘清泥浊敛镳回。龙楼抱颈天应笑，玉枕通词鬼亦哀。不信转蓬根本别，荒烟落日暗三台。

督亢亭

击筑悲歌日色迷，孤亭缭绕白虹低。风吹易水东流去，壮士横刀独向西。

尧母村

伊祁千载兆祥符，柳宿城连古望都。叹息汉家长信冷，青山落日泣翁须。

四明清史略卷十九终

黄桐孙

四明清诗略卷二十

鄞 董沛 孟如 辑

陈景范

字友韩,号后轩,镇海人。元械子。嘉庆丙子岁贡。《蛟川诗系》:先生天性纯朴而资禀敏悟,虽与不善者相交,能持守昭曠,不受涬蒙,时论称为纯洁。承其父北云先生家学,攻力于诗古文词。未弱冠,以《蜜苦胆甜赋》受知于学使者朱文正公,拔冠童子军,古学之士翕然宗之。

九月十九日五集留云轩赏菊

去年丛菊开,举杯酣醲醁。座客题画屏,纷纷竞珠玉。我于诸君诗,自惭狗尾续。今年花欲放,老圃散芬馥。明霜白皑皑,绮霞红簇簇。五色交纷披,处士被华服。要无尘壒缘,未改真面目。君言种此花,其功在吾叔。瓦盆筛细泥,石栏护修竹。扶植兼搔爬,晨昏苦碌碌。旱魃复虐之,枝枯叶黄蹙。幸逢秋雨甘,元气得潜复。秀骨挺且坚,凉露与膏沐。呈此百种奇,傲伊凡卉木。兹来留云轩,一尊功浮绿。败兴无催租,肩舆漫相促。永昼聊尽欢,安庸继宵烛,归当梦柴桑,疏烟蔽茅屋。

题唐企园竹梧清暑图照

碧梧栖珍禽,翠竹赏名士。熏风一以吹,粗俗笑桃李。君今摹此图,点缀乃尔尔。想怀淑静心,故将华缛鄙。匆匆隙内驹，扰扰尘中蚁。世事能忘怀，其乐澹弥旨。疏篁绿荫间，位置适宜此。何必学逃禅，南郭同隐几。

漫咏

忆昨刀环咏，灯花灿我床。搴帏交掩映，敲枕耐端详。渺渺银河隔，迢迢玉漏长。那堪人不寐，庭外有微霜。

耐得寒衾味，何妨永夜寒。半闲惟罢课，独睡即灵丹。落寞身愈适，疏慵梦亦安。黑甜容我住，窗外日三竿。

读罢文通赋，徘徊别恨深。有情甘白首，无奈掷黄金。蕙草庭前冷，梅花晚岁侵。登楼□遥望，耽误到而今。

遣兴

世思千里马，人乏九方湮。竟有盐车服，曾无锦障亲。山川看险阻，道路感风尘。落落骊黄外，谁操赏识真。

文选楼

摇落金陵蔓草多，楼开文选祀维摩。春宫座有英才集，元圃人无女乐歌。商榷六朝消岁月，流传万古衍江河。百城坐拥真豪迈，莫怨谗言兆蜡鹅。

花冢 录二

寻芳曾对落花天，泣葬枯枝倍黯然。漫拟绿珠方堕粉，谁知紫玉已成烟。孤根空望生稊嫩，抔土唯余宿草芊。惆怅返魂无妙术，东风寒食自年年。

消沉丽质委泥沙，薄命从来只有花。黄掩马鬼看绣袜，青留雁寒忆琵琶。吊残莺燕春将老，驱下牛羊日又斜。玉匣珠襦人共送，泉台一例惜繁华。

陈景范

赠送鄞江方其祥先生

先生高义足千秋，不减临歧助麦舟。日暮途穷天莫问，几人风雨哭江头。

刘运坊

字左春，号午桥，定海人。诸生。嘉庆庚辰征举孝廉方正。著有《诗舫吟草》二卷。

登五奎山奉陪宋仁圃明府、李西岩军门玩月

孤屿连云雉堞高，长空万里察秋毫。多情明府风流甚，此夕将军意兴豪。弦管声清惊海若，蓬莱山近妒仙曹。须臾约上层台冷，各赋新诗健笔操。

当空皓月一轮圆，玉宇琼楼影接连。海水无波平似练，云罗有隙淡于烟。然犀定起鱼龙舞，系缆欣当草树妍。如此良宵风景好，未妨看到夜深眠。

干城儒将本英奇，歼尽鲸鲵薄海知。不避风波安避月，喜谈兵法更谈诗。台星近照书生面，桂影多惭兔窟枝。笑我粗疏比樗栎，敢夸水调作歌词。

读借树山房诗题辞

工诗原不计穷通，驰骋名场笔阵雄。比似君家孔璋檄，能令几辈愈头风。

君从日下袖诗还，我读题辞一解颜。多少诗中老名士，因君不敢小舟山。

题李西岩将军长庚大雪寻梅图

风雪满山梅正开，岁寒终有出群材。将军好武兼文字，谁写当年大树来。

刘连尧

字朗峰，号玉山，定海人。运坊弟。嘉庆丙子岁贡。

题刘孝子传 孝子名炳灿，邑之白泉人

白泉庄开炭山耸，中有孝子名特重。蹈火直入救父出，涉险实推仁者勇。嗟乎！无父何怙诗教垂，读此一语谁不悲？临难转欲私妻子，罔极恩深孰念之。心知有父父不亡，遑顾妻子罹其殃。孝子之孝本天性，绝无牵制胡彷徨。薄俗闻风尽兴起，用扶名教植纲常。明府深期励民行，标题锦字何辉煌。我闻幽光潜，德积久必发。越待看他时，崇祠俎豆荐馨香。

送龚秋舫总戎予告归田

八年牙纛建翁洲，豹略龙韬李郭俦。渤澥扫除鲸鳄尽，扬帆群常太平讴。

节钺森严气象雄，每从延揽挹虚衷。谈经论史推儒将，几度春风入座中。

张嘉金

字镕之，号蓉斋。鄞人。嘉庆丙子举人。官临海教谕。《鄞县志》：嘉金刻苦奋学，以副贡领解，授临海教谕，正己率物，以胡安定、曹月川自期。临海士子多因学官以持狱讼，嘉金痛绝之，厉以廉耻，士风大变。元程时叔、畏斋两先生讲堂就圮，谋同志以慈济寺隙地新之。平生孝友端方，一事不苟，每出必具公服，与卑幼书亦不作草，后辈皆敬惮之。

题孙兰皋带月荷锄小照

冥搜讵无情,守见知未广。眷言抚雅构,起意涤尘想。成英石乱叠,喷珠涧争响。幽径有畸人,负担自来往。朝游闲云深,晚归凉月上。之子亦何为,箕颍将焉仰。

张广铨

字虚舟,鄞人。嘉庆丙子举人。官陕西肤施知县。

阿育王寺舍利塔歌

育王寺峙鄞山东,赐名广利宋大中。东西两塔遥相望,中有一塔光熊熊。佛光普照香世界,佛迹妙印慈云峰。佛骨更留舍利子,覆以一角真金钟。我闻育王浮罪孽,杀人如刈蒿与蓬。铁轮灭后始造塔,八万四千模样同。天地炉烧阴阳炭,夜深驱役神鬼工。若非顿悟在一念,胡乃具此大神通。自从萨诃虔礼拜,特地涌出珠玲珑。托钵募金辟窣堵,宝物永镇梵王宫。我携不借游山寺,跪看此塔眩双瞳。的砾有如牟尼圆,闪烁直同琉璃红。晶球四角倏旋转,即空即色窥测穷。窥测穷,云烟封,塔旁呵护诸天龙。金身丈八常示现,化作寺前夜放灵光之老松。

白桃花

琼枝一笑艳阳春,不染元都半点尘。恰向露华浓处透,独留面目本来真。东风亦厌凝妆俗,宿雨何须着色新。开到武陵溪上路,舣舟重访误渔人。

葛朝

字易初,一字束士,号惕夫,慈溪人。嘉庆丙子举人。

官户部郎中。著有《迎旭楼稿》。

《慈溪县志》：朝天资过人，日诵万言，与同县成炳、盛炳汉、虞廷寀研经考古，讨论史事，务为有用之学。以诸生入赀为郎，旋登乡荐，捐升郎中，补户部湖广司，主军需局，综核出纳，吏不能欺。病归，卒于家。朝浑厚精明，惠及三郎。值岁饥，买米以振日，操量计口亲给。喜聚书，多善本，为文能自抒所见。

董沛曰：户部藏书甚富，文规八家而最恶骈体。作经生艺，亦无一偶句。尝曰代圣贤立言，奈何以俳语也。惜诗文稿均已散佚。

赠徐菊州

忆昔总角时，追随先君子。交游历所钦，徐君信端士。谆命书不忘，十年亲杖履。何幸崔孔交，女萝附连理。君家素多艰，门风万石拟。庭前椿影凋，泠泠阴风起。独怀冰雪操，廉隅深砥砺。自誓句东人，不负句东水。郁此奇杰姿，少展权衡技。雍容三十年，福善由天使。近挹渊之清，坐对祛渣滓。膝下绕青云，彬彬列杞梓。别怀爱菊心，家近十洲沚。开门数众芳，谱遍评花史。南山有幽人，独得延龄旨。顾兹晚节香，杯酒良足喜。如云祝嘏辞，琳琅灿藤纸。私心窃未然，敢极铺张美。

郑际良

字初民，一字巨木，号少梅。慈溪人。嘉庆丙子举人。

舟中即事

小艇依林日未斜，绿荫围合几人家。牧童昼静眠芳草，渔子春深网落花。白鸟闲随孤棹转，青山时被短篷遮。风波稳处神仙窟，何事张骞八月槎。

张震初

字默人，鄞人。嘉庆丙子举人。

题徐秋生诗稿

自惭学殖久荒芜，五色花迷入辋图。手盥蔷薇吟诵罢，一杯香味灌醍醐。

论国朝人诗仿遗山体

沧海遗民林茂之，风华犹是六朝时。芦花孤鹤清如许，谁道钟谭鬼派诗。

尚书推许诚为过，检讨讥排亦未公。自有松圆真品在，刘韩苏陆旧宗风。

东塘才望重新城，大宋何曾逊子京。十笏稿成春梦短，竟教难弟掩诗名。

曾向峨眉话旧因，清才定是再来人。南施北宋增声价，鼎足中原蒋虎臣。

布衣跌宕称朱十，曾列渔洋感旧诗。嗜好不同宗派别，才华只爱少年时。

字字华严法界真，郑笺重作恨无人。苦心只有查初白，应是东坡嗣法身。

吴中士女解风流，衫袖争书白燕楼。恰是才名满天下，新诗换得紫貂裘。

绝无雕饰自生新，清似潘郎始耐贫。才得秦淮二十字，坐中多少袖诗人。

海内骚人吴汉槎，飘零绝域叹无家。江东独秀君知否，诗思清于塞上笳。

借口清狂总不妨，性情风教堕微茫。生憎绮语王凝雨，只向红闺学女郎。

魏盈

字谦谷,慈溪人。嘉庆丙子举人。官钱塘教谕。著有《对山草堂诗稿》。

蔡烈妇 兰溪人。夫亡,吞金以殉,沈秋河广文为征诗

陡地罡风碎雁筝,海天万劫惨无情。结缡已定终身托,断发难渝旧日盟。藏泪三年留碧在,炼心一片断金成。安排含饭相从决。隐隐犹闻下咽声。

和学使卓海帆先生视学浙中述怀原韵 录一

校书天禄久研寻,惯把金针度艺林。南北江驰空骥誉,时典试江南至浙。东西浙慰望霓心。文章司命兼华国,翰墨怡情为惜阴。小鸟鸣春徒有意,敢窥博大与精深。

张慧

字纪水,号梅叔,鄞人。嘉庆甲子优贡,丙子副贡。官青田训导。

沈珠篇为王淑姑赋并序

淑姑,临海王昌熙女,许字象山都司李庄之子文炜。李,金陵人,其家不知,又聘于吉,几致讼。庄请于两家,愿偕娶,以齿叙若姊妹行。吉诺,王之父已诺,而其母不肯,掷还聘物,独缺二金环。女知书闻变,乞叔母及姊婉劝母,母执不从,女题壁云:"我生不怨妾薄命,我生不合赋至性。"遂投井死。出其尸,左右手金环灿然,于是李氏迎其主归,而征诗以传其事。文炜后徙鄞。

我生不怨妾薄命,只怨剪刀重结聘。我生不合赋至性,

絮果兰因莲独净。金彄赤灼一寸心,银床秋寒白日阴。古井有时竭,明月有时缺,沉珠烛天夜不灭。

吴尚知

原名上知,字觉凡,号晓园,奉化人。嘉庆丁丑进士。官台州教授。

《奉化县志》:尚知生而聪颖,弱冠入邑庠,设馆授徒。性和易,群从款洽,谈古今事,终日无厌倦,非所问则默不答。释褐,以知县改就教职,授台州府教授。前署篆者沈某贫,不得归,出己赀赠其行。署舍倾圮,节俸重葺之。书籍有损者,为校装完好。未三稔,士习大振。卒于官,年六十五。

吊项义妇 并序

义妇者,戴毅直公从弟德祐之妻也。毅直捐躯,德祐亦从死。项氏家居闻变,急匿遗孤,并焚谱牒。到官后,榜掠酷毒,卒勿顾。呜呼,巾帼中弱女子,能殉其夫,亦已烈矣。况仓卒筹变,挺身受讯,虽被极刑而执语不二,遂免夷族之惨,则保全之功不綦大耶。

银铛掷地狱吏怒,牛头呵旁吁可怖。万死终存戴氏孤,程婴杵臼属荆布。拾遗一死事未完,覆巢安得求卵全。变名襁负匿不出,谱牒焚爇凄寒烟。株连刑讯及女子,尾青对簿鼍声紫。遗孽严搜法网张,缄口无言听棰笞。引颈就刃泣鬼神,护持嫡脉含酸辛。菶葹抱根苦心拔,讵徒霜雪凌松筠。天惊石破子规叫,胜算老谋九泉笑。一线绵延宗祀存,幸草生余原火燎。居然巾帼超前贤,璧完私室心何坚。茫茫家国无穷恨,地下相逢倍泫然。

题显忠录录记明初戴毅直公德彝殉难事

师友渊源迈等常,卓然生死共方王。天心自定旁支统,臣节长留正气刚。已愧宁愚全故主,聊凭秽血报高皇。千秋名教资扶植,遑论区区竹帛光。

徐锡尧

字敬夫,号悔庐,鄞人。嘉庆戊寅恩贡。著有《悔庐诗文抄》。

《鄞县志》:锡尧幼时,其祖以老鳏卧病,父亦丧偶。锡尧课徒毕,即奉侍其祖,虽中裙厕腧必亲涤之,夜则诵读达旦。弱冠受业于蒋学镛,得古文之法,诗亦清微淡远,追踪韦柳。遭罗织,与董名问并就系,日在隶舍倡和赋诗,旋得释。性和易,读书至老益勤,训子弟先经后史,务为实学,故多所成就。晚以明经贡太学。卒年六十三。

隔湖忘水乡二首

君行月湖西,湖光涵空碧。我立月湖东,湖风清两腋。临流聊自娱,笑溯流脉脉。湛然此时心,烟波不能隔。

孤云澹将归,暝鸟去无迹。远望不可期,回步畅所适。知君波上楼,藜火拥图籍。我行久留连,月上湖心白。

十五日夜记梦

夜梦游锡山,陟历意未了。梯空驾层云,危阁倚天表。力追所见奇,叠出乔木杪。兹山吾邑望,一览穷微眇。俯视东北陬,城市何扰扰。石窗亘西南,控抟由大造。我步独争先,路迷不得道。向来同行人,忽觉来已少。谷暗岩石敧,深林遂幽杳。直上不可阶,惝恍殊未晓。黑索竟下垂，山鬼善窈窕。始知不若逢，脱身尚轻跷。造物忌孤高，警惧或非小。抑志思卑栖，晚悟幸犹早。后二日对簿竟无事。

青霜引书先霜皋先生负薪诗后先生以诸生为鲁王监纪

事，后沉隐终身，清吟不绝，论者多以诗肖其人为能，寓耿介于涵蕴中云

青霜凝秋被陇阪，美人悲吟惜时晚。天寒不爨出负薪，约束贞心寄清婉。日斜忽抱冬青枝，空山无人双泪垂。归来涩涩霜穿履，此树恐无开花时。援琴自作贞女引，含蕴风情殊未尽。犹有余音我续弹，凉阶落月吊荒蚓。

大水叹

连日淫霖愁太阴，众流泻自吴山岑。拥波卷雹压入户，酸风惨淡天沉沉。盛夏不合违时令，无乃调阳失其柄。骚人闷坐弗遑安，避漏处处无时干。闭门作恶尚如此，况是人间行路难。

山中元日

元日少尘事，茅檐传鸟音。已知观物妙，更喜入林深。世态从翻覆，山中自古今。盎然足生趣，数点逗梅心。

由二灵山放舟至月波寺

扬舲西北渚，十里月波楼。云水书堂杳，烟霞洞府留。荒残余古迹，酣啸倚中流。日色隐将暮，泂沿未肯休。

阿育王寺晋松

来访盱江十二诗，育王灵迹半传疑。现空塔影无迦叶，吼地松声尚义熙。生意盘盘看未已，山门落落独能奇。如何舍利翻邀重，是松俗称放光松，误以舍利得名。忘却名蓝仗汝持。

二灵山访陈文介公墓

如此山灵与水灵，固宜文介此居停。烟涛终古环三面，风雨当年守四经。黼座衣裾惊宦寺，明州人物重熙宁。一抔荒土愁将没，欲采溪毛荐墓庭。文介即葬此山，遍访，得之仅一荒丘。

同董迂樵到西湖

楼台随处恣登临，水色山光无限心。便趁斜阳呼渡去，孤云野鹤有谁禁。

蓝运森

字硕乔，号拙庵，定海人。嘉庆戊寅岁贡。著有《迈庵集》《翁山拟古集》。

《定海厅志》：运森性至孝，年十四丧父，哀毁如成人。家贫溺苦于学，为诗古文辞具有根柢。教授里中，主讲书院，其教人以宅心明理为主，讨论经史疑，旁通曲证，不囿于门户之见。

题刘孝子传 孝子名炳璨，邑之白泉人

炭山有孝子，承欢心未已。融风刮刮起海陬，冲天夜半腾郁攸。仓皇形式如鼎沸，方寸乱矣无一筹。突烟拾级直上楼，父兮生我恩难酬。颓唐骇栗卧未起，稍缓须臾靡及矣。手裹以衾负以出，九死不辞坚自矢。灵椿一树欣无恙，妻子兰摧烈焰里。于戏！孝子之心只知有其父，履危涉险初无苦，厥妻子女未及援，遂使残害委焦土。五十六年垂范久，远近揄扬听交口。贤宰大书旌其门，馨香崇祀犹待后。白泉庄上孝子居，乃与炭山并高千载长不朽。

李大封

字冕侯,号宝山,镇海人。嘉庆戊寅举人。官广东琼州佛山镇同知。

《镇海县志》:大封自少嗜学,工诗赋,为学使者所器重,以拔贡领乡荐,授景山官学教习,迁学录,升助教。在京多年,清约自守。久之分发广东,以同知用授佛山,调琼州。卒于任。宦橐萧然,人称其廉。

渔灯

芦花深处暮烟横,一簇寒灯漾水明。渔妇晚炊分火至,榜人夜话待潮生。篷窗月上白无色,沙岸风来红有情。黯黯江枫愁对里,前溪竹笛又飞声。

花朝

澹云微雨峭东风,酿得花枝处处红。报道二分春色到,看花须趁五花骢。

舞罢秋千鬓欲斜,阑干倦倚且看花。携来小小轻罗扇,扑蝶回时半面遮。

李恭宣

字古皋,鄞人。嘉庆戊寅举人。

题徐秋生诗集次韩朗山韵

秋生抱异材,偃蹇名场久。羞随俗子趋,乐与古人友。高咏见性真,骚坛齐俯首。身住水云村,人是烟波叟。结交多老苍,幽怀寄樽酒。乘兴一挥毫,天然出妙手。爱此冰雪篇,风神参韦柳。令名良不磨,所得亦已厚。富贵等浮云,回首知谁某。奄忽即无闻,何论数世后。千秋重鼎彝，崇朝夸瓦缶。铸金事阆仙，问君其许否。

虞廷寀

字靖旂，号小林，慈溪人。廷宣弟。嘉庆戊寅举人。

《慈溪县志》：廷寀九岁而孤，与其兄廷宣、弟廷寅事寡母尽孝。好读书，为人冲淡和易，未尝有疾言遽色，临财不苟而好周人之急。由拔贡领乡荐，入都主座师王引之家，相得甚欢。其为诸生十余年，试必第一。侍郎刘凤诰得其兄卷，仿二宋故事易之，仅以是居第二。潘世恩尝曰："吾于四明士得虞某，食味得江瑶柱，亦足豪矣。"其见重如此。

题梅妃图

开元天子风流主，倾城妙选良家女。一曲霓裳乍管弦，五家珠翠皆尘土。江家采苹初入宫，仙仙萼绿娇春风。梅妃两字芳名换，玉骨冰魂量较同。笛声吹放花无数，专宠能教人不妒。谁道惊鸿舞未休，东楼已续长门赋。凝碧池头开新宴，牡丹娇倚沉香艳。梅花不解斗娉婷，故枝零落梅亭怨。吴中画师无限情，墨痕细染冰雪清。珍珠一斛何须唱，买得胭脂格韵轻。幽姿宛转罗浮识，修到花身宁易得。回首香尘暗马嵬，一枝春雨梨花泣。

八月八日同人都赴棘闱，余以伤足独卧寓斋，感赋四律，情见乎词 录二

衮衮诸公尽上坛，强台跌足愧蹒跚。得秋鹰隼神飘荡，失水蛟龙气郁盘。百尺楼台孤雁迥，五更风雨一灯寒。声声打彻城头鼓，枕上犹疑画角残。

此生白蜡怕人题，博得明经愿本暌。往事已成名士饼，

前程谁作散仙梯。嚼残回味思鸡肋,坠后余惊怵马蹄。归去家园无恙在,满山试听子规啼。

立夏日口占

草堂午永豆风清,醉饮芳筵无限情。我欲留春春不住,树头只剩一声莺。

未歇王孙野草芳,荼蘩架外送斜阳。等闲一阵黄昏雨,催绽江南梅子黄。

杨九畹

守兰畲,号馀田,慈溪人。嘉庆己卯进士。官广东南韶连兵备道。著有《巽峰草庐遗稿》。

《慈溪县志》:九畹生而端重,长益广览群籍。嘉庆己卯以一甲第二名授编修,擢陕西道监察御史,先后封章六上,敷陈恺切,时论韪之。出守甘肃,历庆阳、宁夏,政号严明。擢广东南韶连道,韶州地冲要,时西夷犯粤,官军四集。九畹供给粮饷,安缉地方,竭力经营,不惮劳勚,卒于官,年六十。

从政自警

我性与民性,均是天所赋。何以平其情,厥道在行恕。恕由我身推,而非尚煦妪。民好我斯好,民恶我亦恶。田间行直道,立论严除蠹。一行作吏来,见蠹不敢忤。匪唯不敢忤,为之羽翼傅。繄岂天性然,良由多欲误。

吏治言听讼,庶政举一端。讼牒久稽积,里民肤不完。生者气不伸,死者魄不安。法吏矜用术,钩距苦诘盘。谁知情曲直,只在辞气观。虚堂有明镜,照人见肺肝。判以春秋笔,理至语不刊。吁嗟明决士,庶不尸厥官。

元穹嘘善气,万类毋相侵。暴夫百中一,一暴寒百心。

吞噬闾里间，弱肉供搜寻。除之务宜尽，毋俾恣凶淫。假如纵虎狼，岂不残山林，大田莠杰杰，禾黍力讵任。巨疥生四体，刺以长棱针。烈日销阴霾，利泽胜甘霖。君子诛豪恶，小人被德深。

玉洁不受玷，所恃我无暇。儒生初筮仕，犹如女处家。贞性柔且静，见客面背遮。奈何阴险辈，媒言互喧哗。倾听日益久，神荡情迷邪。贪泉一入腹，讵复惜齿牙。豺狼当面立，交手纷攫拏。习惯河间妇，遑知嬉笑加。名裂身亦败，旁观空咨嗟。

仕以征学优，圣人戒干禄。干之且不可，而况欲逐逐。嗟此诵读人，志在作民牧。泊乎释褐来，视民不在目。某邑钱千缗，某郡粟万斛。避瘠而就肥，寤寐筹思熟。获利得锱铢，竞进形如骛。僚友仆隶间，言之颜不恧。所学乃如此，当为仕途哭。

汉章重悃愊，良吏首安静。大哉帝王言，六察得要领。安静非无为，纪纲次第整。程功不在速，累积日月并。不安神乃瞀，不静才欲逞。躁急伤蹶踬，烦碎纷驰骋。兹心不克定，焉能事井井。前言请书绅，公余猛自省。

题成兰生西湖镜影图

西湖水，清澈底。一轮明镜落湖心，银蟾濯魄冰壶里。西湖月，皎如雪。金波穆穆荡菱波，照人肝肠两清绝。使君携琴湖上来，作诗作吏都仙才。姮娥下顾西子笑，船头酌茗邀追陪。西湖主人记谁是，东坡先生昔住此。明月前身得替人，又七百年于兹矣。句用兰生自制杭署楹联。

题袁懒云补竹图

慈江祝家渡懒云之曾祖曾种竹江干，今无存者。懒云拟补种之，先为此图。

江风飒飒江流驶，卅里江村隔尘市。谁与种竹锡江名，流风遗韵江之涘。朝潮夕汐几经年，一竿不见空惘然。行人指点看秋色，唯有蒹葭涵暮烟。问讯今时谁作主，弈叶清风绳祖武。竹不生孙人有孙，此君渺矣此图补。吁嗟乎！昔人手植今已芜，何况烟云托画图。玩图更读竹江集，使我抚卷心郁纡。公传以德不以竹，好学不倦留芳躅。君不见，卫河无复菉菁菁，诗人千载歌淇奥。

六盘山

上六盘，下六盘，六盘如磨围层峦，荦确山头夹细水，中有一条泥龙蟠。上六盘，马鸣翘首青云端，双耳不起四蹄攒，太行盐车哀辛酸。下六盘，仆夫气怯伫盘桓，十八滩头趁急湍，失手不复篷篙完。我来上下数过此，冰坚石滑行蹒跚，一步一息胸劳啴。左右顾视心胆寒，到此欲叹行路难。君不见，西方有事兵传餐，兵车辚辚鸣铃鸾。民不畏兵不识官，往来熙攘有余欢。行路难，何足叹！

扬帆

樯上风乌转，舟人笑语喧。怒帆当水立，远岸挟天奔。鹢首鸣何急，龙窝势欲翻。银河高可上，西指溯昆仑。

游金山寺

五两征帆挂碧空，留人偏是大江风。迷离烟雾连天半，隐约楼台落水中。铃语塔巅邀雁阵，筒投井底吸龙宫。新诗百琲明珠涌，试茗先怀玉局翁。

孟县渡黄河

龙门才过孟津来，河入中州势渐恢。千里岸平明似镜，一舠风送小于杯。安流不假长堤力，利济唯凭作楫材。郑白双渠遗泽在，汪洋到处受恩培。

送陈大畬仙出都 录一

弹铗冯生本有家，出门曾听叹无车。近诗有《无车叹》。花丛暂醉一杯酒，海客真乘八月槎。行箧有诗皆肺腑，故乡到处足烟霞。从今不负看山约，任裹芒鞋踏洛伽。

喜雪 官凉州时作

玉楼起粟竟忘寒，要作丰年玉并看。看到宵深还不寐，那知高卧有袁安。

白遍山坳与水涯，黄沙紫塞也增华。天梯亦有欹斜树，错认老梅乍著花。天梯，凉州山名。

留别静宁士民

二月春风拂锦鞯，满城士女马前看。长官模样书生面，个里婆心画出难。

从来为政切民艰，幻迹浮名一例删。曾笑王乔仙去后，空留凫舄在人间。

漫云折狱信持平，敢徇私情负尔氓。留出本来真面目，不须更写铁铮铮。

殷勤谢尔送行旌，四野丁男半在城。望到一犁甘雨透，莫因好事误春耕。

胡湜

字守初，号啸雯，又号峭水，镇海人。于锭从子。嘉庆己卯进士。官翰林院庶吉士。著有《胎花楼稿》。

《蛟川诗系》：先生幼失怙，天资颖异，贫无以为膏火资，赖母氏杨拮据纺织，以鞠以教。其世父学，博屏山先生在训导任，复以学俸周济之，遂克专一于学。既选庶常，

杨九畹 胡湜

将大考，闻母氏疾，辄乞假，促装归，躬亲汤药，衣不解带者月余。迨母愈而先生已积劳成疾，遂致不起。将易箦，撰联自挽云："卅六年苦勉为人，常言尘世名虚，只有立身追往哲。四千里归来葬父，谁料孤儿命蹇，依然含泪入重泉。"闻者为之酸鼻。

题谢居士鄮峰草堂 在阿育王寺东

古屋枕深壑，寂然常掩关。两三条竹径，一二里松山。窗暗云痕湿，苔苍石色斑。老僧翻贝叶，消受几多闲。

棹赴舟山

海阔心逾壮，平生独此游。水凭山作岸，风与客同舟。放眼穷诸岛，长歌满十洲。海门征戍苦，烽火几时收。

游阿育王寺

一带溪山一叶舟，东南佛国寄闲游。半楼云起千山暝，万壑风生五月秋。塔影平分宜画本，泉香小酌当茶瓯。归帆遥指斜阳外，满袖昙花嚼未休。

月湖新第谒绮茗四伯，谨次立秋日偶成原韵

闲觉园林倍有情，湖头日日与鸥盟。招来东阁琴书侣，销尽南天鼓角声。恩重几曾忘魏阙，时清原不藉长城。最难宦海升沉后，依旧吟怀彻底清。

再呈四伯一律

在山泉异出山云，是处真堪洗俗氛。花鸟都成新眷属，湖山谁识故将军。隔江有客随秋至，星斋、静泉诸丈俱于立秋日过访。把酒论诗到夜分。末座参陪应一笑，当时稚子亦能文。席间谈及滉幼时光景。

江行二绝

载得扁舟江上行,雨余日嫩半阴晴。片帆直下桃花渡,春色三分昨夜生。

闲吟倚棹兴如何,远近青山顷刻过。更有烟波图画好,白沙江口白帆多。

赵存洵

字眉叔,鄞人。嘉庆己卯进士。官翰林院庶吉士。

董沛曰:庶常盛有诗名,而其集不传。镇海胡峭水,其同馆同年也,早世无子,庶常哭以诗云:"百年回首都陈迹,一第伤心了宿缘。"又云:"交君敢曰忘年友,老我谁为后死人。"又云:"骨肉难留身后脉,文章剩有劫余灰。"哀婉可诵,附录于《蛟川诗系》,亦非全诗也。

和澹吾林先生瓶菊供佛诗

又是扁舟泛菊天,征诗曾忆十年前。绮筵春酒应添醉,老圃秋容觉倍妍。讵但郦泉能益寿,本来彭泽也逃禅。琪花瑶草寻常事,学佛须知胜学仙。

小筑停舻半亩庄,十分秋好引杯长。谁知西竺空王像,也爱东篱处士香。璎珞宝幢瞻妙相,茱萸高会续重阳。他年修得梅花到,慧业如君未可量。

柯振岳

字霁青,号纳斋,慈溪人。嘉庆己卯恩贡。著有《兰雪集》。按:《县志·选举表》作庚辰恩贡,今从本传。

《慈溪县志》:振岳少颖悟,为文操笔立就。训子弟以植品为先,及门不责修脯,其贫者,或为之谋馆谷,家故贫，周恤亲邻，不遗余力。晚以恩贡授教谕，年六十六寝疾，衣冠起坐，命治丧毋作佛事，遂卒。

读国风

唐棣解未思，素绚识礼后。有意无意间，妙悟难授受。旁通信可参，时世讵容苟。雅颂尚铺张，义显不忧蔀。国风主谲谏，比兴无科臼。自非大小序，通人亦束手。毛郑及孔疏，仰若山与斗。郑樵生也晚，私智力攻掊，一唱而百和，涂泽杂妍丑。但涉男女词，概出淫奔口。安得起诗人，一一为之剖。

读董江都传

勋业遏一时，道义开千古。天生董江都，卓哉孔孟辅。汉承秦火后，黄老纷难数。家令导申韩，平津等贾竖。不知功利非，六经皆灰土。煌煌天人策，霹雳惊聋瞽。上下千百年，在唐唯韩愈。程朱宋大儒，亦云踵其武，借问列皋夔，何以参邹鲁。

朝起

朝起倚南窗，万物何醒目。花草相鲜新，好鸟时追逐。会非霜雪辰，谁珍松与竹。四顾心茫然，不知黄粱熟。

短歌行

泾渭分须臾，荣辱判千古。绝迹云霄端，俯视尽尘土。溪水年年流，山鸟日日飞。鸟飞时复返，溪流去不归。人生忽如寄，有酒须尽醉。既醉见真吾，偃仰小天地。天地自优游，行乐及时酬。今日草头露，当年王与侯。

丰城剑

宝剑铸自欧冶子,天地百灵供驱使。龙身暂藏非偶然,虎气上腾敢逼视。何来拂拭雷与张,芙蓉始出水溢塘。五夜匣吟泣鬼魅,六月铓寒飞雪霜。楚王一挥却晋郑,张公倒持授枭獍。宰割曾无寸铁功,礼貌空夸珠玉盛。双龙飞入延平津,不为人用用乃神。至今岁旱作霖雨,莫惜丰城委路尘。

山居

名利何时脱,风光静处闲。花魂多傍月,鸟梦不离山。酒熟尊常满,诗繁手自删。片云如有意,为我掩柴关。

读杜诗

稷卨成何事,许身只自知。三朝长见弃,一饭有余思。雨露乾坤大,干戈岁月移。苍茫重回首,独立咏诗时。

漫兴

凤山灵秀郁岩峣,修竹吾庐一带遥。逸事爱从遗老听,名心半为野人消。风高秋入天边月,冰泮春回海上潮。莫道年华容易过,迂疏只合老渔樵。

禹陵

南镇苕嶤界远空,禹陵肃穆护神工。亭埋窆石秋花碧,殿锁梅梁落照红。鱼鳖思深千载后,龙蛇力尽八年中。任教今古沧桑变,不改平成天地功。

柯振岳

序亡友胡晓渔琅诗毕有感 晓渔殁后，诗文百不存一。予既与雨麓、梅坨诸君搜罗若干篇，复命胡生汇录成卷，弁以序

生平豪放气无前，金紫看同拾芥然。脱口诗成夸已圣，浇胸酒到欲凌仙。屈原竟厄庚寅命，许浑飘残丁卯编。更有片言聊当哭，一抔浅土绕荒烟。梅坨、麦舟之赠，胡氏却之，至今未葬。

息夫人

故国君何在，章华独占春。谁知千载下，犹号息夫人。

怀友

思君凭酒遣愁肠，酒后思君恨更长。野鸟声声归远树，青山隐隐下斜阳。

周宏嗣

字宝堂，奉化人。嘉庆己卯举人。官乐清教谕。

游雁山次白香山游悟真寺诗一百三十韵

道光壬寅岁，十月月上弦。驱车至大荆，因缘游雁山。出城日已斜，流水闻潺湲。迂回六七里，石梁缘溪湾。旁多红叶树，下临白石滩。山禽暮归巢，飞鸣远尘喧。迎面立老僧，岩高不可攀。暝色入深谷，星辰出岩巅。云至碧霄寺，竹树森一边。山高月难到，幽暗如肩关。但见群山头，历历垂仙鬟。老僧设伊蒲，说山舌澜翻。须臾月升中，推窗见庭轩。乃出三门望，恍惚非人间。见山不见寺，寺深山腹宽。突兀万仞石，压屋架青峦。有如铁屏风，百万排天坚。前有观音峰，群峰皆龙蟠。斗鸡奋长颈，灵芝旁芊芊。最近将军洞，秋风时闻弦。月斜看未厌，起坐为俄

延。瞥见鸟飞出，眇小如秋蝉。遂入禅房卧，心空魂梦安。晨起懒梳洗，人境两悠然。仆夫催出门，一步一回旋。夜既饶幽景，晓复踏晴川。行来四五里，巨险当平原。道是灵峰洞，洞小才容拳。及至洞口看，百尺围石阑。阑边多古木，曲直咸可观。前有双笋峰，高耸入云端。亦曰双蜡烛，照佛辉旃繁。直上数百级，僧房若盂盘。上有珠帘水，水滴屋瓦穿。劈开天一线，两崖争比肩。内有洗心池，濯之泽朱颜。中设大士像，礼拜瞻华鬘。列坐阿罗汉，天巧非雕镌。石髓成脂粉，占香殊栴檀。平衍数亩地，光洁铺瑶筵。仰视洞中顶，石纹缀珠钿。阴晴俱可见，秉苴不用燃。崖端有草木，枝叶虫蛇蟠。有时天风过，触石声珊珊。大石玉光白，小石血色殷。一洞分为两，上如人之冠。下若船覆篷，无风六月寒。欲辞尘世事，来炼炉中丹。从此复西行，更历几祇园。山风吹我衣，自谓身是仙。入憩净明寺，日午塔影圆。南有蟾蜍石，昂头趋寺前。东有听诗叟，莲花扶清研。北曰蓼花嶂，磊砢如牛眠。西望岩下水，珠玉媚娟娟。豁然见开朗，心畅体轻翾。纵观谷外谷，名象实有蕃。往年释道融，学佛近儒酸。收藏古名迹，不爱青铜钱。来游有诗客，供馔修苹蘩。即今化去久，香厨无腥膻。游山著便览，岁深镂板刋。我来闻畴昔，题诗殿东偏。前人有歌咏，旧壁余花笺。坐久方寸地，鸢飞鱼跃渊。乃自至灵岩，有山不敢看。大旗从天展，似欲将人抟。小旗虽非偶，鹏翻横空骞。天柱拔地起，万古白云攒。恢诡不胜纪，大哉化工天。再上灵岩洞，群岩列成团。十步九回折，行人如转丸。曰天开图画，四时云弥漫。龙鼻滴天水，盛以碧玉盘。大旱滴不绝，旁流亦潺潺。龙自灵峰来，奔腾无回环。两山相夹持，雷霆骇惊湍。龙怒忽掉尾，触首吐腥涎。鳞甲森闪烁，欲飞势转难。别有卧龙溪，时窥饮涧猿。入观小龙湫，云有红鳞鱣。我虽未盥漱，支体消

柯振岳 周宏嗣

热烦。飞泉拂剑锋,寒侵胆与肝。扪萝踏峭壁,无处寻灵源。一带锦溪水,十里青琅玕。言游大龙湫,脚底森琼璠。有石皆堪宝,空山长弃捐。谁鞭华岳来,翠崿相交连。云霞片片落,化为白玉竿。是曰剪刀峰,猿猱绝攀援。渐见汨汨水,旋作微微澜。突入蛟龙宫,另辟天一寰。崒岏千仞壁,凹滑如甃砖。水从壁上飞,下流万丈悬。昔有白云庵,老僧此坐禅。我今但看瀑,妙难以言传。尺布裂天出,滚滚飞蚕绵。映日呈五色,红蓝青赤元。风来忽不见,珠屑散芝田。倏忽大雨注,对语不闻言。细沫着肌肤,毛发为之斑。或作回旋舞,玉龙绕印坛。或作雪霰飘,虹霓垂蜿蜒。顷刻千万变,寸寸幻云烟。逝者如斯夫,摹写失精专。玲珑隔山望,飞絮犹翩翩。愿兹一泓水,流为百道泉。远近有田亩,灌溉永无愆。我为潜龙祷,稼穑思艰难。缅彼能仁寺,历年逾半千。南宋迄前明,菩萨崇九莲。呼僧访旧事,于今无有焉。春酿倾泉白,秋葵摘露鲜。晚餐真软饱,连日喜晴干。尚有名山胜,兹游信未殚。就吾所观见,殊自足盘桓。念我来乐清,苦为名利牵。自昔登贤书,五度上春官。读书无成效,添为闲散员。虽云饭不足,何以免素餐。况复迩年来,多病而寡欢。今年五十二,鬒发半衰残。岂不怀好爵,或恐担忧患。坐此常自息,借以全愚顽。贱贫何所乐,疏散无拘挛。出门知几日,兴尽聊云还。饮酒五六盏,吟诗三两篇。消除身外业,领取静中缘。四时有清兴,终岁多余闲。持此一问讯,何如羲皇年。

盛炳儒

字硕彦,号醇斋,慈溪人。嘉庆己卯举人。官常山训导。

题族兄竹乡长江濯足图

宦迹京华阅几春,拂衣卧归碧江滨。清流汩汩容投足,人海茫茫悔置身。旧梦已迷鸿爪雪，浮踪不逐马蹄尘。关心一曲沧浪咏，无恨深情索解真。

题倦绣图和白傅韵

春慵无力绣方倦，人静昼长睡眼低。梦里鸳鸯犹待谱，黄莺啼破返辽西。

刘灿

字星若，号辛榭，又号苏庵，镇海人。嘉庆己卯优贡。著有《凫矶集》二卷。

《蛟川续耆旧集》：星若性孝友，学有原本，一以古为依据。著有《严氏诗缉补义》《续广雅》《支雅》，汪文端公相、李芝龄少农为序之。其《补订日知录》及原书百篇均搜罗务尽。此外尚有《水经注勘误》《四书答问》诸书。

题陆文虎先生行脚图

先生志行士，读书在南里。结纳唯贤豪，论议风云起。慷慨欲施为，时危厄其技。好奇同悔庵，长歌和刘子。世间龊龊徒，遇之皆心死。身固以刚折，名成亦以此。晚年隐雪瓢，装束瞿昙似。为展行脚图，犹睹风貌伟。世远人民非，事孰详终始。煌煌南雷铭，长照甬江水。

桃源歌

桃源之说非荒唐，桃源山前水一方。溪流周回三十里，常与沅水环芳塘。武陵渔人信有征，名曰道真姓曰黄。太元年号冠篇首，太守刘歆复彰彰。如何斥之为记伪，不见子骥隐南阳。居人未识汉魏晋，靖节微辞寓感伤。东山亦有避秦客，陵谷倏变迷苍茫。桃花源兮榴花洞，一渔一樵还相当。此境自在天壤内，安得疑为何有乡。

腊日风雪夜作

急雪纷穿牖,狂风屡撼门。柝声僵欲死,褥絮涩无温。性懒开书卷,情殷对酒樽。阳春应有待,一为布仁恩。

漕船中口占 录一

逢山逢水不知名,饶舌船家仔细听。每想当年韩吏部,异乡到处觅图经。

胡鉴

字遴叔,号藕湾,鄞人。嘉庆庚辰进士。官翰林院编修。《鄞县志》:鉴少孤,笃学,为诗文藻思清赡。官编修,奉母居京师,恒贫至乏食。不登贵要之门,或讽刺以进取有术,辄哂谢之,由是十年不迁。后典试湖南,抱病入闱。卒年四十七。

次翁楞仙韵寄示梅修主人

江乡旧雨一缄投,诉尽东风絮迹浮。春到人间留短梦,花开镜里耐凉秋。画图自对银釭冷,弦柱谁怜锦瑟幽。我亦天涯怨迟暮,萧萧黄叶怕登楼。

相逢胡海辖谁投,踪迹年来逐浪浮。歌管撇残燕市月,酒杯消尽杜陵秋。那堪襆被惊寒重,好借琵琶写恨幽。落日暮云无限意,销魂不独为红楼。

题徐秋生诗稿

寻幽每自寄吟身,信手拈来见性真。料得溪山佳胜处,白云多半属诗人。

剧谈愿与酒时倾,无奈骊驹促远行。他日归寻乡梦好,拟从耆旧续诗盟。

沈道宽

字栗仲，鄞人，寄籍大兴。嘉庆庚辰进士。官湖南桃源知县。著有《话山草堂集》。

《鄞县志》：道宽始任鄪县，鄪毗连江西、广西两省，多会匪。赵金龙作乱，鄪之猺民素与往来，内不自安，咸持械登山为负隅计。大吏议剿，道宽力止之，乃亲至猺峒集各峒长，反复开导，论以祸福，皆涕泣，解兵归农，邻境亦赖以安堵。先后署宁乡、耒阳、道州、茶陵州，均有政声，最后调桃源，革胥吏包办钱粮之习，令民自封投柜，民输纳恐后。以老乞归，宦橐萧然。寓长沙，湘中人士多执经问业者。善诗古文辞，尤精小学，著有《小学蒙识》。书法集诸家之长，工篆刻，又谙琴理，作《操缦易知说》，详论转弦换调之法。画笔亦苍老。参家传。

孝女张淑先年十七，父病，煮药吁天，请代父愈，逾年而淑先殒，乡人哀之，立祠祀焉。难兄草堂大令为之求诗，因作四言一首

父病不生，儿不欲生。吁天煮药，天鉴儿诚。父病不死，儿可以死。儿身则歼，儿心则喜。谓天有知，常与善人。哀哉孝女，人百其身。谓天无知，求代得代。遂志毕愿，庸非仁爱。令名不刊，是为寿考。草木同朽，百龄亦夭。冯川之阳，专祠在焉。生十九年，没千万年。女之孝行，付之惇史。其名淑先，奉新张氏。

咏古 录十

太白咏古风，所志在删述。草堂有遗编，高文故无匹。少陵咏怀抱，抗心稷与禼。徒步授拾遗，惜未竟施设。古人秉微尚，初念已卓绝。文章与政绩，渊源乃不竭。不为虚词掩，波澜应壮阔。不为近习拘，树立期宏达。

晓色丽榑桑，初日光瞳瞳。冲波出海峤，人世开混蒙。羲和驱迅晷，万里行长空。奈何迫女纪，化为高下舂。汉文有道君，炎运方盛隆。当时新垣平，刻期候再中。斯事非虚语，中有元化功。谁言鲁阳戈，可闻不可逢。

汉高起淮徐，丰沛多侯王。光武兴宛洛，卿相半南阳。王气所钟毓，一隅敌万方。时移运亦薄，迁地乃为良。君看坐酎金，绝续岂有常。才俊随运会，亲贤实不妨。

吴起将魏军，自奉等下驷。谈笑破强秦，稍歠饮河志。亚夫营细柳，长揖礼文帝。灞上与棘门，回看若儿戏。将率习纷华，是可下以利。士卒即安乐，是可劫以势。肉食无远谋，窃据非其位。幕府有苞苴，何以清品类。军中有妇女，何以作士气。赵括黄口儿，徒为马服累。

欧史传王进，分符建节旄。为言官阶滥，但叙疾足劳。此辈何足言，恩宠日以高。计以积年资，抑亦非幸叨。汉廷多骤得，相夸用勋豪。世家与门子，爵赏如鸿毛。

殷鉴在夏世，周鉴在殷商。高光启炎运，嗣世鉴秦王。主极验得失，治术观兴亡。善败在目前，思虑宜周祥。何哉叔季世，沦胥不及防。椒房肆蛇虎，奄宦召豺狼。遂令当涂高，邺水移汉疆。固知革命际，无能狃故常。

龚黄与召杜，煌煌用世姿。当其在郡国，足称慈惠师。何以与衮职，束手无措施。不待鼎折足，闻望日以亏。贤才抱器游，所受各有宜。溢量防攲倾，违量若背驰。况兹市井子，欲以台鼎期。小人乘高位，盗亦思夺之。

元结守春陵，计在肃代世。蒿目痛时风，谆谆示官吏。府兵租庸调，立法不诡正。屈指百年余，将骄卒愈横。才更安史祸，军法已荡然。明褫身上衣，白夺手中钱。堂堂帝王师，乃不如贼焉。次山句。贼来犹尚可，军士定杀我。

虎牢控晋疆，井陉蔽尧封。蜀道九折坂，秦关二百重。一夫当要隘，万夫不敢攻。谁令弃置之，天险失巃嵷。岂曰失巃嵷？地势不自雄。请看典守责，非人不为功。

取士非一途，养士非一类。士无掣肘患，所受乃毕治。目指及气使，厮养望风至。于此求俊良，毋与初念异。朝廷选牙将，抱籍求己事。惜哉三公才，不及五房例。

书古文尚书疏证后

删书断唐虞，存者尚百篇。曾经圣人手，岿然河岳尊。如何厄秦政，一炬咸阳原。故应精微理，天心秘不宣。辛勤济南生，晚岁犹精专。流传篇廿八，落落星罗垣。恭王坏孔壁，虫书出人间。传送藏秘府，诸儒得讨论。惜哉安国传，兵燹无复存。遂使梅赜书，以伪乱其真。夏臣纪虞廷，已更十口传。曰若稽古帝，书法创其新。何以大禹谟，文义乃相沿。孟子引放勋，谓是尧典云。间以廿八字，离析不相连。轲也亚圣才，岂宜昧其文。嘉谋告尔后，本是臣语臣。若出王者口，何异斯事秦。庞言厕大训，无殊玉杂珉。尊经儒者事，千载何昏昏。堂堂子朱子，疑义发难端。嗣者吴草庐，熙甫及京山。继起千百载，乃有阎征君。疏通证明之，缕析而条分。遍览周秦籍，一一寻其根。使知晚出书，补缀语无论。危微与精一，千古传心源。乃出荀卿子，遗绪自孔门。最醇唯数语，剽窃不足珍。其余更踳驳，作伪何待言。我观伏生书，诘屈文颇艰。梅书如一手，陈陈实相因。何以耄耋翁，偏能计其难。或谓简编脱，其中多缺残。或谓语音乖，风气间山川。口授晁太常，奥义难具闻。颍川去临淄，非隔道路千。言语纵弗通，未若吴与闽。

况生传欧阳，渊源付儿宽。计其授受时，当在壮盛年。科斗在石渠，孔传未湮沦。果使有讹谬，何难核其全。乃知后世疑，当时或不然。征君大著作，卓然实不刊。奈何西河翁，著书鸣其冤。无乃非本怀，佐斗徒龂龂。

谢文节号钟琴歌为素江明经作

古铜三尺叠山制，依稀腹有号钟字。断文莫作梅花看，血痕点点孤臣泪。安仁一败臣思奋，厓山一旅臣宜殉。小人有母九十三，冷炙残杯谁与进。卖卜津亭臣苟生，崎岖更向燕都行。妻子丧尽童仆绝，形影相吊唯青蝇。故宫九庙今何所，侧足中原无尺土。欲写幽忧付七弦，麦秀渐渐不忍谱。此际公亡琴亦亡，灭迹黄泉如殉主。英风义烈难终閟，天遣斯琴出人世。明经好古捐千金，收拾凋残作完器。金徽历历朱丝缅，一弹再鼓琴无声。世人莫诮顽钝质，满腹哀音吐不出。

观海诗为王立生作

襟怀浩荡琅琊王，七尺不负躯昂藏。胸中奇气郁不尽，要览宙合周八荒。寰瀛浮空见变怪，鱼龙起伏鲛蜃狂。九州颇隘谈天衍，万里欲附乘槎张。放眼造化变倐忽，举头天地随低昂。我家东越古句章，蛟门鱼奇岸森岩疆。招宝之山据天险，万人来攻一夫当。当年登楼俯巨浸，向若而叹惊望洋。天风海涛在几席，荡摇栋宇声雷琅。旧游默念欲隔世，故园荆棘今堪伤。安得壮士恢天网，鞭叱鲛鳄如驱羊。天吴冯夷各循轨，绥靖岛屿安舟航。与君共赴骑鲸约，风驾两腋参翱翔。凭阑一眺沧波长，坐看丽日开榑桑。

岳忠武王玉印歌为王研农征君作

鄂王玉印遗江皋，夜光晃彩潜波涛。老龙愕眙不敢有，护持付与寒潭蛟。渔人沉网万丈底，网印出水蛟遁逃。细看流云拍浪势，仿佛出似昆吾刀。不因鬼神为典守，点画讵免伤纤毫。宣和之世收彝鼎，搜罗嬴刘穷如姚。故应有客善六体，考正缪篆工镌雕。唯王当年领潭帅，帅印在肘军务劳。重湖涉险若平地，克期八日擒杨幺。此时此印在行笈，背峣军士亲持操。走书驰翰钤纸尾，丹艧濡染朱泥膏。何人失手落巨浸，望洋求索无吴骄。阅七百年出人世，摩挲传视还吾曹。银梅古剑隐秋水，近时亦出溪塘坳。乃知至宝天所惜，浩气直达千载遥。王之官印在祠庙，什袭何啻英玞瑶。研农征君好藏庋，印也有知得所遭。具区湛湛三万顷，定有虹气干青霄。

朱石禅所藏周栎园侍郎蜀宫瓦砚

铜爵台址漳河滨，流传片瓦如瑀珉。曹家父子炎刘贼，遗物虽美不足珍。西川草创绍汉统，成都宫殿开嶙峋。当时伏龙新缔造，有如萧相承亡秦。长杨五柞后兵燹，瓴甋陶冶付旅人。后先相望营陇蜀，披斩荆棘同艰辛。浑坚朴邈杂砂砾，不似邺瓦搀金银。铅刀自古贵一割，凿为巨砚研龙宾。沧桑几劫到近世，古香馥郁娱心神。何年阑入赖古阁，镌题自署白塔民。篝灯午夜作书影，笔格书橱应杂陈。忍看胜朝势瓦裂，永思蜀土归峨岷。爱辞朱门落蓬户，羞颜一洗奴虏尘。清癯我友石禅子，书窗日日调麝熏。什袭藏庋有深意，欲挽浮华归朴淳。我为斯砚遡所历，千年弃置埋荒榛。当涂典午瞥眼过，伏处岩穴屏见闻。纳降不草谯周表，锡命未辱阮籍文。还元返本谢雕饰，如素履士完其真。呕吟八病写六体，愿作朱子不二臣。秦砖晋瓦直一笑，世间赝鼎徒纷纭。

题布衣魏思明致陈恪勤公书 有引

恪勤自江宁被议,留京校书,朝夕不给。友人分俸钱财,遣仆至通州籴米。米行魏君询知为公使,奉米十石,兼奉手书,书中勉以晚节,极致珍重意,书存唐生价家。

鲁公乞米李大夫,修龄力却陶胡奴。人生意气有乖合,辞受了以形骸拘。孤臣当年挂吏议,千里逮系归若卢。校书东观要巨手,特恩许住承明庐。索米长安饥欲死,臣朔九尺怜侏儒。潞河魏君耽市隐,心交已订闻名初。馈粮未已馈药石,纬以庄论不贡谀。谁云乔岳借土壤,不妨细流资江湖。公之功业属再起,盘盘大用收桑榆。拯民饥溺置衽席,辅此康阜跻唐虞。平生志岂在温饱,隐忧自抱身清臞。一饱不忘乃夙昔,五浆先馈惊纷挐。草茅故自有真赏,何须大力嘘生枯。当时贝锦竟何有,云蓝一纸存屠沽。我观此幅更一叹,自怜枵腹谈诗书。

晓度瓦桥关

野气莽苍苍,平畴览四荒。迤东连渤澥,直北限渔阳。晓月当关白,寒云出塞黄。行沽趁朝霁,长路马蹄忙。

平原颜鲁公祠

一郡支强虏,公原万里城。弟兄同许国,君相不知名。留客联诗社,分曹角酒兵。当时安史辈,空自笑书生。

宿世兼仙佛,传闻定不虚。何须论幻化,即此是真如。事业勋名外,风流忠孝余。经过重怅望,卅载学公书。

宿柏家渡

斜阳下西崦,暮色又苍然。望断平芜外,寒生落木边。客愁禁酒力,归梦堕江烟。寂寞滩声里,秋风万里船。

过长台关宿明港

长台关畔路，车马去悠悠。竟日征尘里，霜华上敝裘。暮山云乱吐，野渡水分流。明港前途驿，篝灯忆旧游。

赠友仙即送归甬东兼申卜邻之约

一经旧德继清芬，南阮风流迥不群。此处空回燕北骏，相思长望海东云。功名蛮触知谁胜，睡梦华胥无世氛。珍重结邻先有约，故山烟景许平分。

奔走风尘计每疏，虚名到我复何如。青云失路思高卧，白首无成悔著书。敢诩长途存老马，分难江水润枯鱼。归田赋就知何日，怅望秋楸待扫除。

晓发长沙寄别湘皋

碧湘门外涨层波，灵麓峰边听棹歌。野水两崖失牛马，江风一夜壮鼋鼍。篷窗灯火栖难定，客路关山梦易讹。为问资阳老诗伯，星沙羁宦意如何。

登岳阳楼

登临杰阁倚寥空，十二烟鬟眺望中。大泽鱼龙输静浪，寒原雕鹗赴长风。地形吴蜀分虞服，天堑西南信禹功。重镇陶公曾驻节，至今遗爱八州同。

过沔阳监利境连遘水灾，今岁始减，感而有作

由来九渚汇巴丘，况是巴丘更下游。闾里近闻频水患，宣房安得废人谋。五行递胜更生解，三策相沿贾让留。拯溺澹灾谈笑耳，至今大府正勤求。

沈道宽

渡青草湖至常德赴任桃源

霜落重湖水石清,轻舟两桨击空明。长宵星火华容道,晚岁风烟汉寿城。着眼烟波多港汊,关心世路有鲵鲸。桃源或恐成墟落,不俟渔人再一行。

胡钧

字竹安,镇海人。儋孙。嘉庆庚辰进士。官湖南郴州知州,署长沙府知府。

《镇海县志》:钧学于萧山王宗炎,有文誉。释褐,知湘乡县,有高十萧心庄者,隐居东台山中,邑令咸企高致,而心庄不轻与接。唯钧至,最投契,订为金石文字交。升补郴州,署长沙知州府。性明哲,善于折狱,尤爱才。尝为省试同考官,得李星沅文,力荐于主者。已知星沅贫,北行厚赆之。既又馆之署中,岁助其家数百金。星沅后入词林,官总督,为名臣,世以钧为知人。钧在湖南久,声气甚广,宦橐所入多赠游士与同僚之困乏者。及卒,行李萧然,唯书画琴砚一箧而已。

题陈巾山万里归葬卷

不有精诚格,何能孝友全。历身邕岭外,归骨瘴江边。緊昔亲初殁,兼之事屡遭。弟昆单雁序,戚谊失蝉嫣。奔赴嗟何及,残生痛欲捐。树萱依北砌,扶榇迟南天。佳日惊心过,停云望眼穿。春晖寒帨帐,口泽冷杯棬。际此新丧举,逾将旧恨牵。衔哀方耿耿,隐痛益拳拳。便作离家客,相依泛宅船。傍人真似燕,啼血本如鹃。寺观频踪迹,舟航几沂沿。迷途游子苦,落魄路人怜。萍水逢佳士,鸿泥有宿缘。丁宁烦指点,子细为牵连。两地殷勤觅,三棺次第旋。珠真还合浦,剑亦返重渊。悲喜翻疑梦,因缘欲问禅。从知天可补,谁谓海难填。来往九千里,酸辛二十年。境才甘似蔗,心已苦于莲。马鬣封三板,蝇头记一编。寻亲刘孝子,高躅继前贤。

王信

字千一,号近溪,慈溪人。嘉庆庚辰岁贡。选汤溪训导。著有《万卷楼诗稿》。

《慈溪县志》:信幼颖异,父教督严,尝怒朴之,眇一目,由是益奋励学,成为邑经师。课业先经术,而后文艺,高第弟子如任荃、周珍、周茂梧,尤著称于时。凡应乡举二十有四,科卒不售,比选授汤溪训导,已前卒矣,年八十有五。

题秦少湖琴月图

谡谡松下风,皓月照西岭。万象归空虚,微闻孤鹤警。何人抚瑶琴,俯仰神俱静。高山与流水,悠然心自领。是时月正午,白云澹孤影。寂寂知音希,长空露华冷。

春郊晚步

不知何处有清音,好向溪桥缓步寻。千树梅花千树雪,一声流水一声琴。夕阳山外烟光冷,渔火江中夜气深。六十衰翁哀乐感,春风寂寞自长吟。

秋云 录一

梧桐昨夜报新秋,漠漠云烟淡淡浮。素练半空随雾卷,生绡一幅逐星流。飞来雁影冲将破,照入蟾光冷未收。一水盈盈河汉隔,襄阳从此豁吟眸。

重游泮宫作 录二

老屋孤灯旧秀才,暮年心迹付寒灰。谁知旗影鸾声里,还作诸生领袖来。

诸老风流未可攀,并留勋业在人间。胶庠盛事循前例,培塿何能忘泰山。近时吾浙重游,泮宫者如许、王、钱、袁诸君子,皆功成名立,余甚愧之。

赵冲九

字一飞,号鹤田,鄞人。诸生。

《鄞县志》:冲九幼失怙,事母至孝,甫就傅,日诵千言。家贫服贾镇海之柴桥,挟书以往,曝枣于场,使监之。执卷读,人窃枣不知也。辞归,复力学,与范燡、陆行乾,以道义相切劘,力行功过格,至老勿衰。丁母忧,三年不饮酒,不入内室。遭仲兄之丧,不赴试,或劝之行,曰:"兄丧未百日,吾不安也。"诗学少陵,文学庐陵,晚岁尤邃于易,占验多奇中,然不轻以示人。凡言易之书,靡不周览,择其精者手抄盈帙,惜未成书而卒。

湖畔纳凉

弥月不称意,此心如云障。今夕一来游,襟怀顿超旷。湖净浩无际,清绝杳难状。月华波底流,汩汩鱼吹浪。凉风度曲岸,欸乃出渔唱。同志两三人,坐石闲眺望。长歌发沉郁,谈笑剧舒畅。归卧犹神游,万象到枕上。

访费晓村不遇

孤怀谁与语,闷坐气不爽。故人在咫尺,乘闲且独往。举趾尚踯躅,中情已摇荡。但嫌路屈曲,有如适苍莽。袖中携数诗,欲与共欣赏。到门人已远,怅然倚书幌。天高日惨淡，风急水瀇滉。早知白云深，空山徒瞻仰。

陈儒让

字损斋，鄞人。诸生。著有《望湖楼诗草》一卷

日夕

地僻严阴积，山深易落晖。冻云离复合，病鸟倦还飞。顾影寒欺骨，挑灯泪湿衣。一身愁逆旅，岁暮未言归。

衢州夜泊

直上钱塘六百里，好风相送到衢州。城依古渡帆迎驿，月映前溪人倚楼。夜半悲吟歌当泣，梦中笑语醒还愁。长年莫问重来客，依旧滔滔春水流。

陈诗香

字约兰，号芸阁，鄞人。仅从子。著有《一宿斋诗集》《芸阁诗草》。

梦游天童山

手持南华文，偃卧南窗闲。梦身化蝴蝶，飞入天童山。看花心益澹，绕竹情自闲。小寺结山半，松石围禅关。老僧乞食归，说法方澜翻。一身水中月，百年溪上烟。试为诸僧语，当作如是观。听之若有会，栩栩疑往还。遥钟忽惊觉，嗒然忘吾天。起看阶下菌，朝露光正鲜。

病中读书

平生好读书，苦为一饱误。揭来幸微疴，高枕不出户。发箧览遗籍，病骨忽起舞。有如十年交，邂逅得相遇。又

如新相知，倾盖同窬语。拙性更贱贫，涉世遭众迮。诗书结知己，风雨晨夕数。读罢心洒然，饥肠转雷鼓。

用昌黎病中赠张十八韵呈叔父

斗室惬合咏。短榻联南窗。敌忾竖吟纛，声促鼙鼓逄。吾叔老词伯，名满东海邦。十载大匠门，持莛洪钟撞。九鼎置眼前，努力欲共扛。见予北戈三，喜弟南金双。所作出百炼，掷地皆铮摐。才多价重陆，气缩锋退江。细碎修月斧，虚无驭风幢。艳瞩花四照，高窥星九杠。大罚鲸饮海，小渴鸡浮缸。呼仆起雷鼾，每每添残釭。搜奇骨力张，索苦须眉庞。支颐常自窘，强项不尔降。痿疾展肺腑，饱腹销脬肛。收罗百家言，诘屈成纷哤。二子所弃吐，吾足取以庞。岂无阳春曲，兼采巴人腔。亦有万丈瀑，不能扼奔泷。拳石虽至微，尚足增崎岘。龙舟万斛大，系以径寸桩。险韵偶学步，莫笑溪流淙。

秋望

萧瑟平原上，清秋一望中。静闻山木落，清觉水天空。烟散沙头鹭，云随塞外鸿。四郊禾黍熟，且复乐年丰。

雨夜

小屋低如舫，孤眠静若僧。滂沱中夜雨，明灭一星灯。宿鸟惊窠坠，跳鱼骇岸崩。此时湖海客，愁梦正懵腾。

陈诗裔

号绳祖，鄞人。诗香弟。

同家兄用昌黎韵呈叔父

暝色不见日，取明窥小窗。盲夫觅鸮炙，决拾随甘逄。

譬诸夜郎侯，诞语夸汉邦。井蛙谤沧海，未受洪波撞。使之驾修梁，胁折不可扛。黄子与我兄，名重苏李双。顽石閟声响，镂刻强使撞。范质赖康乐，审音得文江。骚坛两词客，蒙幸陪节幢。征帆卸山郭，正喜成徒杠。官厨启冬酿，合座催倒缸。醉后兴倍豪，通宵话银釭。诗书饱闲暇，顿觉双颐尨。心希班门弄，气不聊城降。枯肠窘搜索，旧疾发痔肛。单方问庸师，百药弥杂哤。何如守禅寂，远法居士庞。好胜不自抑，客气盈空腔。始知细流水，那得扼怒泷。如以石质硔，仰求对崆峵。千里蝇附尾，百寻蚁缘桩。从知大瀛波，不拒东流淙。

桂琳

字古香，慈溪人。诸生。

《溪上诗辑》：古香渊源家学，其为诗酣嬉淋漓，极妍尽态。积稿几至千篇，殁后遭回禄，荡然无存，良为可惜。

用东坡韵奉酬尹方桥见赠之作

渊明悟化理，形影自答和。扬子谈太元，客难解无奈。穷达安义命，所悲白日堕。君才百炼金，沙屑净如簸。骊渊真珠探，昆山片璧瑳。蛮触斗蜗庐，乌兔逐蚁磨。先生笔凌云，多宝库充货。时时发颖新，锋芒不为挫。贻我白雪诗，清光照虚座。_{大雪诗君首唱。}连番续尾吟，数日掩面卧。作诗穷后工，我亦颇困坷。临池更涂鸦，珍惜缣素涴。_{拙作过蒙奖誉，承兼及书学。}闭眼手书空，登床被尽破。一笔数丸墨，几费日月课。以之供取笑，形容到隶饿。努力效古人，聊且为贫贺。

新建慈湖书院公祀杨文元公敬赋次尹方桥韵

先儒百代宗慈湖，洞然大小无模糊。同源分流各异趋，逃禅空寂浮词铺。曲学排挤往哲徂，纷如说梦道则渝。唯公精鉴冰在壶，颂德敢云民靡臑。道知攫食河投巫，天使来临肃易于。临淮使我郁以纡，<small>事迹均载史乘</small>。金声何日调錞釪。高山莫作悲吾儒，千秋起问程与朱。心源一脉交相孚，异同之说微有殊。人人各得象罔珠，分别门户徒龃龉。人心浑含如太虚，精神所到功非疏。此言煌煌谁敢诬，一为万古删繁芜。我家学士昔与居，东山志与公为徒。作圣妙语握其枢，大训已易皆绪余。脉脉相证德不孤，<small>谓石坡公</small>。湖上重开古画图。讲堂上与咸淳符，<small>慈湖书院旧址无存，今冯听帆、冯五桥面湖新建</small>。仰瞻遗貌敬式间。衣冠俎豆礼乐区，忆昔鲤趋犹故吾。瓣香弈叶追楷模，<small>先君子掌教慈湖多年，时余亦随侍讲席</small>。欲往从之曳长裾。我独何心坐向隅，入室如闻磬召呼。<small>文元有《召呼磬铭》</small>。道高一任王好竽，莫来訾訾等怪迂。呜呼！真儒今已无。

秦章

字斐成，号亦湖，慈溪人。诸生。

题屺陵族祖爱日图 <small>并引</small>

<small>屺陵族祖逮事厥考，坦园公作是图，志庆也。今坦园公下世二十年矣，展图怆然，命余题之，谨赋。</small>

坦园先生乡邑师，人称孝友无异词。余生迟暮值公老，不逮见公壮盛时。侧闻公手图庐墓，请观得诵先人诗。<small>公《庐墓图》有先大父题词</small>。后人又复志公志，一卷绘出爱日思。前图后图俨相接，以孝继孝今得之。结庐既幸近山水，绕膝又复纷兰芝。一庭三世庆相聚，公则顾之情为怡。愿将长绳系白日，更历千载无暌离。公今仙游二十稔，后人展卷犹生悲。呜呼！拜瞻遗像征世孝，益信盛德之留遗。

题荚湖叔竹林小影

家风爱竹廿传强,展卷宁云数典忘。乔木荫遥承绿雨,三世祖教谕公种竹东山头,其斋曰"绿雨"。荆花香近接幽篁,荪湖叔亦有独坐幽篁小影。啸歌于此趣弥永,心迹俱清夏亦凉。何必淇泉夸十亩,红尘早已隔溪光。

春草

百种芳菲望品题,裙腰一色嫩初齐。香生巷陌春先觉,住近池塘梦早迷。游屐印来新雨后,美人斗罢夕阳西。只应不合临南浦,惆怅年年送马蹄。

金涛

字绮江,号白斋,慈溪人。诸生。著有《支更草》。

芝林

两崖壁立障清流,陡拓长林土一邱。人尽爱山闲以鹤,楼宜听雨小于舟。到窗岚翠难成画,入夜溪声总带秋。频岁栖迟情未倦,买山有意向谁谋。

董荣

字毅轩,慈溪人。

竺峰寺前两松和家文江原韵

青松两列寺门前,作伴溪山已有年。霜露感怀人展墓,沧桑几变树参天。钟声磬韵涛相答,鹤立虬蟠影欲仙。他日定占丁固梦,黑头公属我宗贤。

张本

字琴山,又字鹿门,慈溪人。诸生。著有《石泉居士诗草》。

月湖春望二首

春来打桨月湖西,红满汀州绿满堤。水面横排桥影阔,波心倒挂塔尖低。人经古屿花侵袖,马渡晴滩草没蹄。众乐亭前舟暂驻,催归漫向夕阴啼

一奁晓镜展晴波,春入湖头引兴多。花屿雾迷新雨后,柳汀浪起晚风过。采菱歌女飘红袖,系树渔船隐绿蓑。晴日放舟真乐事,双桥来往疾如梭。

张墀

字指草,慈溪人。诸生。

秋扇

凉风送爽入重闺,手抚齐纨渍泪痕。长信宫深明月迥,箧中无恙亦君恩。

任大蛟

字飞鱼,号非渔,慈溪人。

和柯讷斋人影韵

子虚乌有岂真憨,知是乾坤第几男。壬戌舟中秋既望,永和亭上日重三。

此生行止凭君问,到处风波共尔谙。对月行吟松荫覆,一肩瘦与鹤分担。

章洪

字量周,号引泉,慈溪人。

和柯讷斋人影韵

镜花水月看成憨,百尺楼头现伟男。露顶幸无官作耦,《续诗话》:薛尚书映暑月诣鲍当,当方露顶,狼狈入,易服把板而出,忘其幞头,坐久月上,当顾见发影,大惭,以公服袖掩头而走。盟心喜并客来三。若参显晦毫尤爽,说到炎凉太不谙。泉石依依真赏在,免将俗债情分担。

邵树棻

字香国,镇海人。监生。著有《澹吟未定草》。

野行

泉石藏胸久,幽怀缓步寻。路随春树远,山入暮云深。耕凿农家事,桑麻处士心。俗缘浑欲了,因此发闲吟。

舟次石浦

异地无聊甚,淹留恨此身。可怜今夜月,不见故乡人。梦断关山远,心惊岁月新。思亲依望久,回念更伤神。

自鄞港开船至慈溪东港夜泊

推篷酌酒寄高歌,潋滟晴光荡绿波。村落往来人迹少,江流日夜棹声多。青峦叠叠随帆转,白鹭双双掠岸过。一抹残阳遥望处,浦云野树自婆娑。

周斗建

字秋楂,镇海人。

秋暮至塘头庵

叶落空塘雾气腾,萧疏竹径晚烟凝。敲棋煮茗何人话,夜雨孤灯三两僧。

初夏野望

钩起帘栊近午天,桔槔声断小桥边。绿杨荫密三农饭,碧草风轻一犊眠。

邱震翰

字对峰,鄞人。诸生。

题吴薪溪仁寿书屋

卜宅依山水,清光在眼前。偶来居胜地,高唱入云天。草木多生意,琴书有夙缘。陶然怀靖节,相对弄无弦。

吴循模

字圣楷,号薪溪,鄞人。诸生。

双峰山次邱对峰韵

茏茸秀似麦双歧,远自龙山脉暗移。高列画屏遮玉几,平分翠黛肖蛾眉。羊公垒外泉声激,裴相祠前雁影驰。徙倚不知归路晚,风吹落叶满身披。

王曰珏

字仲玙,号种月,镇海人。劢余子。诸生。

古意规友

双丝合成线，到头同短长。结发为夫妻，生死宁独当。闻君有他志，抚膺起彷徨。贱妾种素兰，夫子爱红蔷。红蔷岂不媚，不及兰花香。贱妾绣芦雁，夫子喜鸳鸯。鸳鸯岂不巧，不及雁性刚。雁亦各成对，花亦各有房。吞声勿复语，待君自思量。

亲手裁白布，为君制寒衣。虽无可怜色，清白常自欺。飞来一点尘，污我冰玉姿。君心了不怪，妾心殆伤之。捣以浣纱石，涮以濯锦池。垢净还本原，大醇无小疵。天地在衾影，动静皆操持。去者或能保，来者不可知。与君结衣带，千万长相思。

题韵泉碧涧图

物外抚瑶琴，弦中高士心。苍葭淡秋水，黄叶满空林。我欲从君去，云深无处寻。唯余太古意，闲鸟话松阴。

九日登梓山小集和韵

良辰九九例登高，七尺藤枝短后袍。楼阁参差山阜堞，鱼龙出没海门涛。去年负约风兼雨，此会联欢酒共鳌。西日未沉堪小住，分笺选韵快挥毫。

丈亭作

飞飞去雁带云痕，山绕蓬窗水气香。花外风飘沽酒斾，不多茅屋自成村。

王曰升

字云阶，一字筠皆，号师竹，晚号筠叟，镇海人。世勋孙。贡生。官昌化训导。

周斗建　邱震翰　吴循模　王曰珏　王曰升

《镇海县志》：日升状貌魁梧，嗜饮，善属文，尤工书法。杭州知府广善延为记室。学士梁同书见其笔札，大赏之，由是书名著一时。精于赏鉴，购法帖书画甚富，尝集前辈名人小楷刻石藏于家。性和而介，与当道交，未尝干以私。居乡好义，修学校、葺书院，皆倡率以成之。

消夏十咏 录二

雨笠霜皮短，烟蓑紫线长。剥棕宜野服，织屦亦村装。苔印丝丝绿，花粘细细香。竭来凭几两，踏遍越山苍。

棕鞋

会稽饶竹箭，珍簟拂黄流。漾水双纹腻，含风八尺修。梦回孤枕月，凉占一床秋。底事蕲春制，传看到此州。

竹簟

云香阁落成次张梅叔韵

杰阁居然镜里开，漫言无地起楼台。四山送翠当窗立，二水浮光拍岸来。自有文章辉斗极，谁将姓氏接魁台。心香一瓣殷勤蓺，远溯咸淳著作才。 旁构祠祀宋王深宁。

题郑小樵木梅花册

廿载孤山鹤梦苏，旧游犹自忆西湖。羡君手握生花管，收拾寒香入画图。

题金门赐砚图

簪笔承明昼漏迟，归来犹记拜恩时。压舱一片端州石，曾画豳风七月诗。

泼墨淋漓快若何，新矾宫绢拂云过。只缘家住严陵濑，日日看山粉本多。

吴硎

字玉庭，号拙庵，鄞人。诸生。

雨中游天童寺

高山峨峨名太白，中有天童垂旧迹。翠微在目未及上，连朝春雨淹游屐。冒雨入山兴更豪，登临渐上山渐高。二十里松道旁立，雨声百丈翻惊涛。到寺回看失松杪，茫茫云气遍身绕。四围不辨众山低，但觉山高一身小。须臾雨霁风萧萧，松声檐滴相刁调。归途日影漏云际，仿佛天童向客招。

俞德纲

字条甫，号茗圃，鄞人。诸生。有集。

田妇吟

出向田中耕，入理房中织。岂敢辞苦辛，终岁给衣食。衣食搅我怀，使我心恻恻。旧年旱太甚，田禾变焦黑。官租不得输，儿衣不得缄。儿寒号不时，催租吏日逼。可怜同室人，于邑无颜色。天道妙循环，人事安丰啬。愿君守此身，勿复长太息。力穑自有秋，所戒在失职。试看垅上田，我稼已翼翼。

月

何当天际月，皎皎入孤帷。长此无今古，多因照别离。鹳声林末起，花影砌间移。岂独关山路，相看有所思。

俞德顺

字巽哉，号荪斋，鄞人。诸生。有集。

拾翠楼枕上偶成

山风喧竹树,枕上落泉声。酒薄眠难稳,楼高梦易惊。春深思远道,灯暗识残更。乍听晨钟报,方知天欲明。

山行晚归

烟轻雨霁霭晴岚,风剪花红水剪蓝。光景晚来更清绝,一钩新月落澄潭。

陈祖确

字石介,号薛厈,鄞人。诸生。

《家传略》:公幼读书刻苦自励,工时艺,为学使窦东皋先生所赏。家贫,藉馆谷以养,课徒甚勤。治家严肃,尤留心宗祠谱牒,兴废举坠不遗余力。著有《事类便录》一卷,皆其训子弟语也。

和澹吾林先生瓶菊供佛诗即步原韵

佛座有青莲,君今偏爱菊。矜此晚节香,耐得秋霜肃。本是侣幽人,献佛唯君独。法象并森悬,供养俨西竺。吾以适吾性,非求锡之福。笑看花插瓶,几讶草衔鹿。知君耽禅悦,别来当刮目。旧题泛菊图,十载一何促。似此悟真修,童颜还再复。作德心日休,遑计光阴速。何必到西方,楼中多静穆。虚怀无挂碍,尘事咸屏逐。秋高同清朗,日新等盥沐。散花不染身,弥惜此芳馥。拈以表精诚,胜抱莲经读。愿参大欢喜,开颜常鼓腹。法界无限藏,此会年年续。

董师香

字方玉,号半琴,鄞人。诸生。著有《醉经曒草堂诗抄》

三卷。

睡余吟

人生极乐境，莫如终日醉。除却醉中趣，此乐唯有睡。无梦神自怡，有梦亦非异。安知世路艰，所向愿俱遂。岂无欣戚时，亦有险夷地。逢之两不疑，醒后一无累。转枕或回思，一笑仍复寐。吁嗟考盘人，深得其间意。

简示故里同人

秋雨酿秋寒，山楼夜欲阑。灯残乡思动，腰瘦客衣单。入世逢迎拙，依人去住难。何时脱羁络，相与咏河干。

春游晚归

山色苍茫水色浑，归途日落傒黄昏。乱花飞处频拦路，明月随人欲到门。绘景客夸诗满袖，洗尘妻办酒盈樽。醉颜已与东风约，明日相邀红杏村。

晚泊姚江

秋江日暮水生烟，野浦潮干客系船。黄苇滩边双鹭立，白茅檐下一灯悬。家园回首无多路，风景惊心已各天。听得榜人催解缆，来朝又隔旧山川。

曹剑云

字雨亭，慈溪人。

新秋

一叶飘时四宇秋，雁来燕去等浮沤。人因离别光阴驶，书为寒暄郑重修。宋玉文章知己感，陶潜心事古人侔。芳华零落君休怅，松柏森森翠欲流。

童津

字孟水，慈溪人。监生。

秋草

凄风楚雨弱难胜，景色芊绵记昔曾。出塞黄迷秦故地，粘天白满汉诸陵。春来公子游驰马，秋老将军猎放鹰。到底犹邀人世赏，无边光焰焕萤灯。

翁瑞

字听岐，慈溪人。

次柯讷斋忧旱韵

暑气流金酷，嘉禾叶叶倾。经旬苦憔悴，得雨或滋生。农力车翻敝，天行序失平。枯茎杂稂莠，弥望不分明。

叶六鳌

字耐斋，慈溪人。

和柯讷斋咏盆梅

共信调羹志可伸，迟开亦自见精神。我今不事巡檐索，坐领东风一院春。

胡兴

字晋斋，慈溪人。

和柯讷斋咏盆梅

盘纡宁惜未全伸，铁骨崚嶒别有神。占得孤山遗韵在，何妨清瘦自成春。

秦曙

字轮初，号大桥，慈溪人。

和柯讷斋人影韵

一般落拓一般憨，独立乾坤作孛男。蝶梦已空余子万，鲸文何羡小童三。《洞冥记》：汉武升塱月台，有三小童各捭鲸文大钱，置帝几前，身至而影动。步趋贤路为先导，况味书檠合共谙。索句自知才力薄，平分诗债与君担。

王者香

字佩兰，号谢庭，慈溪人。

和柯讷斋人影韵

默默无言讶以憨，相看真个是奇男。色空早悟归于一，趋步时从益者三。泉石山林忧共老，文章气谊谅同谙。挥杯岂假陶公劝，重任由来独自担。

谢辅绅

字擂甫，镇海人。炳贤子。

蛟川物产五十咏 二十首

压担琅玕不费钱，胸中尽许箨龙眠。老僧诗味无蔬气，正好同参玉版禅。　春笋

寒雨连番润竹林，冻雷昨夜破苔阴。登盘俊味无劳说，拨触当年孝子心。　冬笋

南越丛书见一班,共生合体亦痴顽。饥能取食饱能入,坏户依然自启关。　璅蛣腹蟹

背翘一骨号螵蛸,无尾无鳞味最饶。也识舞文称小吏,满囊墨渖水云描。　乌贼

合成两美判雌雄,碧血盈腔尾掉风。竖作樯桅垂作舵,片帆飞渡海之东。　鲎帆

各种螺名出海乡,何如金玉赋其相。旋纹逾入味逾美,尖壳含黄胜蟹黄。　玉螺

瓫头粘腻卤牵连,借箸前来向带涎。唯有桃花名独冠,肯随流水到蛟川。　土铁

状如蜥蜴跃江干,背上花纹数点攒。生怕涂田泥滑滑,不嫌力小几回弹。　弹涂

不用虾捞不用钩,生成半寸狎浮沤。灯光射处丁沽集,取尽鱼儿万万头。　海鲷

棠鲤春来上钓矶,东风小市雨霏霏。安排早韭兼新笋,流水桃花鳜共肥。　土步

晓起承筐入市多,贩鲜船到大鸣锣。江乡石首羹材好,何事黄花说潞河。　黄鱼

何用鳖来训诂夸,银鳞网得乐渔家。海棠香里相持赠,细剔花钿醉紫霞。　鲥鱼

刺针排列鬣鳍匀,入馔称为上品珍。美女书生编雅号,含沙不射影中人。　沙鱼

纬萧昨夜费渔翁,欲换尖团句不工。侯拜内黄惭草制,酒旗村店旧家风。　毛蟹

一蟹何曾一蟹殊，殿将十八种新图。功臣惆怅菹彭越，尔雅零星误蔡谟。　蟛蜞

种田一例比蛏苗，子午回头两度潮。抛得棱棱新瓦垄，檐牙屋脊总难描。　蚶子

黑点为睛玉作肤，如银如麨总相符。吴都误认王余片，不信嘉名小白呼。　银鱼

风光龙井自年年，小摘刚逢谷雨前。塔屿柴桥春啜茗，竹炉新瀹白沙泉。　茶

水墨花开入画宜，种成一顷讵为其。紫樱未饱青梅小，正是蛾眉上簇时。　蚕豆

平畦嫩绿压霜华，春韭秋菘未足夸。别有一般风味好，瓮头旨蓄访农家。　雪里蕻

白佩玉

字剑皆，号笏山，镇海人。

威远城

睥睨当关镇浙东，威扬远徼尽来同。三门浪息蛟宫静，百丈城坚雉堞雄。防海津梁争上势，平倭将帅树丰功。而今九日登高者，犹振吟袍唱大风。

顾德炘

字同山，奉化人。著有《养素楼吟稿》。

次内侄邬继绪醉月轩韵

古人去我觉未远，安石风流太白狂。欲倚桂宫长抱月，

且随金谷暂飞觞。酒拌夜色输千斛,诗就花阴倒一囊。醉后不知身是寄,玉杯银魄两相忘。

雪窦道中

揽胜名山路指西,珠林瀑布好留题。一从善憩亭边过,十里青山十里溪。

谢必成

字玉成,号眉岩,象山人。著有《眉岩诗稿》。

采莲

采采夫渠花,打桨入秋浦。莫爱莲花妍,要识莲心苦。

韩廷峨

定海人。

重游普陀

抛却红尘佛国游,曾经信宿白华楼。老僧相识仍如旧,明月多情又到秋。睡起云看巢岭角,梦残风听荡潮头。者番酬意题难了,莫与蒲帆挂去舟。

韩廷锡

字秬香,定海人。

寄普陀鸿昆上人

佛号古先生,与儒雅相属。释有儒者风,超然乃越俗。齐已喜咏梅,一字师郑谷。说法且说诗,禅偈奚足欲。师本松亭人,系出武陵族。幼慧夙交称,峰泖灵秀毓。妙悟领优昙，幻梦醒蕉鹿。薶染入祇园，传灯资纪录。擘窠善临池，烟云舒满幅。闲咏学推敲，清声裂孤竹。堂为纪恩开，五世添似续。绀宇久圮倾，梓材勤朴斫。笑供伊蒲馔，悬匮少积粟。置产及香莲，锱众得俯育。山志字模糊，旧刻遭回禄。雅意集名流，重锓新卷轴。衣钵有真传，披函曾再读。愧余未能如，半生殊碌碌。索句寄双鱼，勉应先生嘱。先生者为谁，禅林师所独。

周其英

字人杰，号剑峰，鄞人。

雨中集亦处堂即事

小堂僻陋建东菑，风雨凄凄客到迟。袖出彩笺惊好句，壶倾浊酒愧清卮。折巾客至留终日，携屐人来坐几时。野外不嫌兼味少，好乘雅兴斗新诗。

徐为煦

鄞人。诸生。

雨中游天童寺

松声雨声二十里，乘兴直穿深云里。义兴旧迹去莫留，葺宇空存栖佛子。仰看群峰欲刺天，俯听万壑响流水。苔封石滑行不得，闲坐无聊数屐齿。

徐汉章

字筠汀，鄞人。监生。

议浚小溪古港

议传全吉士，谢山有《重浚小溪古港议》。古港浚宜先。得引光溪水，堪滋建隩田。土当培古堨，渠定蓄清泉。其奈工程钜，经营待异年。

忻鉴

字鼎譔，号半塘，鄞人。诸生。

游白云寺

白云山上寺，冬日客来游。路绕悬岩曲，门遮古木稠。群峰环宝殿，神物护经楼。别有天开处，登临寄兴幽。

东钱湖十景 录二

渺渺扁舟挂绿蓑，当年曾泛洞庭波。陶公山讶遗名旧，范蠡鱼疑此处多。装点石矶希胜迹，流连渔子动高歌。我怀宏景真乡老，曾否骞裳忆芰荷。　陶公钓矶

石洞装成背画楼，平泉娱老足清幽。新篁拂径迷青眼，好鸟呼春伴白头。对镜地怀唐吏治，憩亭人想晋风流。旧有"昨是"、"今非"等亭。于今寥落庄前柳，同慨舒园往事悠。
余相书楼

忻文郁

字慎斋，号艮山，鄞人。诸生。

咏句东古迹六首 录二

梅子真隐居
解组归来不染尘，梅山小隐已全真。半间石室乾坤大，

一路云乡草木新。丹灶药炉成胜迹，青鞋布袜足间身。阿谁艳说神仙事，如此风流岂世人。

焦征君讲舍

理学渊源振浙东，大涵山下寓焦公。数椽风雨林泉外，几辈英豪谈笑中。门著清规应养鹿，心甘冥迹是飞鸿。征君遗事流传久，载笔端推史直翁。<small>征君学行见《鄮峰真隐漫录》，甚详。</small>

应宗锜

字鼎占，号梅癯，鄞人。诸生。著有《剩稿》一卷。

消夏杂咏

枕簟移来傍绿阴，松飔几阵透罗襟。梦中不觉凉如许，花落床头一寸深。

疏帘半卷晚凉迎，石上闲敲棋一枰。绿荫深遮人不见，隔花时听子丁丁。

花阴寂寂掩松关，琴弄清幽人自闲。老鹤一声孤月落，远音听在白云间。

家住横塘近小州，雨余闲看钓丝投。一竿风月人何处，只在垂杨古渡头。

傅铭三

字茗山，鄞人。诸生。

登候涛山观海

纵览茫茫骇客魂，奔流直下溯昆仑。江河万派朝都到，日月双丸吐复吞。地缺东南稀郡县，潮来昼夜撼乾坤。大观真觉难为水，广汉长淮尽子孙。

余希祖

字北亭，慈溪人。

新秋

井边落叶报新秋，陡觉郊原爽气浮。一枕凉风尘外想，半生清梦个中留。飘零花草同衰鬓，阅历星霜易白头。遥想故人在何处，雁迟书远不胜愁。

费志刚

字月仙，号桂林，慈溪人。

过文溪山访文大夫故居

名山梵宇郁林隈，溪水萦纡石径回。千载忠魂犹未泯，白云西向越王台。

童继善

字杏圃，慈溪人。诸生。著有《耕读居遗稿》。

家居书怀

阿妇怜多别，深情老更亲。瓜分潭底月，酒借瓮头春。香饭春黄粒，和羹烹白鳞。只期一安饱，缄口不言贫。

冯元蠢

字撷霞，号云石，慈溪人。

和柯讷斋人影韵

我我周旋已近憨，可能骨相胜凡男。书檠寂寞参禅四，樽酒追陪酌雅三。酒器三雅：曰伯雅、仲雅、季雅，见《典论》。此际须眉全欲活，个中面目自然谙。谢公拥鼻吟争效，弱腕难将健笔担。

董曾

字溥泉，号鲁亭。慈溪人。

和柯讷斋人影韵

醉忘尔我太憨憨，相对休教负此男。灯下读书欣得偶，酒边邀月喜参三。争先不惮挥毫疾，得意偏从抵掌谙。朗朗玉山行处并，可将诗债乞君担。

董云

字若水，慈溪人。

拟田家送春词

桑歌袅袅遍邻家，记取时光欲种麻。堪笑蝶魂犹未醒，落红堆里逐飞花。

余璿

字小石，慈溪人。

和王东崖新燕

喃喃唤醒梦中人，旧日乌衣一见真。辛苦海天千里客，依稀金屋十分春。绿波影渺情如昨，红杏花香愿已伸。试看晴和风景里，画梁高垒又重新。

卢登焞

字震沧,号云船,鄞人。址子。著有《镜竹轩诗文集》。《鄞县志》:登焞为倪象占门下士,善画山水,笔意苍秀。《家传略》:公善书画,兼好金石。以布衣遨游大江南北,扬州太守耳其名,聘修郡志,后辑《全唐文》及《江南通志》,公皆与编纂之任。所著有《阁帖考》《日课编》《金石综考》。

端阳怀古用陶靖节拟古韵

浩浩长江水,青青汀边柳。茫茫千载前,令节因人久。我读离骚经,灵均盍尚友。至今端午日,临流奠杯酒。郁郁宗国心,荩忠不孤负。所见虽不旷,寸心独坚厚。楚宫已泯没,汨罗为谁有。

郑熙

字镜渟,镇海人。贡生,候选知府。

秋草

兴亡凭吊汉时宫,草色经秋失旧容。卷地北风沙历乱,怀人西塞路横纵。饥鹰眼疾云阴湿,疲马蹄轻客思慵。回首踏青成往迹,几多屐齿印芳踪。

项舜年

字笠山,镇海人。诸生。

角黍

底事家家角黍抟,此风原自汨罗传。至今未雪离骚恨,千古斜阳竞渡船。

陈谦

字伟东，号地山，慈溪人。

留别钟馨山

积怀海上几回倾，底事今宵别绪萦。多病经秋怜沈约，归田有赋愧张衡。江楼寒雨残灯梦，橹背黄花远道情。此后相思何日慰，可能柑酒共听莺。

沈传洙

字德水，号杏澜，慈溪人。诸生。

丰城剑

宝剑出匣青锋生，风胡却立薛烛惊。上下秦汉五百载，世无识者埋丰城。天生神物必有以，百炼之刚常绕指。夜来紫气射斗牛，蛰龙忽欲乘雷起。当年望气得英豪，拂拭频频不惮劳。灯昏月暗一起舞，白练四涌翻银涛。奇气凛凛出两臂，雪卷虚堂骋风势。冥冥莽莽透骨寒，乱掣冰山转天地。延年津下水清深，双龙一去渺难寻。赠刀漫说封侯骨，倚剑空传壮士心。欧冶不作赤堇合，纵有万金未足答。剑兮剑兮忍久藏，何当持汝奉君王。

秋柳

送尽行人久未归，不堪憔悴对斜晖。隋堤回首繁华尽，灞岸惊心风雨非。名士从来多感慨，英雄末路认依稀。高情只有陶元亮，荣落无言任化机。

王飞冈

字梧来，号凤栖，慈溪人。诸生。著有《纪游遗草》。

平定道中

寂寞榆关道，经行客暗嗟。穴居人类鼠，山转路如蛇。白日云为雨，丹枫叶作花。未知清兴减，犹是命前车。

韩侯岭次壁间镇堂明府韵

往事留迁史，孤坟耸晋冈。英雄千古恨，庙貌万夫望。世运怜驹隙，中原几鹿场。天风吹浩渺，恩怨总茫茫。

试剑峰

试剑峰前落照低，淮阴遗恨满山溪。只今钟室无人夜，狡兔纵横鸟乱啼。

王兆雷

字震宜，号东崖，慈溪人。诸生。著有《石斋草》《竹斋草》。

王西屿先生跋略：从叔东崖学于边孝廉磊轩先生之门，与族弟雪汀爱逾骨肉，以诗文相赏析。屡困省试，家中落，资砚田以生。课徒之暇，日与诸友人唱酬。晚岁客辽东，十年归，郁郁不得志以终。

有《诗草》未删定，佳句如《病目》云："细柳莺啼绿新花，婢报红石步山中。"云："古塔云生石新堤，鸟篆沙秋斋夜坐。"云："秋声鞭瓦裂，夜气逼灯寒。"《登管山亭》云："北向山光连雉堞，西来帆影落虹桥。"《春感》云："依人岁月消春梦，薄命文章问落花。"《见萤火》云："能绝俗唯虚处影，不欺人是暗中辉。"皆清新可诵。"

晓过小白岭

水尽忽山起，停桡问灵境。樵子谷口行，指是小白岭。

古塔石生烟，群峰明旭景。松涛从空来，感此发清警。上有小茅庵，梵音出松顶。披衣坐品茶，杯底捉云影。僧闲笑我忙，我心僧未领。出门一长叹，名山若辈幸。

咏明月 录一

明月如故人，其情淡于水。清光照我怀，肺腑澈表里。盈虚成往来，三五托终始。梅月共一家，同心长相倚。

题胡晋斋兴印谱

晋斋工画复工诗，诗画之余兼丹篆。以铁为笔石为纸，摹写古法宗秦汉。秦汉印章世无敌，由正而奇不可测。世人舍此戏昆刀，狡狯万变成矫饰。晋斋印章不卖钱，低头百请不一镌。三日五日始成字，字成诮我昧真诠。我不知印能知诗，请以君诗比例之。君诗淡雅师元亮，沉雄子美兼昌黎。有时险怪学长吉，幻出崛强笔如铁。有时寒峭似东野，盘空乱落鸦飞雪。诸家用笔本一道，画家之法从可晓。烟云出没纷迷离，粗枝大叶精神饱。即诗即画即篆刻，天巧由来神会出。色香融化净无痕，如蜂采花酿作蜜。

秋晴忆故人

木落觉山瘦，天高知雨收。凉风初着树，明月正当楼。书未传新雁，盟常记旧鸥。相思不相见，独坐一灯秋。

晚渡遇智圆上人

归路江头晚，呼船缆已开。人同水鸟立，僧带夕阳来。久病云间鹤，重看雪后梅。萍踪正话旧，惆怅暮钟催。

云溪寺

踏破芒鞋得异踪，千岩万壑势重重。溪流彭泽琴中水，山绘维摩画里峰。僧以心空多种竹，门缘地旷半栽松。何如煮茗谈经座，听取林间远度钟。

七夕悼亡 录二

银河清浅本无波，夜气侵入冷碧罗。谢女风情同月远，萧郎愁绪入秋多。七襄机上回文字，百子池头金缕歌。寄语黄姑休怅别，琼楼玉树总交柯。

由来七夕可怜宵，灵匹还凭鹊驾桥。月社花盟空目断，香残灯暗最魂销，此时回首衣谁制。第一关心子尚髫。起向庭前成独立，客愁如海正迢遥。

王石渠

字雅章，号雪汀，慈溪人。诸生。著有《月轩吟》《吴游草》。

王西屿先生跋略：族叔雪汀，英姿飒爽，为文清矫拔俗。酷嗜诗，有"苔卧落花春半老"句，属对苦未工，久之，读书赭山僧舍，雨夜梦觉，忽得对句云"竹敲疏雨梦初醒"，道及辄称快。家贫，弃儒而贾，之苏之辽，未几客死，年三十五。

柬寄蜀中孙杯湖 录一

恨不生双翼，高飞入剑关。与君共晨夕，握手话家山。独立苍茫外，相思缥缈间。离情莫可罄，徒有泪潸潸。

首夏

兀坐南窗里，惊心物候更。燕新分旧垒，莺老带春声。凉雨可人意，好风怀友情。家贫堪自慰，白纻早裁成。

秋斋漫兴 录二

江头水冷拂晴沙,短榻悲歌感物华。对客樽中无绿酒,笑人篱下有黄花。小楼夜月孤灯静,古道西风一雁斜。贫到梁鸿谁共语,相思多半在天涯。

萧萧疏柳暗隋堤,衣冷添香画阁西。万户秋风嘶铁马,五更夜雨织莎鸡。关山有梦怀征弟,薤术无缘怨病妻。欲解愁魔唯学醉,一杯新酒擘霜脐。

寄族兄东崖

村巷声声唤卖饧,踏青时节近清明。两年诗酒他乡客,一片莺花故国情。细雨连朝春水阔,好山千里暮云平。淇园别后无消息,满眼羁愁托管城。

岁暮还家舟中作

梅花香逗半塘湾,买得扁舟此日还。短笛尚吹吴苑月,片帆已渡浙江山。间中世态看蓬转,客里奚囊逐路删。白发倚门知望久,纵然无米亦开颜。

石门道中

养蚕天气十分晴,桑柘林边一棹横。有女提筐来陌上,好风吹送剪刀声。

生公讲台

踏遍千人石上苔,点头几个听经来。唯余一片笙歌月,闲照生公旧讲台。

沧浪亭

一声清磬到沧浪,花坞云深宅梵王。也似华严遭小劫,大观曾号相公庄。宋大观间,亭为蔡京所占。

王恭恪

字鸥渚,慈溪人。

忆梅次柯讷斋先生韵

扬州官阁前番见,只恐重寻又误期。吟榻细香风定处,板桥流水月明时。长松以外无多伴,老鹤能来有旧枝。安得先春随杖履,耐寒心事诉君知。

杨兆熊

字东园,慈溪人。诸生。

经黄墓渡有感

子房智已尽,商山始借重。商山虽云高,乃为雌吕用。惜哉孝惠孱,七年辜汉统。黄山胡为者,遁逃句甬东。爵禄不可羁,万古激清风。我来寻遗垄,不见汉黄公。但见沧江上,芝田烟霭中。

登离卦峰歌

我家龙湫三四里,不出登山动一纪。里门蠖局徒为尔,醒枕鸡鸣忽晓起。振衣直上离卦峰,初日瞳昽海气浓。四山苍翠澹秋容,云外一声萧寺钟。搔首问天天为高,虽不得仙亦足豪。扶摇万里送鸿毛,支撑天柱总坚牢。寒凄穹岫松生涛,时有天风相怒号。为龙为蛇任所遭,行矣我生空苦劳。

郑乔迁

字仰高,号耐生,慈溪人。贡生。著有《藏密庐稿》。《慈溪县志》:乔迁好为古文,发先世二老阁书,并借阅范氏天一阁所藏,以资其文。与阳湖陆祁生、吴仲伦为师友。明季浙东多奇节之士,乔迁于梨州、谢山所纪述,欲赓续之,遍寻荒冢断碣,徘徊穷山中,不问家事。性好饮,饮必有诗,已皆弃之。曰:"是穷愁语耳,安得高论。"故所传甚尠。

九华山太白祠堂废址

此地开山始,名因太白传。如何归佛祖,无可著诗仙。蔓草长于我,残碑卧向天。阿谁过凭吊,溪水咽门前。

将作东鲁之游留别诸同人

出门又复被饥驱,行色匆匆兴不孤。囊橐萧条杂书剑,须眉仿佛老江湖。南楼登后应西笑,五岳从今得一隅。驴背船唇频眺望,暮云春树总愁吾。

刘支周

字克成,镇海人。著有《斋吟集》。

山斋

山林吾意且逍遥,静坐闲斋趣亦饶。曳杖有时寻竹石,放歌终日混渔樵。水声激激琴边韵,鸟语幽幽叶底娇。归去不须频索句,清风皓月满诗瓢。

黄乔年

字麓樵,镇海人。

《镇海县志》：乔年性孝友。母病，刲股以进。弟卒，痛甚，为诗哭之，至百首，名曰《断肠吟》。年三十卒。

过七宝塘夜泊

横塘景色晚来幽，一抹斜阳红渡头。芦岸炊烟渔艇集，柳桥灯火酒旗收。人随孤雁来江浦，月带疏钟上画楼。梦里客怀无处所，几疑片叶是归舟。

渡钱塘江

渡头车马逐轻尘，芦苇萧萧夕照新。流水自来还自去，江船送老几多人。

四明清诗略卷二十终

四明清诗略卷二十一

鄞　董沛　孟如　辑

刘梦兰

字小畹，定海人。道光辛巳恩贡。

蓬莱十景

啼断朝鸡曙色明，早潮生处日俱生。不须远驾秦皇石，来看扶桑万里程。　蒲门晓日

石壁屏颜影倒横，夕阳闪闪十分明。若教移入天台郡，霞彩何曾让赤城。　石壁残照

南浦湾环水一汀，野航多在此间停。归来稳泊芦花岸，舵尾茶烟逗月青。　南浦归帆

一字街头古石桥，桥边春水泊轻桡。浪花泛处桃花落，点点飞虹送暮潮。　石桥春涨

大小鱼山气吐银，惯看楼阁起鳞鳞。岛间时有乘槎客，未许凭阑一问津。　鱼山蜃楼

丁沽港口海船回，小市横街趁晚开。狂脱蓑衣寻野店，挈鱼换酒醉翁来。　横街鱼市

无数渔船一港收，灯光点点漾中流。九天星斗三更落，照遍珊瑚海上州。　衢港渔灯

不关风起亦生波,夕汐朝潮势怒号。十八浪中帆侧过,回头犹见雪山高。　竹峙怒涛

水村话尽话山村,别有三冬积雪痕。行到玉山真朗朗,众峰还让一峰尊。　白峰积雪

一带平沙绕海隅,鹿栏山小亦名区。好将白地光明锦,写出潇湘落雁图。　鹿栏晴沙

俞檀

字勺山,号西岚,鄞人。经孙。道光辛巳举人。官云和训导。

《鄞县志》:檀嗜经学,尤深于易。司训云和,课庠士以经史,文风渐振。咸丰二年,云和岁歉,民有滋事者,县令按律拘禁,檀悯其迫于饥也,请诸令得释,邑人颂之。

题杨氏一门忠节录

忆昔明季多忠贞,士女殉国难具陈。杨家一门尤愤激,四忠双烈谁与伦。公鼎先生有义方,狱中手谕尚龟皇。一日未死一日读,成仁取义宁敢忘。父训子兮孙念祖,移孝作忠心弥苦。残局江山非易撑,赤手痴思天可补。补天不就天益裂,志决身歼何足惜。当年鼎社虽沉沦,千载纲常得扶植。伯仲叔季死相继,大节凛凛动天地。吁嗟二媛彼何人,巾帼亦奋丈夫气。娣先姒后见几早,并从泉下订偕老。首阳义士岂无偶,胡为寂寞人莫道。蔡懋德、卢象升、周遇吉、孙传庭。合门甘受焦原祸,都无噍类及孩婴。镜川杨氏死类此,芳徽惜未垂青史。族孙鲁川广搜罗,犹幸耆旧详其事。古来史笔病挂漏。位不显者名易朽,不有恤典发幽光。忠魂讵并山河寿。

黄维岳

字子中,号笏园,鄞人。定文孙。道光辛巳举人。

题厉骇谷画册

家学溯归真,千秋见两人。山从平远起,草与有无均。写出胸中境,抛来腕底春。焚香频细读,清气迫吟身。

剪烛

一剪一分灰,十剪灰一寸。勉旃去蓬心,烛照物无遁。

贺王槐

字亦三,号菱乡,镇海人。道光辛巳举人。官丽水教谕。著有《文存》《诗存》各二卷。

咏怀

一肩行李紧相随,带得熏风两袖垂。阶树尚期花放早,园丁不怪屦来迟。凄清几听鸣皋鹤,谢陋真如没字碑。莫采蒹霞秋水上,伊人渺渺动遐思。

松下高吟击唾壶,小山寂寞大山孤。曾经岱岳看红日,漫拟淞江钓碧鲈。晚景最宜耕畎亩,少时曾记识之无。邮程万里行踪遍,泛泛真如水上凫。

陈福熙

字尔诒,一字艅仙,定海人。道光辛巳副贡,就职直隶州州判。著有《借树山房诗抄附刻》十卷。

童薇研先生序略:先生中岁客游,晚更处困,家再被兵。一生穷愁孤愤,顾其诗,雍容清丽,不变其初,洵乎有道之士,家学也。

杂感 录二

南国有佳人，独立风尘表。自负绝世姿，目中空燕赵。不字羞自媒，守贞以为宝。斯人重苟合，万事尽颠倒。待嫁年复年，辜负青春好。无言对明镜，郁郁伤怀抱。

翘翘大夫松，森森千尺干。茑萝施其上，经春青不断。凭高势渐骄，忘却本来面。柔枝不自量，昂然欲凌汉。一朝霜雪至，荣枯忽焉判。斯时山中梅，孤立转粲粲。

同人登普陀茶山，访故明相国华亭张鲵渊先生墓不得，慨然有作

明季丧乱多贞臣，华亭相公尤绝伦。一门死者廿七人，葬公何地奉公祀。白华顶后茶山是，应元都督真杰士。公之生也丁百六，屠王悍帅国势蹙。大厦何能支一木，顺治八年岁辛卯。大兵南下如电扫，孤臣但恨死不早。我生去公二百年，特访公墓茶山巅。茶山累累多荒阡，缘崖陟磴披荆棘。宿雾迷漫无处觅，问之老僧茫不识。我思相公正气存人间，臣道无亏心克艰。题诗自比文文山，相公授命时以诗题襟，有"聊存正气学文山"及"臣道无亏在克艰"之句。翁州一陷臣死节。雪交亭荒鹃泣血，胡为一抔之土亦消灭。又思普陀游人日万千，短姑梅尉葛稚川。来者无不藉藉传，相公殉国名昭著。黄茅垅被狐狸据，骑箕毅魄归何处。吁嗟乎！人情好异无古今，山僧动诧观世音。胜朝古迹谁复寻，间有文人穷幽讨。游山亦但说山好，海滨孰访田横岛。坐令断碣没蒿莱，不辨千秋碧血埋。有酒莫酹生余哀，我来吊古一长啸。阴风飒飒山鬼叫，满目苍凉迷夕照。

西湖双塔歌

一塔凌云秀而挺，如笔画空锥脱颖。一塔栖峦朴而静，

如地复钟几安鼎。一傍山腰一山顶，同在西湖辟畦町。我生踪迹如飘蓬，雪泥爪鸿留西东。南登天封北悯忠，所见诸塔多雷同。独此二塔势矫异，戛戛不与凡塔类。譬如我辈构一艺，人云亦云熟必避。合土可成免堆砌，立石特扫金银气。命意不拾人牙慧，经营相见匠心费。南北两峰湖中最，得此点缀更有致。乱头粗服转妩媚，此是文人枕中秘。

万将军射龙歌

锯门六月风飕飕，东海神龙夜出游。灯光闪闪迎双眸，楼船将军古杨仆。螭虬误认萑苻族。思饮其血食其肉。拓弓弦作霹雳声，鼻头火出山岳倾。海水陡立千军惊，峨峨臣舰糠秕轻。顷刻飞出吞舟鲸，将军死矣龙无睛。吁嗟乎！李广射虎误射石，将军射龙当射贼。身葬鱼腹虽可惜，威声究及毒龙国。将军姓万名曰文，兄武父钟祖则斌。其先濠州定远人。明初赐第家于鄞，森森忠烈聚一门。三世四人俱以死国闻，至今乡里谈者犹津津。

夜渡梅墟

山雾入冥蒙，舟行夜气中。潮来半江白，渔远一灯红。清露逼衣冷，狂飙到耳雄。高歌惊两岸，独立倚孤篷。

由宝幢至阿育王寺叠前韵 寺有晋松，能放光

行行才过寺，境忽接华严。细草铺茵席，枯藤碍帽檐。看松光渐放，刻竹句频添，为爱山容翠，僧房不下帘。

吴山晚眺

夕阳明树罅，人影落溪湾。雨过添新溜，云浓失远山。僧楼巢燕稳，湖舫比鸥闲。小立危崖侧，看碑剔藓斑。

陈福熙

由临海至黄岩道中 录一

行行山忽断,觅路手披榛。地僻花无主,崖悬树碍人。溪云飞败絮,岩瀑挂长绅。兰蕙沿途茂,幽香扑鼻频。

夜坐

读罢秋声赋,萧条影伴形。月光穿牖白,霜气逼灯青。排闷诗无律,治愁酒不灵。寒蛩鸣唧唧,细语和檐铃。

金陵道中

使旌重过石头城,草草登程惜此行。岸柳仗风频作势,野花如隐不留名。六朝山色供馋眼,一路江声触旅情。惆怅秦淮今夜月,照人依旧十分明。

钓台和王石农明府修允作

富春山下水滔滔,垂钓当年姓氏逃。天子故人甘草泽,先生眷属本仙曹。偶干星象曾称客,不上云台亦自豪。渭水后车夸尚父,也应让此一竿高。

晚渡蛟门

轩轩霞建赤城标,十幅蒲帆趁晚潮。远水无边沉夕照,好山不断引印归桡。浪高人作僵蚕卧,风急舟如怒马骄。征雁一声青嶂合,须臾月色透层霄。

夏寅

字宾谷,镇海人。道光辛巳副贡。

论国朝人诗仿遗山体

风雅何人作主持,唐贤三昧阮亭诗。明湖绝唱传秋柳,初写黄庭恰好时。

诗史当年屈宋心，娄江声价重鸡林。樽前一曲谈天宝，不失和平小雅音。

万轴琳琅夏玉声，骚坛博雅冠群英。漫言蓄锦天然妙，正体波澜独老成。

南北齐名有宋施，愚山风雅耐人思。抚摩曾出渔洋手，一卷图成主客词。

早年风格近唐人，都下称诗妙绝伦。底事改弦宗范陆，庐山面目恐非真。

一代苏辛绝妙词，俪黄配白擅当时。定知老手才华富，异曲同工更有诗。

才子风流今尚存，西堂雅制媲西昆。休嫌笔墨如游戏，落纸云烟不见痕。

莲洋逸气迈群雄，千顷波涛接太空。读到桃花题壁句，也应珍重碧纱笼。

孙家谷

原名家棪，字曙舟，号幼连，鄞人。道光壬午进士。官山西襄陵知县。著有《襄陵诗草》二卷。

董沛曰：先生少负诗名，与陈渔珊、周小厓、胡藕湾诸君相唱和，篇什甚富。及官襄陵，明于听断，惩讼蠹，绝馈赠，循声卓著，不名一钱。丁内艰归，士民郊饯，靡不泣下，邻境百姓亦有道旁垂涕者。其门下士王西楼后令吾鄞，犹为诸绅士述之。

南蓝怀古

能仁精舍西湖滨，烟光澹沱波粼粼。圆觉长老此说法，经台花雨何纷纶。祖花禅枝久寂寞，金绳宝地生尘埃。独留正气照千古，姓氏流传党锢人。崇宁初载纪纲坠，忠节遗老甘沉沦。廉州郴州任移置,被放归来寓四明。一卷尊尧手自著,萧萧破壁寒风鸣。绍圣史官事失实,裕陵乃受群邪倾。公之斯文照日月,奸雄胆落荆舒惩。孤忠耿耿不可灭,荒阶碧草空青春。苹风藻月吊遗迹,想见佛堂灯火光青荧。

旧县道中遇雨

车如鸡栖马如狗,踯躅泥中驮我走。山灵鞭石石乱飞,白雨跳珠落山口。独鹿独鹿,摩车击毂。且却且前,毋伤吾足。燎衣对灶荒村宿,麦饭葱汤煮初熟,浊醪一杯歌一曲。歌一曲,念家山;君莫唱,行路难。滴滴茅檐声不住,铃声又促行人去。

晓发朔平府出杀虎口

曚曈晓日升榑桑,枝头晃白寒无光。金乌踆踆不敢翔,岂有后羿弯弓睨其旁。穷阴惨切砭肌骨,仆夫前路走且僵。塞上有健儿,杂沓驱群羊。须如猬毛磔,意气何飞扬。饥餐牛脯,渴饮酪浆,青兕刽作裤,白狼劙为裳。赤脚乱蹴层冰裂,山石荦确行踉跄。惊沙射目目不逃,呼声忽哨振大荒。殊方视此以为乐,坚忍之性乃其常。驱车来,杀虎口,射虎将军今何有。严霜杀草无根荄,卷地朔风作虎吼。

登骠骑山

舍宅为萧寺,高风属令君。至今诸父老,但说汉将军。人对千岩瀑,僧归一笠云。苔坪闲话久,清磬数声闻。

题徐秋生诗集

诗骨瘦于叟,诗怀淡若秋。微烟生远树,皓月濯寒流。洗炼出新意,萧骚感白头。不堪沉闷处,扶醉上僧楼。

登海曙楼远眺

云端杰构镇明州，空阔全将远势收。马渚潮铺千叠雪，蛟门涛卷一帘秋。鹭鹚台迥余痕在，姊妹山高积翠浮。幸值海氛消已尽，好凭阑槛豁双眸。

同胡藕湾、陈渔珊黑窑厂登高作

芦荻生寒败絮飘，萧然平楚振凉飚。白云南去何迟暮，乌鸟西飞自寂寥。燕市楼台迎日晚，凤城歌吹落天遥。他乡漫作登高会，浊酒难将块垒浇。

题陈渔浦星珠出关图

天兵飞度下邛郲，绝域秋生鼓角哀。竟有诗人能杀贼，从无名将不怜才。风催白羽传书疾，雪拥红旗跃马回。万里龙沙留爪印，剑光犹拂画图开。

雁门关

峡抱当门左右圆，凌虚石磴路盘旋。云阴寒带三边色，山势雄撑半壁天。即此咽喉能扼要，更谁腹背敢攻坚。太平久废防秋策，孤戍无人起墓烟。

孙家谷

过祁县有怀 梁王茂，祁县人。武帝欲纳潘玉儿，茂以亡国之物为戒。及赐以余妃，而茂受之，是亦申公巫臣之续也。

朱雀门前一骑来，刀光飞闪雪皑皑。金莲花落成尘土，偏有旁枝烂漫开。

包闻诗

字在庭，鄞人。道光壬午岁贡。

东钱湖观荷

山色远近佳，水光千顷碧。菡萏涵空明，红粉照颜色。香风闻十里，隐似招游客。欸乃橹声中，莲歌荡心魄。顾影已亭亭，含情但脉脉。璀璨疑天花，散落万千百。一一出尘表，未许人采摘。我欲与之俱，相依永朝夕。借住郭家屿，遥望陶公宅。吸此碧筒杯，萧然与世隔。

赵芬

字其存，一字梅村，奉化人。道光壬午岁贡。

游雪窦过法华庵

径向山崖去，言从净土游。雅怀赓白雪，纡道访丹丘。石砺芒鞋破，山藏松月幽。法华天女散，灯火满书楼。

思源庵晚步

寂坐无情思，闲游向晚诗。丛林春色暮，烟火夕阳迟。野鸟喧村树，藤花暗竹篱。屬将新笋嫩，归共老僧炊。

山中忆友

竹林深处院门开，门外闲花护绿苔。茅屋一声山犬吠，隔篱疑有故人来。

马涟

字玉卿，一字黻堂，号慕园，定海人。道光壬午岁贡。

题陈舲仙诗抄

如许诗才澈骨清，玉堂禁体好推评。心香一瓣分明在，赢得苏家父子名。君为荫山先生从子。

愁红惨绿擘吟笺,未免多情误少年。萱草堂前春意足,新诗好补白华篇。

竺陈简

字个园,号载文,奉化人。道光壬午解元,官贵州普定知县。

《奉化县志》:陈简初任龙泉,长官器之,目为贤令尹。调普定,历署瓮安、毕节,皆冲要也。有兄弟以争产讼者,令悬其父遗容,跪兄弟于其下,久之皆泣,愿相让,不复争。无赖子某,夺攘矫虔,又健讼,众憝焉,拟杖毙之,而其族无他丁,乃为一楷,活其底,杖其人几毙尸。诸楷异投野巷,密令人抽底出之,且谓之曰:"汝罪当死,县主不忍馁尔祖,故阴释汝。汝速痛改前非。"其人泣拜誓天,卒为善类。后以卓异升同知,未引见,卒于任。

题郑小樵画梅册

寻得罗浮姑射山,暗香疏影入云笺。叫人转惜林何靖,徒有孤山诗句传。

王莹

字瑟园,鄞人,道光壬午举。官海监教谕。

游灵隐,登韬光绝顶

乘兴陟高峰,峰高湿烟霭。山势空嵯峨,繁华究何在。坐久寂无人,飞鸟白云外。

修竹千万竿,无风天籁静。倾听寒泉声,便觉衣裳冷。何处晚钟鸣,中心自耿耿。

郑芬

字芸书,号小谷,慈溪人。道光壬午举人。官仁和训导。《慈溪县志》:芬处素封若寒士,手不释卷,好奖掖后进,资孤寒以膏火,族鄙贫乏者,量周之。尝置闸涨江浦口,糜白金六千,御咸纳淡,岁资其利。

史安涛购藏其先侍郎慎斋先生在甲名印属题

云腴割取宝文房,精工铁笔篆蝌蚪。乾坤清气得来难,借附芳名垂不朽。有宋以来称望族,甬上史氏推厥首。八行沿派遍流传,累累者印若若绶。状头近溯我朝初,开国文章高山斗。公乃相继典春宫,六贤旧绪昭世守。白数十年陵夷甚,琴剑消亡空所有。幸存一印足摩挲,茫茫遗泽后人手。押尾芝泥隐约红,惜哉有独未逢偶。天怜仁孝耿耿心,神下六丁为尔取。龙津剑跃合有缘,想见当年青案右。珍重箕裘什袭藏,以正无缺用启后。后之贤者继公兴,公名公印千秋寿。

陈乔

字建荣,号潜轩,镇海人。道光壬午举人。

题唐企园遗照

吾乡前辈剧风流,争奈尘寰只暂留。醉卧垆旁人不见,竹林谁共阿咸游。

高梧百尺拥岑楼,强遣涂鸦在上头。窗里画图窗外月,怀人时节近中秋。

刘朝沅

原名朝元,字耕云,镇海人。道光壬午武举人。官石浦守备。

《镇海县志》：朝沅能诗画，由武举隶戎行，补瑞安把总。夷舶变起，奉总督伊里布檄，来镇海监制炮局，以劳升定海营千总，旋署石浦守备。癸卯十月，督兵船至大目洋，见盗艘，追及之，拔剑跃登，盗窘，以火药自烬，遂身殉焉，事闻，赐祭葬，给云骑尉世职。

题画山水 录一

云山重叠树高低，景色苍茫望欲迷。江上有舟人荡桨，林间无路石成蹊。柴门昼掩车尘杳，茅屋春来野鸟啼。昭代征贤勤束帛，怀才未许学幽栖。

吊邑丞李丹崖殉难 丹崖讳向阳

取义成仁毕此生，重临岩邑借长城。试看海泣山枯日，独有丹崖副盛名。

怀张霞泉进士

罗浮弃去竟重还，四十年来鬓早斑。欲向先生问行役，几多好水几多山。

陈炳

字奂若，号寅斋，定海人。道光壬午举人。截取知县。著有《拥绿山房遗稿》。

放言

湖海平生志，蹉跎二十年。神鲲秋试水，雄剑夜摩天。少达真非福，奇穷乃益坚。健儿莫相笑，老将在幽燕。

寄题双池书屋诗抄

尘寰碌碌让人忙，胸次怡然世味忘。风月随时耽啸咏，山林到处费平章。探怀尚剩江淹锦，得句应归李贺囊。闻道乱书堆里坐，吟诗垂老鬓成霜。

赵九杠

字薇卿，鄞人。存洵子。道光壬午优贡。有集。

赵忠毅公铁如意歌

呜呼忠毅公，谪戍死代州。铮铮铁骨委蒿土，犹幸此器留千秋。此器摩挲广盈尺，斑纹细蹙苔花蚀。制者谁欤张鳌春，其时天启岁壬戌。尚书购兹百炼钢，酒酣拂袖歌舞狂。铭词二十有六字，字字劲正森寒芒。寒芒照耀烛星斗，魑魅潜形鬼神走。太白睒睒残月辉，东方之砚合并寿。吁嗟乎！茄花委鬼窃柄来，国事当时良可哀。恨不亲提手中铁，击彼竖佞头颅开。迄今义愤空销歇，东林往事那堪说。廉而不刿钩无钑，遗物区区想忠节。文山砚，叠山琴，得此均足珍球琳。可怜明社铸尽六州错，公之斯器犹传铁石心。

招宝山观日出歌

阳乌跃跃扶桑东，云霓万古毛羽丰。明州滨海近日本，光天照临咫尺中。笑余局蹐域城市，未见日出心蒙蒙。天封塔在柱已毁，危梯可上不敢从。楼明海曙亦倾圮，登临久断行人踪。一帆忽驾长风去，直至蛟门候涛处。候涛山对虎蹲岩，于今招宝名尤著。上有望海楼绝高，我来襆被待天曙。中宵揽衣凭危阑，天光未通月色残。俯视下界但昏黑，混茫元气浮漫漫。须臾白云蒸满海，中央一线流霞丹。倏又灭没黯无色，久之变幻开奇观。或状绀宝或金碧，种种异相先作图画看。徐乃一喷一鲜血濡缕，陡然飞出赤玉盘。是时天鸡听初唱，万里潮声远奔放。晓光照见三神山，瑶草琪花春盎盎。洛迦金粟浮浪花，慈云现出蓬壶样。下窥贝阙与龙宫，彻夜通明泄宝藏。马衔鲛人避不得，百怪各各献情状。神游象外行如空，却忘身在层台上。眼界从此辟光明，胸次还教益超旷。乃知习见拘墟昧远大，扣盘测蠡竟无当。今朝往观得未曾，再拜山灵锡嘉贶。登高既慰作赋情，复幸安澜逢太平。此日招宝百灵护，海关作镇同金城。航琛万国重译至，风恬浪静无鲵鲸。仰惟圣人开寿域，如升普照真离明。瞻云就日岂无自，会当乘槎至蓬瀛。君不见，高冈万丈梧桐生，凤凰鸣兮凡鸟惊。

妙高台观瀑布

何处落飞瀑，讶从天半来。一条冰练卷，两壁雪山开。夜月迷孤影，秋云净点埃。茫茫无限意，此日独登台。

黄叶

万树西风一色浮，淡浓深浅总宜秋。柴门客到烟侵屐，野寺僧归雨打头。似尔枯颜全入画，有人苍鬓独登楼。芳华纵已输年少，底事江枫强洗愁。

摇落休惊菊已残，浊醪添向酒杯宽。六朝金粉啼鸦过，万里沙场立马看。山色忽迷斜照满，河声并入晓霜干。思家不少江南客，梦到荒村一样寒。

叶联芬

字芸阶，号兰笙，慈溪人。道光甲申岁贡。候选训导。

《慈溪县志》：联芬著《有正味斋骈文初编注》十六卷、《二编注》十六卷、《三编注》六卷。

送邑候太原王兰圃明府调任武源

清清署有清清堂，为宋邑候张颖有清德故名。复清清，清清清于水。水清不染尘，心清亦若是。卓哉我贤候，花砖古学士。绾符膺畿赤，长材屈百里。譬若烹小鲜，略试牛刀技。士林征器识，人文蔚然起。吏从冰上行，一一分臧否。山上无猛虎，桑下有驯雉。毋徒雀鼠争，不用鞭棰使。下车数月闲，雍雍称上理。上游候推毂，天半飞乔履。杨柳东门道，士民多于蚁。邓侯挽不留，此情曷以己。愿持水一盂，置我公堂几。

卢孝则

字式甫，号渔珊，鄞人。道光乙酉举人。候选布政司理问。

《鄞县志》：孝则自幼潜心典籍，博学能文。父云路知丹阳县，以诖误发军台，孝则随侍至台，台站接递文报，昼夜不得停，孝则代父充役，疾速不逾晷刻，主者奇之。未及满限，极力营贷，赎父归，曲尽孝养。

《家传略》：公登贤书，祖祠给公车费五百金，公以兄弟皆困乏，尽分与之，而自策蹇驴北上，其友爱如此。为松江乔中丞婿，遂家于松云。

鲒埼亭怀全绍衣先生

李万久零落，斯文仗此身。尽标沧海节，曾访越台春。忠介前生梦，深宁一辈人。须知龙性在，未肯向人驯。

卢以玠

字梯青，号蘧仙，鄞人。道光乙酉举人。官山西宁武知县。著有《养云吟馆诗稿》。

张雪君先生撰《墓志略》：蘐仙自幼无子弟之过，乐于为善。权知宁武邑，有鹤鸣书院久废，捐廉助膏火，令诸生肄业。时张格尔梗化，西陲兵起，奉檄办理军需，筹画得宜。未几，以忧归。

灵石

斗大荒城峙，层峦叠嶂环。雄分高壁岭，险设冷泉关。胜迹留灵石，奇峰接霍山。晓妆遗址在，红拂拥云鬟。

宁武关

匹马遥登镇朔楼，关山极目雁门秋。躔临井毕占分野，地控燕云据上游。紫塞峰围雄大漠，黄河源远达并州。忠魂欲吊周忠武，胜国英雄土一丘。

悼亡 录二

骖鸾人去镜台空，惆怅安仁一赋中。唯有团圞三五月，夜深依旧照帘栊。

唾绒遗迹认依稀，绣阁春残事已非。巧夺天孙云锦艳，箧中怕检旧朝衣。

张锦旋

字里荣，鄞人。道光乙酉举人。官金华教谕。

和董交珊饯别黄支山、笏园两孝廉北上 录二

把手又分手，迢迢驿路梅。故人千里别，何日一函来。夜雨谯楼鼓，春灯旅馆杯。相思两无限，莫负好花开。

夜半烛花灿，扶归人未醒。月光寒纸帐，竹影冷茅亭。

放眼江天白，关心琐闼青。长怀祖生意，鸡唱忆同听。

学殖书舍牡丹盛开和屠莱士韵

第一花分翰墨光，开樽延赏兴偏长。人情自尔嫌岑寂，天气从知是艳阳。檀板歌传名士酒，绿笺韵步少年场。<small>莱士门下亦有和草。</small>痴心欲乞瑶台种，好伴庭兰压众芳。

美人迟暮不须嗟，国色深藏处士家。但有文章增气焰，顿令门第竞繁华。绮罗定欲前身认，富贵偏宜晚节夸。试问东风何着意，占春留得一丛花。

董灼

字交珊，号晓山，鄞人。道光乙酉举人。著有《诗稿》二卷。

题贞烈王淑姑诗册

天姥之峰雄且奇，灵江之水明而净。中有名媛王淑姑，贞烈由来秉至性。淑姑生长赤城里，远字金陵人姓李。两家一诺金已成，花开并蒂枝连理。阿翁时方官四明，越水吴山千里程。鱼书忽寄故乡信，鸳谱又订他家盟。一时铸就六州错，花落红颜嗟命薄。玉境台添照影鸾，银河路隔填桥鹊。几费调停策两全，愿奏双声大小弦。母也天只胡不谅，望断三生未了缘。金钗拔下双云鬓，还却檀郎旧时聘。谁知女心匪石坚，红丝一系缘先定。东床别整合欢罗，射雀屏开可奈何。怀得金环甘一死，汪汪古井澄无波。此身自轻情自重，春风颠倒鸳鸯梦。零落徒伤镜里花，分飞不管钗头凤。粉怨珠啼迹已消，同根冢树未全凋。一缕香魂郎作伴，彩鸾依旧嫁文箫。生不能为比翼鸟，死应化作相怜草。至今惆怅吊芳踪，赤水丹山同缥缈。

题倪节母秋灯课子图

风飘飘,雨潇潇,蓬庐秋尽夜寂寥。儿抱一编读,母把一灯挑。机声书声苦相答,灯影人影寒光摇。课儿学成愿始毕,十六年长如一宵。我闻此语心先裂,我览此图魂欲消。吁嗟乎,丸熊柳,剉荐陶,倪母高风应并昭。拟歌一曲不成声,但闻落叶纷林梢。

和黄六蒙庄游幕河南留别元韵

湘江才返棹,花又赠将离。共羡书生遇,偏多国士知。俸应添鹤料,路不笑羊歧。一别须三载,归舟莫负期。原唱有"三载以为期"之句。

自笑头如雪,残编守兔园。年华空若此,勋业复何论。敢以知稀贵,而言拙养尊。故人不我弃,且尽菊花樽。

平望遇雨

归舟争唱大刀环,喜得家乡指顾间。只恨湿云遮不断,举头未见浙东山。

张纬

字维五,鄞人,锡金从子。道光乙酉举人。署上虞训导。

夜读王东溟先生三奇游草

平生雅有山水癖,尘俗纷缠牛服轭。山水于我岂无缘,司铎定阳参一席。迩来足力日渐减,徒效阮生频蜡屐。麻源梅岭多奇胜,恨不腰间生两翮。贤侯惠我一编诗,挑灯朗诵快胸膈。鲤湖麦口及菜溪,到眼千里成咫尺。先生一一探其奇,一奇一诗出金石。灵机腕底竞奔赴,疑有神思供驱策。想当烟云吐纳时,山灵迎笑手加额。如此清福讵易当，凌虚空仰王乔舄。读罢琳琅思卧游，鸟惊客梦寒窗白。

偶成

环抱皆山别有天，个中佳处画难传。有时忽作瑶琴响，一曲松风迸石泉。

双桂堂开夕照残，森森树荫凉护阑干。天公似惜春光老，特遣名山伴冷官。

李浞

原名为崇，字山宗，鄞人。道光乙酉顺天举人。官仁和教谕。

辛卯秋偕同学诸子游净慈寺

不到西湖四十年，来游风景望依然。同探运木无双井，重拜超凡不二禅。应识化身周五百，从教世界越三千。赋诗七子成嘉会，雁塔题名兆孰先。

叶愚

字易庵，慈溪人。著有《东汀小稿》。

游孤屿吊谢康乐

灵境夙所慕，十载空往还。兹辰复何幸，与客同跻攀。短童携酒榼，弥棹清江湾。初疑地逼窄，及到知宽闲。孤屿原不孤，一山实两山。绀塔东西矗，左右开禅关。当年谢康乐，来此辟草菅。惜哉晚途谬，宠利生忧患。报韩惭壮节，帝秦诚厚颜。乃知山水乐，造物亦见悭。读诗想遗事，清泪流余潸。风回鸟嘤嘤，日净花斑斑。何必昆仑居，方可超尘寰。

送萧熙圃先生罢官还粤

三年踪迹困盐车，一骑萧然赋遂初。东海未修循吏传，北山先筑隐君居。荒村野店新题句，老屋青灯旧著书。我亦登龙门下士，燕鸿消息忍教疏。

读国朝人诗

秦淮渡口旧停桡，坐对青山话六朝。吟遍桃根与桃叶，渔洋诗法本西樵。

施宋齐名果孰优，愚山雅志继前修。<small>先生固儒者不当，徒以诗人目之。</small>即将诗品论高下，已是人间第一流。

祖宋祧唐论不同，竹垞别自擅宗风。千秋绝艺谁能继，有客亲关射羿弓。<small>事见本集。</small>

盛世宏开博学科，人材海内费搜罗。子虚赋罢无杨意，头白相如抱恨多。

谈经近复说西河，史籍前朝遍网罗。余事更将诗律斗，正如大陆患才多。

将军报国岂无时，横槊何妨更赋诗。风雅至今推奉国，别裁伪体在多师。

早年名姓动江关，穷达姜汤伯仲间。海内共推长句好，他山端合继遗山。

山笛村谣寄慨深，鱼庄蟹舍日追寻。并时杭堇浦沈栎皆名辈，不要人人尽赏音。

蒋赵联镳角两雄，谁从那律证圆通。瓣香祇下随园拜，此论千秋恐未公。<small>平湖某秀才有《拜袁揖赵哭蒋图》，依附末光，持论殊鄙。</small>

叶恕

字鞠坪，慈溪人。愚弟。道光乙酉举人。著有《燕香居诗稿》。

月夜吟

团圞秋夜月,流光耀晴空。云翳无纤留,湛湛磨青铜。我来坐花下,花影正重重。惟见花上月,不见姮娥宫。花开花又落,明月今古同。愿持一杯酒,相对无始终。

过雁宕欲游未果

夙闻雁宕山,高峰多奇特。青翠郁古松,嶙峋露怪石。相望路迢遥,无缘访踪迹。徒蓄名山怀,苦无凌风翼。有人来大荆,<small>大荆隔雁宕约二三里</small>。一一问所历,一百二峰前。何时许游息,客行出瓯越。日夕看山色,忽见高峰悬。巉岩不可测,停舆问途人。云是雁山脊,动我采兰心。试我游山屐,快登灵峰尖。清风生两腋,啸傲忘归亭。徙倚老僧侧,<small>登雁山必经老僧岩</small>。濯足双龙湫。烦襟一为涤,唯闻樵斧声。绝少眠云客,揖别白云峰。相暌在咫尺,奇缘良有因。快游难幸得,一入尘埃中。此志何由适,仆夫催我行。归情还脉脉。

杂感

渥洼有良马,迥出凡马表。秋深苜蓿肥,蹀躞长安道。无端困盐车,蹉跎伤衰老。孙阳不可逢,汗血倩谁宝。不见马少游,款段以为好。

北门有老屋,盖茅傍深林。屋中藜藿子,兀坐抱素琴。一弹再三鼓,幽兴寄遥琴。陶家蓄无弦,原不求知音。高山与流水,千载子期心。

东邻有美女,盈盈年十五。日夕勤绮阁,女红工织组。自分居金屋,光彩辉门户。塞修不为理,鸩媒悲中阻。可怜迟暮心,脉脉向谁吐。摩挲双鸳鸯,对此羞旧谱。

步出城东门，北望长安道。朔风何凄其，繁霜萎秋草。壮岁轻远游，倏忽悲衰老。倦鸟恋旧巢，游鱼怀故沼。万里黄金台，何如故乡好。砚田未荒芜，见几恨不早。

灼灼桃李花，三春艳紫陌。托根在沃土，照耀辉金碧。一旦秋风吹，憔悴悲狼藉。盛时不自爱，既衰复何惜。美哉东篱菊，傲霜见晚节。

旅店早发

满地霜花白，西风吹梦醒。鸡声南北路，月色短长亭。草草一杯酒，寥寥数点星。贫穷兼作客，双眼倩谁青。

登揖峰亭

昨到瓯东地，今登江上亭。潮兼春水阔，风卷晓烟青。好树临池密，幽花隔院馨。凭阑欣一眺，远岫列如屏。

鹤骨箫

鹤骨箫，鄞邑闺秀金玉容故物也。玉容因伉俪不谐，心多愤郁，邑侯郭书屏先生莅任，始释其冤，案定，投江而死，其贞烈盖可想见。所遗文玩极多，箫其一也，近为沈司马亚溪琛其所得，亚溪作启征诗，率成二律。

嶒岭仙禽骨，箫从美女传。王褒空有赋，弄玉总无缘。哀怨凭谁诉，凄凉替尔怜。何如精卫石，自向海中填。

忆昔抛红豆，无端别婿乡。前身明月在，旧曲彩云凉。好梦三生短，灵彄一握长。不堪新乐府，重谱女贞霜。

途中有感

运河曲曲路弯环，小拓篷窗意正闲。潦倒心情看落日，巉岩骨相对秋山。孤云出岫飘仍泊，倦鸟思巢去复还。幸得黄流难照影，不教愁见鬓毛斑。

叶恕

即事简族兄意亭比部炜 录二

可是银湾信未真,昨宵青鸟费逡巡。谁家芗泽留齐赘,何处芳华赠楚臣。漫拟绿珠堪上掌,空怜碧玉解回身。仙源有路知多少,枉煞渔郎细问津。

一番情绪一番谙,弃取无方两不堪。倦客于今空病渴,使君何处得停骖。须知留枕三生事,底用窥帘一味憨。寄语东风休作怪,天香最忌蝶蜂参。

冶春词 有序 录四

风到人间,不知几信。春来陌上,已过二分。迷花雾而停骖,曾经香国。傍棃云而入梦,真个花颠。乃夜月蓝桥,分明有路。而春风红豆,但种相思;卧酒吞花,何处无醉歌之墅。妃青俪白,谁家成薄幸之楼,对此如狂,无那懊侬有曲,呼之不出,讵知艳福无缘。然而杜牧风流,逢花便住,渊明潇洒,得酒还留。或有夙因,爱成痴想。总彩鸾已嫁,好事虚拟,夫他生而司马多情,离思更深于今日。石成五色,莫补情天。木有千枝,难填恨海。如若昆仑可遇,人在不离不即之间。倘以巫峡非遥,事亦或有或无之数。河东生心伤红泪,须怜仆本恨人;欧阳詹肠断香髻,敢说臣非好色。便垂青眼,汝是何人;欲托素心,谁堪知己。蓬山路远,难寻眷属于神仙。砚水情深,聊结姻缘于文字。

宋家西畔阮家东,小径蛇盘曲曲通。十里桑阴人静处,四围花影月明中。引归旧梦连宵雨,吹断春心一笛风。未免有请谁遣此,谩将闲恨寄诗筒。

兰桡款款泛晴江,赢得桃根并画艭。渡海几曾怜宝筏,吷花偏欲惹仙龙。深沉夜月黄金缕,潦草春风绿绮窗。不用卷帘通问讯,豪情早为冶情降。

闲来漫拨紫檀槽,十二楼前月又高。花影隔墙偏袅娜,虫声入夜亦牢骚。端详啼笑输明镜,省识腰支仗锦绦。替尔沉思翻自悔,泪痕重识旧青袍。

伤春伤别最难堪,消息还凭双鲤探。倦客于今空顾曲,使君何计更停骖。几番轻薄曾嫌蝶,一种缠绵已胜蚕。怪杀东风太无赖,吹将红豆落江南。

司马相如

文章有价本难论,笔墨生涯好自尊。莫笑黄金甘买赋,文园静处是长门。

邵锟

字理堂,慈溪人。道光乙酉举人。

《慈溪县志》:锟事母孝,工文,能书画。由觉罗教习授知县,历署江苏奉贤、宜兴,兼理荆溪县事,勤于听讼,案无留牍。岁饥发粟平籴,请帑振济,并捐廉劝募以益之。亲历各乡散给,不假手胥吏。所至政简刑清,民咸爱之,旋引疾归。

留别吴中诸同人七律六首 录四

秋风吹冷旧鱼矶,不到棋残局已非。击壤敢同康节老,乞湖且幸季真归。飞腾剖竹输年少,烂漫看花到古稀。只是寸心惆怅处,东南何以答宵衣。

听鼓金阊已十年,不才生怕受人怜。湖山蒿目催秔稻,谓摄宜兴。风雨惊心问木棉。谓摄奉贤。流俗安知循吏贵,老农能说长官贤。劝耕滋味吾曾饱,茅屋家家费酒钱。

一笑归来抚晚松,茶烟浅翠药烟浓。平情人学陈良翰,养志聊师邴曼容。宦味十年销恶酒，名心五夜警残钟。临歧忽又低徊甚，半为储君半为侬。

去马长嘶又失群，离亭秋色醉斜曛。相如正渴金盘露，诸葛愁看玉垒云。唐代近闻求赋税，汉家何日罢屯军。微臣伏处衡茅底，但祝承平荡楚氛。

王德洽

字春桥，鄞人。德沛弟。道光壬辰岁贡。

冬夜听寄舟弹塞上鸿

一生未识行路难，出塞入塞云漫漫。雪泥鸿爪何处寻，吟坛且托同心兰。开尊细酌兰言畅，枯肠得酒偏豪宕。击节高歌夜未阑，忽听孤鸿来塞上。塞云压地胡草折，铁花冻树元冰裂。悲风四起牧马鸣，穹庐刁斗声凄切。长天寥寥一万里，南衡北岳两分峙。塞鸿欲来几时来，此声胡乃绕窗几。苏门长啸老孙登，香焚宝鸭神志凝。孤桐七尺一再弹，指下欲碎冰弦冰。我闻蔡女胡笳十八拍，铁骑飞尘踏沙碛。又闻倚楼长笛一声清，残星几点天欲明。箜篌夜度单于城，觱栗晓吹将军营。琵琶马上作胡语，孤坟空复青草生。何似此鸿忧思深，飞鸣远诉乡国情。迢迢关塞落日平，几回动我长途征。请君勿弹饮绿醽，夜深空被神鬼惊。纸窗月落星斗横，玲珑铁马风作声。

待雪

凛冽朔风起，天寒水气沉。远山犹落日，冻雾已成阴。檐鸟依人宿，梅花迟我寻。纸窗云漠漠，坐久动遐心。

江城步月

独上高城豁远眸，大江烟雾夜沉浮。空明只有中天月，古今长随潮汐流。

按：春桥先生为琴仙太仆之叔父，兹列于太仆之前，名分所在，不以科分前后为次第也，著此以见例。

王本梧

字凤栖，号琴仙，鄞人。德沛子。道光乙酉拔贡。历官江西吉安知府。

《浙江忠义录》：本梧由京畿道监察御史授吉安知府。时寇扰湘楚，吉安戒严，亟率属为备，筹画防堵。贼窜南昌，巡抚张芾檄本梧驰援，适泰和土匪乱，闻警归，贼已直犯吉安，乃退保郡城，激厉兵勇登陴固守，别选锐卒击败贼于神冈山。贼逼西门，率勇出城迎剿，贼至愈众，守备岳殿卿拥兵不为援，本梧势孤力竭，犹手刃数贼而死事。事闻，赠道衔，予袭云骑尉，祀昭忠祠，再赠太仆寺卿。参《鄞县志》。

题郑小樵画梅册

玉骨冰肌世外姿，写来未许俗人知。羡君别具神仙致，触手春生下笔时。

王梁闳

字乃荪，鄞人。道光乙酉拔贡。金华教谕。

题李懒仙集

笔花零落墨痕干，不向笼纱壁上看。遗唾锦囊诗句在，凭谁身后识方干。

方以觐

字靖南,镇海人。道光乙酉拔贡,七品小京官。

闰七夕

记得梧桐递好音,合欢床拥九华衾。那堪此度非前度,早识郎心即妾心。青鸟不来传信杳,碧云无语感秋深。抛梭懒织鸳鸯锦,消息须从梦里寻。

吴觐光

字伯赓,象山人。道光乙酉拔贡。

射龙将军庙

锯门之龙镇水国,鲸鲵远避老蛟匿。眼光作电来衙衙,舟人逃遁如奔北。将军自喜奏肤功,时平出哨大江东。是时月黑波涛靖,中流遥闪双灯红。劲弩骤发惊弦倒,将军独擅无双巧。谁知射贼反射龙,遂使一军不自保。呜呼,神龙本以济民生,突遭毒矢伤其明。将军卫民御强寇,偶尔误中身随倾。龙兮龙兮汝无怒,奋鬣扬髻何威武。不然匿迹而韬光,神物所蟠谁敢侮。古有北平飞将军,猿臂撑射石,石破天为惊。又有钱王捍海驰,怒镝惊涛云卷海。欲立将军庙以射龙名,至今庙貌犹峥嵘。波平浪静神有灵,落日听打放船钲。

李维镛

字笙南,鄞人,承道子。官安徽阜阳县丞。著有《伴石老人诗稿》。

《家传略》:公幼侍父京邸,大司寇铅山熊公赏之,妻以女孙,及长,随任关中。方有教匪之乱,习练兵事,筮仕皖江，浮湛丞倅，非其志也。家居，值时事多艰，郡中军事，倚公为主办，至三毁其家。

其规画尤著者，英吉利陷郡之役，大军攻之不克，退守曹江。和议起，英酋据城要挟，议久不决，公献策，扬威将军悬赏募矫捷士，得三百人，授以秘计，令潜行入城，狙伏猱击，生致其渠帅数人。夷人至，不敢安寝食，相率登舟去，和议以成。

刘丽川之陷上海也，逆党实只数百人，公知其有恃洋人为奥援，因浙抚上解散之策，并荐乡人之与洋商熟悉者，授以奇计，洋人遂为我用，城立破，厥后用洋将助克江浙，诸郡县公启之也。其他事迹，见公自作《团练纪略》。

以功授郡县盐课司提举加运同衔。卒年八十四。

题徐总戎洗砚图

昔我高祖号澹久，手掣龙泉制鲸吼。一朝开府镇台湾，经纶在腹诗在口。至今遗集等琳琅，百六十年珍世守。将军有笔大如椽，昔年勒铭题燕然。太平无复展韬略，砥定何妨砚作田。擘巢大字皆正楷，不学草圣称张颠。将军洗砚有深意，洗砚应须洗甲先。况复有吏讳言墨，荡瑕涤垢唯清泉。我今邂逅披此图，恍莅吾家旧草庐。一泓之水清且浅，可以洗砚时作书。我祖诗集在座右，因知名将皆名儒。作诗作字差相似，拔剑斫地何为乎。聊缀吾歌此卷余。

题烟屿楼诗集 录二

吾乡诗社旧风流，今日陵夷等楚咻。君已登坛标汉帜，谁能拔地起岑楼。珊珊骨节神仙侣，浩浩歌声身世忧，此去草堂刚数武，却如海岸望瀛洲。

有子从游只数年，予子厚建为君弟子。汪童偏欲荷戈先。书怀四律成奇谶，厚建殁后，于遗箧得《秋夜书怀》四诗，已见死事之兆。

惜逝三章念旧缘。君有《哭厚建》五古一首，将葬，复赐《挽诗》二首，劫后稿多遗失，集中仅存五古一诗。忠孝固知资教泽，姓名犹幸附诗编。他时为我歌蒿里，刻画无盐要尽妍。

卢登荣

字昼堂，号定斋，鄞人。著有《定斋诗存》。

《家传略》：公少读书，目光炯炯，为文援笔立就。性笃挚，与人交有肝胆。嗜酒。好谈禅。诗词皆工。尝赋《秋菊》《腊梅》《再叠高青丘咏梅原韵》，击钵立就。

慈湖春望

行行出北郭，遥望慈湖春。句萌坼枯树，涨绿浮清苹。时禽变堤柳，闲花衬草荫。春风鼓和气，万类同一仁。登临当令节，修禊乘芳辰。大化所涵濡，区区有此身。盈科视川流，不息何频频。缅彼杨公宅，即慈湖先生。千秋谁与邻。高风深仰止，遗迹空水滨。

吕衔

字修之，号蓉卿，鄞人。莺子。诸生。

邬大杖仙以诗见寄次韵奉答

我生年少如春木，向荣未肯随庸碌。寄身篱下苦寂寥，知心幸得昆山玉。杖仙先生移我情，清言满坐春风生。画中诗句诗中画，落纸挥毫风雨惊。才高未遇杨得意，砚田一片作生计。亭山青耸玉芙蓉，天为斯人安位置。兴来策杖访黄公，登高涉险谁与同。采罢灵芝不盈掬，一声长啸天地空。我思君年未衰老，置身青云犹为早。苍生霖雨属何人，日月逝矣毋怀宝。

袁澍

字伯时，号若夫，鄞人。钩子。著有《姑存稿》。

黄句湖以掌教重来稽山喜成短句

人苦相思甚，天教会面重。自经前度别，不道此间逢。握槊君真健，吹箫我已慵。多因邪水月，有分棹船从。

秋日杂感柬箫楼

又报西风□客来，我狂欲纵更徘徊。无因志逐飞鸿远，何限心随落木摧。杜甫他乡聊寓兴，子山少日但知哀。比邻亦有悲秋者，不断箫声上越台。

怕染霜华做鬓华，其如贫病总交加。颇艰药饵犹贪酒，已典琴书莫问花。淡到云情秋一片，惊回客梦路三叉。捣衣砧急难禁夜，多少征人却忆家。

我便愁怀强自宽，动呼咄咄怪无端。由来豺虎纵横甚，是处鱼龙变化难。铅椠无功书可废，芭蕉非分竹应弹。诸般降得英雄气，古井恬时不起澜。

小斋独坐有会而作

深山树树乱栖鸦，客况无聊只自嗟。今夜凄凉翻怕月，时移魂梦到梅花。

董承宽

字汉风，号晓锄，慈溪人。贡生。

舟抵汉阳遇雨

密雨湘波涌，孤帆抵汉阳。山光云际没，楼影雾中藏。古渡迷青霭，舟人指绿杨。明朝开雾色，胜地细平章。

偕从兄睫巢游竺峰寺

禅阁清闲别有天，几疑身到虎溪前。黄花老砌秋容澹，雏鸽飞檐雪羽全。半岭苍松含古翠，隔篱疏竹点晴烟。一声清磬归来晚，隐隐残霞树杪悬。

董秉忠

字朝英，号耿轩，慈溪人。由监生授州同知。著有《也吟集》四卷。

黄山对月歌赠王雪汀

秋气吾所爱，径仄不可延。适意觅烟萝，直上山之巅。凉风飒飒吹我襟，明月皎皎投我怀。万顷桑田波浸碧，天然世界非安排。顾盼摩挲发长啸，居人咫尺无同调。一声清盘出林端，宿鸟枝头含众妙。鸟鸣空翠落山嘴，脚底冷云流不住。葛衣似水不知寒，半壁清光纷倾注。喁喁辨得烟中语，王郎会我今宵趣。藜杖拖云百折来，奇珍罗列松间具。饮我酕醄索我歌，清狂不顾山灵呵。天风吹向人间去，落雁峰头兴孰多。

秋日晓望

秋来宜晓望，野境动诗肠。烟绕晨炊早，风过晚稻香。候虫喧败草，闲犬卧新霜。检点登高兴，擎杯菊正黄。

忆孙杯湖

自顾无长策，从人漫荷戈。风尘双白眼，戎马一青蓑。情比秋容澹，诗如落叶多。种松还种竹，岁岁误烟萝。

夜雨遣怀

淫雨中宵怆客思,西风愁听雁来时。一龛旅梦醒还续,万户砧声急复迟。禾黍岁荒生计拙,关河寒近美人知。故园杨柳今何似,摇落应同两鬓丝。

红梅

素娥何事失真颜,换尽冰肌着尽丹。丽色谩疑桃李艳,幽姿仍耐雪霜寒。销残玉骨魂犹在,洗出红绡色未干。若使迟开二三月,行人应作杏花看。

新燕和王东崖兆雷韵

莫漫殷勤觅主人,诉来别绪听难真。全家寄食三千路,双剪轻裁一半春。此后巢成心独苦,他时雏长志应伸。画楼十二珠帘晓,唤起王郎彩笔新。

拟渔家送春词

鸭绿潮生拍岸平,相呼解缆趁新晴。鳜鱼也惜春无那,不逐游丝逐落英。

裘曰和

字协恭,号味吾,慈溪人。诸生。著有《隅园诗存》二卷。《慈溪县志》:曰和著《史略歌论》十二卷,黄式谷为之序曰:"裘子味吾有《史略歌论》之作,余受而读之,爱其撷精华,而妙裁剪,事当从略。自上古迄吕秦,旁及北朝十六国,一主冠以一歌,事当从详。自汉迄前明,每主歌论并行,举古昔治乱修短之迹,靡不可数,如指上纹。至楚汉五年世变,体亦从变,括以长歌,俾读者知吕秦后特开一局,诚读史之捷径也。

烈女词 并序

烈女氏章隶鄞之西乡,年十五,字我裘。夫荡游京师不归,父故,农家贫,又以女年长大,因媒氏以归于夫家,时年已十八矣。阅数年,凶问至,女于夜深即投缳云。

鄞有农家子,缟綦在蓬室。未闻姆氏教,贞静由生质。十五初问名,丝萝系良匹。十八归夫家,夫婿方远出。夫出久不归,独旦见芳洁。言笑奉姑嫜,纺织勤补缀。如是五六年,前后同一辙。京师三千里,道路殊阔绝。鱼沉雁不来,此恨向谁说。音书忽然至,春光此一泄。邻妇走相看,奚胜翕翕热。姑愿加餐饭,女亦心夷悦。谁知书中言,字字惨霜雪。烈女大悲哀,呼天诉永诀。生既不识面,死则誓同穴。中夜具汤沐,全归三尺帛。寒月光皑皑,悲风鸣烈烈。泪血满衣襟,天地为崩裂。

夜泊西江

渔火连江阔,江舟系缆时。风高孤雁疾,天冷晚潮迟。薄世随波转,轻船赖舵维。扬帆无疾驶,水底有蛟螭。

谒杨文元公

文元理学先诸子,谓袁、沈诸儒。穆穆清风孰与俦。南宋衣冠留古处,北湖花鸟缀荒丘。功归践履终身笃,体自高明万象周。不涉元虚继绝学,由来朱陆道相侔。

晚过鹳江

鹳江渡口淡烟遮,秋水平分两岸葭。一片寒潮吞落日,几行野鹤逐飞鸦。钟声响彻高僧院,笛韵吹来学士家。旧谊情殷思问讯,晨星寥落一停车。

闺情

春风习习到阑干,春鸟飞飞不畏寒。独有游人归未得,寒衣缝好与谁看。

胡溁

字晓舟,镇海人。于锭子。贡生。

《蛟川诗系》:先生为人有干略而具热肠。邑志自康熙二十六年改县后,至乾隆十六、七年间纂修,当事限半载蒇事,主局者复不能融贯,古例补缀了事,以致颠倒紊乱错见于行墨间,而文辞之芜陋犹在次焉。先生深憾之,创重修之议,就商于燮,为条举义例复先生,而卒以经费巨艰中止。未几,窜贼陷城。先生避大若山中,不逾岁,竟以颠沛死。

先生少尝奔走吴楚燕齐间,后随妹耷孙幼连客襄陵及五台。王西楼来宰浙,历十余州县,聘先生持幕纲,倚如左右手。晚岁家居犹胪列书卷,朝夕丹黄,则又耄而好学者也。

题姚野桥探梅图

人生世上如萌蘖,盛衰荣落归飘瞥。我羡姚君禀性殊,不爱繁华爱清绝。胸中具有岁寒心,甘与松竹标奇节。自来才人格本高,非为傲俗避烦热。冰肌玉骨由天生,离群夭矫仙凡别。梦入罗浮年复年,襟期潇洒追前哲。画此知君托意真,百花头上推英杰。异时看遍走长安,一树寒梅映溪雪。

胡澍

镇海人,于鋐子。监生。

蒲帽

掉头休拟束生刍,绾结宜编数串珠。暮雨溪边停钓叟,斜阳谷口伴樵夫。微凉冒上千丝发,秋意延来两岸芦。荷条有时沽酒去,却将长带系壶卢。

竹衫

条冰宜与署新衔,制就清凉一领衫。苔磴坐来清影对,桃笙卧处碎痕劖。鱼鳞琐细因风漏,麂眼玲珑借月嵌。却尽人间尘俗气,此君风骨信非凡。

孙尔昌

初名忠典,字亦庭,号槐堂,奉化人。俏生。

湖澜杂咏 录二

峰顶龙湫
不自高飞去,高峰窟宅留。苍生仰霖雨,且莫恋山头。

东井
引泉通地脉,凿井得其处。滔滔江水波,不使东流去。

钱元吉

字瑞庵,定海人。贡生。署山阴教谕,金华教授。

股堰颂德诗

钱江隔岸越堤古,山会萧山资稼圃。潮头冲决至正间,灌入内河坏成卤。赋税不登国课悬,官符火急难姑延。修筑甫成复崩圮,汤汤巨浸欲稽天。鲸鲵得穴人失所,民力已竭工难举。里正杨公应召来,日夜奔走勤堵御。家财赔累一洗空，棰楚频加智术穷。呼天天高不我悯，夫人跽祷精诚通。割股投水沙随涨，顷刻堰成伊谁仗。至今地接望京门，堤防巩固如保障。御灾捍患祀典垂，越人感戴建丰碑。春秋享祀常不忒，仰膺封号贲神祠。我闻当年吴越王，射潮潮退保钱塘。泽在民生功在国，历千百年奠苞桑。青史留传唯功业，须眉巾帼皆可法。湘湖古墓西兴祠，消尽粉榆无量劫。

金士奎

定海人。

颂龚总戎德政

山撑鼓浪石城雄，八载安闲仗此公。洗甲谭诗名士气，知辛分禄古人风。铃辕立碣千秋在，驿骑行囊一笑空。毕竟元臣多寿骨，烟霞消受暮年中。

屠可标

字同生，鄞人。诸生。

题王淑姑贞烈遗事 录一

同住桃源洞口家，谪分两地饭胡麻。合修天上君臣药，不碍人间姐妹花。好事偏从金玦解，此情谁唱玉钩斜。东南缺处何时补，炼石心肠有女娲。

阮训

字小岩，鄞人。增荣子。诸生。

题姚梅伯探梅图

梅花开也未,深雪满前山。昨夜梦魂绕,斯人屐齿间。旧游湖畔侣,寒月镜中颜。去春曾于月中两访孤山。驴背休耽兴,调羹待尔还。

李作宾

字醉蕉,鄞人。贡生。

题郑小樵画梅册

古今画梅称绝少,补之已死元章老。年来海内失真传,独有郑君擅墨妙。与君总角便论交,三十头颅各一笑。君已传人我自疑,学书未就愧潦倒。君之画笔如有神,一枝斑管夺天巧。小干如铁大如虬,真觉阳春回枯槁。坐中朗然出奇姿,暗香拍拍起林杪。有时为我拂生绡,抟冰切玉抒怀抱。当代丹青空自豪,畴对孤山问高蹈。相期共葆岁寒心,眼前繁华何足道。

费志云

字西亭,号莲峰,慈溪人。著有《莲山草堂遗集》四卷,《石园草》五卷。

寒溪

石径碧无垠,杳霭入深谷。潺潺水声来,空崖吼飞瀑。山静溪益清,到此消炎燠。合享水仙王,一盏荐秋菊。

宿定林寺

暮色千山暝,疏灯对影低。云峰犹断续,流水自东西。野鹤经秋唳,孤猿彻晓啼。轸怀不成寐,奔瀑赴前溪。

郎家坪

路曲随峰转,闲来拨石行。野花俱有色,山鸟半无名。御冷资毛布,愁饥撷菜羹。桃源渺何处,长此守柴荆。

过法莲寺故址

莲水萦纡密树封,莓苔隐见路重重。烟林远接横飞鸟,石壁危留倒挂松。日暮荪湖春草碧,雨余杨岭夕岚浓。山人指点楼台迹,犹说阇黎饭后钟。

夏家岙

山中闲独坐,忽变朝暮景。片云日外浮,收过千山影。山阴罨空庭,山色明幽径。自得闲中趣,高卧忘孤另。

管山江

满江风羽冷归舟,水涌兰桡夜不流。何处箫声吹隔岸,两三灯火映高楼。

周世绪

字克延,号小厓,又号寿荪,鄞人。诸生。著有《瘦华盦诗草》《寿荪山馆诗稿》。

《鄞县志》:世绪工诗,善填词,钱塘陈文述谓其有北宋风格。又工篆隶,搜先正笔墨,辨其真赝,汇集成帙。熟于乡里掌故,著《枌社剩觚》一书,邑人争传抄之。

渡江北

秋阴平江皋,落日淡无色。芦花飞不起,浪影远生白。扁舟隔岸横,待渡憩苔席。望望吾庐深,一桁竹烟碧。

谢文节遗琴歌

江潮三日白雁来,冬青树树花不开。灯檠一事落僧手,六陵那有珠襦埋。琴乎琴乎绿阴绿,一弹无声再弹哭。哀弦飒飒阴风寒,似击西台如意竹。侍郎当日抱琴眠,须麋古峭人中仙。谷音妙句脱初稿,玉徽拂袖鸣石泉。于虡思皇玉坠失,小玺宣和归五国。南朝半壁百年余,湖上铜驼夜霜泣。御容一幅崖山沉,玉带生复何处寻。侍郎卜卦旧石砚,苍苔雨洗成秋砧。此琴流落人间古,美锦蟠螭一囊贮。寒宵星斗壁间明,碧血英灵半吞吐。琴乎琴乎古色多,离骚读罢细摩挲。我来不敢寻常鼓,弦入文山正气歌。

江上暮归

江上日初落,小船轻欲飞。波宽一凫稳,风饱片帆肥。沙口客沽酒,渡头僧掩扉。寒宵何处在,归燕伴苔矶。

郧峰草堂小憩

五里小精舍,行踪暂此留。云垂山汲顶,烟重竹低头。补衲僧栖榻,拈花佛坐楼。夕阳休迫我,红树一庭秋。

初秋洪氏园晚立

碧梧桐树起秋声,添着罗衫立晚晴。残雨一檐衣桁湿,凉风半屋簟床清。燕于水榭飞归阁,蝉自山庄叫入城。问讯主人江上返,鲈鱼曾否买为羹。

归渡钱江口号

篮舆飞度晓关开,寒雨如霜逼两腮。孤鹜触帆沉水去,野牛驮客踏沙来。壮观八月惊涛吼,怒气千秋古庙哀。我怅此行游未畅,短筇扶病上琴台。

越城即目

清旷家家占水乡,鹓鸰宫殿任苍凉。挂罾过渡捞鱼蟹,打桨穿桥卖酒浆。野庙选钱刘太守,荒亭评笛蔡中郎。诗人药灶兼茶臼,稳称乌篷一小舫。

过余姚

海濒植遍木棉花,衣被双城百万家。破帽残衫孤艇客,一天如墨看飞鸦。

清道观烧香曲 录四

转夹田桥路几湾,金银楼阁便仙关。香烟尽日飞青篆,画出花瓶一架山。

百级层层上石梯,相将合十礼菩提。小姑痴绝无心事,剩落山门买竹鸡。

紧登西阁检蒲团,着意深深拜水官。细语含糊听不出,料应行路祝平安。

人影东街散不开,采芹坊口立徘徊。归家第一须迎客,社火姜官岭上来。

施英藻

字日初,号蕙田,鄞人。诸生。著有《琴韵茶烟馆诗稿》五卷。

《鄞县志》:英藻早慧,每角艺,辄冠其曹,博稽百氏,兼工词曲。伯兄篔村殁,哭之,痛作《翰墨缘传奇》,日夕悲歌,不逾年亦卒,年二十四。

杂诗

裛裛秋风生，堂堂白日去。绿鬓能几时，朱颜叹非故。愿言托微波，万丈相思路。兰若亦已凋，芙蓉亦已暮。采采吾何心，空江渺烟雾。

西出丁零塞，遥望单于台。黄河白骨掩，角声起悲哀。丈夫燕山铭，报国心未灰。时平甲已洗，请缨胡为哉。已矣幽并儿，驱马且归来。

畜马尽马力，弹琴得琴心。马不逢伯乐，伏枥徒悲吟。琴不逢中郎，入爨谁赏音。人生无羽翰，蹭蹬遂至今。所以管鲍交，感怀知我心。

深闺静女姿，端居何窈窕。娥娥红粉妆，灼灼桃李好。守贞耻自媒，有躬以为宝。处子盛年增，良人佳偶少。三五过佳期，屈指梅已摽。不如东家姬，高门缔姻早。弃置复弃置，坐令颜色老。

雨后

忽停檐溜响，弥觉夕阳鲜。芳草碧于黛，杂花红欲然。清风开卷帙，爽气润琴弦。定有耙犁出，人耕绿野田。

登招宝山望海楼 录二

十载芸窗只守株，履綦今得逞游娱。晴帆去去乍明灭，烟岛苍苍疑有无。海角有天撑半壁，浙东此地绘全图。沧桑几变浑闲事，枉说当年镇铁符。

此身如在半空行，苦海沉迷笑众生。三界清虚诸佛国，十州杳霭列仙瀛。赤鱼时现琴高迹，黄鹤空传太白名。我欲乘槎摘星斗，雄心岂为望洋惊。

钟世俊

字云扉，鄞人。著有《云扉诗约》二卷。

《鄞县志》：世俊世为锡工，少时喜学诗，遂废其业。后以诗交学官某，为所累繋于狱，既出，叹曰："我冶工也，而为诗人获罪，宜也。"誓不复为诗，既而又自笑曰："吾除夜在囚中忆所作，老阉诗景状宛然，是非所谓诗谶者耶。事固有前定，不可逃者。"复为诗不辍。其《赠陈仅宰陕西》有云："五千里路相思苦，六十年人再见难。"人多诵之。

陈余山先生曰：云扉本山阴人，寓鄞数十年，以锡工为业，涸迹市廛，时人谓之镴隐。喜吟诗，与布衣陈梦回为牙期交。书法亦道媚。

寄陈馀山明府

当年初出宰，相送去延长。及我句方摘，而君帆已扬。波涛千里目，风雨九回肠。此意凭谁达，遥遥归雁翔。

茎发都无黑，辛勤尚未休。雨中双蜡屐，秋老一羊裘。家窘儿偏懒，身衰妇幸留。何时重聚首，别绪话绸缪。

题徐远香柳泉游杭合集

落拓征衫满酒痕，湖光收拾到吟尊。倚楼笛弄紫云曲，立马碑看红树村。十里烟波迎画舫，六朝风月醉诗魂。遥知客邸钱唐夜，秋雨寒灯细细论。

云龙才调各纵横，读罢新诗老眼惊。岩岫飞来犹带墨，山川奇极总沾名。读此集，至柳泉《游灵隐诗》"好境招人来，山川亦沾名"，不觉击节；而远香和柳泉《飞来峰》诗，实为勍敌，其落句云"玲珑岩岫忽飞来，至今苍苍犹带墨花舞"。还因一卷同声什，却忆三年浪迹情。笑我曾游无好句，雪泥鸿爪不分明。

寄怀陈馀山安阳

忆君西去路漫漫,回首光阴指几弹。鸡黍十年劳远梦,云山万叠隔长安。春深汉苑莺啼晓,月落句江雁唳寒。闻道官闲诗日富,可能桑梓念衰残。

陈权

字巽占,一字箫楼,鄞人。诸生。著有《箫楼诗稿》二十卷。

《鄞县志》:权能诗,工书,尤精篆刻,为时所重。

望远曲

北风飒然起,万里浮云阴。念彼远行役,恻恻伤我心。去时罗绮薄,归来霜雪深。归来尚无时,愁思那能禁。道路修且阻,荆榛森复森。既无凌风翰,又乏双南金。所恐委道途,或托聋与喑。鸿雁西北来,鲤鱼中流沉。苍茫抱琴立,太古空遗音。

王懒竹学博招同竺云、东生、雨亭游理安

西湖招提境,南硐独深窈。昔年选屐行,揽胜惜草草。与人争道驰,好山看未了。良友携素心,折简证幽讨。春光归已尽,红紫落树杪。陡然峰象回,露彼髻螺绕。萧萧万竹深,隐隐一亭小。白云静不流,绿阴屯似堡。日光阻丛薄,苔花缘磴道。天风断清磬,林际投倦鸟。支公笑看客,认我须眉老。尘世六年别,因缘三宿少。此身非金石,未免头蓬葆。携手上松颠,清言诠丽藻。一笑千山青,松声万古好。

同人复寻九溪十八涧之源

循彼琴筑声,宫商生杖履。玪瑢金石交,松篁风日美。

惜惜苍翠中，转转崖磴里。行行过小桥，忽断流如驶。连岩路未塞，绝壑蹊有址。岂是垂天绅，类彼无源醴。徘徊憩户穴，列坐疏地理。谷风振巉崿，山花落红紫。何来古树根，一泓清澈底。空明毛发鉴，渟蓄杯酌比。方圆未发见，深浅良有竢。上脉龙井承，下流南涧迤。西湖八百顷，一往从此始。江河势日下，出山亦徒尔。愿为霖雨用，勿作波浪起。

雪窦山瀑布歌

何来蜿蜒双玉龙，垂天俯瞰冯夷宫。盘旋欲下不急下，界彼万朵青芙蓉。壁立万仞中一折，忽然散作霏霏雪。大珠小珠向空掷，是雪是珠辨不得。山中旧有雪千尺，寒光与之相激射。有时势共松涛并，隆隆但听春雷鸣。银河落天天宇倾，海藏翻倒蛟龙惊。四山眩转风乍起，重重白练飞有声。有时宫商杂琴筑，笙钟广乐殷岩谷。砯崖转石争喧豗，直欲出山洗尘俗。神悬胆慑心目迷，俯视一气无端倪，手持仙人九节杖，但惊脚底飞泉飞。回首苍茫日西下，天风朗朗吹我衣。

山阴道上晤童萼君孝廉槐

春风两载山阴道，江天云树萦怀抱。尊酒前期何处寻，客窗梦冒湖南草。騖山逸客绝世才，片帆晓逐春波来。蹀躞曾探神禹穴，题名重上越王台。越王台上惊相见，共讶流光疾如电。忆昔相逢湖海楼，萼君曾受业于家晴曙先生。只今都作风尘面。十年书剑各西东，西洛京华意气雄。一代龙门开浙水，萼君为阮仪征门下士。百年人物仰扶风，声华藉甚频相忆。得共西窗喜何极，时同襄校山阴试卷。奇文欣赏绿杨天。短尘挥残青嶂月，笑我疏顽已半生。学书学剑两无成，裹头剩有平头帻。立脚其如折脚铛，愁来只合憎腾醉。

钟世俊　陈权

唾壶击楗几经碎，壮志难销鹓鶵膏。长歌欲下牛衣泪，无端乞米向江城。眷恋庭闱梦寐萦，男儿三十空弹铗。云路千重绝请缨，生涯此日真潦到。故态依然只长啸，浪迹江湖畏问名。茫茫人世谁同调，酌君酒，为君歌。人生良晤能几何，会须日醉中山醑。莫放春光客里过。

短歌十二首 录二

饯来出门三百里，乡心欲断断复起。缠绵婉转不自由，庭闱极目秋风里。丈夫有志在四方，东西南北路堂堂。我生何为苦局促，小人有母头如霜，侧身东望徒彷徨。

朝来市上寻朱亥，伧牛鬻畚无人在。睨睨者流难与言，飞身龙背眺东海。蜃气变幻苍溟开，烛天耀海金银台。鲸鱼跋浪忽千尺，璇宫贝阙无从别。愿借昆吾切玉刀，飞空竟把鲸鲵掣。满身腥溅淋漓血，手提骷髅朝天阙。时海上蔡匪未靖。

登大观台

四野秋云尽，凭临望眼开。西风吹落叶，有客独登台。树影千旗出，江声万马来。苍茫无限意，抚剑一徘徊。

谢昆山王椒畦孝廉学浩赠画

六法已沉沦，从谁细讨论。昆山老摩诘，为我写山村。但有烟岚气，全无笔墨痕。何当同入画，风雨此开尊。

史阁部梅花墓

莫将抔土认孤坟，中是衣冠血泪痕。万树梅花存故国，二分明月照忠魂。残山剩水鸟啼夜，石马铜驼白下门。未遂偏安支半壁，青磷闪闪绕江村。

高皇陵寝夕阳红，应向江天鉴此衷。哭慰三军空有泪，调停四镇竟无功。梅开旧垒魂归日，血渍灵旗夜卷风。拟仿岳坟铸奸骨，跽将马阮与田雄。

月湖眺望

平湖面面镜奁开，远浸孤城近浸台。雁带断云投岸去，草分秋色过桥来。空留岛屿归鸥鸟，无复笙歌劝酒杯。独有贺公祠畔月。夜深依旧照苍苔。

鄞西杂诗赏雨社分题 录四

罂湖西尽草青青，尚有当年战血腥。愁绝黄泥墙外月，不知那处认宫庭。

西山爽气碧森森，满地秋风思不禁。何处魂招袁进士，虫声如雨落藤阴。

载酒船轻两桨划，紫清馆外问荷花。旧时台榭斜阳冷，一架西风五色瓜。

柴门临水接平芜，中有黄公旧酒垆。欲借名山书几卷，可怜啼杀白头乌。

顾逸

字君白，号二鹿，鄞人。诸生。著有《小亭林诗抄》。

江城步月

欲往竟何之，抚兹寒夜景。揽衣出江城，城头霜柝紧。平野起孤烟，明月上东岭。钟动大江流，机息千家静。朔风侵我肌，微觉衣裳冷。信步履霜华，踏碎梅花影。此身与物化，澹然尘世泯。独立不逢人，领悟清寒境。

题郑小樵画梅册 录三

路转入云深，向晦群动静。携筇立野桥，忘却山家冷。

空中妙理超，物外清机引。明月照清溪，瞥见一枝影。

风竹夜泠泠，草堂梦清绝。丰格何翛翛，曾向空山立。窗虚拂晓寒，揽卷森孤洁。超逸出风尘，襟怀洒冰雪。

流水绕孤村，竹篱烟欲暝。残雪犹在林，夜寒酒初醒。疏帘浸月痕，迟迟横瘦影。好句忽飞来，韵清风骨冷。

虹桥观竞渡

鉴湖彻晓霜飞冷，一道长虹亘秋影。万里晴空千顷波，纵览重阳好风景。须臾鼍鼓间铜钲，未见龙舟先闻声。观者如山势雷动，翻江搅海神魂惊。群龙欲翔势先抑，齐向波心争出没。角壮轩腾各逞奇，直欲掀翻老蛟窟。怒者斗捷鳞甲张，戏者竞前相低昂。瘦蟭鼠状黑虬走，白日不动天苍苍。浪花喷沫溅寒雪，万点珠玑杂锋镝。划桨两两翼如飞，斩齐一以鼓为节。欢呼哗逐冯夷怒，江妃水仙不敢舞。光摇目慑眩生花，泼面湖风吹过雨。岸亦为之奔，天亦为之湿。风樯阵马不得前，翠蕤云旓半空立。茫茫不见湘江水，凭吊何从追屈子。莫将故事问端阳，千古人心有如此。锦标夺罢日将夕，龙舟归去渔舟集。棹歌唱断凉风生，返照中流乱明灭。

威远城观海

海门天险控明州，铁堑雄威据上游。独立苍茫初纵目，放怀今古一登楼。销残氛祲群蛮靖，包纳乾坤万派流。对此茫茫身世感，极天波浪使人愁。

凭阑俯瞰下无根，隐隐钟声落虎蹲。浩宕奇观开气象，往来大信定朝昏。何时黄鹄临仙岛，万古寒涛拍海门。凭吊孤臣此遗恨，一抔何处醉忠魂。

悬海孤城雉堞长，中流屹峙固金汤。断鳌半壁撑坤轴，雄镇千秋控越裳。滚滚潮来天宇白，荒荒日落暮云黄。登临漫欲骑鲸去，极目蓬瀛两渺茫。

绝顶凭虚万象开，金枝翠盖隐蓬莱。苍苍曙色城头落，朗朗长风天外来。一路仙楂接牛斗，半空蜃气幻楼台。蛟门清晏鱼龙静，重译航琛使节回。

题徐秋生诗集

声华翰墨久争传，潦倒名场五十年。多少青山来杖底，等闲白发揽灯前。评论诗草心如醉，消受梅花骨亦仙。我岂剡川戴安道，漫劳放棹雪中天。

负才大半悔艰迍，到底浮名累此身。天地何心生傲骨，湖山有意属诗人。年来多病拌衰残，老去论文见性真。词赋文章身后事，更谁相赏出风尘。

和澹吾林先生廷鳌瓶菊供佛诗 录二

久历风尘鬓欲华，且将秋色托生涯。于今无复繁华梦，一半销除是此花。

年年篱下挺霜姿，折取寒瓶供一枝。人世更谁容尔傲，算来只有佛慈悲。

胡滨

字庆澜，号石泉，镇海人。监生。著有《缄石集》四卷。

《镇海县志》：滨能诗，工书法。性孝友，言行谨饬，乡里重之。道光间，岛夷扰郡，里人某乘变制旗纠党，潜图不轨，滨示之以祸福，取其旗毁之，余人相顾而散，其保全桑梓如此。

初春

日暮出平陆，微雨转初晴。径草恣生意，林鸟怡新声。

遥峰天末悬，鳞鳞颓阳明。老树着烟翠，迸作山霭轻。延瞩剧清兴，伫立还前行。彼嗟驰驱子，役役徒尔营。

泛舟诣灵隐

漾舟循平峦，转棹入湖去。密柳交危矼，推篷落轻絮。斜篙打波绿，惊鸥回翔翥。遥瞻北高峰，峭茜隔云树。上岸缘层阴，榛岩窘芒屦。灵鹫开禅关，冷泉涤尘虑。晚径暗搜芬，言归惜匆遽。

寒食谣

黄蒿路，白杨树，长林萧萧生暗风，老鸦哑哑促愁雨。新坟耸高原，古墓埋荒草。新坟欢笑几家来，古墓零落无人扫，人生行乐须及早。君不见，几日林花开满枝，转眼花残春已老。

村家

桑柘绕深村，生涯十亩存。屋低檐碍帽，厨小灶当门。种秫酿春酒，剪蔬供晚餐。几番新雨作，碧水涨篱根。

得小韭豫章书

有客洪都去，江乡雁影疏。思君三月暮，寄我数行书。细雨吟官阁，闲云伴野居。夜深增远梦，相对话窗虚。

游天童寺

拨云幽谷画冥冥，古刹深藏憩小亭。千树攫身凌汉碧，万山低首到门青。龙眠绝顶峰留迹，虎伏寒林夜听经。万籁无声人更静，只闻归鸟蹴檐铃。

野家

对面青山叠数层，竹庭小住似闲僧。园篱新笋抽三尺，田水初秧界一绳。败壁泥颓支白板,古垣石堕络青藤。莫嫌客至无兼味,柳岸阴凉挂晚罾。

晓晴步剪月亭

晓霁空庭独立间,苍苍烟霭满松关。一声啼鸟万山绿,无数白云相往还。

晚春

园扉客散不曾开,曲径霏霏满绿苔。落尽梨花山鸟寂,樱桃红过短墙来。

张锡祉

字以繁,镇海人。诸生。
《蛟川诗系》:先生诗风格清峻,出入香山、剑南间,恣肆所及,往往摩韩柳之垒,犹记其《光饼歌》一篇,洋洋七百余言,组织戚南塘遗事,以淋漓顿挫出之,向曾录置箧衍,惜已失矣。

中秋词

一更二更乌鹊飞,三更四更乌鹊啼。高天气爽及秋半,薄云展汉如罗衣。谁家画楼唱玉笛,柳边隐约红烛辉。我携尊酒坐苔石,清露凉洒粟生肌。大江抱城水气冷,疏树绕囡星光稀。思我美人不得见,悄焉揽袂情依依。广寒有路何缥缈,双桂蟠青灵兔小。太阴炼药可延年,朦胧杵响微闻捣。八万四千门户通,楼阁凌空皆七宝。靓妆绰约旧姮娥,独处千年容不老。

登北城

水天涵一镜,帆共鸟争飞。绕郭生芳草,遥山挂夕晖。寸心归浩荡,群妙合希微。久立志归去,凉风振袷衣。

小有居偕同人即事

古哲沉沦久,风流此溯追。绕檐花簇簇,分径草离离。蝶影捎回扇,蜂声混落棋。薄酣逢午倦,傍竹榻堪移。

夜秋写怀

石炉宿火尚含温,夜气能将道气存。梦向枕边闻断漏,酒从襟上索残痕。草因露重蛩声涩,月为云遮树影昏。潦倒半生仍故我,后来踪迹复奚论。

咏雁

万里关山线路通,秋来一字写长空。大田稼尽无余粒,苦尔号饥向朔风。

陈英

字南吾,号竹亭,鄞人。诸生。著有《诗抄》一卷。

田家

秉耒出郊原,戴胜降桑枝。播谷今伊始,谋生贵及时。东邻多旧逋,所忧不独饥。西邻有积粟,饱哺携其儿。饥饱在人为,甘苦良自知。良农定有秋,幸弗忘耘耔。

姚江晚泊

六渡姚江水,今宵况复过。路从舟里熟,秋向晚来多。云锁双城阙,烟含一道波。孤篷何处宿,隔浦听渔歌。

舟中晚望

湖光含远影,归棹漾微波。回望云深处,山山奈夕何。

董冈

字顾岩，号逸庄，鄞人。璘子。军功授八品顶带。
《鄞县志》：冈能书，日写万二千字，无脱误。画游鱼水藻有生致。

题画

峭壁横空翡翠岩，一轮斜日远山衔。牧童笑指春林外，风送长江八字帆。

董岵

字绥之，号古山，鄞人。琅子。诸生。
董沛曰：先公少孤力学，事母尽孝，虽一涕唾，亦必以手承之。宗尚经训，称里大师。生平不甚作诗，故所存无几。

湖上怀韩蕲王

湖上投闲住，骑驴早乞身。风波三字狱，桃柳六桥春。绿蚁倾难醉，黄龙誓已陈。同心有偕隐，枹鼓话酸辛。

秋声

容易流年似转蓬，又催凉信到寒蛩。暗鸣檐铎千山雨，寒扑窗棂五夜风。牧马嘶群荒戍迥，孤猿啸暝远山空。城头画角楼头笛，相送凄清入梦中。

董岈

字于石，号廉卿，鄞人。岵弟。军功授六品顶带。

族祖象贤先生笃行能文，手纂家乘以表先德，而其支下无居同里者。道光庚戌，元孙大宗旧为闽人义子，千里来归，是可幸也，作诗纪之

一本绳绳判四支，半为夭绝半流离。每嗟公裔凋残甚，漂泊天涯无尽期。

纵有金塘一线延，茫茫炎海隔遥天。鲸波蜃雨无休息，东望蛟门思怅然。

消息惊闻喜满怀，有人远自八闽回。鄞江一派终堪溯，历尽千岩万壑来。

迢迢千里返征鸿，洗爵登堂乐意融。应识当年命名意，早符嘉兆到归宗。

董岱

字颖耕，号慰堂，鄞人。岵弟。

董沛曰：季父确守宋学，规行矩步，不失尺寸。著《澄心录》一书，阐发义蕴多先儒所未及。年仅二十三而卒。诗甚婉丽，殊不类其人也。

花仙

神仙乐趣渺难论，坐对名花道意存。世外常绵春岁月，眼前别有锦乾坤。修来紫陌消清福，勘破红尘了夙根。莫道韶华如梦幻，千年不散是香魂。

花史

一生褒贬寄群芳，瓶史修成笔砚忙。特表花王尊统绪，愿为香国正纲常。簇新纪月编年例，依旧称名列字详。草木春秋今尚在，玉堂三月费商量。

花医

唤醒芳魂属化工,医师妙手敌天公。生机雪虐霜残后,心事风酸雨苦中。药捣千声怜月白,葩含一点想丹红。休嫌春病年来瘦,试看苏痕长绿丛。

王贻棠

字萼屏,号小桥,慈溪人。监生。著有《青来山房诗抄》。

游宝陀寺 在候涛山威远城内

古寺结山巅,拨云寻径至。举足便无尘,回首空俗累。先占日月光,吸尽江山势。撑起半壁天,洵是庄严地。寺门外有石碑,一云"日月光先到,江山势尽来";一云"撑半壁天",俱宋时名人所题。海天同一览,雄伟豁胸次。朱额悬门楣,大书宝陀寺。月殿与云廊,玲珑得位置。碧梧挺直干,虬松落晚翠。况复入禅堂,宝相黄金备。八万四千门,慧业拈花示。老僧为我言,此间多奇异。龙气护青莲,螺光分舍利。有时怒涛生,如闻走千骑。但觉襟袖寒,伏枕不能寐。我时闻此语,坐觉心神醉。回首日光斜,悠然发遐思。经声间钟声,了却红尘事。斯来岂偶然,妙境灵台志。

渔翁

一叶舟凌万顷碧,独向烟波作钓客。自云生世逢泰康,桃源可住翻嫌窄。沽酒归来月满江,对影衔杯成一双。短笛横吹三两声,梅花乱落在江城。江城旅泊纷无算,估客思家发浩叹。披衣起坐推篷看,芦荻萧萧水漫漫。

春日偕余云轩玥游香山 录一

到此兴翩翩,居然别有天。山危盘古木,石险挂飞泉。云气生虚谷,诗情拟谪仙。夕阳归路晚,一棹度平川。

登双顶山

阒寂斋居久,来登眼界空。双峰插天表,万里尽胸中。松影白云护,泉声碧落通。夕阳归兴动,襟袖贮清风。

赠袁茗庄先生奎即用其稿中句起

世事无烦我辈愁,得句留处且句留。闲房补竹添诗兴,<small>茗庄吟咏之所颜曰"补竹山房"。</small>曲院栽花备酒筹。胸有溪山堪读画,囊余书剑俨封侯。临风想象情何似,满目清光月正秋。

秋柳

一堤杨柳作秋声,半在无情半有情。走马章台君记否,当时着眼太分明。

春情未断定如何,灞岸纷纷叶落多。解得清风空色相,朝云从此伴维摩。

题水云禅院

园林雨后绝尘嚣,花鸟随时慰寂寥。吟罢新诗凭槛望,布帆无数渡江潮。

韩协用

慈溪人。

避难至园觉庵

扰扰干戈苦未休,况添新病重人愁。漫思东岭幽居好,促织篱边又诉秋。

李鸣皋

字鹤亭,一字迂叟,奉化人。光穆子。诸生。著有《吟香诗草》四卷。

赠闲余山人

素心未许俗尘牵，寄傲清虚小有天。北户迎风招客饮，南檐爱日枕书眠。喜吟康乐春池句，时读蒙庄秋水篇。毕竟为仙闲得否，吾今还欲问余仙。

剡源九曲和作 录四

六诏
溪上潺潺流水，岭头片片晴云。几树右将军庙，暮鸦疑是鹅群。

驻跸
王子曾传下士，高人终乐逃名，遗迹至今何处，穆然高山水清。

三石
赤水沿生春草，丹山时吐平沙。何日会寻三石，袖归洞里丹霞。

高奔
云北通幽高奔，雪窦壁立高峰。谁是劈开青峡，无端飞出白龙。

鄞塘驿舍
驿舍三楹借法王，谁来栖迹正昏黄。钟声一样投人耳，僧自清心客断肠。

李鸣冈

字桐峰，一字如叟，奉化人。光穆子。

王贻棠　韩协用　李鸣皋　李鸣冈

横里十咏 录二

桐山

兀尔此村落,铜山接汉城。大江横一抹,古庙傍三楹。草绿皴成色,松高涛有声。蔚然云锁处,掩映碧桃明。

莲花石座(有题无诗)

王立诚

字元甫,一字一斋,晚号澹园,象山人。诸生。议叙训导。著有《澹园遗诗》。

童萼君先生撰《传略》:君读书专务实用,好观《近思录》,切戒近名,成诸生后,因不更图进取。性宽厚,与人交必诚,尤能谅其不善而无失。其故大母何、母欧两世苦节,君事之尽孝。母疾久弗痊,服勤尤至。需养者无弗躬亲,悴甚遘疾。卒年五十一。

上谢古杉行

疏桐高百尺,大椿岁八千。我闻上谢村,青山不纪年。问渠何能尔,厥寿乃独全。中有故家子,为余言末颠。爱养在夙昔,生机顺乎天。勿争春华盛,讵共秋草捐。其材任梁栋,自视樗栎然。其心比松柏,至老贞益坚。岂无桑与梓,风霜挠于前。轮囷郁古干,吐纳空云烟。家衰树无色,家盛叶重妍。亭亭卓岩岫,萝茑相纠缠。久居傍山麓,恃此良弗迁。斯言岂浪发,世泽非苟延。树人与树木,道本相系连。令予愧拳曲,抚躬绳素愆。蘼芜春已萎,芙蓉晚复蔫。安知铁石心,太古无雕镌。

插秧吟

春云出峡何夷犹,春雨连塍水乱流。春林布谷鸣斑鸠,门前簇簇秧方抽。牧童联臂驱健牛,秧马接项移道周。拔针盈握承以篝,幂斜罦正随弦句。银盘珠落狮抛球,左萦右拂无停留。老农挈队驱前茅,琉璃倾仄翻泡沤。两旁人众归一畴,一哄宛如鲁与邹。手扪足踏不自休,其骬跼蹦躬伛偻。背水疑用淮阴谋,进之以泳还复游。分金布玉当畎沟,翠光摇笠青豁眸。树阴小憩人渐稠,笋羹麦饭提满瓯。擎拳曲跽期有秋,愿无蝗害田鼠偷。一肩明月归途幽,秧歌四接尧民讴。

次甄河先生咏菊韵

岂有幽栖者,情高不爱花。精神涵老圃,风味傲团茶。此品清能逸,其姿淡不华。自然征酝酿,未肯露槎丫。秋雨微云过,西风落日斜。头衔羞插髻,步障欲裁纱。欢伯三杯软,羲皇一梦赊。逃禅尘世里,遑计列仙家。

次周怀赤重九诗韵 录一

仙凫飞渡碧山头,偏向山西念昔游。有约谁乘天放暖,私心空妒客登楼。重阳节过宜回棹,旧雨情深易感秋。惭愧王宏无酒使,枉教红鲤跃江流。

咏洞岩二首

芙蓉一朵插云屏,洞府崭岩此结灵。半壁烟光迷玉局,万峦霞彩拥珠庭。桃源客去残花落,瀑磴樵归古藓青。绝世飞仙容接否,拟探宝笈扣幽扃。

独辟奇观镇大千,仙灵窟宅尚依然。三摩拟叩禅中界,一线难寻世外天。跃水苍龙犹静护,含芝白鹿未惊眠。松关倘许携琴至，玉韵泠泠和涧泉。

重九遇雨，明日蒋复斋师招同敬亭、甄河两先生暨式如襟丈山庄小饮，醉后从游蔓丛，得三首 录二

拟赴程门话寂寥，奈逢佳节雨潇潇。山中会盛天应忌，世外情深客又招。逸袂联鸿金瀁满，癯姿对鹤玉髯飘。不才愧厕传经列，得附青云意也消。

为补重阳一振衣，葛仙旧迹是耶非。双流曲涧争成瀑，四面诸峰乱合围。心险欲邀山鬼语，身浮恍挟岫云飞。新营精舍知何处，遥指松林隐竹扉。

咏菊 录一

自携锄锸课篱东，兼许分秋到室中。恰喜凉姿能写月，生怜瘦骨未禁风。气清似托烟霞炼，枝谢还愁天地空。珍重灵根勤保护，莫教憔悴老芳丛。

海山杂兴

蹑足蓬莱最上颠，钵中龙象幻青莲。沙边海鸟窥鱼立，世外山僧抱石眠。岩岫垂阴松间竹，云澜接望水连天。最宜向晚前村眺，指点林墟几处烟。

张晟

字性庵，鄞人。

和全氏故迹诗 录四

岁庚辰七月既望，全纬史大兄以谢山太史《句余土音》所咏《全氏故迹诗》属和，太史举熙朝之鸿博，实吾邑之宗工，妄思学步后尘，未免夜郎自大，然余于太史忝居再

传之列，兼与全大友谊犹深，义不容辞，因勉成十律。

鹊巢坊

谱牒连椒寝，_{宋仁安皇后，山阴全氏女。}君恩重帝师。_{穆陵曾学于余公天锡。}龙游经此地，_{穆陵尝至桓溪访外家族属。}凤诏纪当时。_{以仁安皇后册命恩，下诏征桓溪诸全。}纵羡萧通籍，非甘柳折枝。_{诸全并不受官，穆陵强选二人尚郡主焉，因以鹊巢坊旌之。}高风光甲第，荣耀二南诗。

本心书院

能以心为本，悠然见性天。慈湖传绝学，_{全征士叔和四子并从陈侍郎和仲受慈湖之学。}濂洛共真诠。朱陆虽有异同，本心实圣学之宗旨，故文参政亦以此名斋。山斗尊千载，风云护一椽。榜曰"本心"，慈湖之旨也。肯堂谁是任，桑梓景前贤。

魏笏亭

正气昭公壶，青词谢帝京。千秋麟史在，一袭豸袍轻。槛比朱云折，舆思白板迎。_{侍郎在词馆，不肯为肃皇帝草青词，遂请改官南京，以便养母。}笏亭休伫望，指佞草如樱。

归鹤庄

大孝终身慕，先型仰蕙州。松楸双阙合，苫块百年忧。_{和州性至孝，建是庄以庐墓。}鹤去嗟难返，乌私痛未酬。白头犹恋恋，斜日墓门秋。

张延菜

字申芗，号春舫，鄞人。诸生。有集。

《鄞县志》：延菜幼颖异，从董名问游，名问器重之，妻以女。以学行为后进师，尝曰："为学毋贪得，毋锐进，驯而致之，勿废于中途,学无不成矣。"家綦贫而洁清自矢，尝遭火,邻人皆迁财贿,延寀独扶其母去,不顾他物,以是咸称其孝。

六月十五日游赭山作

半浦自昔多山川,北有赭山高插天。层层峭壁半奇绝,云峰石岭相盘旋。庙貌巍峨踞其顶,深潭下有龙王泉。水旱祈祷求必应,居民报祝年复年。城乡远近各瞻拜,男妇对对鱼贯联。澄清天宇何矫洁,我来直欲凌层巅。到此心目为一快,俯视下界唯苍烟。千塍绿野平如绣,幻江之水钩若连。兴酣呼酒聊一饮,醉倒藤石吾欲眠。始知位置高且远,便觉摆脱尘俗缘。而况泰岱矗云表,一览众山皆渺然。为寻缑岭吹笙客,不遇烂柯观棋仙。半帘夕照僧舍静,松风水月偕谈禅。钟声微动促归屐,啸倚古树犹迁延。

访小溪在涧楼

为爱山庄胜,因来此地游。到门初避暑,入径渐通幽。一镜波如洗,千竿竹自修。石形当路起,水势抱墙流。四顾唯青嶂,相逢有白鸥。窗多蛛网挂,室剩燕巢留。顿减三分热,真疑五月秋。晓风高士榻,夜雨古人楼。卷帙无存矣,音容宛在不。半溪鱼泼泼,千树鸟啾啾。涧口寻僧话,村边听牧讴。寤歌偏适意,落日照归舟。

独坐

兀坐高楼对短檠,空阶唧唧草虫鸣。狂风倒卷千丝雨,进作秋窗一夜声。

忻恕

字汝修,号仰峰,鄞人。诸生。著有《近水楼诗稿》。

杂咏句东形胜 录三

欸乃声中放画桡，晴湖风景最难描。花明岛屿春长住，烟锁汀洲暖不消。好月半分丞相府，绿波倒浸尚书桥。行行贺监祠前过，逸老流风尚未遥。　月湖十洲

层叠峰峦断复连，育王昔日此参禅。松风无赖偏归谷，塔影如浮欲上天。翠入画屏名玉几，香延古篆说金仙。寺门不识开何处，听有钟声响者边。　阿育王山

浮屿青青秀色多，湖中妆点竟如何。千年佛洞成香国，一片螺痕俨普陀。雨歇前头霞半抹，波围四面镜新磨。何当探尽幽奇景，谱得春词入棹歌。　霞屿山

落叶

闲向园林步夕晖，满天败叶受风飞。寺门半掩迷僧路，野店深堆碍客衣。已共落花深惆怅，何堪衰鬓认依稀。停车漫爱霜枫好，昨日殷虹今又非。

范显麓

字子湘，鄞人。诸生。

题岭梅七度图为马铭轩刺史作

官阁吟梅击钵声，手挥时复和琴鸣。而今归话田园课，红稻香醅碧涧羹。

记我趋庭曾岭峤，还乡喜及坐风辰。门前桃李关心切，种罢甘棠又树人。

董文珪

字瑞六，鄞人。诸生。

题岭梅七度图为马鸣轩刺史作

廿年宦迹粤东游,驴背新诗倩客酬。林下归来饶逸兴,披图时觉暗香浮。

忆否罗浮笑语声,梅边梦醒倏鸡鸣。何如近访逋仙宅,湖上鲜尝宋嫂羹。

张芳

字莲舫,一字葆五,号小畾,鄞人。诸生。授奎文阁典籍。著有《思桂轩吟草》。

题王渐斋别驾山居秋暝图小景

我读右丞诗,如抚山居景。到今千百年,斯意几人领。君岂其苗裔,绘图扩清境。竹韵固悠然,琴心与之并。相对各忘言,夕阳澹秋影。

谈谐苹师招饮即席赋呈 师名泰,字阶平,号星符,秣陵人。

主讲月湖书院

一樽三白酒,两载旧游人。乘兴浑忘醉,闻歌足挂贫。师善按曲。

文章身外事,风月眼前因。异日重开宴,师约在院诸子会订齿录。豪情更轶伦。

忆旧

凉意满前汀,萧斋秋梦醒。古人廿载别,此夜一灯青。有约看明月,相思愁白苹。开轩空惆怅,翘首望三星。

清凉山房销夏赠谨上人 录二

十年莲社客,卅载虎溪人。聊与消长日,重来证胜因。小山凉似水 寺后有清凉山,一室净无尘。正好安禅坐,翛然物外身。

前程休驻足，飞锡欲何之。未历名山遍，上人将参九华、五台诸名刹。终惭觉路迟。暂将尘事息，夙与白云朝。异日参诸胜，宗风赖护持。

独坐

青灯伴我久，寒夜更相宜。饶有翻书暇，偏当听雪时。荒鼷搜苎箧，冻雀警残枝。莫负清宵永，皋比暖自知。

金岫云先生世缓诗草镌成赠赋此奉酬

陶公结契在东林，岫云寓居隐修，与香海上人相唱酬，兼通内典。一卷新诗寄素心。半世功名俱幻梦，岫云年五十始贡太学。百年事业只孤吟。元圭秘旨涅盘意，明月清风空谷音。留待山灵藏副本，微尘不与共销沉。

九月既望至宝岩寺，晚宿禅房，次早住湖后山省先君墓

三星桥畔月如银，夜叩禅关暂息尘。晓色才分双树影，痛心莫起九原亲。野梅未放疑栖鹤，林橘初黄代荐苹。方外也知追旧德，天宁寺僧东昭向从先君学，余省墓宝岩其兼摄处。从来儒释本同伦。

杨守正

字堃元，号涤园，慈溪人。著有《竹香书屋吟稿》。

张铁峰先生撰《墓志略》：君父炳文公，以诸生习申韩学，馆乌程有年，君岁必一省问。少受业于柯讷斋先生，工诗词，顾试辄不售，游京师以供事，议叙典史，未谒选。为邑人罗氏主银肆，好结纳士大夫，病亟时尽焚其债券，人高其义。

题山阴陈轫千小影

四围丛筱弥幽谷,枝枝雨洗凉于玉。茶烟飘飏晚风轻,一径斜阳媚深绿。先生裙屐自风流,况有群贤伴胜游。水色山光供俯仰,分明绘出鉴湖秋。

题水云禅院

潇洒江千寺,今来寄啸歌。虚窗鸣好鸟,古壁挂轻萝。月到莲池净,风因竹院多。回看名利客,扰扰竟如何。

红尘飘不到,四顾尽青山。不识祇园静,安知老衲闲。片云帆共远,流水月同弯。俗虑消除久,翛然出世间。

别后寄西竺并柬瘦梅

开船快唱顺风歌,两岸晴山数翠螺。诗酒生涯朋旧少,莺花世界别离多。那堪淑景催红雨,似此柔情付绿波。为问越江烟水阔,流将春梦去如何。<small>时瘦梅将往萧山。</small>

题江采苹折梅图

珍珠一斛转含愁,寂寂深宫月半钩。莫怅夜寒宫漏永,君恩幸许梦罗浮。

即事

草阁阴浓秋气清,竹林摊饭冷于冰。惊回一枕游仙梦,细雨斜阳唤卖菱。

为六村题画菜

金谷遗墟问渺茫,平泉花木亦荒庄。闲情毕竟输园叟,长看寒蔬弄夕阳。

四明清诗略卷二十一终

四明清诗略卷二十二

鄞　董沛　孟如　辑

张锡路

字载常，号半江，镇海人。校均子。道光丙戌进士。官四川洪雅知县。著有《霞泉吟草》。

《蛟川诗系》：半江既通籍，忽不自乐，弃家远遁，至粤东罗浮山为道士，越八年，座主伍长华督两广，力劝其改装赴选，遂官蜀中，以廉能清简有循吏声。所作诗渊懿蓬勃，能抉韩苏之髓。

金华大令蒋幼谷士麒课耕图

双溪环一城，长山列万户。耕凿今唐虞，弦歌小邹鲁。使君江南来，芒鞋踏村坞。肩随一老农，苍然毛发古。讵知长官尊，但道农家苦。去岁遭旱魃，沃壤成焦土。今年春水生，丰岁不足补。呼儿驱乌悸，趁此一犁雨。使君顾而笑，吾不如老圃。储王田家诗，杜召治民谱。红杏绿杨间，春鸠杂夏扈。

自蒙阴至泰安道中作

大石荦确如瓮盎，小石磊砢如瓶盆。或如美璧圆而椭，或如众星凄以繁。鹅卵滑脱驼背肿，鸥尾拗折龟趺蹲。中道填塞满衢路，两崖夹束排墙垣。岂无峥嵘头角露，车马磨砺成鲸髡。车轮碾击火光迸，马蹄蹴踏沙尘喷。上坂太行羊肠困，下坡巫峡鹭涛奔。一叠再叠有单复，十里五里无烟村。前车覆辙后车蹈，坐者颠簸卧者翻。我闻泰山昔封禅，千乘万骑来便蕃。御道康庄达日观，云衢䩤荡开天门。云亭亦复留辙迹，东蒙胡乃惊霭魂。两三日内已如此，十八盘上更何论。讵知山中少险阻，自是世途多纷烦。停车再拜谒青帝，愿帝听我荒唐言：为我唤取鞭石手，鞭之入海成平原，俾此行路无烦冤！

邯郸吕祖祠

龙鸾杂沓朝天阙，上界官府森罗列。神仙富贵等梦耳，千年一瞬如电瞥。咄哉卢生无远谋，贪生畏死轻封侯。果然勋业在天壤，五十年已作千秋。堪笑吕祖更多事，不处仙山处尘世。度尽人间有用才，天上不知何位置。有唐中叶遭颠覆，安史余氛肆余毒。泾原豺虎忽反噬，泽潞犬羊纷抵触。两京重罹涂炭灾，六飞再蹈蒙尘辱。崔卢族望本雄豪，郭李勋名孰与高。君身果自有仙骨，何不功成再遁逃。君不见，白衣山人李邺侯，罢相犹得请台州。又不见，平原太守颜鲁国，兵解亦得归罗浮。

十八滩

我昔车行泰安道，舞石碍路曾作歌。我今舟入万安峡，突兀礌砢石更多。大如丘山绝寸土，小如星宿填斜河。丑如鸠盘露发齿，怪如刑天扬干戈。利如锋刃顽如铁，排如堵墙盘如窝。狮象蹴踏驱豺虎，鲸鲵嘘吸吞鼋鼍。水势激荡成奔瀑，浪花洄㳽生旋涡。白昼晴雷滚飞雪，寒冬骤雨喧新荷。一两步间有陷阱，三百里内无平颇。屈曲一线通舟楫，江鱼腹馁窥人过。车行碾石犹搏击，舟行避石敢磋磨。欲前且却蚁旋磨，忽东倏西莺穿梭。纤缆纵横织蛛网，篙眼嵌空排蜂窠。低昂寻丈可数计，得失分寸难差讹。舟子力尽作牛喘,估客心悸求神呵。直使肝胆俱崩裂,岂徒程期恒蹉跎。我本南人尚恐怖,北人到此当如何。山路难行畏硗确,水程不测防风波。讵知水石两为患,竟使殊途归同科。水涨石从船底触,水落石与人肩摩。世途崄巇本如此,我生奔走理则那。天生山川寓限制,人造舟车穷搜罗。万安在南秦安北,我自灯焰投飞蛾。妄思驱石填海窟,何异上天求星娥。海枯石烂知何日,不如归卧南山阿。

张越公祠

西湖歌管喧游妓,东海波涛走天子。天子仓皇逼鼓鼙,将军慷慨戮鲸鲵。鲸鲵跋浪风云变,天险崖山期一战。一战再战不成行,亡君立君君又亡。君亡臣独归何处,攀龙共入龙宫去。龙宫一去不复还,荒祠萧瑟傍江关。至今巾子山头月,_{山在镇海东北隅,下临大海,为公磔卞彪处。}灵旗夜夜朝行阙。

春日寄洪叶舟 为梁

不觉春如海,韶华误少年。东风寒食路,细雨酿花天。浅草盘生马,垂杨咽杜鹃。知君有新句,题上衍波笺。

清明日同沈成九韶师古池试新水

不看闲花柳,寻诗僻处行。池名师古妙,泉爱出山清。新水有真味,故人无俗情。劝君莫长啸,恐惹蛰龙惊。

钓台

东汉风犹古,西台泪未干。从来高隐者,岂为一身安。气节维千载,江山感百端。我持竹如意,欲换钓鱼竿。

钱唐怀古

划就东南半壁形,霸才王气两沉冥。可怜十二金牌速,未抵三千铁弩灵。山水不磨真气节,英雄枉事小朝廷。临安竟作偏安地,呜咽江潮不忍听。

金台怀古

昭王台馆莽丘墟,好事倾心指点余。士为黄金来亦贱,马成白骨买终虚。萧萧易水悲无极,滚滚红尘郁不舒。两字复雠千古恨,荆卿一去竟何如。

凤岭

鸣凤高冈溯昔年,竭来呼吸欲通天。丰岐近接千重翠,秦蜀遥分两点烟。栈道回阑临水榭,篾舆牵缆上滩船。云中吹彻参差竹,下界安知不是仙。

登飞来峰

山上白云轻似絮,一峰插入云深处。人到峰前不敢登,只愁峰共云飞去。

雨中过马嵬驿

客程破晓不需时,驿路孤坟傍小祠。一树棠梨花落尽,子规声里雨如丝。古驿荒凉胜迹留,美人一死足千秋。君王莫更歌长恨,几个红颜到白头。

按:半江先生诗有《霞泉吟草》抄本,而《张氏家乘》中多误为他人之作,展转传讹,无从核实。兹选先生诗,凡已隶他名者,宁从阙佚,以免互歧,并识数语,冀其后人审正焉。

张庭埏

字锡均,号雪君,慈溪人。道光戊子举人。官福建建宁知县。著有《资清真室吟稿》《长安索米吟稿》《万里游诗草》《荔乡吟稿》。

《慈溪县志》：广埏尝从将军玉麟镇伊犁，多所赞画。甫六月，以疾回京，未叙功，以知县拣发福建，历署将乐、古田、光泽，补建宁，所至多治绩。调崇安，忤上官，投劾归。掌教德润书院。同治五年重游泮宫。卒年八十五。

渡流沙

流沙古来闻，涉足自今始。弥漫平野中，天光低尺咫。白日淡无色，精气为沙褫。风厉沙更狂，雨纤沙不死。注目高若丘，回头平如砥。飞扬迅波涛，神鬼莽驱使。往往车骑驰，猛埋沙腹里。我来正秋末，微飔昨宵止。侵晓逐流沙，浮沉三十里。双轮苦吞啮，马疲行不驶。旅店明孤灯，停鞭仆夫喜。

出嘉峪关

塞月夜不落，重扉敞寒皎。千骑噤无声，络驿关山道。平沙莽万里，浩浩溢天表。远峰几点横，谛视转幽眇。风力健剽掠，鹰隼翻旗旐。云影低空虚，当头白日小。照见野死骨，髑髅贯衰草。饿豺龁马首，狂嗥尾先掉。弥望无人烟，沙碛驱未了。只身寄天地，黯然伤怀抱。古来出塞人，安得不速老。

仲秋既望，室人挈儿辈归里，怅然志别

张锡路 张庭埏

薄宦累妻孥，老大苦离别。皎皎圆蟾辉，照我鬓丝雪。忆昨襆被来，岁辛丑，英夷扰慈邑，室人挈媳女辈避难来光泽任所，尔时仓卒就道，帷帐不具。五载惊电掣。官舍共朝暮，艰危人世阅。在家同一贫，米盐致琐屑。何如返衡茅，菽水勉陈列。持家赖妇健，为政愧吾拙。仰视燕北飞，浩然归计决。去去凉风秋，章江水如缬。从南丰放舟。一曲母将雏，歌罢转呜咽。

故乡经兵燹，闾舍多迁移。城东有老屋，幸可供栖迟。苦无负郭田，那免寒与饥。绸缪疏曩昔，仓猝谋临歧。百忧集胸臆，欲理如乱丝。感怀古贤俊，岂营家室私。叔敖子负薪，困厄甘如饴。所冀守故业，门户勤撑枝。勿效阿舒懒，人诮陶家儿。

河梁昔携手，苏李情低徊。何况骨肉亲，相送滩溪隈。皎皎花冠唱，惨惨骊驹催。切切对儿女，壮心如烛灰。十年阅海峤，筋力疲崔魏。旷观天下事，须仗康济才。虞翻骨不媚，皋鱼歌已哀。先君弃养已八阅春秋矣。一官厕微末，窃禄胡为哉。异乡苦淹滞，怀抱何时开。为我理三径，浩歌归去来。

谒光武陵

惨淡风云气，千秋尚郁蟠。荒陵枕伊洛，古柏耸虬鸾。赤伏膺符速，黄巾靖乱难。前途经邺下，疑冢笑曹瞒。

己丑七月十一日，砚农大司马出镇伊犁，偕王凤赓随节西行，留别都门诸同好二首

晓日天街拥入驺，尚书威望震荒陬。衮衣听唱东归乐，大司马自西藏奉召入都。旄节烦纡西顾忧。弓影孤悬边塞月，角声寒迸蓟门秋。书生卤莽真堪笑，也逐橐鞬万里游。

身世茫茫计总非，钓鱼冷落旧苔矶。三年久索长安米，一领新裁短后衣。西域投鞭青海阔，南天回首白云飞。临歧莫唱阳关曲，马上征衫泪不晞。

次乌鲁木齐

红庙峰巅雪意收，只身万里寄荒邮。山川旧是车师国，勋业空怀定远侯。雕影翻云寒大漠，笳声吹月落危楼。穷

边不尽登临感,白草黄沙自古愁。

至伊犁作

云开葱岭夕阳低,剑佩森严彩仗齐。上将一星明极北,长城万里镇天西。帐前月落寒刁斗,海上尘消息鼓鼙。共乐升平侬幕府,拌呼塞酒醉如泥。

十月二十六日入都作

浪游笑我太痴顽,砾碌轮蹄力已孱。都下渐虞朋旧少,雪中怕映鬓毛斑。三年孤咏天涯月,万里豪看塞外山。差幸西陲戈已戢,不同辛苦贼中还。

张恕

字贯一,号铁峰,鄞人。烜子。道光戊子举人。著有《长春花馆诗集》。

《鄞县志》:恕至性肫笃,母王淑人病危,刺血书疏,祈减己算以益亲年,病寻愈。以父母年老,留京供职一年,假归,不复出。里中善举,靡役不与。工书法,神明变化,姿态秀逸。尤勤于学,生平最究心水利。著有《四明水利考》及《书经》《诗经》《周礼管见》《汉书读》《四明谈助正讹》《南兰书屋文集》《笔记》等书凡十余种。

法源寺辽幢歌

雪花催送观音去,道宗,后小字观音。卅六万僧泪如注,道宗岁斋僧三十六万。可怜瑟瑟亦坐圆,天祚帝妃,小字瑟瑟。燕脂无色狼烟紫。当年都督置松漠,五京分控势连络。女直谁教入混同,我佛无灵土日削。我读瑟瑟秦宫篇,情词呜咽忧缠绵。梦幻须臾不能久,红尘瞬息三百年。中都旧事难回首,泺中记共鸳鸯走。金入中都,延禧由鸳鸯泺走云中。

十六州地尽虚无，片石区区复何有。模糊字迹没芜秽，金石录中不及载。当阶兀对佛灯明，波磔仅存辽岁代。

吊王雪轩有龄抚军殉节诗

君实奇男子，不读一字书。慷慨酒市中，意气不得舒。手里铁蛇掣三尺，白日飞行真绝迹。全凭只手障吴天，两浙江山资擘画。庚申以江苏布政使升浙抚。五里一亭亭列燧，技击材官日亲试。寄身长在锋刃间，马上横戈裂双眦。三年誓师如一日，东军驰报多失律。饟道断绝一月余，帐下饿死无逃卒。鼓声不振知难守，孤城岌立犹持久。自分城亡身与亡，日夕呕吐血盈斗。血盈斗，臣力竭，义不受辱齿伏突，李光弼义不受辱，靴藏伏突。马革裹尸葬君骨。我昔与君同几案，壬寅、癸卯之间，同办定海、鄞县抚恤事。廿年旧友都星散。吊君延望箕尾躔，太白睒睒尚天半。

黔阳道中

万山看不倦，脚马力先疲。以铁为之，形如半屐，舆夫登山衬于后，下山衬于前。村店人家少，荒畦耕种迟。茶盐麻哈市，烟雨竹王祠。为计行程远，刚逢春到时。

雨泊奔牛镇江口

关外逢春雨，归鸦向晚啼。板桥高并屋，沙岸滑须梯。风影西来健，天容北望迷。掩篷烧短烛，中夜听凄凄。

雄文阁题壁

巍然高阁倚层霄，落日凭阑眼界遥。沽水北来春泛泛，香城南去路迢迢。距古郑州十里有香城。横空云栈余沙碛，谓公孙瓒易京楼。半壁严关尚瓦桥。瓦桥关为宋辽拒守处。百里河山有兴废，行人双鬓已飘萧。

大雷山

万壑千山到上方，白云聚散不辞忙。雨余山色生遥碧，风起潮声走大荒。一叶扁舟墙下渡，渡名。百年乔木寺前庄。归来杖策夸腰膝，踏破芒鞋已夕阳。

陈奎

字博山，鄞人。道光戊子举人。官遂安教谕。

题岭梅七度图为马刺史士龙作

珠江回首忆前游，三径归来素愿酬。几度巡檐频索笑，还疑驿路暗香浮。

欲访蓬瀛海可航，瑶林琪树认微茫。何如斗酒梅花下，介寿新斟柏叶觞。

宋绍周

字仲穆，鄞人。道光戊子副贡。官寿昌教谕。

《鄞县志》：绍周司谕寿昌，其地瘠苦，读书者寡，绍周勤于教育，士气颇振。浙东戒严，亲历各村，劝办团练。咸丰八年，贼自江西犯寿昌，民闻警散去，绍周勉家人曰："贼来，汝等从吾死。儒官虽卑，以学官为官守舍，此奚适哉！"口占绝命词，曰："行年六十一，在官口凡七。夫妻子女同日死，取义成仁吾事毕。"贼至，入学廨，绍周大骂，贼怒，杀之焚其尸。贼退，按察使段光清收其骨，适长子宗棐自鄞奔丧至，剪指，血滴头颅及足。皆灭，乃以柩归。事闻，赠国子监助教，世袭云骑尉。

题岭梅七度图为马刺史士龙作

不数河阳烂漫游，堂开玉照素心酬。巡檐几度吟肩耸，花气蒙蒙月下浮。

循吏名高铜鼓声,江鼍亭雁亦欢鸣。贪泉不饮珠能返,勇退还尝百岁羹。

谢瀛贤

字亦桥,号小云,镇海人。佑镛子。道光戊子副贡。

《镇海县志》:瀛贤幼有至性,父病肝噎,常侍侧,多方进膳。随父读书邻塾,夜深,父有所事,辄潜伺,俟父就寝,即入而为之解衣覆被,掩灯而去,历久无怠。

晚客杭州,值浙东戒严,奉檄劝募军饷。咸丰十年贼陷省城,瀛贤在望仙桥闻变,入邸中仰药自尽。诏赠国子监助教,世袭云骑尉。

题姚垫桥探梅图

领略风情入画图,此中清况比林逋。溪山镇日支筇走,<small>君尝偕慈水叶兰士诸词人遍游名胜。</small>可有高僧赠句无。

罗浮梦本属词人,前度风流有替身。<small>从兄小崧先生曾同苕水陈无轩师作文溪探梅之游,绘图纪事。</small>多少名山都阅遍,问君谁最陇头春。

周址

字罂湖,鄞人。道光庚寅岁贡。

天一阁歌

四明石质夸秘藏,直与委宛同荒唐。前王后袁卷帙富,遗目仅在书已亡。丰氏有楼号万卷,历世手泽归渭阳。东明司马喜得此,筑阁近连甲第旁。同时鄞州多秘籍,彼此互借传抄忙。比较旧储增十倍,整顿签轴装缥缃。迄今留贻三百载，四海景慕推书仓。我朝四库久充溢，天禄石渠多琳琅。采取亦复备遗轶，奎墨遂颁云汉章。至今穹碑勒阁下，不须藜火呈星芒。鲰生里舍幸相接，僦居远胜春明坊。宝山在迩期一入，朝披暮读愿终偿。

徐秋生生挽诗次韵

梅花栽绕墓，君子自宜之。寄迹同鸿爪，留诗等豹皮。又添身后想，更索郢中词。我亦营生圹，招魂讵漫为。

丁湜

字午琴，鄞人。道光辛卯举人，官常山教谕。

题郑小樵画梅册

疏枝冷蕊总鲜妍，生趣都从笔妙传。竞道君身有仙骨，罗浮梦里证奇缘。独占人间第一春，唯君雅格最相亲。梅花也有修来福，添个知交画入神。

郑一夔

字足人，一字侣皋，慈溪人。道光辛卯举人。官丽水教谕。

南园怀古 录一

感慨依依吊故园，烟花水月静无喧。秋风暗泣三生事，野鸟空啼千古冤。剩有词坛雄快阁，难将搂席吊平原。木榍亭上怀忠献，香味诗情莫细论。

拟白香山西湖留别

主恩三载住杭州，西子湖边乐未休。傍水人家全负郭，夕阳烟树半遮楼。前番记梦劳红袖，此去盟心问白鸥。剩有酒痕除未尽，拟将重浣一襟秋。

黄式三

字薇香，定海人。道光壬辰岁贡。著有《古体诗》一卷。

《定海厅志》：式三事亲至孝，衣食齍洗皆躬亲之。尝赴乡试，母卒，驰归，恸绝，誓不再应试。

于学无所不窥，并包六艺，斟酌诸儒，不域于门户之见。总核平生所学，三十以前，泛览经史、诸子百家。三十后，治论语。四十后，考求先王礼制及后世沿革，为经济之学。五十后，治《尚书》《春秋》。六十以后，以《易》之阴阳消息内验身心，谓事之吉凶不待卜筮而后知，于易理占世事，不爽毫末。晚年益好言礼，以为礼秩自天出，于性之乌可已。古人穷理尽性之学，不外乎是。门弟子有请业者，曰："治礼，礼可以治情，可以淑性，可以定命。"其笃信如此。

所著书并见《艺文》。同治中崇祀乡贤。

荠苨寄胡生伯寅

荠苨和人参，钩吻杂黄精。淄渑味谁辨，鸱凤竟齐鸣。儒书羼老释，孰惩舒与荆。尔爱漆园书，幸而还嗜经。训诂声音彻，徐思性与情。转圜自敏捷，苦口岂能争。尔弹琴一曲，寄书邀我听。我疑今日谱，雅郑不分程。魏文嗜新声，丝竹耳亦盈。岐山越裳操，都与蝇蛙并。我憾如陶公，无弦索寂冥。读书避甚解，笼统过一生。子细别宫商，觊望和且平。

岁暮

岁暮远征行，心迂景凋索。宿雪积岩巅，狂风鸣林薄。蝎虎毒滋多，训狐声复恶。山人告庄生，大瓠徒廓落。莫刈萧与艾，莫伐樗与栎。径荒蔓棘茨，谷寒枯松柏。人事互消长，物理分主客。虚心读羲经，剥复今如昨。征子空手回，长叹初见错。

读贾子

汉文本贤主，贾生臣亦忠。如何史迁记，引与屈原同。椒兰意或妒，绛灌人非庸。改正易服色，兴礼修辟雍。凿圆枘乃方，竽好瑟何工。自从长沙征，只问鬼神供。九事论时务，三复皆冬烘。长策书肝纸，忧怀入髓封。以后遂默默，此情想惊惊。烹鲜让老聃，吮痈宠邓通。蝇营狗亦苟，磬磬钟长空。潜思春秋学，莫识盲左攻。秦时火焰烈，汉初日蒙昽。拭观仍眯目，疾呼难振聋。上续荀张绪，下开服杜功。一发千钧引，单传万代宗。承委谁溯源，咏者啜嚅翁。

张霖楫

字雨舟，鄞人。道光壬辰举人。

题郑小樵画梅册

近之以墨梅名者，山阴二树为最著。二树画梅几万幅，幅幅有诗非自誉。尔来真赝殊纷歧，每当抚卷心猜疑。况今颉颃更阿谁，罗兮浮兮长相思。唯君本是谷口后，逃禅遗迹临摹久。林中丞序云："君藏有杨逃禅《墨梅》长卷，每师其意。"三点五点任挥洒，一枝两枝亡妍丑。绘色绘香并绘景，有客有诗兼有酒。砚头清境足徜佯，遁仙肯向俗尘走。君平生不喜征逐。我从去年上长安，窗前待腊促征鞍。辞家远隔四千里，月明雪夜孤影单。醉里不知人世事，梦中犹觉行路难。忆君羡君且勖君，曷不再到庾岭看。归来径过竹波轩，披图唤醒东野寒。史雪汀先生句"古貌古心东野寒"。平生蓄眼获所偶,应与二树并垂金石寿。

卢以炳

字子蔚,鄞人。道光壬辰举人。

赠朴上人和从兄蘧仙韵

解脱痴迷一切缘,本来面目认西天。众生不识真如意,只道支公未悟禅。

面壁工夫在刮磨,真修何处得禅那。讵知五祖传灯法,不值文人一揣摩。

洪起焘

原名起涛,字文波,号舵乡,鄞人。道光庚子进士。官山东临淄知县。

《鄞县志》:起焘令临淄,平易近民,不苟用刑罚,至涉伦纪之事,必严惩之。在官三年,无水旱灾。邑中龙池有园林之胜,暇则与宾僚饮酒赋诗为乐。

为马铭轩舅氏题岭梅七度图

不负坡仙笠屐游,黎歌蛮唱互相酬。岭南万户添春色,官阁吟成快拍浮。

买得溪山归卧稳,罗浮回首几芳辰。夜深梦熟梅关路,记否花前截灯人。

洪璇枢

字篆韩,号筱乡,鄞人。起焘弟。道光壬辰举人。

《鄞县志》:璇枢绩学敦行,为乡里宗,邑人多师事之。

王烈妇诗

人生不百年，人死有千秋。百年寿所限，千秋名所留。虽然人生皆有死，几人名氏传青史。年来俯仰增感慨，人间乃有奇女子。奇女子谁王家妇，死节成名年十九。母家系出江东孙，乃祖乃父皆我友。乃叔我且论文久，司训今又逢乃舅。两家门第本清华，得见此妇良非偶。妇年十六归王郎，三年忽惊王郎亡。义不独生誓同死，夜半相许心肯忘。心不忘，命何苦，乃父哭婿七日忽亦归仙府。奔丧到母家，衰绖面如土。下舆一掷几及檐，泪波滚作檐前雨。归来求死心益坚，不独殉夫兼殉父。殉夫殉父吁可哀，七日不食相期从。夜台姑章劝不得，乃祖入门来。再拜祖前儿已矣，儿得全归愁颜开。一杯瓜汁亦多事，再延七日胡为哉。吁嗟乎！木也贞，不孤生；水也清，作变声。由来奇节不能挽，人所能挽非至情。殉父为孝殉夫烈，竟与曹娥诸娥齐其名。乃舅苦念儿死早，感及妇事往往垂涕为我道。我谓乃舅不悲酸，百年何如千秋好。乃叔作传详终始，兼说王郎知名士。我谓王郎信多才，却亦得妇传名氏。不然英雄年少几埋没，后之视今谁更知。谁是王家门，绰楔标王家。封贞珉，纪王郎，王郎乃与尔妇长不死，咄嗟哉，奇女子！

和陈咏桥先生见赠诗韵

是谁顾曲识其真，巨眼宗工笔有神。_{承为拙作正误，并依韵见赠。}结契幸叨三友益，论文那得一樽频。清霏玉屑诗才逸，快睹银钩墨色新。扪腹惘然徒自失，名山端合让传人。

逍遥泉石养天真，老境清恬守谷神。五斗未甘为吏俗，四余还爱读书频。_{先生尝绘《四余读书图》，盖谓"老者，生之余也"。}道旁争看篮舆过，_{先生以短视窘步，年来更甚，由是简出，出则每乘}

肩舆。窗下应添竹谱新。近筑书舍，两旁旧有竹数竿，因题户册曰"左右修竹庐"。但使邮筒常远递，何殊晨夕素心人。

题江梅庄表兄小影

沙堤曾印雪泥鸿，十里花开菡萏红。镇日披襟倚阑坐，不知身在水晶宫。

九天何处落韶咸，箫鼓声喧动茜衫。人意自随云意远，几多沙鸟与风帆。

叶元墀

字午生，又字绍兰，慈溪人。炜子。道光壬辰举人。官刑部主事。著有《海蒳轩诗稿》三卷。

《慈溪县志》：元墀少负才，好为诗，与仲弟元阶倡诗社于月湖之揽碧轩，白湖之小隐山庄，名流觞咏无虚月。藏书十余万卷，涉猎几遍，尤锐意治经。性孝友，侍父疾衣不解带。承先志筑杜湖石堤，未成，没，命其弟元阶竟之，乡人德焉。

拟青青河畔草

青青河畔草，连绵上芳原。银鞍跨高马，玉鞭扬远天。征人去不息，载歌行路难。高堂急机杼，怀思以永叹。韶华同逝水，霜露阻重关。为君贮尊酒，君归破愁颜。

拟兰若生朝阳

兰若生朝阳，秋风日以厉。美人在何许，昨梦犹把袂。既兴永相思，遥知不我弃。东园撷翠柏，西池采芳蓠。南轩依弱枝，北牖翳贞桂。日暮碧云深，伫望结襟带。

读秦汉纪 录二

周王顿首献地图，宫中歌笑邯郸奴。降臣坑卒不绝书，伯翳之祀成丘墟。外观枝叶恣雄张，一虫暗啮萎根株。颠倒夺予穷变怪，大贾不盗天真愚。

特笔大书良归韩，韩人之心赤如丹。三世受恩不能答，悠悠忠孝成呜咽。峣关之俘东城头，不能复国能复仇。王陵项伯俱通侯，一笑远从赤松游。

题冯果斋听泉图

奇松盘涧曲，飞瀑落遥岑。中有一佳士，悠然物外心。绘来殊有意，寂坐自成音。笑彼软红客，那知幽径寻。

题镇海姚野桥诗稿

东海有奇士，翩然来鹤皋。襟怀能跌宕，气格自孤高。皓月千山雪，长风万里涛。蛟川游未得，使我梦魂劳。

五月八日余自郡中回里，吴大听涛出示归去词五律十章，依韵和之 录四

出门虽不远，余亦独何心。游子良非愿，迷途安可寻。经时忧乐感，观化去来今。涉世悲行役，天怀我自任。

昨向征途问，行行几日休。何人候前路，引我棹扁舟。远岫犹孤寄，清泉亦倦流。农夫不遑息，耕事及西畴。

入室有情话，欢颜问老亲。聊将倚门事，为告远游人。径菊常迎日，庭柯已盼春。膝前谁与笑，怡悦及良辰。

人世休疑命，吾生且问天。遐心观去鸟，清景悟流泉。琴话留松下，诗情引酒前。及时审良策，安乐赋归田。

洪璇枢 叶元墀

送鄞邑孔明府鲁瞻采铜入滇 明府云南赵州人

锦轮朱毂使君车,万里乡关路正赊。化雨几年周海国,春风何日到天涯。新愁士女攀双舄,故国山川问五华。好取昆明丹赤种,归来仍泛月湖槎。

秋感和艮生十四兄韵 录一

露湿芙蓉夜气秋,碧天如水独凭楼。湖山何地堪凝盼,风月从来不解愁。谁使生涯归铁砚,可怜心事问糟丘。无端更作他年梦,梦到蓬壶最上头。

题从弟小谱诗稿,即送其之武林

东风吹破海棠枝,听诵中仙绝妙词。余初闻吴友听涛诵君咏海棠句,始知君能诗。惆怅延陵人别后,草堂几见惠连诗。

慷慨元龙气未平,看君使笔太纵横。时清无事夸鞍马,收取湖山养性真。

一门风雅有渊源,遗韵犹怀水石间。他日编成花萼本,并指其兄兰士与其弟禹亭。何如淮海论香山,秦小岘侍郎作《先伯水石居诗序》,以香山相拟。

似此才华擅白眉,一家标榜未为私。杭州此去春多少,好向湖边问柳枝。

秋宫词 二首

不为承恩妆斗艳,宫门闲闭暗悲秋。欲题红叶付沟水,流向人间总是羞。

卷帘双燕怅西风,雨过庭花寂寞红。为有闲愁托虫语,枕边新制小金笼。

叶元垲

字晏爽,号琴楼,慈溪人。燕从子。由监生授光禄寺署正。著有《睿吾楼诗集》二卷。

《溪上诗辑》:琴楼为小坡从弟,家世富盛,生平独喜为诗,一咏一吟具有雅人深致。

同澹园、素庵、小涯泛白湖,和小涯韵

买得扁舟好,诗情载一湖。花多香不断,山远影俱无。隔岸红亭小,中流碧屿孤。阿谁歌水调,风紧听含胡。

游隐山

趁得斜阳上,山敧借树扶。几堆村屋小,一点海帆孤。绀宇悬青嶂,红亭瞰白湖。欲寻梅径返,好鸟劝提壶。

秋柳,用渔洋山人韵 录二

曾记攀条泪满衣,眼前景物已全非。情深巫峡云容淡,梦到扬州日影稀。舞榭犹闻秋燕语,妆楼愁见暮鸦飞。总缘离绪浑无据,一种相思未忍违。

树犹如此动人怜,细雨黄昏泣暮烟。金缕成衣空有影,青罗作被已无棉。低徊南陌怀三月,憔悴西风又一年。寄语章台走马客,摇鞭莫过粉墙边。

送洪大九皋之广西

与君远别已堪愁,况值萧条草木秋。明日相思在何处,白苹红蓼一孤舟。

计程渺渺六千里,开遍黄花到粤西。莫向西湖看秋色,鹧鸪声里暮云低。

叶元堃

字后安,号铁仙,慈溪人。元垲弟。道光壬辰以助振赐举人。著有《铁仙随笔》。

登隐山

到此风光又一新,眼前诗料未全贫。稚秧刺水碧千孔,落日嵌山红半轮。登啸何妨容我辈,留名终古属谁人。揭来亭畔寻遗迹,一片荒凉但棘榛。

过西悬岭

停舆踏翠上层冈,塔畔风吹佛座香。岖径石凹苔嵌绿,破亭墙凸粉颓黄。牧儿枕笛眠荒冢,野老肩锄话夕阳。笑我偷闲闲未得,匆匆归路逐云忙。

题沈节妇墓

年年向此吊荒莱,又见空山踯躅开。陈妇有姑身竟死,檀奴不作谍无才。千秋大节留诗句,三月春风冷酒杯。阴雨至今无鬼哭,残魂应已慰泉台。

冯日彩

字餐霞,号东城,慈溪人。道光壬辰举人。著有《惜分阴斋诗文稿》。

题钱介石侍立图 介石尊甫思兼先生有《世守铁券图》,介石复绘小影,侍立其旁

券纪乾宁铸,垂今八百年。珍藏归异地,慎守赖先贤。金字煌煌在,缃函世世传。寄言绳武辈,莫等画图悬。

舒亨熙

字会嘉，号芙峤，奉化人。道光壬辰举人。历官河南汝州直隶知州。

左文襄撰《墓志略》：君学有根柢，旁及壬遁韬钤之书，莫不融贯。历官河南剧邑，迁直州牧，两膺上考。所至勤民事如治私家，明于听断，案无留牍。牧汝州，适当寇盗纵横，君稍稍设施，卒以安堵。乃创试院，修学官，葺讲舍，时躬莅为讲肄课殿最，人文日起。生平敦风谊，惓惓于师友之间，恩谊逮其后人，尤人所难者。

白云寺刻孙寄龛诗，赋此纪之

我家雪窦乃与剡源九曲通，近接四明二百八十之奇峰。只从就举辞乡国，故山猿鹤成怨恫。中州六领百里封，回旋河洛如转蓬。嵩少二室旧游历，龙门伊阙罗心胸。比来作牧饮汝水，下车始犹忧伏戎。劳来还定有天幸，四野不闻飞嗷鸿。此邦于我缘不浅，十载守拙安吾穷。开元古刹居胜地，葺治颇亦烦人工。闲携宾从作幽赏，酡颜偶为名山红。寄龛居士云水踪，酒龙诗虎今豪雄。文坛争霸孙江东，长啸迳欲入崆峒。为爱此中好岩壑，十日一走连钱骢。兴酣往往吐珠玉，属和恨我捻髭慵。因刻君诗上苍壁，续以老笔莛撞钟。满山竹柏滴青翠，清泉石上流淙淙。

光绪乙亥孟冬谒苏坟谨题

六百株柏七顷田，中有蜕骨埋髯仙。先生谪汝未到官，胡为此地存荒阡。次公宦迹在近郡，曾闻遗爱留颍川。所以营兆出遗命，幽宫要侣同胞贤。此山虽小故修整，仿佛峨嵋双连鬟。当时首丘愿不遂，求其形似心所便。吁嗟端明终不死，皎如星日行中天。颍滨文行亦卓荦，金昆玉友相后先。即令丘垄有灵爽，樵牧不敢侵垣埏。有司之责应护视，况余守此余十年。宰羔酾酒致一奠，恨无丹荔登神筵。独有精诚动肸蠁，春山为我开苍烟。

邬畲经

字稼堂，奉化人。道光壬辰举人。官山东蒲台知县。

大明湖

金碧楼台蘸水中，春来湖与画图同。花枝斗艳垂杨绿，胜看丹青粉饰工。

裘兆云

字谱芗，慈溪人。道光壬辰副贡。

村家

绿杨深处有人家，团坐瓜棚笑语哗。近水小窗多映月，隔篱疏竹半藏花。蓬门不闭迟归燕，瓮牖间窥数暮鸦。一点孤灯闻络纬，年丰犹乐话桑麻。

王宗植

字意香，鄞人。官玉环参将。

感怀

舟车南北历艰辛，衣上涛痕马上尘。沧海未归余剑珮，秋风初起忆鲈莼。从容诗酒添闲兴，出没烽烟寄此身。三十头颅百夫长，几回自笑复何瞋。

投笔从戎矢壮怀，频年飘泊视腰鞬。常存烈士捬髀志，幸免将军负腹诙。纪绩何当留竹帛，论交到处绝形骸。近来假馆多萧寺,行脚如僧又午斋。

戍防即景 录四

官廨数椽临水,青山掩映疏篱。得过今朝且过,及瓜漫问归期。

一派平畴葱翠,四围烟景融和。听得桔槔声外,秧歌唱杂铙歌。

论功每坐大树,怡颜且盼庭柯。入耳松风谡谡,涛声似泻银河。

薄晚凉风披拂,夕阳野渡喧哗,正好投戈余暇,有人闲话桑麻。

王宗耀

字浚哲,一字恂德,号笋石,鄞人。宗植弟。道光甲午岁贡。著有《愿学堂诗抄》。

《鄞县志》:宗耀少读书,以经史为本。性孝友,居丧遵礼经,三年不入内寝。伯兄宗淦官连阳游击,仲兄宗植官玉环参将,并以老归,茗酒欢聚,白首无间。所居室卷册纷列,几榻皆满。著书数种,唯诗集已梓行。

长歌行

清姿竦庭树,荣悴已经年。顺时发华实,春秋无媸妍。过客暂游憩,始誉终喟然。贞性本无改,外遇常随缘。阴阳一舒惨,人情犹屡迁。无为不材木,瓦裂难自全。

杂诗 六首

登高使意远,临深使志清。良由本清远,高深怡我情。

发轫遵轨迹，取鉴视冠倾。霞外偶延首，倒景安可凌。曲士自知丑，方家宜相轻。何意苏粪壤，甘心为絜楹。

舟车虽可资，可资讵无害。羊肠几折轴，鱼腹常见嗢。苍黄顿失措，求全未为怪。数阓因马旋，摧樟趁风利。彼幸祸为福，巧诈若称快。无取累尊行，为语垂堂戒。

好鸟鸣高枝，悠悠动我思。问树何致巢，无情应不知。问鸟胡翔集，天空亦任飞。毁折来风雨，后艰多所疑。用情似爱惜，任意为刺讥。鸥鹢非愿止，枳棘非愿栖。从来两相择，戚戚复何为。

三春饶媚妩，照颜晴昼舒。稚岁苦羁束，垂老少欢娱。励志正及壮，日月恐不居。思将古糟粕，一市今轩舆。三时嗟何及，只见人有余。归路如可讯，何者为虚无。

劳生俱有习，形躯疲终年。无事非养望，默运心益坚。时时仰梁屋，力不遗陈编。集思少欢乐，骋力争工妍。流水故有止，圆魄亦有弦。不如尽拨弃，且食且安眠。展谑及朋友，临眺赴郊原。残晖时易逝，肯为世务牵。

读书娱心意，妙不烦言说。悟彼息群动，端居只一室。简要书浑浑，纲举网不越。繁辞若训诂，中天岂容述。时会使之然，搜罗简囷脱。义自崇名教，私衷难载笔。礼法有变通，下情故可达。删诗存其例，效仿旋踵辙。昭明擅宏材，品珍妙甄别。才人集清英，后进奉圭臬。沿袭信为病，丽雅要无匹。文章喻宗子，派分皆自出。雅善别伪体，兹选无不悦。受材任雄骜，众作岂漫灭。走也事点窜，于义伤剽窃。学步少捷足，效言嗤口吃。虽令蒙虎皮，终见玩羊质。畴昔事雕虫，无用等亡失。鏊悦不辍绣，只用消岁月。黄门有属咏，巴人皆下节。

月夜观捕鱼

地僻秋夜长，宵游烛可秉。渐渐吐清辉，满地树交影。曲径略彴危，闭门僧院静。缓步但行吟，顿忘来时境。忽闻人语响，水光荡千顷。中有两渔父，网向月中整。引我坐苔矶，幽趣各心领。寒雾交竹柏，冥波沉藻荇。虽非濠梁游，追慕情何永。野语且互答，尽觉俗虑屏。兴发咏而归，更阑月半岭。

渡海

我虽生长南海滨，一生踪迹未到海。今年忽作翁山游，饱看蜃楼成五彩。候潮挂席出蛟门，扶桑日堕烟树昏。傍岩渔火两三点，寒光倒射飞星奔。阳侯避面海童伏，但闻叠浪声磨吞。枕中幻出游仙梦，醒来身在云水村。飞帆一往急于箭，两眼脂遮脑昏眩。瞫风荡飖泼面来，噤不得声颜色变。东方白尽红云生，群山一一露真面。月瞰流云掩寒镜，山压冲波蹴飞练。惊心骇耳逐奔雷，激翻地轴争喧豗。信誓且问您何有，帆为之决樯为摧。岂知所如纵一苇，飞涝势歇宿雾开。碧城紫府仙居近，远道之人胡不来。地尽但见天宇空，不数胸中吞云梦。我意仍将乞海神，归棹清风一帆送。

王莽货布

新莽起外戚，季世当平哀。威权挟太后，居摄玩婴孩。九锡可加汉可篡，何止假托周官称理财。有客遗我一货布，道是地皇天凤年间铸。足枝八分首八分，字画年深无缺误。卯金有忌频改作，真人应图全不悟。忽增五物及六名，犯禁抵罪安可诉。一钱徒纷更，中外已汹惧。读史笑其愚，摩挲日几度。武帝昔制水衡钱，轻重不异子母权。莽虽身死物尚存,且并五铢争流传。恨不秉畀同烧宣室火,安用留此铜臭遗万年。

积雨

晴光无半刻,一雨复连绵。忽短初长日,真成小漏天。云容昏野树,水气暗星躔。夜夜人无寐,檐流听枕边。

碧沚园临眺

略彴东偏倚,园荒境自幽。马嘶残照冷,雁过一湖秋。洄溯联芳沚,空蒙殿绿洲。何时数名胜,楼阁起中流。

万松岭

湖水依林薄,岚光上翠微。雨过泉响筑,云挂树添衣。野客烧香集,村渔换米归。讲堂开此地,娱我尽清辉。

上巳后为一簋会九集呈诸同人

垂老更联诗酒社,并驱仍喜牡肩从。线经拆断材无补,剑到沉埋气尚冲。陈迹远追修禊事,几人闲倚看山筇。春光九十堂堂去,手植难忘两忍冬。麦门冬、金银藤俱可作花。

伯兄升广东游击,将入都,有"半肩行李,两语续成"句,即赠

半肩行李长安道,一钵沿门方外僧。货殖传无千亩竹,京华梦上九霄鹏。约得隽同入都,不如愿也。语长心重朝酣酒,会少离多夜续灯。来岁羊城应过访,罗浮同蹑乱云层。

郑诏

字金门,号樵叔,又号默庵,慈溪人。道光甲午岁贡。署乌程教谕。

赭山寺

山下不知寺,寺中只有山。磬声曳云去,好风吹与还。松老鹤常宿,竹深门不关。窅然万籁寂,恍疑非人间。

拟白香山西湖留别即用元韵

骊歌唱入六桥秋,催送斜阳柳外舟。白首难抛西子去,青山肯为使君留。衫痕遍洒三年酒,梦影空怀一笛楼。此后苏台回望处,吴娘暮雨总堪愁。

王理全

字悔庵,定海人。道光甲午岁贡。著有《暝坐吟草》《日近斋诗抄》。

秋夜愚溪招集樵雨竹士指南楼同饮得五古一首

枫林红斜阳,芦花凉荒洲。银蟾迎团圞,金飚听飕飗。光阴何匆匆,离思殊悠悠。功曹知幽衷,乘闲邀良俦。骚人来西邻,灯筳张南楼。樽罍斟香醪,盘盂罗珍羞。缠绵通寒温,欢欣交觥筹。兰言清尘襟,雄谈销羁愁。蛩声凄檐端,星芒临窗头。更深宾辞归,怡然予吟秋。

吊邑侯姚履堂殉难

事到艰难百计穷,如公才不愧英雄。共当上下无交日,独励坚强不屈风。百里黍苗方待泽,一时慷慨竟成忠。铜章墨绶何常有,大节无亏自不同。

只是生平固守穷,临危不负丈夫雄。睢阳笛洒张公泪,单父琴悲宓子风。足使士林争励节,何惭圣代重褒忠。舟山万古苍苍在,定卜芳名不朽同。

题缪南桥新居用寄岳云斋幽居韵

别构山房傍碧溪,晴岚叠叠绕东西。境清定有归来鹤,心静应如养到鸡。邺架书多销日永,桃源路曲锁云齐。何当千万将邻买,朝夕同听好鸟啼。

王方照

字意山,鄞人。梁阔子。道光甲午举人。

题烟屿楼诗集

玉台新稿压词坛,笔走雷霆舌涌澜。余事作诗挥洒易,文言道俗雅驯难。不名一体何唐宋,独有千秋岂杜韩。惆怅交游逾廿载,云龙相逐愧郊寒。

范槭

字荫侯,号蒓乡,鄞人。釴孙。道光甲午举人。官内阁中书、杭州府教授。

赠陈征士咏桥

相见各头白,良朋溯少年。事亲唯养志,壮岁已归田。谋道贫原宪,谈经老伏虔。江南近作客,遥寄介眉篇。

吾爱陈征士,廉隅真可师。浮名遗浊世,介节励清时。室欲夜无梦,消闲日有诗。千秋高自待,最耐故人思。

叶金胪

字鸿卿,慈溪人。道光甲午举人。著有《碧天唤鹤稿》。

长溪岭

迢递入梅林，平麓境犹旷。石梁通径幽，风磴激泉爽。沿溪转深处，楸箐何莽苍。忽睇前峰高，觌面堵屏障。舆夫奋疲力，盘屈踏云上。蹑虚身倒悬，缘峻首随仰。一步一扬簸，岑峦皆混漾。介焉凌绝顶，孤亭屼相向。天风度钟声，绀宇在遥嶂。息肩悟化机，触景会幽想。尘扰如何蠲，跨鸾踞仙掌。

姜家渡

入海潮趋北，冲疲橹指西。日高烟树迥，风软浪花低。打麦声初起，征帆影不齐。旋惊农事亟，布谷苇间啼。

雨后过赭山渡

远浦波光合，低云岸影开。天风吹雨散，岚气过江来。自觉尘氛涤，因之浩荡推。鸢鱼一翔泳，客思与低徊。

棋盘山怀古

曲磴飞流万马奔，奇峰矗立接云门。星移残局沧桑变，人去空山片石存。纵有神仙归劫数，独留我辈傲乾坤。登临携得茱萸酒，袖底烟霞好共吞。

冯云濠

字文浚，号五桥，慈溪人。道光甲午举人。

《慈溪县志》：云濠于所居构醉经阁藏书，多善本。得全祖望《宋元儒学案》于鄞卢氏，与同年生王梓材校补完善，出资刊之，并著《补遗》如干卷。

王朡轩先生《序宋元学案补遗略》：余与五桥广辑《宋元学案》之遗，凡得四十有二卷，大略每学案所补，各自成帙,参之原书,卷第可分可合。分之,则见正续之无淆;合之,则见正续之一致。五桥笃信好学,家有醉经阁,经史子集四部各归其伍,宋元儒文集不下百数十家,藉是以详校学案,无待旁借,即《补遗》之辑,亦是阁有以成之也。

邑侯王兰圃明府去思歌 录四

阿兰若

城北阿兰若,建自吴赤乌。丛林翳荟负山麓,一千余载唪曩谟。中有老衲黔而癯,六时梵课甘饥劬。祸因戒律绳佣奴,敢以蜚语相谤污。众绅投牒指其诬,屡讼不讯心郁纡。我公胸有智慧珠,诇知较直相龃龉。更有嗾者肆觊觎,饬僧三贯偿敝襦。尔毋妄语干冥诛,含沙短蜮惭而逋。佛光依旧黄金铺,撞钟膜拜集苾刍。颂公功德高于七级之浮图。

恤婴儿

朝呼儿,呼儿山不应。暮呼儿,呼儿城欲崩。零丁帖子满街市,悠悠谁识儿生死。阿爷双瞳血泪枯,旬日得之山北隅。尩羸不异沟中瘠,血漉漉地铲双趺。狂呼诉长官,长官惨且吁,亟禽恶丐伏其辜,采生折割按律诛。棰梃交下钳釱俱,牵入犴狴归黄垆。君不见,曾参事亲称至孝,伤心也赋残形操。

全嫠妇

东街有嫠妇,养膳资兄公。兄公年六十,家道颇小丰。突有妇家党,刀笔逞机锋。诡以桑濮诬老翁,不顾伦纪欺痴聋。公乃传妇弟,不使妇上堂。问弟暧昧事,汝何知其详。忍玷汝姊青年孀,弟颜厚忸怩,公乃谕老翁。尔养弟妻心则公,陌钱斗米恐不充。加青蚨,增白粲,慰其茕茕杜后患,妇归母欲窜之去。翁欲禁之母不许,进退不得可奈何,雉经梁上随夫去。次日母家大鸱张，毁门裂器争抢攘。号呼宰官临尸场，公乃面斥尔何愚，古之贞烈妇，出门蒙面目。投渊缝襟裾，尔独何为辱其躯，速饬棺衾具小殓，斧钉铮铮官不面。但见两家慑服无喧呶，尸场人散青天高。

东门饯

东门饯，宰官出东门，阖城士女来纷纷。筱骖鸠杖满达路，千人万人香一炷。更有圜桥弟子员，粗束牛腰赠诗句。公莅句东甫十旬，春风夏雨总深恩。从今唯有慈湖月，长对清光忆使君。使君挥泪别童叟，群向离亭捧尊酒。欲随鞭镫苦无缘，望望行旌出江口。一程相送一沾襟，转妒他邦贤父母。

冯镕

号柳堂，慈溪人。道光甲午举人。官广东肇罗道。

赠邑侯王兰圃明府 录一

吐凤才华凤擅名，果然经济属儒生。岂徒象魏悬文教，不惜牛刀试武城。积习十年除弊政，新猷三月肃官声。廉能两字人争羡，谁识冰心耻独清。

张积梓

字守堂，号芝麓，晚号芝云，鄞人。道光甲午副贡。《鄞县志》：积梓幼颖异，熟诸史，能文章。以拔贡授青田训导，未几归。复选淳安，不赴，旋中甲午副贡。

性好施，与同志创同仁堂于郡中，以恤贫嫠。复设义学教孤寒子弟，里人德之。

早起

帘外绿阴遮,披书眼有花。虫知秋气早,鸟报曙光哗。人老难谐俗,官闲胜在家。萧萧无所事,涤虑一瓯茶。

题岭梅七度图为马铭轩刺史作

巡檐索笑作仙游,一树梅花百咏酬。收得清寒冰雪句,诗囊应有暗香浮。

苜盘少味动归航,括水苍山隔渺茫。余曾秉铎青田。安得如君腰脚健,宝岩花下醉飞觞。宝岩寺多梅,公寿藏在古梅园。同人约为探花之行,而仆病未能。

王梓材

字楚材,号舣轩,鄞人。道光甲午优贡。著有《北游剩语》。

《鄞县志》:梓材好治经,融会汉宋诸儒之说,而求其是,尤究心音韵及六书之学。生平勤著述,以黄宗羲所撰《宋元学案》未及成编,乃搜索其子百家及全祖望所尝补辑者,与慈溪冯云濠详校增订,别成《宋元学案补遗》四十二卷。又以祖望尝《七校水经注》无定本,乃将遗稿重加厘正,阙佚者取赵一清所引《全氏语》及《鲒埼亭集》中题跋以补之,书始粲然可观,平定张穆为覆校,刊入《杨氏丛书》,又依郦注作《水道表》,见者多称许之。其于诸经,各有笺释,汇之为《解经录》。他撰著十余种,皆精审可传世。古文曰《朴斋文抄》,诗曰《北游剩语》,卷帙不多,亦足见根柢云。

题杨雪门自绘小影

夙慕关西望,风流只一人。胸中消俗虑,物外寄闲身。

菊写篱边照,苔铺石上茵。长安车马客,底事逐红尘。

哭季弟兆松 录二

悔羡浮名忍别离,武林踪迹暂栖迟。那知客子思家日,正是高堂恸哭时。弟卒以七月十七日,余适赴省试。

几卷遗书手泽芬,补残修缺喜同君。先王父《渔村公遗书》,间有缺佚,尝与弟补书成部。阿翁丘垄方迁吉,挥泪营君数尺坟。先王父尝厝泗州塘之原,今即其地为弟墓。

陈沆

字昆水,号芷谷,鄞人。诸生。著有《卧云楼诗稿》。
徐柳泉先生撰《传略》:沆父谟贾于外,叔某故赖谟成立,而性凶悍,尝谋毒沆,沆不与校,唯以诚感之,卒无恙,某死,殡葬如礼。侍母疾,数月衣不解带。父老病,每饭亲执匕箸。女弟夫为沆主市列,乾没多金,女弟计直以归,沆不受,曰:"吾取,汝何以生。"道光间,海疆多事,里无赖入人家恣所取,将及陈氏,众曰:"陈先生长者也,不可犯。"其为人敬服如此。

塞下曲四首 录二

局促毡车梦易醒,高天寒露夜冥冥。家园柳亦应摇落,玉笛吹残不忍听。

朔风秋卷铁衣寒,人到龙城未解鞍。木叶山头一片月,停车犹作故乡看。

王焘

字丹山,号黎门,鄞人。贡生。著有《对山楼诗稿》。
董沛曰:先生诗原本李何,各体俱隽上,而以七言律为最,拟诸梅村,洵足抗手。余年十九始请业于先生,惜不及一年,遽归道山。讽咏遗集,为择尤者录之,然挂漏尚多也。

拟古诗十九首 录五

黄鹄万里去,飘然长别离。非不念故群,道远莫致之。天涯各一方,存问未有期。狐死正首丘,鹪鹩安一枝。马行一何缓,游子一何远。众女嫉蛾眉,佳人无时返。思君不可寻,徘徊寄空音。愿君如明月,长夜照此心。

青青河畔柳,飞絮自轻扬。人生百年内,胡为参与商。南国多佳人,轻罗为衣裳。卷发怀彼都,其雨怨朝阳。身无神仙骨,飞升安可望。愿言事尊酒,乐天乃所臧。

绮阁何崔巍,上出浮云端。垂帘扬空翠,房户深且阑。美人坐遥夜,独倚鸣筝弹。筝声一何苦,调急秋风寒。愿摘明珠佩,遥遥遗所欢。红颜谁不希,慕义良独难。明月照罗帷,清光共盘桓。青年坐成老,引领起长叹。

青松高百尺,女萝施其标。缠绵风雨姿,槎丫霜雪条。之子在何许,山川阻且遥。落日淡无际,车马殊寂寥。桃李满春园,容华耀芳朝。东风深夜至,花落何飘摇。愿君早垂盼,无令红颜销。

蓬莱及阆苑,崒崒沧海东。日出扶桑颠,照耀宫阙红。中有高人居,黄眉双青瞳。耕云种芝草,四时长蒙丛。南塘杨柳花,摇落随春风。无端堕泥涂,万古不相逢。感此缅游仙,荣幸非所崇。左手把黄石,右手携赤松。

邻叟

邻叟闻我归,到门责所负。搜囊苦无资,避之颜何厚。

因念东西村，负逋各已久。燃眉我太急，合券彼偏后。冒雨特相访，儿童告且走。有妇出门迎，自称儿之母。殷勤慰来意，中肠向我剖。为言夫死时，遗家只黄口。我欲弃儿去，夫死恐不朽。不忍违夫命，饥寒共儿受。夫生重结纳，夫死绝宾友。夫墓草已荒，何曾奠杯酒。我闻此妇言，仰天中自忸。昂藏七尺躯，无端欺寡妇。平生慷慨心，到此复何有。归来焚遗券，长揖谢邻叟。

君马黄

君马黄，臣马苍，君马如龙臣马良。神龙失水龙为鱼，长蛇啮人狐跳梁。臣力犹可用，君心休旁皇。

城虎谣

城中虎，爱食肉，满城风雨鬼夜哭。猛虎白昼城中行，城中居民尽窜伏。民能伏，虎能飞，食人善择人瘦肥。白骨森森成山岳，朝夕咆哮犹厌饥。盘踞高堂怒目视，堂下人过猛虎喜。锯牙钩爪无宁时，赤毫蒙茸其涎紫。田间老农不知虎，农闲往往入城府。偶过虎穴遭虎噬，伤残虎口啼冤苦。城虎谣，不可闻，况复众虎相为群，令人却忆周将军。

题倪文正元璐 兰石便面，张忠烈煌言自书江上闻笛诗，合装册子，赠琴楼光禄

琴楼手持画卷长百尺，呼我焚香拜毅魄。摩挲双眼剪烛看，满幅淋漓血痕碧。知是忠烈之诗文，正之石残笺，剩墨落人间。惆怅江山分半壁，兰叶森森不着花。清风江上闻孤笛，英雄岂屑事雕虫。聊借霜毫写胸臆，忆昔龙飞鼎湖水。黄狐跳梁逐封豕，杜鹃啼老海棠秋。铜狄铜驼相对愁,孝陵白日高皇哭。宁武雄关乱飞镞,姜瓖唐通降表来。

王焘

大同宣府城门开，题诗抱石泪如霰。纲常羞杀卑田院，蓝袍跣足出宫门。相随只有王承恩，天留倪公作男子。赤手攀髯发上指，破碎山河奉鲁王。南都更有张苍水，十九人中鸣皎皎。力挽天河回大造，朗读文山正气歌。丹心呕出奇零草，霜清月白城如斗。铁骑依然向南走，五色文章炼不成。空费娲皇补天手，血战归来白袍紫。报国无成天意耳，天意不谅人，孤臣投缳死。谈笑谢罗生，从容赴柴市。海枯石烂孤竹裂，一片精诚留素纸。石势峥嵘轩欲举，诗情激烈声凄楚。天半阴风卷雨过，啾啾似听忠魂语。此卷旧藏石湖家，卷系范氏旧物。文绫玉轴签红牙。名公钜卿争题跋，陆离文采披云霞。光焰上烛祝融怒，号召喧呼纷攫捕。万卷灰飞独无恙，定知遗迹神灵护。琴楼琴楼，君家翰墨高充屋，六朝金粉牛腰束。千秋浩气在乾坤，莫共寻常书画读。

陈孝女词 并序

孝女，鄞人。生多病，母虑其不育，翼扶万状，积劳成瘵。女刲股和药以进，不效，乃分服饰畀姊妹，葬母毕，仰药死。

真宰上诉天无语，乞身代母天不许。母为儿病病且死，儿留此身欲谁与。拔刀刲股，血流如雨。股肉已尽，母病不愈。母病竟不愈，女心多酸楚。可怜未报恩，难向生前补。上青天，下黄土，白日如闻母唤女。语姊妹，善视父，莫使阿父为儿苦。事生事死各努力，魂梦归来好相聚。

月夜游响岩行

煮也鱼山狂布衣，酒酣大呼身欲飞。落拓诗书二十年，朝游东山暮钓矶。溪山坐卧无朝夕，松竹烟霞渐成癖。有谁好奇说响岩，扁舟飞渡兰江月。明月如镜舟如鸟，梅林直作蓬莱岛。贺公琴书空薜萝，尘埃满径苍苔老。图画高悬八千尺,碧水长天同一色,修竹枝头阁南斗,白云一片当胸臆。野寺钟声夜寂寥,松风澎湃连青霄。不见仙人弄笛来,依然石室临江开。酒肠喧动五内热,散发高歌敲铁节。古来行乐有几时,清贫未是生涯拙。兰江江水自东流,千秋万岁空悠悠。人生富贵何所求,恨不早随黄鹤游。

湖上独行

湖水夜茫茫,湖风作晚凉。四山余暑气,孤月碍星光。草乱蛩声聚,天高鹤路长。清歌起何处,濯足念沧浪。

云林寺

舣棹茅家埠,芒鞋觅上方。路依山势转,风趁树阴凉。怪石当人立,闲云倚岭长。红墙松竹外,隐隐见韬光。

登天封浮图

群山西走大江东,槛底孤城夕照红。两道河流分地塔,四窗鸟影散天风。苍茫烟树家乡近,咫尺楼台帝座通。何处乘鸾便飞去,平原回首暮云空。

东湖史王墓

灵旗风卷夕阳昏,丞相封王绝代尊。独占湖山埋剑履,亲将田地授儿孙。高坛钟鼓留僧寺,归路牛羊避墓门。回忆前朝泡影事,有人闲坐说新恩。

赠葛二守备 云飞

月黑空山射虎归,少年豪气未全非。题诗蛟窟波涛壮,调马燕台苜蓿肥。千里论交肝胆在,孤心报国死生微。杜陵杯酒青袍健,可许相从着短衣。

王焘

梅花岭史部墓 录一

一代衣冠冷墓门,朱家残局累忠魂。江山半壁扬州好,号令三军剧盗尊。明月杜鹃悲帝子,故宫麋鹿怨王孙。霜猿啼遍梅花雨,惆怅南朝旧泪痕。《霜猿集》,阁部幕宾所著。

南屏张忠烈墓

秋风白草乱荒坟,独向南屏拜夕曛。亡国山河留正气,中原涕泪泣孤军。头颅可断无降将,魂魄相依有旧君。赐剑不关天子事,莫将于岳论三分。

读周屺公证山堂诗集

土室悲歌气未平,簿书原不称狂生。纵情诗酒怜身在,浪迹江淮抵宦成。马首黄河心万里,云边太华梦三更。将军非是桓司马,孤负当前唤老兵。屺公宰即墨以唤老兵几被祸。

送方二刑曹归京师

君谈经济我谈元,江海相逢两少年。千里平沙调马地,一帘疏雨养花天。鹍弦铁拨思归引,茧楮银钩美女篇。好是旗亭春酒熟,不堪回首各风烟。

有感 录二

柳梢斜月转回廊,华屋山丘枉断肠。歌管温存新乐府,酒杯冷落旧书堂。朱虚死后空留剑,韩寿归来尚有香。却爱仙家鸡犬好,云中犹肯恋淮王。

花间蝶梦几时醒,杜宇南山不可听。磨剑已甘忘势位,量珠何苦买娉婷。孤怀问世知难白,双眼逢人悔易青。奋李争桃都有意,槁梧底事叹零丁。

过姚江

客路生愁易，孤舟入梦难。龙山一片月，独向夜深看。

秋夜口号

月白天清雁阵高，草堂杯酒夜萧骚。挑灯读罢留侯传，闲倚秋风看佩刀。

朱钧

字冶亭，鄞人。著有《红藕山庄诗草》二卷。

董沛曰：冶亭游幕岭南垂三十载，里士不知其能诗，且有不识其名者。余观其集，风骨高峻，自成一家，非寻常游客诗也。

京江口晚渡

潮落去帆轻，江净不可唾。金焦明两点，一苇冲鸥过。雪消巴峡下，山远吴会大。中流发棹歌，浪挟长风破。鱼龙戏白团，烟树迷紫逻。生无米家墨，惜此俄顷坐。清晏方及时，击楫谁能和。回首妙高台，唯当晚云卧。

虞姬

巨鹿过，强秦破，鸿门嗔，沛公臣。大王衣绣东归鲁，妾颜如花帐中舞。风沙飒飒垓下来，汉兵四面天亡楚。游魂夜燎殿血红，染草不死犹英雄。

王昭君

汉宫宠，留青冢。阴山哀，望紫台。旄头蠢荦山河界，单于愿保敦煌塞。天家事重一身轻，两世阏氏玉颜在。蛮靴马上魂不归，髑髅语怨琵琶悲。

春兴

倚树看花妥，眠云听鸟喧。江清箄作渡，地僻菜为园。鱼狎垂纶动，蜂粘落絮繁。邻翁来往数，无复语寒暄。

游大通寺看烟雨

松阴古寺绝尘埃，平地崚嶒局面开。云锁繁烟迷翠竹，风催急雨洗苍苔。井通北海神龙见，亭对西山道鹤来。老衲欠呻陪客倦，空林暝色已相催。

西隆中秋

万里清光一色天，江流送客自年年。长空雁叫醒离梦，明月秋来几缺圆。

徐汝谐

字匊泉，鄞人。

待雪

依依岭上云，漠漠沧江路。朔风吹面来，欲雨不成雨。杖策款柴扉，呼童煮村酤。时闻冻雀声，一噪空仓暮。诗思生灞桥，遥情托豪素。徙倚小窗前，寒梅两三树。

冬夜听寄洲弹塞上鸿

寒蟾堕地方朦胧，老梅弄影墙角东。吟诗酹酒兴蓬勃，忽然清绝来丝桐。四座不哗倾耳听，妙手出自孙兴公。初弹雁落平沙中，再弹一曲塞上鸿。抑扬顿挫横复纵，萧萧瑟瑟转秋蓬。或作羽翮漠北翀，或避矰缴摩苍穹。层冰积雪塞草死，但觉满座烈烈生悲风。我闻尺帛上林苑，传书说是牧羝翁。胡乃手挥得真意，直欲目送夸神工。男儿意气亦磊落，恨不执戟明光宫。销金帐下羔儿酒，此景毋乃真冬烘。听君一弹心复壮，书生投笔思从戎。

虹桥观竞渡

湖上游船似转蓬，湖边歌舞太平风。长虹半落青天外，划桨平分碧玉中。何处饱看秋水阔，谁人夺得锦标红。斜阳漫下涵虚馆，箫鼓迎神曲未终。

白桃花 录二

露井花开暗度香，丰神绝世寄春阳。息妫无语衣偏缟，崔护重来鬓欲霜。流水有情随淡荡，东风着意泛容光。一枝斜傍阑干寂，漫点燕支斗海棠。

近水楼台燕子飞，晶帘不卷篆烟微。空留锦字心犹素，再到仙源境已非。满地碧云迷蛱蝶，一天凉月试罗衣。定知神女无消息，冷淡春光贮夕霏。

范櫺

字云士，鄞人。诸生。

冬夜听寄洲弹塞上鸿

昼苦短，夜正长，主人宴客灯烛光，新雨旧雨酬兰舫。酒阑推席兴未央，丝桐指下闻悠扬。斯时朔风卷帘幕，风回云遏流圆吭。帛书寄远影迢递，何来庭院群飞翔。初疑嘹亮近可接，细听却复谐宫商。宫商移换动合拍，厥声悲壮兼苍凉。试问座上弹者谁，苏门舒啸如鸾凰。自言此调塞鸿是，谪居制自涪州黄。诗人例有出塞曲，翻托古调弹淋浪。想其胸次悲抑塞，如听鼙鼓思封疆。龙沙万里接大荒，矫首四顾心茫茫。千层元冰积元菟，三春白草漫白狼。

牧羊古碛裹毡雪，驰马荒原醉酪浆。塞上鸿，在故乡，尔曾携手悲河梁。我思边庭极豪迈，绝险远筑秦人墙。缚袴少年擎青鹘，射生健儿驱黄麖。方今版宇更寥阔，小丑辄欲思披猖。膏斧岂屑鼫鼠及，巨轮敢以螳臂当。挟纩之军忘靰冻，欃枪剡日摧星芒。捷书用尔作露布，鸿乎列阵何堂堂。请君一弹更再鼓，只惭奏雅无文章。

待雪

同云凝四望，竚想惬幽期。未写时晴帖，谁赓见睍诗。行吟如慰藉，兀坐太谂痴。独有寒梅树，垂垂发故枝。

整顿蒙茸篷，冲寒御朔风。寻诗灞桥上，放棹剡川中。旧雨催新集，今怀谅昔同。不须勤寤想，三白兆年丰。

威远城观海

侧身高倚瞭垣斜，海色秋风吹鬓华。远水际天空岛屿，晴波浴日俨云霞。百年楼橹防边地，万里帆樯估客家。指点蓬壶在何处，神山宫阙渺无涯。

严关虎豹郁相望，三郡咽喉此独当。雁阵云寒投竿浦，钓蓬风紧下莲洋。山城低作铃旗展，佛阁高同窣画张。回首江流横九曲，一帆载月趁归航。

史义震

字东农，鄞人。

永镇塘谒犊山周公祠

我邑东西乡，大江横其中。旱涝资碶堰，前贤规制宏。独有狗颈塘，盘涡相激冲。历朝屡修筑，未克奏厥功。相传有水怪，漱啮塘身空。渗漏内河水，西成时不丰。犊山周邑侯，文章海内宗。夙负经济才，民瘼厪寸衷。度地起畚锸，塘岸广且崇。易名曰永镇，咄嗟成大工。农田得灌溉，比户今可封。馨香唯明德，占此一亩宫。甘棠思召伯，献诗拟歌风。

题周忠介公书应著作三老诗卷后

明季珰势横，熹庙祸更烈。卓哉忠介公，刚肠百不折。肆口诋逆阉，我躬不遑恤。缔姻激于义，慷慨被逮出。昔书三老诗，似步赤松辙。寿身养其生，寿世名不灭。遥遥二百年，浩气留遗笔。

王大龄

字寿生，鄞人。官广东□□知县。著有《漱芳阁诗抄》。

题明妃出塞图

汉家和亲事辛苦，红颜绝代伤千古。琵琶一曲月明中，不恨无钱买画工。画工画得好颜色，安知不解倾人国。虽然万里嫁单于，海内长摹出塞图。君不见，出塞之图遍天下，褒妲容颜谁为写。

楝花墩晚眺

村远孤烟直，林深众鸟归。唯余双燕子，时傍水边飞。

忻梦贤

字鼎铭，号三峰，鄞人。监生。

贺秘监钓台

已遂初衣作钓徒，响岩高筑石台孤。老年魂梦归鸥国，数里家园隔马湖。早识邺侯童子日，应悲太白夜郎躯。清狂更羡兼明哲，仙履遨游野鹤俱。

石首鱼

鱿坚如石鬣金黄，质类梅鱼上水狂。秋化时看凫羽润，春来候应楝花香。卖从江市腥风暖，捕向洋山，_{捕自洋山，一名洋山鱼。}蜑雨凉。莫谓常餐嫌顿顿，鲞干味美忆吴王。

曹暾

字晴山，号渔桥，鄞人。诸生。
董沛曰：先生工书，绝肖赵文敏，人品亦介特。

和陈大鹤艇

书法张长史，诗情孟浩然。悠游鱼跃水，旷达鸟飞天。时策寻春杖，常悬沽酒钱。栖迟泉石老，空复姓名传。

边植

字挺之，号汀芷，慈溪人。诸生。

题西屿世兄对紫图小景

个个青竹叶，呆呆白梅花。菊黄高士宅，桃红仙子家。借问庭中胡为不植此，植此紫薇灿灿若流霞。答云此花植自前人手，饱阅风霜百年久。家君命我好护持，莫把先人意来负。今我相对念先人，念先人兮德泽厚。王生王生英妙年，数典不忘何其贤。坐卧读书于其际，披残丙甲几牙签。置身薇省寻常耳，难得阶前带草相映竞鲜妍。我闻树人如树木，繄昔三槐君之族。他年会取香山句来读,惜哉！乃曾乃祖不得亲及目。

燕

不劳千里远，几许阅山林。半载他乡梦，三春故国心。巢无贫富择，巷有主宾寻。羽族飞鸣者，多情第一禽。

胡学龙

字驭六，号雨麓，慈溪人。诸生。著有《康瓠集》。

和柯讷斋人影韵

幽栖谁貌挂瓢憨，对影居然见伟男。花下裁诗长作偶，竹林学画惯攒三。见画谱已知出处均相似，只恐心情尚未谙。却忆生平忧患境，多君与我共分担。

俞锡礽

字孟嘉，号潋泉，慈溪人。诸生。

尹方桥以大雪用东坡答虢令赵荐诗韵索和，赋此应之

昔读禁体诗，裁笺迭倡和。寸铁若许持，不愁战无奈。穷冬飘大雪，飞絮无声堕。旋若散糠粃，天半风扬簸。千山玉玲珑，万树银璀璨。冻雀聚藩篱，盘旋如转磨。讵无果腹谋，粒食等珍货。嗟我同巷人，神色保无挫。我方祝时晴，北风犹入座。一枝两枝折，松竹压檐卧。登楼望南山，到处无坎坷。曲径断人行，何来泥土涴。快哉旭日升，万里同云破。童仆争扫除，不待主人课。休瑞颂明时，岁丰野无饿。有客资西来，香苏为梅贺。

任梦丹

字绍韩,号桂舟,慈溪人。诸生。

五十自述

三间茅屋一园蔬,暇日关门且看书。涉世频遭市有虎,依人空叹食无鱼。事因执义恩成怨,友到通财密亦疏。我未负人人负我,生平此语信非虚。

张瀛均

字配仙,镇海人。诸生。

雨后

一洗江山净,风尘静不嚣。天心原爱物,生意验苏苗。古道回春草,新流敌晚潮。剧怜群蚁散,觅竹自编桥。

夏锦

字覡泉,镇海人。诸生。

永镇塘谒犊山周公祠

吾鄞狗颈塘,江河力与斗。内受溪水冲,外逼咸潮吼。两岸束堑削,一罅迅渗漏。漂泥海卤来,裂岸它山溜。相传穴魍魎,出没肆吞漱。尺土费千金,修补患难救。邑侯周公来,水利洞深究。曰唯以土制,添筑塘基厚。塞河复凿河,谋新亦图旧。株椿雁齿排,巨石龙鳞甃。惜水如惜血,一滴不令走。余地田载垦,故堤屋须覆。岁入补虚耗,置人备居守。大才能慎始,小心且善后。到今西七乡,旱潦安耕耨。功德民勿谖,庙祀馨俎豆。昔诵犊山稿,服膺梁溪秀。乃知经济宏，不徒文字富。登堂礼致虔，祀菊荐醇酒。江河流万古，公名与并寿。

怀人诗 录二

骏足谁拘束，长牵百里丝。慈心生佛现，强项长官知。春永萱常茂，巢新燕屡移。辰溪亦岩邑，珍重及瓜期。成榕庐明府。

郁郁久居此，胡为不远行。拥毡官职冷，破浪客身轻。海北秋涛壮，江东落日横。夫容路迢递，回首动关情。葛闻蓬学博。

史阁部梅花墓

辅弼星沉暗自危，激昂想见出门时。平原尸解名难死，信国胎生梦本奇。西北城方轰巨炮，东南局便了残棋。临淮第宅几家在，坟畔君看兀古祠。

毛玉佩

字孟迁，号石台，奉化人。诸生。
《奉化县志》：玉佩以书名家，喜作擘窠大字，晚年益超神妙。好游名山，到辄留题。尤爱名花奇石，见人有一石一花，虽书十余幅不受直，辄携花石而去。自号伴我山民，亦号性颠。所著有《学书略则》。

病中答同人旧游雪窦寺诗

三宿缘曾结胜流，千篇情更费雕锼。名山似友成新别，好句招人忆旧游。修竹崇兰觞咏地，东风细雨管弦愁。群公高会能相念，墨迹依稀挹月楼。

花作笆篱月作邻，僧寮少住最相亲。平心已觉名非福，入梦还疑别未真。露白风清诗酒夜,庞眉皓首古今人。同游诸人年俱七十余矣。多情千丈岩头瀑,能浣远征衣十斛尘。

赵胜

字见山,奉化人。

琴鹤书楼吊古 录一

缥缈书楼何处寻,断烟衰草曲溪浔。香残不管琴抛石,水冷谁知鹤在林。旷世异才留巘下,旧时奇迹隐花阴。呼雏付与凌云翼,万里扶摇慰我心。

潘丹垾

象山人。

薄薄酒

山谷序云:苏密州为赵明叔作《薄薄酒》三章,其言甚高,复代作二章,以终其意,今续之。

薄酒终是酒,一石足以抵一斗。丑妇终是妇,一家亦以添一口。买马不如买犊,种肉不如种竹。多笑不如少哭,有誉不如无默。丰年玉不如荒年谷,艳花多命短,古木必拳曲。厚味有毒,知足不辱。丑妇柔着心肠居一室,蓬踏障前头共白,薄酒大着肚皮饮百筒,虽然不醉面亦红。

谢开家

字申封,号桐山,象山人。著有《梦草轩诗稿》。
徐柳泉先生撰《传略》:桐山性和介,幼好治经,从徐悔庐先生游,称高弟。

新秋夜独坐

时序际新秋，余暑尚未歇。披襟当凉风，开帘延素月。爽籁出岩隈，层云起林樾。喜无尘事侵，自觉清机发。此意谁与论，逍遥且晞发。

王庆年

字日周，定海人。

游补陀

环海皆山青未了，竟说补陀山色好。补陀灵境佛所居，莲洋浩淼胜蓬岛。金泥光闪梵王宫，欲谒未谒谁先容。自疑身已腾河岳，遑将一往驰蛟龙。始游洞天继绝壁，历尽陂陁三百级。芒鞋踏破海南云，玲珑怪石迎人揖。峰峦蕴藉有奇姿，楼台半露瓦参差。三分树色二分竹，浓青淡绿衬相宜。清磬一声尘世外，梵音上接诸天界。十年久约此间游，到此了却游山债。山僧引我入松寮，松风镇日听萧萧。烧茶爇篆栖息处，若有鸾鹤纷来朝。

孙继承

字启庵，定海人。贡生。

送龚总戎归松江

坐镇舟山六七年，如何挥手欲扬鞭。宽严并济军容整，教养兼资将略全。海晏河清凭砥柱，波恬浪静泛楼船。正期福曜长临此，归志谁知竟浩然。

大树将军守一疆，恩同地久与天长。施丹立起疮痍族，保赤宏开养育堂。夏屋重修联讲席，秋闱每试助行囊。群黎不忍离亭送，卧辙攀辕泪数行。

屠宗襄

字抚南，鄞人。

题岭梅七度图为马铭轩刺史作

听到檐前冻雀声，吟梅多伴鹤雏鸣。有时扫雪闲烹茗，清比坡翁玉糁羹。

六度炎州溯宦游，栽花满县愿曾酬。一枝又报春消息，合把葡萄大白浮。

林峒

字小蕙，鄞人。

题岭梅七度图为马铭轩刺史作

探梅几度岭南游，东阁官僚共唱酬。林下退归余逸兴，也应有梦到罗浮。

王德纪

鄞人。诸生。

和澹吾林先生瓶菊供佛诗

容身聊借一壶安，小小亭台曲曲栏。遍插黄花供法座，僧鞋佛顶好同看。

斗室萧然似小舫，联吟把盏此徜徉。调停秋色心偏远，人在蒹葭水一方。

李铎

字孟宏,鄞人。

题徐秋生诗集

我读文长传,想见文长诗。诗中涵书法,劲中跃媚姿。旁溢为花鸟,超逸复如斯。先生真行草,方矩而圆规。不须着意匠,笔底醇无疵。兰亭及风木,诸图莫之为。师目目师华,心能自得师。古今诗几卷,贯珠何累累。艳摘屈宋冷,音嗣王孟遗。一读一击节,山阴失天池。天池穷览后,徒增文气奇。君诗奇而法,得力大过之。不止纪游处,云霞沁入脾。肯尝腐儒酒,肯麾骚坛旗。丽泽潦水尽,汪洋千顷陂。三绝真国士,宁复患数奇。

李恭宏

字古塘,鄞人。

题徐秋生诗集

徐陵有笔架珊瑚,一卷新诗一串珠。最是多情收不尽,风光都上白髭须。

融唐冶宋亦兼能,云气飘飘健欲凌。会有中郎来赏识,人传家世衍青藤。

徐炯

字焕若,鄞人。诸生。著有《竹屿诗存》。

泊舟凤山寺下和全绍衣韵

孤棹依山曲,修篁夹岸青。水乡秋入画,僧榻夜持经。

岚气吞残月，波光点落星。一弹紫芝曲，清响答泠泠。

忻灏

字绍衣，号铭仙，鄞人。佾生。

咏句东古迹 录二

鲒埼亭

小鲒依埼一寸长，亭名终古说吾乡。当时地属明州旧，厥贡人传汉使忙。曲岸迷离浮蟹舍，前村指点认鱼庄。海邦自昔饶珍错，佳味真堪配酒觞。

天镜亭

天然古色映湖流，不藉磨砻雾尽收。选胜亭从山外筑，寻春人向镜中游。菱花有影怀前事，碧落无情据上头。犹想当年胡学士，闲来坐对豁双眸。

秦淦

字圣谟，号少湖，慈溪人。诸生。著有《琴月楼诗抄》。

即景

卷帘楼上坐，镇日雨绵绵。芳草碧无际，桃花红可怜。看山如读画，闭户当逃禅。似惜春将去，流莺语更圆。

九日感怀

登高有约负同游，帘卷西风独倚楼。一角青山衔落照，半林红叶送残秋。题诗只恨无仙句，思酒还堪与妇谋。欲就菊花怀旧雨，好从江上泛扁舟。去年尹山长方桥、赵明经薇卿、王茂才式端、钱茂才亚梅约袁陈为看菊之游，不果。

东悬岭

行过东岭路迢迢，远望西山雪未消。啼鸟一声忽飞去，梅花数点落溪桥。

翁利南

字春江，慈溪人。

用黄山谷、晁具茨赠答诗体奉赠陈明府仪

相逢多少谈天口，孰与君才计升斗。半生心怯诗阵前，如此江山空往还。归来却恐虚宿诺，勉强索句穷山间。蝉嘶薄翼徒高望，蚓口空肠亦自赏。阳春一曲举世惊，笛声五月满江城。梅花独立万山雪，不与公门桃李同春荣。谓曹补堂明经。诸公举足夸万里，落落畏人一客子。清风明月总平分，物各有情谁愠喜。瑶琴始弄已绝弦，缘知古调未许人。尽弹襟期敢谓同所好，意气亦觉高可攀古人。赠答各有以吾将，招君大隐之青山。

费金镕

字镜蓉，号醉石，慈溪人。诸生。

送王兰圃邑侯调任武源 候名燕堂，山西榆次县人。道光癸未庶常

从来循吏本醇儒，惠爱民歌雨露濡。自是胸中悬宝镜，遂令境内少遗珠。文章翰苑高声价，饥渴穷檐遍牧刍。借寇未能殊怅望，江风一路送骊驹。

葛培元

字子因，号琴山，慈溪人。贡生。署泰顺教谕，临安、

永嘉训导。著有《柏翠楼诗草》。

拟写西华归程图，自作长歌

太华峰高日色紫，穹隆山势凌空起。天外三峰削不成，目穷胜概有如此。我行初入华阴道，下车先拜华阴庙。周秦汉柏列森森，宫殿岩峣插云表。行馆经一宿，奇峰对面矗。仰视心欲飞，济胜怯双足。我闻昌黎登峰曾造极，致书欲与家人绝。流传此话已千年，峰顶莲花开碧色。山形蜿蜒入关去，玉女明星增媚妩。终南积雪商岭云，皆与此山相向附。笑余一载住秦中，曾向青门作寓公。杜曲春郊桃叶雨，灞桥秋水柳丝风。匆匆九日忽言归，策蹇徐驱对夕晖。秋高大野气萧飒，四山霜叶红黄飞。峨峨司寇冠，耸秀出云端。平生盛游览，于此得大观。希夷先生倘可遇，行人指说骑驴处。经过两度阻登攀，不及秋空一隼举。回车汴梁盛游历，回头陇树重重失。梦里秦云遇美人，使我西顾心凄恻。即今飘泊又江湖，炎荒梅岭经崎岖。旧游追想忽在眼，写此西华归程图。图成作诗意轩豁，自怜南北东西客。频年踪迹总依人，身行万里头初白。

小园

小园宽半亩，清绝称山傏。径曲迷新竹，篱疏冒落花。更无人迹到，时有鸟声哗。自汲溪头水，闲烹谷雨茶。

自入深山里，于今已二年。浑忘归计缓，岂有宦情牵。漱石真成隐，餐霞不羡仙。有怀陶靖节，高卧北窗前。

立秋

客里畏逢秋，光阴逐水流。一身羁拙宦，十载剩离愁。诗有长歌续，门无短刺投。忽惊飞叶下，蝉噪夕阳楼。

重经大梁怀古

又策疲车过大梁，夷门云树郁苍苍。荒郊落日残秋景，戎马西风旧战场。南渡君臣皆委琐，中原人物半凋伤。若将恢复论前事，终古冤含岳鄂王。

自题闭门觅句小影

读罢离骚酒满尊，数行衰柳月黄昏。送人车马皆千里，避地湖山自一村。如此须眉成我相，判将心迹与谁论。往时书剑飘零甚，无可销愁且闭门。

四十平头草草过，萧然顾影怅谁何。亦知野性容疏放，不信庸材有折磨。投老强思耽石隐，苦吟只唱定风波。图成大得林泉趣，算是诗人安乐窝。

盛炳章

字斐然，慈溪人。贡生。官上虞训导。

袁孝子诗 事见钱塘诸以莱诗序

我读孝子之传心暗伤，五伦垂世系人纲。孝道失实迷康庄，代有至行相扶将。曹娥投江，扬威弭虎，汉上虞杨威与母入山采薪，为虎所逼，计不能御，急抱母，且号且行，虎竟弭耳去。谁与继者，孝子良苦。孝子事母，但求母病瘳。告天乞代涕泗流，出门正欲与医谋。草堂火发气烰烰，嘻嘻出出妖鸟语。风卷檐茅烈具举，子妇拜神神勿许。飞廉扬扬祝融怒，孝子狂奔来庭隅。奋身蹈火如夷途，家人挽之徒号呼。天不生母，安用此躯。卒负母出，体无完肤。皇天后土色黯惨，千人万人悲嘻呀。嗟乎，孝子之孝至此乎。君不见，古风日降真性漓，慈乌堕地子抱枝。纷纷习俗腼人面，末流不易得此儿。此儿袁姓名翊元，世居上虞小越村。子殉母死今罕言，我作此歌激劝存。

盛埰

字穗田，慈溪人。贡生。著有《獭弃集》。

题吴竹桥鸳湖吟草

一棹鸳湖去，苍茫任所之。半生游侠兴，一卷性灵诗。结客存真意，思亲悲远离。归来风雪夜，犹见抒吟髭。

雨霁迟袁星南不至

连朝寒雨正霏霏，傍午晴光透薄帏。呷喔鸡声催晓起，钩辀鸠语唤云归。未妨野兴随游屐，渐见秋花媚晚晖。坐对庭阴待佳客，只期相见莫相违。

张锡冕

字轶士，镇海人。校均子。诸生。

《镇海县志》:锡冕博雅有高才,通经义,精于句股之学,工书法篆刻,名重一时。尤笃内行,兄锡路尝以家难远遁,锡冕束装遍访,知在罗浮,亲往粤东迎归。侍父疾,衣不解带者四阅月,居丧哀毁骨立,人称其孝。性好施,戚友有贫乏者,以卖文所得钱给之。卒年三十九。

借秋阁展观九莲菩萨画像，用朱竹垞光孝寺观贯休画罗汉韵

西湖兰若四百所，其中绝胜推云林。摩崖勒石多古佛，丑形怪状骇人心。我来偶作西湖客，寻幽直入维摩宅。揽衣登阁一纵观，阁外乱峰送秋碧。寺僧手持一幅图，为我展挂香龛壁。铁衣淡白螺髻青，神光熠熠透疏棂。出尘自

现莲花相，觉世那须具叶经。低眉无限慈悲形，迥殊五百罗汉貌。猩猩生绡洁白光，初砑玉轴恍如新出硎。优昙不见菩提树，龙女偏持杨枝瓶。旁立静如鸥在汀，罗衣欲动风泠泠。忆昔神庙当垂拱，乾清宫殿云中耸。春秋色养尽欢颜，鞠育抚摩竭顶踵。白头好佛悟前身，破除烦恼驱怖恐。赐敕传宣老画师，郑虔三绝书与诗。淡描不用调铅粉，九莲法相原如斯。形容仿佛未足奇，夜深入定往往亲见之。净因夙与西湖结，是乃天定非人为。借留此阁几经秋，至今二百余年犹世守。兴亡事迹不堪论，付与枯禅成空有。云林僧，尔莫饮人缸面酒。古来神物多落他人手，休教载入米家书画船。比之伏梁闇槛尤宜永保全。

过梅岭

我来方二月，梅树已成阴。古寺藏云窟，春风发涧林。山高雷电近，岭曲瘴烟深。可羡张夫子，<small>上有张曲江祠。</small>留名直到今。

和陈春槎书斋竹户原韵 <small>录一</small>

满外青山压讲堂，湖边高柳拂红墙。钟声几杵月痕白，松影一庭鹤梦凉。诗垒谁堪撑半壁，书狂我欲写千行。会须寄语诸君子，莫笑涂鸦损砑光。

张锡钟

字铭恩，一字禹尚，号宝彝，又号半石，镇海人。校均子。贡生。

《家传略》：先生乐善好义，修家乘，葺宗祠，订正光绪邑志，凡十易寒暑，成志稿四十卷，订讹、补遗四卷。

访友不遇

两岸芦花水一湾，江风瑟瑟棹空还。青山如客重回首，黄叶无人好闭关。村外寒螀啼瘦影，篱根老菊傲孱颜。到门何限苍茫意，付与秋声夕照闲。

过七里滩

钓台终古矗江干，一片轻帆下急湍。山色四围斜照远，画眉声里过严滩。

江之济

字若川，奉化人。诸生。

游南山寺

探幽寻古寺，策杖访南山。径小缭而曲，房深往复还。钟声青嶂外，塔影白云间。清净真如此，吾生自不闲。

有感

隙影匆匆过白驹，年来壮志易销除。不争世上难争事，且读人间未读书。火候十分犹有待，心田方寸肯无余。升沉早已安排定，多事灵均赋卜居。

朱大勋

奉化人，诸生。

风花楼岩

风从何处来，花自何时好。凭楼寂无言，一声惊啼鸟。

青湾夕照

摩天一朵青,青湾青气浥。好是夕阳时,诗人面山立。

吕光叶

字望常,定海人。

游普慈寺

出郭无多路,巍然一寺留。依山为殿宇,汲水引溪流。城影当窗列,泉声咽石道。忽闻清磬度,斜照乱峰头。

李世沐

字恩初,号液仙,鄞人。诸生。

答卢明府以玡见寄元韵

檐隙玎瑢铁马垂,似催索句漫迟迟。孤灯挑尽不成寐,枯管拈来未入时。愧我推敲输贾岛,羡君才藻敌陈思。何当借得生花笔,写上蛮笺助陆离。

吟罢犹留刻烛痕,词场跌宕让专门。共翻蠹简消清夜,小啜龙团涤积昏。话到酒杯心易醉,劫争棋局手频扪。眼前暂敛冲霄翼,魏阙江湖系梦魂。

林启鸿

字丕基,号雪香,鄞人。诸生。

寄董半琴

自隔东郊饮饯时,风清月白倍相思。古今得意唯知己,天下伤心是别离。此日重逢浑似梦,一番闲话胜于诗。我惭久被青毡误，辜负良朋远大期。

李炯

字锦尚，号少白，鄞人。诸生。著有《懒生草》

题邮亭饯别图，送瀹川墙观察归蜀

壮岁寻春紫陌头，老来持节驻明州。五年越海消兵燹，一去荆门乐钓游。退老堂宜题绿野，荣归道合拥华旟。即今疆圉需材亟，我恨星轺不暂留。

四明清诗略卷二十二终

四明清诗略卷二十三

鄞　董沛　孟如　辑

厉志

初名允怀，字心甫，号骇谷，定海人。诸生。著有《白华山人诗集》十六卷，《诗说》二卷。

《定海厅志》：志幼失怙恃，家贫，甚刻苦读书。自以家乡见闻孤陋，思橐笔作四方之游。尝与粤东陈在谦友，陈故在邑侯陈从嘉幕，会调温州永嘉，在谦遂邀偕往，得旷览天台、雁宕诸胜。生平耽吟咏，自瓯游归，益肆力于诗、古文词。寓甬上与慈溪叶心水元堦、蛟川姚梅伯燮相唱和，其为诗胎息名家，天然去雕饰，积卷帙颇富。晚工书画，目不甚明睐，每吮毫濡墨，再四踟蹰，既落笔，如飘风急雨之骤至，顷刻满纸有兔起鹘落之势，得之者辄珍如拱璧云。

董沛曰：吾师王黎门先生《论山人之诗》谓，原本东野，戛戛生新，寻常习见语不涉毫端，可谓深知其所造者；又谓其书法寝馈晋唐，别开蹊径，作画全以意行，自然趣妙，亦绝非溢美之词。

空山独处，忧端纷集，偶诵陶公停云篇，依韵成什，以寄所思

停云在树，载雪载雨。行人往来，重江伊阻。壁上孤琴，冻不可抚。遥遥去程，门前独步。

春云霏霏，春烟蒙蒙。烟收云敛，水绿澄江。风来袭人，入我轩窗。悒悦无迹，欲诉何从。

庭草雨滋，枯而为荣。冥冥游子，寞寞予情。迅不可追，韶光迈征。缅彼葳蕤，芳飚自生。

卉木列荫，华叶交柯。鸣鸟破寂，闲襟转和。惜不与偕，欢惊无多。同心千里，我劳如何。

杂言

子身处蘧庐，俯仰岂为窄。高举视黄鹄，悠然会所适。浮云与之偕，周流更何极。东隅沧溟阔，求因不可得。

荣悴亦时至，遭逢多感生。庭边霜雪枝，恋恋怀秋英。所思殊不远，乃复乖人情。嗟彼寡达识，蟪蛄期千龄。

苍松蒙深雪，自然矢冬贞。当在阳和会，澹逊众阴清。空山沦日月，世态何由名。野秀荣且落，麋鹿自闲行。

微云薄高汉，纤影固难乘。投意于冲漠，凭虚乃偕行。至人理朽腐，莹然抱真精。轩皇既腾驭，长揖谢广成。

古井篇

金陵李参将庄官于明州之象山，临海王昌熙以女淑姑许嫁其子，李家又问名于同里吉氏，书来，李不能负约，欲并娶之，王之妇不谐其请，乃别字人，女知母之不可回也，将及期，遂投井死，出之指押二镮，盖李氏聘物，匿以自矢者也，李哀其志，迎柩归祔焉。

葳蕤女萝丝，先后托松枝。南来既成盟，北至非无词。松枝许并栖，女萝不相依。女萝自洁清，阿母怀异情。华堂更采币，绣阁掩青灯。寸心比四海，女伴那得明。淳淳古井水，照见妾平生。灿灿双金环，千秋为铭旌。此女多烈心，坟上多女贞。开花同夜合，结枝无分形。枝上两雌雉，长随一雄鸣。

赠王五德维兼言别

王五堇江秀，十年闻姓名。始逢孙登室，蓉台家。诵诗心各倾。再逢南湖滨，数言知平生。春夜月初皎，高斋置醇醨。招我柬屡折，感君意频萦。巷窄掩新箨，庭香幂古藤。入门一相见，欢叙畅幽情。盘中列园蔬，黄韭杂朱樱。烹芼咸与酸，味薄制颇精。良会兴非浅，相戒杯莫停。十觞犹未醉，既醉还复醒。盈盈蟾影侧，滴滴鱼漏清。襟湛发深省，意惬翻愁膺。江潮暗已长，喔喔邻鸡鸣。

寄艅仙都中

与君一岁别，人事纷如丝。郁结不可诉，磊积胸臆滋。望望君不归，我亦向南驰。南驰走赤城，琪树春葳蕤。刘郎尚有宅，寻胜暂羁縻。日日餐流霞，未觉枯颜移。偶上吹笙台，聊为子晋期。阴雨西北来，衣袂风飕飕。恐是燕山云，飘飖远致兹。中有故人意，用以慰所思。云来不可挹，云去杳无遗。日夕循归途，独客增嘘嘻。

晚步

芳草已倦绿，老树犹酣青。闲径糁细花，晚气扶幽馨。群鸣羡禽众，孤赏凄客零。方园不盈亩，一日且百经。认兹双履迹，朝来杳以冥。邻沽足吾醉，清风吹牖楹。

有怀

晴峰淡遥翠，白云高在空。树杪动落日，意欲生秋风。沉沉忽怀远，恻恻数别踪。光景亦相感，颜面何由逢。幸心希尺素，还望南来鸿。

桃花岭

一盘复一盘，转转若无上。蓊翳低渐失，层叠高弥旷。阴崖曲而邃，阳冈屼以亢。林缛明嘉卉，草馥杂幽邕。霁色开穹窿，春容流沆砀。山亭偶肋息，凭槛对列嶂。俯视涧底松，谡谡鸣洞宕。龘檓千尺材，隐作蓬蒿状。弃舆徒步行，揽衣复前向。天半擎芙蓉，瓣瓣各相望。先后多白云，身近若避让。大抵眼前事，入其中者忘。眈览物无阻，抖擞神益旺。畴昔深仰止，蹩躄敢与抗。今知力所副，登天足以况。缅彼平地人，将谓余言妄。

醉言 录二

伯鲧置城郭，民庶严樊篱。积渐不可回，骨肉生町畦。安能复之古，栖身燧与羲。否则秦祖龙，万里为防堤。凶暴不足道，气概凌四夷。莫似蜗角蛮，蠕蠕决是非。

历历天边树，星星阶上苔。寓目无巨细，悦心皆良资。尽此尊中物，将身托醹酏。中有千万寿，昧昧安得知。

古松

屼立空山中，千岁为一朝。疏阴忘卫足，群木无此高。真色表宇宙，溪谷幸所遭。幽篁与贞桂，自为金石交。

望吹台山

佳山匿灵迹，高人托异名。崇台百余尺，岂藉堆筑成。白石峭如削，苍苔还丛生。长松结虬蠖，古根盘茯苓。凤凰久不至，众鸟来飞鸣。鸣声杂啁啾，何由闻竽笙。左窥见玉女，右盼浮青城。还丹始何日，一去同杳冥。

九月四日叶子元堦集同人于枕湖吟社，时余将有云间之行，兼以留别

按序秋云暮，应候气未肃。脱巾临前除，星光动轩屋。繁卉怀菁英，迟开桂与菊。三径扫青苔，零露滋幽馥。夙约幸无愆，群来喜不速。知名得沈谢，邂逅及潘陆。欢宴寡礼数，恣情解缚束。广筵罗珍羞，高堂爇华烛。愧我后来会，竟以附庸续。所嗟事远行，未暇追骥足。迹违日俱旷，心好意终跼。诚虑怀燕石，无由信荆璞。唳鹤惊梦回，贺堤空落木。风雪赋归来，良会愿与复。

延青水榭憩雨，同心水、野桥作

漾舟出湖口，湖云暗成雨。过桥恣深瞩，层岭郁眉妩。风来吹衣袖，飘飘湿还舞。前望金沙港，兹焉暂停橹。精舍绝游群，池槛足凭俯。宿藕已潜动，紫芽复齐吐。搴藻观游鱼，队整了可数。胜赏知各领，清芬共含咀。须臾天放晴，解舟诣别渚。相约吴门归，重来采蘅杜。

剑池

绿波深数尺，蕰藻静沉底。俯窥无龙蟠，昔有虎腾起。君王爱匕首，剑师轻儿子。腰佩瑽玱声，千年滴池水。

王珣别墅

王掾宴游地，今为祇树林。紫鸽啼暮雨，乔木含古心。理郡日多暇，于此一横琴。公私烦所寄，安能事幽寻。知有谢公愿，为访东山岑。

桂树为心水作

桂树生岩隈，贞干夹修丛。馨香只自好，岂意随秋风。

传远竟无方，素心良与同。空山长荆棘，似欲闭幽踪。步局情犹适，斯为君子穷。物性有如此，吾人将安从。

题雪窦山人遗稿 叶二元堦编次示余

晶莹离坚璞，哲工受雕镌。任成无穷轨，浑质见方圆。作为圭璋具，可以荐上天。惜哉昆山秀，崩凿付焦原。取灰一持叩，其声犹渊渊。造物甘却弃，至美唯自全。首阳薇蕨老，萎死霜雪间。常人不与食，高士来晚年。卞生既徒刖，楚宝亦不传。蠹简积朽箧，光辉暗回旋。千载有其人，湖流方涓然。蜀魄更何恨，青林夜声喧。

客夜闻雁

重云夜昏黑，檐雨无停声。过雁低湿翅，屋上参差鸣。此时宿洲渚，胡为来空城。下有未归客，岁迫愁欲盈。听之不成寐，共伤行旅情。尔去适何所，吾以守旦明。

六月十六夜，同揽碧轩诸友泛月湖

城湖晚方静，东月发轮早。西南积阴云，似欲阻幽抱。放舟诣空阔，浓木暗诸岛。潜鳞出跳跃，繁萤乱波草。巷居诚苦热，凉雨洒风好。风回雨亦疏，天街豁清渺。湖流通大江，亦与溉新稻。所嗟穷饿民，路死难一饱。吾人犹幸存，尊罍此倾倒。醉悲为浩歌，心骨内焦槁。转橹且归去，夜寂叫沙鸟。感触无欢声，萧萧杂蒲蓼。愚昧安所为，茫然向苍昊。

游西溪谒樊榭先生祠墓还赠蔡云泉 有序

先生无嗣，殁后，神主遗落武林门下苏家庙壁，云泉偶寻得之，春秋常来祭祀。陈云柯、胡书农诸先生因移奉西溪交芦庵东院，即吴补庵《梵隐志》所谓观堂是也。

吾宗老樊榭，武林为客儿。湖山实蕴秀，诗名东南推。盛时茂群屐，零落竟无归。迟及数十载，故旧亦凋稀。墓田失管守，楔主倒荒祠。得有云泉翁，寻胜极幽栖。欻见心惊惋，常来具盘餐。因之动群公，奉载祀西溪。满娘昔所爱，生卒认亲题。翁今引我至，朋侪三五偕。跪草拜坟下，各自生微哀。芦荻正花发，蒙蒙秋雪飞。丹柏映竹里，层山界远眉。俯仰澹人思，停视耐深窥。凤昔贻神贶，挹之皆清晖。恻恻惭后起，迢迢将焉追。转棹返城郭，回眄屡依依。相约春桃开，庶是重来期。因复感蔡翁，拜手赠此诗。

董公画竹引 有序

公讳凤，字朝阳。工岐黄之术，尤好画墨竹。年九十余能作万竿长幅，托兴疏远，不规规于形似，故时人易之，然其真赏特在也。

老翁九十兴有余，长日手持神农书。本草七卷著未毕，泼墨往往凌清虚。千竿万竿并撑出，列缺催长恐未如。今时画师争肖形，翁乃骨立森亭亭。求之貌似百不似，四时但觉闻秋声。翁家破屋临路衢，挂壁十幅围其庐。为筱为箭为桃枝，环杂老稚笑相呼。凝视胸膈滋野趣，兀如瘦石参扶疏。翁之妙笔诚异殊，相知什伯音逾孤。昌国飘飘东海隈，洪蒙激汤莽未开。文采一人示枯管，磅礴高致徒惊猜。置身况在皇古上，深山迳绝生莓苔。寄兴独与风月会，老死或有麋鹿哀。翁遗此卷何有哉，落落早已随尘埃。小子乞笔为题句，暮雨忽从堂上吹。

访雪交亭故址

日晚行过荒园处，数家茅屋新柳黄。屋中老人出告语，遗基仿佛园之傍。梅花梨花枯未死，逢春发色凝清霜。昔时相公来海上，南北已自归茫茫。坐看飞花眼前落，此身那复论存亡。大瓮埋骨茶山顶，山前小白亦芬芳。鹓鶒夜半泣孤月，照见空城应更伤。

短歌 录二

太行盘盘一千曲，骅骝服箱行蹙蹜。车中何所有光者，明珠白者玉果尔。光者明珠白者玉，蹄脱腹謇愿亦足。

檐花折尔当鲜妍，过时不折颜色蔫。苦尔垂垂不能言，不言尔亦得，鸣鸟四集声愀然。庭隅修竹挺孤直，青青柯叶依寒烟。

观康乐侯像碑感赋长句

池馆亭榭不复见，独留片石绘真面。欧阳唇短不包齿，崔琰须长洒胸遍。神姿老去益萧爽，目光炯如岩下电。良工手摹失姓氏，年月不记何人建。公为刘宋一代才，放浪不及保躯骸。文章自古无真价，知己由来旷世哀。我肃瞻视不敢扪，山僧倒侧支墙垣。江风激射皴易裂，江雨淋漓迹渐昏。今兹获见犹幸事，改变圮毁何可论。后来好事恐难觅，杯酒滴上秋草根。精灵恍惚感我语，空中咄咤声凄楚。暮潮喷薄日沉暝，老树飘骚叶乱舞。云阵纷纷逐马奔，海门填填殷鼍鼓。我亦乘流挂帆去，日访乡园醉眠处。画饼传来总废尘，悠悠莫漫争名誉。

古瓷镫檠歌

咄尔肩肩短其胫，支离不相唇口厚。十年市肆守寂寞，一身尘土积肿瘘。珊瑚笔格翡翠盏，穗草中尊海棠氄。光彩照灼遍陈列，尔独枯羸居其右。往来物色千百人，无怪纷纷各惊走。日昨我见颇惊异，嗜好殊俗岂昏瞀。越宿怀思益妩媚，解囊促仆往与售。持归抉剔祛黝污，新酌香膏爇如槲。我坐一室常苦吟，尔亦并穗吐奇秀。霜风滟滟悟真味，深宵耿耿彻寒漏。出塑状貌本非新，入门相识恍如旧。类聚从知有夙因，同为顽材忽邂逅。幸与结好犹未晚，各保天年莫颠仆。

谁氏园

谢公池上谁氏园，园中正对池上山。满园花开如栉比，白花簌簌红殷殷。初英半憔悴，迟葩犹芬芳。草间纷藉枝上香，春晚雨晴多夕阳。筠扉寂寞自披张，客来园中任翱翔。园中贮美人，含娇弄青春。乘鸾下紫雾，随凤依绿云。绿云深里春袍寒，紫雾轻笼金翠钿。烂漫无从辨桃李，只见蝴蝶交翩跹。自来容光暗自惜，韶风丽日空驹隙。主人不识春如海，日醉流霞度芳夕。芳夕春宵冷玉钩，胭脂无语下琼楼。漫天柳絮休狂舞，鸣鸟飞来已白头。

题何生江天寥廓图

我观何生图中意，知其胸臆殊等伦。图中一客据危石，江天万里无纤尘。霞光照灼互明灭，征鸿上下翩纷纭。秋花摇宕秋柳舞，似有西风鸣耳根。我方日醉平原酒，忧愁结塞难自伸。安得如君好怀抱，远将云梦来吐吞。愿与把臂临江渍，对之亦能旷心神。宇宙容身岂无地，高骞肉翅乘行云。

观王嬾竹学博新刻六行轩姜帖赋赠

古今学书难指数，以此名家无多人。古法既湮俗皆雅，晋唐沿流规模存。国初诸公萃文藻，临池墨色纷氤氲。苧间学士名益著，楷则久为当世珍。收藏苦无桓江州，人间赝本徒乱真。溪上胡君<small>绍曾</small>独爱惜，视其尺牍如陈遵。持与先生劳决择，要付巧匠镌贞珉。斟酌去留信非易，黄庭远迩传鲜新。凡将急就并佳妙，疏瘦拘束无比伦。严家饿隶辄放纵，隆冬枯树能屈伸。有时临摹行我法，间出意造归本根。幽秀既类霏烟凝，翩反胡忽生龙奔。精心求古人焉知，一朝悟脱如有神。翻阅百回趣弥挚，但知意惬口难论。忘却置身六代下，恍与江表群贤亲。海内方家各推重，共处乡里何惛恨。先生为此殊快意，擎出明珠离渊斋。倘积岁月随迁流，吉光片羽终埃尘。一邦之妙一代绝，没世犹欲随沦泯。摩挲此卷三叹息，侥幸千载诚艰辛。

题叶午生春江书画船影卷

黄莺娇啼柳花白，风吹柳丝舞南陌。画舫兼将书画来，绕棹春山往复回。春山数叠映波起，垂杨万树浓烟里。窈窕文窗面面开，空翠迎船绿未已。麝煤欲滴鼠尾柔，鹅溪绢素剡溪纸。引兴如乘沧江虹，月窟瀁泂天上水。君家住近白湖口，飘飘信与神仙偶。我亦江乡试楫人，花满长汀但奔走。

盘门送别心水

晓出盘门望江岸，江水盈盈东向流。鹤皋山人意不适，踉跄来登还越舟。我送越人动越思，君来吴市悲吴讴。众中不识栖迟子，幽隐原同今古愁。此去湖波极浩渺，七十二峰晴镜浮。参差芦蒲接天尽，碧色远递何修修。去橹纷披不见阻，来帆拭刷争欲留。练渎蛇门兀相待，越来楚入成废丘。飘飘浪迹随鸿雁，侧侧尘途愧白鸥。雕胡已熟鱼菜美，君且醉卧归杭州。凤凰山前野花发，金钱满地挥清秋。水晶宫阙六桥外，明月伫我湖上楼。

题双忠书画册 一倪文贞公画《兰石图》一张，忠烈公自书《江上闻笛诗》

灵武靖康不可为，大江日落寒涛堆。攀髯骖龙追帝驭，出郭望山还赋诗。二公心迹揭日月，遗墨暗惨生尘埃。娲皇束手已莫补，睢阳在围空自哀。姚江堇江水萦回，江头蜀魄啼阴霾。柳棺双停无人哭，南镇冬青花又开。

答韦君绣

江南词客左司后，破帽残衫道上走。拾得青铜供酒资，懒将白眼到豪右。囊中诗卷亦无多，逢人只说千金帚。玄玉深埋闇有光，绿波澄澈湑无垢。吴中文士六朝人，君在吴中称好手。我移桂楫渡江来，五湖春涨浇玉醅。洞山回转庭山出，杨花落尽苹花开。金阊门外老僧屋，三间赁住空徘徊。折屐远探吴王冢，搴衣更上西施台。千里乘游亦访客，碧海仙人何悠哉。君来入门呼释子，相语落落同襟怀。桐影生壁月东上，展席为君斟酒杯。酒酣脱帽同唱歌，茫茫尘海横烟波。卷舒元气复何有，抟搦黄土徒尔多。君为行空不羁马，我为病疥瘦骆驼。才人放胆辟奇境，高立九嶷吞江河。斯时君醉我亦醉，送君还家月已坠。寒山寺里钟渐鸣，堕星石畔光犹被。来日新诗递长脚，词锋崒崿五纹碎。潦倒相逢意易倾，无端郁勃纷来会。津口喧喧买越舟，短章欲报难穷搜。还归更读诗中语，一再缠绵情未休。知我同为风云人，扬帆思作东海游。我亦知君豪迈士，拟向吴门重唱酬。相思不及坐相忆，极目江波动远愁。君发短短我星星，饥驱奔逐寡良谋。蔡泽栖迟苏季困，朱门幅巾非吾俦。人生但留千载名，引身落寞终何求。缄语寄君各饱饭，一笑且昂天外头。

题金冬心先生画罗汉册

钱塘金吉金先生画七阿难汉，分六帧成册，其一袒臂跏趺，杂林隐密，石上设炉拂诸具，俯临清涧，汨汨自去；其二枯颅锐颊，坐抱碧瓮，傍植甘蕉，实如频婆，殷殷作如来唇色；其三卷须大目，晴光射人，握拂子，披赭红袍，置经匣于坐，离身欲行；其四一庞眉老者持卷立，一少年坐地携筐，取翠叶奉老者；其五侧倚兀石，取火爇香，孤松冬荣，黝然空山；其六睢盱睨物，蹲踞无礼，下藉丰草，上蔽苍芦，随来著像，探若无因，余观之有得，为赋长句。

昔耶居士心出家，颓然橐笔走湖海。略如诸方应供僧，驻脚灵山辄潇洒。册上摩罗行化云，面貌磊砢剧欢喜。淋漓苍赤植茂树，徘徊磵谷俯流水。一一真实自在相，片石孤峰拓十指。为将胜处悟来因，常愿人间无老死。此翁早断心节枝，吮墨挥毫任恢诡。分呈耳鼻着意味，历举杖衲贯神髓。大道绝灭乃生有，状出空怀皆妙理。庭外赤日流光金，一室阴凉坐闲起。

奉酬一篑社诸公

东南文章日浩渺，揽束江海归真源。甬上坛坫经百代，公等历历皆耆贤。白发照日朱颜新，词锋错锷谁敢扪。酒行百杓未醺醇，风来满室吹衣巾。庭柯轩翻压翠障，阶花摇曳流芳芬。当前活泼皆妙机，取适情志真良因。志也局促事奔走，此生忽忽终何论。抚身窃自比璠玙，造物乃竟委埃尘。今兹邂逅及盛会，得奉謦欬垂九云。日落庭隅欢宴罢，归来踽踽临江濆。江潮远接故乡水，羁怀一触徒纷纭。

题姚梅伯画丛梅大幅

种梅老人住东郊，年年花开来相招。重云霰雪飞野路，耸身促步风刁骚。到门已见千树白，后溪万树窥嵧嶆。幽篁夹杂深松里，根干纠结连柯条。侧睨竖睇难解理，爪挐角触龙搏蛟。紫蒂承萼散珠颗，冷香满积空山坳。林雀争投飞不出，抢折毛羽声啁嘈。傍立之人兀瘦骨，几几欲与梅神交。甚思托兴于绘画，及今蹉跎非一朝。君臂如石指如铁，肝腑倔强气腾骁。方当下笔意已脱，瑟瑟独向空中描。着枝着节着花蕊，心目流转情周遭。使我复来睹花树，俨披裘服蹲岩崾。星攒绮合君才思，艺林作戏见一毫。相如文体工形似，补之墨渍挥清标。君唯用此一握笔，发为奇趣横波涛。平生颇擅郑老技，今如侏儒见长侨。作诗且题余幅上，素壁暗动新月高。

夜归

露气月中树，风声城外山。夜归衢巷静，客散酒尊闲。自觉乡园好，多因世路艰。秋花隐西谷，乘兴更须攀。

修竹

傍轩植修竹，瑟瑟近千竿。坐客爱晨露，吟蚕得夜寒。僻居辞剪伐，任性益阑干。花实何年好，持供朱凤餐。

浦江道中

东流去不息，西望更何乡。远岫分余雪，高帆迎夕阳。水楼红易淡，晴岸碧逾长。晚泊桐庐去，新蒸鱼菜香。

雨后

半庭宵雨歇，孤坐葛衣单。虫语静在户，竹阴疏上阑。漫吟知味永，遥思易更残。月转微风起，参差浥露兰。

遣怀

落落意有在，穷途亦自豪。问谁怜马骨，只觉贱鸿毛。久客魂难定，长天秋益高。山川共辜负，湫隘滞萧条。风雨昨宵至，吟蚕今更哀。阳砍忽逝水，短发且衔杯。亦有公卿座，终伤骐骥材。何由寻谢客，竹涧共徘徊。

哭周永相墓

咄嗟吾不信，之子亦无年。璞玉尔埋地，善人休问天。论交输独厚，至死尚同怜。一别百年事，空山悲杜鹃。

晚出松陵书怀

还出松陵道，分流认数歧。月明江岸远，露重夜帆迟。虫响一何急，秋风自有期。士衡去千载，故宅久迷离。

月夜湖堤望小隐山有作

渺渺澄潭水，亭亭孤月明。波澜暗风起，凫雁远霜惊。有客来清啸，无人和玉笙。空山余故宅，寂寞夜云横。

登大观台

江湖远不隔，危槛独徘徊。疏雨众山碧，芳华老桂开。东南美丘壑，烟树尽楼基。觇瞩多幽兴，谁为谢客才。

朝日

夜雨晨犹滴，朦胧闻鹧鸪。麦苗迟未见，草色暖应苏。百物改新序，穷愁减老夫。起行朝日好，村市漫提壶。

怀人

山山尽落日，登望忽怀人。碧树已浓老，芳原犹晚春。物情本无已，人事亦堪均。不识千秋恨，彭殇总异伦。

郡阁

郡阁清寒坐，城鸡喧午声。天风犹北起，我意欲东征。檐雨不成滴，江云空复横。年荒人事促，穷寂转多情。

怀四庵

怀君属秋暮,寒雨复他乡。消息空相问,艰难暗与伤。海田没秔稻,客雁厌清霜。岁事匆匆去,吾生安所望。

雨塔

雨塔半犹见,烟霾百洞侵。游人难步上,暮鸟得巢深。相对偏孤客,无能障远心。且忘羁州郡,屼屼比云岑。

经芦花潭,吊孙忠襄公葬处

熻火星星焰易昏,苦将蹇运属刘琨。刀光血雨前朝泪,夜月芦花故墓门。五世相韩终此日,一军悬岛送残魂。伤心独有荒丘在,岁岁春风碧草痕。

春日郡楼西望,寄怀孙幼连都中

阁中西望穷游目,城上东风动客衣。杨柳徐牵帆影渡,鹭鸶低压夕阳飞。草生梁冢春将尽,雨过罾湖水渐肥。千里长安未归客,天涯应共惜芳菲。

岁暮东瓯杂咏 录二

野鹿衔花运转新,果然城阙拱皇宸。将军自速黄龙驭,宰辅旋寻青岙民。一旅奔驰援社稷,二王转徙总埃尘。伤心御座留僧舍,杜宇年年泣晚春。

朝衫挂却饵黄精,曳尾金牛肯暂行。频使机宜烦宰相,不惭贞白谥先生。君王有旧严光重,泉石无言沈约轻,我听松风过安固,角巾何处话幽情。

发候涛山望海楼题壁

我本沧洲万里客,寄情湖海壮风骚。一凭危槛嗟身世,却向长空羡羽毛。蜃阙排云东望远，龙门倒地北流高。何由挂席穷天柱，短发星星枉自搔。

游金仙寺

湖上招提锁碧烟，萧萧门榜署金仙。四时花发多啼鸟，六课功余半力田。客至无因留芋火，山空有字纪碑年。邻村更说精蓝好，乘兴还过一问禅。

怀陈阮林

十载春华万里孤，记从扶病即长途。纵多文字联昆弟，未免饥容到仆奴。寂寂锦书浮堇水，萧萧云影过苍梧。不堪回忆池塘梦，空有沙禽下夕芜。

江上送客

逢君江上路，别君江上楼。我心江上水，万里送行舟。

二十里洋

风吹细浪簇渔矶，十幅蒲帆挂夕霏。回首重重桑柘远，武林山色渐依稀。

有所思

拂拂江风一笛哀，潮痕半落野棠开。拈来欲赠天涯远，立遍斜阳空自回。

六朝古镜词 镜为柳如是所得，亦名如是镜

黯黯菱花半绣痕，玉钩残月冷荒村。何由更拭美人泪，千载垂扬吊白门。

叶元堦

字心水,又字仲兰,慈溪人。元墀弟。诸生。著有《赤堇遗稿》六卷。

《慈溪县志》:元堦有别墅,在郡城月湖之滨,曰"枕湖吟舍",同郡厉志、陈仅、姚燮、孙家谷辈恒集于此,挟艺游甬上者,必造其所。其为诗,纯从性情中出,累月经旬始脱一稿,故篇什不多。出游必挈抄胥,广搜近人之作甄录之,曰《海内心存》。喜写兰,亦有骚人之致。

《溪上诗辑》:仲兰家世富盛而性情高雅,不染豪华习气。生平一意为诗,喜交游,爱名山水,游屐所至,与诸名士联襼赋诗,风流文采照耀一时。所为诗清真峭健,力辟榛芜,长于往体,五古尤胜。叶氏自白湖后至仲兰,又独开生面矣。

读书定水寺寄城中诸友

巉巉列峰下,曲曲幽涧中。依形结古屋,石像余雕攻。垣倾络翠葛,门侧横古松。力食耒耜具,茹素斋厨空。经呗无新声,孤僧鸣夕钟。麋鹿入庭卧,荒苔见遗踪。兹来息行笈,恍与昙迦逢。暂住觉虑澹,久栖与物融。执卷自怡悦,妙理无终穷。云深隔城邑,心好无由同。

山居晓起

揽衣启荆扉,前对西山隈。冻雾远村合,晓鸡啼不开。行人渐登道,耕者亦已来。孤栖孰为侣,幸有空园梅。

春日漫咏

新蝶见初花,两小情自亲。朝来夕将去,百匝犹逡巡。东风亦爱护,轻寒生微熏。幽闺正岑寂,还窥明镜春。

雨中小憩延青水榭，有怀枕湖吟社诸君

飞雨前山来，湿翠生户牖。绕舍抽短蒲，古池长新藕。钟响疑近寺，风去在遥阜。寂静息百虑，吟弄坐忘久。忽忆枕湖屋，迢迢隔云岫。酬唱旷岁时，几案积尘垢。当兹风雨辰，谁复置樽酒。人生百年内，会合信非偶。一鸥冲雾飞，长鸣求其友。群鸥闻声来，依依乐林薮。云水望靡极，相思远知否。

生公讲堂

幽涧清彻底，白莲花自开。直上见盘陀，云是生公台。点头信有石，妙悟终复谁。石顽无意识，乃为至理该。我心愧匪石，安得百念灰。凉风坐台下，悠然云去来。

真娘墓

桃李山塘花，掩映塘上楼。悠悠塘下水，寂寂环墓流。春风荡流楫，芳埃纵横浮。艳思激哀竹，冥冥烟雾愁。愁亦无时休，日积成山丘。谁遗古时月，复照今人游。

柬黄支山

与君未谋面，知君乃独深。知君不得见，耿耿终此心。平生寡交好，孤鸿徒远音。求友亦意切，啁啾耻众禽。往岁晤孙宰，始得资讨寻。海东厉山人，傲骨并森森。芳兰引同臭，老树无丑林。两人薄余子，契君如苔岑。津津听说项，愧服常汗淋。时君方北游，寤寐托微吟。去冬有《寄怀支山诗》。今君已南返，胡为仍商参。难瞻叔度徽，徒怀伯牙琴。四明风雅区，遗绪宁汩沉。古调亦闲作，独弹恐违今。我有枕湖屋，时喜猿鹤临。况闻金毛狮，一吼惊聋喑。星月不掩辉，骥驽倘并骎。愿得居王后，共证千秋襟。

寓居湖上迟骇谷不至

别君盘门道，仓卒多烦忧。栖息尚难定，那复图良游。散发湖上来，草木变清秋。句日迭夷险，两地殊欢愁。高鸟避弦影，绕树惊不休。深林有所止，嘤鸣斯求俦。山雨滴繁响，宵梦奔江流。圆蟾若有待，不照独客舟。

翠微亭

山气郁苍苍，孤亭屹相向。断碑冷云卧，颓壁老松障。蕲王退居日，忧思耿难忘。中原堕将星，压日痛妖瘴。狂风撼高树，梦惊黄天荡。自顾百战身，颓然尚无恙。夷险系驴背，沉思翻恻怆。双鸾不孤鸣，一木难独仗。登高感同志，涕泣忍南望。沉冤不得洗，冷泉空漾漾。

送厉心甫归翁州兼呈孙树百

别子登高丘，朔风动江潮。冉冉东去云，咫尺忽已遥。回视丛薄深，落日孤松高。与子乐真率，众口纷讥嘲。耿耿嵇阮心，斗酒同一号。知音复离索，繁弦何时调。岂无夙昔侣，穷达异所遭。分手值岁暮，林竹鸣飕飕。道逢孙登在，清啸犹足豪。

八月十四夜孙四_{家谷}过访山庄即事有述

青天忽无月，翻覆云雨兴。丛木自相战，狂飚因之鸣。危坐集繁虑，虚堂寒一灯。故人不道远，视我如弟兄。握手诚快事，感触伤中情。田园久不扫，兰艾将并生。念子卧病日，遭余谗谤倾。百里阻稍息，愁恨徒填膺。相顾各惊喜，一言千语并。活水鸂鸳聚，净露竹石莹。精心感天地，沉魄犹尚升。但当退微滓，新辉增旧明。

叶元堦

答尹大

山斋昼未启,久雨使室昏。起步看天色,故人书到门。书中多隐辞,亦不及寒温。但道久暌隔,焦思劳梦魂。且言毋自苦,抑塞关斯文。语与嗟吁并,情逾骨肉亲。忘忧固吾愿,索居共谁论。地阴蜗衔出,梁空鼯鼠蹲。岂无鸣秋虫,幽响咽不伸。道远难直陈,只将诗寄君。展函勿朗诵,或恐旁人嗔。

山雉篇

山雉惜毛羽,遁迹巢幽谷。光辉岂自耀,一飞炫人目。断尾且未甘,俯首受羁缚。侧眼窥鹦鹉,雕鞲饱香粟。甘言若相饵,劝雉勿踌局。但能学巧舌,安用愁屈辱。锦美无杂丝,玉辉有坚璞。外视文采好,谁知内性朴。耿介守天赋,非故违流俗。微躯不足爱,幸免玩物畜。

山庄夜静抱瓮独醉,神有所往,兴而成咏

暑夕动凉思,既寝犹复兴。水虫促繁响,山风袭疏棂。幽趣内靡极,百物似无声。以兹悟琴理,机息庶可听。佳士入怀抱,悠韵激孤清。置酒欲与酌,前峰忽纵横。心期苟有会,岂必接骸形。落月偶在树,白云当户停。犹自具弦缦,虚室含泠泠。持意待牙旷,引觞还自倾。

霪雨

霪雨复暴风,波汤天南州。淮流泛欲东,一发不可收。昨闻江又溢,惨惨万井愁。纵横失轸域,田水没禾头。尚念古良吏,设险置泥牛。民今誓一死,并力扼其喉。力尽势方下,趋视已荒畴。身虽免鱼鳖,八口将奚谋。颇闻父老言,今岁当有秋。仰面看箕毕,忧虞何时休。

癸巳五月二十有六日，余自东马衖徙居湖上旧寓，思与厉、陈诸子重会竹林，而孙子幼连已归道山矣，抚事追往，不能无同调无多之感云

登高望东南，川原日萧索。即兹杯酒间，亦复殊今昨。吾生寡所谐，离立若瘦鹤。偶从孙登游，遂申竹林约。当日海东国，斯文欣有属。各具千秋心，讵博一时噱。自我吴趋归，病骨日瘦削。诸君亦迁播，秋林散枯箨。夙昔苏门啸，一绝不复作。便如此萧庐，易姓已屡垩。幸有松竹存，不随风雨落。徒为高筵咏，襟怀自旷廓。一诵岁寒句，凄风满虚阁。壁上孤影动，悲响发干镆。寥寥座中人，辍饮兀不乐。沉思天地清，坐忧寒暑烁。出望见牛斗，光芒犹灿若。

由兰江至蛟门望海，用谢康乐游赤石进航海韵

胜赏驱烦襟，枉棹未遑歇。闲霞晴自飞，穷岛冥欲没。空情寄渺漫，渊思彻毫发。神山虽莫期，清啸亦孤发。天风何翻翻，吹落云际月。望气辨七闽，占氛愁百越。回眺威远营，青芜满城阙。忧乐变物候，夷险形倏忽。大药倘许寻，胡然受戕伐。

赠友

河伯夸秋水，海若乃见少。龊龊蓬蒿人，安知千里道。君由秦中来，苍然积胸抱。向我述所历，山川穷浩渺。眈览百王迹，磊砢遍荒草。唯有华清址，约略得稽考。我闻震心神，翼翼远飞绕。作计游五岳，输君一何早。羡君须眉色，逾年益美好。意外来相逢，情话各倾倒。阶下堆丛菊，黄花半未老。仰见西北鸿，风雪望南稻。应怜同途伴，参差在云表。

程新甫自太白归，告余游育王寺观晋松，因赋此诗

君饮屠苏去，清明复还乡。别离无多日，语我言偏长。主人刘侯好贤者，延君坐之青琐堂。堂前翠色落天半，太白之峰相排将。上有危松晋时物，灿灿五色夜放光。石干丛瘿未可抱，巨夫百围犹难量。虬枝偃卧失横竖，柜格交加森琳琅。阴崖雨过沐鸾凤，土囊风出鼓笙簧。俯仰喜跃辄下拜，鞠躬倒地何颠狂。闻君此言心怦怦，恨无六翮同翱翔。身凭素几挹空翠，侧听万壑鸣琡琅。我歌晋松树，复忆阿育王。黄金驱山铸宝塔，紫焰烛昼洞天阊。人间此物竞锱铢，梵宫冶泻如泥浆。其说怪诞苟可信，吾将裹粮投西方。

谢叠山遗琴歌

建阳桥亭卖卜砚，土花已蚀紫云片。枯桐坏漆留人间，摩挲尚觉哀音恋。景炎年号丞相物，松风萧骚壮怀烈。侍御亦嗜瑶玛乐，一弹鬼母惊魂魄。忆昔侍御守信州，屹然长城沮敌谋。一族戎行漫加罪，半壁河山同逝水。安仁败走变姓名，此琴携之东南行。黄金横带人已矣，细雨落花冬青陵。小儿贱卒无不识，侍御参政何人迫。之使北去侍御气，不降援琴动紫皇，放声一泪天苍苍。薇蕨西山后先死，廿日之饿寻常耳。有酒堪浇大母坟，反颜肯应新朝旨。吁嗟乎！钟仪南音动凄咽，南音唱罢血成碧。更闻崖山汩汩之海声，迸入七弦惨欲绝。

梅花吟柬山中人

君宋老梅低掩扉，上有青雀鸣且哀。珠蕊历历愁未开，主人待客来未来。客来花开对明月，盈樽且作长鲸吸。醉倒不知花下眠，梦中踏遍千山雪。

拟苏蚕市诗

眉山植桑遍村里,千村万家绿阴里。东风三月促人忙,戴胜一鸣蚕事起。喧传变化龙女来,香火殷勤马娘祀。养蚕天暖蚕易成,坐看蚕成心自喜。但求合户免饥寒,敢望私心着纨绮。吹箫击鼓赛鸡羊,挈榼提筐邀娣姒。年年得丝充官租,犹恐翁姑缺甘旨。安得冰茧一尺长,织作夫裤复儿履。游客那知贫女艰,齐听蚕歌入城市。夕阳欲落桑阴浓,吁嗟妇兮辛苦始。

夫人城行

襄阳城头乌夜叫,朱定母子愁到晓。胡儿万骑西北来,肃肃风声城上草。一声战鼓一城倾,谁识城中更有城。贼军惊恐不敢入,满城大呼神夫人。夫人帷幄妙筹算,预识欃枪西北见。筑城不劳卒伍功,侍婢家童皆勇敢。君不见,荀崧女,刘遐妻,百万围中单骑归。奇功多出妇女手,嗟嗟丈夫惭须眉。

江上有吹笛者感桓伊事倚其声而歌之

秣陵江上秋色凉,将军脱甲踞胡床。帐中不作杨柳曲,恐有羌奴思故乡。呜呼一弄兮音初转,西风黄叶诉哀怨。

石城鼓角夜风送,惊破长星醉中梦。后宫听惯珠玉圆,忽地何来甲兵哄。呜呼再弄兮激复扬,万里漠漠尘沙黄。

有客有客东山谢,听到曲终涕双下。半生欲语不语心,尽向桓郎笛中写。呜呼三弄兮余响遥,不尽大江东去潮。

白华山人昭庆寺壁指画双松歌

山人老骨如寒松,独令野鹤知其踪。吴地烟花不称意,偶来湖上寻逋翁。孤山老僧留寺宿,坐谈禅理开尘蒙。一

叶元堦

酌醍醐发奇趣，万壑秀色凝远瞳。信手不复需纸笔，灏气往来于无穷。双干落落少枝节，十指凛凛来霜风。更磨斗墨作峭壁，势欲振袂凌长空。虚堂夜深走鼯鼠，破壁雷撼惊虬龙。吁嗟山人好心手，轮囷大材天所钟。芳春尽饶桃李质，深涧恐遭冰雪封。到此挥洒良有托，不尔气格何其雄。阶也生隐白湖水，亦思振翮摩苍穹。出山岂尽岁寒友，置身几堕荆棘丛。对君图画发浩叹，古寺七月成隆冬。山前老梅相向笑，寂寞襟期谁复同。

枯藤篇

枯藤本无力，依树为死生。春风日舒长，树高不如藤。芳菲偶潜袭，颜色讵自矜。树柯老更改，藤蔓新又萌。纵无杀树心，纠缠难为荣。抽刀割藤去，失手恐伤树。待得藤枯树已危，君子论交道在豫。

巢乌篇

东邻乔木蔽天，有乌巢其上，主人憾之，毁巢殒觳，群乌哀鸣，感赋此诗。

屋上老鸦高下飞，一雌一雄长日啼。巢枝觅得此间好，纵横结构榛与楲。树下主人爱利市，恨尔嘲嘲聒人耳。十丈长竿手自摧，巢落雏翻跌折死。雄出未归雌哀泣，雄归亦自号不已。鸦泣鸦号主人喜，免却门前日叫唏。我谓老鸦尔勿悲，告尔一言且听之。吉凶本不干尔事，哓音瘏口亦何为。尔貌黯黯无杂采，尔口嘈嘈无妍词。尔言尔貌终不改，慎勿再向人间飞。人间自有好禽鸟，尔向空山求故枝。

箜篌谣

我读昔人箜篌谣，使我反复心内焦。世途纷纷言结交，不若江湖侣渔樵。野田供黄雀，足与饱崇朝。寸草托枯桑，犹能生春苗。奔地之猿喧天枭，背君作诡对君笑，罗张网设安所逃。他人争富贵，方寸幻作千峰高。尔意在何许，胡为日日苦忧劳。亦知箕颍间，古有许与巢。身外不使留一瓢，笑将六合委神尧。

偕诸友人过白湖观新涨

湖流夏涸草平堤，清气汩尽成污泥。一夜忽来四山雨，凝烟散作青离离。闭门坐觉兴萧索，出游暂令心怿怡。眼前坎壈且勿道，好酒满船虾蟹肥。浪迹自去吴门棹，骚坛谁树句东旗。文章自古有抑塞，山水何心减光辉。举杯酹湖湖不辞，作歌投水水当知。吾曹性情在天地，失意安用生歔欷。落日渔舟未归宿，轻风鸥鸟相并飞。何当把臂结莲社，长与林泉作主持。

乌夜啼

田豕肥，田禾稀，漫田草白霜凄凄。老乌缩颈冻欲死，小乌绕巢不敢飞。欲哺老乌苦无粒，老乌小乌相对泣。老乌谓小乌，山深月黑鹰疾呼，短衣力士金仆姑，勿以口腹捐其躯。予尾既脱予口瘏，思欲负子去，力尽血竭心亦枯。心枯且勿惜，愿尔毛色常丰腴。慎勿舍我东西南北远飞去，使我夜夜啼呜呜。

郑丈乔迁过访湖舍，以二老阁旧藏杨慈湖石鱼偶记、周黄门诗稿惠示，欣慨交集，感激成篇

人生踪迹如旋蓬，别君三年今始逢。樽酒历历话前事，庭树瑟瑟生秋风。秋风逼人毛发改，百年枌榆几人在。唯有大文垂天地，朗若明珠照沧海。海东自失双韭老，弃掷残书等败草。力搜颇苦同志稀，名微浪博里儿笑。令君投我慈湖书，淋漓元气聚一庐。烧烛朗诵不释手，仿佛四琴

叶元垲

张座右。袖中更出黄门诗，简端大书寒村叟。令我生平炯炯心，到此都忘郁郁久。夜阑人静风更烈，乱叶着雨鸣空壁。兴酣起向天外看，浮云四散月高出。悠悠世事不可知，纷纷聚散徒尔为。君归闭阁守遗籍，与君永此千秋期。

中秋晚晴同诸君白湖精舍作席地饮

不图今日雨，将晚忽云开。明月一竿上，幽人几辈来。庭空间疏竹，龛古长秋苔。席地殊文宴，盈尊倒绿醅。寥廓绝纤翳，人间如水精。尘怀无住着，诗境益空明。柏叶栖阑影，昙花落磬声。醉来不归去，寒漏已三更。

郡楼

百尺郡楼上，凭轩醉浊醪。林空横断塔，秋涨逐深濠。落日千山迥，西风一雁高。乡园何处所，望望首频搔。

太湖

一水分吴越，双流夹洞庭。浪花浮岸白。山色逼天青。村落成低浦，帆樯隐远汀。回头思靡极，何处是西泠。

寄伯兄 录一

春酒置盈瓮，迟君归共倾。不知风雪里，何以慰孤清。世路多荆棘，相怜只弟兄。堇江犹恨远，那复蓟门行。_{时寓鄞，将游都门。}

登挂雾洋绝顶寄怀黄醝尹_{桐孙}粤东，胡太史_鉴都门，韦文学_{光黻}金陵，厉文学_志翁洲，陈大令_仪、汤文学_铖、孙大令_{家谷}甬上，姚明经_燮蛟川

盘空有雕鹗，万里向秋风。愁思与之往，苍茫不可穷。吾人各飞伏，夙昔叹萍蓬。孤啸欲何所，乱山横海东。

赠何厉二生何名洽，鄞人。厉名学时，定海白华先生子

何生数颠踬，益自厉冰霜。吾意方孤寄，尔材胡久藏。行当千里致，坐使一军张。莫似寒山鹤，徘徊不远翔。

厉生年十八，亦足快人怀。松下栖瑶草，春生已满阶。父师传并得，正变力能排。何日遂幽意，溪山行与偕。

偕树百湖堤散步时树百将有皖江之行

湖水涵明月，悠悠若有情。人心与之淡，万境此时清。我已烟波负，君胡风雪行。白鸥间共浴，矰缴复何惊。

梅伯归里余不及送赋此却寄

疏雨过城北，征帆入海东。鸟鸣孤磬夕，人去小村风。寂寂尊中酒，飘飘陌上蓬。为缄离别意，早晚付邮筒。

白沙经杜光禄槐**战殁处**

满目尽荒野，当时经甲兵。大旗连海动，此地少人行。夜月沙犹白，春风草不生。时平思将略，空复涕沾缨。

残明倪评事集中有北山哀一篇，为吾宗节烈汪孺人作也，读竟感泣，附缀小诗，以资异日志乘之采

正气存天地，悲音彻鼓雷。欲从东海哭，又听北山哀。竹柏见根本，波涛愧史才。郁怀思一泄，重觉肺肝摧。

答汤茗生问诗

海上谈诗客，平生厉与孙。疏狂复谁惜，寂寞共君论。养气唯书卷，怡神在酒樽。水云无限态，自有性情存。

叶元墀

初秋偶咏 录一

窄窄横桥清浅沙,晚阴低处互残霞。远天一角白苹水,疏雨连村紫豆花。入望关山惊草露,登程燕雁怆天涯。频年异地增悲感,赢得中郎两鬓华。

过吴山伍相祠 厉山人志吊之以诗,余为继声

东望群峰接鉴湖,独留一壁向姑苏。大江风激余孤愤,小海歌残惜霸图。百战河山空隶越,千秋魂魄尚依吴。萧条异代吹箫客,来听荒城日暮乌。

昭明台

槛外江流滚滚来,朗吟遗调鬼神哀。六朝烟雨已无迹,一卷风流尚有台。竞习靡音夸伪体,独违众悦见清才。狂澜千古更谁挽,落日苍茫酹酒杯。

威远城叠用登望海楼韵

昔时蜗角斗群豪,山郭频惊驿马骚。兵气潜消三月暖,戍台迥向百蛮高。近闻乌鬼窥关市,时红夷求互市,夷有黑白鬼二种。又报金龙走海涛。南粤逆苗赵金龙未靖。自是东南雄绝地,莫令水上有凫毛。

答尹少桥 嘉年

旧友如星散晓河,得书君复困沉疴。自忘病骨腰围减,转为狂奴涕泪多。应有奇文感魑魅,恨无长剑斫蛟鼍。壮怀一例遭磨折,仰视青天发浩歌。

壬辰岁暮杂感 录一

大汉雄兵力挽强,海天波浪正飞扬。朝廷遥隔五千里,

郡县惊输腓日粮。风雪兼程夸虎旅，东南军事属龙骧。安边定有张华策，草野无须旦暮望。

调兵邻境羽书纷，昨夜喧传赴远军。逐队严程无荐蓐，重山积雪似烟云。已劳北阙三推毂，未定南邦一战勋。倘谓蛮夷堪抚纳，自来怀远在修文。

满拟

满拟繁花照眼红，卷帘晓雾忽蒙蒙。亦知簧舌惭春鸟，偏有冰心语夏虫。莲叶待舒仍怯雨，蕉阴微展已知风。寻常物理看何尽，枉说江郎赋恨工。

菊

群卉飘摇逐岁华，独留霜艳缀篱笆。偶论世事堪流涕，不改秋心是此花。骨傲天教逢晚节，性闲自分托山家。转嫌淡未到颜色，误受人间俗眼夸。

泊舟西岸

潮落滞行橹，空林见雪花。夕阳将人影，遥立隔江沙。

舟次百官

篷声瑟瑟趁蒹葭，日夕苍烟动碧洼。添得新寒今夜梦，野塘如雪落棉花。

嘉禾道中

西去奔流向石门，一帆斜日欲黄昏。隔江隐隐闻鸡犬，十里桑阴不见村。

读明末甬上殉难诸公传书后

森然满纸干戈气，如见横江战血流。浩浩江波去莫返，

叶元垲

空闻词客祭江头。全谢山太史为诸公立墓石,岁时致祭。今鄞人孙家谷、汤钺等继焉。

姚燮

字梅伯,号复庄,镇海人。道光甲午举人。著有《复庄诗问》三十四卷。

董沛撰《墓表略》:先生生具异禀,五岁能赋灯花诗,稍长读书十行并下,自经史百家以逮道藏释典,靡不周览。公车北上,都中士大夫及海内名辈争相延纳,交日益广,才日益肆,著述日益多,已梓者若《皇朝骈文类苑》若《复庄诗问》若《骈休文榷》若《疏影楼词》若《玉枢经龠》;未梓者若《胡氏禹贡校补》《夏小正求是》《汉书日札》《它山图经》《词学标准》《今乐考证》《蛟川诗系》《疏影楼续词》《苦海航》《乐府》《茧拇录》《息游园杂纂》诸书,都二百余卷传人也。

《瀛洲笔谈》:梅伯诗骨雄健,文笔清新,尤精绘事。在日下谱《香山愿》《退红衫》乐府,优伶争演习之,名重一时。诗如"南极云低三辅夕,西山日落五湖秋"、"去浪随风争夕势,孤舟有客动劳心"、"驿背乱船迎枥下,马头残梦带霜醒"、"当风帆湿犹疑雨,入晚天暄渐减衣"、"乱烟掠树遥青碎,晚日当尘大赤浮"诸句,如食洞庭柑、枫亭荔支,别有俊味,不食人间烟火笔墨。

汤海秋先生《评略》:梅伯自遘辛壬间海夷之乱,出入干戈,备尝艰苦,空山拾橡,歌啸伤怀,旋膺危疾,濒死几殆,时著《茧拇录》一书,缕述事故信而有征。其为诗也,一变为苍凉抑塞,逼近少陵。甲辰,计偕来都,读其近编,感焉生喟,直令人击碎唾壶。才士之穷,乃一至于斯乎,然君文以是益工矣。

述想三章

太虚无翳，空水缋神。深妙于蓄，渟极鉴真。灵葩彩耀，吐纳春芬。飞鸟下上，去风来云。元化善育，造独趣群。委以平淡，谁为至文。

层雪夜皛，梅鄂与敷。神寒似削，得春读腴。守婴谢老，空山寂居。影幻凤豹，靡测所储。嚼蜜齿淡，沃膏发枯。元橐心癖，欲偃理扶。闻钟思息，西月已徂。

至感无迹，真响惟希。飞鸟天汉，落日翠微。美人秦越，佩兰在衣。芳飚乍来，不隔余思。细若蚕语，琴以怨之。

独居谣四解

飘风千里，流云未已。座闻清歌，投袂而起。
出门逡巡，还入我户。彼饴之甘，安知荼苦。
远山绵峨，横川自波。群燕来下，柳枝不多。
夫君未还，贞守谁信。春风独居，委颜于镜。

王淑姑诗

月在中井水明匪，井水之明姑之心。

今日为王氏姑，明日为李家妇。茑萝系乔枝，同心誓相守。

金镮双葳蕤，母欲夺之。金镮不可断，姑心不可转。

金镮可断，井水可浊，姑心不可转，姑身不可辱。

母知有姑，姑知有夫，鸳鸯铩其羽，安能傍鸥语。

生不同室，死或同穴，井水之清，金镮之贞。

浩歌行十章 录二

来日大难，后疑缺三字。今日有酒且为欢。去年枯树少人赏，东风开花今满园。春花自媚风自清，春月照杯何莹莹，饮之心腑生光明。刘伶李白且长没，况尔黄金铸愁骨。

行行重行行，唧唧复唧唧。古来不欢事，人生有离别。春云飘燕度大梁，秋风吹鸿下南江。关山如磨客如蚁，奔走劳生那时已。我且手持七尺珊瑚竿，日坐门前钓溪水，失鱼何忧得何喜。

子影二章

穷蹑丹崖颠，子影迥谁伺。赤鹑高拂躔，苍龙灿回次。元胎萌上阳，腊之皆可饵。偓佺不在尘，摘取往安遗。槁壤为蚓餐，莫由强蝉嗜。惜哉锻钩手，偻躬习陶埴。命无半绶荣，滥欲大官厕。浑仪虽如圜，其衡有轩轾。

洛钟喑其响，不如谐土匏。谁谓仲子廉，乃受齐人嘲。长镡久辞佩，制肘皆蓬茅。安得奇肱车，驰我千里郊。海日初挂钲，摩云自成旓。野龙战难遏，天耳甘于聱。操心各磊磊，债议徒嘐嘐。恣尔咒出柙，委逐牛鸣窌。

览物

览物不求理，徒拥书千箱。江海无定澜，随变成文章。排闼面远郊，晨气静生凉。束山一笏青，城楼劲相当。独帆从东行，两鸟从西翔。平漪澹逾白，远树深益苍。空阔呈妙仪，机轴持有常。置心罔留滞，劳逸均善臧。

哭卢文学师_棠

毕生穷六经，垂成未及用。知名仅里廛，益滋吾道痛。积痿恐伤性，饮酒托驰纵。频以未了志，太息语群从。西风一夜寒，乌巢有霜冻。元灯不续心，残炷堕如梦。讣及贱子闻，迟疑未敢恸。分明讲易堂，盘盂昨犹共。遗孤瘦可怜，衣垢祍皆缝。依依寡母怀，索饵但知弄。房隅旧箧书，破碎与尘葑。缕然心血存，谁来职厘综。庭梧百尺凋，上有乱云懵。下有残蟪声，凄宵语苔空。

寒食

盲风撼虚棁，春寒到枕恶。孤警动乡思，方寸起崚崿。忆昨行南郊，丘冢满荒漠。券台榛莽高，日薄气萧索。陌纸谁广招，啼鹃惨不乐。以兹悲贱躯，千患莽沦泊。贫贱迫流离，岁月驰已昨。亲鬓就衰颓，何由补藜藿。常使佳日逢，频此异乡托。哀哀荒巢乌，望望出林雀。天海雾阴云，游子梦魂弱。况味交苦酸，吞吐忍龈啮。灵明嗒然痿，文字不能药。揽衣循中庭，露气溢茎药。翻令思庭树，别时几残鄂。风雨经浃旬，到今恐零落。俯仰物态殊，忧心益焚燿。掩泪不忍看，返步下重幕。

拟古五章 录二

美人理瑶瑟，夜坐白玉堂。天迥月华净，入户流素光。含思渺何许，凝盼沉若忘。欲飞身无翼，欲渡河无梁。抚弦不终曲，曲终恐断肠。芙蓉飘飒飒，惊起双鸳鸯。安栖弗女伤，及此良夜长。

西蜀年少子，才气薄秋云。冠弁灿珠绣，捷策金马门。欢宵侍宫宴，泛瑟娱阳春。蕙风畅幽素，桂月流艳芬。扶掖辞内闼，含醉骄主恩。凉飚下金井，梧叶飘纷纷。苞凤愁铩羽，回舞丹丘垠。盛宠久难恃，荣华转就湮。太白有仙骨，散发走燕秦。

太湖舟眺上方灵岩诸山

移帆指平漾，湖色开犹微。稍稍拓新苇，渐渐藏绿漪。遥山各横睐，流媚秋烟姿。初阳澹与射，百变无定仪。怀人致幽怆，揽景愁余菲。孤塔苦无傍，断雁时来飞。倘闻帝子乐，寒浒扬灵旗。天裳被萝叶，愿慰区区私。

杂诗三章

入门思远游，出门思故乡。饱暖难坐谋，出入安能常。大河入平野，河上千垂杨。旧枝折将尽，新枝今未长。夜气就凉肃，况复多露霜。胡为千里客，中道犹旁皇。

皎皎天汉间，历历斗与牛。云归岂无山，因风尚夷犹。剪烛坐深夕，远思驰难收。不知芦荻多，但闻风飕飕。萧然顾吾鬓，奈此江湖秋。我慕东陵子，读书老樊丘。

白石可砺齿，白水可鉴心。顾我尘箧中，惜无绿绮琴。纵有绿绮琴，谁解琴中音。抱石在寸心，与水同浮沉。抱石谁知坚，量水谁知深。子期不复樵，山木空阴阴。

饮酒诗五章

大海漂浮瓠，不及一尘小。禀命无一齐，天心亦草草。长庚敛夕辉，鸡鸣尚非早。屈贾岂辞谤，施嫱但愁老。演漾为太和，春云纳吾抱。托命羲皇先，毋嫌骨枯槁。

明月照枯树，上有愁乌啼。素袂不受凉，秋霜何凄凄。闭门避人迹，园径生苔衣。独坐无悦心，泛我青颇黎。大兰冠西郭，海上诸峰低。苍鹰不能击，劲手还射麛。金天气萧索，垂水成白蜺。沧波不盈勺，桑田已无泥。何如谢劳瘁，圭角铭童觿。

梦骑青尾鲸，往与太白游。下上合天水，万树芙蓉秋。银潢折西北，不向昆仑流。羲和有堕鞭，常仪邈含愁。天孙无艳姿，何以蛊牵牛。谁于沃焦底，结撰金碧楼。元运有穷算，庄老皆蜉蝣。唯此杯中浆，不与造化雠。汛心向寥阔，如彼浩荡鸥。

驱之行万里，假我奇肱车。颇嫌博望生，不著河渠书。未识城市喧，饱食惭樵渔。冯暖讵无家，好曳王门裾。断手不得剑，面靫心如荼。匿鼠来宋人，燕石皆璠玙。倘有珊瑚竿，愿钓濠梁鱼。

　　幽赏得弦外，泂响为古琴。山人携药锄，不劚菹草心。大野多流萤，河汉夕方阴。苍桐百尺枝，中有元籁沉。紫鸾振华羽，自顾非凡禽。骏马骨已朽，焉有郭隗金。之子在西方，怅焉怀好音。

八怀诗 录三

饼师毕叟

　　日落散乡塾，牵狗空庭嬉。叟频携饼来，似怜小官饥。叟年七十九，制饼觅微利。健脚同少年，须眉古和气，三日叟不来。鱼肉亦不甘，索得阿母钱。趋向门前探，门前闻饼香。叟来小官喜，叟死竟不来。小官泪弥弥，小官今有儿，儿顽如昔时。出入索饼尝，忆叟为此诗。

北城老兵徐

　　三十食官粮，四十充海兵。闽贼寇海来，遂从李帅征。李帅不自官，待兵如弟子。贼炮轰帅船，愿代李帅死。李帅竟无生，老兵亦受伤。肉尽可见骨，示我左臂创。昔负百钧石，今须扶杖行。每思李帅恩，涕泪犹纵横。海风吹雁落，海水立城起。李帅尚无祠，老兵老如此。

横山妪周

　　赤日一百里，独行过横山。横山深赭色，照我枯索颜。索酒苦无店，饮水苦多泥。偶憩三版亭，如得大屋栖。老妪手抱儿，置儿汲新水。为我炊瓦垆，还问我乡里。自言廿载前，曾为汝家佣。瞿然问祖母，上及我祖翁。顾我点首笑，其时汝方童。汝今当读书，吾儿亦务农。

清江叹

河流郁深赭，到岸接沙色。沙烟浩千里，苍黄白日匿。朔风抢冰刀，割雨万丝截。客子悔早行，寒噤语不得。烂土裹石角，轮陷尽马力。凭辕恣穷眄，耳目动怜恻。民丁居草厂，折竹卫低壁。累累碍道路，势与郊家堉。苇席悬作门，破碎洞幽黑。妇抱湿薪叹，儿拥漏衾泣。冷灶绝残糜，喑喑犬声逼。塘西千版屋，连楯颇崇洁。主人厌荒落，赁为牛马室。昔闻暴秋涨，堤防弱难塞。芸芸化异类，蛟鱼视同息。北南络限界，地气此偏蚀。造化所摧戕，或非官守责。委数任迁流，民生终安极。荒店断苦饮，长淤竟朝涉。引领发浩叹，哀鸿满邃泽。

寒窗灯影图为孙丈题

苇门破如席，纠以苦竹根。得毋孟家里，老屋千年存。哀鸟悬丛灌，月射苍烟昏。灯篝黯无焰，座上蓬发髡。儿影绕凄瘦，絮薄肤不温。呻唔隔窗纸，响与霜风吞。可怜慈母念，摧恻难具言。婴孩于书卷，往往仇不亲。鞭挞示佯怒，酸泪胸臆沦。但云汝违教，遗书吾且焚。忍使九京下，饮泣无安魂。鸡鸣慰之睡，恐复劳其神。兀坐珍残膏，还理机杼纷。诱掖得成立，千万荼蓼辛。只此尺幅中，笔笔心血痕。先生持示我，往迹觐缕陈。伯也少科第，<small>谓兰村侍御。</small>藉或报所恩。五马未传诰，遽萎庭阶萱。萱萎痛已矣，棣鄂随凋零。孝弟亦何事，飘灭均埃尘。出门望丘垅，垅上天沄浑。入门向床壁，触目多遗文。遗文阿兄读，丹铅母手经。挥髯咀儿味，岁月逝飚轮。菱溪流日夕，荻芽看复新。噩梦堕虚幌，但听秋虫喧。兹图胜阡表，珍袭贻后昆。痛哉蓼莪什，涕泪终乾坤。

过谢家塘少时故居感作六章 录二

十年易三姓，门户多改移。高槐当断垣，叶尽无鸟依。初旸照霜白，庭草萎以凄。饿犬逐病猫，过牖惊黄鸡。缅怀夙所历，境在心终疑。晨昏有沧桑，风雪谁预期。

高楼面东敞，眺及江上山。夙岁吾读书，伴有湘娥鬟。朝云如轻罗，静熨帘光寒。狎我吟声低，黄鸟啼复间。振袂重此登，欲倚无完阑。仰警天鸿孤，俯惜城柳残。依然门外河，东去咽流湍。

同厉志、罗以智、苏惇元、叶元堦游七宝山登大观台作三章

阴苔闷崖磴，古级天所成。瀜然散云叶，袭我衣裾馨。仰首见崇柯，桂树吐繁英。落日远相射，虚潭浮莹莹。余辉散高壁，佛阁敞四楞。天风动萝带，吐纳钟梵声。游籁忽归寂，壑气早就冥。已无紫阳客，谁叩元关扃。

搜烟入虚壑，灵草多菌芝。日霜未相蚀，经秋含绿蕤。天光细如线，宛转岩隙垂。翔禽影忽掠，人语虚无吹。通明达真地，意坦行忘危。崖藓触巾帽，碎影还扑衣。径转得平壤，四望空所依。峰峦尽低俯，不顾流云驰。窥林见城郭，或疑人民非。安得驾麋鹿，乔伫共邀嬉。

蹑足更无上，万象归一台。大风起河涘，荡我胸襟开。江湖态时变，云鸟赴其机。木叶在空阔，落久犹纷飞。明日对尊酒，歌笑吾知谁。茫茫古人迹，视此犹尘埃。驰欢恋白日，来者亦可哀。苍烟未平合，倏已沉短晖。眷言二三子，去去将奚为。

惊风行五章 录三

辛丑八月二十七日,郡中倾城避难,余一家徒步出望京门,假海会寺僧舍暂宿,感怀纪事而作此诗。

弱草靡惊风,谁能顾根蒂。漂我同室魂,往将匿何地。生死凭虎狼,恝焉凛天懠。八口艰半饱,夙命已乖齾。薄晞争晓阴,路草炫霜翳。便投土窖深,胡敢望安憩。偕行穷巷间,蒙羞苦无薜。踉跄千百群,十面九垂涕。相识亦有人,低首但遥避。可怜穷竭心,各因保身敝。势难窥冰渊,间暇论高义。触砾愁跰焦,颠倒互牵曳。假庑聊息劳,已胜百橼惠。经新巷少憩,袁氏将近西城,人多不得出,遂复偕家人止沈家。眼看深闺居,平等受狼戾。流汗知腹枵,姑为箝口闭。大陆交颓波,迷津逝焉济。

微命不如蚁,蹂躏多苦伤。乘危掠衣物,剽悍胡能当。呫嗫胠箧流,白日行堂皇。既无官令严,谁恃身势强。万人趋一门,黑暗如排墙。溃地一哄声,上辟鸮鹰翔。进退居两难,翘企偕彷徨。讹传咫尺间,已断濠河梁。失色尽灰土,何有肝与肠。共乞皇天仁,愿缓时日亡。白皙谁家女,劙面无完裆。绣袜污烂泥,认是官家郎。还顾我亲属,欲止路无旁。谁喜平安存,呼吸谁预防。凛冽未入冬,草木先凋僵。野烧发穷蛰,在扞何闭藏。

兵燹有恒劫,理难苍昊嗔。未竟杀戮遭,已叩无尽恩。暂谋一夕安,遍叩识者门。谁防捷足多,实无余地存。岂当投露草,宿与饥鬼邻。疾日不慰怀,渐渐西云昏。望途森乱棘,视水惟流湍。在昔安宅居,冻饿尚匪艰。栖鸟凋有林,匿兽荒有山。但得托止常,亦听毛羽残。勉趋禅室谋,为我让西轩。转觉两间窄,独此广厦宽。雏僧走供烛,菜芋纷堆盘。夺命沟壑余,何暇饮与餐。幸保骨肉完,弥使心凄酸。隔屋多惨啼，愁阴夜方漫。

暗屋啼怪鸮行 为郑文学超记其烈妇刘氏事

暗屋啼怪鸮，荒门逸瘦狗。鬼兵渡浃来，海城已无守。昼天黄晶晶，凋阳不成曛。似有五色虹，宛委城西埵。西埵茅盖楣，烈妇之所栖。烈妇卯金氏，嫁为郑生妻。烈妇有两女，烈妇有两儿。大儿十许龄，少女襁褓持。少儿同大女，娇笑痴能啼。郑生苦佣书，烈妇苦织丝。佣书复织丝，寒絮饥则糜。烈妇不怨贫，郑生不怨贱。圭珏埋暗沙，精采有谁见。辛年八月杪，鳌柱东南倾。河水无寸止，路泥无尺平。河水多流尸，尸流水不洁。腥风扬路泥，路泥有人血。生曰吾死忠，妇曰妾死节。死节妾匪难，奈儿若女何。大树遭斧斨，安顾墙隅花。死忠生匪难，奈何以为家。倾筐不可理，摘手愁乱麻。烈妇语生前，点首泪沥涟。妇还语大儿，外家城南偏。速往匿外家，鬼将逾邻墙。而娘有而爷，而爷男子强。顾娘及弟妹，兼难顾儿生。鬼去儿再来，再来看而娘。狒狒掉长尾，抢入西家庐。西家有妇姑，赤裸遭毒痛。仰首不及梁，俯首不得池。求死不能死，噤口哑哑呼。亦有好男子，喁喁同槽猪。生云祸将及，妇云咄已急。将鸩置酒中，缶罂流殷红。殷红琉璃光，大女汝来尝。饮女递饮子，女殒子同死。怀中顾幼女，三年未离乳。母死谁乳儿，此酒儿饮之。少女饮不辞，死得娘慰怡。维时万类盲，髠钳堕元橐。斗室万古天，日月两心皎。对耋何从容，正袂敢草草。魑魅窥其庭，反奔戒滋扰。郑生有弱弟，入门见死嫂。可怜死嫂怀，犹将死女抱。死嫂死在床，死兄死在地。死嫂身已寒，死兄有余气。有气殆可活，救之获渐苏。活我诚何辜，忍以同命鸟。使其泉下孤，屋漏相神明。坦誓难模糊，莫云郑生生。郑生心已死，死心从死妻。生身怙生子，莫云烈妇死。烈妇魂实生，

姚燮

夜夜房屋隅，静闻呼儿声。郑生吾旧友，负才称不羁。贻书告我详，属我哀以诗。烈妇身中材，烈妇端容仪。凤见井臼间，枲布整裙鞋。昔为草霜洁，今为河星稀。河星照独桑，独桑无蜷枝。独桑如女贞，百尺青青枝。下有病马嘶，上有哀雏啼。

韬志三章简厉山人 录二

韬志泛群籍，揽古每疑今。矙然持牖光，未许窥元深。出门遇田父，罢刈披野衿。目审空鸟飞，谓当来日阴。专听鲜旁务，抚籁皆得音。抱鉴蒙垢埃，负天惭吾心。吾友栖鹳江，著书慰夙任，应探皇古藏，一弄庖牺琴。

旷子倏经岁，迩迹难尽知。差闻支绌劳，谋食如年时。谋食但得食，支绌终奚辞。生愁棉市中，鲜重蚕女丝。艰苦得保生，饮啄逾可悲。八口同寄荒，我亦寸心疲。润我憔翠容，仅借青山姿。青山递尔居，尔当悦以诗。

僦居鄞江桥村绛山楼匝月，撰它山图经即事三章，示主人朱立淇并徐兆蓉、郑星怀两文学 录二

清响不容唉，鹤翩癯已凋。云逴多鸷鹰，忍命投蓬蒿。观时惧流迈，役俗难挥劳。工文徒耀名，未值达人嘲。粗办薪米安，蒙面思僻逃。夹漾开古天，挂峡神松牢。每当月满空，万屋皆闻涛。岿然一桁栖，特冠群屋高。四山平束檐，置案当其坳。纸色浮黛烟，照面青吹毫。积卷同乱丝，集绪颇艰缫。偶获尺寸齐，如展鲛宫绡，订八昧其七，吾腹自惭枵。何况见闻外，疑理纷牛毛。积旬慰坐闲，暇且倾壶醪。醉枕藤萝阴，梦在黄虞交。

鞭心入稊米，百貌搜丑妍。武断矜辨辞，吾敢阿前贤。

黄氏《四明山志》、全氏《鲒埼亭集》、钱氏《鄞县志》诸书，其言四明西南

水利多舛讹疏漏，悉校正之。诸君此桑梓，洞熟委与源。发难相取资，集偏助其全。句章古丰壤，万浍根一泉。泄闭毫发差，饿骨无葬阡。琅琊不再生，谓唐太和王令始筑它山堰。巨任仗谁肩。督茸虽有官，徒縻苍生钱。旧制故难复，旧法未容湮。力疾勤钞胥，孰信卑儒言。太息睨云山，古愁来塞填。龙门书河渠，其论至今传。我为牖下鼋，足未投穷边。守寸夸得隅，汗下徒涔然。

哭白华先生厉志一百二十韵

噫气泄阴山，下使万窍阖。到目无一怡，孤心倚谁惬。厉君久病床，如我病尩怯。两病各半年，岐黄亦穷法。近传君病危，食已禁飨嚥。我病虽略瘳，在啜尚愁喝。生微意已短，气在为君慑。迟日恐有差，勉行试蹀躞。相期一握臂，远抵信问十。裹帽添重裘，不顾路霜浥。初日当西关，断草黄过堞。沙水交城流，急驽向西漯。我心急过驽，步碍转多踸。巷末见君屋，屋近似闻泣。泣底乌能闻，门有纸钱湿。又恐邻近讹，急我排闼入。斯时孤危心，如羊斗群辑。谁防君果然，死矣露朝溘。君死为昨夕，隔日已未及。悔不日昨来，为君理衿襟。君有呻吟声，犹得我耳接。犹使君泪眶，亲见我呜唈。或有未了言，为我致喋喋。掌为君面摩，指为君手执。我罪实负君，君目竟不眨。可怜枯树枝，俯影互窗翣。触目尤可怜，乱书积隔楒。是君心血存，是君手爪掐。幸哉君有儿，森削竹成立。呜呼不复言，浩茫往怀集。往与君始交，君年过我廿。相交旋廿年，曾不抵一霎。君生少孤苦，赤贫鲜援挟。弃佣事读书，偻身破橡蛰。暮食朝不炊，泣典老母鉥。乞米亦有门，焉肯听颜甲。逮博一领衿，转嫌马添鬣。羞厕帖括儒，乃复弃举业。性命役经史，寝馈竭搜猎。旁涉书画林，研展勇摹搨。橡笔千钧提，猛欲晋唐压。剑气青郁浡，腾采玉龙匣。作诗

姚燮

力追古，神浑貌无袭。结轇复结轕，一一系篇什。趑趄向六合，天窄地岌岌。虮虱蠕其间，萤爝与煜熠。游丝不春拂，辱遘野马狎。而君抵众陒，太洁任污纳。卷襆趋三吴，声名重琼钑。枣骝犴云逵，骦骊逊驳駬。世欲杀狂李，荆州术忧乏。黄金于才仇，毫楮衍橐篋。归来穷海栖，翻涛濯长铗。拟栽佛顶桑，短蓑具锹钾。魂瘦不耐荒，咄咄猿径狭。雕鹗莽骄横，而君翅恒戢。君貌癯兀兀，苍巫斫秋峡。君气百齮龁，鞭箠辟刘邺。与我相昵亲，类彼脊骈肋。君带我结纠，我裳君纫縼。君过我弹劾，不恶我詀讘。我文君改抹，畏君每怗怗。矧论肝肺交，君与鹤山叶。谓仲兰。伤哉鹤山鹤，铄矣命遭磕。与君同梦之，其魂弱烟蝶。西瀛梅华楼，古苔织吟衲。常与君同梦仲兰为僧装。君更西旸徂，道山践朋盍。广漠风逍遥，斟元互酬答。而我枯影螗，寒翳室空睫。不喑而厕喑，于谁致喢喢。君凤困疢痋，肢体委疲荼。夜火芦窗灯，怨抱镜心频。屑屑霜丝影，须髯未经镊。自分颓邑终，心存力艰给。呼怆难再穷，迩还睹兵劫。健军楼烦遛，飞轮下艛艓。蹂躏君室家，扰乱君鄙邑。脱祸逃郡西，妻即挈烦慑。萧条四堵壁，但悬敝毡笠。而君妇实贤，靸瘃赴薪汲。有子劳佣书，出负异方筴。在水摘有菱，在陆搴有蕺。唯君餍曰甘，那问黄饼粒。时抒忧时怀，骚歌振铿揭。飞狐过江躐，颠松苦鸢跕。喘促幸留息，踬也续之踏。而宜涸辙鱼，终于阻清雪。今岁篱笋肥，淫霖夏旬浃。我病刚淹绵，五内丧欲嗒。螫疑毒虺攻，每每坐昏魇。君闻不待沐，冒雾贯河楫。过我惊我瘦，与我拭尘帕。而复整我衾，而抚我之袷。支枕我苦渴，壶舜为我扱。方寸君已乱，慰语重且叠。时可已午交，檐阴倏飔拉。凉照古苔阔，暗绿动蒲萐。呼童理虾菜，为君奉蛮檝。横汉峨嵋峰，远爽翠平裛。令我开病怀，起且御芒屟。终忧病不生，绋将累君执。孰料君先亡，为君荷埋锸。茅堂酒一尊，万古月沉硖。而在昔别时，犹期继欢洽。忍看君入棺，厝诸野丛沓。野河颓下流，厥声沱以溚。君魂漂浩荡，我魂阻嵬崒。黄泉苦不门，青天苦不级。泉有门可通，天有级可拾。未闻天泉分，既辟复能翕。生魂与死魂，何从接呼吸。君生吾亦贫，助升不及合。君死苟不传，吾惭旧盟歃。哀哉吾厉君，吾心君所习。纵有十万言，末由尽笺札。哀哉吾厉君，吾来向君揖。此后吾于君，如冠不谋鞶。吾告可冥通，君魂定怏悒。剩叶不留柯，曦轮堕海急。哀哉吾厉君，吾亦感衰飒。

与汤郎中鹏话旧感赠五章 录三

高文辅元气，喷薄弥九垓。世无昌黎子，辜尔龙门才。牛羊自矜宠，掉尾燕昭台。天骝厕其间，沉啸不敢哀。豢以下厩刍，何如蒿与莱。蒿莱蔽山野，其上白云驶。蹑云但不蹶，万里在尺咫。不闻赤谷驹，终以恋豆死。栈豆信难恋，长风何从追。劂石去其确，太行今如递。千钧负堪骋，舍子吾知谁。

七年与君别，世事如弈棋。山猿不相爱，夺我青萝衣。一车九市中，轘辘知何为。避人还闭门，檐花自来窥。乾坤入春橐，寸心未敢违。吟诗养天悦，讵憾知音希。君来叩我门，为我洗尘堨。纾情不可状，别出悲喜外。悲亦不在别，喜亦不在逢。依依寸曙光，照几生和融。斗室同太虚，心迹安能蒙。

夙时盛文宴，造化与持宰。驻马城南郊，一樽有千载。盟词可镌石，历劫不能改。讵谓他时逢，剩我两人在。生者异乡县，死者归山丘。白日照千里，不及天尽头。河水出昆仑，万古无回流。河水无回流，白日有时夕。我发今萧疏，君髯已盈尺。转悔去日短，未与竟欢悦。安知自今往，复能几回别。

论诗四章与张培基

昔以道性情，今且竞门户。其才虽足欣，其息已非古。春岚含雨情，妍云作花吐。江镜为写姿，天杼自工组。未闻雪羽鸥，染采效鸾舞。本原苟不亡，蚓窍亦钟虡。哀乐流至声，足为元籁辅。夜中嫠妇啼，能令盗心忓。

往古且弗道，与子论近流。施王树坛坫，其实皆俳优。后来草窃辈，乃有袁赵俦。譬如东迁降，于时为春秋。岂真王道微，竟无鲁与邹。单弱不能振，群雄视为雠。日月在人心，当于万古求。奈何舍庄步，局体甘桔囚。

劙尔悦世容，断尔佞人舌。縶尔争竞心，投之向荒沍。毛颖虽良臣，棱棱有廉节。力至可造天，毋使役烦屑。吐蜃为气楼，丹黄极灵谲。冰夷避不居，龙女窅来媒。激籁不为蜩，何如抱枯子。磨镜三千年，月当逊其澈。

呜呼天我生，乃谋道之小。本非一寸蚕，欲以吐丝老。在食不能馨，在衣不能藻。卞玉投荒年，谁来估其宝。辄思逃寂禅，猛力割诸造。蛰久春相姁，未肯听枯槁。羁人抒隐忧，志士托衿抱。宁为塞雪松，弗为媚烟草。

赠徐十三明经时栋四章

割裂诬圣贤，谁真读书者。鞿䩛差可胜，自许等天马。蜩响欺病蛩，何如箝口痖。眼中城南徐，生平意中寡。羞攘名言卮，耻炙辨才輠。九字氛自澄，三垣斗堪把。皇始能贯终，太素不知赭。岂有菲薄心，奴视及董贾。须悟汲冢书，已在壁经下。

玉缜不可砺，曷贵昆吾刀。扪隙守冻蝇，在裈虱已逃。

卷轴充五车，义理纷牛毛。禹迹未过华，谁疏汾与洮。龙门有何钥，但资砥柱牢。东流经万里，日月同滔滔。纵立千丈波，不掩青天高。斯言虽指喻，闻者嫌吾警。且挟婺女丝，往就天孙缲。

桐城树文帜，南恽势愁败。吾乡始杲堂，甬东遂成派。越轨不受羁，蹴尘但矜快。遂使大漠空，不如隧道隘。君手工筑篱，先能饬其壤。酿酒不到醇，入市戒轻卖。庶几青莲华，别启佛天界。吾文如律师，但拘五灯戒。安得舍利珠，悬门喝君拜。

昔遭海上氛，与匦兰江陬。虽堕荆棘中，未肯白日偷。爱君自此始，与君同唱酬。攻之背水阵，拒以田单牛。居然楚汉军，一划成鸿沟。吾年过君十，疲矣究何谋。愿如菖附齐，共事天王周。能任鳏鲤争，乃为真龙虬。勉哉夏气荣，不勉时将秋。

月夜纳凉校叶山人元堦赤堇遗稿，用其怀孙明府韵三章题卷后 录二

因仍尚标榜，名海无真诗。缘饰哀乐言，罔或根内思。山人友千古，守本无迟疑。意在后必传，崛强甘违时。运以精到心，著以亲切词。蜷桂月满岩，濯莲露盈池。既堪振庸懦，亦足惩诡随。泉眼尚皮毛，求形不及骸。安能揽世人，一一示之怀。姓氏未出里，久将忘尔谁。辅尔弱无力，平生吾惭知。卞玉蕴石中，宝在终有归。

谪梦游人间，梦醒还九霄。光碧琪树林，凤世君所巢。双成云和笙，媚君升天谣。但怜吾不鸾，玉清望难翱。大吕回暖阳，六合冰气消。洒落芬陀华，下使千灵朝。君诗日月魄，天镜森昭昭。七步遮须王，庶几同宾僚。道在劫

无毁，心近神已遥。玑斗回西枢，独射长庚高。

寒夜校陈文学_{继聪}庚壬文编感书卷后

月定江水浮，江岚冻千顷。渐陨高天霜，危枝一乌醒。吾弱难御寒，关门苦宵永。坐校陈生文，奸容发神鼎。繄昔庚壬交，烽霾寒瀴溟。割毒鲜上医，危城类悬瘿。官将艰自全，黔黎命何请。遂多迂阔儒，献策冀援拯。生独明事机，著书谢希幸。壮欲劙险巫，凄如奏哀郢。果见昆冈炎，石劫玉同并。可怜生从兄，毕志殉瞽井。余妹瞽继揆之兄瘦人文学，继序以护母出城，遇夷遭辱，不屈死之，生之从兄也，文中独无传。忠孝无巨纤，微星亦昭耿。何不特笔书，揭与日月并。或因言未忍，格格阻悲哽。掩卷纠我思，抒我叹声猛。斯时夜已中，独屋万喧静。疑有国殇魂，闪衣乱灯影。

迎大官

江南一榜飞轻摽，侦使来传大官到。属僚只驾开驿门，从马如云肃嚣叫。楼船八字冲烟道，十二觿舲两行导。平头奴子彯绛缨，巨字官衔绣黄纛。手版答刺杂行卷，腰鼓冬隆促鸣炮。大官升衢来珊冠，豸服靴重台鞭声。呵叱骄舆儓，大官上轿去。风旌日盖错森布，手戟腰弓六营护。大官何所居，巍巍邸宅凌上都，灯屏桃李千花敷，烂然金采生庭铺。大官何所食，九江之豚洞庭鲫，纵横方丈高一尺，奇气芬昷盎春液。大官喜怒不可凭，明日大官还弗行。

同岑_赓泛舟惠山观泉

条风住夕春潴平，斜日在岸初草青。岚光睇水迤逦出，棹迳贴鹭纡迴行。渔帘薄扬酒旗色，僧市渐逼人语声。往溯林壑得幽邃，来与心目相纠萦。群树翠靓万茑络，苍然九叠张锦屏。洞云郁涧断梁暗，竹石扫翳虚廊明。披丛露坦得泉窟,地肺山腑归一经。众绿绕泉夺泉色,泉气上越光倍淳。莎根苔发数毫末,涨雨亢旱无涸盈。寒深忽觉秋气敛,静止若有天风泠。想当澄夜皎孤月,激濯钟梵成龙鸣。天生神潢轶膏醴,金山以外谁夺名。陆仙卢癖久物化,后来酹者皆耳评。嗟余尘扰绝禅悟,徜徉聊结闲鸥盟。更援绝麓恣平眺,去鸟下上娱晚晴。江心悬碧倒孤塔,木杪空翠浮远城。畅延茗酹志鸿爪,明还去觅中泠亭。

辕马篇

朽铁夹髀髀肉脱,腐肉巉巉露青骨。怒啼所到风为开,沙闪银芒眼如鹘。喘低神尽行力疲,载竖云鬃故突兀。栎残月落村鸡号,纸灯照地棉鞍高。百回恋栈意迟缓,乱鞭若雨声嗥嗥。浓霜压背冷于铁,破石满地锋如刀。凡材驽钝伏圉厩,不受驱使神偏骄。君不见,西羌秋警烽横野,毒矢飞天血翎洒,将军奏捷拜大功。八尺凌烟图汗赭,尔独何为羁辕下。

大雨三日有作

马行陷蹄车陷毂,人行陷胫泥在腹。牛羊上墩狗升木,雄鸡将雌走高屋。前门闭市巢无粟,后门禁屠宰无肉。东邻断烟病叟哭,西邻墙头递麸粥。谁家朱门静穆穆,豪宴中堂拥明烛。天子深宫肚斋宿。

柳枝曲二章

水云如雪堆满窗,柳枝摇空莺一双。桃根隔屏堕团扇,蝴蝶催歌拍筝面。亭亭绣骨削玉荷,疏鬟不整烟斜扡。深杯醉人明眸语,四壁花声弄微雨。有情无情谁得知,游丝暗袅魂透迟。

月眉挂楼远山夕,蕉蕈微凉卷秋碧。约灯风软宜洞箫,

姚燮

春棠吹影红生潮。薄衾麝气都成水,香海无边梦潜委。画漪拓掌鸳鸯行,轻絮一层花一层。欢深欢浅谁能料,芳草年华怯斜照。

合丈八笺四纸画一巨梅七日而成

前身结屋罗浮隈,大梅先生胸有梅。胸中梅花第一树,结雪为骨冰为胎。出山喜遘玉堂客,入劫惧染萧州埃。空天堕蝶亿万万,地气下吸成苔莓。江城上元春灯辉,遍悬火齐雕明瑰。渊阗羯鼓动九巷,革声排荡神枢雷。夜中急雨打凄艳,静月独向吾窗窥。窗前老柏百尺竖,祥雯荫屋青离披。中巢一鹤翅轮大,千年顶结硃砂堆。神清不受太古障,锵我琴韵生玉哀。我方沉思入窈窱,珊瑚莽作枯朽摧。缭根细网白非铁,万廉如罫龙绡裁。藐姑含睇翩其来,置酒招坐金银台。似愁六合阳易遁,索我始气嘘残灰。踌躇半晌臂忽动,海眼痛扫元黔开。蛟螭生狞起战斗,风云离合难寻猜。星精耿落真宰手,石壁倒挂天堑眉。七日来复见消息,十年积愤供发挥。回看墨瓮等枯井,巨毫秃尽髯髼鬌。事关性命不关技,国之桢干仙之才。扫堂代几尚嫌窄,苦我背偻袜不鞋。人间脂粉听狼藉,操此笔者今还谁。维时凤历正寅始,各搜妙想夸谲恢。悔无实际托根蒂,精华飘散何由追。而我闭门独成此,直令众象惭芳菲。庋藏安肯赠庸俗,悬同北斗争崔嵬。不同北斗争崔嵬,拉杂烧之亦所宜。尔魂定去华岳顶,莲舟太乙同因依。啼饥怨冻满天下,被尔煦姁无穷期。否则守尔寒瘦态,屈体仍作空山魁。荫我前身旧住屋,如柏荫我今屋楣。屋中丹炉尚无恙,向平累毕吾当归。

人日招同杨韫华、**蒋**宝龄、**杨**淦、**刘**泳之、**江**信、**陈**佐钧**饮寓斋席上作**

诸君各故乡,而我独为客。招饮喜不辞,相劳慰孤寂。沉沉纸阁云阴夕,疏雨当阶响寒滴。窖花夺气舒早红,墙草含薐媚初碧。眼前静态娱闲饮,礼法无苛令无迫。屠苏瀺帽珍珠光,椒饼花猪荐春食。君房言语妙天下,叔夜清谈抗畴昔。生平我辈多离患,不尽今欢亦堪惜。去年仲冬始出门,笠雪篷霜苦行役。草堂素壁诗笺旧,瘦月寒梅梦江国。差欣异地良朋聚,容易筵残转凄恻。哀乐丁年付短歌,天地辛盘几兹席。湖山日霁气清佳,更约苏台试红屐。

惜湘奴

己丑秋,余得佳竹制为箫,字曰湘奴。十余年来尝左右焉,忽自裂,诗以惜之。

湘奴兮湘奴!尔既不叶清庙明堂之疏瑟,复不为王门豪座之滥竽。从我十年牢愁抑郁寄尔声呜呜。沧江秋高明月孤,莲洋一箬飘瀛壶。或则下三十六陂,泛七泽、游五湖。以尔作天风海涛之引,若有金支翠葆,冰夷龙伯,跳掷来嬉娱。胡马夜驰,河冰如铁,燕关朔风飞大雪。以尔作伉侠激楚之音,高如胡笳,下如觱篥。能使当筵壮士,冠缨影影,仰面酣歌,以手击节破愁结。维扬阊门多酒楼,美人红雪楼上头,春水为曲珠为喉。引尔以清商子夜之别调,但觉如断如续,低徊宛转,一声一息相绸缪。湘奴兮湘奴!尔岂以知音之人不易得,将投空山。敛尔之声屏尔之息,弄玉不语湘娥愁。白凤青鸾折其翼。寒蛩兮唧唧,鸣雁兮雝雝。清露滴筱风吹桐,暮声击柝朝听钟。繁声杂籁相仿佛,吾欲呼吸而宣泄之谁为从。龙门昌黎青莲白石难复作。若有纡徊不可告人之意,吞吐在龈腭,尔今已矣安所托。湘奴兮湘奴！以尔一尺八寸三分之竹，于我牢愁抑郁十年寄尔声呜呜，我之待尔亦不辱。但未挈尔方壶圆峤蓬莱巅，一奏翾风之吟而歌白云曲。

固安车中梦叶元堦

临安城中散筵席，谁道生离成死别。固安城中一杯酒，醉里生魂梦死友。朔风白昼吹烟霾，日光满地愁不开。千里百里冻春色，君魂黯黯何从来。湖西揽碧多芳草，握手分明致怀抱。天姿玉朗颐丰润，不似年时色枯槁。忽作惨澹容，若言死愁苦。手指箧中编，涔涔泪如雨。耳根无尽凄凉语，梦醒懵腾索何许。无端万绪愁丝乱，寸寸纠缠向心腑。每得新诗辄相忆，眼底何由更寻汝。吁嗟乎！君死未及七十日，我行已客三千程。南来一一穿云雁，都是君边恸哭声。

喜王燾见过赠以诗

百年不著一尺书，空山老死还何如。长江大汉有时竭，安得沙石皆璠玙。王翁穷瘦可见骨，食厌云浆无绿发。蓬艾日高名日卑，白日犹悬壮心没。儒生福薄逢乱离，天池只受鳅鼌燨。生愁血食断身后，挂杖安用葫芦肥。登楼歌哭枯林籁，衍箧文章败灶灰。丹山赤水神仙府，瑶树琪花失风雨。鹤巢堕地青苔涸，残月烟丛剩鹃语。故人相见酒且倾，刘伶述德非逃名。有田自悔不识耕，末俗所弃翁所争。苍鹰一击万里白，欲从杯底开八溟。吁嗟乎！闭门不坐华胥乡，出门不行邯郸道。柴桑老人乞食老，忍饿常埋野田草。宜我干将钝难宝。

登四明干山绝顶俯眺二百八十峰浩然作歌

三台无根五岳小，天姥儿孙头白早。神仙亦是萧寥驹，随代随时作尘扫。我能到此宁非仙，俯首四顾无人间。人间却在白云下，自吾别后当千年。白云在下天在上，云面青岚日摩荡。西奔万牛南驱羊，北迤惊蛇东走浪。青光尽处变䌽采，不是山岚是沧海。海烟卷入山岚中，顷刻沧桑百回改。仰首不见鹏鸟飞，云隙过鹰如虫微。日轮悬臂玉盘大，足跟愁雨方霏霏。愁雨秋声日春色，梧落桃开一云隔。孤心已了万劫殊，寸掌全收八埏窄。白云渐低山渐高，掌影反复心根牢。乱山但如乱坟积，云气都为水气飘。我方有住究何住，陵阳容成不相遇。茫茫大千焦螟身，再死重生一回步。吁嗟乎！死生岂为吾身哀，亦非以此哀后来。块然顽石今未开，焉知中有金银台。焉知上古广成子，至今姣好犹童孩。不如撒手返尘世，尽吾所事全吾归。形神有灭名与灰，除此眼中海水覆作堂坳杯，与此二百八十一万三千余丈之峰，一一皆崩溃！

自华桃横冒云下紫树陵

　　对峰覆云如白莲，侧峰云袅犹如烟。近峰云作一龙走，远峰已裹千重棉。断云略让峰出巅，峰与云势相摩研。空飔一荡四云合，四云一白峰皆天。我身纳入乱云里，隔面难索舆人肩。云行下上身中悬，有如漫海之浪一叶飘其间。但闻溪声过耳凉溅溅，衣袂欲蜕身欲骞。渺不知此身在天在云在峰路。又不知此身为龙为鹤为神仙。既无金支翠旗左右交翩跹，岂其置我混沌未凿洪荒前。低风一揭云过偏，隔云下裂千寻渊。松崖萝峪夹奔瀑，乱石齿齿同钩连。迷茫一堕直疑化云去如何，高风一抑仍迷漫。高风一抑更高揭，青霞红旭掩抑激射光新鲜。又似送我赤城玉阙朝真元，入云为梦出云醒，道逢屐客尘中旋。为言子行不蓑不蓬笠，乌知下山之雨已溢千壑泉？下山之雨虽溢千壑泉，慎毋出山东去改尔清沦涟，悠悠忽忽无还年。

答李丈_{联榜}即送其还济宁并示许_瀚

文安公子招春宴，谓何子贞编修。急雨当阶打花片。高筵画烛红两行，笠屐纷来尽才彦。各通名姓了故事，明日车逢不识面。座中许浑吾旧交，夙与李白推同袍。停尊接耳赞吾画，敝帚那值珠玉褒。归来乘醉写长卷，遣仆投君当交券。投君以画报我诗，各出偏师战雷电。我画丑且奇，乱头粗服无媚姿。岂君好色不择貌，胡为昵若西家施。君诗雄且拔，渤澥天低揿神鹘。格如芒刺拳老姜，以舌舐之畏其辣。吁嗟乎！眼前世憾无由补，末技虽工究何取。不能请剑诛殿虎，安用豵狸吓仓鼠。吾生淮汉流异川，到海而合宁非缘。相逢安可不为乐，苦使白日供忧煎。明当置酒江亭边，西山照杯青娟娟。通阛大道自车马，白云元鹤谁神仙。君还作诗我还画，剩墨洒作凤头鸢。轴画作枕抱诗睡，一梦一醒何蘧然。吁嗟乎！君发不苍我颜改，壮志平生究安在。废身赘为天下疣，狂论徒邀世人绐。不如归钓南河浔，我亦采药东海岑。南河东海隔千里，千里不隔千秋心。潞河杨柳飘烟缕，玉笛催行唱南浦。意中落落知交散，后此茫茫几回聚。我抚长剑君挥麈，各看青天泪如雨。

过揽碧轩悼叶文学_{元堦}并吊孙明府_{家谷}、厉山人_志两先生，即寄枕湖社同社诸公得长歌六十句

悲来忽复忆前乐，在昔乐时宁及悲。多怜华屋毁兵燹，此屋不毁今栖谁。独楸叶少鸥巢危，竹梢过墙当路垂。竹密苔深堂壁绿，尘丝缭屏野狸宿。对屏一尺红梨枝，病燕凄凄代鹃哭。春樽酒尽春魂飘，隔楼春山如怨髻。梦中天水有萍叶，眼底川原无柳条。斜阳此日军门角，明月当年画舸箫。社中十五人同调，年二十四吾最少。一年三十六社集，各抱心机织天妙。主人鹤立琼台姿，山人猿臂青萝衣。

襄阳令公解组归，太行冰雪澄蚕眉。彼十一人亦罕奇，左髦右姣殊侏侲。我虽不驹犹不犁，骖皇并乘骖騑騑。于今死者十之半，兼谓郑仰高明经乔迁，尹少桥明经嘉年。或缚微名远方宦，谓陈渔珊仪、王秋槎淑元、孙东津漆三大令。余六人者长贫贱，秃项依然铩中雁。谓张铁峰恕、王乃苏梁闳两年丈，佘花禅梅、陈馀仙福熙、阮小岩训三明经，李醉蕉文学作宾。我亦齿豁头欲童，六年病困成废躯。冉冉阳春光已逝，茫茫大海源谁穷。此生此乐乐不再，独行独悲悲以慨。斯人厄运一劫罹，何处名山万古赖。金难赎命文难食，廿岁沧桑了胸臆。旧阶绮石藤茑黄，后辈诸郎袷衫碧。年年西风鸣促织，西风九度主三易。北邙白杨愁萧萧，密院筝弦正催席。客来何为几遭叱，视我曾无颜面识。囊琴作枕书拥床，高卧分明那回夕。出门看湖无恙流，舟子相逢多白头。犹能记说上巳禊，桃花烟心寻栗留。一鬓一客一酒瓯，诗声夹杂歌声柔。谓我意气独陵厉，向天狂啸挥吴钩。

玉几山

豢虬乘佛睡，委辔向尘中。大海回春绿，初星隐阙红。道存心许纳，天远目难穷。倦且南崦息，芝坛有碧茸。

石门

霸业三吴尽，金鹅水尚趋。荒罾悬驿柳，饥马啮城芜。西荡屯营撤，东溟去鸟孤。风潮忽催夕，寒碧飒烟蒲。

连市

藻破分鱼径，芦敧出蟹庄。远田沉独鸟，寒籁入疏杨。浅醉宜桑落，微吟送夕阳。弁山西北树，苹末见青苍。

姚燮

晚晖寄陶隐士性二章

草得晚晖意，渟然生雨光。回头一鸟失，刺眼万山苍。中有渊明宅，年来秫酒香。不愁无路入，乱莺石为梁。

大隐无年历，空山自世情。苦闲诗作课，养拙梦能清。碧树高楼月，疏蝉独夜声。遥知凉不寐，倚瑟待云生。

沈孝廉肇熙叶庶常琚同饯潘丈于圆通道院席上偶得

庭树散风叶，飒然天地秋。君今去淮海，我尚滞燕州。白日信难系，黄金不可求。忍听云际雁，哀响过南楼。

小雨

小雨洒天街，城云玉色揩。晨姿悦绵羽，佳气眷初荄。大块年华换，幽人素性谐。衔杯听抚瑟，吾亦委吾怀。

雄县

破堞参差见，荒原浩荡开。通津临上极，割险失雄才。掠彀飞狐遁，摩云鸷鸟来。瓦桥逢醉侠，鞴矢上军台。

宿迁山行

平绿低斜照，危山向夕行。草浓埋石色，沙滑带冰声。万橹趋淮岸，孤云下角城。马蹄知亦倦，踯躅起悲鸣。

申文定公手札为其裔孙廷锐题二章

忧危炼心骨，浊世立朝难。积石擎天柱，瞿唐下水滩。文存神不死，险尽梦犹殚。想见抽毫坐，峨峨侧大冠。

君为明德后，宝此信贤孙。字辣犹芒起，言酸但血痕。

枭奸空戮社，忠孝自清门。我昨瞻遗庙，山孤宰木尊。

初夜

初夜横西月，秋鬓试澹眉。高楼依汉近，薄袖下帘迟。玉笛有清泪，芙蓉是怨枝。黄姑天渚隔，何以慰相思。

题鹤皋咏史图

叶赤堇山人元堦招余同厉白华山人志闭门治史，叶君治两汉，厉君治晋书，余治三国及南北史。自二月至九月，各得咏史诗七百余章，请桐庐喻供奉少兰缋为是图，因题七言五十六字。

万壑青环一屋卑，古天魁柄共操持。代人歌哭终无谓，证我行藏颇亦宜。晓牖嘟尊频泼袂，夜灯击剑惯惊鸱。上禅已辟千年障，莫道坚关效守雌。

雪交亭故址吊张阁部鲵渊先生

军藩故巷有悲风，一线城崖棘路通。止水在心天亦鉴，环山为国月常中。冬青蜀魄愁朱鸟，晚翠南溟挂白虹。补怛遗坟吾昔拜，栀花如雪耀澄空。

答家十三茂才_{儒侠}赠诗原韵二章

絮柳关山燕去时，纤桃不媵笛边卮。通衢骄马看同辈，佳日东风阔后期。浴汉高无骑月梦，种桑近有买山思。难判玉骨销铜气，竟使龙顽变虎痴。

蝴蝶春灯有逝年，盟梅旧谱倩谁编。冒衣木末愁山鬼，落梦篁阴怨水仙。帘月沉沉花喷薄，海云莽莽栈钩连。鹧鹈刀短君犹佩，那不挥鹰向九边。

姚燮

闲情四章

感尔星瓠谪女嫦，玉筝横膝记华年。柔枝抱鄂春能觉，纤月窥云影自怜。逼酒新潮初泛酾，上头短发未齐肩。迷离隔幕间风趣，荡向微波总似烟。

浪藉金樽子夜歌，何年锦幰逐鸣珂。营巢乳燕泥香少，贴叶新蝉翾语多。酒醒灯残愁拥被，天寒袖薄怨牵萝。妒他别院沉沉月，照见双鸾抱玉柯。

风过高梧月过墙，絮离萍合费筹量。谁嫌小鸟难同命，不种愁花已断肠。冷睇接襟寻堕泪，疏鬟贴褥腻温香。昆仑已死人间侠，枉盼天星数角张。

我亦凄凉感鬓丝，香桃弱骨况难支。飘花身世空成劫，团雪因缘转自疑。曾解欢侬传密语，凭谁恩怨卜他时，可怜梦里鸳鸯泪，滴入荷心冷未知。

舟过焦山下

绝埒天开午日冥，西风无恙下吴舲。缠山万柳交髦绿，夺隘空江拓大青。南楚关河霜雁指，上方钟梵水龙听。底须檄借茅仙鹤，梦撷朱华看浴星。

观演长生殿院本有作

铃骑渔阳递战书，上皇凄绝马嵬车。竟将烟月沉天宝，那有蓬莱幻海墟。殄夏原难仇妹喜，防秋应悔仗歌舒。佳人粉黛才人笔，收拾龟年涕泪余。

悔曾九章 录五

磊落吾生少负才，悔曾结客向燕台。缠头压马听歌去，绣臂鞴鹰看猎来。上谷流云摇短袷，大梁积雪照深杯。谁怜侠想都消尽，洒涕当风感郁哀。

隋家烟月木兰桡，梦忆扬州廿四桥。空傍玉钩寻翠钿，已无琼树狎红箫。芇湾罨榜横春絮，瓜步帆灯送夕潮。枉有罗襟啼点在，不随飞雁影同消。

丁巷辛街断夕晖，枣花飘落野菁肥。五侯门第莺难问，六代江山燕已归。白纻春衫怀蒋捷，玉纱画幰怨崔徽。自沉霞彩无消息，瓜约萍期梦亦违。

晨星澹白晓烟黄，赌酒临安典鹔鹴。醉里梦游群玉府，愁中春老郁金堂。风蝉小鬓横镫见，冰麝流苏窣地香。过眼漂零随败絮，伤心老大嫁浮梁。

藕叶香疏到簟心，柳丝风缓过罗襟。舵楼鸥语嬉凉翠，镜槛蛾眉妒远岑。尽有朝云遮白日，却教春水冶黄金。那知酒醒桃根去，潋渚芙蓉有露侵。

诸将五章

拱卫神畿海镜清，烽烟不到慕容城。敢来内地窥天府，谁遣中官饷虏兵。先夺有声悲梗议，庸才无济苦邀名。高宗遗策煌煌在，肯与臣佗结滥盟。

密诏传宣紫禁谟，宸心愤切盼归俘。九重岂料移冠戴，三院谁为请剑诛。快积劳薪焚象齿，恨分筹米换龙珠。愿还安宅邀天福，多少苍生泣海隅。

割地难言尺土轻，未闻犬马解输诚。谰辞敢抗天王券，馁气先缘节相旌。巧索民输弥上帑，苦搜亡寇卫长城。千秋史笔严功罪，几见巍勋武断成。

汉极铭词表伏波，四峒欢唱荔枝歌。未防磨石潮通垒，还使横门血溅戈。凋落黄芦悲海雁，凄迷白日走江鳝。羯胡早慑中单战，须檄司徒守汴河。

由来一令系安危，太息无良纵诡随。八弊详明公论在，万年经略荩臣知。须防间隙供西突，莫听羁縻老北师。自有嘉禾征国瑞，荒山灵药漫居奇。

近闻十六章 录四

赫赫龙旌握上枢，近闻进退听龃龉。暗山夜逸诸罗马，急水晨漂大担凫。待率骁军冲突厥，谁分轻骑走来苏。赤嵌城树多雕隼，飞向沙矶啄乱菰。

忤佛天魔亦易驯，弥缝转觉费艰辛。敢言倒柄持勋戚，颇道先谋出相臣。槀里秘辞探兀室，浔阳微服走卢循。龙弢自有防奸略，莫笑迂疏论越秦。

谁谮祥鸾困铩罗，斯人不出奈民何。回天竟纳乌台牍，膏我旋闻赤子歌。已鞚飞韬驰雨雪，定悬华镜照山河。军容泽以诗书气，自昔汾阳胜伏波。

蒲城柱石韦平才，衔命陈留代狩来。甲子未传新市捷，庚辰又报汴河灾。东盱凤埙看晨启，南顿蛟云尚午颓。恤尔中逵鸿十万，惊弓海鸟有同哀。

同六妹李姬侍母自兰江放棹至茅山庙进香，得诗三章 录二

海云东指故乡遥，传说烽烟近未消。且学渔歌娱白发，漫分湘怨托青苔。水阴紧翠缠斜燕，萍隙疏鬖入细潮。眼及春晖浮四野，平安行乐尽堪骄。

渐闻疏梵出云中，栝柏交天线岭通。方丈楼台龙首冠，维摩眷属佛心同。坐收岚气东南翠，归撷林花踯躅红。差喜慈亲行尚健，不须扶杖唤村童。

论词九绝句示杜煦、汪全泰两丈

不闻九龙衮，委以红麝熏。碧桃巢玉鸾，自非人间春。
至洁不受涬，春泓净可拭。流萤无昼光，银河无夜色。
自扫燕支土，堆叠鸳鸯坟。袅以游丝烟，弱过倩女魂。
胎息三妇艳，裁剪六朝怨。胡蝶媚未成，杜鹃已肠断。
手拨铜琵琶，目送大江灘。可怜银床梧，赪花自开落。
碧山一剪眉，暗夺女郎秀。何如杨柳枝，迎风舞长袖。
疏灯照篱豆，络纬能络丝。秋人邈含睇，怨非青年时。
野丝难为麻，宛转寸心绿。飞蛾自不蚕，何庸妒葵蠋。
金碧十二楼，但有玉尘布。俯见龙渊深，花田种珊树。

王营晓发

马足河声拥梦飞，南云渐白北星稀。回风掠地沙如雪，吹作寒花上客衣。

送洪理问金桂之任吴中四绝句 录二

君来潞水杨花满，君去燕台木叶干。珍重关山此行路，霜天风色始高寒。

万里长河去白云，夕阳天末感离群。杜陵尺庄潘岳曰农都蓬散，今日樽前复送君。

四明清诗略卷二十三完

姚燮

四明清诗略卷二十四

鄞　董沛　孟如　辑

任荃

字景淇，号月坡，慈溪人。道光乙未进士。官广东大埔知县。著有《鸿爪集》正、续三百卷，《不能斋新乐府》一卷。

《慈溪县志》：荃初官三水邑，有行台书院沙地千二百庙，邻南海，见侵夺，讼不得。直荃至，白制府请复按，卒尽返侵地以养士补。大埔值大水，捐廉倡赈，且请帑以济，亲籍户口，吏无所侵。有同知李某司盐课，乞荃报盐场淹，将没常课二万金，荃坚不许，李以他事中伤之，遂罢官。三水人奉书币迎主行台书院，凡二年归。两县士民祖饯填巷，有泣下者。三水为棠荫祠祔书院中，大埔祀之昌黎伯庙。既归，屏居乡僻，读书赋诗以自娱。

晓发湖寮 隋建万川城，石柱字迹犹存

五更驰马万川头，烟树冥蒙村路修。市沸人声天半晓，渠穿山脊水横流。六朝陈迹余华表，十里春云隐戍楼。野老自耽耕凿味，海边烽火不知愁。

和张参戎登崖门

缓带轻裘上驿台，虎门山外阵云开。侧闻天子忧南服，几见书生抱将材。烽火定随边月静，诗情长涌海潮来。愧

予未有平倭策，落日荒江酒一杯。

喜张雪君师罢官归

庞统原非百里才，曾经磨盾向龙堆。风云变态诗千首，桑海浮名酒一杯。煮茗才游武夷曲，种花已遍越王台。还山不是夸高尚，欲换斑衣献老莱。

世境有谁看澈底，罢官心事鹤应知。尘扬涨海三千丈，莼熟慈湖几万丝。当局总难圆好梦，传经亦是报明时。不材自昔承师训，投劾先归扫讲帷。

村居喜我有余宽，回首黄尘事渺漫。闽粤风波连咫尺，师生臭味配咸酸。中年独洒西河泪，疲俗难回东海澜。应恕小人重学圃，正愁黄菊与谁看。

张姚锡

字月舟，鄞人。道光乙未进士。

题郑小樵画梅册

雪作精神玉作姿，水边篱落两三枝。把君画册灯前读，疑是孤山夜月时。

潘丹一

象山人。道光乙未岁贡。

同族兄康侯青云书屋看桂花

苍颉作字真宰促，惊破天仓夜雨粟。秋风吹上琼林梢，满树寒香映朝旭。树大合抱枝虬连，芳菲万斛空中传。适来花下一翘首，栩栩拟作蟾宫仙。蟾宫玉宇黄金榜，青云蹑足扶摇上。婆娑清影落丹霄，四照花开明晃朗。绿云剪剪微烟逗，香风迎面如兰臭。鸡舌龙涎未足多，氤氲已染襟裾透。小山招隐心相违，到此不容空手归。与君共折献朝宁，千秋万古扬芳徽。

屠继善

字性涵，号莱士，鄞人。道光乙未举人。

董沛曰：先生为先伯母之侄，余总角时即为所器。秉性峻洁，不习时趋。咸丰初，当道将以孝廉方正荐，力辞不赴。时论高之。

题岭梅七度图为马铭轩先生作

梅岭频年记宦游，一官一集唱还酬。而今移种桑麻径，半作罗山半作浮。

锄月庭前夜有声，闲听老鹤和雏鸣。酸咸世味都忘却，清白传家饱菜羹。

励絅

字紫章，鄞人。道光乙未举人。官江苏高邮知州。

《鄞县志》：絅以知县分发江苏，历署铜山、萧县、阜宁、盐城诸邑，所至有政声。其在铜山、适丰、北漫口，亟舣舟救溺人。给以粮，且请缓征放赈，民德之。寻补清河县署徐州同知，防河有劳，升补高邮州知州。卒于任。

曹江远眺

斜日微云水接天，登舟四望越江边。北堤千树无高下，南岸双峰若断连。竹隙门开岩下庙，樯尖鸟立渡头船。明朝得访山阴道，好结烟霞一段缘。

忆西湖旧游

曾向西湖放棹行，十年旧梦动吟情。幽篁涧路阴弥曲，高树峰巅近渐平。寺塔灯摇波影活，湖亭潭印月轮明。不知后会期何日，只叹霜华两鬓生。

鹤园元日 叶氏园在慈北鸣鹤场

乍见梅开淑景先，村居元日兴陶然。候门老仆忙迎客，绕膝娇儿学拜年。春涨浓流新酿曲，晴岩澹锁早炊烟。出门须上鹤山去，第一峰头好着鞭。

范多铣

字子缜，鄞人。道光乙未举人。

题江梅庄先生西湖行乐图

槐黄令节溯前游，鸿爪频迁胜迹留。回首当年风景好，酒痕犹认旧杭州。

入耳何来调抑扬，珠喉一串叶宫商。六桥月色明如昼，檀板清歌引兴长。

冯贞祜

字臀甫，号筠芬，慈溪人。璟子。道光乙未顺天举人。《慈溪县志》：贞祜少工举业，试辄冠其曹。比捷北闱，所交多知名士。常客果勇侯杨芳幕，尤相得。性友爱，推产诸弟，而己则侨寓于外云。

丹阳夜雨怀余田兄

寒雨云阳夜泊船，孤灯自照不成眠。兼旬断酒缘多病，独坐吟诗且学禅。壮日功名淹岁月，故人旌旃渺山川。崆峒西去流沙道,应记江南望跟穿。

上宫傅通侯杨诚村师

抽簪新赋硕人薖,回首勋名春梦婆。泉石久拌藏谢傅,庙堂重复起廉颇。道光乙未谢病归里,嗣以辰州兵变,奉诏提督湖南全省军务,驻辰州。两阶千羽扶元化,七泽风烟酿太和。独有著书闲岁月,依然讲艺趁投戈。

苞符研核性存存,东见扶桑海上暾。刊削诸家参圣域,包罗万象蹑天根。著有《平平录》《惕虑要言》《太乙奇门》等书行世。邺侯自有图书富,却觳真看礼乐敦。盛世斯文留一脉,独惭培塿望昆仑。

舟泊赣县城外

天竺峰高月一丸,他山聊作故山看。南来客路三千里,东去江流十八滩。章贡台临烟水阔,凤凰池入竹梧寒。夜凉风雨崆峒至,愁对荒城漏未残。

李篛

字端人,号竹村,自号悔庵居士,慈溪人。道光丙申恩贡。著有《敬畏堂诗抄》。

芙蓉花下作

名花如红颜,妆台爱临镜。一勺漾秋波,娇姿晴日映。肉拟牡丹肥,骨和残菊劲。片片香云飞,采采骚人咏。红颜薄命多,花亦怜同病。胡独凌寒开,曰有拒霜性。

新桥春望

势挟垂虹跨,山光水色蟠。草生经雨润,潮涨觉春宽。密树迷樵径,晴烟锁钓竿。三年游子迹,此处尽盘桓。

秋晚登杨舍堡城

炊烟几处接苍茫,眺览郊原傍女墙。雨过木棉花落白,潮通大海水流黄。寒声战野蛩吟咽,老气横秋马骨强。一箭暮云双鹄落,雄心争寄羽林郎。

忆春词 录二

三月莺花不可寻,悲秋人动忆春心。十分娇艳屏间画,一味温存箧内吟。好事回头流水远,韶华极目夕阳沉。明知有脚终能至,只是凄凉已自今。

嫣红姹紫尽堪怜,往事回思倍惘然。走马一鞭芳草地,听鹦斗酒落花天。宴开夔尾旗亭别,会重邀头绣幰联。我是江南旧词客,春光好处总缠绵。

秋夜醉后作

岁月堂堂感慨中,况兼秋雨又秋风。雕龙莫漫夸厮卒,失马何须感塞翁。羌笛作声容易老,灯花照壁不成红。自怜惯署天随子,心事无端类转蓬。

古意

数点灵芸泪,都从别后弹。春衫真解事,斑驳示郎看。

周步瀛

字丹洲,奉化人。道光丙申恩贡。

西寺

冷落怜西寺,当门塔影圆。佛参修竹里,僧卧落花前。小憩袈裟地,闲寻妙喜泉。新茶聊试味,早觉俗尘蠲。

秋闱报罢寄怀五云大兄 录二

苔岑暂合又分离，贮影山窗起暮悲。剩有山人能说鬼，竟无木客解吟诗。东坡海外求归日，西子溪头待嫁时。一种凄凉何处说，蒹葭秋满水弥弥。

拟策扶留问四明，中年俦侣少闲情。浮云富贵空吾愿，故纸文章老此生。百里音疏怀范叔，七言愁绝是张衡。似君倜傥多奇志，樊榭徐凫正放晴。

采茶曲

石竹园边毛竹遮，一茶才过又三茶。如何城里垂鬓女，晓起妆成但采花。

谷马坑前水一湾，白龙洞口屋三间。阿婆昨日天童去，茶味何如太白山。

柴希成

字竹臣，鄞人。道光丙申岁贡。

题郑小樵画梅册

小樵奇男子，矢志在不朽。咏歌适雅意，翰墨为良友。拂绢写素梅，春光生户牖。灵机夺化工，妙绝补天手。濡染何淋漓，古干结纷纠。取法扬补之，余子讵足偶。匠氏工摹勒，玉池宝世守。胜读广平赋，如晤孤山叟。端观此画图，洵足垂永久。窃愿骥尾附，并此神明寿。

施英楷

字式之，号莲伯，鄞人。英蕖弟。道光丁酉举人，选授景宁教谕。著有《笙陔堂遗稿》。

《鄞县志》：英楷性峻洁，意所不可，无少假借。应礼部试，有巨公方主坛坫，邑绅修荐书属投贽见之，辄谢不往。工骈体文，诗格雅近剑南。晚岁习相地书，谓"杨曾之术与周子太极说相通"云。

挽楼义士客樵 义士名镐，鄞人。道光辛丑，英吉利陷宁波，愤恨投水死。事闻，祠表如例

旄头一夕寒芒煽，将星夜落如飞电。少微黯黯亦无光，处士何人塞天变。吁嗟！楼公烈丈夫，葵心耿耿无时无。一片句余好疆土，坐视羊犬生膻污。誓将一死逐河伯，不忍同生并贼奴。假使经臣印悬斗，事势不支呼负负。从容扼吭全吾守，又使守宰城社封。羽书告急苍皇中，致命遂志古则同。不然荷戟从军士，虞殡歌残泪如洏。溘焉肝脑涂疆垒，而公局外奚所求。汨罗千载同悠悠，草野犹然知效命。志虽愚兮义则正，嫠不恤纬本真诚。童能执戈皆至性，他年梨枣溢幽芳。此时桑梓生恭敬，大江东望云模糊。拍空雪浪驰天吴，后者种，前者胥，骑鲸有客相追驱。呜呼，楼公烈丈夫！

题江梅庄舅氏画舫穿花图

红藕花开香远度，美人画舫冲波去。好风吹送管弦声，人在湖心亭上住。湖心亭子足徜徉，清茗一瓯香一炷。先生早岁赴槐黄，领略西湖有深趣。茅埠轻浮两桨船，苏堤蹋破双芒屦。廿年不到省门来，好梦犹依湖上树。妙笔临摹若有神，萧萧鬓影生烟雾。凭阑极目向全湖，仿佛香山集中句。棠栟兰舟稳度花，玉箫金管纷如语。挂之素壁负手看，认得当年旧游处。

芦花

浅渚荒凉逗嫩寒,几丛明灭乱前滩。新霜皠皠衾相映,夜雨萧萧絮作团。蟛蜞扶来声郭索,鹭鸶飞入影迷漫。二分烟水浑无际,输与幽人带月看。

一江凉意压孤舟,照见诗人鬓影修。欸乃歌中千顷雪,琵琶声裹四弦秋。水痕清浅应栖雁,风色凄迷欲点鸥。荷芰已干金菊绽,吟情多少付寒流。

徐琮

字渔津,鄞人。道光丁酉举人。

题江梅庄表兄西湖行乐图

花自清香月自流,诗人高隐几春秋。夜深定降青藜客,笑看红莲化作舟。

曾记当年小辋川,余年二十与表兄并事叟石朱夫子于小辋川。论文剪烛对床眠。而今写入新图画,错认西湖白乐天。

邵锦泉

字又桥,鄞人。道光丁酉举人。

题徐远香柳泉游杭合集

去岁秋光好,钱塘历览时。同为四句客,独见两君诗。名胜如重到,湖山宛在斯。北游多古迹,恨我不能词。

戊戌季夏归自京师,时两君新刻此集。

应宗椒

字卓人,号小芦,鄞人。道光丁酉举人。

和竹孙从弟雅言室前咏白牡丹 录一

雪为肌骨玉精神,数朵亭亭别样新。国色自娇非借酒,素心独抱不随人。移来庚岭三分白,占尽瑶台一月春。寄语主人须护惜,莫教污染软红尘。

陈劢

字子相,号咏桥,鄞人。道光丁酉拔贡。征举孝廉方正。著有《运甓斋诗文集》。

董沛曰:先生受知于史侍郎,膺拔萃之选,廷试第二。授广西知县,念亲老无余丁以养,不一载,遽投牒归。归未期而封公殁,一志养母,母遘疾,谨视食息,服勤不懈。同治元年,侍郎朱公以学行荐授江苏知县,辞不赴。郡中巨室奉重币请主其塾,先生顾恋膝下,虽一城之隔,亦不赴也。

少能诗,兼治古文辞,温雅中律,无尘俗之气。工书法及经生艺赋家言,尤精小学,凡将苍颉之篇研究最审,读经有心得不规规于先儒成说。熟于乡邦掌故,徐柳泉舍人校《宋元四明志》,与相往复,签札积寸许。县中修志之役,总其大纲,分曹授诸子搜采编辑,用力尤勤云。

读王荆公鄞县经游记有感

荆公宰吾鄞,学校振士风。石台足师表,楼王皆儒宗。留心及水利,经游详记中。旱涝切民瘼,往返劳行踪。当时青苗法,实惠遍村农。一旦秉钧轴,方期恢前功。任使非其人,海内滋怨恫。近世行社仓,借口师徽公。良法鲜美意,流弊又安穷。社仓与青苗,得失将毋同。

月湖古迹 录三

章郇公红蓬阁

郇公宋贤相,曩昔悴明州。种莲向湖上,高阁临清流。凭阑试一望,霞彩明双眸。往迹今已杳,萧疏红蓼秋。

杨文元碧沚讲堂 碧沚为史守之别业,文元尝讲学焉

文元本慈产,讲堂开月湖。碧址过化地,教泽所涵濡。子仁忠定孙,不为宗衮污。其在诸史中,翠竹与碧梧。

沈文恭旧第 今为提军官廨

文恭忤东林,党论纷苛词。湖水深千尺,几莫湔厥疵。勿持门户见,哓哓徒尔为。毁誉存直道,非阿乡曲私。

运甓斋题壁

昔我扫先墓,路过歧山前。行行何所见,颓垣多断砖。年号志汉晋,制古质复坚。携归琢为砚,墨彩发新鲜。我生无一垄,即此当良田。摩挲永朝夕,运甓师昔贤。海邦近多事,驰驱思着鞭。书未读韬略,安能事戎旃。重闱况白发,职在南陔篇。习勤徒有志,耿耿此心悬。少壮曾几时,岁月忽已迁。不如适吾适,结兹翰墨缘。

且歇

小屋半间,题楣间曰"且歇",旁悬短联曰"生清净念,养欢喜神",以为习静之所,晴窗独坐,偶然书此。

人老何所似,余花留残春。风雨靡定期,大造无私恩。百年常苦短,曷为劳且辛。不如今且歇,默坐怡心神。空明何所有,湛寂乃吾真。此意但自得,欲语无其人。

归自粤西，柳泉赠余长歌，作此以答其意

吁嗟乎！风尘俗吏不可为，况此蛮烟毒雾远在天之涯。瀛洲缥缈不可即，玉堂金马非吾才。一官捧檄望绝峤，嘶马出门良亦哀。行李苦萧索，天寒日色薄。书剑飘零万里身，行路漫漫风雪恶。扁舟一叶溯潇湘，苍梧之野遥相望。千秋寂寞帝子怨，徘徊凭吊空斜阳。君不见，伏波铜柱高百丈，昆仑骏绩纪武襄。又不见，罗池寂寞柳侯庙，司户墓草亦已荒。男儿生不能封万户侯，纵复抑塞磊落徒自伤。我来吊古三叹息，久居郁郁心更恻。粤西山水纵清奇，不如丹山赤水洞天吾窟宅。故乡莼鲈信云美，五斗躬耕亦可得。胡为来此瘴疠地，羁愁万斛伤孤客。高堂况复多春秋，门闾倚望增烦忧。陟屺岵兮不可见，望白云兮心悠悠。曷不早赋归去来，馨夕膳兮洁晨羞。秋霜气肃椿影凋，岁月倏忽如奔涛。泷冈尚待他年表，马鬣未封防墓高。纸钱一陌作寒食，但见白杨风萧萧。<small>顷适扫先子墓</small>犹幸重慈逾古稀，年来强健如平时。抚兹区区寸草心，何时报得三春晖。感子赠言意良古，我歌作答心更苦。歌声未竟起彷徨，泪下沾襟已如雨。

翁洲宫井

北都沦陷南都覆，三百年来明社屋。弹丸蕞尔翁洲城，寒泉井冽埋贞玉。忆自煤山龙驭宾，笄珈大节殉至尊。忠臣烈妇多死节，堂堂正气留乾坤。一成一旅守危疆，闽有唐王粤桂王。浙东拥戴鲁监国，一丝九鼎系存亡。顺治八年岁辛卯，天戈所指如电扫。片帆直抵螺头门，戍卒甘殉田横岛。监国舟师方出海，旌旗何处望行在。元妃闻变整冠服，缓死须臾若将浼。妾心皎皎生可捐，洁身愿得葬黄泉。波澜不起古井水，微躯借作精卫填。义阳妃杜宫娥张，

陈劢

贞魂地下同徜徉。异石掩井王与刘，锦衣指挥王相、内监刘朝。挥刃亦自刎井旁。海岛天开节义薮，须眉巾帼咸不朽。欲问当年古战场，千年碧血埋藏久。临风吊古三叹息，野蔓荒榛碑字蚀。亭氾相公寓生居，径迷义士同归域。世界沧桑朝市变，黍离麦秀前王殿。至今改邑亦改井，尚留彤史表贤媛。往事兴亡貉一丘，贞淫自古判熏莸。景阳宫井空遗恨，不敌残明海外洲。

王兰舱教授㮣自台州假归，子舟赋诗以赠，别后寄怀，迭子舟韵

已过流觞节，风光尝暮春。喜逢新到客，同访旧游人。归计贫多阻，交情老更真。山资如早办，泉石待重亲。

老友推徐孺，新成白雪吟。赠言多古意，招隐有同心。余前赠《兰舲诗》劝其归里，子舟今复及之。山访云南北，朋联雨旧今。相期归里社，诗酒结知音。

寄怀刘艺兰孝廉凤章

交谊联三世，才名自一家。文心谁似飚，诗胆更推义。君工骈体，兼长于诗。原隰悲秋草，近遭伯氏之戚。江城咽暮笳。因夷扰邻省，吾郡戒严。索居思旧友，咫尺渺天涯。

老境

老境唯知足，泊然常寡营。忘机鸥可狎，伏枥骥何鸣。步任安行缓，身缘节食轻。睡醒天未曙，枕上又诗成。

庚子春日粤西乞假旋里家，香士焘属闻小芬勋作图赠行，阮素堂正惠首赋二律，同好多和之者次韵，留别

敢将轩冕等锱尘，况是家风菽水贫。捧檄虽云游子意，

滥竽恐负宰官身。匆匆别恨关山远，落落知交臭味亲。萍聚他年重有约，旌麾待驻甬江滨。

无心出岫野云痴，屺岵频牵梦里思。卅六年来初度日，_{余生于乙丑正月。}四千里外未归时。鸿泥踪迹前途认，驹隙光阴暗地知。料得庭闱劳倚望，片帆东去莫迟迟。

四明怀古 录二

霸越平吴气壮哉，英雄遗迹总堪哀。报仇句践无疆土，变姓陶朱有钓台。鞭石岂能渡沧海，求仙空自望蓬莱。名山留得黄公里，落日樵歌度岭来。

南渡中兴往事遥，战功第一数高桥。乘舆播越风波恶，里巷荒凉户口凋。徒冒虚名夸上将，不堪陈迹话前朝。效忠赖有相如策，青史谁将姓氏标。

初闻闽警 录一

圣朝柔远及遐陬，纵敌谁虞数世忧。鬼蜮肆行谋猾夏，岩疆多险失防秋。锄奸勿使滋他族，制胜先当扼上流。会斩鲸鲵筑京观，三军奏凯快同仇。

近事志喜 录二

缥缃席卷抱经楼，捆载扬帆海上售。厚价购书终返璧，此风亦自足千秋。_{卢中翰址构抱经楼，藏书数万卷，寇乱为人取去，载至上海，鄞人杨都转坊以二千金购之，复归卢氏，不取其值。}

宋元六志著明州，_{四明旧志：宋有《乾道图经》《宝庆志》《开庆志》，元有《大德昌国志》《延祐志》《至正续志》。}亥豕沿讹孰校雠，喜有新镌烟屿本。_{烟屿楼徐氏以校本开雕。}借抄无俟一瓻酬。

陈劢

蝉

吟风吸露乐林皋,与物无求足自豪。莫便放声鸣得意,难容浊世是清高。

王引孙

字伸仲,号小竹,镇海人。日升子。道光丁酉拔贡。征举孝廉方正,官桐庐教谕。

《镇海县志》:引孙工诗,精举业,事亲能得欢心,与弟友爱行谊,为乡人所称。值大吏檄宁波商舶载粮赴津门,诸商延引孙司其事。得议叙教职,选桐庐教谕,数月引疾归。

董沛曰:先生工书法,与其父师竹先生有羲献之目。同治元年,朱韭香侍郎特疏称其孝,廷旨发往江苏,以知县用,力辞不赴,人皆高之。

大雪

老树枯似铁,一夜花忽开。花开不复落,风吹入亭台。檐低压白玉,径仄埋苍苔。之子隔远道,相思人未来。孰与贯疲驴,古寺寻寒梅。门深幸自扫,尔我无嫌猜。

偕洪少泉茂才游桐君山

桐江之水清且涟,桐君山峙江西偏。桐君一去不复作,我来访古陟层巅。苍松翠柏夹道路,幽禽怪鼠纷无数。岩腰时见白云环,山头绝少青桐树。山头绝少青桐树,何处是君栖隐处。忆昔子陵钓江氾,羊裘一着傲天子。州以严名山以桐,地因人重诚如此。岂知君比子陵高,千古不留真姓氏。洪生旧是四明人,年年采药桐江滨。导我游筇揽奇秀,为我征衫消俗尘。我生不愿求神仙,但愿长结芒鞋缘。桐君一去不复作,斯游吾亦乐吾乐。富春江上多好山,归途重订寻幽约。

寄题卢大稚仙雁湖春泛图

山雨一夜春水平，湖光上与天光并。橛头艇子打双桨，好风吹送吟诗声。吟诗者谁稚仙子，玉树亭亭差可拟。观鱼花港香袭衣，待鹤松阴月生履。儿时门巷雁湖曲，日日嬉春嫌未足。为恐囊中无酒钱，瓮头家酿春醅绿。或租白舫或乌篷，欸乃声声西复东。断汊曲港往来熟，斜阳西岸归帆红。仙津忽被岛夷蹯，秋风八月移家去。昔年骚客钓游乡，今日蛮姬歌舞处。湖头春色艳桃花，湖上春愁纷柳絮。过眼云烟印爪泥，丹青只作留题记。吾曹行乐任所之，冷官雅与诗人宜。苕南况有好山水，莫便归来理钓丝。

江中望谢皋羽墓

不尽河山感，严陵葬此身。西台双泪眼，南宋一遗民。许剑亭犹在，滨江草自春。无缘羞麦饭，翘首墓门频。

宋仲穆学博绍周殉节寿昌官署，诗以哭之

一死泰山重，儒官道自尊。纵无民社责，同受国家恩。绝命诗先赋，成仁志早存。泉台谈世事，悲泣聚忠魂。

骥尾名曾附，公才等凤麟。赋梅本家学，盘蓿老斯人。耐久交余几，同官谊更亲。凭棺两行泪，寂寂怅前尘。

申江客舍赠张二竹坪

剩水残山此一隅，万廛烟火隘通衢。每因歧路增悲感，忍看流民入画图。游侠传中谁郭解，计然书外有陶朱。客庐幸结同心侣，日试新醅拥地炉。

谒严先生祠堂 录一

故人终老一闲身,将相如云独不臣。适馆空劳汉天子,登台只许宋遗民。羊裘于我心何与,鱼馔无端世亦珍。今日祠堂零落甚,数椽谁复与谋新。

答李小瀛太守

故园非复昔年春,旅馆空劳问讯频。卧雪无缘清梦短,看花有泪客愁新。沧桑世变偏需我,诗酒生涯亦误人。啜菽承欢双白发,如君犹与福为邻。

周程

字配文,号瀛台,鄞人。诸生。著有《亦处堂稿》。《鄞县志》:程少失怙恃,奋志力学,中岁授徒,于后进多所成就。性好吟咏,夷然自得。

过山村

深树野人家,门前溪水斜。绿迷当户竹,红露隔墙花。沙润蚁分垒,日暄蜂聚衙。三朝谷雨后,处处煮新茶。

甬江楼怀古

何处寻春散百忧,凭阑遥睇甬江楼。垂杨低压桃花岸,柔橹轻摇舴艋舟。云锁石窗凝远望,烟深醭灶听清讴。迄今凭吊司空迹,唯听涓涓一水流。

徐瑃

字竹余,鄞人。锡尧子。诸生。

红树

山外孤鸿傍晚飞，山前有客看斜晖。似闻屐响过黄叶，又听钟声落翠微。盘磴折回藏古寺，龛灯明处扣禅扉。是空是色凭谁幻，锦样袈裟着意围。

即今寥落惜摧残，却忆春深万绿团。道是神仙能驻景，无端颜色许还丹。空山鸟白人烟冷，画壁龙蛇粉墨干。古庙苍凉行迹少，暮鸦飞处朔风寒。

一鞭遥指暮烟低，策蹇行行傍树栖。风雨打头笼破帽，江山满目倦征蹄。客怜秋染千林色，乌怨霜催五夜啼。无限乡心何处寄，飘零那复问东西。

塞酒盈尊琥珀殷，苍茫落日冷边关。天开金粉南朝画，血点胭脂北地山。驿马嘶悲芳景歇，铜琶唱彻暮云间。漫怜二月江南好，一笑相逢改旧颜。

卢以瑾

字允达，号子菁，鄞人。以玕弟。监生。著有《盟鸥榭诗稿》。

书怀用剑南诗韵

我本升平一逸民，久甘蠖屈不求伸。吴盐蜀豉家常饭，老带庄襟自在身。无句堪寻辜负醉，有衣可典莫言贫。何年买得三弓地，遍种荼蘼殿暮春。

忆甬上旧居

村边绿树影参差，故里常萦去后思。帆力添随春涨健，_{旧居距甬江仅数步。}钟声催下夕阳迟。_{里中有净明、永寿二庵。}社前叠试迎神鼓，墙外斜飘卖酒旗。中有幽人何处住，数椽矮屋半规池。

小筑精庐近水滨，半村半郭谢嚣尘。每夸宿雁留芳渚，里中有雁湖。笑订闲鸥作比邻。书舍旁有厅三楹，颜曰"盟鸥榭"。曲径春奢花引客，湘帘夜静月窥人。养云馆里供吟啸，书舍旧有"养云吟馆"之额。黄卷青灯味最真，馆中楹帖有"黄卷青灯"云云，为楼月潭太守所书。

幽居

重重帘影锁虾须，几净纤尘一点无。觅垒有时来燕子，护书何处聘狸奴。架上书，近为鼠啮。生机雨后觇苔砌，火候风前试药炉。留得案头清气味，小瓷盆蓄石菖蒲。

文溪道中即景

旖旎风光二月天，夭桃含雨柳凝烟。一篙新涨春来暖，桥外低横护鸭船。

溪痕晕碧岫堆螺，雨后风光着意摩。可是徐黄留画稿，绿杨堤外睡银鹅。

陈棻

字芝山，鄞人。贡生。官天台训导。

华顶峰观日出

华顶峰头游信宿，饱看层峦意未足。闲云如絮满幽扃，护住千间万间屋。百八蒲牢夜气清，起视遥天星月明。银河耿耿落窗牖，众山如梦都未醒。倏尔前峰明复灭，一线光红漏猩血。怒潮顷刻挟山来，光怪陆离耀天阙。振衣不觉发狂叫，咸池逼近见浴曜。未临海宇先入山，曦轮也恋华顶妙。习闻九州崇五岳，天台东南只一角。西连雁宕东四明，天姥之峰相掎捔。我今游览适清兴，归路荦确缘薜径。仰观石壁手可攀，俯瞰溪流心不兢。仙人导我蓬莱岛，手弄白云天下晓。天生苓术历千年,虬蟠藤杖鹿衔草。如此仙方不易求,归来何庭寻丹丘。下山一万八千丈,回首云封黄叶楼。

叶基

字文阶,号小坡,慈溪人。由监生官清军同知。著有《闲园诗草》。

《溪上诗辑》:小坡家世富盛,风流豪爽,继颇伤于卞急,而其诗却优游不迫,宛转有情。

雨后重游秦淮

一雨秣陵秋,粼粼碧水流。为寻桃叶渡,重上木兰舟。杨柳可怜色,琵琶何处楼。漫言归棹晚,游兴正悠悠。

旅舍赠在宏上人

夜雨留僧榻,挑灯促膝谈。羁身同楚北,归梦各江南。觅句登诗钵,寻花供佛龛。何当乘皓月,千里并征骖。

送郁大香圃之台湾戎府

匆匆赠策向征鞍,满眼风尘话别难。游子平生孤剑在,长途风露客衣单。鸡鸣野店谁家树,鹤梦孤舟几度滩。少小每怀投笔意,且随定远共盘桓。

落花

绿阴几树锦城东,冷落残花在眼中。憔悴难禁三月雨,峭寒又入五更风。香销金谷莺声老,人去河阳蝶梦空。惆怅黄昏帘外影,闲园记取浅深红。

余士熊

字梦占，号竹村，慈溪人。诸生。

春草

十里岚光夕照横，影连远涨绿盈盈。绣余平野春还浅，吟到池塘梦亦清。多少花骢行得得，分明牧笛弄声声。来朝试促香轮过，一望翻疑驻碧城。

余琴

字克学，号柳亭。慈溪人。

衰柳

霜满寒林月满村，看来衰柳最销魂。风尘忆尔曾青眼，萧瑟何人赋白门。六代豪华容易尽，一生憔悴可同论。行人若有攀条志，且俟来春暖气温。

董鳞

字懋修，号竺云，又号西溪，慈溪人。诸生。著有《漳水题襟集》《云波仙馆诗词草》。

春日漫兴柬族叔雨香先生，时授经先生蒙泉草堂 录二

寒生雨馆怯春衣，静坐垂帘似息机。窗外每闻泥滑滑，樽前愁见柳依依。琴调流水知音在，花落灵山索笑微。更喜论文忘夜永，不教孤冷对书帏。

新晴淑气满汀洲，好作春郊汗漫游。几处杏花斜系犊，谁家柳色半遮楼。屐携谢墅开棋局，簪盍萧斋判酒筹。清福最宜丘壑老，何时筑室傍溪流。

自题吴门画舫录 录二

白纻新声锦瑟弦,偶拈湘管写涛笺。一夯眉影都成史,半壁秋灯又破禅。绮语几时除结习,玉颜官古误婵娟。愁他四照花光里,谁作金铃护晓烟。

小录燃脂仔细看,倩谁妙格写冰纨。刻来楮叶真何用,修到梅花大是难。絮果灵绿春寂寂,霓裳旧队佩珊珊。寻常红紫宁须论,但惜飘零有彩鸾。

西湖杂诗

烟树溟蒙淡欲无,楼台几处雨模糊。分明一幅云林画,今日扁舟爱里湖。

孤山翠拥水盈盈,放鹤亭空暮霭横。金谷人间几兴废,梅花依旧属先生。

葛岭秋晴拥髻发,西风丹灶野花斑。神仙枉有长生术,一去人间便不还。

西风古寺桂初开,便有香鞋邱砌苔。金粟如来清影在,几番天女散花来。

王瀚

字海文,号亦坡,慈溪人。贡生。候补光禄寺署正。著有《亦园诗稿》《半角山房稿》。

初夏山居即事

午枕人慵起,山楼日易斜。琴床凉透竹,棋局静移花。鸟熟频窥户,蜂闲早散衙。披襟坐丛薄,无事问田家。

闻从弟梅汀云自都门赴湖北学使之幕

都门踪迹苦淹留,闻道襄阳更远游。行李纵多东道主,晚萱谁慰北堂忧。天涯芳草池塘梦，塞上悲笳海国秋。投笔封侯知有愿，可堪老去尚依刘。

冯鸣珂

字佩珊，号雪蕉，慈溪人。诸生。

七十自述 录三

不才天与古稀年，弹指骎骎岁月迁。毁誉任人风过耳，奔驰愧我雪盈颠。结茅聊避尘凡扰，<small>新筑雨航书舍。</small>健饭还邀造物怜。浊酒一杯书一卷，而今万事付随缘。

银河淡淡耿遥空，兀坐灯残月似弓。鼓枕百虫吟晓露，打窗一叶坠秋风。欲求却老方无验，自笑逢人术未工。揽镜不知如许瘦，遣怀茗碗与诗筒。

颓然匿迹掩柴门，书剑飘零剩瓦盆。客里少年容易过，老来故我等闲存。绝无长策关身世，尽有余欢课子孙。章句功名都扫却，强颜敢说布衣尊。

石与杭

镇海人，诸生。著有《露槿山房诗稿》。

拟王右丞渭川田家

苍然一林竹，日晡飞鸟归。野人晚饭时，呼童关柴扉。桑麻生夜荫，鸡犬声渐稀。群动各已歇，吾亦求栖依。翘首望庐舍，凉蟾升翠微。

拟白香山官舍内新开小池

阶下凿小池，池浅水波静。中央有白石，四畔无芳荇。谁言不容尺，于斯得佳境。四时云气来，一色天光并。昔年租画船,名湖恣游骋。今夜临清流,寒照诗人影。尘烦可濯缨,汲取谢修绠。每当花月时,使我发深省。

游仙 录二

天地为樊笼,世途若罗网。我欲逃其间,而作虚无想。伯夷遁首阳,犹是姬家壤。安得骑白龙,云中自来往。

登山勿惮远,涉水勿惮深。遂来无人境,云雾豁我心。一客养白鹿,一客呼玄禽。笑问人间世,黄农可在今。

舟次越王城外怀古

扁舟望于越,郁葱佳气来。巍城尚如此,越王安在哉。当年蚌鹬争,强吴欺越小。勾践能下人,廿年吴其沼。吴沼信可悲,杀身又何为。大夫能料事,安知睫与眉。不见荒城阙,白草缠人骨。昔时调笑人,今日成狐掇。秋风八月时,木叶飞山陲。天涯皆别离,我歌何凄凄。凄凄曷有极,鹧鸪啼应歇。古来洒此泪,不知几千亿。

云岫

晴云一缕吐岩谷,四围山色淡如沐。我当闲暇来寻春,坐看云起倚修竹。浮云初起白如绵,顷刻弥漫散平麓。雾霭蒙蒙不见人,空中忽叱一声犊。青鞋布袜入小溪,欲折蕉花骇眠鹿。回首青螺山下峰,中有遁世高人屋。高人比我更闲暇,晓起吹竽暮击筑。筑声竽响彻云天,但见幽鸟遥空逐。浮云变态无古今,世事茫茫成反复。几辈红尘插脚人,烟霞那解神仙福。笑我为霖未有期,姓名已挂游仙录。

游山 录一

不到金鳌顶,山灵应笑吾。鬓寒知雾压,身软倩风扶。野外人声小,天边雁影孤。茫茫看海水,对客话蓬壶。

夏日闲居偶成

穷乡耕读野人家,随分闲居乐意赊。笑我无聊咏花鸟,与儿闲暇话桑麻。习勤早起躬操帚,病渴晨兴自煮茶。莫怪惮牺呼不出,行藏好是学龙蛇。

饱食闲居世共猜,不知乐自静中来。雨声入夜皆琴筑,花气逢晴胜酒杯。天外有诗题白鸟,壁间无画看青苔。翘弓终岁没消息,穷巷何须剪草莱。

灯下偶作 录一

布鞋青袜称此身,藜羹麦饭勿嫌贫。已知黄卷能消俗,无那青山欲老人。斗酒百篇怀李白,谏书十上笑苏秦。数奇肯效穷途哭,且访桃源作隐沦。

西湖 录一

一步回头一句诗,溪山能使性情移。人家咫尺隔千里,花木芳菲乱四时。猿狖巧寻潭树挂,凫鸥近在画船嬉。归来欲作西湖颂,搁笔经年莫赞辞。

梅花 录一

凌厉冰霜质更坚,东风开在百花先。深山已作栽培地,冷节翻成酝酿天。蒲柳不材甘自弃,竹松同病故相怜。广平赋好貂休续,却卷波澜入短篇。

田家晚景

过雨晴檐滴溜微,夕阳门巷晒蓑衣。断绳黄犊无人叱,认得茅庐独自归。

天童道上

松杉夹竹道旁栽，石上流泉势似雷。啼罢画眉人不见，满山飞箨雨声来。

白燕 录二

不把缁尘化素衣，天涯似尔见应稀。春风裁遍百花样，玉剪抛空听自飞。

旧时王谢已全非，紫颔红襟愿也违。他日渊明劳送酒，菊花佳节不须归。

秋柳

当年却笑庾兰成，老树槎丫为写生。寄语金城休下泪，枯杨一瞬又清明。

胡棐

字蒸甫，镇海人。澧子。贡生。

东郊偕同人散步

东郊闲试步，草软履知轻。远寺钟声落，平沙雁影横。云浓山雨至，风急海潮生。欲访安期宅，仙山阻大瀛。

闲居

闲居观物象，随在悟文章。市远艰沽酒，篱宽待葺桑。事谁安脱略，兴已减清狂。领得南华旨，添香倚石床。

张锡申

字岳生，镇海人。本均子。诸生。

《镇海县志》：锡申言行诚笃，恪守先型，著有《蛟川耆旧诗续集》二卷，补先世搜辑所未备，并刻行世，以一邑之诗事成一家之巨制，阐幽表微，洵有功于文献。参王际昌《蛟川耆旧诗跋》。

秋草

百年身世叹飘蓬，望里萋萋几处同。葭菼净连秋水碧，蘼芜远带夕阳红。埋来石马悲秦冢，泣向铜驼惜汉宫。一抹青山愁不断，江南江北总西风。

闻雁

霜天清气满尘寰，忽听宾鸿度碧湾。嘹唳音流红树外，欹斜字写白云间。故人凭寄音书远，旅况犹留爪印黧。莫向楼头叫凄切，闺中有梦到阳关。

李恭浚

字宣甫，号迂厓，镇海人。诸生。

《蛟川续耆旧诗》：迂厓攻苦勤学，尝患咯血，自以"养"名其轩。所著有《养轩未正草》《养轩风雨录》《鸡窗琐语》《海昌诗选》《簇锦集》《道听录》诸书。道光辛丑馆于城外，当军垒之冲，见诸士夫所为抱杞人之忧，赋《长愁歌》篇，方终，而城陷，徙家避乱，彷徨山谷，间以忧愤卒。

秋夜独坐

玉宇净如拭，银河倒欲流。坐惊人在地，仰见月当楼。举目皆秋色，伤心是客愁。谁家高阁里，杯酒话牵牛。

明妃曲 录一

画里容颜谁省识，曲中怨恨太分明。汉廷多少须眉在，一样伤心苏子卿。

舟中晚景

凉风飒飒动微波,小立船头夜色多。萤火池塘千万点,错疑星影落银河。

杨镇

字逸生,奉化人。诸生。著有《懒云诗存》。

暑坐

暑坐宜深夜,携樽就水亭。烟摇三径竹,风动一池星。凉月依人白,长天过雨青。嗷嗷云外雁,独立不堪听。

泊潮

潮落空江暮景横,舟人系缆月初生。年来我有伤秋感,怕听芦花瑟瑟声。

送客

晚来送客到江头,尺幅蒲帆急去舟。愁对西风沙岸立,半江红树夕阳秋。

董效

字阮山,鄞人。史子。著有《枫香草》。
《鄞县志》:效承家学,工诗善书,能画墨兰。

题徐远香柳泉游杭合集

咳唾风生绝点尘,岭梅溪竹认前身。当年元白遥酬唱,何似湖山把臂人。

俞继选

字振三,号芗陔,鄞人。诸生。有集。

柳枝词

骀荡春光欲醉人,侬家生小住湖滨。陌头几见毵毵舞,一度年华一度新。

画桥十里碧盈盈,斗酒双柑合听莺。一种风流谁得似,当年张绪记分明。

黄金缕缕吐新芽,碧玉珊珊绝点瑕。趁此楼台留美景,阿侬生性怕飞花。

汤钺

字秉虔,号茗孙,鄞人。诸生。

秋兴

一树凉飙起,萧条动我情。风情惊老丑,身世慨浮名。飞鸟去无迹,孤蝉空有声。只留迟暮意,长啸慰平生。

送姚梅伯孝廉入都

横行万里着长鞭,尚幸黄骢是少年。十载盐车悲岁月,九秋神骏骋云烟。写真为我寻曹霸,相马因君慕古燕。自念瘦羸蹲故枥,壮心老向朔风前。

携手河梁对夕晖,情怀今日倍依依。凤城作赋宾僚贵,竹屿吟诗故友稀。井底鲋鱼将水涸,天边雕鹗着风飞。湖滨旧日题桥处,坐对春深驷马归。

范邦柱

字玉亭,号牧琴,鄞人。诸生。著有《修到梅花馆剩稿》。

秋色

停车旷野豁双眸,不信春光去复留。红点疏林霜乍染,黄翻残叶雨初收。倪迂画本清无俗,庾信文章艳亦幽。更喜东篱寒菊绽,衔杯独酌尽优游。

范榇

字轶云,号撷芸,鄞人。监生。

夜游光溪

日暮动游情,光溪泛棹轻。水流山不住,人去月同行。涛起松千尺,香闻豆一棚。系舟村落近,隔岸听鸡鸣。

五里塘春晓

极目春波漾浅沙,获芦深处见人家。炊烟缕缕笼新柳,帘影飞飞带晓霞。宿蝶饱餐三径露,游蜂争逐两堤花。分明一幅云林画,净扫浮尘点不加。

忻自机

字复初,号织云,鄞人。

宿仁湖僧寺

仁湖宿野寺,蹊路入梅林。星月还清夜,风尘奈客心。春光依树浅,沙气绕门深。多病穷愁集,萧然无好吟。

行宝化道上

芳草碧萋萋,斜阳向客低。竹光摇古道,树色淡长溪。酒每村中醉,诗多驴背题。离家虽未久,又听子规啼。

黄维垣

字与藩,号雨帆,鄞人。诸生。

禽言

不如归去,不如归去,素餐尸位由来误。居食肉,出乘辂,我方得意人方怒。何不早还家,岁月安闲度。食蔬衣布,无荣无辱完吾素。为君借箸,不如归去。

姑恶,姑恶,老姑不恶小姑恶。老姑火未炎,小姑风乍作。火受风,焰始虐,腐草贞木同烧烁。小姑会亦有姑时,我愿他日毋我思。

徐时楷

字圣木,更字兆行,号醒墨,鄞人。议叙盐运司知事。著有《滨湖轩诗稿》。

《烟屿楼集·家传略》:伯兄于诸经最熟,虽难读如《仪礼》,世所废读如《丧礼》,皆成诵无忘失。顾谦抑自下,问之必逊让而后对,规行矩步,诸友严事之,群称徐夫子。承先义行未竟之绪,凡乡学族塾,给寡掩胔,皆次第成之。道光壬辰后,吾县荐饥,既助多金,又身与振荒之役,以劳瘁致疾卒。

秋山

秋山草萋萋,征人路迢迢。老树夕阳静,中天秋月高。烟轻路不迷,随步来山坳。深山送轻寒,长风吹萧萧。借此理我发,意气殊复豪。

晚自锡山归

长松两道夹人行,石径或峭山或平。青山见我如旧契,绿竹相识或前身。清风梳竹苔有发,累石眠溪泉有骨。犯晓登山日落归,转轮水碓敲明月。

春晴即景

难得春光到,今朝又放晴。轻烟添竹翠,余湿洗花明。应有故人至,先闻屐齿声。开樽同晚酌,新月助诗情。

湖上步月

云澹月如磨,澄湖皱素罗。光明开世界,空阔渺烟波。远树露灯火,扁舟发棹歌。只缘归路近,不问夜如何。

花下小饮示诸弟

读罢门无客,空庭日已斜。偶携一樽酒,坐对满林花。小酌何妨独,春风未有涯。会看池草绿,诗思问吾家。

同人小集滨湖轩赋柳絮,分体得七律

匆匆又了一年春,杨柳青时舞絮匀。扑地无声惊梦蝶,随风有意送行人。尘根早悟浮生幻,萍果谁知后日因。最是酒家帘影外,满天晴雪闹前津。

睡起

春风拂拂柳青青,日暖天长午睡醒。红雨打窗纱不湿,一声啼鸟落空庭。

捣衣曲

第一鸣秋捣素衣,敲残落月带斜辉。砧声断绝愁千斛,昨夜梦中人未归。

王庸曜

字霞九，号弈樵，慈溪人。由监生授布政司理问。

秋日同友人饮湖上酒楼醉歌

我不愿封万户侯，亦不愿列群仙俦。但愿西湖湖水化作琥珀色，苏堤白堤处处营糟丘。人生行乐耳，须富贵何时。古人不可作，斯言良可思，况复座有诗人尊有酒。南北高峰入窗牖，桃花如雨柳如烟。回首春光已孤负，西风满地黄叶多。百年身世空蹉跎，当醉不醉奈愁何。

吴山旅馆题壁

吴越几千里，江山第一楼。开窗湖月晓，高枕海云秋。此地堪长住，何人好共游。浩歌采芝曲，无意问瀛洲。

舟次晓望

萧萧芦荻压篷低，秋老江村晓色凄。万里长风悲独雁，五更残月乱荒鸡。放怀天地身何处，回首湖山路总迷。惆怅吟魂飞不去，钟声吹落板桥西。

舟夜

寒江夜无际，乡梦飞难越。远树带长河，孤舟宿明月。

时与兰

字纫甫，慈溪人。由贡生授训导。

《慈溪县志》：与兰家居课徒，经史诸书躬自校雠。与王约及定海黄式三友善，式三谓其精不如约而博则过之。著有《周易汇疏》《虞氏易消息阐微》《禹贡纪闻》《读诗备忘》《读春秋备忘》《春秋大事表》《地名考异》《春秋地名异同考》《春秋姓名异同考》《溪上世家志略》。

梦墨轩

先代留遗迹,今朝慰渴思,窗延东岭秀,门瞰北湖奇。属记乌斯道,题词顾少痴。为求神叟墨,再与后人资。

王约

字简夫,号西屿,慈溪人,诸生。著有《不遮山楼且存草》九卷。

黄薇香先生曰:简夫笃信汉宋之学,而不偏护其失,尤精《说文》,于钮非石之妄驳段氏者,一一申之;而段书之阙者、误者、歧出者、欲删不删者,一一厘正之。受业于讷斋柯先生,后诣苏门为其师校刊《兰雪集》,并刊其外祖余石台《醉云楼诗草》,又辑故友散佚诸诗,各立小传于诗前,曰《琴影录》,其笃于师友又如此。

咏汉董孝子复仇

仇有母,我无亲,剑在手,泣鬼神。我无亲,仇有母,子可诛,母何负?墓上草,几荣枯,掷髑髅,血模糊。是孝子,是仁者,照古今,振区夏。

心庵斋居

茅庵结山阿,深僻绝尘垢。皓月窥檐楹,白云生窗牖。清静非不佳,落落难自守。谈笑论诗文,开径望良友。良友竟不来,独立空搔首。展转思故人,豪气贯牛斗。俯察今时人,持身宁自负。暮鼓与晨钟,本已惊心久。光阴驹过隙,甘居伊谁后。巍峨涧底松,荣枯堤边柳。永日伴山僧,性癖非吾偶。快哉小沙弥,几度呼斟酒。斟酒醉莫辞,野鸟喧溪口。莫论圣与贤,万物情偏厚。到眼畅天机,浩荡空众有。怅望步危巅,适遇樵云叟。

禽言 录三

提壶卢,提壶卢,对酒不饮胡为乎?尧千钟,孔百觚,千秋谁敢薄酒徒,醉里全真大丈夫。

不如归去,中情谁语,别我父母,远依朋友。念彼朋友,报得春晖。我思侍养,日望庭帏,已焉哉,胡不归。

布谷布谷,一犁雨足,安可辍耕骋游目?西家歉,东家熟,啼饥莫待天雨粟,布谷布谷。

记小铜印 有序

讷斋夫子见童辈所戏,有古小印一方,色如泥而有光,叩其声知为铜也,钮极玲珑,字渐磨灭,洗视有文,曰"陇西季子",即以米易之,既而付约,爰赋是章纪物之所得,且不忘师惠也。

眇尔之印制作工,上蟠螭钮杂蛟龙。不知此物何代遗,陇西季子铜华封。几经拂拭皎然睹,奏刀错落字奇古。或疑学士夸谪仙,或疑将军称飞虎。惜哉世上沉沦久,一朝玩落小儿手。乞米似得颜公帖,相易揶揄索二斗。吾师得之意冲融,不自珍藏赐阿蒙。今日题诗等作记,依然押尾朱泥红。

题补园假山

山上山兼山外山,山山挺秀相回环。阿谁匠心夸独造,胸中丘壑绝跻攀。游人到此忽生眩,何处飞来瞥当面。一峰将断一峰联,回首从前叹未见。不知人巧夺天工,恰笑真山势莫同。楼台倒景横塘水,水面芙蓉变幻中。斜出石梯牢结构,行行敢惮苍苔溜。飞身绝顶恣探奇,白日欲落悬崖瘦。何时天风吹我上遥天，缥缈直似蓬莱仙。七十二峰，峰峰列图画。三十六洞，洞洞绕云烟。即今灵鹫平分处，小坐堪消尘俗虑。挹尽晨岚与夕曛，不数鸾飘兼凤翥。开门岂不豁胸襟，苍翠横空秀远岑。乃知醉翁不在酒，此游得毋有会心。两间兴废总驹隙，几个人留千古迹。假山虽假何者真，借问沧桑谁变易。及时行乐莫嫌狂，高歌一曲垒块忘。层峦迭嶂遥相答，使我夜夜梦堕白云乡。

夏晚即景

独立禅关静，偏宜晚景长。白云笼远岫，黄犊戴斜阳。风定鸣蝉健，荷清浴鹭香。不须愁酷暑，秋信逗银塘。

中秋口占

报道一轮满，清辉望玉庭。月光通夜白，灯影半床青。尘梦依疏竹，天香落远汀。何人怀旧侣，相约倒银瓶。

观余蓉裳太史集所绘东坡先生小像谨赋 录二

毕生孤愤渺难持，磨蝎宫逢苦自知。大好西湖容独赏，无情南海寄相思。功名潦倒残春梦，恩怨分明剩旧诗。六百年来真品在，扫除余论仰吾师。柯夫子著有《东坡论》。

旷达身从物外游，引将举世说风流。金山带景机锋悟，铁板歌声日月浮。到眼沧桑怜赤壁，关心廷阙赋琼楼。孤怀不尽凭谁诉，阅历谆谆付子由。

中秋关袁嬾云之吴

秋水悠悠雁路长，飘然云外挹天香。不须小榭赏明月，恰好扁舟送夕阳。故里琅轩添画卷，嬾云有补竹园。吴宫花草入诗囊。相思无限凭君寄，莫谓鱼书懒不妨。

王约

次答纫兰族侄_涛见怀一律

依依引得故乡思，犹忆春残揽别时。两岸绿杨莺语倦，三秋红蓼燕归迟。湖山今古愁凭酒，文字因缘爱及诗。好待客窗明月下，满腔心绪诉梅知。

题霞汀女士小景 有序

霞汀姓范氏，名泗，邑南郑某室，自幼工诗。前于友人杨复生案得见全稿，然未尝修仪晋谒也。去岁蒙题拙照，抱感未伸，既以深柳读书雅景属题，即愧效颦，何敢以东家施自外，谨次题对紫图韵以应。

语皆诗意想春时，用子瞻夫人事。稽古偏传入画姿。鼓吹正当莺百啭，牙签长绕柳千枝。华秋对景惭新藻，絮舞随风引妙词。指点红楼尘扑面，个中清福几人知。

王煦

字奉纶，号醒斋，慈溪人。约弟。著有《呾呾居吟稿》一卷。

寄怀伯兄

河梁分手一年余，飘泊无端叹索居。客馆情深怀雁侣，家山梦断盼鱼书。徘徊渡口云归后，惆怅楼头月上初。为报遣愁唯觅句，未知诗兴近何如。

春暮登月台晚眺

莺声啼断绿杨枝，引我登临系我思。放眼江山都入画，关心花鸟总成诗。万家烟火斜阳里，一棹渔歌细雨时。何处虚堂帘未下，料应薄暮燕归迟。

四十自述

堪笑年来作客频,孤舟迢递楚江滨。悔因阅世明双眼,反觉谋生拙一身。容我懒时唯卧病,避人嫌处不言贫。而今悟彻升沉理,文字由来忌鬼神。

雨后闲眺

偶因散步出柴门,袖薄天寒气未温。雨久晴如人病起,日光云影淡无痕。

题叶星岩闲看儿童捉柳花图小影

漫天飞絮逐东风,浪迹江湖我亦同。莫笑儿童争拍手,也怜春尽一年中。

胡涵

字维深,号醉山,慈溪人。

柳

如剪东风剪未齐,条长条短画楼西。可堪烟雨春三月,攀折无人莺乱啼。

孙潜

字静安,号杯湖,慈溪人。

舟次丈亭

微风料峭片帆轻,千里关河第一程。天末远山游子憾,梦中柔橹故园情。星兼渔火参差出,愁与江潮相对生。惆怅别离好时节,杏花杨柳近清明。

别后怀金白斋先生

花落江南春事残,旧游相忆路漫漫。浮生去住徒多恨,世路逢迎大是难。满眼青山人困酒,半庭红雨客凭阑。寒灯多少寻君梦,长铗空悬不敢弹。

虎丘舟中与陈瓜庭话旧

重来风景问如何,一棹银塘秋始波。过眼云山多载酒,有缘花月又征歌。世无知己恩雠少,名满人间毁誉多。我亦十年怅飘泊,安身谁借最高柯?

信宿外家归,访王西屿约,殷留午饭,薄暮冒雨戏占却寄

晓窗人起卜鸠声,一饭偏迟十里程。果腹便教涂足去,世间恩怨是多情。

周璇

字少溪,慈溪人。著有《田间草》四卷。

雁

南北惯随阳,重游即故乡。月沉沙岸迥,云断塞门长。常畏逢矰缴,多缘恋稻粱。乘风一遐举,空际自成行。

和董雨香先生种竹 录一

扫石疏泉逸兴飞,窥园也是养天机。紫茎冉冉阶前进,翠筱娟娟屋角围。高士独留真赏在,此君原与俗情违。汉川只说如蓬贱,抱有虚心知者稀。

答王西屿约病中感怀见寄

西风瘦尽菊花枝,寂寂空斋暮雨时。正盼笺书通款曲,又听消息报艰奇。百骸见病交投药,千绪成愁总付诗。烈士困穷都是幸,几多激厉发于斯。

杨春如

字雨膏,一字复生,号海鸥,慈溪人。诸生。著有《紫蟾山房诗草》。

王西屿先生曰:"海鸥居赭山西畔,工诗赋,善音律,为文清矫轶群。"年十七为诸生,旋以岁试第一食饩。著有《紫蟾山房诗草》。其诗如"美女簪花,临风百媚",殆秀骨天成,非膏沐为容者也。

素心兰和袁茗庄韵

赋罢离骚万念空,佩遗澧浦想丁东。禅心翠竹黄花外,仙韵冰肌玉骨中。真色相唯香祖独,好丰姿与藐姑同。美人自合来瑶岛,劣白优红论未公。

西屿偶拈莲瓣,顿触旧游,书七言截句其上,走笔次答

残红泣露浥清秋,不逐东西沟水流。郎自采花侬采子,几多心事上眉头。

褪尽红衣空复秋,记从旧院数风流。六郎别后无消息,冷落当场菊部头。

傅以钰

字尔音,号梦云,镇海人。著有《推敲集》一卷。

《蛟川诗系》:梦云负敏姿,其为文泛滥滂沛如万斛泉。

偶涉风诗，亦茹征含宫，骎骎入古。悭于所遇，辞世最早，可哀也。

弃妾叹

南山双黄鹄，雄去雌孤鸣。妇人重恩义，男子多薄情。

一解

风吹妾鬓乱，对月调素琴。风吹若相妒，月自知妾心。

二解

一折鸳鸯衾，四角芙蓉帐。与郎同合欢，郎心岂不亮。

三解

一言告新人，风月难久恃。忆妾初嫁郎，宠妾亦如此。

四解

采桑曲

纤手执懿筐，反身掩门帏。行行南陌上，露草阳未晞。仓庚戢好羽，我首蓬发飞。分烟掇青叶，趁此行人稀。高堂有老姑，下无儿女依。拌我一春苦，为姑制寒衣。东邻李花艳，西墙桃花菲。桃李虽云好，未可充蚕饥。

白云歌

白云如龙天际翔，旱日匿影生昼凉。十竿五竿绿竹长，一树两树乔松苍。既饮我酒欹石床，蕉衫窣窣微风扬。天如垂幕阴满廊，邻园吹过荷花香。陶然一身入睡乡，梦骑元鹤南山阳。

秋夜

深宵灯易烬，斜月到帘钩。薄酿难求醉，单衣不耐秋。暗墙鸣蟋蟀，疏籁战梧楸。指涩琴愁抚，凭阑看斗牛。

落花和姚野桥韵

酣红战绿惹人愁,人自留春春不留。鹁鸠声残流水岸,杜鹃啼老夕阳楼。繁华自昔难逃劫,风雨于今又欲秋。寂寞空庭帘不卷,更无蝶影掠银钩。

拟刘孟熙征夫、征妇二词

征夫语征妇,边关九月寒。枕戈雪压帐,不及孤衾单。

征妇语征夫,高楼影茕独。纵有鸳鸯衾,何异荒野宿。

胡有槎

号秋河,镇海人。著有《紫石山人诗词稿》。

踏雪

不辨雪中路,危峰云影低。犬惊茅舍北,鸦乱板桥西。访旧门犹掩,寻梅径已迷。横舟问前渡,涧水静流澌。

游瑞岩寺

林深不见寺,溪水隔林闻。何处落清磬,满山流白云。逢僧倚竹语,礼佛借香焚。游趣未云毕,远峰含夕曛。

簪菊

折得寒葩缀葛巾,丹荣掩映一时新。与霜同白非关老,此鬓虽青已负春。香冷斜敧风里帽,影疏半骈月前身。高低乱插花应笑,莫是东篱漉酒人。

别菊

淡泊与君臭味同,离襟惆怅话篱东。雁催远思新寒候,酒遣愁肠旧社中。骚士吟怀怜楚水，美人心事恨秋风。别来愧我无言赠，珍重霜根莫似蓬。

石继川

镇海人，诸生。

月季花

草木无言岁月过，落红成阵奈春何。贪春自有留春计，为种名花绕砌多。

庄敬

字可春，奉化人。诸生。

谢朓岭

北楼遗址久蒿莱，姓氏谁移岭上来。我辈登临深仰止，昔贤游迹或徘徊。才名合共青山永，诗思从教白雪催。得似汉家仙尉否，屐痕到处总称梅。

宫怨

十年零落一陈人，自分红颜肯效颦。昨夜东风到南内，闲阶花草又逢春。

永巷曾无步辇经，苍苔浥雨尚青青。人间避暑愁无地，赢得宫门似水亭。

御沟叶落怕题红，搅我愁肠是草虫。月色满庭双袖薄，翻将团扇御秋风。

鸳鸯瓦冷欲凝霜，倦枕难支夜漏长。梦里不知身被弃，亲从复道拜恩光。

厉得鹏

字图南,号四庵,定海人。诸生。著有《鸳鸯藤舍诗抄》二卷。

《定海厅志》:得鹏所著有《翁洲逸志》四卷、《景阳华鄂集》一卷、《景阳诗逸》一卷《杂著》一卷、《抱瓮堂随笔》四卷、《代甓类抄》三卷、《嚎录》六卷、《食破砚斋杂录》十卷、《一瓢泉谱》一卷、《古今体辨》一卷、《闻鸡录》三卷藏于家。

侧柏

侧柏有直性,柽柳无劲枝。体柔比附多,孤干失所依。柽柳语侧柏,何不随时宜。

志感

保息首慈幼,其终曰安富。不闻贫儿肥,坐令富者瘦。吾乡海岛中,土瘠艰婚媾。盛年始见子,生恐不得寿。腓字过牛羊,鸥鸦自翼覆。谁肯致鹄卵,掷与越鸡伏。前贤百废举,斯举固所后。创始即有名,其泽贵下究。肉食苦未腴,此间觊俎豆。科敛竭脂膏,诡丽施堂构。罚赎及无辜,威胁窜莫首。假以乐输名,闻者掩耳走。誓不充官囊,余罪姑为宥。得无储委积,竟饱食人兽。造端法既凉,流弊颜孔厚。恣欲快蠹胥,遗祸播中冓。夙与射鸟私,不烦于菟觳。杨花落为萍,同器杂熏莸。叶。舍己芸人田,安得贤保姆。豕畜多失教,无赖流为寇。种种弊即消,于邑实赘瘤。纵无载道歌,奈何使民诟。不读姬公书,枉作齐宣囿。仁风堂下来,一路闻乳臭。

题骇谷白华诗集

约縑步香尘,纤纤一钩月。苦纳重台履,回舞防一蹶。姑射有神人,去来飘以忽。睇视足如霜,不着锦岣袜。

过秦袭余论,不如揭竿起。刘项实两雄,入关分泰否。玉斗碎何惜,功狗烹则已。三杰蹙一范,势固有胜理。

混茫创结绳,机智已先伏。何待仓史生,山鬼知夜哭。淳意趋浇散,递降卒难复。斯邈去古远,行草又满目。

之子昔来游,期我山之阳。掬水弄明月,洒濯毛发凉。张毅薄单豹,一出无由藏。在山泉水清,去作河流黄。

悼亡

我死会有时,行行盍延伫。泉路阻且修,何地来觅汝。朝为枕上人,暮为山下土。升沉顷刻中,时事本如许。自为我家妇,蹇运极趑趄。蓼苦栀子辛,相与守终宴。蝇止玉留玷,虫生木自腐。何论轻贱躯,柏舟亦受侮。百忍酿成鬼,百药卒无补。不作仲卿妻,再拜受天祜。唯是藐诸孤,忍畀他人抚。天地有尽期,此恨无今古。誉之嫌涉私,毁之理则那。毁誉两置之,但觉泪如河。人生不得志,夷易皆辗轲。唯我同子苦,唯子知我多。良由贫贱故,中道致偏颇。幽明如一辙,伶俜当如何。

厝火积薪下,举家寝其上。焦思迄终夜,唯子见我状。甘言强相慰,入耳郁不畅。移怒时及汝,我固自知妄。吾女以是殇,吾弟以是丧。吾生得天幸,独不先汝葬。汝死其命与,汝生亦何望。

题藤舍壁

百年在眉睫,尺土寄衡茅。我亦座中客,是为幕上巢。贫家无稔岁,末路见真交。欲问王官谷,何由解系匏。

柬骇谷

月残孤馆夜，分手即归途。暑退先悬岛，秋来见故吾。看山怀我否，得句称心无。延颈风前望，传书到海隅。

忆蓉镜楼

自分西河有夙因，养疴闭户岁兼旬。雪中扫榻来迎我，花底含毫赋送春。阮籍垆头忘有妇，庞公家里不为贫。忆从破镜飞天上，谁觅芙蓉馆主人。

雁行声断雉朝飞，又泣慈乌对落晖。余丧弟丧妻，今又失恃。守困每思人见忆，论交多似鸟知几。能怜消瘦无如镜，同话寒温胜解衣。可叹一帘明月影，夜深移照鹤来归。

偶成

既去不须忆，未来不须谋。万古摄生诀，一泄天地愁。

即目

仄径低回□乍晴，惊心山鸟引雏鸣。采兰未补南陔什，忍见萱花满地生。

别蓉人还家却寄

手种寒梅雪满枝，几经乡梦费寻思。归来细数残花朵，似我临行始放时。

题川字廊壁

牛宫豚圈与鸡栖，一一分房自品题。记否廿年场屋里，风檐如许打头低。

厉得鹏

即景

午窗帘卷坐吟诗,斗室清闲客去时。小雨初过庭院静,倒悬花瓣漾蛛丝。

厉得鹏

字秀厓,定海人。得鹏弟。武生。著有《秀厓吟稿》。《白华山人诗说》:予家四庵之弟秀厓,十岁时随兄读书东城小庵,尝得"雨势压山来"之句。年二十余而卒。有《秀厓吟稿》四卷,词句清丽,于晚唐人中可置一座。

过从兄左亭别业同家骇谷作

荒径稀人迹,浓阴护短墙。松声刚入耳,胸次忽生凉。扫石惊啼鸟,看山倚夕阳。笑谈忘坐久,林月漏微光。

秋日即事

古木晚萧萧,空斋气寂寥。寒窗鸣破纸,残叶下霜条。犬吠黄花径,人归旧板桥。移时山月上,林际宿烟消。

夜雨失前滩,风多下钓难。水声流不尽,终古逼人寒。沙岸危将堕,蓼花红欲残。一溪秋色里,容我独垂竿。

病起

久卧身如醉,离床觉畅神。戒吟嗤少妇,调药累慈亲。揽镜容非旧,开帘草自新。残花经夜雨,应似病中人。

答骇谷次见寄原韵

多事桥边杨柳枝,青青常系故人思。愁心不减三春雨,生计全抛一卷诗。君去正当寒食后,书来已过落花时。鸳鸯藤下苍苔厚,何日重经把酒卮。

暮春感怀

岁月匆匆齿渐加,漫言浪迹兴偏赊。水难久住终归海,春不长留枉种花。此日穷途悲阮籍,平生诗胆拟刘叉。年来几度空弹铗,独立斜阳感物华。

闻诸兄有吴中之行,喜成一律

我家兄弟似闲鸥,好向湖滨共唱酬。百岁生涯半诗卷,十年知己一吴钩。山中小草都怀远,驿路槐花又报秋。为语相逢诸友道,阿连也拟买扁舟。

新年

请缨无路愧终童,回首年华似梦中。闲倚石阑书旧稿,笑将楹帖换新红。雪销夜雨苔痕长,春到梅花斗柄东。差喜一家云里住,不随人世斗飞蓬。

徐仁恩

字曙峰,鄞人。诸生。著有《存存稿》。

四马歌

郡城提督署中,有四马同厩。当西夷入城时,厅事阒其无人,唯四马徘徊不去,遣兵往驱之,行至大门复还故处,力鞭之,卒不逾阈。因饲以刍,长嘶不食,奄奄积数日,乃相继饿毙。呜呼!四马殉城,足为吾鄞光矣。因作歌以记之。

吁嗟四马胡为乎,汝来食鄞几何刍。竟死官庭不出阃,闻汝之死非畏屠。驱之不行秣不哺,呜唈悲鸣相与俱。奄奄就毙不复苏,吁嗟四马胡为乎。跨汝之脊有丈夫,峨冠博带美且都。彼主人兮汝则奴,汝不与偕何其愚。汝见阃城走赤狐，私意主人遭毒痌。仓猝莫将箕尾呼，欲以游魂效微劻。驾汝主人上紫衢，吁嗟四马胡为乎。人生苟无七尺躯，妻将寡兮子将孤。踉跄步出城西隅，裂冠毁冕作亡逋。大夫何必行不徒，汝不能省何其粗。竟令汝主自奔徂，道途险巇多不虞，莫与代步历崎岖。汝死虽烈恩已辜，吁嗟四马胡为乎。舞象瞋目不拜胡，汝拚一命希并驱。物类于人性不殊，谁欤闻之惊瞿瞿。

见官兵由奉邑移军上虞

露布何时奏建章，万千戎马往来忙。纵蒙节制禁樵采，要借山村措粮粮。到处客愁桐入爨，每逢人慰麦登场。春光摇落干戈际，安得闲闲十亩桑。

四明怀古 录二

南云暗澹北云明，二十里云相送迎。皂荚树枯秋籁寂，桃花坑窄石泉鸣。宫传台水今何处，图咏丹山旧有名。谁向峰头寻胜迹，特于世外寄闲情。

凭高凝望豁幽怀，七十二峰面面皆。康乐至今传赋笔，兴公行处有诗牌。秋风已熟青梩子，夜雨应苏绿韭荄。何日继踪尘外客，不教孤负旧芒鞋。

董城

字维宗，鄞人。诸生。以军功议叙国子监典籍，改就教职，署太平训导。著有《四明古迹诗》。

壮士行 辛丑腊月，有江西义勇白昼手刃三夷人，献功状于省垣，喜而赋此

策骏马，提宝刀，入门杀气冲霄高，怒发上指星摇摇。

主人喜客至，张灯邀客醉。壮怀付与有心人，安知世有险巘事。罡风远来，狐兔悲哀，设宴未毕，愁怀不开。愁怀不开壮士怒，前途惨惨迷云雾。歼厥头人献广座，白衣应笑荆卿懦。

谒韩忠武祠

飒飒寒风卷大旗，锦衣曾出武侯师。西湖纵酒骑驴日，南国输金纳币时。衰柳斜阳依旧垒，碧萝夜雨护残碑。同朝冤狱成三字，万古英雄无限悲。

汤家衡

字眉厓，鄞人。监生。

罗山徐爕园明府元梅由山阴县升任辽州牧，同人祖饯蓬莱驿，诗以送之

惠泽留东浙，飞帆挂暮春。十年知己感，此日别情真。握手看前路，当杯记夙因。高轩来甬上，古貌照湖滨。谭笑皆成韵，须眉不染尘。素心如可写，青眼乍相亲。望久钦山岳，欣逢接佩绅。天才函谷著，家学玉壶新。束发书探秘，吟诗笔有神。品原征国器，价早重儒珍。威凤鸣初引，云鹏翮正振。龙门班号笋，蟾窟榜排银。分艳辞蓬顶，栽花涉海漘。新猷资保障，小试见经纶。拔薤威先济，鞭蒲化自淳。桑麻人共话，礼乐士咸遵。堂晓开明镜，庭闲静绿筠。禹川今德洽，彭姥昔风驯。书报三年最，棠垂两地邻。张灯曾襞锦，问字每停轮。语妙松当麈，情深酒敛醇。一时兄弟并，百里往来频。曲水从游处，剡溪选胜辰。碧峰秋挂笏，红烛夜延宾。竹色疑侵帙，荷香欲着巾。虚怀通宛宛，薄植愧逡逡。往事同瓠落，微忱冀蠖伸。遐思方浩荡，抗志实轮囷。卤莽轻章句，精研少指陈。几番成孟浪，

宿业付沉沦。自分泥涂辱，徒劳匠石抡。流华惊过隙，歧路叹迷津。大雅矜宏奖，余生寄慨呻。桐焦仍拂拭，虫技亦陶甄。恩重愁飞舄，风高易转轮。并州瞻画戟，鉴水拥芳茵。展骥推庞统，攀辕借寇恂。阴晴光澹荡，离别意酸辛。祖帐歌三叠，离亭醉数巡。何时临玉节，西望仰镕钧。

汤家彦

字七桥，鄞人。监生。

《鄞县志》：家彦画菊入能品，与同时范上綗画兰、罗棠画竹并有名。

徐燮园先生擢刺辽州，赋此赠行

洛阳才杰钟渊岳，列宿光芒射斗牛。东浙官声花县著，南朝宫体玉台留。家传清白前贤绍，代著文章旧业修。拔帜词坛凌鲍谢，擅场赋手敌枚邹。杏林艳拂红云晓，桂窟高攀碧汉秋。出宰学成名进士，分符职比古诸侯。凫飞仙岛恩膏布，凤集丹山恺泽流。百里岩疆瞻吏治，三年小试展经猷。能亲繁剧无留牍，并济宽严见荩筹。政简讼庭花自落，刑清囹圄草频抽。簿书丛里娴觞咏，弦管声中盛唱酬。判牒奇葩飞彩笔，放衙曙色映黄紬。高悬明镜沉冤释，朗照澄潭积弊搜。善气熏蒸风偃草，仁心周浃雨随輈。俄看瑞应来青鹿，别具闲情对白鸥。憩息有阴能化雀，骈幪无处不巢鸠。吠厖夜静封朱户，驱犊朝忙趁绿畴。岂有飞蝗惊密令，不教驯雉擅中牟。新栽桃李环城满，遍种桑麻匝地稠。闭阁清风余两袖，垂帘明月落双钩。山阴道接林亭胜，鉴曲波回岛屿幽。隔岸樵喧黄叶路，满船渔唱白苹洲。间阎尽向冰壶贮，髦俊还从铁网收。蕊榜登崇征以汇，棘闱分校拔其尤。识将荆璞非虚献，采到隋珠讵暗投。入爨焦桐供拂拭，出林翘楚荷薪樵。名材尽切裁成望，美锦宁贻学制羞。始识取贤推宓子，从教得士慕言游。诗书民社归兼综，循吏儒林必两优。鸾羽终难栖枳棘，蚁封非久驻骅骝。绛山地控平阳路，上党雄分古冀州。日丽凤台临画戟，霜清鹿苑拥缇油。争权岂必忧通判，秉节无烦见督邮。独惜垂青邀顾盼，难忘保赤仰诚求。扶筇父老攀车下，骖筱儿童拜马头。遮道人皆思借寇，填门客异感依刘。凡才敢附陈蕃榻，仙侣曾赡郭泰舟。分略主宾深款洽，情联兄弟剧绸缪。瓣香敬为南丰奉，樽酒欢同北海浮。翠绕兰亭春入座，红开莲幕夜登楼。每思蹑履三千集，尚记征衣一再抠。忆昨星韶辉远道，几回云树望轻辀。欣还合浦重沾化，复向平津共引俦。此日十奇征卓异，当时五善广咨谋。骊驹骤唱增离绪，祖帐新开动别愁。笛里梅花吹片冷，亭边杨柳袅丝柔。钱江水色清如许，榆岭风光阻且修。爱日三冬延蔀屋，慈云万里护旌斿。去思惆怅闻吴咏，同调缠绵寄越讴。于蒍歌成遗泽在，长怀棠舍迓鸣驺。

阮福瀚

字鲲北，一字仲阮，号蒲禅，慈溪人。诸生。著有《补兰轩诗草》。

邑侯王兰圃明府去思歌

长溪曲

赠君蟠螭葡萄之明镜，交鸳孔翠之金针。昆仑赤堇之宝刀，朱丝玉跗之瑶琴。离筵掩抑奏急管，醽醁潋滟难为斟。岂无堂上弦，焦杀匪知音。岂无盘中诗，憔悴徒悲吟。阴氛蔽翳日色薄，朔风凛冽吹罗襟。之子之来如皎月，清晖照见重帏心。清晖虽暂不可久，感君颜色情为深。只看满目桃李树，葳蕤绿叶纷成阴，送君长溪曲，长溪潺湲无古今。请君领取浅深意，勿谓举世同浮沉。

董绣林

字蔚东,号葩香,慈溪人。

山村早行

晓寒的的傍山行,曙色微茫月半明。隔水不知村远近,几家茅屋动鸡声。

谒黄杨岙先征君墓

董园不共沧桑变,过客争镌有道碑。千载乳乌啼不断,松楸瑟瑟晚风吹。

陈懋梓

字建周,号剑舟。镇海人。诸生。
《蛟川诗系》:先生貌清削而腴,议论洸洸,为文中矩度,尤工辞赋,诗不甚作,偶一弄毫,款约无俗韵,惜所存甚鲜。

咏落花

画鼓琼箫了绮筵,最无聊赖警春眠。轻尘门巷随游骑,小雨楼台送夕鹃。金谷风凄珠竟掷,汉皋人逝佩同捐。而今寂寞园林色,收拾幡铃十万悬。

赋得春水绿波

杨柳横塘写绿姿,流年如许最相思。江边雨过潮添候,池上风吹影皱时。约去相迎桃叶桨,柔来不断玉田词。谁将尺寸量深浅,付与遥山照瘦眉。

陈懋舍

字贞可,号柳塘,镇海人。诸生。

池塘柳

春柳环绿波，摇荡同一色。密翠生午阴，宿露尚余滴。鱼艇相往来，似愁系无隙。中有绵蛮声，莺梭止复掷。有客骑马归，衣痕变深碧。

盆中假山

尺五洞天品，窈如莴壑深。苔多浓剔翠，树小暗藏阴。曲想云生岫，寒疑雪满岑。宣炉同位置，宜抚伯牙琴。

江南曲

春草青如袍，春波绿于席。春来有定时，郎归无信息。
荏花缭平潋，蘋花开满夵。打桨莫轻过，鸳鸯梦正甜。
久不到江干，秋风鲤鱼老。满地翠松珑，都是断肠草。
平流澹无际，风起蹙微波。芙蓉开已遍，欲采奈愁何。

四明清诗略卷二十四终

董绣林　陈懋梓　陈懋舍

四明清诗略卷二十五

鄞　董沛　孟如　辑

童华

字惟崧，号薇研，鄞人。槐子。道光戊戌进士。官至礼部右侍郎。著有《竹石居诗草》四卷。

翁叔平相国撰《墓志略》：公由翰林屡掌文衡，洊陟卿贰，遂长台谏，前后直上书房者二十六年，恩赉稠叠，文臣之遇可谓荣矣，顾其自处恒若不足，俭约类寒士，敦笃纯懿若无所可否者。及其因事奋发，秉正察微，不顾危殆。

光绪四年奉命查办四川事件，覆奏灌县堤工不察水性，率更旧制，致河窄湍激，冲刷过半，督臣奏报不实，请予议处奏结。东乡县聚众算粮案，府县张皇请剿，提镇搜杀无辜，均请按律治罪；又覆陈川盐改办官运之丛弊，断断以病民为言，所查各事，洞鉴本末，据实直陈，不避嫌怨疏入，朝野慨叹服其明允。旋以伉直招忌，同官撼他事劾之，虽因是获谴，而上眷不衰，回翔部院者十年，年七十二终于位。公事亲孝，以父副使公年高，尝乞假归。

生平所学以天文、舆地为尤粹，中年以后，岁诵《五经》《论》《孟》一过，曰："对此如见故人也。"治官书毕，正襟端坐，夜必记旦之所业，数十年如一日云。

送汪俨斋孝廉_{能肃}归绍兴_{汪为家大人门生}

新霁鹊声噪，门前到嘉客。袖中出诗卷，湖窗共晨夕。

老人话旧欢，童子将命益。与缔忘年交，讵厌探讨剧。朝来作归计，兰亭禊事迫。轻帆拍春潮，飞花落钱席。越州我西邻，出门必首历。异日涉天涯，访君烟水宅。

清江浦酒楼

燕赵急行色，淮徐接亭站。天寒河易渡，呼酒到村店。水乡上鱼虾，尘塪拭书剑。楼头朔吹多，冻云逐南帆。弄棹半吴侬，乍觉乡语兼。薄醉慰劳人，憎腾听解缆。

登黄鹤楼

江潮竟没鹦鹉洲，水势欲撼黄鹤楼。英雄才子已陈迹，千载谁共仙人游。兹楼自古擅名胜，废兴兼为形家谋。崇基巀嶪隐城垛，冻云一片飞甍浮。棂槛洞启旷无障，八风盘转声飕飗，旁瞰俯瞩心目快。帆樯历历沙边鸥，瞥见灾黎栖大别。三十万人如穷鸠，田庐飘荡不得归。枕倚墙壁居何稠，我思江湖称巨浸。沅湘汉沔皆兼收，江水阔深不可测。滔滔赴海东南流，自闻巴楚地争辟。洪涛万顷成新畴，疆吏各增农户籍。居民尽夺鱼龙湫，大雨时行盛涨合。怒浪四溢如奔牛，瞿塘滟滪千丈落。粗沙大石皆纷投，下游更复成洲渚。月明到处芦花秋，云梦欲合洞庭隘。要施疏瀹功无由，增堤再用丈尺计。赈饷乃以升斗筹，良法美意救时用。小民大吏分劳忧，游人徙倚意何极。水痕指点林梢头，年来本减诗酒兴。楼前重为烟波愁。

归程同李起宾上舍烔

征途四百里，浙水涉西东。夕照千山外，秋声万绿中。渐生鱼浦月，好趁鲎帆风。比岁文场梦，谁余意气雄。

童华

红花埠 江苏山东交界

淮浦浮青雀，齐烟点翠螺。南邦纷藻采，东国盛弦歌。沃壤连畦接，轻车载梦过。旧栽桃李遍，花事近如何。时近春闱揭晓之期。

旧县同姚梅伯孝廉燮、王意山孝廉方照作

雷硠一路震东平，土壁巉巉斧劈成。万树夕阳随鸟下，四山沙雾挟人行。荒郊渐辟新原野，旧垒全消古甲兵。不远前村项王墓，喑呜时有朔风声。

信阳道中

云林画稿擅坡陀，叠嶂层峦到眼多。客路渐随衡浦雁，人家分饲蔡州鹅。连村种竹篁成韵，浅水淘沙锦作波。楚尾吴头风景似，晚秋天气尚暄和。

武信关

古聚斜阳矗戍楼，万峰深锁一关秋。嵩高余脉将东转，吴楚名山尽下游。累石要争鱼腹浦，丸泥曾镇犬牙州。夜凉孤馆灯花落，还见云烟壁上浮。

题惇邸书画禅小照

万象包罗一指禅，纵横卷轴米家船。婵嫣到后真仙境，福慧修来有佛缘。湘管品题纷藻采，梁园结构拓云烟。邸第新葺园亭。更闻善说成亏法，合倩丹青补七弦。

同四弟宿海淀，次早自澄怀园至昆明湖

湖山归鸟夕阳低，烟树葱茏稳可栖。短楫挑灯人未寐，渐闻车马满沙堤。

初阳影里见楼台，金钥朱扉次第开。夹路分擎黄合子，至尊知已御门回。

门前杨柳荫荷蒲，下界红尘一点无。待为园林添胜事，弟昆联袂直蓬壶。

湖波微皱小风凉，偃月桥边野稻香。最好烟霞明灭际，经台松栝水中央。

孙河

冰桥低处渡孙河，残雪全消气渐和。最好千林无一叶，平沙愈觉夕阳多。

张嶙

字翰斋，号鲈乡，鄞人。道光戊戌进士。官直隶南宫知县。

《鄞县志》：嶙知南宫县，值永定河决，民苦昏垫，请大吏捐俸筑长堤捍之。修葺东阳书院，月课诸生，分俸以资膏火。邑绅李某守台州归，异母弟诉其分产不均，慕僚请令其母同质，嶙不可，曰："兄弟争财，奈何累其亲？"委曲劝谕，兄弟皆愧悔而止，后以千金为馈，力却之。在任四年，以积劳卒。

陈咏桥先生撰《传略》：鲈乡性刚介，在直隶毁魏奄及无生老母像，严惩奸宄，盗风为熄。南宫号难治，下车数月，理积案数百，无所枉挠，咸服其决。

任烈妇诗

郁郁狮山松，娟娟狮山竹。嗟哉任烈妇，于此埋冰玉。忆昔出嫁时，年才逾十六。婉娩辜謷夫，天为明双目。何期丁不造，厄我殊太酷。筑丧尊章慈，旋夺伉俪笃。妇也明大义，不敢徇沟渎。忍死留吾身，为夫求式谷。姒也乃非人，狼贪觊我蓄。飞飞鸩鸟媒，白璧云可鬻。计日七香车，喧阗来茅屋。亦知不能免，镇之以静穆。若为未闻者，暗垂泪簌簌。何以慰良人，有死身不辱。庶几九原下，灵魂得追逐。闭门对孤灯，苦咽卤可服。天空闻笙歌，迎之归仙箓。呜呼柏舟操，千古仰芳躅。从容赴黄泉，如妇洵所独。至今梅阳山，同穴名香谷。时有双鸳鸯，飞上韩凭木。

胡江

字友山，慈溪人。道光戊戌进士。官刑部员外郎。

《慈溪县志》：江居官清洁，尝谓刑官切不可有意气，吾以情求彼，自以情应。凤知医，遇金刃伤人之案，辄自制良药疗之，犯者多得末减。两充提牢厅总办，狱囚衣食医药，必亲自检点，并捐己资益之。在部二十余年，虚衷听断，不事刑讯，尚书赵光器其才，拟予优保。以喀血卒于官，闻者惜之。

翁遂庵夫子陈情回籍谨呈送别

明刑弼教本相须，昔奉箴言学步趋。夫子官大理卿，江幸捷南宫，签掣刑部，谒见时谆谆以明刑弼教语江。三尺持平垂铁案，五辞详听鉴冰壶。文章画省高声价，柱石朝端重楷模。读律未终资质正，《刑案汇览》一书，尝命江细心体会。何堪惆怅赋骊驹。

都门祖饯送行旌，驿路迢遥出帝京。白发倚闾知慰望，丹心恋阙尚抒诚。恒春树茂慈晖暖，长乐花开昼锦明。感激圣朝隆孝治，诗歌华黍好吹笙。

洪观

字听桥，号乐吾，慈溪人。道光戊戌进士。历官江西抚州知府。著有《秋华馆诗存》一卷。

《慈溪县志》：观以侍读出守永平，其地为东三省要冲。咸丰癸丑，粤匪北窜，距永平仅百里，观募兵城守，民心以定，贼亦由他道去。遵化州有盐枭案，大府檄观往谳，并嘱穷治。观廉得其情出，株连五十人，牍上，大府不悦，嗣调江西抚州府，因病假归，以吟诗作书自娱。年五十六卒于家。

花屿湖泛月歌

平湖茫茫涵一碧，半夜湖心澄兔魄。扁舟才向小塘来，游人忽讶全湖白。传闻屿中多栽花，三春明媚竞繁华。世间花月称二绝，豪情胜景良足夸。更喜秋来绝点尘，十七顷波净似银。月光水光皎不分，翻疑月是我前身。湖中筑堤通来往，东西明镜分作两。青天倒影入鸥波，嵌空玲珑罗万象。人生到此豁心胸，洗眼静看松间峰。直教俗虑都消尽，恍然如在水晶宫。

马廷槐

字声南，号荪田，鄞人。士龙子。道光戊戌进士。官内阁中书。

《鄞县志》：廷槐生有至性。甫十岁，父病痁，侍汤药不少懈。年十五丧大父，哀毁过成人。道光八年举于乡，以大挑知县，分发南河，旋成进士，改官内阁中书，未几卒。

题杨雪门自绘小影

知君本是地行仙，滞迹京华已五年。不踏软红尘十丈，且从画里学逃禅。

一拳瘦石足句留，净扫苍苔位置幽。画笔写残诗脱稿，科头露坐不知秋。

西风帘外菊初黄，花亦如人澹不妨。报道延龄新酿熟，年年拚醉此重阳。

与君臭味订三生，风雨联床别短檠。我为拈毫聊觅句，卷中认取旧时盟。

王曰钦

字仪表，号啸舫，镇海人。道光戊戌岁贡。

九日登梓山小集，和姚松生韵

小集盘尊托地高，芙蓉作带荔为袍。岩边树影藏萧寺，槛外山容接候涛。隔座分香多野菊，应时入馔有江螯。眼前半是穷愁客，未减年时意兴豪。

春晚即事 录三

清和候近日初长，高下随风燕子忙。小阁摊书聊静坐，一瓯清茗一炉香。

酴醾如雪未全开，蛱蝶双双送影来。童子晨兴无个事，缓携短帚扫苍苔。

宿雨犹含翠竹枝，游丝宛转间蛛丝。隔城送到风筝响，三两儿童放学时。

董道渊

字虚竹，鄞人。道光己亥举人。官山西试用知县。

答卢蘧仙

襟袖迎风见酒痕，醉中索句闭衡门。学来仙佛香频爇，蘧仙自题斋壁云"读书读律，学佛学仙"。照尽妍媸镜不昏。愧我雨云犹未得，羡君星斗已高扪。他时又唱骊驹去，池草还教入梦魂。

马辰陕

字序赓，号笙兰，鄞人。士龙子。道光己亥举人。

次韵答谢陈子相征君

世俗论交罕率真，果谁相与契心神。自怜老去亲知少，愧荷诗来奖借频。褒衮藉增先集重，先大夫诗集，蒙赐序言。绵瓜喜访系图新。去年勉成支谱，多遵用君家谱例。蓬蒿妄起长松羡，坡老当年已笑人。

毕竟先生爱我真，铁经点处化如神。客因问字停车久，诗为求医折柬频。近因积雨病湿，久未出门，寄诗请正。不是多闻兼直谅，何从了悟别陈新。敦盘倘许吟坛附，肯作甘心自外人。

和子相四叠前韵

出山便定还山计，进退知几品入神。抱瓮灌园甘守拙，挥毫对客不辞频。拜思东野低头久，坐看南山放眼新。先生书室有门南向，额题"南山佳气"。岂独四余书可读，更将余事作诗人。

卢杰

字卓人，号幼竹，鄞人。镐孙。道光己亥举人。著有《思贻斋诗剩》。

解馆日赠族弟绍姬

风雪凝寒夜，更阑话未阑。师生三代旧，兄第一家难。处世唯忠厚，当阶尽蕙兰。幼孤怜共苦，相与勉加餐。

和尤西堂集中病贫诗，步叶天寥先生韵十首 录二

谁云孺子岂长贫，四壁唯余一病身。清白家风贫到我，寂寥况味病依人。忘贫曾笑谋生士，有病方思苦口臣。贫困正宜安淡泊，不愁病旧又增新。

萧条贫屋晚风凉，扶病披襟喜可当。粮欲馈贫甘未饱，药为除病种偏忙。病闲有酒招今雨，贫甚无膏爱夕阳。耐得齑盐贫敢怨，愿将旧病送苍茫。

冯本怀

字慎旆，号酉卿，慈溪人。道光己亥举人。官内阁中书，以输饷擢道员。著有《抱珠山房诗存》一卷。

《慈溪县志》：本怀刻苦自励，肆力于学，其抱珠山房藏书与醉经阁、寄月楼相埒。尹元炜著《溪上遗闻录》及《诗辑》，并与参订。居恒手不释卷，暇则饮酒赋诗而已。

次王雪轩明府有龄秋兴韵

高秋爽籁倍澄清，助我幽怀砌蟀鸣，不为井梧悲早陨，独怜篱菊渐敷荣。时平敢恋林泉乐，交淡唯寻诗酒盟，赢得夜长无个事，小窗灯火读书声。

吟秋好句逼清秋，不数南朝徐庾流。云影滇池心惓惓，雨膏溪水泽悠悠。湖山缋染从新辟，侯于慈湖手植桃柳数十株，曾绘图索题。风月清明取次求。自是贤侯多惠政，始终无愧晋崔游。

赠别邑侯王兰圃明府

江天遥指福星移，又见临歧促别离。遗爱人皆呼众母，瓣香我自奉名师。论文绛帐知何日，把酒青郊惜此时。拟作攀辕留镫计，斜阳影下立迟迟。

邵纶

字香吟，慈溪人。道光庚子进士。官内阁中书，湖北黄州府同知。

《慈溪县志》：纶由协办侍读出为黄州府同知。咸丰三年署府事，会遣撤潮勇，所过纵掠，纶迎，犒之，戒毋扰，弭首受约，属境安堵。旋以剿贼广济，众寡不敌，军覆遇害。事闻，赠太仆寺卿，给世职，赐祭葬，入祀武昌黄州昭忠祠及本籍忠义祠。先是纶在任，寄书其弟曰："吾官五品，以身殉国，分也。所耿耿不忘者，独七旬老母耳！时事如此，公私未能兼顾，养亲之事敬以付诸两弟。"盖死志已早决矣。闻者哀之。

邑侯王兰圃明府去思歌

贤侯爱民民爱侯，侯今欲去民思留。民思留兮留不得，民爱侯兮歌且祝。侯来何太暮，侯去何太速。侯昔曳裾蓬莱峰，簪笔揄扬何雍容。将以儒术饰吏治，文章经济世所宗。天子知侯贤，乃命作民牧。畿甸扇清风，满县花芬馥。忽闻凫舄移句章，父老欢呼伏道旁。肯向民间累毫发，单骑直趋民旁皇。为观民风先陈诗，下车殷勤利弊咨。重农劝学恤刑典，召父杜母今继之。大吏察侯廉且明，钱江又复催行旌。一年难借寇君住，抱持取靴侯已行。侯未来，望侯至，侯至甫三月，斯民已大治。囹圄草生庭张罗，有识以来今其始。侯已去，今谁嗣，安得郭伋来并州，竹马儿曹迎道次。吁嗟乎！侯来兮民乐，侯去兮民思。海隅皆赤子，无乃民之私。愿侯大沛霖雨天下同，感恩岂独吾句东。

汪祖经

字五云，奉化人。道光庚子岁贡。

三星隐石在剡源四曲五曲间，与丹霞洞三石隔里许

不假越王名，中流鼎足成。丽天侬素魄，入水耀金精。势作排衙看，歌谁在罾赓。缘溪寻古迹，谁与悟三生。

范邦桢

字翊文，号亦汾，鄞人。永澄曾孙。道光庚子举人。著有《亦汾诗抄》。

《鄞县志》：邦桢生有异禀，年八岁熟《诗》《书》《礼》三经，十二岁操笔为文，多奇句。性严介，寡言笑，终日端坐，手不停披，其治经多发前人所未发，尤熟《左氏传》。著述甚富，兼工诗古文词，惜稿多散佚，存者仅百余篇耳。

陈咏桥先生《序略》：亦汾少承家学，工制举艺，屡试春闱不售，专意于诗。自汉魏六朝，下逮唐宋，无不博览，然不多作。殁后，其仲子孝廉多璜收拾遗稿，为缮写而藏之。

观潮行

树头猎猎长风催，隔江战鼓声如雷。碧天无际起寒色，素车白马灵胥来。忆我少时诵七发，曲江之潮数八月。此时无由得纵观，已觉胸中气蓬勃。自从飞渡过钱唐，蒲帆十幅风饱扬。却值潮平浪花软，天吴不动云锦张。问之舟人何时有，答云须俟中秋后。来时顿失江面阔，吞云梦者十八九。我闻此言心预期，归帆须俟潮来时。荷花桂子遍游骋，束装直到江之湄。始时极目独未见，旋觉海门横一线。忽然万马奔腾来，风卷云驱疾如电。六鳌海上齐举头，银山直拥凌阳侯。百里千里渺何极，观者但觉天地秋。风云变幻真难测，万怪为之助惶惑。孰为主宰孰纲维，我欲询之龙伯国。或云地脉暗流转，或云月魄随盈亏。穆之图论最详确，此理灼然无可疑。吴儿自喜弄潮惯，出入洪涛

等溪涧。榜人挟舵迎潮头，咫尺凌空亦奇幻。潮声不过严陵滩，钓台终古垂渔竿。放眼不关天下事，客星自照江水寒。钱王衣锦保乡里，强弩射潮潮为止。至今遗爱说杭人，铁镞沉沙尚堪洗。

拟杜审言夏日过郑七山斋

鸣驺寻谷口，特访故人来。径绕山腰入，轩凭水面开。断虹明霁日，残暑拥轻雷。向晚情弥惬，迟留未肯回。

拟岑参题义公禅房

义公栖寂处，庭际俯乔林。岩石当轩瘦，溪流绕砌深。烟光晴滴翠，岚气晓成阴。到此真超俗，悠然会佛心。

雪窦观瀑 录一

竞羡匡庐瀑，何如雪窦奇。势倾银汉泻，声撼石梁危。绝壁斜盘磴，枯松倒挂枝。苍崖扫苔迹，为尔坐题诗。

灵桥

应候初建济川功，终古长桥亘甬东。一字舟盛平压水，千寻缆系稳行空。遥通市口人喧蚁，横截江腰岸锁虹。醉隶不烦书醋字，万安犹逊此神功。

登候涛山望海楼

何年此地落星留，人踏金鳌背上游。门锁俯临蛟窟险，岛排低指虎蹲浮。五更海日三山曙，万里天风六月秋。欲向扶桑闲濯足，紫云深处看瀛洲。

汪祖经 范邦桢

寻梅 录一

空山寂寂暗香迟，闲踏园亭一访之。有客过桥寻野店，谁家临水隔疏篱。风光且欲凭驴探，消息唯应有鹤知。闻道前村修竹外，雪中初放两三枝。

汪忠纯

字继文，鄞人。道光庚子举人。

《鄞县志》：忠纯尚义轻财，有鬻女其家者，券既成，闻女父母悲悼不已，还之不取其直。友人某以急告，贷之千金。及家中落，与兄弟析箸，忠纯愿让应得之产，偿贷友之款。后友得官，有余赀，而忠纯授徒自给，亦不责偿，人皆义之。

题外舅江梅庄先生西湖行乐图

水光涵漾黏天碧，树影参差匝地青。尘世软红飞不到，媚人风景可中亭。

格磔钩辀弄好音，春来处处浴春禽。新盟早向沤凫订，独倚阑干照道心。

阑外红花花外舟，浅斟低唱助清讴。一声檀板趣尘梦，镇日梅林水自流。

绕庐杞菊陆鲁望，画壁林泉宗少文。生趣眼前聊寄兴，神仙清福好平分。

王启元

字月农，号樵云，鄞人。道光庚子举人。

书明刑部主事毅斋张公殉节事，次王笋石宗耀韵

毅斋张公殉节事详曹志《忠节传》。张瑭，字廷玉，慈溪人。正统四年进士。《选举表》同。

又志载：慈溪冢墓，刑部主事死节，张瑭墓在县北十

里鄮山，晋江王慎中为表云云。笋石因遵岩文中称其族孙谦为鄮西君，又称公魂气常遨游鄮山甬水，定公为鄞人。继见郡城名臣坊题名，益据为确证，赋诗纪事，属同志和之。余按：鄞有鄮山，慈亦有鄮山。见《曹志·山川》。遵岩所云当指慈之鄮山，《曹志》云县北十里鄮山是也。然石坊故在，公之居鄞，容有其事。《鄞志》不为立传，亦因公之先籍慈溪耳。谨次原韵，尚望博雅君子是正焉。

昔读遵岩集，论世知敬公。寸莛虽自奋，难发黄钟宫。笋老雅好事，官纪搜云龙。旧史多脱略，凭何牖愚蒙。嗟哉土木变，栋折榱亦从。犬豕突行阵，貂珰蔽君聪。名臣溯阀阅，家世宁庸庸。名臣坊列公衔名。树石表宅里字非鸟与虫。巍巍死节事，何止夺门功。援例邀国恤，宵小宜见容。曹石膺爵土，公岂无褒封。邑乘失纪载，姓名轶冥鸿。慈鄞迭迁徙，考古昧遗踪。遂使里后进，扣钥来群蒙。出门咫尺地，谈论犹梦梦。丹山赤水外，谁与扬孤忠。

瑞光楼歌

昔有寓公高永嘉，置身百尺排红牙。乌丝填就每深夜，舌头灿灿青莲花。莲花并入烛光暖，珊瑚玉树相交加。柯亭笛，塞上笳。蔡氏风流轶汉家。新词翻作莫须有，钿头击节人争夸。兹楼流传已百载，至今过客空咨嗟。檀板金尊零落尽，逢场犹是说琵琶。

题李懒仙集

清辞凄咽女婴砧，似为生前少赏音。寂寞八砖吟馆里，木犀开落又秋深。

毛森

字省三，号莲卿，鄞人。诸生。

范邦桢　汪忠纯　王启元　毛森

咏月湖十洲 录二

柳汀
绿波围护小蛮腰，缕缕轻烟拂画桥。众乐亭前人去后，春风自舞短长条。

菊花洲
黄花擢秀淡于人，散作幽香镜水滨。个里若逢高士在，白衣好送十洲春。

问柳
睡眼舒来已几朝，纤痕眉黛倩谁描。如何长傍先生宅，一见东风便折腰。

毛谅

字鲁封，号次直，鄞人。森弟。道光庚子举人。官遂安教谕。

咏雪
顷刻花开满涧滨，眼前山势失嶙岣。侵晨蜡屐疑无路，向晚归桡欲问津。分作江干垂钓客，谁怜海上牧羊人。寒梅破腊香浮动，耐得严冬即是春。

和王秀才绅立秋夜吟原韵
羡君下笔似悬河，问字时还载酒过。梧院凉生新得句，不知秋思为谁多。

虞振璜

字吕卜，号意琴，慈溪人。廷寀子。道光庚子举人。

官河南永宁知县。

《慈溪县志》：振璜由教习授知县，补河南永宁。性雅饬，能诗文，饶有父风，兼工绘事，得南田遗意。

题洪韫石松鹤图小影

孤高之品莫如松，当年也受秦王封。闲旷之流应是鹤，当年也縻卫侯爵。先生绘此松鹤图，先生意果何在乎？谓是先生甘隐逸，家园之乐胜岩室。谓是先生慕荣恩，功名两字付后昆。我览先生图，我谂先生意。先生今世之古人，养性颐情外无事。镇日抚松松百寻，临风弄鹤鹤双翅。有松不必与菊同品评，原非潜迹学渊明。有鹤不必与琴共依恋，原非令名追清献。松志节，鹤精神，我道先生自有真，认取图中自在身。

陈定诰

字凤衔，号读香，镇海人。道光庚子举人。官德清教谕。

《镇海县志》：定诰与兄定敏、定博相友爱，终其身不分爨。工举业，兼能诗，善隶书，学博张振夔深器其才。家居教授，邑之英俊多出其门。

题李西民所藏元铜权

昔人遗我宣德炉，睡鸭香蓺流兰苏。昔人赠我铜雀砚，龙宾磨髓学黄绢。宝炉瓦砚两谁妍，不如元代有铜权。铜权斑斓何时铸，题字可辨皇庆年。混沌磊落瘦如拳，青翠欲滴圆复圆。一朝失守庆元府，可怜此物埋荒土。红晕藓痕碧护苔，韬光韫采失其故。君今得此良非偶，王府钧石何足有。置之座右胜球钟，摩挲久之难释手。古物有征莫如斯，何须铁尺与铜斗。

张善元

字葆宰，鄞人。积梓子。道光庚子副贡。

《鄞县志》：善元学行有父风，每论事伉直不阿，乡里重之。

哭陈西耕先生

处世在坦率，养福唯和平。为义必孑孑，已失真性情。公本称达者，胸无畦畛横。取交以信重，办事以理争。物情岂终蔽，久乃知光明。彼怀皎皎者，无乃近沽名。

厚德必获报，有子称凤雏。学成可以仕，乃佩铜鱼符。壮志怀叱驭，岂敢忘驰驱。因念堂上老，晨夕谁与娱。掉头不肯住，归尝秋风鲈。公曰能养志，奚必升斗须。随行负几杖，进膳捧盘盂。孝乎是亦政，柔色常愉愉。

忆自侍长者，二十年于兹。构艺辄进质，相视异邻儿。公年今七十，月满中秋时。文场竽滥厕，未获亲捧卮。归来即趋谒，调摄惊失宜。公云疾甚浅，但无工部诗。倏忽过重九，正届撤棘期。颇惭博浪误，公犹作慰词。何意旬未浃，玉棺遽下垂。过从念畴昔，忍闻邻笛吹。

卢派

字枫伯，号万云，镇海人。道光庚子副贡。

同治四年李树堂师守绍兴，夏五月，大雨六昼夜，城乡水深丈余，李师忧甚，余因作此诗祈晴，脱稿开霁，亦一奇也

同治四年岁乙丑，夏五之月日在斗。晴光灼烁天无云，耘苗背热牛开口。锁院帘垂昼正长，倦卧藤床摊饭后。快哉北风展天幂，踯躅商羊变苍狗。跳珠溅雪大雨来，四野

农夫笑拍手。一朝两朝霖曰甘，五日六日霪苦久。湖堤崩圻海塘倾，咸潮汹涌溪流陡。二水相陵如沸腾，螺蜂涡漩成堆阜。可怜秋秀能几时，漫漫巨浸安能受。破屋床头叹老农，茅檐灶上啼贫妇。墙颓壁倒栋宇沉，通衢曲巷撑船走。登高四望白茫茫，荇藻随风冒槐柳。良由下土恶贯盈，刀兵甫过天灾又。我作长歌告上苍，皇仁总被民生厚。纵然天不爱斯民，应爱忧民贤太守。

范上第

字绳先，号琴仙，鄞人。道光壬寅岁贡。著有《醉经楼诗文杂录》。

芳草洲

一带裙腰翠作围，撩人别梦自依依。王孙旧约寻芳至，为惜华年未肯归。

烟屿

翠霭迷茫点落花，时笼寒水复笼沙。软风作意轻吹破，露个渔翁立钓槎。

黄溥

字越山，一字月珊，号菊潭，镇海人。廷议子。道光癸卯岁贡，官嵊县训导。著有《瞌睡仙居诗存》。

《家传略》：公读书明大义，笃于孝友。道光中英夷陷定海，镇城危，偕邑绅出赀募乡勇，谋保守城。既陷，户口流离，无所得食，公晋省谒，刘抚军运米接济。及官司训，葺节孝祠，修祭器，课诸生以实学，士习为之一振。年七十三卒于任。

乙卯二月同登桃园山观桃李盛开，归至爱闲堂小酌，和陈君鹤缘纪事二首原韵

吾生乐趣总由天，如此风光年复年。前度登临成往事，甲寅三月与同人山中联句，得五绝五章。今番景色更澄鲜。味甘苜蓿容闲散，居近山林证宿缘。但结两三诗酒契，何须夜宴续前贤。

好花笑我如霜鬓，几度相思入定林。只为疏狂成懒性，愿将山水订知音。归来有酒何妨醉，老去多愁不废吟。应羡尘寰君独脱，每留新句拓胸襟。

周绍濂

字质卿，号廉泉，鄞人。道光癸卯举人。官江苏金山知县。著有《一勺园诗存》。

《鄞县志》：绍濂少孤，恃馆谷养大母畜弟妹，贫甚益自淬厉，夜读恒达旦。军兴以从征，功授江苏知县。署丹徒，诛盗魁，借拨帑银浚运河，民以存活。任金山，粤贼逼县，急筹战守具亲御，贼望风窜，不敢犯境。调署华亭，岁大祲，设粥厂活饥民数万。一日，振荒乡村，值军变，抶辱松江守及娄令，绍濂闻之急归，立收倡乱者，即道中斩之，一军肃然。

元权歌为李西民作西民有元皇庆元年庆元路总管府录事司较勘铜权一枚，权中共得大小阴阳文二十三字，由衢山人于海岸掘得之

海上潮，秋风来，岸上花，春风开。春来秋去五百载，元家故物霾蒿莱。有权斑剥苔花妍，野老得之巨海边。回环二十有三字，考工制自皇庆年。慨想仁宗御宇时，官家

较勘初颁兹。治法积久每生弊，重轻应愧平准施。苔侵土蚀多古致，摩挲只益沧桑泪。长江万里陵草青，三生历劫铜华翠。我为此权增叹息，波滔浪撼长掩匿。世间万物尽如斯，用舍行藏不可测。

秋日登润州鼓楼

秋色苍茫里，登高眺望频。江山资伟抱，风月属闲身。草没平冈路，烟寒古渡津。黄花开满地，寂寞少游人。

奚必谈时事，吟诗酌酒频。朋稀常聚首，地险尚栖身。落日明孤塔，平沙界远津。炊烟多断续，几处有归人。

寒食怀介之推

杨柳烟浓草渺茫，江村雨细杏花香。寻常佳节频怀古，冷炙残杯更断肠。

荒凉古冢没平沙，绵上难寻介子家。惆怅伊人何处去，凄风吹落野田花。

张庆璜

字米叔，鄞人。锡金子。道光癸卯举人。官定海教谕。著有《问吾斋诗草》。

寓剡源乡

山静鸟声稀，人家日掩扉。风吹云叶薄，雨杂雪花飞。醒睡呼芳茗，惊寒缀敞衣。故园虽咫尺，何日得旋归。

灯

独坐觉形单，青灯漏未阑。十年曾伴读，五夜每惊寒。照影鬓初白，敲棋花欲残。回头思有味，为忆少时难。

丙寅重九日作

冷署逢佳节，关心鬓有霜。栖迟到悬海，寂寞过重阳。径仄鹤栖树，巢空燕去梁。无人同把酒，独对菊花黄。

茌平题壁

客骑停鞭趁夕晖，邮程春色上征衣。东风不管闲桃李，处处撩人花乱飞。

陈景崧

原名文楷，字宪廷，先揆卿，鄞人。沅子。道光癸卯举人。著有《蠓亭诗稿》。

陈咏桥先生撰《传略》：君幼承庭训，工制举业，善书法。试礼部不售，考取镶白旗觉罗官学教习，援例授国子监学正。性孝友，事父母婉容愉色，遇兄弟及从子推甘让善，先世祠墓汲汲修治，其内行盖甚笃云。

集杜赠李丈笙南 录二

高视收人表，如公复几人。世家遗旧史，薄宦走风尘。壮节初题柱，文章实致身。应须饱经术，雄略动如神。

更识将军树，功臣甲第高。英雄余事业，文雅涉风骚。世路虽多梗，此身何太劳。恩荣同拜手，未惜马蹄遥。

题马铭轩刺史岭梅七度图

献岁椒花初进颂，梅边风信报头番。一从岭峤探春后，娱老林泉避俗繁。

七篇首唱陈司马，东阁吟怀老尚勤。独上骚坛为领袖，几多佳士附青云。

雨泊镇江，夜宿银山下

急雨寒风入镇江，银山岸畔泊轻艘。推篷只见楼台影，辜负寻幽屐一双。

佘勉翰

字韦庐，象山人。道光癸卯举人。著有《韦庐诗文存》。陈得心撰《行状略》：外王父幼而质钝，苦志读书，寒暑无间。弱冠通《十三经》，后以用心过度，得咯血疾，归自京邸，又有业师之丧，遂一恸而卒。

昌国卫城怀古

胜朝曾此驻元戎，举首南田在眼中。山海置防汤信国，风云际遇蒋泾公。屯粮果获千钟粟，食事谁弯两石弓。十八指挥名氏杳，夕阳闲话白头翁。相传卫城指挥使十有八人蒙考，唯蒋泾国武勇公曾为卫指挥同知，见《明史·列传》四十三卷，邑志略之，不足据也。

宋绍祖

字杏园，奉化人。道光甲辰武进士。官即用卫守备，升都司。

题宁海友人北上图

曲曲回肠两地思，虞山济水路多歧。征车北上欣同轨，乌鹊南飞少故枝。旅夜常惊蝴蝶梦，长吟只在蓼莪诗。英雄髀肉神仙骨，禁得消磨有几时。

检点头衔愧此身，几年前事话艰辛。名场苦志孤寒泪，半世青毡淡泊人。清浊泉流分自定，升沉剑气认难真。看人腾达飞黄去，何日方占尺蠖伸。

冯茂椿

字春木，号戍村，又号瘦梅，慈溪人。道光甲辰恩贡。著有《交红馆诗抄》。

冯酉卿先生曰："瘦梅族叔温文尔雅，以弱足不良于行。晚岁闭门却轨，唯以吟咏自娱。其诗格高韵古，非时流所及。"

塞上曲

朔云漠漠风怒号，雪花乱坠天鹅毛。健儿力挽五石弓，翻身射射虎仰射雕。汉家昨夜军符出，调戍阴山十万卒。跃马横刀飞入阵，一片刀光半人血。归来几辈封通侯，功高争与凌烟俦。数奇可奈将军老，卫霍居然在上头。吁嗟乎！古今遇合多如此，书生莫贱毛锥子。百城富贵自足豪，金印悬腰一梦耳。

住越城有感

一宵春雨杏花楼，身为离人梦亦愁。巢燕来寻新宅主，笼鹅追溯旧风流。莫教西子分金错，敢望东君化石尤。只有稽山与镜水，望中秀色叹盈眸。

送周聘园珍北上 录一

骊歌一曲驿亭秋，祖帐筵前互唱酬。去路新霜吴苑树，到时春水潞河舟。相逢人世多青眼，回念乡闾有白头。欲把离惊两分说，平原十日且迟留。

送春

阑干独倚黯伤神，飞絮飞花了却春。怪底子规啼不断，天涯犹是未归人。

繁华世界局棋终,愁比坚城仗酒攻。啼鸟一声何处去,落花风里啄残红。

忆姚石笙

灵运才高副盛名,更于山水结深情。想君新制芒鞋软,梦里如闻踏叶声。

吴翰

字鲈乡,号晚庐,镇海人。道光甲辰恩贡,咸丰辛亥举人。著有《晚庐剩稿》。

徐柳泉先生曰:"晚庐五言幽微淡远,雅近韦孟,余体亦迥非凡近之作,惜遭乱散失,所存无几,然传作正不在多也。"

城北观荷 录二

日夕北城路,雨过天气凉。兴来每孤往,好鸟同翱翔。芙蓉在秋水,集之以为裳。灵修渺何极,独立心茫茫。

昔人幽筑处,井灶不可寻。唯有古庙在,路入苍苔深。一水散余馥,风来清我襟。留连意未已,斜日西山沉。

鲁国碑 在县学明伦堂右壁

六鳌海上驾山来,一鳌歘入蛟门开。候涛峭拔耸鳌柱,是真鬼斧非人才。城阙参差雉堞起,排空金碧森楼台。朝潮夕汐相吞吐,天光云影同徘徊。学校重新拟邹鲁,碑版存者谁最古。中有建炎鲁国图,贞珉屹立嵌庭廉。以手细摹土花斑,一碑足敌十石鼓。年深难免字剥落,款识微茫不可睹。但见绵亘一水长,如入舞雩春风香。山川城郭从其朔，分封禽父周成王。桥梁宅里及祠墓，历历抚勒无遗忘。下逮汉唐宋经营，楼观盘郁涂丹黄。嗟余生世隔千秋，我思古人替古愁。谁其钩勒上此石，云是建炎赵邑侯。侯从何处得稿本，毫发无漏精校雠。南渡江山余半壁，视此疆索犹成周。画院绢素飘粉蠹，片石永镇沧江流。甲申以后遭缺失，埋沙没土不见日。盐官忽来徐广文，徐教谕友贞留心掌故搜一一。神物已久烦扪诃，泗滨九鼎一朝出。移置讲堂若球图，惜哉右角损其质。自昔义士谢皋羽，遍历婺睦来吾土。手剔遗碑诵遗文，恍若置身齐梁父。一序既成缀以诗，朗如聚星繁秋宇。斯人不作吾蹉跎，对此直欲发浩歌。愿持茧纸搨万本，汤盘禹鼎同摩挲。蛟龙欲攫不可得，此石并峙山嵯峨。

秋夜独坐

高树响飕飀，西风力正遒。寒蛩沉独语，断雁与同愁。岁月尘劳积，文章夙命仇。百城书坐拥，人羡小诸侯。

张祚康

字菉园，鄞人。道光甲辰举人。官平阳教谕。

题岭梅七度图，为马铭轩刺史作

芝山梅种乐优游，耆社谁将逸韵酬。翁是才名齐白傅，墨花浓带暗香浮。

双凫飞舄若乘航，坐见珠江接混茫。人与花身并仙骨，酡颜相对九霞觞。

李丙照

字南溪，鄞人。道光甲辰举人。

借秋阁展观九莲菩萨画像

青芙蓉老山容静，白菡萏香湖气冷。四时长借水天秋，一图小住云烟影。兰楹蕙栋势交加，西域真人此结跏。尝悟如来归一叶，更闻菩萨现千花。天花烂漫随拈弄，当年曾入椒房梦。秘殿如偕王母来，醮坛只许神仙送。色香都彻见闻根，瑞霭祥云尧母门。七宝檀施天子孝，四垂璎珞法王尊。伊谁画理通禅理，分颁贝叶驰天使。高阁嘉名锡妙音，吴山越水同欢喜，自从汉帝遇金仙，遂见图澄呪钵莲。大千世界花成海，丈六金身月印川。仙峰一夜飞灵鹫，早知菩萨西来候。三竺都教法雨滋，六桥总是香云覆。模糊纸上认华鬘，秋雨秋烟渍旧斑。东望慈航飞渡易，莲花洋在洛伽山。

郑圣飏

字方金，号弼庵，鄞人。道光甲辰举人。官内阁中书。《鄞县志》：圣飏以孝友积学负乡望。咸丰八年，逃军史致芬倡乱，游民从之者众，圣飏集家族，厉以忠义相保，聚邻村数千家，无一人从乱者。十一年，粤贼陷郡，逼绅士为伪乡官，圣飏闻之，绝粒死。事闻。恤赠知府衔，世袭云骑尉。

除夕寓塘头沙氏山村感赋

朔风吹雪逼残年，兀坐孤灯伴榻前。骥枥悲嘶消岁月，鹪枝偶借避烽烟。遗安未获庞公境，临难谁挥祖逖鞭。愧我涓埃终莫答，空山无奈老青毡。

毕生多难独登楼，家国都输未雨谋。极目关山悲杜宇，侧身天地寄蜉蝣。王郎斫剑歌犹壮，贡禹弹冠愿莫酬。预祝河清难久俟，萧萧白发已盈头。

庾信萧条感故居，强支病骨倚岩庐。后凋松柏知音在，小住柴桑与世疏。画饼徒充名士样，凿楹空守古人书。胸中磊块浇难尽，转瞬升沉问太虚。

俞庸礼

字立甫，慈溪人。挺芝孙。道光甲辰举人。

《慈溪县志》：庸礼性孝友，律身严肃，博学，精医理，求者必应，贫者辄施以药饵，赒恤戚属，解橐不吝。军兴，以筹饷劳，议叙府同知。

送邑侯王兰圃明府调任武源

竹马刚闻夹道迎，下车新政惬舆情。量移原为需才亟，遽去难教觖望平。一路棠阴成旧迹，千堤柳色拥行旌。攀辕莫遂苍生愿，我亦离亭别绪萦。

王麟飞

字子霖，号个山，奉化人。道光甲辰举人。历官四川酉阳州知州。著有《万竹叟遗诗》二卷。

《奉化县志》：麟飞官彭水，有豪强某以盗船载客，潜毙于野，而取其货，强夺邑人女为妾媵，民皆切齿，乃率兵密擒之，余党解散，人心称快。

官酉阳，逆首郎官、郎宦盘踞猫山，戎官拒捕，麟飞至，请调兵合围，二逆授首，发逆石达开以十三万众剽掠州界，麟飞严守各隘，以二千五百人截堵两河口，相持三月，石逆不敢东，遂转掠黔省，率兵追击其后，克复来凤县，以功加知府衔。

川蜀有夷曰猓狌，每为边患，川督以麟飞才，命通判峨边厅以制之，鳞飞知夷情贪进，先以土勇诱战，而出奇兵断其后，大败之，猓猡请降。任峨边三年，夷人喁喁向化。及其归也，皆涕泣送之，后絓吏议落职，卒于川。

性好学，喜吟咏，任酉阳时，著州志如干卷。

永川城吊同乡沈凤台明府

国士不忘报，孤城忍独捐。贼入城，君从容就义。垂名千载后，话别七年前。咸丰八年晤于榆城。有子嗟蓬梗，无家泣杜鹃。红羊成大劫，归受羡君全。

访杨芥庵司训席间戏成

蛮触相持已积旬，龚滩黔局因抽厘构衅峨边，设防十余日。偶来寻友胜寻春。草间舞蝶偏争路，枝上鸣禽不避人。冷署依山清市气，淡交如水见天真。殷勤款我灯前饭，谁笑杯盘苜蓿贫。

游玉柱峰得诗四首 录二

游兴方酣任所之，几多清趣入门时。因缘香火参诸佛，巡历檐廊觅旧诗。杯酌粗供兼味少，言谈无忌素心知。解衣磅礴浑忘暑，尘境仙山有等差。

葛萝镇日倦登攀，暫向浮生得片闲。晨气袭裾云共上，夕阳衔树鸟同还。几人诗草催来雨，万斛原泉送出山。着眼要从高处好，秋来重约眺烟鬟。

叠前韵答徐秋山少府

半规凉月挂疏楹，哀到江南剑有声。万树春光惊梦断，十年烽火烛天明。昨闻露布收残郡，闻苗姓团练同复安徽省城。准拟风帆计去程。一事报君应共喜，故园未失旧书檠。

荣城少莺，四月间得闻数次，顷又啭于园东，喜而有作

日光隐约雨如丝，又见黄鹂对语时。冷署愧无枝可借，此来应是为催诗。

蓝新余

字芥山，定海人。道光甲辰举人。

送龚总戎归松江

融风扇海角，气象何暄和。寒渚息鸣雁，野田荣青莎。感兹生意满，眼前皆恩波。挹注既难穷，矧复沾被多。仁气霭青郊，如雨俾滂沱。澄波敛鲸鲵，楼船静珛戈。不数裘带风，投壶与雅歌。实心懋实绩，兵民咸拊摩。余泽及枯骨，飞磷消山坡。何来呱呱泣，含哺蠲宿痾。嘉惠逮芹藻，雅意重盘薖。欢声腾万口，称述难缕覙。知者知之明，立身无透迤。出则惠苍黎，处则乐岩阿。愿从赤松游，怡然眄庭柯。故乡莼鲈美，酒酣时吟哦。羡公视富贵，迅如浮云过。深恩既靡涯，高风永不磨。

郑继武

原名邦彦，字子同，号蓉舟，慈溪人。道光乙巳岁贡。候选通判。著有《梦陆吟草》《梦陆杂存》。

杜少陵南池 在济宁州城外

少陵延赏地，宾主共句留。兖郡趋庭后，任城作宦游。飞鸿余雪印，洗马想风流。池馆今非昔，寻碑独唱酬。

重游紫霞宫，访煮石炼师弹琴，不遇

风景当年是，亭台举目非。落花红作阵，小草绿当扉。胜地谁为主，幽人去不归。囊琴空在壁，惆怅此朱微。

芦沟晓月

半车诗思半车愁，怕见芦沟月似钩。奔走难堪双鬓秃，弯环为写一天秋。几声骡铎惊残梦，万里星河拥急流。我自笑人人笑我，安闲只有水中鸥。

钟勋

字铭常，号紫阁，定海人。道光丙午恩贡。著有《茹古轩诗草》。

《定海厅志》：勋家贫授徒，自给敝衣疏食，意趣裕如。道光庚辛间，有西夷之变，定海民避居府城者多绝粒，同知舒恭受详准发帑抚恤，以勋廉正。与鄞绅士张恕、邵涛同司其事，人沾实惠。所著有《十三经补训》，藏于家。

送龚总戎归松江

昌国漫漫排雾起，三乡百岛环堞雉。明州门户蛟川喉，宏开节钺固金瓯。矗者梅霞山，□符辟海关。仁斋多士乐，仲升翰墨娴。自宋逮明六百载，几人策勋垂鼎鼐。圣主威德及海陬，东南筦钥隆简在。陆雄虎视水龙骧，南北界作长城长。桃花泛后芦花涨，风鸣霹雳扫槜枪。寒心破胆将军名，好学崇儒良吏情。积金争似遗经美，频将鹤俸散其赢。一新黉序光丹臒，千里云程充囊橐。笔耸高峰砚凿池，涌出文澜凌碧落。雅喜青衿高榻置，忍闻黄口平林弃。少有所长老有终，义山抵作义田记。不闻定远侯，燕颔复虎头。抑闻羊叔子，缓带又轻裘。宽严岂易德威济，经纬克全文

武艺。将星高耀太史闻，丹墀三觐天颜霁。纶音载锡障东溟，归田顿作乔松计。公来各心悦，公去忍赋别。一路口成碑，百里石为碣。试看翁山翁水长，留遗姓氏香且洁。

佘梅

字子占，号华禅，鄞人。道光丙午岁贡。

听屠生说马僧事，证之随园所书，纪以古诗

大漠风荒荒，日落尘头黄。黄尘高玉门，行客心彷徨。客行何傍徨，橐有千金装。千金橐马头，两客同扶将。饮雪不愁饥，卧冰不愁僵。但愿程复程，安稳还故乡。道逢两异僧，铁杖肩肥囊。隐隐在马后，杳忽在前行。两僧一实尼，陌路相鸳鸯。问之遽遭叱，对之神沮丧。叶。舌结不敢答，凛凛趋路旁。白日匿西影，投店知何方。两僧同店栖，同院东西厢。夜半来叩门，叩门知为僧。僧言吾乏金，将使尔金偿。客乃长跪求，金在凭主张。僧且不杀人，僧且叩其详。尔自何方来，橐有千金强。告自西边归，惠承将军筐。将军年与岳，聘我随边营。朝逾俄侬河，暮走森博城。告捷贻千金，令我还吴乡。僧闻客所言，举首忽自扬。错愕不可解，谁审凶与祥。荒鸡鸣喔喔，客复登行程。人疲马力乏，卒复遇强横。人头络马项，黄金著两裆。双辔高如龙，鞯勒生辉光。两骑连镳来，伟体何昂藏。见客解鞍下，拉马拴白杨。抽刀磨霍霍，睨客千金装。两僧忽复来，两贼逝焉亡。不辨何因缘，行行趋前程。暮又同店栖，同院东西厢。夜半来叩门，叩门知为僧。叩门果为僧，见之逾惊惶。两客长跪求，金在凭主张。僧且不杀人，僧且道其详。杀尔在须臾，向者马上郎。谁实保尔金，使尔身不亡。我今为尔贺，前路当无殃。不辨何因缘，救我微命生。奉金愿为报，请留姓名芳。为言两桀贼，坐马同

骈骊。屈我禅杖铁，勒彼马项强。顾使贼胆摧，遽迫投穷荒。我岂为区区，我亦尔同乡。往昔为盗诬，亡命奔殊方。殊方为头陀，头陀杀人强。结交椎埋儿，窃马择其良。窃马便爱马，但恨无龙骧。劫财赡资斧，安念梓与桑。后逢塞上尼，校艺艺相当。遂与给绸缪，陌路相鸳鸯。行止无定踪，去来无定方。妖星耀西北，大军征卜藏。上将亦有马，有马马之良。有马马之良，良马真龙骧。环营万貔狙，危笴蒺藜墙。我如飞鸟堕，赤手提丝缰。将军来饲马，秉烛烂生光。问之遽遭叱，对之神沮丧。问我为刺客，抑来窃骊骦。我言窃马来，公马真龙骧。将军饲马毕，呼我同入营。入营命我侍，鼎俎陈腥芗。出釜蒸蒸羊，倒瓮皿皿浆。呼我为健儿，命我同倾觞。将军饮云醉，鼻息雷振床。我亦帐下眠，谁审凶与祥。诘朝传将令，易我戎服装。点我为将校，西征随戎行。冰山高嵬嵬，日月无晶芒。雪海千顷寒，戈壁摩穹苍。我为向道官，连月携糇粮。一夕辕门开，万骑驰奔腾。呼我入内营，主帅当中央。将军侍帅左，密谕相丁宁。黄金千百镒，明珠光莹莹。汝其赍斯往，谕令番王降。叶。番王乃老妪，两鬓皤如霜。毳幕红灯悬，樋镞周其旁。焱拉复雷骇，下隶瓯脱王。汝去莫误入，汝去须用防。我竟逾壁投，从妪陈筐筐。一一传帅令，速速催主张。番妪惊且疑，犹豫言待商。我即挥利刃，刀断三重障。欲战即速战，欲降即速降。大军严阵待，何复容商量。番妪向我跪，愿言诘朝降。雪花盘万鸦，箫鼓声苍凉。旌旆耀阴山，星海流血汤。立断番王头，号召传蛮荒。番夷慑心服，大功反掌成。版舆揽西土，骏烈开鸿疆。露布奏捷还，赏赐百千强。问我何所欲，策勋当为郎。我为不羁马，桀骜难服箱。安能恋刍豆，束我冠与裳。脱我将弁衣，还我头陀装。鸿雁辞林巢，蓬叶随风扬。陌路与尔逢，知尔来边城。尔亦将军客，况复为同乡。何忍使尔危，视尔他

钟勋 佘梅

乡亡。言毕出门去，挥手辞茫茫。四野酸风嘶，北斗低不昂。水行无鳄蛟，陆行无豺狼。愿此皇路亨，万里归平康。

卢椿

字予怀，号六桥，鄞人。镐孙。诸生。著有《敬遗轩诗文稿》。

《鄞县志》：椿少孤贫，母范抚之成立，事所后母邱，曲尽色养。与兄杰刻苦力学，治诗古文极为黄定文所赏。性宽厚，无疾言遽色，远近皆称长者。

寄家大兄

六月刚徂暑，扁舟过浙东。凉生三尺浪，饱趁一帆风。翻恨离家易，谁怜作客穷。只应天际雁，怅望未归鸿。

游湖

六年不到西湖去，今日重来兴倍豪。满载游人仍画舫，谁家少妇擅檀槽。荷香映日清于水，松密翻风怒作涛。莫道孤山岑寂甚，秋高老鹤亩翔翱。

和家大菊花截句四首 录二

半栽老圃半篱边，相赏无人只自怜。赖有同根相附丽，霜浓时节竞鲜妍。

闲向群芳谱里寻，豪家贵客也知音。幽情自具傲霜骨，莫讶朱门托迹深。

登吴山

吴山胜处昔句留，携屐重为汗漫游。多少旅愁驱不得，行人都上放怀楼。

张培基

字子彝,号梅史,鄞人。诸生。著有《问己斋诗文抄》。

姚复庄先生《序略》:梅史与余交最契,初见时专治散文,绝口不论诗。阅数年,以诗见贻,余惊其非凡响,索观所为稿,则或存或毁,且曰"不作诗者十年矣"。余假以李注汉诗令拟之,乃复作诗。今集中拟汉铙歌郊祀清调、平调、大曲各体,古拙茂美,的为汉人嗣响,其余诸体诗亦质古,拙峭不蹈才人习气。

拟汉平调曲 录一

长歌行

上古有神仙,云是人所成。神仙渺何许,迹湮时代更。传闻相附会,往往称其名。黄帝骑飞龙,羡门拔宅升。谈元尊老子,采药师广成。秦女嫁萧史,子晋常吹笙。赫赫淮南王,逃世杳难寻。但闻已得道,讵见长留形。服食求真诀,自全精气神。人曾学仙死,孰是仙再生。欢乐不及时,守寂亦何因。

拟汉清调曲 录一

豫章行

豫章有白杨,挺生岩之阿。未遇樵薪残,载阅风雪多。风雪历辛苦,努力春芽吐。几遭牛羊践,险不逢豺虎。翘翘身忽高,濯濯临风舞。坚企松柏操,羞与荆榛伍。鹓鸠未许栖,好枝仪凤羽。自谓入山深,何期匠人睹。谓我中墨绳,指我论市估。枝柯委土泥,根株截刀斧。牵驱出山来,屈抑就规矩。恨不学散材,人弃堪自主。

冬日感怀 录二

红叶强为媚，摇落不可持。黄花香晚节，霜后无妍姿。物性偶能矫，代谢有定时。我生景虚掷，百废无一治。况复忧感多，中年添鬓丝。咨议倘堪贡，知遇恐已迟，览物伤中怀。怒焉劳我思。

木落知山峻，水落惊涧深。村居耕田翁，敝衣寒不侵。吾侪乏长策，百感填素襟。守此箧中秘，难换千黄金。休休归真朴，饮啄视山禽。斧柯如可假，吾且樵桑薪。

慰姚梅伯病聋

七窍不可凿，庄生有寓言。今子充两耳，庶几保混元。至人不蔽物，返听浚心源。心源归湛寂，塞兑严篱藩。尚嫌两目明，浅见辨风幡。务光传尺寸，老子夸三门。究其司聪者，在乎谷神存。恶声自不至，懒洗宁聒喧。机心亦弗动，讵复劳属垣。有感泪斯下，触处非啼猿。有歌还鼓缶，热时非酒烦。完彼清净田，渐以清六根。慎勿以药治，决牖令神昏。

乙巳九月，与秦九绶卿夜登吴山金龙阁

郁纡陟高顶，回视磴道盘。秋深风已劲，吹落霜叶丹。林疏月斜照，远映湖水宽。禅堂灯半明，香篆撩旃檀。寻幽足清兴，秉烛偕游观。廊庑循回曲，楼阁重跻攀。再拜礼谢公，瞻仰发长叹。人生易衰朽，功烈斯不刊。唯公能御龙，力可回狂澜。神明由志立，救时即真仙。公固一诸生，名并钱氏传。至今民报享，俎豆崇吴山。吴山树桓桓，钱江水漫漫。唯公灵不灭，让公名独完。

乍浦刘烈女词

赤狐跳荡黑乌翔,东海波涛扬复扬。海氛厉兮北风凉,蛮烟进入平湖洋。都护鼠窜戍卒亡,严城竟作无有乡。妇稚牵率走踉跄,屏息穷乡避虎狼。刘家何恃无恐惶,踌躇不去为女郎。女郎少小依爷娘,娇羞未肯抛红妆。弱雏安避罗网张,怕遭摧辱心暗伤。红鬼绣臂衣短裳,黑鬼奇丑方跳梁。巷中打户行奸强,劫火炎欲烧昆冈。女身似玉难袭藏,不堪忍辱同贱倡。安得羽翼生肘旁,轻如鸿鹄腾远方。仓卒有计周且详,生污死洁何较量。葬我智井作我防,坚操万劫矢贞良。呜呼殉节遗尔芳,须眉让尔不敢当。

西山龙治寺遇雨

竹里敞高楼,楼低竹上头。篛龙遮百尺,佛火秘千秋。胜境多僧占,尘寰倦我游。山灵应牅启,阻雨得淹留。

钱江别舍第

别离原苦事,骨肉更添愁。大被何当共,长江如此悠。至言唯勗学,壮志岂闲游。其奈舟人促,含情不自由。

常山旅店阻雨

底事违亲忍远游,长途风雨此淹留。谋生颇悔闲居拙,行路方知作客愁。候馆春寒眠白袷,邮亭泥滑唤斑鸠。那堪不寐孤灯夕,偏向空阶滴未休。

秋日登双门拱北楼即题其壁

案双门即南汉双阙,宋时诏改双门,上有宋宣慰使陈同知所制铜壶滴漏

悲秋羁客试凭阑,极目南天望眼宽。万户蜂房联瓦屋,长城雉堞倚冈峦。楼乘石阙基先峻,水泻铜壶滴未干。到

张培基

此纵眸怀亦放，偶留泥爪志游观。

张家渡晚泊

晚饭停舟傍野墟，七姑岭上月如梳。明朝须早挂帆去，花石潭前买鳜鱼。

孙景烈

字丕承，号寄庐，鄞人。

《鄞县志》：景烈善琴，自为操云："清风入抱兮，明月在林。聊以行乐兮，拂拭鸣琴。山高水长兮，谁与赏音？嗟！吾将改弦以谐众兮，奈非余之初心。"

题徐远香柳泉游杭合集

高咏真同调，行踪记武林。得来山水趣，都付短长吟。风月畅怀抱，江关话古今。是予旧游地，展卷恍重寻。

赠张梅史

衣帽楚楚致翩翩，杨柳丰神正妙年。霏屑清言曾独擅，泼笺醉墨不妨颠。文章有骨江山助，词句如仙宫禁传。莫抱龙泉埋没恨，光芒自射斗牛躔。

汤淮

字耕吾，号补巢，鄞人。诸生。

《鄞县志》：淮聚书颇富，勤于校雠，多善本。亦能诗。

读复庄诗问题后

硬处笔欲立，空处字欲飞。鬼神助奇思，造化运灵机。学古得真髓，门户无所依。心肠罗锦绣，咳唾生珠玑。天花落空中，不见花着衣。诗家有正宗，舍此吾谁归。

王传兰

字海曙，号禊亭，鄞人。诸生。著有《小辋川诗抄》五卷。

题秦琴生携琴访友图

我有七弦琴，欲弹无知音。知音纵云少，愿倚长松吟。吟罢微风起，飘飘吹我襟。意欲觅良友，开樽谈素心。琴生欣然至，日下相追寻。披图索我句，兴来安能禁。何当共入画，坐我绿苔岑。林间奏一曲，抗怀观古今。流水杳然去，高山窈然深。此调有谁赏，嘤嘤闻鸣禽。

题秦蔼堂归渔图

君何不学严子陵，为恐安车载其后。君何不学淮阴侯，又恐无金报漂母。披裘归去寄闲身，短蓑斜笠消尊酒。如今我亦爱林峦，我携樵斧君持竿。

紫阳山登眺

故径郁千盘，仙台石作阑。闲花红欲堕，古树绿成团。露气横江重，潮声动地寒。片帆城外过，秋水正漫漫。

六和塔题壁

绝顶与云齐，攀跻缘石梯。过江孤艇小，隔岸万峰低。铃乱鸽通语，檐高蝠不栖。胥山一回首，烟树总萋迷。

金沙港水阁对雨

惊飙卷地狂，一雨泻芳塘。夹道柳阴湿，满池荷气香。轩窗都纳爽，衣袂渐生凉。座有山僧话，禅机为涤觞。

威远城观海

雄镇蛟门地不偏,势吞闽越控朝鲜。古城环作明州障,杰阁遥通绝岛仙。雨霁楼台含蜃气,潮回樯橹卷蛮烟。来琛共幸波清晏,滚滚寒流浸碧天。

纵目苍茫穷水源,蛟川日夜荡乾坤。半空断壁撑鳌背,万派惊涛泼虎蹲。雉堞俯临江月小,鱼山出没瘴烟昏。蓬莱仙岛虽堪接,敢驾星槎渡海门。

送凌大雪香之楚

游舸归来仅一年,云帆今又挂江边。还家日短难为别,作客身劳盍少延。五两舟摇湘浦月,三千路入洞庭烟。晴川阁上如回首,离思应教雁信传。

秋夜与董大觉轩坐话即赠 录一

高塘十亩赋闲居,祖德儒风仰汉初。学博德才能试剑,孝廉雅癖喜藏书。小园绿竹深栖凤,浅沼青苔静养鱼。游息潜修皆乐事,光阴肯负夜窗虚。

感秋杂咏

雁来燕去捷如梭,大半光阴客里过。一夜新霜添白发,今年更比旧年多。

凉飙瑟瑟雨凄凄,篱豆花疏络纬啼。一阵寒来愁万种,灯残犹倚小窗西。

徐元第

字煜昌,号玉窗,又号远香,鄞人。诸生。著有《留烟稿》一卷,《柳汀唱酬集》二卷。

董沛曰:远香负才气,与徐柳泉舍人相倡和,时称二徐。观其所作，浩瀚不及柳泉，而清峭过之，亦劲敌也。

长干曲

君住长干西，妾住长干东。同里结为婚，生少怀春风。十五入君门，步障金芙蓉。颜色妾自爱，而君情更钟。

出门见瞿塘，锦色双鸳鸯。戢翼不独宿，感此意偏长。八月秋风起，为君治行装。君行日以远，妾心日以伤。

昨夜接君书，遗妾双明珠。君归定有日，报以千金躯。为君谢商侣，远行毋乃愚。少年难再得，名利徒区区。

舟中望半闲堂

一径曲而上，数椽敞高冈。林端卧白云，不知谁家庄。回首语舟子，答言贾平章。当年斗蟋蟀，美人列瑶房。谁为葺遗址，老屋明斜阳。使我发浩叹，望古空茫茫。

与周大_{宏维}游万松岭

我游万松岭，岭上多寒松。闻昔风雨夜，虬枝化为龙。翠涛挟而去，一岭云自封。云封不可上，隔林闻暮钟。去去觅归路，夕阳挂晴峰。

变行路难

我今载酒游五湖，长风破浪直斯须。琼楼玉宇瞻天衢，中有美人颜色殊。招我殿前赋帝都，含英咀华撷芳腴。煌煌锦绣临风舒，庸我玳瑁之良车。贻我明月光耀之双珠，朝朝暮暮丹墀趋，荆棘当道会剪除。吁嗟乎！安得行路之易尽如此，富贵白头归故里。

飞来峰和徐十三

我家四明称洞天，竹房松牖生云烟。兴来倒骑绿玉杖，遍游二百八十之崖巅。凿险绁幽罗万有，四窗秀削相钩连。自喜此境不易得，将欲卑视天下名山川。俄闻武林有奇胜，不知何处峰峦飞堕西湖边。西湖之水浅而碧，西湖之山秀而泽。攀藤扪萝幽更幽，见此便许非常格。一峰摇摇欲下垂，一峰跃起抵其隙。洞中石乳流涓涓，吸之足以清诗魄。奇顽未经女娲炼，嗟尔山灵胡向空中掷。我闻在昔摩诘画石藏秘府，天命六丁下追取。海风怒发不得上，盘空怪影云无主。神仙指点化为峰，欲下不下逗秋雨。灵鹫山前选佛场，冷泉流破空无补。玲珑岩岫忽飞来，至今苍苍犹带墨花舞。

冷泉亭

涧外碧云深，荒亭对远岑。有泉终古冷，可以涤吾襟。秋色上苔席，寒风啼水禽。此间得佳趣，少坐夕阳沉。

见徐十三作家书感赋

客路平安报，秋光一雁新。思君犹有母，繄我独无亲。余恨空千古，天涯寄此身。封完凭附笔，传语到家人。

野寺

杂花零落草烟凝，野寺萧条初地登。林外日昏啼怪鸟，磬边禅定坐枯僧。苔痕上磴石迷路，佛座敧垣风扑灯。无限秋凉动愁思，遣怀且向曲阑凭。

登凤皇山绝顶寻御教场古址

绝顶平开教战场，那堪终古剩斜阳。十分湖景排前岭，万里江流滚大洋。沙径蒙茸秋草碧，石碑斑驳土花黄。我来凭眺增悲慨，人事年光两渺茫。

山阴道中

水碧沙明十里堤,花船长系柳桥西。人家多住深林里,一路野风啼午鸡。

尹嘉年

字孟再,号少桥,慈溪人。元炜子,诸生。著有《培荆草堂诗稿》。

《慈溪县志》:嘉年善行草,能画兰,工骈俪文及古今体诗。《仿元遗山体论国朝人诗》极为侍郎汪廷珍所赏。

蝴蝶冢词

西清道,一抔土,白杨风,棠梨雨。鸦影凉,鹃啼苦,山伯坟前纸钱舞。风涛起,江水流,白浪江心孤艇浮,夕阳江上美人愁。停舟上垄哭故人,一声地坼埋荒丘。埋荒丘,成嘉偶,昔友朋,今夫妇。红裙零落化蝴蝶,细雨霏霏度烟阜。

雅宜庵即景

小阁远尘市,清心对梵王。一弯篱作界,三面树为墙。过雨看村碧,因风闻草香。境幽无俗事,翻觉日舒长。

放鹤亭怀古

廿载远城市,斯人不可攀。高风渺流水,明月冷孤山。白鹤去不返,梅花如许闲。至今亭尚在,满径藓痕斑。

西城夜归

市河微白岸生冰,月照霜天玉宇澄。废垒清笳悲牧马,暗窗故纸笑钻蝇。残寒尚劲衣无力,隐恨难消酒不胜。读史深宵人未卧，商飙飒飒动书灯。

王昭君

天妒娥眉只自嗟，何须马上怨琵琶。纵然不嫁单于去，也是深宫冷落花。

论国朝人诗仿遗山体

廿载恩深涕泪多，故人辽海感如何。可怜无限沧桑恨，一曲宫词谱永和。

领袖词坛卅载余，新城声望本非虚。如何身后讥弹起，犹有谈龙一卷书。

敦厚温柔味最腴，独将大雅只轮扶。宛陵诗笔谁人识，试看渔洋摘句图。

石湖家法一生宗，风雅只堪作附庸。不分吴儿重乡曲，诗场还自说尧峰。

画戟清香日咏觞，间关蜀道倍神伤。商丘贵盛莱阳厄，两宋诗名孰短长。

法曲飘零处处传，晚年诗律近唐贤。九重自识真才子，知遇还过李谪仙。

步武力追李北地，才名早擅布衣时。归愚心赏知何处，唯有中年七字诗。

种柿成林足自怡，栽花莳竹更敲诗。知音独有毗陵女，唱出东风红豆词。

湖海豪情隘九洲，迦陵诗句动公侯。君看四十年华过，果有功名到马周。

思笔纵横格律新，西崖才大有谁伦。浙中诗派从谁溯，长水而还第一人。

冯鼎勋

原名熏，字南来，号味琴，慈溪人。诸生。著有《锄月隐居诗抄》。

谒杨文元公祠

道德江南重，先生古大孺。象山传有自，鹿苑派休诬。学问诠心蕴，经纶赞庙谟。至今遗泽在，春水满慈湖。

奉赠族父啬庵先生

江湖飘泊几经秋，垂老归来雪满头。下第卢仝空织锦，依人王粲罢登楼。故园松菊重烦理，旧事榆扮不厌搜。先生熟于桑梓掌故。惭愧鳅生劳启发，夜光美璧为潜投。承示《煮梦轩诗集》。

风雅吾宗旧主持，谓先中丞留仙公、大司马邺仙公。骚坛今复得名师。夕阳芳草寻诗路，秋雨疏花对酒时。卅载梦魂蕉鹿悟，一腔心事蓼虫知。竹林他日联高会，可许琴樽野外随。

雅宜庵访郑金门，不遇

精蓝小筑傍清溪，来访经神路欲迷。草长空庭人寂寂，绿阴深处一鸠啼。

冯贞禄

字申甫，号茗生，又号岳生，慈溪人。贞祐弟。诸生。

题族侄酉卿典雅图小影

诗品典雅传司空，诗心点缀凭人工。三间茅屋何年结，画图历历尽当中。有一人兮自来去，貌冠玉兮称豪雄。花鸟闲兮频自弄，金樽乐兮意胥融。既沾春而赏雨，听飞瀑而临风。百丈流泉翻白雪，千竿修竹含青葱。但观此图清景好，知君立志人难同。天怀浩荡本吾与，纷纭俗感那教通。请君抚琴弹一曲，我欲为君和三终。不羡姹紫与嫣红，但愿狂歌酣饮聊以写葵衷！

王谔言

字亦昌，号松屏，又号安山，慈溪人。诸生。著有《养浩堂诗草》。

舟行即事

扁舟容与丈亭东，却喜云开日却红。游屐尚沾吹断雨，破帆偏漏逆来风。江潮卷月趋崩岸，山影和烟压短篷。一渡钱唐三百里，近乡心绪更匆匆。

善庆精舍漫咏

万劫红尘扑面飞，个中卓锡理应微。田无十亩能招隐，竹有千竿可息机。屋破不妨云补茸，窗疏好与月皈依。即心是佛人皆佛，城郭山林孰是非。

杨庆槐

字晋堂，号树人，慈溪人。兆熊子。诸生。著有《一阳轩诗文稿》。

《慈溪县志》：庆槐内行纯备，有姊适郑而寡，析资与之。素清约而乐于振施，壬辰癸巳岁洊饥，倡义散储，存活无算。生平究心经史，为文高健，邑人多师法之。

吊城西金烈妇歌

丰隆炭炽红炉灭,铮铮炼就妇心铁。九幽不惧甘九死,太息土花渐碧血。城西有妇义不辱,虺蝮竟遭姑手毒。覆盆孰与雪奇冤,白昼雷霆声辘辘。人间鬼趣落修罗,鬼伯眈眈可若何。湛身堕入九幽狱,色障难降诸恶魔。月轮秋半姮娥泣,乍拨阴霾见白日。沸汤毒火一丝喘,天为坚贞表奇节。吁嗟乎!兰膏不煎香不烈,珊瑚击缺肝肠裂。落叶哀蝉不可听,西流慈水声呜咽。

清果禅院

僧院逢茶话,尘心半日闲。儒冠余白发,吾道在青山。竹翠侵衣湿,松花点石斑。涧泉寒玉漱,坐听响潺湲。

紫蟾山房十咏

众香国
眷彼选佛场,花雨发群卉。如如蕾卜林,了了栴檀气。

环翠楼
欲参上乘禅,咫尺维摩地。示我清净因,空色四山翠。

松萝轩
夙有青山缘,开轩坐林樾。陶令入社来,松风与萝月。

泻红池
骤雨添涧泉,活活丹砂走。坐愁桃源春,闲数落红否。

玉蟾泉
僧院栖息幽,凉月扃禅寂。灵魄濯宵光,玉乳蟾蜍滴。

凤篁径
山寺纳晴光,松崖日初到。谒来叩禅关,一径修篁导。

冯贞禄　王谔言　杨庆槐

离卦峰
阴阳度地维,离火南方位。人言卓笔峰,我取虚中义。

观音柏
古寺柏槎丫,偃蹇难为状。火宅焰方乾,变作观音相。

祇树井
祇树本无树,取以名其井。净瓶沾溉多,慧日长圆影。

赭山寺坪
西岭灵鹫盘,东江鹳鹅飞。杖策平冈上,夕阳明翠微。

陈桐年

字琴友,号问云,镇海人。贡生。著有《问云诗稿》。

秋夜野行
秋夜居然万景清,偶来野外作忘情。数行归雁低茅屋,几点飞萤入豆棚。月映上流云碓动,风凉隔岸水车声。忽疑此地为溢浦,村笛一枝何处横。

题城西秀才卖酒图
片土城西尚晏然,门临流水酒旗悬。霜晨亲涤相如器,雪夜孤依子敬毡。才士拙于谋食计,丈夫甘自受人怜。嗟予弟亦弃觚去,潈迹吴江估客船。

胡迈

字云生,号凌伯,镇海人。滨子。著有《凌伯遗草》。
董沛曰:凌伯十岁能诗,十七遽卒,遗诗二卷,姚复庄先生序之。

野望

萧条当薄莫,独立酒微醺。古寺藏修竹,奇峰插乱云。停车因落叶,着屐对斜曛。又见东皋外,风寒度雁群。

望海

登高沧海阔,远景豁眸开。山逐回潮去,帆如走马来。天风挟飞舞,鸟影恣盘回。那得佺乔侣,高歌共酒杯。

来青山馆春日

天外东风忽吹至,铺排春色满闲庭。两三竿竹摇窗绿,四五重山到眼青。堤柳叶低过燕子,砌兰花妥立蜻蜓。尘寰别敞忘机境,时有幽人来叩扃。

山行

日暮山如点缀工,晚霞一抹剩残红。白云深处闻鸡唱,知有人家在个中。

周镇南

字九峰,奉化人。诸生。

秋日病起

闭置将弥月,开帘一霁颜。绿萝三径雨,红树一房山。秋入高吟爽,人因小病闲。近来谢尘客,蓬户好常关。

读明史 录二

太阿有柄寺人持,高庙遗牌孰毁之。几作徽钦终北土,幸生申甫返南畿。郑人入国内蛇死,汉帝登庸走狗悲。翻是奸阉能败事,偏邀特旨赐崇祠。

盈朝宠眷借青词,又是文成遇主时。议礼竟容张子贵,防边偏动夏公悲。乾纲独揽嗟难夺,比匪虽多幸不迷。汉武英雄输一着,轮台悔过未云迟。

裘凤

字友班,号竹庵,奉化人。诸生。

王氏最是园菊花盛开,乘兴独观

秋光冷淡独相亲,着色东篱别有神。幽致不堪经世眼,孤芳谁似此花身。繁华忆昔空流水,风景当前属可人。三径徘徊还自惜,只余夕照伴良辰。

叶登魁

定海人。著有《香丸集》六卷、《随笔吟》三卷。

登五雷山

翁洲一览小,高孰与相齐。地势东南缺,天光尺五低。盘空穿鸟道,历级上云梯。犹有龙潭在,蒙蒙雾气迷。

方崧岳

字甫生,号樵缘,定海人。

《白华山人诗说》：友人方甫生有《郊行》句云"夕阳如避俗,只在远山红"；又《山家联句》云"疏雨不到地,竹梢时有声",时人呼为方疏雨。

送龚总戎归松江

承平论将帅,兵民贵一视。匪侵守令权,绥辑固宜尔。我公生江南,宣劳偏裨始。扬历至元戎,功高山并峙。兹土本岩疆，何幸公莅止。重洋息寇氛，舟师远犹迩。壮事与老谋，公亦姑置此。报国抒夙忱，誓唯饬篚篚。恰喜余俸钱，笑谓义可市。养幼恻道呱，给楟厘沟委。并施刀圭灵，酖人岂叔子。军门惠政多，吁请接踵趾。仰维元老心，拳拳尤爱士。黉宫奉圣贤，旧规改卑庳。砚池起文澜，新泉流清沘。更念子衿寒，省试窘行李。脱手散千金，当时犹敞屣。遂令赴举者，束装咸色喜。公非私定人，德府安素履。士非邀公私，仁字欣共倚。今古多将才，有公竟谁比。载瞻龙马姿，惠我幸未已。玉体偶违和，引疾归故里。公归遂厥私，民讴失所倚。松江近在咫，苇杭差可拟。窃愧鳌戴山，恩门空翘企。

卢云飞

字九程，号秋渔，址孙，鄞人。诸生。

王烈女歌

虚名不足爱，小信不足责。志士沟壑志，能无愧巾帼。君不闻赤城王淑姑，大义融彻志不易。以身殉节死如归，精诚直达沮金石。吁嗟王淑姑，往事可详核。身许李氏子，游宦未来逆。李家在金陵，金陵重种璧。一男误两聘，一女肯两适。母天不谅旋返币，侑币金镮求不获。淑姑潜秘用约指，染血成诗字成碧。宁为玉碎毋瓦全。古井盟心甘一掷。生不能从死则休，至性动人为载祐。祐所经处泣鬼神，乾坤欲洗尘氛积。吁嗟王淑姑，怀履何清白。愧非辎轩使，望风徒悼惜。君不闻，割鼻苦心若冰檗，断臂坚操等松柏。悠悠旷世忽相感，入地贞魂今视昔。吁嗟！何时立石穹窿表此井，使彼城狐社鼠见之皆敛迹。

徐镇

字安夫,鄞人。

和季父□□十景诗次原韵 录二

梦忆寻春路,凌晨逸兴添。清风雨岸阔,落月半林纤。树影遥拖墨,波纹细漾帘。却疑贺秘监,此处迹曾淹。

谁挽它泉水,银潢倒挂来。浪花秋卷雪,石闸夜鸣雷。烟火千家合,江河两道开。过桥闲眺望,疑是玉山摧。

徐钫

字菘原,鄞人。

和季父□□十景诗次原韵 录二

禽声听欲乱,渐觉曙光添。一抹宿烟重,半钩残月纤。花容迷仄径,水气上重帘。谁访诗人至,池塘梦尚淹。

飞卿佳句在,人迹板桥赊。霜气寒于雪,枫林叶作花。落疑红舞蝶,蔚若赤标霞。傍晚停车望,云深有几家。

应宗鐄

字守枢,号竹孙,鄞人。著有《咏物杂抄》。

白菊

几朵珊珊玉镂成,秋容绘出十分清。瘦唯有影争霜色,淡到无言伴月明。质素偏如人傲世,香幽还觉蝶多情。莫将冷落芦花比,头白江边尚送行。

应宗钥

字亦楼,号小蘧,鄞人。

游春

春水动微波,春光散绮罗。柳阴随路曲,花气杂风和。陌上情无限,闺中恩若何。行行沽酒处,醉听踏青歌。

董仁澄

字文江,号练波,慈溪人。诸生。

十月朔扫墓过竺峰,见寺前两松合抱,系严君丙午年手植,谨赋七律二首

婴孩养护忆从前,东坡《小松诗》"养护如婴孩"。手植于今二十年。恰喜盘根能得地,旋看老干欲参天。钟声隐与涛声合,昙影遥将盖影联。领会严君培植意,成材应赖子孙贤。

堂敞松含仰祖先,扫茔来此复清妍。从知鹤骨皆超逸,怎似龙形不变迁,十月寒窗三径雨,千秋古寺一林烟。几回静把源流溯,百世心期岂偶然。

和雨香三叔种竹原韵

半亩芳园手自锄,缅怀淇澳恰相如。掀泥犊角连番刓,扫石龙须取次梳。食肉何人襟洒洒,鸣琴此地韵徐徐。俗尘不到疏篁里,绝胜深山远结庐。

董正

原名仁溥,字涵源,号东桥,慈溪人。诸生。

咏先征君浮碧山故宅

山下行人过,谁还识故居。断烟藏谷冷,寒水涌庭虚。花草春风里,牛羊夕照初。一灯窥子舍,凭吊欲欷歔。

过大宝山吊朱协镇

独提一旅驻孤营,星陨前宵早已惊。只叹陆沉非小劫,未防角掎是虚声。鼓衰犹噪鲸鲵血,援绝难驱草木兵。身愿死忠儿死孝,誓从三镇敢偷生。

桓桓徒尔甲齐擐,鏖战只闻大宝山。司阃若能同死敌,将军岂愿不生还。拚将热血埋荒蔓,留得英风起懦顽。太息从亡诸将士,犹传宵柝护重关。

甲戌暮夏过宿西屿同学兄斋中既归赋寄

行行重复到君庄,随意村边泊野航。小别致劳江口送,浪游翻笑世人忙。荻芦风定枝犹动,菡萏花开水亦香。此后几经明月夜,回思应与梦俱长。

陈若楠

字性让,号星桥,慈溪人。诸生。

感怀 录二

蹩屣担簦客五羊,初经异地倍凄凉。遥思白发愁亲老,静对青灯怕漏长。谈笑有朋同海国,奔驰无梦不家乡。尚余黄口呱呱泣,事育何时愿可偿。

作客焉能得自由,此身与世且沉浮。磨砻棱角翻疑诈,屏弃吟哦总惹愁。自笑佣春聊食力,敢夸投笔即封侯。何当百尺楼头望,一任元龙豁倦眸。

虞棠

字萼辉，号水方，慈溪人。诸生。

郊行

晚饭斜阳后，相招过隰原。蒲花沿岸白，村犬向人喧。灯闪明松际，河干露水痕。归来风景好，凉月满柴门。

偶向郊原步，行行兴倍豪。日沉灯影乱，水浅石梁高。击磬知萧寺，鸣榔过小舠。到门回首望，风急怒松涛。

春日偶成

平桥深处读书堂，新柳初抽色渐黄。风定静看烟篆袅，兰开还爱午晴香。繁喧花榭蜂成队，细落芹泥燕在梁。一桁山光苍翠润，倚筇凝望足徜徉。

余道

字引君，号愚溪，慈溪人。

游云溪寺

棕鞋踏破绿云巅，路转峰回别有天。何处寺藏深竹里，一轮明月夜谈禅。

闲来借榻听松风，韵奏笙簧起碧空。试向层峦高处立，人家俱在白云中。

冯本修

字宾三，号次欧，慈溪人，诸生。

送邑侯王兰圃先生调任武源先生名燕堂,山西榆次县人。道光癸未进士

蓬莱仙吏古醇儒,小试烹鲜莅海隅。曾视黄麻登王署,_{先生先官庶常}。更从赤县握铜符。道堪系马鱼生釜,泮自无鸮凤集梧。王佐家声应不愧,何由遮道绾飞凫。

陈保定

字子亶,镇海人。诸生。

霞岸竹枝词 _{录三}

四面环江陆路无,出门便欲问舟夫。往来两渡人喧闹,半赴柴桥半郭巨。

新塘老户万余田,略种秔禾广种棉。不待岁荒无积谷,他乡乞籴过年年。

儿童生长知潮泛,逐伴沿涂采小蛏。琐细形才如谷粒,零星收入上昆亭。

胡斌

镇海人,自号枕流居士。

江头赠别

江风未起忽潮生,潮欲回头江乱鸣。风送去潮潮更激,满江流出不平声。

刘秉忠

字九诰,一字九皋,奉化人。诸生。

谒万季野先生墓_{先生殁葬奉化莼湖，墓草没人，拜扫久缺，}
他日当与里人募置祭田

学本家传富，心惊国事非。史才昭代重，人望浙东归。班马三椽笔，乾坤一布衣。用墓柱联语，系门人某题。荒阡悲寂寞，谁嗣瓣香微。

顾英其

字笠岩，奉化人。著有《锄经楼诗草》。

俞圣彬留饮归家偶作

醴酒辞君劝，高年怕醉还。危桥春雨后，仄径水田间。宾主始分手，牛羊应下山。片时临野渡，舟在隔江湾。

项兆鹏

号南屏，又号静园，奉化人。诸生。

咏菊

群芳零落近重阳，喜有黄花一院香。不是幽姿殊俗艳，宁甘篱下傲风霜。

为爱名花手自栽，几经寂寞受人猜。只缘见赏陶彭泽，耐得清寒晚节开。

郭炳南

字午楼，定海人。

送龚总戎归松江

舟山如舟东海东，远与日本琉球通。鲸鳄潜藏波浪息，戈船猎猎乘长风。轻裘缓带舵楼上，今之名将唯我公。公以襃鄂姿，而备韩范德，恤兵兼恤民，环境有喜色。更将清俸惠士林，好待云霄展鹏翼。幕府仁政难尽书，穿碑八尺尚有余。功成名遂身亦退，解除兵柄还乡闾。我闻莼羹炉鱼脍，吴中风味此为最。诏许公归正及时，角巾笑入耆英会。

忻自超

字鲁峰，号轶泰，鄞人。监生。

阿育王寺晋松

槎丫古干黛犹浓，雪压霜侵春复冬。名号依然存晋代，孤高终不羡秦封。奇姿应有神灵护，宝相常偕舍利供。阿育山中多胜迹，追寻呼侣且携笻。

望湖亭

装点亭台足玩游，钱湖风景望中收。二灵层塔青霄接，五里双桥碧水流。槛外烟横山远近，汀前浪折岛沉浮。此间幽胜探无极，载月归来一叶舟。

李立群

字鹤君，号粤生，鄞人。诸生。著有《青萝阁诗抄》。

云石歌

云石之云高接天，云石之石仅一拳。每当阴雨氤氲布，妙绝此景难言传。初看一缕石罅出，轻软正如兜罗绵。近从宝云寺门绕，远与庆云楼阁联。间以虹桥虹，杂以烟屿烟。镇明之岭失其麓，天封之塔藏其巅。虽非石窗之石开四面，二十里云相盘旋。恍如蜃池之蜃倏嘘气，楼台缥缈当空悬。忽舒忽卷，或断或连。去若行空马，来若戾天鸢。无翼而飞不胫走，岂有神灵为着鞭。须臾云收忽晴霁，红日照耀相新鲜。吁嗟此石非凡质，独抱云心千百年。个中妙具丘壑埋，肯容晦迹颓垣边。搜奇访古情难已，下拜直欲效米颠。呼丈呼兄不我应，握管为歌云石篇。

虞光鉴

字月峤，鄞人。著有《横龙草堂诗稿》。

乍川客邸

浪迹寄沙鸥，频年海上游。风波平地险，云树远天浮。孤枕敲长夜，寒砧听暮秋。思家无限泪，频向甬江流。

不堪回首处，旅思倍依依。萍梗行踪是，沧桑事业非。涛声喧入枕，海气冷侵衣。有信凭谁寄，天南雁独飞。

闺怨同陈湘舟作

辽西行不到，妾梦几浮沉。烛剪相思泪，灯挑未死心。雁迟千里信，鸳冷五更衾。况复秋声急，家家起暮砧。

辞别陈湘舟南归

六载他乡握手游，诗情添上别离愁。朔风河畔催人急，未许垂杨系住舟。

身如孤雁计南归，大海征帆雪影飞。千里交情无所寄，但挥别泪洒君衣。

沈杞

字杖仙，慈溪人。诸生。官山西归化巡检。著有《聊复尔斋诗存》。

《家传略》：公博通经史，精音律，耽吟诵，尤豪于饮。累试不售，援例以巡检需次山右，署丰镇，补归化，所至有政声。暇辄与是邦知名士联诗社，邮筒往还，不绝于道。好为汗漫游，遇佳山水务穷其胜。未几，乞假归。

饮马行

朝饮马，夕饮马，水咸血腥马不饮，汉军半没长城下。沙场白骨无人收，天阴鬼哭声瞅瞅。家家犹把寒衣寄，音书还望大刀头。风瑟瑟，吹觱栗，持缰饮马防马逸。忽传胡马来阴山，上马如飞横刀出。誓扫单于不顾身，寄书家中别六亲。马革裹尸何足惜，却叹功成赏别人。

次周三槐游西岩寺韵

罨画西岩寺，云深一洞天。山高迟夜月，溪曲响流泉。击磬惊残梦，衔杯羡谪仙。真空能领悟，花散梵王前。

领略

领略闲中趣，吟边寄此身。日长花睡午，帘静鸟窥人。避客常辞疾，贪杯为饯春。但寻诗境界，久已厌风尘。

赴石楼途次

策马沿溪去，逢人问石楼。云随飞鸟度，水挟断冰流。树老奇如鬼，村荒小似舟。山腰新绿绕，一带麦苗抽。

闲行

负手独闲行，云开天气清，栽花谙土性，放鸽听铃声。家远无消息，官闲少送迎。已闻遣大将，早晚罢南征。

漫兴

天涯枉计未归身,醉后狂歌岸角巾。秉烛夜看三尺剑,拥炉天与十分春。愁如中酒浑难醒,吟对新花妙入神。赢得儿童相问讯,微官也有读书人。

晚过雁门关

天梯石栈月如钩,历历星辰豁远眸。黑水潺湲趋朔漠,乱山层叠锁并州。美人北去留青冢,使者南归已白头。陵谷销沉尽如此,寒鸦无数集危楼。

周遇吉墓 在宁武东南一里

天生反趾竟无功,死守孤城只尽忠。共惜将军多智勇,居然巾帼亦英雄。贼人束手惊宁武,降表甘心献大同。地下中丞应痛哭,千秋遗恨共无穷。

南征

如荼如火下南天,大诏唐皇万口传。白浪北风吹桂水,红旗夜月卷花田。鳄鱼会见迁于海,蜃市应知化作烟。闻说文山誓师处,丰碑高立丽江边。

甬东

椎破铜山铸虎符,飞刍挽粟急征输。削平西夏先修砦,深入南蛮自渡泸。已见长江漂木杮,不须航海贡明珠。甬东岂是行师地,鹤唳风声满月湖。

沈杞

青冢 在右玉县古丰州西六十里,又归化城南二十里亦有青冢

死埋绝塞亦堪哀,遗恨琵琶马上摧。冢畔青青春草遍,千秋不傍李陵台。

王摩诘故居在定襄东南二十五里居土山，与弟缙读书于此

诗中有画画中诗，共说维摩病起时。凝碧池头家国恨，西风洒泪写新词。

秦丰岐

字介周，号芥舟，又号苏湖，慈溪人。监生。著有《珍琴馆寄生草》。

姚复庄先生序略：道光丁酉春，客古金昌，获交同里秦君，苏湖旋以其所著诗示读，始识为词坛中能手，拔帜自树，不假篱藩，远溯微之，近抗初白，司空氏所云"妙机其微者，诗境似之"。

邑侯王兰圃明府去思歌

禽言

时乐了，莫烦恼，我邦新得长官好。严惩吏蠹隶难饱，四民安业无惊扰。有疑勤诣勘，积案皆搜讨，洞视民情俱彻晓。爱民抚字如襁褓，我民谁不心倾倒。福星临，尘氛扫，奈何来迟去独早。提壶卢，将酒沽，自侯到此民气苏。春风夏雨相涵濡，人生不饮胡为乎。闻侯今欲去，提壶长嘻吁，东门祖饯人于于。父老扶杖儿童趋，作诗颂德如吹竽。碑勒去思字画麤，敢劝我侯饮一觚，蛩声远振凌霄凫。提壶卢，将酒沽。

郑纯奎

字星曜，号鸥浦，慈溪人。诸生。

题水云禅院

茅屋昼掩关,尽日希人到。流水逝如斯,白云闲不扫。

拟僧家送春词

即空即色总成尘,荣落从知有凤因。莫向庭前频怅望,维摩本是散花人。

王涛

字纫兰,慈溪人。

秋日过大慈禅院访诸友不值

梵宇林深锁绿阴,小楼任我独登临。窗前蕉叶新秋色,檐外虫声镇日吟。解闷可无诗漫兴,消愁唯有酒关心。此行莫道成看竹,赢得禅和是赏音。承老僧款留一饭而回。

寄怀西屿族叔客游古吴

几度登楼别后思,天涯人共月明时。句因才拙成偏少,书为鱼沉到已迟。邓尉梅开曾有信,吴江枫落定裁诗。君今白下名题遍,肯写华笺寄我知。

王在田

字允飞,又字训宽,号古愚,镇海人。监生。著有《听涛山房诗草》。

《行状略》:君具亿事材,周咨称最。道光间夷警起,当道征先生共事,尝上书陈善后之策。海盗窟鱼山,徇当事请督造师船百余,费不足,毁家以蒇之。生平笃于内行,厚于风义,喜作书,取法钟王,诗亦洒落,自意风格于陶韦为近。

道光甲辰十有一月与慈溪冯茗园、姚江叶二桐寓郡城李氏传香书屋,庭前有古梅三株,二桐向未识荆茗园十年旧好也,因志

旅馆共一尊,异闻如同里。更有岁寒枝,清香扑鼻嘴。老干敲压檐,高谈夜未已。羡尔冰雪姿,譬彼清虚理。邂逅暂相聚,新雨兼旧雨。三人同作客,三株谁寔树。主人传香空有室,客对梅花梅作主。

丁酉自盖州南归,七月四日晓入山海关

百里瞻雄镇,乡关尚四千。刺天峰矗矗,带海路绵绵。残月鸡声里,征人马策前。登高西向望,怅绝白云边。

吊葛将军

墨绖身临敌,由来孝作忠。阵云连海黑,炮火彻天红。肝脑涂长垒,精魂泣太空。继君能死战,父子有朱公。

游瑞岩寺

几百年前寺,千岩万壑间。锁云岭名。青嶂外,剪月亭名。碧溪湾。看竹还携杖,寻僧独叩关。浑忘尘世事,赢得此身闲。

祖居城中,先墓在金鸡山,道光乙未迁葬邑南扬砂溪,庚子夷扰,又移家瑞岩村

山色迎门入,鸡声隔树啼。敝庐非故土,先墓近前溪。往事休回首,人生命不齐。聊斟一杯酒,且喜得岩栖。

庚子、辛壬连遭夷扰，展转播迁，因志

两年转徙苦频频，胼胝何堪老病身。借宅尚多邱子义，赠袍不数贾生仁。民艰且委千年劫，国计难支一个臣。海宇镜清终有望，只怜霜鬓日添新。

邬杞

字芥舟，奉化人。

落花

荣悴何常信可哀，不愁花落怨花开。早知此日埋香骨，怎似前番敛玉胎。数点芳心何处寄，一场春梦霎时回。红颜薄命终如是，可笑东风浪主裁。

和迂叟戏题醉眠韵 录一

神韵传来阿堵中，写生妙手许谁同。胡涂醉态描难似，一笑人阔亡是公。

竺我殿

号曲水，奉化人。诸生。

自遣

何处有名山，为我结茅屋。昼邀清风吟，夜伴白云宿。一卷黄庭经，萧然远尘俗。

晓发江村

霜花一夜白，倚棹过前村。暖借渔灯火，寒敲酒店门。水流生石韵，木落见山痕。指道禅林近，孤峰一点存。

晚步

寂寞无人伴，闲游向晚归。云林春色暮，烟火夕阳迟。野鸟喧村树，藤花暗竹篱。且欣新笋茁，得共老僧炊。

孙忠济

字荻湾，奉化人。诸生。

春阴

雨过鸟声碎，春阴渐下庭。园蔬沾土润，野树到山青。刈草牧携笠，供花童涤瓶。坐看明月上，来照水边亭。

江上

江上人家夕照天，远山高下起炊烟。阴添新绿方三月，花弹残红又一年。鞭响东风驰驿马，橹眠春水泊渔船，王孙何日始归去，柳絮飞飞白似绵。

四明清诗略卷二十五终